ハヤカワ文庫 SF

〈SF2283〉

市《まち》に虎声《こせい》あらん

フィリップ・K・ディック

阿部重夫訳

早川書房

8514

VOICES FROM THE STREET

by

Philip K. Dick

Translated by

Shigeo Abe

Published 2020 in Japan by

HAYAKAWA PUBLISHING, INC.

This book is published in Japan by

direct arrangement with

THE WYLIE AGENCY (UK) LTD.

The official website of Philip K. Dick: www.philipkdick.com

目次

市《まち》に虎《こ》声《せい》あらん

S・Mへ*

＊　老舗の著作権代理店スコット・メレディス・リテラリー・エージェンシーを一九四六年に兄弟で創業したスコット・メレディス。同社にはエド・マクベインが在職していたこともあり、ノーマン・メイラーやJ・G・バラード、アーサー・C・クラークら有力作家の代理人を務めた。一九五二年にディックはバークレーのレコードショップの店員を辞め、メレディスをエージェントにしてプロのSF作家として歩みだした。『ディック書簡集I』（未訳）では、彼のメレディス宛書簡が九通収録され、初出は五五年五月十六日付で、没後に映画化された「マイノリティ・リポート」のアイデアを焼き直したような短篇「リコール・メカニズム」（邦題「想起装置」）の書き直しを拒否している。

かれらは自己の内部の問題と戦うよりも、外部の敵がどこにいるのかをみつける方が困難であることを悟っている。かれらの敗北は一見個人的なものではないように見えるが、実はそれは、かれらの個人的な悲劇への道なのであり、かれらは自己の内部の虚偽に裏切られるのである。

C・ライト・ミルズ**

＊＊　一九一六生まれのアメリカの社会学者で、四六年からコロンビア大学教授。『ホワイト・カラー』『パワー・エリート』『社会学的想像力』などのベストセラーを書いた。旧来の左翼に収まらない潮流を「ニューレフト」（新左翼）と命名した。心不全で六二年死去。引用は新中間層を分析した『ホワイト・カラー』（一九五一年）第七章の末尾。東京創元社版・杉政孝訳（五七年）からで、「かれら」とは知識階級を指す。

第一部　朝

一九五二年六月五日、木曜の朝はよく晴れて暑かった。湿った白日が、商店や街路を覆っていた。芝生にゆらめく陽炎《かげろう》。夜のひんやりした雫が靄《もや》となって、紺碧のガラスの空に立ちのぼってきた。早朝の空はいつもなら、じき日が照りつけて霞んでいく。サンフランシスコ湾から、重苦しい白い霧が流れてきて、あたりいちめん、無色の緞帳《とばり》がおりてくるだろう。でも、まだ午前八時半。あと二時間はもちこたえるはずだった。

ジム・ファーガスンは嬉しそうに、愛車ポンティアックの窓を手まわしで下げた。肘を突きだして身を乗りだし、しっとりした夏の朝の大気を、胸いっぱい吸いこもうとした。シダー・ストリートから、なかば空っぽの駐車場に車を乗り入れたが、消化不良と神経衰弱の名残でしょぼついた彼のやさしい目に、砂利と鋪道の反射光がちらちら差しこんだ。車を停めてエンジンを切る。しばし座ったまま、葉巻に火をつけた。車が二、三台滑りこんできて、周囲の区画に駐車した。路上を車が走りすぎていく。殷々と響きわたる、人々の最初のざわめき。冷え冷えとした静寂のなか、動きだした人々の金属音が、オフィスビルやコンクリートの壁にこだました。

ファーガスンは車から這いだして、ばたんとドアを閉めた。ざくざくと砂利を踏んで鋪道を歩きだす。ポケットに手を突っこんで、短軀のたくましい中年男が、踵《かかと》を鳴らしていた。青い綾織《サージ》の背広を着て、皺の寄った如才ない赤ら顔。口をひんまげ、厚い唇で葉巻を斜めにくわえて。

街のそこここで、店主たちが念入りに腕を回しながら、日よけを巻きおろしていた。黒人が一人、箒ブラシでごみ屑を暗渠に押しやっていた。ファーガスンはふんぞりかえって、掃きよせた屑をまたいだ。黒人は何も言わなかった……ふん、早朝の掃除機野郎か。

カリフォルニア貸付会社《ローンカンパニー》の入口に、秘書たちがたむろしていた。コーヒーの紙コップやハイヒール、香水やイヤリング、桃色のセーター、怒り肩にはおったコート。もっけの幸いと、ファーガスンの鼻孔は、乙女たちの甘い香りを吸いこんだ。ころころ笑う声や、押し殺したひそひそ声、忍び笑い、ぽっちゃりした唇から漏れる私語が行き来していたが、ファーガスンや街路のことなんて彼女たちの思考の外にあった。オフィスがあいて、ナイロン靴下が舞い、コートの裾をひるがえして、女たちはさっと中に消えた……ファーガスンはうらやましそうに振りかえった。ふと、一人ほしくなった。誰でもいい。店の花になるぞ……昔みたいに。女が一人いりゃ、うちの店の格があがって、洗練されるんだがな。経理係？　いや、客の目にふれる店員のほうがいい。男の店員たちだって、罵詈雑言を慎むようになる。冗談やバカ笑いもやむさ。

「おはよう、ジム」と、スタイン紳士服店から。

「おはようさん」ファーガスンは歩みを止めずに会釈を返した。後ろ手を組んで、さりげなく指を屈伸させる。モダンTVセールス&サーヴィスの前で立ち止まって鍵を取りだした。矯《た》めつ眇《すが》めつ、ちっぽけで古風なこの店舗を眺めた。ちょっと古ぼけた背広のように、朝の光に蒸されてくたびれていた。旧式のネオンサインは消してある。夜の残骸が入口に散らばっていた。ショーウィンドウのテレビやラジオは、燻《くす》んだ冴えない形状だ。成績表、掲示板、バナー……入口を塞ぐ牛乳のカートン箱を鋪道に蹴っとばした。朝風に舞って、箱がからからと転がっていく。ファーガスンは鍵穴に鍵を差しこんで、扉を押し開けた。

店内は人けがない。彼は横目でうかがい、中に漂う最初の蒸れた空気を吹き払った。店の奥に浮かんでいるのは、毒の沼に湧く葦の瘴気のような、ぼんやりと青い常夜灯《とも》である。身を屈めて主電源のスイッチをかちりと入れた。大きなネオンサインがぱっと灯った。しばらくすると、ショーウィンドウの電球が温まり、仄かに光りだした。彼は扉を開け放ったまま、すがすがしい外気をすこしばかり入れると、すうっと胸に吸いこんで、暗く湿った店内を歩きまわった。棚には受信セット、展示見本用《ディスプレー》の看板、換気扇、機械類、備品やインターフォンが載っていて、彼はその照明もオンにした。無表情だった製品が、おずおずと生気を取りもどす。ラジオが輝き、テレビの長い列も光彩に包まれた。彼は常夜灯に歩みより、ぐいと紐をひっぱって壊してしまった。埃だらけで乱雑な勘定台を囲む、複数の試聴ブースにも点灯した。彼は天窓の棒をつかんだ。中空から光が落ちてくる。フィルコ[1]製ラジオの展示見本が、ぶうんと音を立てながら起動すると、彼はそれを店の奥に運んだ。きらびやかなゼニス[2]のポスターには明るい光をあてた。虚無に光を、存在を、目覚めをもたらさん。闇は退けり。待ちきれず、心はやる始業の数瞬が過ぎると、気分が落ち着いてほっとした。さてと、これから迎えるのは天地創造の第七日――ブラック・コーヒー一杯の安息だ。

　コーヒーは、隣のヘルス・フードストアからの持ちこみだった。モダンTVの勘定台の下は、コーヒーカップやスプーンやソーサーでゴミ屑の山になっていた。饐《す》えたドーナツやロールパンのきれっぱしが、タバコの吸殻やマッチ棒、クリネックスのティシューとごたまぜだった。綿埃がたまり、何年も手つかずで、新しいカップが放りこまれても、古いカップが片づけられていない。

　ジム・ファーガスンが、ヘルス・フードストアに入ってくると、ベティーがのろのろと店の裏から姿を見せて、億劫《おっくう》そうに腕を揺らして会釈した。濡れてかさばる敷物を丸めて、ぼたぼた滴《したた》らせたまま、小脇に抱えて運んでいた。顔には疲労の隈が浮かび、鉄縁のメガネをずり下げている。

「おはよう」ファーガスンが声をかけた。

「おはよう、ジム」ベティーは息を切らし、弱々しく人なつこい笑みを浮かべた。サイレックス[3]のコーヒー沸かしを持ってこようと、店の奥から裏側に姿を消した。

ファーガスンは一番乗りの客ではなかった。中年の女性客が数人、品のいい服を着て、ひそひそしゃべっていた。カウンター席とテーブル席に分かれて、小麦を砕いた粉末をスキムミルクに浸して啜ったり、無添加の麦芽飲料を飲んでいる。奥の席には、ギフトショップのセールスマンが、小洒落た服装をして、気取った仕草で、バター抜きのドライトーストにアップルソースを塗ってかぶりついていた。

　コーヒーが来た。

「ありがとよ」ファーガスンは呟いた。アイロンの利いていないズボンから、十セント玉をつまみだして、ベティーのほうに転がす。起ちあがって出口の扉へ歩きだした。無糖の桃や洋梨、脱脂ドングリのクッキーを並べた展示見本や、蜂蜜のジャーや小麦食品、ドライフルーツの袋、ナッツの壜の前を通りすぎると、スクリーンドアをぽんと蹴った。その曲がり角に、干し棗《デイツ》とアップルの展示見本があって、そこにセオドア・ベックハイムのポスターが貼ってある。峻厳な顔で剛毛の眉を逆立てた牧師の咎めるような炯々《けいけい》たる眼光。一瞬、ファーガスンはその目に射《い》すくめられ、ひょいと身をかわして鋪道に逃れた。山羊ミルクの粉末に女の汗がまざったような、ウザったい匂いからも彼は解放されたのである。

　モダンTVには、彼のほかは誰も来たけはいがなかった。蜘蛛男みたいな修理係のオルセンは影も形も見えない。セールスマンたちも出社していなかった。チンケなラジオを持ちこんで、音がかすれるから修理してちょうだいよ、などと迫る婆さんもいなければ、高価なテレビ・コンボ〔4〕に触りたがる若いカップルも来ていなかった。ファーガスンは、コーヒーをこぼさぬようカップを捧げもち、鋪道をつたって自分の店に飛びこんだ。

　店に入ったとたん、電話が鳴りはじめた。

「ちくしょうめ」わずかに唇を歪めた。変調をきたしたモーターのように、とっとっとっと腕を上下させながら、危なっかしい手つきでカップを運んだ。薄い褐色の液体がはねて、カップの縁からこぼれた。あわててカップを置くと、さっと受話器をとる。「モダンＴＶです」とこたえた。

「私のラジオ、もう直った？」女の甲高い声だった。

　彼は生返事しながら、鉛筆を手探りした。耳に届く女の息が荒い。電話という猿ぐつわをかませても、こいつは彼をとっちめる猛獣だ。「お名前は？　奥様」とファーガスンは尋ねた。朝っぱらから、絶望の甘い香りが胸に充ちてきた。今日も一日が始まったのだ。

「おたくの店員、先週のいつだったか、ラジオの内蔵部品を持ち帰ったのよ。水曜日には返すって約束でしたわよ。以来、おたくの店からウンともスンとも言ってこないわ。おたく、そこで何をなさってるの？　怪しいって思えてきたわよ」

　ファーガスンは、修理の苦情電話帳をまさぐった。こわばった黄色のページをめくりはじめる。店の外はまだ燦々と晴れやかにしっとりした日の光に包まれていた。すらりとして胸をつんとそらした若い女たちが、今もはしゃぎ声をあげていた。濡れた路面を、さあっと走りすぎる車。でも、こいつばかりは騙されようもない。潑剌《はつらつ》たる人生は屋外にあって、おれは屋内の囚人なんだ。原人みたいな婆さんの電話につかまっちまって。

顔をしかめて、紙の上に悪口を数語書き殴った——こみあげる不愉快の、身を切るような辛さ。その砥石《といし》盤が彼の魂を擦り減らしはじめた。平日の現実が幕を開けたのだ……すくなくとも彼の一日が始まった。重荷がずしりと肩にのしかかってきた。従業員なら寝坊したり、ぐうたら朝飯を楽しんでいられるが、店のオーナーたるファーガスンは、ご婦人客の古ラジオの面倒をみてやるという、気の重い仕事を渋々始めていた。

その日の朝、正確にいえば午前五時四十五分、町の反対側にあるシダー・グローヴス警察署の留置場で、スチュアート・ハドリーは目が覚めた。誰かが鉄格子をがんがん叩いていた。ハドリーは簡易寝台に横になったまま、音がやむまでふてくされて身を縮めていた。壁に顔をそむけ、眉をひそめ、臥せったきり、過ぎ去るのを待った。ところが、終わらない。じきに音がもどってきた。

「ハドリー」と警官が大声で呼んだ。「起きる時間だ」

横寝の身を丸め、膝を腹にひきつけて、両腕を胴に巻きつけた。それでも、眉根に皺を寄せ、なお待ちながら、まだ黙りこくって、過ぎ去れ、と心に念じていた。でも、鍵と錠ががちゃがちゃ鳴り、扉が音をたてて開いた。警官が入ってきて、寝台の脇に仁王立ちした。

「さあ」むきだしのハドリーの耳に、吹きこむように警官が言った。「ここから出ていく時間だぞ。このアホたれ小僧が」

ハドリーはぶるっと身を震わせた。ゆっくりと、怒りをこめて、体をほどいていく。まず足先を伸ばして床を探った。それから脛《すね》を長く、まっすぐに伸ばした。腕をゆるめて、握り拳を開く。節々が痛かったが、こわばりをほぐして上体を起こした。警官とは目を合わせなかった。かわりにうつむいて、じっと床を睨みつけた。眉根を寄せ、ほとんど眼をあげず、獄窓からふりそそぐ殺伐とした灰色の光を避けようとした。

「いったい、てめえはナニサマだい」警官が近寄ってきて、彼を小突いた。

ハドリーはこたえなかった。頭蓋と耳たぶ、歯列と顎先を指で触ってみる。指の腹にざらざらした感触。髭を剃らなくちゃ。上着は破れている。ネクタイがなくなっていた。しばらく寝台の下をぎごちなく手探りして、やっと靴を見つけて引っ張りだした。靴の重みで、ほとんど膝が崩折れそうだ。

「ハドリー」警官が繰り返した。脚を開いて腰に手をあて、ぬっと前に立ちはだかった。

「どうしたんだ、貴様は」

ハドリーは靴に足を滑りこませ、靴紐を結ぼうとした。手が震えた。ほとんど目がかすんで見えない。胃がごろごろ鳴って、喉に胃液がこみあげてきた。頭痛のせいで眉間《みけん》が狭まり、不安そうに眼を細めた顰《しか》め面になっていた。

「貴重品をもってけ。デスクにある」警官が言った。くるりと背を向けて、大股で独房から出ていく。すぐにそのあとからハドリーもついていった。精いっぱい気を遣いながら。

「ここに署名しろ」デスクの後ろにいた巡査部長がそう言って、ハドリーのほうに書類の束を押しやった。太い万年筆を突きつける。三人目の警官はどこかに姿をくらますと、所持品入りの袋を持ってきた。ほかにあと二人、警官がテーブルを囲んで漫然とながめていた。

袋に入っていたのは、彼の財布や結婚指輪、銀貨八十セント、一ドル紙幣二枚、ライター、腕時計、ボールペン、ニューヨーカー誌一冊、それから鍵の束だった。彼は入念に調べてから、ひとつひとつしかるべき場所におさめた……雑誌は別だ。デスク脇のゴミ箱にぽんと投げ捨てた。手持ち二ドル。あとは散財したか、紛失したか、盗まれたかだろう。ひっくるめておよそ三十四ドルが消えていた。ふと気づいたのは、手の甲のえぐれた切り傷だ。誰かが傷口にバンドエイドを貼ってくれていた。眺めていると、巡査部長が身を乗りだし、指を突きだして言った。

「コートのポケットにあるそいつは何だ」

ポケットを探ってみると、何かあるのを感じた。手元に出てきたのは、皺くちゃになった大判の光沢紙だ。紙をひらいて押し伸ばした。カラー印刷した複製画だ。ピカソの「道化師の家族とチンパンジー〔5〕」である。一辺が破れている。たぶん、図書館の本から引きちぎったんだろう。漠とした記憶がある。閉館も間近のころ、照明灯がひとつひとつ消えていく公営図書館を、うろうろとさまよった。

それから、宵闇をむやみと歩きまわったっけ。そしてバー。また別のバー。それから口論。そのあげくに喧嘩。

「喧嘩の理由は？」と〔6〕巡査部長が訊いた。

「ジョー・マッカーシーさ」ハドリーは呟いた。

「どうして？」

「誰かがほざいたんだ。あいつは偉いって」ハドリーは身震いして、短く刈りこんだ金髪を撫でた。タバコがあったらと思った。家でくつろいで、風呂に入り、髭を剃って、ほんのり湯気のたつブラック・コーヒーを、エレンに淹《い》れてもらえたら。

「おまえは何者だ」と巡査部長が言った。「アカのたぐいか」

「そうさ」とハドリーはこたえた。「ヘンリー・ウォレス〔7〕に投票したからね」

「アカには見えんがな」巡査部長は、背を丸めたこの青年を観察した。皺くちゃの汚れた服を着ていても、ハドリーは頭の切れそうな顔にみえた。金髪に碧《あお》い瞳。知的だが、腫れぼったい顔。体軀はすらりとして、ほとんど細身といっていい。ほのかに女のような気品がある。

「よっぽどオカマに見えるぜ」と巡査部長が口にした。「サンフランシスコに群がってる、例のオカマの一味だろ？」

「僕はインテリなんだ」気だるそうにハドリーが言った。「僕は思想家だ。夢想家でもある。もう帰宅してもいいかい」

「ああ」と巡査部長。「所持品はぜんぶあるな？」

ハドリーは空になった袋を返した。「残らずさ」

「じゃあ、この書類に署名するか？」

ハドリーはサインした。しばらく身を硬くしてじっと待った。だが、巡査部長はこれで一件落着だった。ハドリーは背を向け、警察署の階段のほうへとぼとぼ歩きだした。ほどなく灰色の鋪道の上に立っていた。目をしばたたき、ごしごし頭をかく。

二ドルあった。タクシーを拾う。彼のアパートまでは、ほんの目と鼻の先だ。まだ路上に車はほとんど走っていなかった。空は白く霞んで、冷え冷えとしていた。数人の歩く人影が吐く、仄かな白い息。みんな前屈みで、手を握りしめていた。ハドリーは思いに沈んだ。

妻のエレンは金切り声をあげるだろう。この手のことが何か起きると、いつだって喚《わめ》きだす。それから悶々と長い沈黙。先月もそうだったが、耐え難くなるまで続くのだ。手の込んだつくり話でもでっちあげて、とりつくろう価値があるだろうか。たぶん、ない。

「タバコを一本くれないか」タクシーの運転手に頼んだ。

「喫煙は肺癌のもとですよ」と、運転手がこたえた。人影のない道路を見つめたままだ。

「お断りってことかい」

「ノー、お断り、ノーだね」

なぜカネをなくしたか、それを妻に説明するのって厄介だろうな。そうした説明をするのが彼は嫌いだった。どのバーだったか、思い出せない。おそらく何軒もハシゴしたんだ。唯一残っている記憶は、黒いジャケットの二人のタフガイだ。二人ともトラック野郎だった。おまけに二人そろってマッカーシーびいき。そいつはしっかり心に刻まれている。こけつまろびつ、三人で殴りあったバーの外の冷気。膚を刺す風。鳩尾《みぞおち》にめりこむ拳、そして顔面の一撃。鋪道は灰色で硬く冷たかった。それからパトカー、揉みあってブタ箱にぶちこまれたんだ。

「着きましたぜ、旦那」車を停めて、タクシー運転手が言った。メーターからレシートをちぎり、肩越しに手渡すまで、流れるような一動作だった。

そよとも音がしない。アパートの玄関の鍵を開け、カーペットを敷いた階段を上がって、廊下に出たが、隣近所は森閑としていた。ラジオの音ひとつ聞こえない。トイレをざあっと流す音もしなかった。まだ午前六時十五分だ。自宅の扉の前にたどりつくと、把っ手を回してみた。鍵がかかっていない。気後れしつつ、肚を据えてから扉を開けて入った。

いつものように、居間は暗くちらかっていて、かすかにタバコの匂いと熟れた洋梨の匂いがした。エレンはとうに家事を手抜きするようになっていた。窓のシェードはおろしてある。ほとんど盲《めくら》めっぽうに暗がりを横切った。すでに彼はコートを脱ぎ、シャツのボタンも外していた。寝室の扉は大きく開けっぱなしだった。立ちどまって覗きこむ。

ひどく寝乱れたベッドに、エレンが眠っていた。横むきになって、枕と裸の肩、シーツや青い夜着に、茶の髪がはらはらと散っている。くぐもった苦しそうな寝息が聞こえてきた。ハドリーはほっとして背を向けると、よろよろとキッチンに足を運んだ。

サイレックスに水を注いで沸かそうとしたとき、くっきりと鋭くエレンの声がした。「スチュアート！」

ちぇっ。キッチンから扉へ踵《きびす》を返した。エレンがすっくと身を起こし、驚いたように目を大きく見ひらいていた。「おはよう」とハドリーは冴えない声で言った。「起こしてごめん」

鼻孔を震わせ、顔を歪めながら、彼女は夫をじっと睨んでいた。しばらく経つと、彼は耐え難くなった。それでも、エレンは何も言わない。

「どうした？」と彼は促した。

わっと泣き声をあげて、エレンはベッドから跳びだし、小走りに突進してきた。腕をひろげ、熱い涙を頬に滴らせながら。彼は当惑して後じさりした。が、大きく膨れた不格好なものが飛びついてきた。激しくすがりつく腕。「スチュアート」と泣きじゃくって「どこにいたの？」

「大丈夫だよ」彼はささやいた。

「いま何時？」気を取りなおして、時計を目で探した。「もう朝じゃないの？　どこで寝たの？　あなた——あら、怪我！」

「大丈夫」じれて繰り返した。「ベッドに戻ろう」

「どこで寝たの？」

韜晦《とうかい》の笑みを浮かべた。「藪の中さ」

「何が起きたの？　あなた、昨夜はビールを飲みに、ダウンタウンへ行ったのよ……それから図書館に寄るって。でも、家には帰ってこなかった……あなた、喧嘩したんじゃない？」

「ああ、ゴロツキと」

「バーで？」

「バー・アフリカで」

「で、ブタ箱行きってわけ」

「彼らはそう言ってたけど」と彼はみとめた。「でも、僕は断じて信じない」

しばらく妻は押し黙った。驚愕が怒りと憤りに置きかわる。ふっくらした身重のからだを硬くこわばらせていた。「スチュアート」唇を薄くきりっと締めて、静かに言い渡した。

「あたし、あなたをどうすればいいの？」

「僕の話を信じてくれよ」と彼は言った。

「できないわ」

「信じようともしなかっただろ」彼はキッチンに入ってうろうろし、コーヒーのお湯が沸いたかどうか見ようとした。「きみは本気じゃないのさ」

突然、背後にエレンがいた。むしゃぶりついてきた。「ベッドでひと眠りしましょ。まだ六時半よ。二時間は眠れるわ」

「何はともあれコーヒーだよ」

「コーヒーなんか忘れて」彼女は急いで手をのばし、ガスを消した。「ねえ、スチュアート。ベッドに行きましょ。すこし眠って」

「もう寝たよ」でも、彼女といっしょに行く気になっていた。からだの節々が痛む。睡眠が必要だった。言いなりになってキッチンから連れだされ、暗い琥珀《こはく》色の寝室に入った。彼が不器用にごそごそ服を脱いでいるあいだ、エレンはベッドに這ってもどった。下着と靴下を脱ぎすてた彼は、疲労でくたくたと崩れ落ちてしまう。

「いいのよ」大の字になってかぶさる彼に、エレンがささやいた。「これでいいの」とくりかえしながら、ざらざらの指を彼の髪に押しあてた。それから耳と頬にも。これがエレンには必要だった。すぐ身近にいる彼が。

大あくびをすると、彼は眠りに落ちた。でも、彼女は目覚めたまま、じっと前を見つめていた。夫をひしと抱きしめ、刻一刻過ぎ去っていくのを感じながら。


絶対の静寂が寝室を包み、身じろぎもしない夜の名残の半影に、目覚まし時計が鳴りはじめた。かちっと回る金属音がして、かすかに、やさしく、思慮深くうなりだし、それからけたたましい騒音が急を告げた。アラームの鳴りわたる音に部屋が震え、白々とした朝の冷たい光をつん裂いた。窓から洩れる日ざしが、モスリンのカーテンを透かして、蒼白く、ひっそりと広がり、床の冷たいアスファルトのタイルや、散らかった柔らかな敷物、椅子や化粧台、ベッドや脱いだ衣類の山の上にこぼれていた。八時だった。

エレン・ハドリーは、日焼けしたむきだしの腕を伸ばし、時計を手探りした。真鍮《しんちゅう》の上辺の冷たい小突起を押して、目覚ましを止めた。ぴたっとやむ。時計に沈黙が訪れた。チクタク鳴っていても、アラーム音はもう聞こえない。彼女は腕をするりと戻し、部屋の冷気から上掛けの下に滑りこませた。軽く寝返りして彼を見た。起こしちゃったかしら。

かたわらで、スチュアートはまだ眠っていた。目覚ましが聞こえなかったのだ。初動の微作動に気づきもしなかった。よかった、聞き逃してくれて。金属の歯車とゼンマイが錆びつき、不細工な針が壊れて失せるまで、このままにしておきたかった。できれば——いや、もうどうでもいいことだわ。だって、じき彼も起きなくちゃならないもの。彼女はただ時を遅らせただけだ。いずれ、目覚める時が来る。じたばたしたってしようがない。

小鳥が数羽囀《さえず》っていた。窓の外をつたっている。小鳥が止まるたび、低木の梢《こずえ》が荒々しく揺れた。人けのない街路を走りすぎる牛乳屋のトラックの音。ずっと遠くでサザン・パシフィック鉄道の列車が、サンフランシスコをめざしてごとごと走りすぎた。エレンは身を起こして、上掛けをひっぱりあげ、彼と窓のあいだを遮る幕にした。躁《さや》ぐ音と冷たく冴えた光を、閉めだしてしまう。からだごと彼をかばう盾にした。エレンは彼を愛していた。でも、彼は心ここにあらず、徐々に夜離《よが》れが始まっていた。それがよけい、彼女の渇望を募らせているようだ。

まだ彼は眠っていた。寝顔はうつろで蒼ざめていた。額のざんばら髪は藁《わら》のようだった。唇も血の気がない。顎のまわりの灰色の無精髭も、腫れぼったい膚のほの白さに埋もれて、うっすら霞んでいる。彼はリラックスして、気を失ったように昏睡していた。目覚まし時計が鳴ったのも気づかず、外を通る牛乳屋のトラック、小鳥の囀りも耳に届かない。エレンが横で半身を起こし、まじまじと見つめていても、心づかなかった。

眠っていると、彼は年齢不詳だった。とても若くて、一人前の大人どころか、たぶん思春期にも達していないように見える。かといって、子供でないのも確かだった。おそらくかなりの高齢、すっかり老けこんで、もはや一人前ではなくなったかのようでもある。どこか古代世界からやって来た遺物で、原始的だが、象牙のごとくひんやりとして純潔なもの、骨を鏤《る》刻《こく》したような存在だった。非情のカルシウムを削った牙。怨恨も昂奮も知識もなく。無垢だが、あまりに年老いて手に負えない。生気はあっても、渇望をまだ持たない。寝たまま円満具足し、行動を超越した何かに到達していて……まったく穏やかで、何も求めず、何も苦しまず、妙な知識に駆り立てられることもなかった。いつも彼がこうだったらいいのに、と彼女は思った。ところが、眠っていても、彼の色褪めた唇はひき攣《つ》り、緊張した子供っぽい渋面になっていた。暗鬱で不快な嫌悪。それとともに募る恐怖。

　たぶん、喧嘩の夢を見てるんだわ。敵と対峙する影絵のような試練。朦朧とした敵対者と彼が、暗い影となって縺れあっている濡れた霧の戦場。ほとんどがむしゃらになって、相手と揉みあう……彼女は以前、そんな光景を見た。わけも分からず、ふらふらと彼が頭突きをくらわせる喧嘩。あまりに瑣末すぎて、はたから理解もできなければ、言葉にしようもない原因で、見さかいなく怒鳴りあっていた。

　彼はいま身をよじって、頭を片側に傾けていた。よだれのかすかな澪《みお》が、顎から喉もとへ流れていた。そこできらっと光るのは、ねっとりした唾液の珠《たま》だ。彼を逃れでた滴液《ていえき》が、ゆるんだ口もとから洩れていた。たぶん、ブタ箱の硬い寝台に、また横たわっている夢を見ているのだ。おそらく無意識の夢だった。擦り傷だらけの腕を空しく挙げて、見えざる敵を叩き、突き飛ばして。彼はまだ喧嘩の夢のなかにいる。負けた夢を見ている。

「スチュアート」彼女は鋭く呼んでみた。

かたわらで彼が唸った。瞼《まぶた》をぱちぱちさせた。すぐに、静謐で無邪気な青い瞳が、彼女の目と出会った。何だろうと困惑し、ちょっと怖がって、彼女がそこにいるのに驚いていた。自分がどこにいるのか分からず——彼は自分の居場所が分かったためしがない——何が起きたかも理解していなかった。

「ほーら」と小声で彼女は言った。身を屈めて、唇でそっと彼の怯えた不安げな口にキスした。「おはよう」

彼の瞳に色が宿った。弱々しい笑みを浮かべる。「起きてたのかい？」身を起こした。

「何時かな」

「八時よ」

背を丸めて顔をしかめ、無精髭の顎を撫でながら座りなおした。「起きる時間かい」

「ええ」彼女がこたえた。遠くで車のクラクションが鳴った。どこかの玄関の扉が開き、近所の誰かがコンクリートの階段を下りていった。人々のくぐもった物音……朝の大気に躍る冷たい息。「いいお天気みたい」すぐ彼女は言い添えた。

「お天気か、くだらん」困ったような顔で、怪我した腕を眺めていた。

「朝食は何がいい？」

「いらない」苛立たしげに首を振った。バー、喧嘩、警察のエピソード……すべてがおぼろで、夢のようだった。すでに忘れかけていた。「二日酔いだよ」と彼は呟いた。「やれやれ」

「コーヒー、淹《い》れてあげるわ」エレンがやさしく言った。

「だめだよ。お医者さんに言われてるだろ」のろのろと上掛けをまさぐり、両脚で立とうとした。足先が床に届くと、「ああ」と声がもれた。しばらくベッドの脇に立ち、くたびれた顔で切なそうに眺めていた。胸毛の生えた裸の胸を何気なく掻きだす。それから身を翻し、やっとの思いで寝室をよろめき出ると、寒々とした廊下を抜け、バスルームに入った。扉を半分閉めて、背を丸めて立ち、便器に放尿した。しまいに唸り声をあげ、トイレを流し終えると、顔を曇らせながら寝室へ歩いていった。扉の前で立ちどまった。

「カネを失くしちゃってね」弱々しく告げた。

「大丈夫よ」彼女は軽くほほ笑んだ。「そんなこと忘れて。顔洗ってらっしゃいな」

素直に従って化粧台の引き出しから剃刀と替刃を取りだし、バスルームに消えた。シャワーのお湯がしぶきをあげる音。彼は嬉々として湯気に身を投じた。そのあと、手順どおり歯を磨き、髭を剃り、髪に櫛をあててから、洗いたての服を探してまごついた。

「三十ドルなくしちゃったんだ」と彼女に言った。

「その話はあとでいいわ」

うなずいた拍子にしゃっくりが出た。「失敬。家計から少し融通できるかい」

「たぶんね」と気乗りしない声で彼女が言った。

引き出しからハドリーは、糊のきいた白シャツを取りだした。匂いに心が弾んだ。次は清潔なパンツ。そしてクロゼットから、丁寧にアイロンをかけて吊るしてあった青いスラックスをひっぱりだした。なんだかやる気が出てきた。真新しい衣類と清潔な香りが、夜の腐臭を拭い去ってくれる。でも、彼の背後の薄闇、湿ったベッドで、エレンが見つめていた。爛々と光る視線を感じた。肩にこぼれる茶の髪。丸く盛りあがった乳房。腹部はもっこりと、グロテスクに突起していた。出産まであと数週間もない。赤ん坊——究極の重荷だ。けっして彼は逃れられないだろう。すでに気が滅入るほど、それは切迫していた。

「仕事には行けそうもないよ」憂鬱そうに彼は言った。

「どうして？」彼女が心配そうに尋ねた。「気分がよくないの？　何か食べていけば——」

「天気がよすぎる。外に出て公園で座っていよう」落ち着かなげに、からだをもじもじさせた。「たぶん、子供たちとフットボールでも」

「子供たちはまだ学校よ。フットボールのシーズンでもないし」

「じゃあ、野球をしよう。でなきゃ、蹄鉄投げさ」彼女のほうに向きなおった。「この週末、田舎に行きたかないかい。ここから出ようよ。ぶらぶらできそうなところへ出かけよう」

　エレンは腹部を撫でた。「外出するべきじゃないのよ。わかるでしょ」

「そうだった」大きくふくれた脆《もろ》い肉塊……宇宙の中心。

「ダーリン」エレンが声を改めた。「昨夜のこと、あたしに打ち明ける気になって？」

　まっぴらだった。でも、彼女の声にこもる確信が、その時が来たことを告げていた。「たいしたことがあったわけじゃない」とこたえた。「さっき言っただろ」

「あなた——怪我したの？」

「ほんとの喧嘩じゃないんだ。僕らは酔っぱらいすぎた……ちょっと手を振りまわして、言いあいをしただけさ」思いかえしながら呟いた。「でも、ろくでなしを一人やっつけたと思う。図体のでかいやつだった。警官たちは僕をコミュニストと考えた……ブタ箱に放りこまれたとき、喚《わめ》いてやったよ。『さあこい、ファシストのろくでなしども、貴様ら、まとめて面倒みてやる』ってね」

「相手は二人だけ？」

「警官四人と、ファシストのろくでなしが二人」

「バーの中で？」

「バーの外だ。はじめはバーの中だった、いや、公営図書館だったかな。たぶん、図書館員二人と」

「スチュアート」彼女が言った。「なぜ喧嘩したの？　虫の居どころが悪かったの？」

彼は淡い青色のコートに袖を通し、鏡の前で立ちどまって、顔や髪、歯や腫れた目を調べた。顔を歪めて、剃った顎のニキビをつぶす。

「サリーのことじゃなくて？」と彼女が言った。

「ああ」と彼は言った。

「あなた、緊張してるのね」

「そのとおり、僕は緊張してる」今日だった。姉のサリーを家に連れてくる日は。

「ねえ——あたしもいっしょに迎えにいってほしい？」

「僕ひとりでいい」扉のほうへ歩きだしながら言った。エレンを連れ歩くなんて、とんでもない。どうせ足手まといになって、事態が悪くなるばかりだ。「アパートの掃除くらいできるだろ」

「朝食は抜きなの？」

「ダウンタウンで食べる」キッチンのティーポットから、貯金を全部さらった。十ドルか十五ドル。ポケットに突っこんだ。大股で居間をよぎると、まだちらかっていて、熟れすぎた洋梨の匂いも残っていた。エレンが家をきれいに片づけることなんて、もう彼は期待していなかった。手はじめにたぶん灰皿くらいは空にするだろう。でも、それでくたびれて、ベッドに舞いもどってしまう。今夜、姉を家に連れてきても、このままだろうな。彼はあきらめていた。

「じゃあね」廊下に出る扉の前で彼は言った。

彼女はベッドから出てきた。もっさりした青いローブの紐をゆわえて。「いったん家に帰るの？　それとも直接連れてくるの？」

「トラックを借りられるかどうか次第だな」とこたえた。「電話するよ」さよならのキスもせず、手を振って愛想笑いを浮かべ、外の廊下に踏みだした。すぐ舗道に出て、ダウンタウンにむかって歩きだす。

雨が降っていなければ、出勤はいつも徒歩だ。でも今日は、靴が舗道に弾むたび、ずきんずきんと頭蓋に痛みが走った。メイソン・アヴェニューを曲がるころには、胸がむかついてくらくら眩暈《めまい》がした。無事たどりつけるのかな。朝食なんて反吐《へど》が出るぞ。この調子じゃ、トマトジュース一杯だって飲みくだせない。

ラッキー・マーケットではイタリア人の八百屋が、グレープフルーツやオレンジを盛った細長いトレーをひっぱりだしていた。ハドリーに手を振ったので、彼もお返しに機械的に手を振った。いつもの習慣で、宝飾店の店員や、ウェザビー文具店の、チビで鶏《とり》ガラみたいに痩せた婆さんとも、挨拶を交わした。

ゴールデンステート・カフェ〔8〕の戸口に、愛らしい黒髪のウエイトレスがもたれていた。清楚な制服。赤いスカートとブラウス、カールした黒髪にしゃれた帽子。「あーら」と、はにかんだように声をかけてきた。

彼女を目にして、彼はつかのま元気になった。「どうだい」と立ちどまって訊いた。

「いいお天気ねえ」媚びを含んだ笑顔でこたえた。ハドリーはハンサムだし身なりもいい。女の子たちにはよくもてる……実は既婚者で、もうすぐ息子が生まれる身だが、そうとは知らぬ娘にはとりわけよくもてた。

タバコに火をつけて、ハドリーが言った。「いつ寄ってくれるんだい」目と鼻の先にあるモダンＴＶセールス＆サーヴィスの店を指した。「おいでよ。テレビを無料実演してあげるからさ」

女が狡《ずる》そうに笑った。「無料って、何を実演するの？」

にやっとしてから、ハドリーは鋪道を歩きつづけ、店の暗がりに入った。沈黙と薄闇のいつもの室内。大学以来、働いてきた場所だ。

――

　スチュアート・ウィルソン・ハドリーは、ヘルス・フードストアの奥の席に座って、皿の上に身を屈めていた。ドレッシングをかけたグリーンサラダや、細切りビーフのクリーム和えをのせたトーストを、焦れったそうにつついてみた。カウンターの上にある時計は十二時半を指していた。ランチタイムが終わるまであと二十分。もう四十分も粘ったのに、まだひとつも喉を通っていなかった。

　ヘルス・フードストアは、おしゃべりの女性たちで埋まっていた。彼女たちにはうんざりだ。何もかも疳《かん》にさわった。胃は胸焼けがするし、鈍い頭痛が消えない。彼は手すさびに、紙ナプキンをちぎって丸めはじめた。エレンはまだベッドで寝ているだろう。午後三時か四時まで、床離れしないことがままあった。いっしょに寝ていたかったな。このひっきりなしの、けたたましい嬌声には、とても耐えられない。ジャックのステーキハウスで食べればよかったかな。小豆と豚肉とライスの皿にホットコーヒーなら、胃に収まったかも。

　ごろっと胃が鳴って吐き気をもよおした。ジャックのステーキハウスか。あっちは脂のしたたるフライドポテトの臭いが、壁から滲《し》みでているような店だ。石膏ボードから搾りだされた汗の玉みたいに、ぎらつく脂身のしずく。じゅうじゅう音を立てる鉄板で、フライの炎にあぶられて。野菜の陪審席みたいに、ブースにぎゅう詰めのビジネスマンたちが飛ばす卑猥なジョークと、濛々たる葉巻の烟《けむり》。ジャックのステーキハウスは、ジュークボックスの穴ぐらだ。立ちこめる煙と便所の唸り声が入り混じる納屋であり、クロニクル紙[9]の別刷スポーツ面「スポーティング・グリーン」と、爪楊枝と、こぼれたケチャップがごった煮の蒸し風呂だった。スチュアート・ハドリーは、オニオンバーガーの煙がこもる汗臭い体育館向きの人間じゃなかった。汚れた下着やスポーツ選手の泥足に囲まれながら、ロッカールームでバーガーを大口でパクつくなんて、繊細な人間にできる芸当だろうか。

　ジャックのステーキハウスで食事をするのは、あの中学校時代に舞いもどって、少年のころの汗と倦怠のなかにしゃがみこむにひとしい。ジャックの店にやって来るデブの成り上がり者たちときたら、灰色のパンツとテニスシューズを脱いでシャワーを浴びると、いきなり腹を突きだして素っ裸で闊歩するような連中だ。「バイシクル」[10]のスポーツ用サポーターを穿き、その下に黒々と爛《ただ》れたインキンの縞模様が隠れている。ジャックのステーキハウスで拷問にあうたび、スチュアート・ハドリーの脳裏にまざまざと浮かぶのは、シダー・グローヴス中学校の体育館だった。ロープ登りするあの瞬間、宙ぶらりんになってもがく彼を、せせら笑っていた仰向けの顔また顔。めざす目印——結び目まで届かず、彼が哀れっぽくロープにしがみついたあげく、とうとうへたばって力尽き、磨いた床に墜落するのを待ち構えていた。天井から宙吊りのスチュアート・ハドリー。蜘蛛の群れがあんぐり口をあけ、その上で蠅がみせるジタバタ劇……彼のあとから、痩せてチビのユダヤ人少年、アイラ・シルヴァーマンがするすると登っていった。いかにも粗暴で機敏そうに薄笑いを浮かべながら。ジャックのステーキハウスの主人、ジャックだって、もとはギリシャ人だった。彼もレジスターの前で薄笑いを浮かべて、せわしなく指で小銭を数えていた。永遠の儀式のように手と手を交差させて。

せかせかと彼を追い越していく連中は、いったい、どこへ行くんだろう。あんなに急いで……間違いなく、どこか重要な場所だろう。何か大切なことをする、かけがえのないどこか。こんなに大勢の人が、みんな大切な用命を帯びて、誰にもちゃんとした目的があって、外に出ているなんて信じられない。ややこしい計画や企みに加わって……宇宙の営為《いとなみ》か。

彼は億劫《おっくう》そうに角を曲がって道路を渡った。引きずるような足取りだった。あの惨めな小さな店に帰りたくなかった。何でもいい、遅れた言いわけになれば。トイレにちょっと隠れていようか……でも——さもなきゃ二階だ。上にあがって、アホ面の客に鉢合わせするか。

ヘルス・フードストアの窓に、セオドア・ベックハイムの大きな光沢のあるポスターが貼られていた。デイツとナッツの展示見本のあいだに貼ってある。彼は何百回もその前に足を止めていた。五月からそこにあった。ベックハイムは、彼とその信者が本拠を構えるロサンジェルスから、カリフォルニアの海岸沿いに北上してくるのだ。

あの男の重厚な暗色の顔が、じろりとハドリーを睨みかえしていた。なんとなく胸騒ぎがする。この男は信じ難いほど堂々としていて精悍だ。黒い巨眼、頑丈そうな眉根は、どこか原始の巨人に似て、太古の伝説のような風貌だった。セオドア・ベックハイムの写真の下にはこう書かれていた。

六月六、七、八日午後八時、番人ホールに来演。

入場無料。浄財歓迎。

「浄化――聖書が語る明日の世界秩序」

講演と質疑応答。

どなたも歓迎！

イエスの番人協会

ハドリーはその字句をぼんやりと眺め、あの魁偉《かいい》な顔に目を戻した。写真はずっとそこにあったから、彼は隅々までよく知っていた。まるで誰か年来の知己みたいだ。遠く仰ぎみる公人でもなく、新興宗派の一教祖でもないかのようだ。宗派の名がポスターに書いてあった。「イエスの番人協会」。パンフレットや街角で売られる週刊の機関紙によれば……世界的な協会だそうだ。南アメリカやアフリカ、アイスランドやイランにも信者がいる。聖書の稜威《みいつ》……お諭《さと》しの癒し。

じっと眺めていると、セオドア・ベックハイムのイメージが、いよいよ見慣れたものに思えてきた。しばらく連想したのは、フランクリン・ディラーノ・ローズベルト大統領の雄姿だった。それから、うっすらと記憶に残る瞼の父を思い出した。大きくて深く響く声、たくましい姿。どっしりした黒い眉の奥に、高校の物理の教師に似た怖い眼が光っていた。聖パウロのように長く白いローブを靡《なび》かせ、しっかりした足どりで廊下をのし歩く男。そのイメージは、陸軍の兵員募集のポスター[11]と同じように、いたたまれぬ不安をハドリーにもたらした。心の一方では、あいつらはわざとああして振舞ってるんだ、という声がしていた。すべてが高圧的な押し売りなんだ。でも、もう一人の彼は、わなわなと震えて紅潮し、熱いフライパンで融けていく柔らかなベーコンの脂身のように、胸の奥を流れ下っていく。

奇妙だった。この目で見たこともなく、声を聞いたこともない男に、こんなふうに魅入られてしまうなんて。でも、以前にもこんなことが起きた。すくなくとも、彼の感覚の一部は、こんなふうになったことがあった。奇妙なもんだ——これまでの彼の五感を一つに丸めこんでしまい、彼を魅了してきた人々全員が、いまここに集まったような感じがした。そして、そこにはもう一つ別の感情がまじっていた。ベックハイムはきっと黒人だ。彼はそう確信していた。黒人はどうしても好きになれない……道理もへったくれもなかった。ベックハイムの信者たちは、キンキン声でおしゃべりする婆さんどもに決まってる。ヘルス・フードストアのカウンターに座って、サラダやタピオカ・プディングをパクつく女たち。彼はそんな女たちが嫌いだった。

時計が四時を打った。いまヘルス・フードストアはほとんど客足が途絶えていた。女の客たちはみな、てんでにオフィスや家に退散していた。ベティーは散らかったカウンターをせっせと拭いている。皿や吸殻、丸めた紙ナプキンを突っこんだほとんど空のコーヒーカップを片づけた。テーブル席の一つに、縞のスーツを着た風采のあがらない小男が座っている。鼻にちょんと鉄縁のメガネをのせ、薄い唇にちょび髭を生やし、静かにスプーンでタピオカ・プディングをひらりとすくいながら、雑誌の記事を拾い読みしていた。

ハドリーがヘルス・フードストアに入ってきて、カウンターの丸椅子に腰かけた。カウンターの上に敷いてある湿った油布《オイルクロス》を、両手でぽんとはたく。

「なあに？　スチュアート」気だるそうに、ベティーが訊いた。かすかに愛想笑いを浮かべる。

「ソーダ水のボトルと、セロリ抽出液の小壜を一つくれよ。それで、セロリ味のソーダ水をこしらえられるから」

テーブル席にいた細縞《ピンストライプ》の男が雑誌を脇に押しのけた。「スチュアート！」馴れ馴れしく小声で呼びかけた。「よう、元気かい」

「やあ、ウェイクフィールド」ハドリーの返事は煮え切らなかった。

「こっちにこいよ。いっしょに座ろうや」ウェイクフィールドがスプーンを振って手招きしていた。金歯むきだしの陽気な笑顔だ。ハドリーは渋々起ちあがって、気乗りしないまま、テーブル席に移った。「おもしろい記事を読んだぜ。ワクチン[12]の話さ」しなびた干しプルーンのような男が、誇らしげに断言した。「バーナード・ショウが書いてるんだ。彼はイギリスの大劇作家だろ。きみも感心するかもしれんぜ」

「店に帰らなくちゃいけないんだ」ハドリーは気もそぞろだった。「お花の商売はどう？」

「文句は言えんさ」ウェイクフィールドはうなずいた。自分の花屋のことになると、厳粛な顔になって、もったいぶるのだ。「いつか立ち寄ってくれよ。きみのボタン穴に、素敵な紫のカーネーションを挿してあげるからさ」値踏み[13]するように、ハドリーのスーツに目をやった。「ふうむ、そのスーツだと、白のガーデニアのほうがいいかな。紫じゃ色が殺しあうだろ。白いのがいいと思う……そう、ガーデニアだ」ハドリーに身を寄せて、耳に刷りこむようにささやいた。「ワクチンって、子供の血に砒素《ひそ》を流しこむようなもんだぜ。何十億ものバイ菌の屍《しかばね》さ。それをミンチにして子供に注射器のポンプで送りこむなんて、極悪非道の所業だぞ！　この記事を読めよ」ハドリーの手に無理やり雑誌を押しつけた。「やつら、世界中に疫病を蔓延させてるんだ。健康になれるほんとの唯一の手は、正気の人なら百も承知のことさ。正しい食事を摂《と》ることなんだ。忘れなさんなよ。汝の胃に入るものは、魂に由来するものなり。ちがうかい？」声を高くした。「ちがうか？　ベティー」

「そうよ、ホーラス」ベティーが疲れた声でこたえた。カウンターにボトルを二本運んできて、どっかと丸椅子に腰をおろした。「一ドル四十セントよ、スチュアート」

ウェイクフィールドは、細くて冷たい指でハドリーの手首をつかんだ。「知ってるだろ、なんで癌にかかるか。肉を食うからさ。豚肉や牛肉の脂身。とりわけ豚だな。羊の脂身は、いちばん消化に悪いっていうぞ。下腹の消化管に残って腐敗しちまうんだ。羊の脂身の塊を食うと、ときどき何週間も便秘になっちまう。腐ってぷんと臭うんだ」不快そうな笑みを浮かべ、唇からにっと金歯をむきだした。鉄縁メガネの後ろで、大きく見張った目が小躍りしている。「自分をゴミ溜めにしちまうのさ。鼻の曲がるような汚物と廃物の山にな。蝿と蛆虫がうじゃうじゃたかっててさ。豚肉には例の旋毛虫[14]がいるんだぜ。きみの筋肉に潜りこみ、やがて全身を蝕んでいく。おっきな白い蛆が、じわじわ潜りこんでくるんだ……」ぞくっと身を震わせると、タピオカ・プディングにもどった。「忘れるなよ、スチュアート」一心になってプディングの最後のひと匙をすくうと、静かに言い放った。「汝の胃に入るものは、魂に由来するものなり、さ」

ハドリーはボトル二本分の代金を払い、ヘルス・フードストアから眩しい日なたに出た。ここ数週間、胸の奥で漠とした考えがとぐろを巻いていた。ボトルを大事に抱えて鋪道を歩いていった。目を伏せて、テレビ販売店の涼しい暗がりに飛びこんだ。

ファーガスンが勘定台で客に囲まれていた。のっそりと大柄で猫背の修理係オルセンも、主人を手伝おうと地下から上がってきていた。ずんぐりした褐色の肌の女のために、忌々しそうにレコード針を探しながら、同時に電話で応対している。ファーガスンの怒りの目がぎらっと光って、ハドリーに突き刺さった。が、ハドリーは二本のボトルに気をとられていた。店内をそのまま通りすぎ、とっつきの狭い階段を上がって、オフィスに転がりこんだ。

値札をつける作業机に座っていたのは、若いジョー・タンピーニだった。ハンサムな黒髪のイタリア人で、配達を担当していた。ハドリーがタイプライターの机に腰をおろし、やっとの思いでボトルを置くと、タンピーニはにかんで笑みを浮かべた。

「何を買ってきたんですか、ハドリーさん」タンピーニが尋ねた。好奇心いっぱいだが、品のいい男だ。よく気のまわる若者が、店の人づきあいに興じながら、何かないかと鵜《う》の目鷹の目だった。

ハドリーはガラクタの散らばる机を探しだした。汚れたタンブラーをみつける。やっと栓抜きがみつかった。「飲料だよ」ぼそりと言った。「何に見える？」

「味見しましょうか？」物欲しそうにタンピーニがほほ笑んだ。ところが、ハドリーはすぐ背を向けてタンピーニを無視した。

「どうせ気に入らないよ」とハドリーが言った。ファイル・キャビネットに囲まれ、請求書《インボイス》や勘定書の束、汚れたヌード写真とペンや鉛筆、旧式のロイヤル製タイプライターに埋もれて、彼はそっとボトル二本の栓を抜くと、セロリソーダを調合しはじめた。

「飲んでみて」ハドリーはにこやかな顔でファーガスンに促した。

「いったい、何だこりゃ」ファーガスンが訊きかえした。

「セロリソーダ。からだにいいから……味見してみて。妙な味がするけど、いったん慣れてしまえば、なかなかいい味だよ」

ファーガスンは、不機嫌そうに鼻を鳴らした。店内はようやく空いてきた。階下ではテレビセットの列が、勝手に唸り声をあげている。オルセンは修理室に逃げ帰った。タンピーニはこの日の最後の配達をしに、トラックで外に出かけていた。「いったい、どこに行ってたんだ」ファーガスンが咎めた。「たかが昼飯に一時間半もだぞ——おまえにゃ禁足令が要るな」

ハドリーはむっとした。歓心を買おうとしたセロリソーダのグラスを、憮然としてひっこめた。「ちがうよ——信号で立ちどまったんだ、それだけ。たぶん、ほんの数分ばかり」すべてがどうでもよくなった。ただファーガスンのために、一ドル分のセロリ抽出液を買っただけじゃないか。「いいよ」と切り口上になった。「給料からさっぴいてくれ」

「そんなことをして何になる」ファーガスンは声を落としてひとり言を言った。「出かけるぞ。お客になってくれそうでな。三十分もしたら帰ってくる……そろそろ客足も途絶えるころだ」とんとんと階段を下りて、一階のメインフロアへ姿を消した。やがてすぐ表の扉を開けて出ていった。

ハドリーは溜息をつき、タバコに火をつけた。分かっていた。階下に下りていかなくちゃ。三台のフィルコ製テレビがあって、調整と組み立てを待っていた。それは彼の役目だった。来る日も来る日も座りこんで、際限なくつつきまわす作業。そういう忍耐力と器用さが彼にはあった。でも、一階に下りるかわりに、彼はオフィスの机の前を動こうとしなかった。タバコを指に挟んだまま、所在なげにセロリソーダのグラスに触ってみた。うつろな顔でソーダをちびりと啜った。泡が消えかかっていた。残りは気の抜けた野菜の味ばかり、何の刺激もない。

老女が一人、のっそりと店に入ってきた。勘定台の前で息を切らして棒立ちになる。ふくれた大きなショッピングバッグをどさりと床に置いた。ハドリーは二階から穏やかな目で見おろした。婆さんは喘ぎ喘ぎつぶやいて、無人の店内にちらっと猜疑の視線を走らせた。店員が出てくるのが待ちきれないらしい。

　鈍重な痺れるような疲労感が、ハドリーの骨の髄に忍び寄ってきた。灰色のタバコの烟《けむり》のように気だるく、毒がからだの隅々までまわった。まず足の爪先から脛、腰から肩、ついには腕から指先まで、眠気が浸みとおる。茫然と婆さんを見つめていると、顎がゆるみ、気が滅入ってきた。この婆さん、見ていると祖母を思い出すな。彼はボルチモアの祖母の家に行ったことがある。でも、この婆さんは、ただ険があって御し難いだけだ。突き刺さるような目に落ち着きがなかった。それに祖母より背が低いし、ずっと年老いている。この婆さん、何がお望みなんだろう。たぶん、あのみすぼらしいショッピングバッグの中に、壊れたアトウォーター・ケント〔15〕製ラジオあたりが入っているんだ。それとも、汚れた古いラジオ用真空管をひとつひとつ新聞紙でくるんだ紙袋が収まっているんだろうか。いや、たぶん階下の修理室にラジオを預けているんだろう。運びだすのに男三人とロバ一頭が総がかりになるような、ばかでっかいフロア用モデルのコンボかもしれない。でなければ、ゼンマイ式蓄音器のカクティ・レコード針一箱をお買い求めにきたのだろう。

　彼はあくびした。彼女が聞き耳を立てる。後ろめたくなってハドリーは動きだした。タバコを揉み消し、わざとどすんどすんと足音をたてて、メインフロアに通じる階段を下りていった。脚が萎えてきた。勘定台までたどりつけそうにない。婆さんと店と、鳴り響くテレビが霞んできて、どろんとした眠気に没していく。けさも寝起きはだしぬけだった。僕はゆっくり起きなきゃいけないたちなんだ。そろそろと身を動かし、そのたびに深呼吸しながら。窓を開け放って、特別な胸のエクササイズを二つ三つこなしてからだ。たぶん、冷水のシャワーも浴びなくちゃ。すくなくとも、きちんとした朝食を摂らなきゃならない。出だしを間違えると一日が台なしになる……終業間近になると、こんなふうにエネルギーがガス欠になってしまう。

「何かご用で？」彼は婆さんに声をかけた。

くたびれた狡猾そうな瞳が二つ、耄碌《もうろく》して鳥目のくせに、ぎらりと光った。「あんた、お店の人？」とにじり寄ってきた。

「はい」とハドリーは言った。

「変だわねえ」と婆さんが言った。皺だらけの顔に、くっきりと猜疑の色が浮かんだ。「以前、見かけなかった顔だよ」声に確信がこもって、こわばっていた。「あんたは違う人だわね。あたしが来るのをお待ちかねの人じゃない」

ハドリーは抗弁する言葉がみつからなかった。

「いいや」と婆さんは、なかば悲しそうに、なかば疲れたように、首を振って言った。「あんたは、あたしをお待ちかねの人じゃない。あたしの係はもっと年配だよ。あんたはただの坊やだ」

「僕はここでもう何年も働いてますよ」唖然としてハドリーは言った。

「あたしをお待ちかねの人は、もっと色が黒くて背が低いよ。いい顔をした男だ。親切だし、役に立つ人だよ。あたしのラジオのこと、よくわかってるからね。十三年間ずっとあたしをお待ちかねなのよ。あたしがカリフォルニアに来て、ナショナル・ホテルに宿をとった日からね」

「僕には妻がいます」匙を投げてハドリーは言った。「子供じゃありません」

「その人はここの店主だよ。誰もみてくれないあたしのラジオを修理してくれた。ラジオの扱いようを心得ている。顔が賢そうで親切だった。あんたの顔は親身じゃない。空っぽで薄情な顔だよ。よくない顔つきだね。素敵でブロンドだけど、よくない顔つきだよ」

「ファーガスンさんをお探しなんですね」ハドリーはどうにか話を転じた。「いまは店におりません。どこかに外出してるんです」

「ファーガスンさんこそ、あたしをお待ちかねの人だよ」と婆さんは語気を強めた。「どっかに外出してるって言ったね。じゃあ、行先は知らないんだ。いつ戻ってくるんだい。このバッグにあたしのラジオが入っててね。彼に診《み》てもらいたいの。どこが故障してるか、彼なら教えてくれる。ほかの人じゃ無理よ」

「三十分で帰ってきますから」とハドリーは口ごもった。「たぶん、お待ちになられたほうがいいかと。それとも、ラジオを当店にお預けになりますか」

「いいや」婆さんはきっぱり言い放った。「置きっぱなしにはできないわ」

「それでは、お待ちいただきましょう」

「三十分も待ってられると思うのかい？　あたしのような老人は、そんなに長く立ちんぼしてられないんだよ」

「椅子を持ってきましょう」とハドリーが持ちかけた。

「いいや」と婆さんは断った。重いショッピングバッグを引きずって、扉のほうへ向かった。

「しばらくしたら戻ってくるよ」疲れた失望の目で、ハドリーの顔を探った。「ほんとにここで働いてるのかい、坊や？　以前、見かけなかったけどねえ。待ってるだけじゃないの？」

「僕はここの社員です」濁声《だみごえ》でハドリーは言った。「待ってるだけじゃありません」

「いまは待ってるでしょうが、店主が帰ってくるのを。いいや、やっぱり、あんたはここの人じゃない。わかるのよ。あんたがどこに属している人かは知らんけど。とにかくここじゃない」

足をひきずって、ゆらりと立ち去った。

ハドリーは茫然と店内をうろつき、けたたましい音をたてるテレビの列のスイッチを切った。ふっと沈黙が訪れた。たちまち、店の暗い空虚がせり上がって胸苦しくなった。一台だけ、スイッチを入れなおした。びくっとして店を飛びだし、外の鋪道に立った。

さっきの婆さんが、燻《くす》んだ色の買物ワゴンの紐をひっぱって、道路を渡ろうとしていた。視界から消え去るまで、彼は婆さんを見まもっていた。何のつもりだったんだ。彼女は誰なんだろう。暗い店内でひとりざわめくテレビ。ぼんやりした影絵に、痙攣《けいれん》するみたいに隻眼《ひとつめ》が瞬く。行き来する影。散乱する人やモノの映像が、ときに揺らめき、やがて通りすぎていった。

ハドリーは、店にもテレビにも背を向けた。耳をそばだてて、鳴り響く車の警笛の音や、熱苦しい遅い午後の鋪道を戛々《かつかつ》と鳴らす足音のスタッカートに浸っていた。色もなければ生気もない、干からびて死んだ音、陰気な叫びや店内から洩れてくる雑音を、なんとか耳から閉めだそうとした。板ガラスの窓に正対しながら、ズボンのポケットに深々と手を突っこみ、貪るように太陽や人々の温もり、晴れやかな活気の流露を胸に吸いこんだ。

だが、あの婆さんの言葉が、彼の頭でこだまする。

彼女の言うとおりだ。僕はこの店に属していない。ほんとはテレビのセールスマンでもない。彼は道行く人に焦がれるような眼差しをそそいだ。僕はあっちの側で彼らと肩を並べ、その一部でなきゃいけないんだ。せかせかと歩く人種でいるべきだ。ちっぽけな干からびた店の、よどんだ水たまりにこうして切り離されて、ぽつんと孤立しているべきじゃない。

身なりのいい若者が一人、鋪道を通りかかった。いくらか小太りだが、着こなしは非の打ちどころがない。高価な英国製スーツに身を包んだ軟体動物のような男。見るからに誂《あつら》えものらしい靴を履いていた。薄い黒髪にかすかな艶《つや》。ハドリーにちらと目をやったときの、茶の瞳に輝いた豊かな生気。爪といい、袖といい、仕草といい、すべてが物語るのは、その生まれ、大陸育ちというバックグラウンドだった。

夢見ごこちで、ハドリーは通りすぎる男を見つめた。ハドリーだって、ああだったかもしれない。別の環境に生まれていれば、あれが彼でもおかしくなかった。腕にグレーのトップコートを抱え、すらりと背が高く、黒ずくめで、威風堂々のスチュアート・ハドリー。身辺に男性用オーデコロンの微香を漂わせて。彼が住むアパートも想像できた。モダンな壁紙、中国製の敷物、特別注文の蓄音器でＢＧＭにバルトークを流している。そしてフランス人作家のフランス語のペーパーバックが数冊。ジイド、プルースト、セリーヌ……。

　彼は目で追った。男は駐車場で折れ、小ぶりな欧州製スポーツカーに歩みよった。さっと乗りこむと、エンジンをかけ、急発進して道路に飛びだした。たちまち、荷を積んだトラックの陰に、車とドライバーは消え去った。ハドリーはくるりと背を向けた。ああ、あの車が何かすら知らない。惨めな気分で、のろのろと鋪道を離れて店に戻った。

　目が慣れるまでしばらく暗闇に立ち尽くした。あの婆さんの冷気、老いと死のくすんだ異臭がようやく薄れはじめた。ハドリーは勘定台から強力ステープルガンを取りあげ、四方八方に針を乱射した。このガンをぶっぱなすと、いつも胸がすかっとする。こいつをもてあそぶのが彼には快感なのだ。壁や展示見本の棚、床やテレビ受像機の裏側に、ビシッバシッと針があたった。ほんものの銃器みたいにガンを握って、ハドリーは陳列台の中央に置いてあるテレビの前に躍りでた。呟いたり、瞬いたりしている画面に、至近距離から針を乱射する。痛快に跳ねかえされる針。彼はふらりと立ち去った。以前にもたびたびそうしたが、今度はあたり構わず撃ってみた。もう快感はない。ガン遊戯の楽しみは底をついた。勘定台にガンを放り投げ、戸口に立って、黙って通行人を眺めた。コートのポケットに手を突っこみ、タバコを手さぐりした。

あの婆さんは正しい。僕はこの店を去るべきなんだ。

彼は捨て子の犬を思い出した。ポップ・マイケルソンのガレージで、箱からひょいとつまみあげてやった仔犬。用水桶に落ち、石ころ同然に捨てられ、やがて迎える死。無用の屑、古紙と空缶。偶然の命拾い……手から手に渡されて。それは彼の人生でもあった。そんなふうに生きてきた。あてもなくさまよい、放浪し、あちこちタライまわしにされて。何の目的もない。たまたま救われ、たまたま呪われる。無意味な世界だ。

道路のむこうに、粋で目を惹くネオンサインが光っていた。ペニンシュラ旅行代理店。メキシコ旅行へ誘う巨大な文字。明るい色彩のポスターには、白い歯と黒髪の女が、小麦色の肌もあらわに、素晴らしい半裸の肢体を見せていた。**メキシコへようこそ。常夏と太陽の国。歌と笑い。明るいメキシコへ行こう。代金百四十ドル。**

彼は財布を取りだして、金をあらため、入れなおした。妻の家計費の残りが十ドル。コートのポケットをはたくと、釣銭八十四セントが出てきた。いっしょにマッチ箱やクリップ、客の名を書き殴った汚れた紙きれ、ちびた鉛筆、そして紙ナプキンの切れっぱし。

この世に彼が所有するものといえば、全部でこれっぽっちなのだ。スチュアート・ハドリーの骨と歯と塵芥《あくた》。うつそみの果てに、棺桶の底に転がるちっぽけな残骸がこれなんだ。ポケットいっぱいの屑と十ドルと八十四セント。勘定台の下のごみ箱に、ぽいとマッチ箱を捨て、小銭だけ残した。これぞ、名状し難き御霊《みたま》スチュアート・ハドリーの示現せるものなり……やんぬるかな。身重の妻は睡眠薬を飲んで、寝乱れたベッドですやすやお休みだ。引き出しいっぱいの未払い請求書。八着か十着の高価なスーツ。数えきれないほどのシャツや靴下やハンカチ、そして手染めのネクタイ。

レジに貼ってあるカレンダーを覗いた。次の給料日まで十日もあった。月の途中じゃ、セールスの歩合にもありつけない。六月六日だった。蒼蠅《さばえ》なす盛夏か。スカンピンの午後がずらっと並び、給料日まで前途遼遠だ。ほかには何にもない。十ドルじゃ、メキシコにも行けないぞ。首も回らず、がんじがらめだ。

でも、六月六日には、セオドア・ベックハイムが、ロサンジェルスから来て講演する。悪寒が全身を走りぬけた。たぶん、あそこには何かある。何でもいい、この単調な日常を打ち破るもの。どんな希望でもいい、すがりつく藁でもいい。

ベックハイムの講演を、彼は聴きにいくだろう。スチュアート・ウィルソン・ハドリーは、その場に座っているだろう。

ハドリーと過去をつなぐ生きた絆、デイヴ・ゴールドは、この友人の自宅の居間にいて、ソファーにそっくり返っていた。白シャツの袖をまくりあげ、毛むくじゃらの細い腕を突きだし、足を組んだまま、指と指で挟んだパイプをふかしている。スチュアート・ハドリーはその真向かい、テレビのそばの大きな安楽椅子に座っていた。キッチンでは、エレンとローラ・ゴールドが声高に語りあっている。レンジの中と外で、夕餉《ゆうげ》の料理がじんわり焼きあが

っていた。

　大学を卒業してから、デイヴ・ゴールドの五体は、青白く痩せ細って、いよいよムク毛だらけになってきた。メガネも金縁から鼈甲《べっこう》縁に変えてしまった。ズボンはいまでもブカブカでよれよれ、あまりにも汚らしい。靴底も張りかえる必要があった。歯はヤニまみれ、髭も剃ってない。ネクタイもなし。前日から着たきりの汗まみれのシャツに、毛の密生した凹んだ胸がのぞけていた。売文が彼の生業《なりわい》で、労組や左翼の刊行物に記事や論説を書き散らし、そこそこ全国で知られる存在になっている。

　正対してぼんやりとゴールドの言葉に耳を傾けているのが、このアパートの住人スチュアート・ハドリーだった。きれいに髭を剃り、ほのかに化粧品の匂いを漂わせ、上品な身なりをしている。少年みたいに目がうつろな、北欧人のようにハンサムな顔だち。友人デイヴ・ゴールドの風体が、どれほど風来坊みたいに見えるか、気づいていないはずはなかった。ふたりは月とスッポンだ。ネクタイも締めなければ、体臭防止剤アリッド〔16〕にも縁のない人間が、とにかく全国的な評判のまとだなんて、ハドリーには癪に障《さわ》ることだった。絶対、こいつはナンセンスだ。

「妙な目でおれを見てるぜ」デイヴが探る目になった。「どうしたんだ？」

「ちょっとした考えごとさ。変わらんことってあるんだな。きみは昔のまんまだ。それ以上かも」

「きみも昔のまんまだったらいいのにな」とデイヴが応じた。「こんなふうに一丁あがりになっちまうとは思わなかった。テレビ屋で働くなんて」

高校のころ、彼とデイヴ・ゴールドはチェスのクラブ活動でいっしょだった。ハドリーの尻をたたいて青年社会主義同盟の集会に行かせたのは、デイヴである。そこでハドリーは、それまで白眼視してきた思想、つまりは革命成就のための寄付に二十五セントを献上した。大学に入ってからのデイヴは、学内の文芸誌やユーモア月刊誌、そして週刊新聞のスタッフに巧みに潜りこんでいた。

一九四八年、デイヴはスチュアートを説き伏せて独立進歩党〔IPP〕に入党させ、党の正副大統領候補ヘンリー・ウォレスとグレン・テイラー〔17〕の演説を聴きにいった。ハドリーの妻になったエレン・エインズワース〔18〕は当時、ウォレス学生連盟でガリ版を切っていたのだ。ウォレス候補は屈辱的な大敗を喫し、スチュアートはIPPを離れた。他方、デイヴは公民権運動に加わり、サンフランシスコのカリフォルニア労働学校でロシア語の授業を受けはじめた。

キッチンでは、ローラ・ゴールドの嘶《いなな》くような笑い声が響きわたり、お湯が沸騰する音を圧していた。温かなアパートは、煮炊きの匂いに包まれて心地よく、黄色の照明が煌々《こうこう》と灯っている。ここの住人が立派な資産をお持ちなことは、すぐ身近に感じられる。女ふたりは男たちほど差がない。身重のエレンはぎごちなく、のたのたとキッチンを歩きまわっている。茶の柔らかな髪をゴムバンドでくくり、青い妊婦服の腹が前にせりだしていた。胴まわりが太いせいで、脚がひょろりと細く、生白く見える。白のボビーソックスに、飾り紐のないモカシン靴を履いていた。化粧もマニキュアもしていない。肌には淡く雀斑《そばかす》が浮いて、ふっくらとほとんどミルクのように白かった。唇も瞳も血の気がなかった。ローラ・ゴールドはいつ見ても暑苦しい女で、下品な黒髪、太い足首、薄汚い手をして出っ歯だった。灰色のセーターと、よれよれの黒シャツを着て、ハイキングシューズを履いている。疣《いぼ》だらけの鉤鼻だった。

スチュアート・ハドリーは、むっつり押し黙って彼女を見つめながら、内心首をかしげていた。どうして、僕はユダヤ人と付き合えるようになったんだろう。もちろん、デイヴは大半のユダヤ人と違っていた。彼は押しつけがましくない。でも、ユダヤ人の習性にはこと欠かなかった。あの不潔さがそうだ……大口でくちゃくちゃ喰らい、皿にはべったり残り滓、本もシミだらけにする悪癖……。

ハドリーは自分との接点を思いかえしてみた。デイヴ・ゴールドと、どこでどう付き合いはじめたんだっけ。ふわりと白いケープを翻す高校の物理の教師を思い出した。チェス・クラブの部長で、放課後は長い午後を費やして、ダーウィンやアインシュタインを論じてくれた。もちろん、当時のハドリーとデイヴは民主党支持だった。ふたりともローズベルトとトルーマンの大統領選バッジを胸につけ、山の手の金持ちの共和党青年たちと激しく角つきあわせた。

そのころのふたりは、民主党のもとで一心同体だった。父親が家具工場で木工仕上げをしている職工で、弁当箱に仕事着という労働者階級のデイヴ・ゴールド。裕福な中流の上の家に生まれたが、ニューヨークの医者だった父親を交通事故で亡くしたスチュアート・ハドリー。高校時代のスチュアートは、白シャツにジーンズで通したが、デイヴも同じだった。山の手の金持ちお坊っちゃまたちは、高価なスラックスにセーター姿、ピカピカに磨きあげた車を乗りまわし、社交クラブに入ってダンス・パーティーに興じていたが、彼らに逆らってふたりはお揃いの服装で通したのだ。後年になって、お揃いの服装も共通の政党も足並みが崩れてしまった。ふたりのあいだで根っから同じと思えていたものが溶解し、あからさまな差異に変じたのだ。振りかえってみれば、ハドリーにとって、青年社会主義同盟なんて学校の授業のようなもので、物理学やチェスみたいに思想を披露する場にすぎなかったが、それくらいはすぐ見抜けたはずだった。デイヴ・ゴールドの父親は独立系組合の「弱虫《ウォブリー》[19]」で、散々ぶん殴られて投獄された男だ。ピケを張り、マルクス主義のビラをまいた。スチュアート・ハドリー[20]の父親は人に尊敬されていた医者で、開業してオフィスも構え、評判も高かった。高級車ラサールに妻と子供たちを乗せる身分で、AMA〔米国医師会〕に所属する堂々たる専門職の男だった。

「きみの耳に入ってたのかい？　ひとことくらいは」デイヴが訊いた。「どうせ、おれの話なんかひとことだって」

「聞いてなかったよ」ハドリーはみとめた。「ごめん……仕事でクタクタでね。金曜は最悪なんだ。残業でげっそりだよ」

「もう済んだんだろ。リラックスすりゃいい」

「くたびれすぎて、リラックスできやしない。それに明日も仕事がある——土曜だぞ！」

「おれには理解できんよ。どうして週六日勤務なんてさせられるんだ」デイヴ・ゴールドは、パイプの灰をはたきながら言った。「ＡＦＬ〔アメリカ労働総同盟〕の小売販売員組合にでも加入できないのかい？　誰か、きみんとこで組合を結成しようとしたやつはいたのかな」

「ファーガスンが、真っ先につぶしたろうね」

「そのファーガスンって野郎、ご大層なやつにちがいない。おれが見たのは、古めかしい青の背広を着て、ベストに懐中時計をしのばせた中年男だったが、あいつだろ。やれやれ、ありゃ前世紀の遺物だぜ。じっさい、生ける化石ってところだ」

「それが彼さ」

「あいつめ、組合を信じていないのか？　零細な実業家ほど、自分を大物と勘違いしてやがる。たぶん、お店をチェーン店にしようって野心の持ち主なんだろ」

「そのとおり」

「なれると思うか」

「なれるかもしれない。カネを貯めてるんだ。掘り出し物の物件があってね」しばし考えこんでから話題を変えた。「きょうの仕事、僕といっしょにきみも行くべきだったよ」

「きみが何をしたんだって？」

「山の手に住んでる牧師に、ＲＣＡ製テレビのコンボを配達したのさ。ばかデカいお屋敷だった。だだっ広い庭。修道院みたいでね……たぶん、ヨーロッパから移設したんだろ。牧師の女房は、背の高い、灰色がかった金髪のイギリス人だった。ふたりとも王様みたいなんだ」

「王様とお妃様だろ」デイヴが訂正した。

ハドリーは暗い眼で床を見つめ、話を続けた。「コンボを据えつけて、屋根にアンテナも立てた。作業を終えると、アンダートン――ってのが牧師なんだが、一杯どうかとすすめるんだ。ウィスキー、ビール、何でもお望みだって」

「結構じゃないか」とデイヴはうなずいた。

ハドリーは怒りに身を震わせた。「牧師なんだぞ！　人に酒をすすめるなんて――それを結構だなんて言えるか？」突然起ちあがり、部屋を横切ってシェードを下ろした。思い出すだけで、あのときの感覚すべてが、奔流のように蘇ってくる。驚愕と憤怒。あの大邸宅と広大な庭、その家具類に、突然むかついた。「牧師が酒を置いとくべきだとは思わん」と彼は言った。

「きみはきこしめしたのかい」

「礼を失しない程度さ。逃げだしたかったよ。牧師がウィスキーを差しだすご時世に、いったい誰が、悪事に手を染めないよう人々を導けるんだい。彼は聖職者の襟《カラー》もつけていなかった。ありきたりのビジネススーツを着てるんだ。そしてあの贅沢品の一切がっさい――牧師ってのは、少々殺風景な部屋に住んでるんだと思ってたよ。妻帯なんてすべきじゃない」

「中世の修道僧とでも思ってたのかい」

ハドリーは照明の灯った小さな居間を、せかせか歩きまわった。「成功した実業家みたいに、牧師が豪勢な大邸宅と庭、妻と酒までそろえてるなんて、そこにご利益《りやく》があるとは思えないな。そいつはすべて……話がちがうだろ」

「まさしく」とゴールドはみとめた。

「宗教には何も残っちゃいない！　教会に行けば、史上最大のベストセラー小説の聖書からひとくさり、牧師が朗読してくれる。牧師なんて心理学者以外のもんじゃない。やつらは出かけてって、兵士たちに説く。敵を殺せ、キリストは嘉《よみ》したまわん――神もお望みだ、とね」

ゴールドは思案していた。「むかし、おれたちが学校にいたころ、ジャップもドイツ人も、みんなこの世の地図から抹消しちまえって祈ったな。おもしろい。いまじゃきみは、戦前のスローガンがぴんと来ないってわけか」

「あまりにも早く、朝鮮戦争をおっぱじめたからさ」とハドリーが言った。

ゴールドがにたりと笑った。「そうさ、やつらはもう少し待つべきだった。戦争と戦争のあいまの不況に、もっと時間を費やすべきだったんだ。そうすりゃ、人民は喜んで外地に出征して戦ってくれる。今度のはその舞台演出にしくじったんだ」

エレンとローラが足音を鳴らして部屋に入ってきた。「舞台演出って何のこと？」とローラが口を挿《はさ》んだ。二人の女も椅子に身を沈めた。キッチンでは、夕食の料理がゆっくり熱せられていた。

「戦争さ」デイヴ・ゴールドが言った。

「戦争の話なんてもうまっぴら」と言いながら、エレンが身を震わせた。「誰も彼もいつだってその話で持ちきり。ラジオやテレビをつけたり、雑誌を手にとるか、見出しに目をやると、そこに戦争があるんだもの」ローラに言った。「赤ちゃんが生まれるんじゃなかったら、スチュアートだって召集令状よ。もちろん、肝臓障害があるから……でも、わかりゃしないわ」

「そうそう」ローラがぶしつけに大声を張りあげ、おこがましく言い募った。「次の戦争に駆りたてるんだから、子供は育てとく必要があるのよ。前もって仕組んであることなんだわ」げらげら笑いだし、身をのけぞらすと、脂まみれのセーターをまさぐって、タバコを見つけだそうとした。

スチュアートはうんざりして彼女を睨みつけた。彼の妻はしれっと動じることなく座っている。まるで気に入らないのは話の中身ではなく、話題にした張本人のほうだといわんばかりだ。ローラが戦争や死を喋々《ちょうちょう》しても彼はいっこうに構わなかった。女の井戸端会議、台所界隈のぺちゃくちゃ話にすぎないからだ。でも、男のほうがそれを口にすると、家庭の聖域が侵されてしまう。圏外の戦争の脅威を身近にひっぱりこむからだ。夫のスチュアート・ハドリーがおぞましい話題に触れるのは、妻にとって許せないことなのだ。他人の女なら、たとえ胸中の迷信をぶちまけ、年増らしい恐怖や苦痛の愚痴をこぼしてもいい。ローラ・ゴールドのような現代の進歩党の魔女が、エレンに寄りそって業界仲間の騒々しい駄ボラを耳に吹きこんでも、反撥どころか、愛想笑いと従順な態度で迎えられるだろう。他人の女なら——どんな女でも、いろんな点で夫の彼よりはずっとエレンに近い。あざとい女の猫っかぶりだって、ひそかな啓示や指図のための女同士の内緒ごとなのだ。自分の家の中でも、こればっかりは男の縄張りじゃない。立ち入れない領分だった。女のための別次元があって、彼には潜りこめない。男は誰でも爪はじきだ。女ってのは、この世の形而上学《メタフィジック》なんだ。

「戦争の話は抜きだなんて、そんなことできるもんか」とハドリーは語気を強めた。「そこらじゅう戦争だらけだっていうのに」

「聞きたくないの。それだけよ」あっさりエレンが退けた。ほほ笑みを浮かべ、夢見るように部屋を見渡した。ゲストがこの悪趣味な取り合わせでも、満ちたりた顔をしていた。不快な若いカップルに夕食を用意して、接客本能を充たしているのだ。「スチュアート、ラジオで何か音楽をかけて。でも、ニュースのコメンテーターが、わいわい騒ぐような番組はいやよ」

結婚、妊娠。それが彼女を丸くし、骨抜きにした。昔はぴりぴり神経を尖らせていた。タイプと速記を習って、自分も稼がなくちゃと思い詰め、その可能性があったころは。ところが、たちまち棘《とげ》を抜かれた。爪に火を灯すような経済競争の動機が失われると、エレンは沃土に繁茂する植物の次元に沈んでしまった。ただの繁殖原理となり、一箇の人間ではなくなった。根を張り、葉を繁らせ、ガラス箱に入った果汁たっぷりの熟れたメロン。囲われた娼婦のように、艶っぽくぽっちゃりと。後生大事に毛布にくるまれ、甘えるようになった。

ハドリーには分かっていた。デイヴ・ゴールドは、百も承知でこの変貌を傍観している。目を吊りあげ、実利一点張りだった花嫁が、ぼってりした、ただの野菜に化けてしまったのだ。デイヴは分厚いメガネのレンズの奥から、ツラあてみたいに無言の目を光らせて、しばたたかせた。パイプをはたいてうなずく。納得はしていないが、お見通しとでもいうように。

「ヒステリーが蔓延《まんえん》している」とデイヴが言った。「魔女の冷たい風……死の恐怖。狡猾な連中はそいつを食いものにする。がつがつとな。マッカーシーか、利口なやつだぜ」

「あのクソネズミ！　口にしないで！」ローラが抗議した。嫌悪のあまり、怒ってツバを吐きそうな仕草をみせた。「あのファシスト！」

　女たちは結束して、不快なことを聞くまいと耳を塞いだ。彼女たちを結びつける共通の絆、男とは別の人種である女に固有の不可解な心理学。ハドリーはデイヴに語りかけ、途切れた話をむりやり繋ごうとした。「たしかに、僕はナチスやジャップとの戦いに賛同したよ。戦争になって小躍《こおど》りした。ローズベルトが、枢軸国は人類の敵だと言ったからね。僕はやつらをこの世の地図から抹殺したかった。開戦した十二月七日[21]、僕は昂奮して、夕飯が喉を通らなかった」

「あれは日曜だったわね」エレンが懐かしそうに言った。またもや話題を脱線させようとしていた。「思い出すわ。叔母と叔父があの日の午後来てたの。親戚たちもみんな、身を固くして正装していた。あたしは映画に行きたくてたまらなかったわ。マリア・モンテス[22]か何かの映画を上映してたんだもの」

斜《はす》向かいからデイヴを見つめながら、ハドリーは話しつづけた。「ローズベルトは僕らに言った。やつらを殲滅《せんめつ》させせなければならん――一木一草たりと残さず。いま思いかえせば、どうしてあんな気分になれたのかわからない。ある映画、ニュース映画を見たんだ。ジャップが沖縄で塹壕《ざんごう》から飛びだして、GIがそこに火炎放射器を浴びせるんだ。するとジャップは、走りながら火だるまになるのさ」ハドリーの声が震えた。「焚《や》き殺すんだ、炎となった人間の松明《たいまつ》。映画館にいた誰もが手を叩き、笑いころげた。僕も笑ったんだ」冷たい硬い表情が顔をこわばらせた。「僕は気がどうかしていたにちがいない」

エレンは苛立たしそうに肩をすくめた。「戦争中は――」

「そうだよ」ハドリーは言った。「戦争中はね。何だって信じる時期なのさ。僕だって何でも信じたよ。あいつらが吹聴していたことをね。なぜいけない？ 僕はただのガキだったんだ。嘘っぱちを吹きこまれてるなんて、どうして僕にわかるんだ？ 僕は彼らを信じた……一点の疑いも抱かなかった。あいつらも言ってたろ、ジャップは類人猿だ、ケダモノだって。僕は信じた。そうさ、ちょっと見ればわかる。やつらのガニ股《また》を見ろよ。あの出っ歯、あの近眼……なかば目が見えない野蛮人さ。背信の徒だろ？」

「そうだ」とデイヴが同調する。「やつらは騙し打ちを仕掛けやがった」

「ほかには？」

「やつらはニヤニヤしてたんだ」とデイヴは言った。「女を強姦《レイプ》し、赤んぼを銃剣で刺しながら、ニヤニヤしてたんだぜ」

「そのとおりさ」とハドリーは頷いた。「首都ぜんぶが火焔地獄と化すまで、東京が爆撃されたと聞いて、僕は嬉しくてたまらなかった。跳びあがりたいくらいにね。お国自慢のチームが、檜《ひのき》舞台で勝ったみたいに……群衆もドンチャン騒ぎだ。バンドが鳴り響き、旗が振られて。そこで僕は例のニュース映画を見たんだ。火だるまの男。あの痩せた無言の小男は、焚《や》き殺されまいと必死だった。隠れていた洞穴から飛びだす。虫かなんかみたいに、ぴょことはねて、追いたてられていた。車座になったガキに、何時間も小突きまわされる甲虫《かぶとむし》みたいに。すると、みんなで拍手喝采さ」声を落として顔を顰《しか》めた。「僕も小躍りしていた。でも、もうしない」

「いまじゃ、ロシア人が敵だぜ」とディヴが言った。「といっても、やつらはニコリともしねえ。独活《うど》の大木だ。チビでもガニ股でもない」

「だけど」とハドリー。「僕はもう小躍りしないよ。あんなことは一度でたくさんだ。二度とやらない。罰あたりの無神論者、東洋の唯物論者を、もう憎む気になれないんだ。やつらがやって来て、アメリカを占領したっていいじゃないか。また戦争になったら、僕はここに座って、原爆が落ちてくるのを待ってるよ。僕らの発明だろ……日本の女たちや、疲れ果てた老人、傷病兵たちに、あいつを落としたんだ。僕らが使ってしまった以上、いつか僕らもやつらに落とされるさ」軽く笑みを浮かべた。「僕も罰あたりの無神論者かな」

「でも、あたしたちが救った命もあるわ」眉を顰《ひそ》めて、エレンが口を挿んだ。「放っとけばアメリカの若者が大勢殺されていた……原爆が戦争を終わらせたのよ」

ハドリーの喜色が広がった。「死はすべてを終わらせる。戦争だけじゃない。どこで打ち止めにできるんだい。罰あたりの無神論者のあとは、正真正銘の飢饉が来るんだ」

「それはあたしたちのせいじゃないわ」エレンはあやふやな口調になった。「せっかく援助しようとしたのに、何が起きたかご覧なさいな——あたしたちを憎んだ。妬《ねた》んだのよ」

「やつらは妬んでるさ」ハドリーは応じた。「だって、僕らの富は僕らのものじゃない、くすねたものだと知ってるからね。どこからくすねたかも知っているし、一部はやつらのものだとわかってる。僕らは富と飽食で腐ってるんだ。皆殺しも相応だよ。そう感じないかい。わかってるだろ。僕らの罪、僕らの過ち。因果応報なんだよ」

「そんな言いかたをしないで」不機嫌そうにエレンが言った。せっかく寛いだ社交の場にしようとしたのに、夫がぶち壊しにしたからだ。そればかりではない。彼の顔に浮かんだあの表情に気づいたのだ。この人の幻滅の井戸の底には、最深部に幻滅の湧き水があり、そこに触れると、いつも硬直した非情の釉薬《うわぐすり》が表面に浮かんでくる。エレンはその表情にいたたまれず、鳥肌が立った。「座ってちょうだい、お行儀よくして」ぶっきらぼうに言い放った。

ハドリーはそれを無視して、部屋をぐるぐる回りつづけた。「この国は邪悪だ。僕らは大国だし、裕福だし、傲慢だ。浪費し、使い捨てて、世界の他国なんか、気にもとめない」ローラに語りかけた。「僕がきょう会った牧師は、ハイボールを注《つ》いでくれた。広々とした豪邸と美人の女房を抱え、八百ドルもするテレビのコンボと、酒壜どっさりの冷蔵庫をお持ちのご身分なのさ」

「それがどうだっていうの」エレンはむきになった。「このアパートにもお酒があるわ。あなただっていつも、どっかの安バーに座って、ビールをあおってるじゃないの。午前二時まで外をほっつき歩いてたおとついの晩みたいに。働きにいく時間になっても、ほとんど起きてくれなかったわ」頰を紅潮させ、早口になった。「あなたって苛々する話ばかり。素敵な大邸宅を見たら、いいなって思っちゃいけないの？　懐に八百ドルのテレビを買う余裕があれば、あたしたちだって絶対買ったわ——甲斐性なしは誰のせい？　他人の成功を妬まないでよ。やっかみだわ。それがあなたの欠点ね。他人に嫉妬してるだけなのよ」息が切れた。

「彼女はどんな人？」

ハドリーは目をパチクリさせた。「誰のこと？」

「牧師の奥さんよ」

ハドリーの記憶に、あの場面がよみがえった。彼とオルセンが身を屈めて、呻《うな》ったり汗をかいたりして、テレビセットを調整していると、ミセス・アンダートンが階段の足もとにあらわれた。片手を手すりに置いて、冷ややかな目で彼らを眺めていた。床までとどくローブをはおった、ほっそりした長身。暗色のブロンドの髪が肩にこぼれていた。静謐な高貴な顔だち。「美人だったよ」真顔でハドリーが言った。「プリンセスだね」

エレンの顔色が変わった。何か言いだそうとしたが、その前にローラ・ゴールドが割って入った。痴《し》れたように、くすくす笑いだした。「スチュアートったら、下卑たブルジョワなのね！　骨の髄までブルジョワなんだわ」

ハドリーは彼女を睨みつけた。「僕には好みがある。好みがあっていい暮らしをしたい。そう思って、何が悪いんだい？」

「おれはてっきり、その牧師の蓄財を、きみが指弾してるんだと思ったよ」デイヴ・ゴールドは困惑し、辟易《へきえき》したように言った。「わからんな、スチュアート。きみはまるで、そうした財産を一掃したいと言わんばかりだった……ところが、いまきみが言ったのは――」

「牧師があんなふうに暮らすべきだ、とは思っちゃいないよ」ハドリーは頑なに言い張った。「正しいことじゃない」

エレンが起ちあがった。敵意をみなぎらせてよそよそしい。「ローストの匂いがしてきた気がするわ。スチュアート、夕食だから手を洗って」ふくらんだ腹をゆすって、キッチンに姿を消した。ローラがそのあとに続いた。低い声がしたかと思うと、けたたましい笑い声が居間に流れてきた。

ハドリーとデイヴは、向かいあって顔を見あわせた。

「イエスの番人協会のこと、何か知ってるかい」とハドリーが訊いた。

ゴールドはパイプをぽんとはたいた。「たいして知らんな」

「今夜、集会があるんだ」

ゴールドがこくりとうなずいた。「そうだったな。スチュアート、おれの知ったこっちゃないがな。でも、きみはいまの仕事を辞めるべきだよ。ボロ雑巾になるだけさ。あんなうらぶれた、ちっぽけなテレビ販売店で働くなんて、愚の骨頂だ。あんな店主のために、身を粉にすることはないぜ。テレビがどうだっていうんだ。三十六計、逃げるに如かずさ」

しかたがないと言うように、ハドリーは手をひろげた。「どうやって？　あーあ、辞められるタイミングじゃないよ。赤んぼが生まれるんだ」

「いくらか貯金はしてないのかい」

「分娩費に数百ドル」ほんとうはそんなに貯金は多くなかった。いまいくら目減りしたか、正確には知らない。

「お袋さんから、少々無心できないのかい」

「東部の母親に手紙を書くなんて、そればっかりは勘弁してくれよ。僕ひとりで賄いたいんだ。僕は——ほんとはせっぱつまってもいないのに、母親に無心の手紙なんか書くもんか」

ディヴは考えこんだ。「きみの姉さんはどうだ？」思い出そうと記憶を探った。「サリーはどうなったんだい？　高校以来、会ってないな」

「姉は結婚したさ。バークレーに住んでるんだ。カネのためだとしても、あの夫婦に無心の手紙を書く気には絶対なれないな」ハドリーは腹が立ってきた。だんだん気分が荒れてくる。

「きみはサリーを知りっこない——一度も会ったことがないだろ」

「いつも、ちょろちょろしてたぜ」ディヴがおだやかに言った。「ちぇっ、きみの姉さんとお母さんなら、おれだって知ってるよ。十一年生[23]以来、きみとは知り合いだろ」

「わかったよ」話題を切りあげたくて、ハドリーは呟いた。垢じみてよれよれのディヴ・ゴールドが、姉を知っていて同じ世界に属しているなんて、考えただけでも気が滅入った。

「どうしても必要なら、生命保険をカタに借金すればいい」もちろん、ハドリーはすでに借金していた。いま死に物狂いでかき集めても、足りるかどうか。「ファーガスンから借りたっていいんだ……僕らが結婚したとき、百ドル貸してくれたし」

「うへっ」デイヴが顔を顰《しか》めた。「どうせきみの給料から天引きだぜ」

「ほかにどう返せばいいんだい？」

デイヴはパイプでこつんと灰皿をたたいた。よれよれのズボンのポケットを探って、パイプタバコの袋をつかみだした。「きみらプチブルのホワイトカラー労働者を、ぜひとも組合化したいもんだな。数百万人はいるはずだぜ。きみらは目立たない……巨大な金太郎飴の集団なんだ。目に見えるようだぞ。日曜になれば、ハイウエイで車を飛ばして、田舎にピクニックにお出かけだろ。子供たちをロードショーに連れてって映画館で行列。女房たちはスーパーマーケットでカートを押して、しゃなりしゃなりと練り歩く。だけど糞ったれめ、組合集会には絶対来やしない」

エレンがキッチンの戸口に姿を見せた。「夕食の支度ができたわ。スチュアート、椅子をそろえて、カード用のテーブルを整えてちょうだい。テーブルクロスと銀食器がどこにしまってあるか、知ってるでしょ」

ハドリーは起ちあがった。「ああ」と億劫《おっくう》そうに言った。両親が結婚式のお祝いにくれた銀食器の箱を出しにいく。スチュアート・ハドリーとエレン・エインズワースが結婚していっしょに暮らした期間の、たぶん六倍は使いこなした年代物だった。

テーブルからキッチンへ、ハドリーがせっせと汚れた皿を運んでいると、エレンが遮った。「プライドを持ってほしいの」辛辣な叱言《こごと》口調だった。「むこうに座って、食べずにふくれっ面してらっしゃれば。拗《す》ねた坊やみたいに」

居間では、デイヴとローラが何か議論していた。ハドリーの耳にも声の刺々しさが伝わってきた。ほんとうに今夜は、僕がぶち壊しにしたんだろうか。高校時代の旧友が訪ねてくるなんて、めったにあることじゃない。あれこれ難はあるし、ローラにも閉口だったが、それでもデイヴに会うのは楽しかった。「ごめん」と彼はつぶやいた。「そんなに熱くなってないよ」

「あなたはけっして熱くならない」エレンのことばは責めるように痛烈だった。彼が流しの水切りに皿を置けるよう、彼女は身を脇にどかした。「あんな失礼なことするなら——」皿の触れあう音で、言葉が途切れた。アップルパイにアイスクリームを添えようと、ハドリーは皿を戸棚から取りだした。「あんな失礼なこと、やめてもらわなきゃ。誰にとってもフェアじゃないって、わからないの？」

　ハドリーは逆上した。「僕にだって、フェアじゃないだろ。どうしろっていうんだい。ガスレンジの火みたいに、自分の感情を入れたり切ったりかい？　オーライ——」彼は店売りの平皿から、熱くてほっかほかのパイをすくって、したたる切れはしを皿にのせた。「けたけた笑って、冗談をひとくさり。それがきみの望みの夫か？」

エレンは惨めさと憤怒が入り混じった表情をみせた。彼に背を向けると、冷蔵庫のアイスクリームを取りに大股で歩き去った。冷蔵庫のドアを荒々しく閉めた。パイのそばに一クォート入りのカートン箱を叩きつけるように置いた。大匙はどこかと見まわすハドリーをよそに、彼女はキッチンから出ていき、デイヴとローラのいる居間に去っていった。

彼は黙ってひとりで、とろけたアイスクリームを、厚紙のカートン箱から匙ですくってパイに添えた。アイスクリームを冷凍庫に入れておくという分別すら、エレンは働かなかったらしい。どろりと冷たいしずくが手首を伝い、袖口から袖までしたたり落ちた。彼は皿二枚を捧げ持って、陰気な顔で居間に歩いていった。

コーヒーが沸いたかどうか、様子を見にとって返すと、ハドリーはまた追いつめられ、妻の絶望の癇癪玉《かんしゃくだま》が破裂するのを聞かされた。「あなたがどう感じようと構うもんですか。くよくよ嘆いたり、ぶつぶつ不平を言うあなたって、もううんざりだわ。あなたはいつも何かにケチをつける」エレンは食べ残しのデザートの皿を流しに集めながら、身を震わせた。

「あーあ、この雑貨屋で売ってるひどいアイスクリームったら。こんなに始終喧嘩してなければ、ドラッグストアから自分で選べるアイスクリームを買ってこれたのに」轟々と皿を流す水音。「それにあなたったら、冷凍庫に入れる分別さえ働かなかったのね」

「ああ」と言って彼は思い出した。結局、彼の仕業だったのだ。アイスクリームを家に持ち帰り、冷蔵庫のいちばん下についうっかり、林檎やオレンジと並べて置いたのは。「なあ、きみが買ってこれただろ。きょうの午後、買い物をしたんだから」弁解調になった。「家計費から代金をさっぴいといてくれ」

コーヒーカップをそろえる彼に、エレンがついてきた。「何の家計費ですって？　最後の一セントまで、さらってったくせに——それくらい、よくご承知でしょ。けさ、帰宅したときよ、酔っ払って留置場に泊まって。喧嘩沙汰のあげく、相手を殴り倒したのよね」

「もう忘れよう」

「いいわ、忘れましょ。あなたが三十ドルか、それ以上なくしたことも。逮捕されてブタ箱入り、翌朝まで帰らなかったことも。あたしは心配で心配で、ほとんど気が変になりそうだったことも。みんな忘れてあげましょうね」

食後のコーヒーは、暗鬱な沈黙に呑みこまれた。「さてと」とついにデイヴ・ゴールドが、ソーサーをいじりながら口を開いた。「そろそろ、おいとまする時間かな」

ローラが大インコみたいに声を張りあげた。「だめよ、お皿も洗わないで！　帰る前に後片づけしていかなきゃ」

エレンはよそよそしくソーサーをもてあそんでいた。「いいのよ」目を上げもしなかった。

「そんなこと忘れて」

「でも——」とローラが言いかけた。

「あしたまでほっとくわ。しばらくテレビを見て、それから寝《やす》むから」エレンはローラにぎごちない笑みを投げた。「とにかく、お気遣いありがと」

デイヴとローラが、もたもたとコートに袖を通すあいだ、ハドリーは腕時計に目をやった。

思ったより遅い——そろそろ十一時だった。もちろん、例の会はほぼ終盤だろう。でも、終わり際を見るチャンスはまだある。「ところで」と彼はディヴに持ちかけた。「いっしょに出かけたいんだ。いいだろ？　車で来たんじゃないかい？」

三人で暗い無人の鋪道を歩いた。靴音が宵闇に響きわたった。「家に戻ったほうがいいと思うわ」とローラがロバのように嘶《いなな》いた。「奥さん、きっとヒスるわよ」

ハドリーは無言だった。ディヴがポケットに手を入れて、車のキーを探しているあいだ、辛抱づよく車のかたわらで待っていた。ゴールドの車はくたびれた旧式のキャディラックだ。塗装も色もない。第一次大戦の陸軍タンクのように、のっそりした錆だらけの鉄塊だった。ディヴがロックを外すと、ぎいっと軋むドアが開いた。車内に立ちこめる異臭は、ビールと湿っぽい内装、それに焼けたオイルの臭いだ。ハドリーは古雑誌の山やクッションを脇に押しのけた。ショッピングバッグからこぼれ落ちた瘤つきのジャガイモが数個転がっている。後部のシートに潜りこむと、顔を窓に押しつけた。前の席のむきだしのスプリングに脚をあずけた。すぐあとから横にディヴが乗りこんできて、ううと呻り声をあげた。

「ローラが運転するんだ」と説明した。「夜のおれって、ひでえ鳥目でね」パイプに火を点じた。暗闇ですぱっと吸う音がして、遠くの工場のようにぼうっと光った。「ま、楽にしてくれや……エンジンがあったまるまで、すこし時間がかかる」

運転席でローラが制御盤をいじっていた。エンジンが咳きこみ、しゃっくりする。猛烈な轟音が鳴り響いて、街路に高く低くこだました。吹かしすぎの排気が濛々と立ちのぼり、ハドリーは噎《む》せた。青いガスの雲が漂いだした。つんと鼻を突く、濃厚な、吐き気をもよおす煙。尻の下で車のフレームが、びりびり揺れて振動している。エンジンが逆火《バックファイア》し、ふっと音がやみ、また起動して、やっと回転が安定した。

「こいつは、ほんとに生きものなんだ」とディヴが解説した。

　鈍重な車が大気をガブ飲みして走りだした。ローラが叫んだ。「バーに立ち寄って、酒を数杯あおりたい？　それともこのままうちに来たい？」彼女は轟然と街路の中央を突進した。逆火、急発進、赤信号の交差点で急停止、そしてまた以前とおなじ勢いで走りだした。

「ダウンタウンで降ろしてくれ」ハドリーが言った。「それでいい」

「ダウンタウン！」ローラが車の轟音をしのぐような金切り声を発した。「何のつもり？　ダウンタウンだなんて。ダウンタウンって場所じゃないわ。ブルジョワの概念よ！」

「降ろすだけでいい」ハドリーは苦し紛れだった。「どこでも、都合のいい場所で」上品ぶってはいられない。暗い街路を大型車が、ぎくしゃく前進するにつれて、胃がむかついてきた。たぶん、エンジンが吐きだす有毒な瘴気のせいだ。がっくんがっくん痙攣《けいれん》する車と、町の境界を越えていく州高速道で走る対向車のヘッドライトがぎらつくせいでもあった。それに、エレンとの痴話喧嘩も響いていた。

　ふたりの結婚生活の軋轢《あつれき》は、何もかも妊娠でひどくなった。ささいな諍《いさか》いがこじれ、結婚生活のどの場面も、醜くふくれあがった悪夢と化してしまう。でも、いまアパートの外に出てみると、冷静な感覚が彼に語りかけてきた。エレンのせいじゃない、これは彼自身のせいだった。彼の内奥にあるもの、灼け爛《ただ》れるような不平不満のせいだった。得体の知れぬ未知の何かを、やみくもに求めてやまない飢餓感。でも、この結婚を壊すつもりはなかった。できるはずもない。あまりにも大切だからだ。エレンと赤んぼがいては。

近い将来の光景を想像してみた。親子三人。男の子じゃないかもしれない。女の子だったら、奇妙でおかしな、不思議なことになる。やっぱり男の子でなくちゃ。彼にとって得心がいく存在でなければならない。すでに彼の理解を超えることが多すぎた。彼の結婚は、自分をしっかり繋ぎとめる確たる芯を残しておかなければいけない。

「おい」デイヴが厳かに言った。「あの狐憑き《ホリーローラー》(24)の秘密集会に行こうってんだな？」

　ハドリーは考えた。「ああ、そうだよ。イエスの番人協会さ」

「何とでも呼べ。あんなのとかかわりあうのかよ」声が尖ってきた。「なぜだい。アホらしい。ハルマゲドンのホラ吹きどもだろ。スカタンじゃねえか！」昂奮して怒鳴りちらした。「ありゃサイテーの無知――愚劣の極みだ！　バカげてるぞ、いいか。あんなのとかかわりあうな。聞いてるのかよ、おい」

　ローラが声を張りあげた。「何それ？　何とかかわるって？」

　ハドリーはふてくされてどさりと身を倒した。「僕は心が広いんだ。だから集会に行って、彼らが何を言わずにいられないか、聞いてみるのさ」

「やつらが何を言わずにいられないか、おれが教えてやろうか。あの手の集会には出たことがある。どっかの狐憑きが起ちあがって、喚《わめ》いたり叫んだり、よだれをたらすのさ……誰もがそこで呻いて、身を揺すり、絶叫するんだ。『ハレルヤ！　主は来たまえり！』ってな」とデイヴはハドリーの面前で、パイプの柄を振った。「あそこに行けば、やつらがコミュニストを、サタンがあやつる式鬼《しきがみ》の群れだの、神を忘れた罰あたりの反キリストだのと、罵るのが聞けるだろうさ――車をUターンさせろ、逆方向に戻れ」とローラに命じた。「正気の沙汰じゃないや」途方に暮れて不機嫌になり、デイヴの声が細った。「ボケナス以外でも、あんなガラクタに釣られるやつがいるとは思わなかった。ご免だね、あいつらの徒党になるなんて。行きたいなら、歩いていけばいい」

押し黙ったまま車を走らせた。「僕には行く権利がある」とハドリーが口を尖らせた。ローラが道端に車を寄せると、「ちぇっ、どうせもう終わり間際なんだ」

ローラが振りかえって、イディッシュ語〔25〕で何かまくしたてた。彼女とデイヴは早口で言いあっていた。舌がそよいでいる。ハドリーは窓の外を眺めていた。ふたりともおぞましく思えた。「オーライ」とデイヴが締めくくった。肚を固めたのだ。「会場まできみを連れていくぜ。いっしょに入ってやろう。数分間立ち会えば、どんなもんか見物できるだろ」

「好奇心が満たされたら」とローラが吼えた。「そこでアカンベエ《ラズベリー》して立ち去ればいいのよ。うちに帰って、氷で冷やしたビールも飲めるし」彼女は通りすぎる車にアカンベエをした。「目にもの見せてやるわ！」と、彼女はスペイン内戦の歌を高歌放吟しはじめた。レコードで倣い覚えた歌だ。

キャディラックが番人ホールに乗りつけたとき、ハドリーはまだ憮然としてシートに身を沈めていた。ホール近くの道路は、上下車線ともびっしり駐車で埋まっていた。大半の車は古びて埃だらけだが、数台はピカピカの新しい高級車だった。夜霧に包まれて、何もかも濡れて光っている。ホールそのものは矩形の木造建築で、黄色い塗装のボロ家だった。火事になったらまず逃げられない廃屋だ。照明とバナーで煌々《こうこう》と明るい。ちらほら人影が見えた。チラシを抱えて、入口にたたずんでいた。

「行きましょ」ローラが勢いよく叫んだ。「さっさとケリをつけたほうがいいわ」グレーのシヴォレーの前に二重駐車すると、サイドブレーキを引いた。三人で道路を渡って、正面入口に進む。ディヴとローラが、警察官が連行するみたいに、ハドリーの両脇にぴたりと寄りそった。

入口を通って建物に入るとき、ローラは寡黙になった。まず小さなロビー。掲示の紙や写真を画鋲でとめた繊維板《ファイバーボード》の壁があった。ホールに入る二つの小扉。三人はその一つをあけて入った。いきなり場内だった。

あっけにとられて困惑したまま、彼らは扉の内側で身を寄せあって立ちすくんだ。突然意識させられた。水を打ったように静かな、つつましく身じろぎもしない人々の列。三人が闖《ちん》入《にゅう》したのは、沈黙と凝視の大きな会場だった。恍惚に浸る顔また顔の波。多くが黒人だ。大半は変哲もない労働者階級である。ジーンズやつなぎの仕事着、安手のスーツや木綿のドレスを着た、ありきたりの庶民だった。集会はもう終わり間際だ。壇上に講演者がいて、質問にこたえていた。片隅の女性が質問したらしい。講演者は、彼女とともにホール全体に呼びかけていた。

聴衆の誰ひとりとして、入ってきた三人に気づかない。講演者の一語一語に心を奪われていた。さんざん焦《じ》らされたあげく、強烈な飢えに駆られて、言葉を失ったかのように。この一心同体ぶりは、扉口に立つ三人の理解を絶していた。はじめは傍観していたが、三人ともやがて弁舌の流れに引きこまれた。だしぬけに講演が終わった。流れるような仕草ひとつで、水盤を覆すように、さあっと聴衆の列が席を離れ、側廊に退いていった。まるきり無表情で無感動な人の群れが、急ぎ足でどっと押し寄せてきた。

「おっとっと」そう言ってデイヴは、ハドリーとローラを扉の外に押しだした。「このロードローラーをやり過ごそうや」

二階に上がる狭い階段の下に、逃げ場をみつけた。一瞬ののち、控えの間に人波が溢れ、鋪道に吐きだされた。しばらく低いざわめきに満たされたが、やがて人波が崩れていき、車の方角や鋪道沿いに、そして宵闇に溶けていった。車のセルモーターの音。ごうっとフカす音と軋る音が、間をおいて猛然と鳴りわたった。賑《にぎ》やかな音がやんだ。三人は取り残されたことに気づいた。

「おしまいね」がっかりしてローラが言った。

「行こうや」デイヴは車のほうへ歩きだした。「おさらばしようぜ」

意気消沈してハドリーはあとに従い、道路を渡ってキャディラックに乗りこんだ。ローラがエンジンをかけ、たちまちホールの前を過ぎ去って、爆音とともに街路を走りだした。ダウンタウンの一帯を離れるころ、背後の車の音は途絶えていた。夜の帳《とばり》に鎖《とざ》され、暗闇とサンフランシスコ湾の冷たい臭気の蔓にからみつかれて、彼らの車はゴールドのアパートへひた走った。

「どうした？」デイヴがハドリーに訊いた。「何か言えよ」

ハドリーは前屈みになっていた。失望のあまり茫然としていた。さっきはデイヴのすぐ隣にいたのに、あの男の声は半分しか聞こえなかった。「どんなふうだった？」と彼は呟いた。

「終わっちまったのは、おれのせいじゃないぜ」とデイヴが釘を刺した。

「きみを非難してないよ」

「ったくもう」ローラが怒鳴りかえした。「あの男はヨナと鯨の話〔26〕をしてたのよ！」荒々しく警笛を鳴らした。私道から牛乳屋のトラックが飛びだそうとしていた。「まるで日曜学校だわ。いまさらよね！」

ゴールドのアパートは、耿々《こうこう》と明かりが灯っていた。音楽と人々の声が、扉の下から洩れてくる。デイヴは扉の把っ手を回した。鍵はかかっていなかった。彼はためらった。顔を顰《しか》め、肩をすくめると、ついに扉を押し開けた。

居間で人々の群れが寛いでいた。デイヴとローラに熱烈な挨拶をおくった。

「どうも、デイヴ！」

低音《バス》の声が鳴りひびいた。「いったいおふたりは、どちらへお出ましで？」

「扉の鍵があけっぱなし」チビの若い女がくっくっと笑った。「で、入っちゃった」

するど、細身の青年がパイプを吸った。「そろそろお帰りかと思って！」

スチュアート・ハドリーは扉を閉め、むっつりして居間をうろついた。家に居残っていたほうがよかった。どれだけこいつらと時間を無駄にして、ここで過ごすことになるのやら、神のみぞ知るだ。もちろん、歩いてなら家に帰れる。さもなきゃ、市内横断バスをつかまえてもいい。彼は自棄《やけ》になって呻いた。ベックハイムの話を聞き損ねたうえ、あの大柄の黒人の雄姿をちょい見しただけとは。彼の言葉の切れっぱしを数語聞いただけ。そのあげくにこれか。


　彼らはよく見るタイプだった。彼は大学で遭遇したことがある。床にてんでに寝そべって、ポール・ロブスン[27]や黒人霊歌、ワークソングのレコードを聴いていた。あたりに散らばるジャズのアルバム。ビックス・バイダーベッケ[28]やメッツ・メッツロウ[29]。十七世紀のリュート音楽もあった。黒い闘牛士《トレアドール》パンツとサンダルを穿き、タートルネックのセーター、髪がぺったりはりついた、骨と皮の娘たちが力なく目を上げて、デイヴとローラに舌足らずな言葉で一礼した。細身の青年たちは奇妙な扮装をして、柳腰でくねくねと歩いていた。その唇から甘《かん》露《ろ》のように気だるい台詞がこぼれた。


「サンフランシスコから何しに来たんだ」とデイヴが訊き質した。

「あーら」この楽園の幼童《チルドレン》の一人がこたえた。「お諭《さと》しを聴きにやって来たのよ」

「セオドア・ベックハイムを聴きに来たのさ」

「とっても素敵だったわ！」

ローラは部屋の隅でコートを脱いだ。「こいつら、『夢魔《サキュバス》』[30]の連中なのよ」とハドリーにささやいた。死魚が海藻の波間に漂うように、痘痕《あばた》だらけの彼女の顔に、険悪で苛立たしげな形相が浮かんだ。「やつらがああいう集会に群がるってこと、知っとくべきだったわ」

ハドリーは驚いた。ローラ・ゴールドにも、虫唾《むしず》が走るタイプの人間がいるんだ。それは思いもよらないことだった。ローラはむっつりして不機嫌そうに、重い足取りでアパートの中を歩きまわった。本や雑誌の山を片づけ、ピーナッツバターの壜や、ソーダ・クラッカーの箱、乳酸飲料のカートン箱を脇へ押しのけていた。

デイヴ・ゴールドのアパートには、埃を吸った古カーペットと腐りかけのキャベツの澱んだ臭気が漂っていた。窓に垂れさがる破れカーテンは、ヤニでべとついている。赤錆びたアンダーウッド製タイプライター[31]の周囲に、書きかけの原稿が散乱していて、黄ばんだ「ネイション」[32]やら「ピープルズ・ワールド」やらの古雑誌とごたまぜだった。部屋の片隅、クロゼットのそばには、汚れものの衣類が山をなしていた。招かれざる客たちは、そんなガラクタを掻きわけて、てんでに寛いでいる。

客たちのなかに一人だけ目立つ姿があった。壁にもたれて、手をジーンズの腰ポケットに入れた女だ。この天国の幼童《チルドレン》たちの中心人物らしい。ほかの連中より年長で、背が高かった。地味だが、威厳がある。

「彼女自身も『夢魔《サキュバス》』の古株なのよ」とローラが彼の耳に呻るようにささやいた。「オーナーなんだけどね。ディヴは彼女のために記事を書いてやったわ――全体としては芸術的で神秘的なんだけど――反動の糞ったれよ」鬱憤晴らしに、ローラはトイレに身を隠した。

その丈の高い痩せた女に、ディヴが対面していた。吸い終えた灰をパイプからはたき出し、タバコの袋をまさぐっている。「なるほど」と彼が大声で言い、したりげにうなずいた。顔に浮かんだ表情から、この女への嫌悪はローラと五十歩百歩と知れた。「僕らも集会にちょいと立ち寄ってね」

女は語りやめなかった。声は低く、抑制されている。おそらく三十代だろう。頬骨が高く、薄めの赤毛の髪をショートカットにして……こざっぱりアイロンをかけたジーンズに、緑の格子縞のスポーツシャツ、ウエスタン風の革ベルトに、重厚な銀色のバックルという服装だった。一瞬、彼女の灰色の瞳が、ハドリーのほうを向いた。つかのま、好奇の目をきらりと光らせると、やがてディヴに視線を戻した。

「どう思いました?」彼女がハスキーな声で訊いた。周囲にいる夢見心地の連中は、うっとりと見上げていた。

「何も聞けてないんだ。おわかりだろ、ああいうクズをおれがどう思うか」

顔色ひとつ変えず、女は話を続けた。「ベックハイムが、静寂主義《クワイエティズム》の土台の上に彼の運動を築きあげたのかどうか、わたしは知ろうとしているの」声が遠のいた。部屋に広がる人声と音楽のざわめきで、ハドリーの耳には届かない。「……も反動よ。でも、同じ種類じゃない。あなたは非暴力を考えているんでしょう。静寂主義は、個人の霊感というフレンド教会〔33〕の概念よりもっと……最初の異端……個人の良心というプロテスタントの意味では」

ハドリーは誰か女のくるぶしに蹴つまずいた。うず高い衣類の山に座りこみ、恍惚として耳を澄ましていたチビ女だ。大きな青磁の瞳を持ち、十歳の少年のようなからだつきの、ちんちくりんの白髪《しらが》童子だった。にっこり笑みを浮かべると、彼女はまた耳を傾けだした。

「こいつら、サンフランシスコ湾北岸のインテリたちって」ローラが摺《す》りこむような声で耳に吹きこんだ。「どいつもこいつもオカマなのよ。退化したディレッタントね。社会的な良心のかけらもない」彼女はキッチンからビール缶をひと抱え運んできて、苔の生えたカーペットのまんなかにがらがらと放りだした。「好きにやって」ぶっきらぼうに怒鳴った。「悪いけど、グラスがないの」

缶オープナーが飛びかかった。BGMに流れているのは、ポール・ロブスンの声量豊かな深い声だ。低く低く転がって、レコードの回転が徐々に遅くなっていくみたいに聞こえた。

すべて、あなたの悲しみの涙
すべて、あなたの悲しみの涙
すべて、あなたの悲しみの涙
お袋さん《マミータ・ミア》
われら仇を討たん

われら仇を討たん〔34〕

窓際に立って、ハドリーは夜の闇を見つめた。あちらこちらで街灯が黄色い光を放っていた。一定のパターンもなければ、顕著なデザインもない。偶然の宇宙……ランダムな粒子が意味もなく渦巻き、舞い落ちている。

デイヴが彼のかたわらにやって来た。「彼女を知ってるかい」

「いや」ハドリーはこたえた。

「サンフランシスコで高級季刊誌を発行してるのさ。T・S・エリオットやユングの批評記事、カポーティの亜流……か、もっとへたな短篇を載せている」

「知ってるよ」ハドリーは言った。「『夢魔《サキュバス》』だろ」

「家に帰りたいかい。車に乗せてってやるよ——おれもトンズラするチャンスだ」

「大丈夫、帰れるよ」とハドリーは言った。どうしてデイヴとローラは、あの女を毛嫌いしてるんだろう。「送ってもらわなくても——」

「いや、おれのほうが出ていきたいんだ」デイヴはローラに合図した。彼女は睨みかえしたが、止めようとしなかった。「おれが家に戻るころにゃ、たぶんマーシャも消えてるさ」ホールに出ようと扉を押しあけた。

「お出かけ?」さっきの背の高いスリムな女が尋ねた。

「戻ってくるよ」デイヴは逃げるように声を落とした。

背後で扉が閉まる一瞬、ハドリーの目はマーシャ・フレイジャーの最後の姿をとらえた。腕を組んで、おなじように低い、淡々とした口調で話しつづけていた。

「あいつらはけっして終わらない」とディヴがあたり散らした。「とどのつまりはおしゃべりさ。どっちにしろ、それが最悪ってわけじゃない。それだけなら……」弾けたように言いだした。「知っとくべきだったよ。この番人どもが、穴からぞろぞろ這いでてくるって。腐れキノコめ――石を裏返しにしたら、何が蠢《うごめ》きだすか見るがいいや」

記憶をたぐりながらハドリーが訊いた。「きみが記事を書いてやった女って、彼女なんだろ。口論のあげく、彼女は記事を掲載しなかったのかい？」

「ファシストめ」ゴールドはつぶやいた。声が殺伐としていた。不吉な予感に苛まれた懊悩。

「エズラ・パウンド[35]の徒輩《やから》なんだ」彼とハドリーは、暗い顔で車まで鋪道を歩いた。「ユダヤ人嫌いだし」怒りにまかせて、ぐいとドアを開けた。「飛び乗れよ。行こうぜ。たぶん、途中で事故るかもしれんが……きみを家まで送りたいんだ。あんな連中、付き合わんほうがいい」

ジム・ファーガスンは四十二歳、どうにか健康で、モダンTVセールス&サーヴィスのオーナーだが、いまは居間に寝そべって胸算用していた。ソファーの足もとに靴が転がっている。散乱する皺くちゃの新聞。部屋の隅で妻のアリスが、椅子を前後に揺らしながら、敷物を繕っていた。ぼそぼそと独語するラジオ。芝生の種子が一大革新を遂げて、屋外の中庭《パティオ》に革命が起きるでしょう、などと吹聴していた。

アワビの貝殻の灰皿から葉巻の吸いさしをつまんで、ファーガスンは唇でくわえこんだ。もの思いに耽りながらゲップが出た。「バド・オニールに電話するぞ」と叫んだ。「何をためらうことがある。むこうに乗りこんで、今夜ケリをつけよう」

「転ばぬ先の杖、石橋を渡る前にもう一度」アリスが諭した。

「目をつぶってても渡れるくらい、ちゃんと見極めたさ。ここでケリをつけなきゃ、トンビに油揚げをさらわれちまう」欲の皮をつっ張らせて、粗利を皮算用してみた。差し引きの利は厚い。いや、利なんて言っちゃいけない。利益といわず、ひっくるめて何ぼ。それ一点で押しとおそう。むろん利はある。でも、レジのカネをちょろまかし、州からさもしく納税証明をせしめようなんて肚で、男子たるもの、商売を始めるんじゃない。右から左へ、トラックから貨車へ積みこむように、儲けはビジネスに注ぎこむ。利は分け前なんだ、圧搾機でしぼったジュース……商売繁盛、と言っときゃいい。

でも、繁盛していればこそだ。再投資するからこそ、利益には意味があるんだ。モーターの駆動シャフトが宙ぶらりんでは、ただの空回りだ。役立たずのガキのオモチャだ。

そこに、彼がオニール電器店《アプライアンス》を買い取ろうとする肝心かなめの理由がある。あのキンキラキンでカッコよくまばゆいばかり、ハイウエイ沿いの新しい家電量販店《エンポリアム》。賑やかなネオンサイン、頭上のスポットライトに、白色の冷蔵庫、レンジ、洗濯機、乾燥機が勢ぞろいしていた。陶器とクロームの大きな浴室設備、乳白色のエナメルを灼きつけたタイルの理想郷《エリシウム》は、清潔というより神々しい。オニール・アプライアンスの買収は神々しい祭儀であり、ほとんど全能の神との神秘の交歓だった。もし地上のどこかに神が降臨されるなら、でっかい木箱を引き裂いて、ピカピカのベンディクス[36]製回転乾燥機をご開帳するあの瞬間、包装の木枠から展示台の床にストンと落とすあの瞬間に、神は臨在めされるのだ。この世に聖なる場所があるとすれば、ベイショア・ハイウエイ[37]沿いに光の帯のように広がる、オニール・アプライアンスの幅五十フィートのショーウィンドウなのだ。

オニール・アプライアンスを買おうとして、ファーガスンがみせたのは、彼の魂の真髄に宿るその霊性だった。

彼は心底から好きだった。黒い金テコの棒を柔らかな松材の薄板に差しこんで、撚《よ》ったワイヤをぶつっと切り離し、そそりたつ雪白のすべすべした金属板から、牧草のアルファルファみたいな紫色と茶色の粘着テープをびりっとひき剝がすあの作業。床にしゃがみこんで、重い洗濯機にキャスターをはめこもうと格闘していると、痺れるような快感を覚えた。九フィートの大型冷蔵庫のトレーやクローム製の棚を箱から取りだし、きっちり収納する（いつもぴったり合う）たび、究極の讃嘆を覚えて恍惚に浸ったものだ。しかもオニールの倉庫には、まだ箱に収納したままの冷蔵庫が眠っている。誰も手つかずで、客に撫でられたり、検分された形跡がない。

「横取りする人なんて、だあれもいやしませんよ」アリスがやさしくたしなめた。「あの店は一年半も売店舗のままじゃないの」ジム・ファーガスンが選んだ伴侶は、彼より十一歳若かった。小肥りで黒髪、手仕事は器用で、家事のすみずみまで如才なく切り盛りしてくれる。しっかり者で、抜け目ない女の顔だちだった。「いつものあなたらしくないわよ」と畳みかけてきた。「こんな無茶するなんて、何かあったの？」

「ないさ」とジムは一語で言った。「一年半待ったんだぞ。まだ用心しろってのか」

「忘れないで。オニール・アプライアンスを買ったら、いまの二倍は働かなきゃならないのよ」アリスの口調は頑として譲ろうとしていない。「いまだって仕事漬けでしょう。どうして銀行におカネを残しておけないの？　預金なら年利二・五パーセントよ。たぶん、オニールの店の稼ぎと同じくらいね。あちらの店は間接経費がかかりすぎだわ」

「以前も議論したろ」ファーガスンはこたえた。女房はときどき屁理屈をこねる。「おれは手を広げたい。成長したいんだ」わけ知り顔でアリスがほほ笑んだのを意識して、彼は起ちあがって怒声を発した。「おれを笑うな、かあちゃん。漫然とやってたら、この商売は廃《すた》れちまうんだ。いったん敵に背を向けたらたちまち落ち目だぞ」

　アリスは笑った。「だからなのね。いったん商売を離れたら、あなたはメイシーズ百貨店〔38〕と肩を並べるまで、いまにみておれっていう一念だから」

「おれには夢がある」とジムは言った。

「あなたは大風呂敷なのよ。大恐慌時代は車のセールスマンだったでしょ。舌先三寸で一家は食べていけたわ。覚えてる？　九ドル売りこむためにどれだけまくしたてたか。三百ドルのテレビを売りこむいまのあなたよりずっと長時間よ」

ジム・ファーガスンは思い出した。「あの九ドルで、エマーソン一家はジャガイモをとっといてくれたっけ」ひとりでほほ笑んだ。「いつかの冬の日を忘れなさんな。おれは店の奥でヒーターをひねって温めて——おまえは事務所にいてタイプで勘定書を打っていた。すると客がひとり入ってきた。テレビセットを見にきたんだが……おまえはおやと思った。どうしておれが出ていかんのかと」声を張りあげた。「ぐっすり寝込んでいたんだ。ヒーターの前でな」

「あなたの人生でたった一回、売り損ねた日のことでしょ」

ジムは懐かしそうに甲高い声になった。「たしかにあれはいい教訓だったよ。あのヒーターはもう二度とつけなかった。居心地がよすぎると、ろくなことにならん」彼はしばらく思い出に耽った。「たぶん、いまどきの若造連中の過ちはそこにある。あまりにも贅沢なんだ。だから腰抜けになる。連中がしなくちゃならないことなんて、ボタンを押したり、つまみを回すくらいだからな」

「そういう連中に、あなたは家電製品を売ってるんじゃなくて?」

「家電に善も悪もない。使いようなんだ。家電製品を手に入れりゃ、物陰に寝そべって安眠できるが、それじゃ駄目だ。家電製品を手に入れたら、もっと働けるだろ。そんならいい」

小柄な筋肉質のからだが、誇りを感じてこわばった。「あのころ、おれたちがどれだけ馬車馬みたいに働いて、苦労していたかを覚えてるか。おれがラジオや真空掃除機を売ってるあいだ、おまえは帳簿をつけて店をせっせと掃いていた。そうさ、本気でセールスしなきゃならなかった。いまみたいに、人がふらりと立ち寄って、買ってくれる時代じゃなかった。買いたがってるやつに、何か売りつけることなんて、誰でもできることさ。そんなの、セールスじゃない」うきうきして妻にウインクした。「勤勉は害ならず、じゃないかい。楽しかっただろ」

アリスはやさしい笑みを浮かべた。「すっかり身が細ったわ。言っときますけど」

「それにおれたちは、何ひとつ無駄づかいをしなかった。何も捨てなかったぞ。覚えてるかな、地下室にしまってあった古いボール紙の空箱を。おれはドスンドスンと弾みをつけ、箱を平たくのばして、くくり紐でゆわえといたぞ。覚えてるかい」頭を振った。「きょうび、ムダづかいするな、なあんて人に教えられんもんな。ハドリーがカーボン紙を、ポイ捨てにするのを見たが——一度きり使って、ゴミ箱行きとはな」

「オニールのお店を買ったら」とアリスが慎重に口を挿んだ。「手がまわらなくなるわ。同時に二つのお店を開けていられないでしょ。誰かに任せなきゃならないけど……誰にでも親分風を吹かすあなたが、人任せじゃどれだけ苛々するか、わかってるでしょうに」

「どいつもこいつもヘマだからな」

「あなたから見ればね。でも、人によって物差しはちがうわ」

「雇ってるのはこのおれだ！　しこたま給料も払っとるんだ！　おれんとこで働きたいんなら、おれの物差しに合わせてもらわにゃ」怒りに身をよじった。「あの若造どもの難点は、働きかたってものを知らんことだ。客ってもんは、むこうからやって来て、カネを落としてくれると思っとる。わしらがそうせにゃならんように、外まわりして本気で働くこと、それがわかっとらん。やつらは腰抜けだ。贅沢なのさ――あっぱれなもんだ」

「わかってるわ」やさしくアリスが言った。「以前もそう言ってたもの、何度も折にふれて」

ファーガスンは起ちあがり、塞ぎこんでキッチンにむかってのそのそ歩きだした。「いくらいいもんでも、過ぎたるは及ばざるがごとしってことがある。このごろ売ってるもんときたら、男はあれで女々しくなるんだ。男性用の香水――アフターシェーヴ、とかいうそうだが、ありゃ香水だぞ。ハドリーが使ってるわい。おれは鼻が利くんだ」彼は葉巻を指に挟んだまま、キッチンの扉の前で、あてつけがましく立ち止まった。「アリス、おれは単純な男だ。好みも単純なんだ。ご馳走が好きだし、食後に新聞を読んで、葉巻をくゆらすのも好きだ」もったいぶって、吸いかけの葉巻を振った。「たまには、ささやかな娯楽もいい。野球《ボールゲーム》とか、田舎へドライヴとか。わしらが映画を観にいってから、もうどれくらい経つかな？」

「さあねえ」

「ちょいとした音楽でもいい――長髪のやつはごめんだぞ。単純で心を蕩《とろ》かすのがいい。おれでも口ずさめるようなメロディーだな。クラシックなんかチンプンカンプンだ。あんなの聴いてるやつはクレイジーにちがいない。さもなきゃ、たぶん気取ってるんだろ……素っ頓狂な音ばかりってことは、どうせ百も承知なんだろうな。むろん、ガキどもが好きなホット

・ジャズなんか、おれには向かない。あれはニガーの音楽だ。ありのままがいい。純粋で単純なやつ。耳馴れた懐メロがおれの好みだね。歩いて家に帰る道みち、ハミングできるようなやつ。つい踊りだしたくなる曲さ。な、ルディ・ヴァリー[39]がよくやってた曲だよ。それとジョン・チャールズ・トーマスだ[40]」妻にむかって葉巻を突きだし、強調するようにうなずいた。「偉大な芸術家っているんだよな。あのジョン・チャールズ・トーマスさ。一度だけだが、実物を聴いたことがある。そう、彼は歌うとき、目をつぶるんだ。目を閉じたまま立って、両手を握りしめて。単純な男なんだ、アリス。真面目なやつだ。おまえも聴いたら、きっとそう言うぞ」ファーガスンはキッチンに消えた。「ネルソン・エディ[41]もいたな。彼はどうなった？」

「まだ活躍してるわよ」

ファーガスンは暗いキッチン[42]で、がたごと何かを探している。「先週買ってきたビールはどこだ？　おまえとカナスタ仲間のご婦人たちが飲み干しちまったのか」

「冷蔵庫の下のほうをごらんなさいな。お野菜といっしょよ」

ファーガスンは自分でグラスにビールを注いで、居間に戻ってきた。皺を刻んだ丸い赤ら顔の彼が、思い詰めたように眉根を寄せている。左耳の上に生えた半白の鬢《びん》の先を、苛々といじりながら言いだした。「アリス、いったい、どうすりゃいいんだ。ハドリーにはモダンＴＶを任せられんぞ――あいつときたら、まったくの木偶《でく》の坊なんだ。若造はみんなそうだ。突き詰めて考えりゃ、あいつなんかまだ序の口だろ、ＷＰＡ[43]〔職業安定所〕のビラをかき集めるしか能のない連中……ポケットに手を突っこんだまま、のうのうと突っ立ってるやつらだ」怒りにまかせてビールを啜った。「みんなが外に出てあくせくしてるのに、ぽかんとテレビを見てやがる」

「無理強いなんかしとらん！　ただ仕事が好きなやつ、売るのが好きなやつがほしいんだ。

「飛びこみ営業はもう時代遅れなのよ」

ハドリーにモダンTVを任せたら、一週間でパーにしちまうぞ」

「購買のほうはまだ、あなたがやってればいいのよ」アリスは辛抱強く説いた。さんざん繰り返してきた話だ。「お望みなら、あたしが出かけて帳簿をつけてあげるわ。テレビの塵払いには、どっかの高校生を雇えばいい。夏は学校がほとんどお休みだもの」

「まあな」ファーガスンは渋々認めた。「なあ、このあいだ、ハドリーをほとんどクビにするところだった。また二日酔いであらわれたからな。千鳥足で足もともおぼつかない。落葉みたいにふらふらしとった。常識なら解雇だろ。だけど、おれに何ができる？　あいつには妊娠中の女房がいる。未払いのツケもある……月末にはレジに返さなきゃならん前借りが、十ドルか十五ドルあるんだ。情けない。洋服屋に行くたんび、あいつは新品のソックスやらネクタイやらをどっさり買いこんでくる。たぶん、舶来のカシミアのセーターもな。あんなに服を買って何がしたいんだ？　服を買い漁る性分は、女だけかと思ってたがな」

「彼は見た目も素敵な青年よ」とアリスが指摘した。「あなたが口出しすることないわ」すっと手を伸ばし、夫の擦りきれた袖口をつまんで点検した。「もう何年間も、あなたは着たっきり雀よ。いつも同じ青い綾織の背広」

「こいつはいい背広なんだ」ファーガスンは誇りを曲げずに言った。「先の大戦前にこいつを買ったんだが、こんな仕立てはもう二度とないんだぞ」

「いまだに下にベストなんて着てる人、わたしの知りあいではあなただけよ。おまけに懐中時計までぶら下げて」

「こいつは親父の形見だ」ファーガスンは慣れた手つきで、ぱちりと時計の蓋を開けた。

「何石入りの時計か知ってるか？」

「知ってますとも」灰色のやさしい目がきらりと光った。「一石もないのよ。フランス人やインディアンと戦争していたそのむかし、お義父《とう》さまが一ドル半でせしめた時計でしょ」

「そんな大昔じゃないがな」ファーガスンはにやりとした。「おまえはおれを虚仮《こけ》にしようとしてるんだ。おまえでさえも、な。だけど、思い出してくれ。いつもおれのために弁当を包んでくれたろ。林檎ジャムとピーナッツバターのサンドイッチに、一パイントの牛乳を。糞ったれの毎日毎日、あのちいさな紙袋を抱えて、おれは店に通ったんだ。いったいあれから何年たつ？　ざっと十五年だぞ」

「しばらくハドリーに任せてみたら」とアリスが勧めた。「ついでだけど、あなたも休暇が必要よ。一週間かそこら、レーク郡のいとこの家に行って、泊まってきなさいな。いまは夏でしょ——商売は暇よ。ハドリーに任せてもそう害にならない……たぶん、万事うまくやってくれるわ。責任感が芽生えて、よくなるわよ」

「誰にしろ、セロリソーダをがぶ飲みするようなやつに、おれは店を切り盛りさせんぞ」

「まあ、なんてバカげたことを」アリスの声が鋭くなった。「何を食べるか、何を飲むかなんて、いちいち使用人に口出しする気？　蓼《たで》食う蟲も好き好きじゃないの」

「そういうことじゃない」ファーガスンは塞ぎこんだ。「あいつががぶ飲みする飲料そのものじゃない。あれの意味なんだ。あんなものを飲む男は、精神がアンバランスなんだ」

「ビールを飲む男だってアンバランスでしょ？」

「おれが正しいってことはわかるだろうが」ファーガスンは言い張った。「あのトンチキ《スタンブルバム》はどこかイカレてる……やつがやらかす素っ頓狂を見りゃ、おまえだってわかるぞ。ほかの連中と違って、バカみたいに荒れ狂う。しょっちゅう腹を立ててるんだ。心の奥底で煮えたぎっていて……ことあるごとに表に噴きだす。いつか破裂しちまうぞ。癇癪《かんしゃく》を暴発させて、監獄にぶちこまれる。もっとひどいことになるかもな」

「ナンセンスだわ」アリスは素っ気なかった。

　ファーガスンはいかめしい顔でうなずいた。「自分が何を言ってるかはわかってる。やつのことは知ってるんだ。あいつは自制できない……おまえは自制できると思ってるんだろ。あいつはとんでもなく素敵な色男で、おまえらおめかし女みたいにお洒落だからな。ダメダメ。おれは自分の店を狂人に任せる気にはなれん。たとえ手先が器用だからって――たとえ丸一日、店に座って同じテレビセットを修理していられたって」彼は断言した「任せられん！　わかるか？　あいつに店は任せられん――信ずるに足りんやつなんだ」

「怒鳴らないで」アリスが苛立った。「耳が遠いわけじゃないんだから」

ジム・ファーガスンはふっつり押し黙った。ソファー[44]に背を沈めて、気まずそうにビールを啜っていた。ラジオから流れてくるモートン・グールドのオーケストラの甘い弦奏に耳を傾ける。アリスは敷物の繕いを続けた。ときどき夫に目をやり、もの問いたげに眉を上げたが、何の反応もないので、肩をすくめて、繕いに戻った。

彼が誰かに何かを打ち明けるとしたら、それは妻だった。でも、いまは誰ともしゃべる気になれない。すくなくともしばらくは。彼はあれやこれやと言いかたを変えたが、どう言い換えようと、実質は同じだった。オニール・アプライアンスはどうでも買収せねばならない。彼が手をこまぬいていたら、そう長くはこのビジネスで食っていけなくなるからだ。成長するか、廃業するかと言ったとき、彼は真実を語っていた。オークランド、バークレー、サクラメント、サンフランシスコ、サンノゼに支店を持つベル＝レックスのドラッグストア・チェーンが、オニール・アプライアンスの買収を考えていた。チェーン店にあそこを握られたら、ジム・ファーガスンは万事休すだった。

彼が第一級の経営者であったことなど一度もない。ただ、バド・オニールのようなドジでもなかった。実はオニールの店は全然うまくいってない。オニールはお粗末きわまりない経営者で、このビジネスでは最上の店構えと品ぞろえと立地に恵まれながら……店じまいしようとしていた。経営者としては生来、失格の男なのだ。店に湯水のごとくカネを注ぎこみ、あげくにお手上げとなった。

ファーガスンの胸には、このライヴァルの人生と歴史が重石《おもし》のようにのしかかる。やってみようかと心が動いたことはあるが、彼にオニールの店はつぶせなかった。バド・オニールの行く手はつねに眼前にあった。可もなく不可もなく、最後は失敗にたどりつく、万人に開かれた道だ。

ボケはボケでも、オニールは特殊なタイプだった。もともと真空管を点検し、フィルター・コンデンサーを交換し、旧式ラジオに蓄音器のワイヤを配線するくらいの腕前しかないのに、壁の穴みたいにちっぽけなラジオ修理店を開いたのが発端だ。彼は高校でラジオに夢中になり、ラジオの装置や、短波送信機《トランスミッター》を組み立てていた。やがてアマチュア無線の免許を得て送信を始めた。つまりハムになった。その昔の一九三〇年代、大恐慌の末期のことだ。四〇年代前半になって、オニールはカリフォルニア州リッチモンドの造兵廠《ぞうへいしょう》に職を得た。爆撃機の銃座の配線工になったのだ。カネはざくざく稼げた。田吾作《オーキーズ》もニグロたちも、リッチモンドの誰もが裕福になった。戦後になると、不動産がブロックごと次々と価値を失っていった。リッチモンドは工廠と造船所を閉鎖して、連邦管理の集合住宅が並ぶスラムと、まばゆいスーパーマーケットの町に化けてしまった。戦時の労働力を転用しようと始めたビジネスは、次から次と廃れて店を閉じていった。そのころだ、オニールが最初の店を開いたのは。

もとは靴屋だった場所である。つまり、何の備品もない。裏に汚れた便所がついた裸の一室で、蝿のシミ跡だらけの窓が二つ、陳列用にあいていた。雨漏れする壁。古びたヌード・

カレンダーが、蜘蛛の巣と埃まみれでぶら下がっていた。オニールは手製の試験装置と中古のカウンター二台、丸椅子と感電防止用の床用ゴムマット、それに蛍光灯を持ちこんだ。看板屋を雇い、「リッチモンド一日ラジオ・サーヴィス」と命名した。店の正面には、錆びたラジオの筐体《シャシー》や、ポータブル・ラジオの切れた電池が積んであった。レコードプレイヤーを組み立てて、ジュークボックスのお下がりレコードを一束二十五セントで売りだしたのだ。ショーウィンドウに飾ったのは、真新しい縦長の厚紙ポスターで、シルヴァニア[45]やタンソル[46]の真空管の宣伝用である。その後は、小型のパーソナルラジオを数台飾っておいた。六十七・五ボルトの電池で聴けるもの、壁にプラグを差しこまなくていいもの、そして消費者組合に不良品と永遠の烙印を捺《お》されたようなラジオである。

　アトウォーター・ケント製ラジオや、古色蒼然たるフィルコ製ラジオを抱えた婆さんたちが、ちらほら来店しはじめた。どれも生産中止か代替のきかない製品ばかりだ。オニールは三十代のぶよぶよに肥った男になっていて、厚い唇の上に汚らしい口ひげを蓄えていた。色褪せてシミだらけの制服もどきを着て、ガソリンスタンドの修理工みたいにみえた。ポケットの上に、赤糸でかがった「ＢＵＤ」のネームが目についたが、彼の妻の刺繡だった。作業台の片端に、コークのボトルが置いてあった。裏返しにしたラジオの筐体から、カウボーイ音楽が、キンキン声で叫んだり吼えたりしていた。煤けた真空管をタダで点検しようと、ニキビ面の青年たちが入ってくる。娘たちはレコード針を買いにきた。そこでオニールは、ＲＣＡクローム針やレコトン[47]製二五・二五針の展示見本ボードを入れることにした。こうして実際に商売を軌道に乗せたのだ。

オニールは愚かで、のろまな働き蜂だった。コンポ式テレビセットも商売に生かせない。彼は何もつくれなかった。彼が手がけたセットの大半は、三十日間の保証期間を待たず壊れてしまった。延々何時間も一文なしのガキたちと議論に費やすのが、GE製の可変リラクタンス式カートリッジの話題だった。くしゃくしゃの古い請求書を仕分けして、35Z5真空管五十個をどこからなぜ仕入れたのか、突き止めるだけで何週間もかかった。彼は背を丸めて朝の四時まで作業台にしがみつき、周囲に林立する四分の一パイント壜にためこんだ部品の委託期間を消化しようとしていた。ウェブスター製の五十六枚連続レコード自動チェンジャーが、どうして最後の一枚を曲の途中でひっくり返してしまうのか、その秘密をみつけだそうと日がな一日、ライダーズ修理マニュアルを眺めて暮らす始末だった。一年半も経ってから、ようやく彼は匙を投げた。

ベイショア・ハイウエイ沿いの道端、シダー・グローヴスの南に建つ、あの豪勢なケバケバしい電器店は、かつて爆撃機銃座の配線に従事したオニールが、造兵廠から稼いだカネを元手にして買ったわけじゃない……リッチモンド一日ラジオ・サーヴィスを売り払ったカネも、その開店の元手になったわけじゃなかった。投資の手ガネを持つ彼の女房の実家が出してくれたんだ。オニールについてはひとこと言っておく。たっぷりと婆さんたちと無駄口をたたき、存分に真空管を調べ、いやというほどニキビ面のガキたちと議論したおかげで、彼は気の利いた台詞が吐けた。女房の実家に製品の勘定書を買い上げてもらって三万ドルの出資金をせしめ、オニール・アプライアンスを創業した。ベイショア沿いには新店舗が林立している。夏になると、道端に果物を売る屋台がずらっと並ぶようなものだ。オニールの店の右手、百ヤード先には、週七日、照明を終夜点滅させるピアノ販売店が建っていた。筋向かいには、映画館ほどもある広大な格安雑貨ストア。そしてその先にある酒場も、さながらスペインの城館とみえた。バンク・オブ・アメリカのサンマテオ支店が選んだ場所だから、オニールの店の立地はいい。女房の親父が選定したサンフランシスコの建築家の設計のおかげで、見栄えもよかった。品ぞろえは主婦の夢そのもの。サンフランシスコの家電卸の腕っこきセールスマンが、はちきれそうなくらい製品をつめこんだ穴倉だった。

そのオニールが開店三年でアップアップ、五年でお陀仏、つまり破綻に瀕した。

オニールには分別がなかった。元ハム《アマチュア》だけに、ハンダコテと発振器《オシレーター》を扱うのがやっと。組織を切りまわす能力がなく、カネの使いかたも知らない。いざとなるとお人よしすぎて、いいセールスマンにはなれないのだ。彼はもうタオルを投げようとしていた。彼に必要なのは、この場所を譲渡する買い手だけだ。

ジム・ファーガスンの店にとって、オニール・アプライアンスは唯一にして真のライヴァルだった。相手のオニールは商売勘のないボケである。その広告もヘマだった。説明書を推敲するのを忘れて、本来は社名を入れるところにあなたのお店のような言葉を残してしまう。オニール・アプライアンスが、ファーガスンの総収入を脅かしたことはない。ハイウェイの店はむしろ、彼にとっていい客寄せになった。まずあちらに車を駐《と》めて客が降り立ち、成約の折り合いがつかないと、そのまま送りだしてくれるから、時速十マイルでゆっくり走る客が、最後はシダー・グローヴスに立ち寄ってくれた。それでもあちらは納得ずくでやっていて、すこぶる気前がよかった。小ぎれいにプレスしたスーツの胸にカーネーションの花を挿し、手に大福帳と万年筆を持ったセールスマンが、客が連れている老いぼれ犬までこちらに案内してくれそうだった。

　ファーガスンは、商店街の客から老人世帯、それにハイウエイを通る客までつかんでいた。商売上手の彼は、ぎりぎりまで卸を値切り、古ぼけたラジオ蓄音器や十インチの小型テレビにはさっさと見切りをつけた。おかげで順風満帆、勝負は圧倒的に優勢だった。でも、ベル＝レックスが殴りこんできたら、ファーガスンは一巻の終わりだ。クリスマスまでの六カ月で、ベル＝レックスはオニール・アプライアンスを強力店に衣替えするだろう。惜しまず投資と広告にカネを投じて、州全体を網羅した品ぞろえで迫ってくるにちがいない。

　心地のいい居間に座って、ラジオが奏でるモートン・グールドを聴きながら、ジム・ファーガスンは怯えていた。小肥りの筋肉質なからだの内部で、わなわな震えていたのである。冷や汗で気が滅入ってきた。ベル＝レックスには歯が立たない。もうおしまいだ。チラシやラジオ、新聞で広告をじゃんじゃん打つ大売り出しが始まるだろう……有名ブランド（それが何かは言えなくても、ああ、あれかとすぐ分かるブランド）を正価から五十ドル引きとか。ご婦人客には、無料のガーデニアの花をどうぞ。テレビを一セットお買い上げなら、テレビ・ランプ一台を無料進呈いたします。私どもは貨車いっぱいの大量仕入れでして、お客様はそれはもう大喜びで……らっしゃい、らっしゃい、もってけドロボー。夜間のサーチライトは煌々《こうこう》と。セールスマンは二十五人もいて、全員歩合給で客を狩る――飢えた白鼬《いたち》のように容赦なく。州内なら送料なしでどこでも配達します。その場で修理サーヴィスも。

「うちは大型店《ホットショット》じゃない」ファーガスンは嗄《しゃが》れ声を張りあげた。

　アリスが上目づかいになった。「どうしたの？　あなた」

　ファーガスンはいたたまれず咳払いし、話を続けた。「おれは大型店ビジネスをしたことがない。押し売りはできん。信じるものしか売れない」

　まじまじと夫を見つめてアリスが言った。「わかってるわ、あなた」

「全商品のラインナップなんて無理だ！　やれやれ、うちにはエマーソン[48]とGEとウエスチングハウスとフィルコとゼニスがある――それでも足りんか。まだ何が欲しいんだ。うち一店で、これだけ在庫を抱えてるんだぞ」悔しいが、ベル＝レックスの品ぞろえが何もかも網羅していることは、彼も承知していた。センチネル[49]やクロスレー[50]、トラヴ・ラー[51]まで、ずらりとそろってる。洗いざらいだ。売筋《うれすじ》ばかりでなく、完璧なラインナップだった。

「ここは値引きに限る」ファーガスンは呟いた。「テレビ一台お買い上げで、トースター一台を無料進呈。または二芯電線と室内用V字型アンテナ。だがなあ、十アンペアのヒューズはおまけにつけられんぞ！」

「どこが不都合なのか、教えてほしいわ」不安げに彼を見つめて、アリスが言った。「あのサンフランシスコの大百貨店がばらまいたチラシを読んだ？」

「なかなかだよ。品がある。おれが苦しんでるのは大型店チェーンなんだ。田吾作《オーキーズ》や黒んぼ《クーンズ》[52]に迎合する、ライトアップしたあのたまり場さ。まったく、卸が小売まで手を伸ばすとは！　やつらは工場から直接仕入れる——それはほんとうだ。おれの一年分の仕入れ額は、やつらの一日分にも届かない。製品が旧式[53]になったら、やつらはあっさりドブに捨てちまう……おれなんか、地下にまだ古いホフマンの在庫を抱えてるってのに。ホフマンの最初の型式さ。やれやれ、おれはまだそれを売ろうとしてるんだ」

彼は起ちあがって、惨めな顔でうろつきだした。成長するか、廃業するか、どっちかだ。彼に選択の余地はない。生き残りたければ、オニール・アプライアンスを買っちまわなければならない。糞ったれオニール——どうしてあんな場所に店を建てたんだ。どうして捨てたビール缶や古新聞が朽ちていく、草ぼうぼうの空き地にしておかなかったんだ。

「なあ」と嗄《しゃが》れ声で言った。「たぶん、おれはラジオなんか、商売にすべきじゃなかったのかもしれん。どれだけ商売が様変わりしたかを見てみろ——昔の面影なんてどこにもない。いまやテレビだ。大きな画面とカラーしかないんだ。黒い真空管に超高周波……昔なら五極真空管のスーパーヘテロダイン方式[54]で済んだのに。それがいまはハイファイやら、カスタムメイドやらだぞ。一万五千サイクル秒[55]——小鳥の囀《さえず》りさ。リラクタンスのカートリッジに、テープレコーダーとか——てんやわんやだ。FMチューナーときたら——天を仰いで嘆くしかない」

「いずれ頭打ちよ」アリスは動じずに言った。「レコード屋のビジネスを選ばなかっただけでも、よしとしなくちゃ。七十二回転のLPと、大きな穴のあいたRCA製の四十五回転ドーナツ盤と、違う二つの速度の板挟みで青息吐息だったわ」

ファーガスンはキッチンにつかつかと入って、冷蔵庫から二缶目のビールを取りだした。手が震えていた。節くれだった太い指に硬い鮫肌の手の甲。ラジオの裏側をまさぐって火傷した痕が残り、手首の上下にいくつも醜い瘢痕《はんこん》がある……。

「あのアホのオニールめが」忌々しそうに言った。「店を売り払って、やつはカネを手にするんだ。たぶんそのカネで、ネオンぎらぎら、三角ガラスぴかぴかで正面を飾った、どデカい女郎屋でも開くのさ」

「何ですって？　あなた」とアリスがたしなめた。

ファーガスンは返事するかわりに、ううと呻った。居間に戻ってくる。彼には誰も出資してくれる親類がいなかった。険しい道を歩んできたのだ。一歩一歩、自力で這いあがってきたのに……ベル＝レックスは、一晩で彼を抹殺しかねない。

「親父の言ったことは正しかった」ファーガスンの声が屈折していた。「おれのこと、道を過《あやま》ったと言ってたんだ」

「お義父さまは、どんなビジネスも賛成なさらなかったわ」アリスが思い出させた。

「そう、親父は法律家だった。専門職の人間だ。学歴もあったし」

「石油投機に熱をあげたんでしょ。一切がっさい、身代を棒に振った。落ちぶれてあなたにすがり、まさにこの家で亡くなったのよ。一文なしで。とうとう世を去るその日まで、あなたのお義母さまとこのあたしが八年間もお世話をしたわ」アリスの声に怒りが籠ってきた。「いつも倦《う》まずたゆまず、お義父さまはあなたの耳に吹きこんだ。ビジネスなんてわが子にふさわしくない、と。仰向けに身を横たえて、来る日も来る日もあなたを苛《いじ》めていた――」声が乱れた。「どうしてあなたはいつも、お義父さまを持ちだすの？　どうして忘れられないの？」

「親父は正しいんだ」ベストのポケットにファーガスンは指を入れて、古い金時計を握りしめた。精巧な細工、繊細な黒い針と、蜘蛛のような数字。あの背の高い威厳のある老人が残した形見といえば、この時計と、ユタ州のインディアンから買った重い銀の指輪。それに紙屑同然の掘削権証書がどっさり詰まった古い革のブリーフケースだけだ。

「ある意味では理解できるよ。ハドリーがどう感じてるかは」ファーガスンは苦渋の色を浮かべて言った。「おれも迷ったあげくに偶然、ラジオの商売につきあたった。ハドリーみたいだがな。おれも商売人になる気はなかった。親父のように法律家になろうと思っていた。たぶん、それがハドリーの躓《つまず》きのもとなんだ。テレビのセールスマンよりか、もっと別のもんになりたいのさ。おれだって、テレビのセールスマンは絶対いやだと言ったろうな。むしろ皿洗いのほうがましだ。そこに勘づいたら、あいつ、また放浪しだすだろうな」

「で、何をするの？」

「何でもいいのさ。軍隊に入るんだな。おれは州兵になったが、損じゃなかった。一年の兵役で一人前の男になる。背筋が一本ぴしっと通るんだ。あんなに弱虫で優柔不断でなかったら、あいつだってとうに仕事をやめてるぞ」ファーガスンはアリスに指を振った。「やつに見どころがありゃ、とっくに出てってたさ！　じゃ、おまえに教えてやろう。あいつの親父は医者だった。いまはもう死んでる。生きてたら苦言を呈したろうが、それくらいはおまえにも言えるぞ……おれの親父が言ってたことだからな」

「そんなこと、わかるはずないわ」

「ハドリーは女手で育てられたんだ。ディーン・アチソン〔56〕とか、国務省の連中みたいなもんさ。あの世代全体がそうだ。女々しい青二才……土性骨《バックボーン》がない」途方に暮れたように声が暗くなった。「アメリカの威信が低下したって、そいつは無理もないことだぞ。アカども《コミーズ》が優勢なのも驚くにあたらん。マザコン坊やがしゃしゃり出てるんだ。昔のようにはいかんよ」

「昔とおなじなんてことないわ」アリスはさめていた。

ファーガスンはソファーのほうにゆらりと歩き、そこに身を投げた。妻がせっせと繕った明るい色の敷物の山を、うつろな目で見つめた。「ハドリーの難点は」と言いだした。「あいつが何にもモラルの目安を持ってないことだ。善悪のけじめがわかっとらん。生きていくようすがを、誰もあいつに教えとらんのだ」

「たとえば？」

「たとえば教会に行くことだ。神を信じ、国を信じるといったことさ」ファーガスンは黙ってビールを啜った。「この国は素晴らしい国だぞ、アリス。そいつを断じて忘れるな。一所懸命働けば遠くまで行ける。おれはこの腕ひとつですべてを築きあげた」硬材の床を指さした。「おれがこの床を張ったんだ――覚えてるか？」

「もちろん覚えてるわ」アリスが鋭い声を発した。「あたしが手伝ったもの」

「土台からだ。土をぜんぶ掘りだして、自分で基礎工事をした。それにキッチンのタイルもだぞ。流しもまるごとだ。この家も、あの店も、何もかも……おれが無から築きあげたんだ。この人生でババをつかまされたことは一度もないぞ――おれがリッチモンド一日ラジオ・サーヴィスの店主だったら、きっとうまくやってみせただろう。いまこの瞬間、オニール・アプライアンスを買ったら、あいつの鼻をあかす店にしてやるんだ！」

「おねがいだから、あたしに怒鳴らないで」アリスはおずおずと言った。「あなた、いったいどうしたの？」

「何でもない」ファーガスンは口ごもった。ビールを啜る。「別に何でもない」

夜更けになぜそんな挙に出たのか、自分でもほとんど理由は分からない。コートをはおって、ガレージに出て、ポンティアックのエンジンをスタートさせた。数分後、車は暗い夜道を滑るように走っていた。人影のない商業区、モダンTVの店舗をめざして。

胸騒ぎがしたからだ。分かっていた。彼は快々《おうおう》と思い悩むとき、深夜に家を出て、ひとりで店に来る。暗く静まりかえった、冷え冷えとした店。ぼんやりと浮かぶ影法師。照明は一灯残らず消え、金庫の上に灯った青い常夜灯だけだ。湿ったコンクリートの天蓋の下の地下室に下りていけば、人影のないオルセンの作業台で、ときおり羽蟲がかさこそと走り、羽や胴を震わせている。音はそれっきりだ。

運転しながら、彼はずっとバド・オニールのことを考えていた。失敗した男。無能野郎。商才のかけらもない、害のないお人よし。おしゃべりとお手軽なプラン。あのケバケバしい店がつぶれて、ただただ茫然、なぜ店を畳むことになったか、ほんとは腑に落ちてない。

どうせあいつ、念入りなデマカセをでっちあげるんだろう。ひそかに陰謀が仕組まれて、破滅させられた、とか。商売敵たちが結託した、とか。

ファーガスンは、ポンティアックのハンドルを握る手をそぞろ眺めた。これが有能な手ってもんだ。バド・オニールなんかとはわけが違う。いや、同じ穴のムジナかもな。モダンTVだって、かつてはリッチモンド一日ラジオ・サーヴィスみたいな店だった。カウンターの後ろで、おれもバド・オニールみたいに背を丸めてたんだ。アトウォーター・ケント製のラジオを抱えた婆さんたちが店に群がってきた。おれは新品のフィルターにつけかえてやり、真空管を点検し、古くなった音声ジャックを配線しなおしたもんだ。ずいぶんと昔のことだ。三〇年代のはじめ。店を肩代わりしてから、おれも用済みの電池を、窓に山積みしてたっけ。真空管とその展示見本、中古の計測器やテスト器具。作業台じゃ、裏返しにしたラジオが鳴っていた。もう粗探しはするなと、抗議の声をあげるみたいに。

ある意味で、あそこにはあらゆる要素があった。どっかの婆さん、どっかの悪ガキにしたって、ふらりと店に入ってくるどんな客にしたって、あそこと大差ない。戦時中もファーガスンは、カウンターの後ろに居残って造兵廠には働きに出なかった。あの店を肩代わりしたのは、前の店主が彼の給料を払えなかったからだ。一九三〇年、一九三一年、そして一九三二年の前半まで、未払い給料が溜まるばかり。修理だけでは食っていけないので、ファーガスンは抜け目なく小売りに手を広げた。真空掃除機《バキューム》や洗濯機《ウォッシャー》、ラジオといった、質素でつつましい品ぞろえ……オニールときたら、おしゃべりにうつつを抜かし、真空管を無料で点検していた。そこでファーガスンも、じき真空管の点検を再開した。するとオニールのやつ、客の袖をひかせようと、ずんぐりして汗っかきで安手のスーツを着たセールスマンの尻をたたき、きらびやかなよその店の椰子の鉢植えの前に立たせたもんだ。

　ファーガスンはポンティアックを停め、ライトとエンジンを切った。車を降りて、モダンTVまで鋪道をとぼとぼ歩いていく。戸口に吹きよせられたクシャクシャの古新聞を、前屈みになって鷲づかみにした。排水溝に棄てようとして、ふと気がついた。店に明かりがついている。テレビの展示ルームから光が洩れていた。

　扉を押しあけて入った。エレン・ハドリーだ。青いマタニティードレスと分厚いオーヴァーコートを着て、腹のせりだしたグロテスクな妊婦が座っていた。精巧なRCAテレビのコンボを見つめている。ファーガスンが正面の扉を閉め、展示ルームに滑りこんだのは、彼女が気づいて頭をめぐらすより先だった。

「ハロー」と彼女が言った。

　店は寒々しい。荒寥として暗かった。常夜灯が青白く瞬き、浮かぶ娘の顔はふくよかにはみえない。うつろに尖った骨のように、顔に硬い骨相が透けて見える。落ちくぼんだ目、眼窩のくぼんだ頭蓋骨。髪の毛はさらさらと透明で、乾いた蜘蛛の糸の織物に見えた。茶色の帽子の下に、頭皮と耳殻がのぞいている。化粧もしていない。唇は血の気がなく、薄くひき攣っていた。

「何をしてるんだ？」とファーガスンは質したが、怯えがまじっていた。「家にテレビはないのかい」

一瞬、間をおいて彼女はうなずいた。「散歩してたのよ。くたびれちゃって」ふくれた下腹を指さした。「で、ここに入って座ってたの」言い添えて「スチュアートったら、友だちと外出しちゃって……ビールとおしゃべりで」

「おれが家まで送ってやろう」とファーガスンが言った。

「そちらは何してらっしゃるの？」

「ここに来ただけさ」展示ルームから出て、勘定台のむこうに立った。肘をついて、太い指で握り拳をつくると、じろりと彼女を睨んだ。常夜灯とテレビのスクリーンを背に、女の輪郭が浮かびあがった。「ときどきここにきて、日中は誰も手つかずの仕事を片づけとくんだ。誰かが店を維持しなきゃならんからな」

エレンはうなずいた。

「夫婦喧嘩したのか？　あんたとあのトンチキは」ファーガスンはすぐ訊きかえした。

「いえ、ほんとはちがうの。最近のあたし、かっとしやすくて、たぶん」

「あとどれくらいで生まれる？」

「あら、三週間だそうよ。数日は前後するでしょうけど」

「おどろいたな。ここで誰かと鉢合わせするとは思わなかった」

エレンはほほ笑んだ。「ごめんなさい」

「寒くないかな？　コートが欲しいかい？」

「大丈夫」と彼女は言った。「ありがとう」

ファーガスンは勘定台越しにエレンを見つめながら、この腹のせり出した生きものの奇蹟に目を見張っていた。彼女はテレビ・スクリーンの前に座り、握り拳を膝において、青白い室内の形状を律儀に見つめている。太い胴まわりと、青黒い眼窩にもかかわらず、その周囲には心底から彼を畏怖せしめるけはいがあった。立ったまま彼女を眺めていると、心が安堵に満たされる。まるでステンドグラスのタブロー、一幅の宗教画を眺めているようだ。静的で、古典的で、端正で。胴がふくれていても、一種のバランスがとれていた。完璧、そして永遠。彼女はおのずと充足している。彼にないものが彼女にあった。彼女は外から何も必要としていない。意味のあるもの一切が、そのからだに内蔵されていた。栄養を摂らずに済むよう、脂肪の塊や層をたくわえた冬眠の獣のように。

「あんた、ちょっと利口そうにみえるな」責めるような物言いだった。どんなふうに聞こえたんだろう。思いどおりにはいかん……自分の耳にさえも、声に嫉妬がまじって聞こえた。

「つまり、カナリアをのみこんだ猫みたいだってことさ。おれの言わんとすること、わかるかな」

彼女はかすかな笑みをうかべた。「ええ、たぶんね」

「お似あいだよ。そんなふうだと、ずっと大人びて見える」

「ええ、ン百万歳かもね」

「名前は決めたのかい？」

「女の子ならマーガレット。男の子ならピーター。スチュアートはいつも、じぶんをピートと呼んでもらいたがってたわ。うまくいかなかったけど」

「こんどはうまくいくさ」間をおいて、ファーガスンが言った。「どうして喧嘩したんだい」

「ほんとはわからないの。戦争と神さまがどうとかよ。いつかお話しするわ。いまは勘弁して」

「エレン」と彼は言った。「スチュアートは何が気にいらんのだ」

「それが気がかりなの？」

「何か拗《す》ねてるってことくらい、わかっとるさ」

ひどくあっさりと彼女はこたえた。「彼、信用できる人が誰もいないのよ」

「おれなら信用してくれていい。落胆はさせんよ」

「もう落胆させてるわ」

「おれが？　どうして？」

「スチュアートは成長したいの。でも、どこに成長する余地があるの？　彼にどんな世界を残してあげてるの？」

「おれが世界を創造したわけじゃない」

エレンが微笑した。「何か立派なこと、やれなかったのかしら？　何かをしてみせるとか、試みるとか」

「後の祭さ」とファーガスンは言う。「彼もそうなんだ。中途でひょいとあらわれた。あの野郎は——」

「そう」エレンはみとめた。「あの野郎よ。そして、あの野郎はね、地面の下でクサってるのよ」

惨めになって、ファーガスンは言った。「スチュアートはおれが好きじゃないのかい？」

エレンは考えこんだ。「あなたのこと、目に入っていないと思うわ。誰かを見習うってこと、彼は学んだことがないのよ。彼が望んでるもの、探してるものって、あまりにも漠然としてて、浮世離れして抽象的なの。名前もない。百年前なら、それは恩寵と呼ばれたわ。彼は信じられる誰かを探してるの。彼を落胆させない誰かをね」

「もしおれをよく見てたら、わかったろうよ。彼に信用してほしいと思ってるのが」

「それが彼にできたら、よかったでしょうけど。でも、どうすればいいのか、彼は見当もつかない。だから、目に見えないものを探しつづけるしかないの。この世で誰も見たことがないもの、誰ひとり見ようともしないものを探して」

ファーガスンは勘定台の端をまわって、そこにしばし佇《たたず》んだ。店の外、鍵を閉めた正面扉のむこうを、男女が歩き去っていった。静まりかえった漆黒の闇夜に、陰気に鳴りわたる靴の音。「家まで送ろう」と彼は言った。「車を正面につけるから」

すぐエレンは起ちあがった。「ええ、ありがとう。お言葉に甘えるわ」

ファーガスンは展示ルームに入って、テレビの電源を切った。ヴォリュームは極端に絞ってあったから、彼がからだを屈め、耳を寄せてやっと虫の音《ね》のような音声が聞こえるくらいだった。「ほんとにテレビを見てたのかい？」

「見てたというほどじゃないの。ちょっと考えごとをしてたのよ」彼女が扉のほうへ歩きだし、ファーガスンもついていった。彼は無意識に点検していた。ハドリーが店を去る前に、ちゃんとテレビの電源を落としたかどうか。正面扉の鍵をあけ、エレンを通そうと脇にのいてから、冷え冷えとした鋪道に出た。

「寒いな」ふたりで車に乗りこみながら、ファーガスンが言った。エレンは返事をしなかった。「六月だってのに、ブルっちまう。ヒーターを入れよう」

彼女がうなずき、暖房を入れた。エンジンが温まり、安定した振動になる。ファーガスンはそろそろと逆進《バック》して、無人の街路に車を出した。

「旦那は家に帰ってるかな」シダー・ストリートへ車を向けながら、エレンに訊いた。

「たぶんね。でも、ほんとはわからないの」エレンは黙って、窓の外を飛びすさる家々や木立ちの暗い影を見つめていた。「あなたとアリスのご夫婦、お子さんを持ったことはないの？」

「ない」くどくど説明しなかった。これまで散々からかわれ、同情もされてきたからだ。

「おれのせいなんだ」最後に付け加えた。「医者が言うにはね」

「お子さんを持ちたくないの？」

「まあな」ファーガスンはきっぱりと言いきった。「おれにはあの店がある。面倒をみてやる丁稚《でっち》どももいるしな」

　あとはふたりとも押し黙ったまま車を走らせた。


　翌日の宵、午後六時になったまさにその瞬間、ホーラス・ウェイクフィールドは、やれ、ありがたやと思った。これで苦役から解放される。花屋の扉に駆けより、閉めて鍵をかけると、店外のネオンを消し、急いで戻って、夜に備えてカウンターを片づけだした。愛らしいジャッキー・パーキンスが手伝ってくれた。子供っぽい瞳の女の子で、花飾《コサージュ》りをこしらえたり、釣銭を替えたり、鉢植えの草花を包装したり、「フェリー〔57〕」の種を売ったり、付属品を捨てたり、といった雑用のお手伝いだ。

「ご帰宅のお時間だぞ！」ウェイクフィールドは小声で叫び、店内を飛びまわって、能率向上の茶番劇を演じはじめた。クロゼットに走りこんで、ビーバー・スタイルのコートをひっぱりだし、鏡の前で一瞬立ちどまって、下の歯茎をむきだしにしながら、柔らかな歯肉の白っぽい爛《ただ》れを検分した。カウンターの下の彼専用の箱から、クリネックスのティシューを一枚つまんでチンと洟《はな》をかんだ。ヘルニアの補正ベルトに軽く触って、ずりあがっていないか確かめる。それから大きくパンと手を叩いた。

「いざ、行かん！」山羊の鳴き声をあげる。「一日が終わった！　一週間が終わった！　ご帰宅の時間ですぞ、みなさん！」

　花屋の店内に靄のように漂っているのは、高温多湿の花々から絶えず立ちこめる濃密で重く甘ったるい匂いだった。夜間も保存しておくため、ジャッキーが生花の一部を冷蔵庫に移しはじめた。あどけない顔にうっすらと笑みを浮かべ、運ぶ花卉《かき》を細長い指でそっと握っているが、黄と赤にマニキュアした爪が鉤のように食いこんでいる。

「お先にどうぞ、ウェイクフィールドさん」遠慮がちに彼女が言った。黒いスカートに、タートルネックのグレーのセーターを着て、サンダルを履き、手首に銅のブレスレットをはめたジャッキーは、てきぱきと片づけていく。嬉しそうに行き来して、唇をきゅっとすぼめて、滴る汗が小鼻の下で雲母のような粒をなしていた。「鍵は閉めておきますわ」と声をあげた。

「ありがとう、ジャッキー」ホーラス・ウェイクフィールドは嬉しそうにこたえた。もったいぶって上司への奉仕を受け入れる。「そんならお先に。鍵は持ってるかい？」

　ジャッキーはカウンターの端に置いたちいさな角型の布地を指さした。彼女のハンドバッグだ。「おカネは金庫に納めておきます。とにかく、しばらくお店に残ってなきゃならないの。ビルが三十分後に迎えにきて、街に車で連れてってくれるから」

「ほう」ウェイクフィールドはひやかした。わけ知り顔で金歯をむきだし、にたりと笑った。

「今夜はお出かけかい。お楽しみってわけか」

つんと見下すような表情が、ジャッキーの顔に広がり、たちまち嘲りの冷笑に変わった。

「それはそれは楽しみですのよ。でも、あなたのおっしゃる意味じゃございません」ウェイクフィールドの言葉が卑猥なあてこすりだったみたいに、わざと抑揚をつけた。「シンフォニーを聴きに参りますの」

あはは、とひとり笑いしてから、えびす顔のウェイクフィールドはあわただしく店を退散し、鋪道に飛びだした。陽気に手を振り、青信号で道を横断した。郵便ポストで立ち止まり、請求書と葉書の束を投函すると、コートの裾をのばした。浮かれた流し目が消える。顔に厳粛な表情を浮かべて、近くのヘルス・フードストアをめざした。

店は閉まっていた。シェードも下りている。コツコツと二度、それから素早く拳で三つ目をノックした。扉の下に光の帯。中にいる人々のざわめきが聞こえた。しばらくして鍵がかちりと回り、ほんの隙間だけ扉が開いた。

「こんばんは、ベティー」ウェイクフィールドが真顔で言った。

「お入りなさい、ホーラス」ベティーのくたびれた声だった。彼が入ると扉に鍵をかけて、足を引きずりながらカウンターに入った。「どこでも座って。お茶が飲みたい？」

「ありがとう」ウェイクフィールドはそう言って、カウンターの前に腰をおろした。光り輝く中国風の茶壺《ポット》から、彼が扱いかねるほど、ちっぽけで割れそうな碗《わん》にお茶がそそがれた。濃い琥珀《こはく》色だ。豊醇な香りが立ちのぼって鼻孔をくすぐった。濃いエキゾチックな東洋のお茶。

「お砂糖？」ベティーが呻くように訊いた。「レモン？」

ウェイクフィールドは茶を啜った。「このままでいいよ、ベティー」

カウンターやテーブルには、はかなげなその碗を手にして他の連中が座っていた。大半が女だ。男はほとんど彼ひとり。総勢八、九人ほど、小ぎれいな身なりで、ひそひそ声を交わしていた。空気がひび割れしそうなほど張りつめている。みんな、固唾《かたず》をのんで待つのは午後八時、お諭《さと》しの時間だった。カウンターの上に吊るされたセオドア・ベックハイムのポスター。レジのそばの飾り台には、協会の本や冊子が並んでいた。無料パンフレット、『民衆の番人』の本……。窓に掲げられた中心のポスターには、ちいさなお知らせの表示が飾ってあった。店のすみからすみまで、店中がセオドア・ベックハイムだらけだ。

　プライヴァシーがここまで侵されても、ウェイクフィールドはとりたてて異を唱えなかった。でも、女たちのこの緊張は疳《かん》に障った。店内の四方八方から仰々しく彼を睨みつけるセオドア・ベックハイムの暗色の顔は、まだ我慢できる。でも、かさかさの女の喉から漏れてくるあの果てしないペチャクチャの昂奮はたまらない。ふだんなら、この時間帯のヘルス・フードストアはがらんとしていた。閉店したあとは、閉めた扉の裏側で、従業員とよりぬきの一握りの客が、ゆっくりしていいことになっている。ところが今夜は、彼の周囲に陣取った一団のおかげで、せっかくの夕食が台なしだった。いつもはひとりで儀式を楽しめるのに、これじゃ隠れようのない見世物だ。彼は憮然とした。さっさと消えてくれないかな。この十年間というもの、おれは毎晩ここに立ち寄って、鍵を閉めた店の静かな暗がりで、夕食を摂ってきたんじゃなかったか。

「こんばんは」隣の女が声をかけてきた。棘々しい干涸びた声だ。

ウェイクフィールドはびくりと身を震わせた。こっそり周囲をうかがった。五十代半ば、背が高く、白髪《しらが》でいかめしい顔だちの女だ。熱を帯びた眼光も鋭く、薄い唇を歪めている。乾杯するように小さな碗をかかげた。ウェイクフィールドは戸惑った。冷然と背を向け、頭上のマジパン菓子〔58〕の展示見本に目を細める。「こんばんは」おずおずとこたえた。

「おたく、花屋の店長さんね」と彼女は言った。「もう十三年になるんでしょ」

「十四年です」ウェイクフィールドは正した。この女は彼を不安にさせる。かなりの長身だ。猛禽みたいな尖った顔だちで、ごわごわの黄ばんだ膚に、毛虫のような眉をしている。白髪の鬣《たてがみ》が下卑たザンバラ髪になっていて、老嫗《おうな》みたいに耳や首まで垂れていた。頬はそげ落ち、内に籠る狂熱に灼かれた暗く不快な顔に、ウェイクフィールドは結核患者を連想した。

「ミセス・クラフトはお肉を食べないの」ベティーが言った。白髪の女を紹介しながら口添えした。「あなたとミスタ・ウェイクフィールドは、お近づきになるべきよ」

ウェイクフィールドはうっすらと口を開けた。突然、興味が湧いたのだ。煩わしさが消え去り、向き直ってミセス・クラフトを熱っぽく見つめた。「ほんとですか？　お肉は好物でないと？」

女の顔がいっそう狂熱を帯びた。「お肉は好物ですわ」と叫んだ。「でも、人間とおなじく、生きる権利のある高等動物の肉は、わたくしいただけませんの。ある意味で人間よりも高尚な獣たちを崇めておりますもの。ひとことも文句を言わず、苦難に耐えていく能力、生まれながらの威厳、現世の俗悪に染まらない高貴と自由――」

「ええ」とウェイクフィールドはみとめた。彼自身の小さな顔がさっと紅潮した。困惑とともに悦びを覚えたのだ。手をよじりだす。言葉がなかなか出てこない。感情の潮が喉にこみあげ、つい咳きこんだ。失敬、と背を向ける。鉄縁のメガネを外し、ポケットのハンカチでごしごし拭いた。「ええ、おっしゃることはわかります」どうにか言えた。「モラルの問題なんですよね」メガネを鼻にのせ直した。「脂肪は不潔です。不健康だ。食肉の市場を見るたび、街のゴミ捨て場を思い出しますな。腐りかけの肉や、空缶や、汚臭の漂う生ゴミを」。言葉をのみこんだ。「肉を目にするだけでも我慢できません」

「彼らの眼を覗いてみたことございます？」ミセス・クラフトが言った。

「え？　何とおっしゃった？」

「わたくし、子供のころ農場暮らしで、父が家畜を屠殺してましたの。斧で頭蓋を割り、喉をかっさばくんです。わたくし、血の彝器《ボウル》を捧げ持っていなければなりませんでした。彼らが死ぬ瞬間、その眼を見つめていましたわ」

「はあ」ウェイクフィールドは曖昧に同意した。「彼らの眼をね。ぞっとしますな」

「そこらを徘徊《はいかい》する人々のなかには――ジャングルの獣より、もっとひどい連中がおりますでしょ」ミセス・クラフトがつん裂くような声をあげた。「あれこそ豚畜生よ！　駆除すべきおぞましい生きものよ。もの言わぬ動物たちは、人間の邪悪と野蛮のどん底まで、身を落とすことなぞできませんもの。人類こそ、いちばん残虐なケダモノ、獰猛な動物なのですよ。唯一のほんとうに穢《けが》らわしい獣ですわ。ご覧なさいな。男どもは大きな葉巻をくわえ、唾を吐いたり、バカ笑いしたり、背中を叩きあってますでしょう。お下劣な冗談を飛ばし、ゲップしながら、ビールを牡蠣《かき》のフライごとガブ飲みする手合いですわ」彼女はやっとの思いで自制した。「わたくし、ときどき会議の議事録の速記係をしてますの。幕開けはいつもバカ笑いと冗談のやりとり。下品で淫らな生きもの……」熱に浮かされたような尖った顔は、生涯許すまじ、といわんばかりに瞋恚《しんい》の怪光を放った。ミセス・クラフトの人生は、男たちの手で苛《さいな》まれ、二流の市民に転落し、裏道をはいずりまわることを余儀なくされたのだろう。

でも、それだけではない。彼はぴんときた。ミセス・クラフトは、彼と同じく世の卑俗をはね返そうとしているのだ。野蛮と邪悪を逃れ、心霊界に入ろうとして、ふたりとも番人協会にたどりついた。彼も現世を、貪欲で腐敗した社会だと思っていた。でも、ミセス・クラフトは女なので、腐敗を男のせいにしたんだろう。どっちが正しいのかと彼は思った。男のせいだというなら、ホーラス・ウェイクフィールドだって槍玉にあがってしまう。そんなふうに感じるのは、女にとっては溜飲を下げる思いなんだろう。でも、男がもしあの哲学を聴いたとしたら……。

たとえば、卑俗や下品、そして獣のような激情に人が逆らうとして……周囲の社会にそうした劣情を抱く人が見あたらず、おのれの内部に潜む男らしい性分に獣性を見いだしたとしたら。そしたらどうなるんだ？　嫌悪は自己に向かう。葛藤が内攻するだろう。人はどこへ行くのか。どんな人間になるのか。世界の表層を渡りあるき、休みなく彷徨し、苦悶し、おのれの天性を憎悪するんだ。あるがままの自分の下半身を。

　ウェイクフィールドは、おのれの下半身を思い浮かべた。ほの白いピンクの肌のほかは、そこに何もなかった。からだのほかの部位とおんなじだ。彼に下半身はない。大丈夫、ほっと息をついた。ホーラス・ウェイクフィールドには、たった一つの天性しかない。その天性は純粋なのだ。

　中国茶を飲み終えて、はかなげな碗を押しやった。「とてもおいしかった」とベティーに言った。

「この運動に加わって、どれくらい経ちました？」ミセス・クラフトが詰め寄ってきた。

「昨年秋の暮れですね、セオドア・ベックハイムのお諭しを拝聴したのは。ロサンジェルスに出かけたときです」ウェイクフィールドはそうこたえながら、念入りにマニキュアした自分の爪を眺めた。「この運動はあそこが発端だったと思います」

　ミセス・クラフトは息をとめた。つい激情に駆られて「ロサンジェルス！　あなたはロサンジェルスでお諭しを聴いたの？　わたくしがもしあそこに臨席できたら、人生の十年を差しあげたっていいと思ってますのよ」その声は超越的な次元に舞いあがった。「あれは身体《パラ》麻痺《リシス》[59]の女の子をお癒しになったときでしょう。女の子を舞台にあげて。教祖さまが自らの治癒の霊力を自覚しはじめたのは、あのときからですわ」

「ええ」とウェイクフィールドはみとめた。「あれは初期だったんです。僕らは緒に就いたばかりでしてね。つまり、あのときはお癒しだけだった。まだ僕らは神を見つけていなかった」彼は付け加えた。「僕らはあそこから駆けあがったんです。あのころのミスタ・ベックハイムは、まだ一介の療法士でした」ロサンジェルスに言及したおかげで、運動の草創期のあれこれが、残らず彼の記憶に浮かんできた。彼自身が購入し、すり切れてしまった磁気ベルト。彼が自分で浴びた特別放射能水。さまざまなカタルや枯草熱を治そうと、子供たちの裸体にベックハイムがかざした大きな手のひら。「当時は、からだだけでした。いま僕らは、からだなんて無にすぎないと悟ってます」ウェイクフィールドの心の奥では、からだのことを考えると漠とした霧が漂いだす。「肝心なのは魂です」

「まさしく」とミセス・クラフトがうなずいた。「病気はよからぬ心の態度が表にあらわれたものですわ」

ウェイクフィールドにその方面の知識はなかった。「なるほど、ある意味でそれは正しいことと思えますが」と渋々つぶやいた。「でも、病気はよからぬ食事の結果だと、いつだって僕には思えますね。悪しき精神的態度の人は、悪しき食物を食べてるんでしょうな。人の精神的態度を決めるのは、胃袋に収める食べ物次第だと僕には思えます。肉食こそ、淫らな態度の原因なんです——フルーツを食べ、清潔な野菜を口にしていれば、心が浄められます。僕にはそう思えるんです。もちろん、間違ってるかもしれませんが、良心のありようは食事の結果だという気がして」

ミセス・クラフトはその論に従うことができなかった。「肉についてはもちろん、あなたのご意見に同意しますわ。でも、わたくしが子供のころ、まだ肉を食べてましたけど、下劣な考えが心に浮かんだことなど記憶にございません――純真な人はけっして無力な動物を屠《ほふ》れませんもの。わたくしたちが人類にほんとうの純真さをもたらしたら、もの言わぬ動物の屠殺はなくなるはずよ。殺戮、憎悪、病苦は地上から消え失せます。それらは所詮、みんな同じことですもの」

ウェイクフィールドは空になった碗をいじっていた。「この運動がいずれは」とゆっくり語った。「全人類を折伏《しゃくぶく》するだろう、って思いますか」

ミセス・クラフトはあっけにとられた。「運動は日々広がっていますわ！　なぜ？　わたくしたちは世界中にいるのよ。ロサンジェルスのあの日から、どれだけ成長したかをご覧なさいな。思い出してみて――建物はたった一つ、信者はわずか数千人、ほとんど文なしだった日のことを。いまのわたくしたちを見てください……世界のあらゆる国に支部があり、事務所があり、広布宣伝もしているでしょう。信者はどこにでもいる。もちろん、共産圏は別ですけど」

「僕が言いたかったのはそこなんです」ウェイクフィールドは思案顔で言った。「急所を突いてますよ、ミセス・クラフト。共産圏なんです。広大な世界だ……あれを信じているたくさんの人々がいる」

「彼らは神を否定してますわ！」

「そうです」とウェイクフィールドはみとめた。「彼らは魂を否定する――神を否定し、霊の一切を否定している。それって昔からお定まりのことだと思いませんか。拝金の魔神と対峙する神……やつらは肉食なんですよ、ミセス・クラフト。スターリンの肖像画を見るたび、僕はあの目をまっすぐ見かえして言うんです。貴様は肉食だな、ヨシフ。堂々たる肥満体だが、中身は腐った肉が詰まってるんだ。さてそこで、アドルフ・ヒトラーについても一言あってしかるべきでしょう。彼は菜食主義者《ベジタリアン》でした、ミセス・クラフト。ご存じでしたか。アドルフ・ヒトラーは、その生涯で数々の悪行を犯したかもしれません——あまりに凶暴で激しやすかったと思いますが——でも、けっして肉や酒を口にしなかった。彼についてはこう言わねばなりません。悪魔にも悪魔の言い分あり。いつも僕はそう申しとるんです」

　ミセス・クラフトがホーラス・ウェイクフィールドのほうに身を乗りだした。「なぜドイツ全土を総攻撃して滅亡させたか、ご存じ？」

「それは」とウェイクフィールドは言いかけた。

「それはね」とミセス・クラフトが遮った〔60〕。「ドイツが清潔な新世界を建設しようとしていたからよ。イギリスは壁の上に不吉な預言を見たんだわ——滅びはイングランドにあり、とね。あの商人《あきんど》ども——ナポレオンは彼らをそう呼んだのよ。彼は正しかったんだわ！　カネ、交易——」いよいよウェイクフィールドに、にじり寄ってきた。「ご存じかどうか知りませんが、イギリスの王室には、ユダヤの血が混じってますのよ」

「へえ？」とウェイクフィールドは言った。

「どうしてそうなったか、教えてさしあげるわ。ディズレイリ〔61〕よ。彼とヴィクトリア女王なのよ」とミセス・クラフトはうなずいた。「あれ以来なんだわ——ひとつ穴のムジナと化したのは。そもそもはウィリアム・シェイクスピアの時代[62]にさかのぼるんですけど。もう取り返しがつかない。いまじゃ商人《あきんど》ですもの、ミスタ・ウェイクフィールド。理由はおわかりでしょう」

「ははあ」とおぼつかなげにこたえた。「わかりませんな。ああいう悪逆非道に、どうしてこの僕が賛同できるっていうんです？　人々が外地に出て、他国の人々を殺すなんてこと、すべきだとは思いませんが」この小柄な男の心の底には、暴力への紛れもない恐怖が潜んでいた。「北方の人たちって、時々そんなことをやらかしますね。忘れもしません。あるフィンランド人の用務員がいたんです。僕がむかし住んでたアパートの建物の地階に暮らしておりましてね——いまの僕は確かに、もうそこには住んでませんけど。ある日、彼は完全に気がふれたんだ……ぶっちゃけた話、自分の女房をつかまえて、ぞっとしますが、切り裂いちまったんです。凄惨極まりない光景で……警察と救急車を呼んだんですが」——ウェイクフィールドはジェスチャーしてみせた。「時すでに遅しでした。うへっ、肉屋が豚をばらすみたいに、女を三枚おろしにかっさばいたばっかりで。北方人ってのは、ああいうことをするんですな。狂戦士《バーサーカー》。彼らはそう呼ぶんだそうで」ふっと口をつぐんだ。「あの凛々《りり》しい金髪碧眼の下に、何か醜いものを隠してるんです。背筋が寒くなる何かをね。見た目はいいんだが、遅かれ早かれ、むきだしになる……沸騰して叩き壊し、暴虐無残、八つ裂きにするんです」

ミセス・クラフトは一顧だにしなかった。「ドイツには霊性がありました！」いきり立って叫んだ。「あの音楽——バッハ、ベートーヴェン、シューベルト——あんな音楽は、新大陸には存在しません。偉大な画家たち、偉大な芸術家や詩人、学者たち。ドイツはヨーロッパの魂でしたわ、ミスタ・ウェイクフィールド。そしてそのドイツを、彼らはよってたかって扼殺したのです。魂あるものを抹殺する、いつものやりかたで。彼らは魂あるものに耐えられない——自らの獣性を思い出すからよ。ドイツが死に伏して光は消えました。それからです、闇が忍びこんできたのは」彼女は考えに浸った。「言っときますけど、ミスタ・ウェイクフィールド。わたくしたちは全人類を折伏しなければなりません。人類に警告を発すべきよ。そうしてはじめて、人類はおのれを救えるのです。大会戦《グレートバトル》が始まるとき、どんな手助けだって必要になるでしょう。恐ろしい神の試練になりますわ」

ふたりともしばらく押し黙った。やおらウェイクフィールドが、心もとなげに尋ねた。

「自由世界と共産主義の血闘が——その大会戦だと思いますか。つまり、すでにハルマゲドンを目のあたりにしていると？　その点についちゃ、わが運動内部でも多少の意見の相違がありますよね。そう、アジア共産主義の無神論と戦っている今こそ、まさに大会戦なんだと感じている連中がいます。でも、ロシア人と同じくらい、われわれだって唯物主義に染まり、罪を犯してると感じる連中もいるんです」

「わたくしたちは汚染されたのです」ミセス・クラフトが獅子吼《ししく》した。「アメリカも消滅させなければなりません。戦争がすべてを灰燼に帰すまで、世界の浄化なんて始まるわけがありませんわ。言っときますけど、ミスタ・ウェイクフィールド。わたくしはこの戦争を待ち望んでたんです！　人の住む市街に爆弾が投下され、あらゆる場所で壁が倒壊しはじめる時を待ってました。朝鮮でいま雨あられと投下されている爆弾――そう、あれは雨なの。古代社会に降ったのと同じ大雨[63]……そして、ノアのように救われる人々がいるのです。主は、いまわたくしたちに語りかけ、説こうとしているのです。来たれ、汝自身を救え、と。あの方を通して、わたくしたちに語りかけているのよ――」頭上の壁に掛かったセオドア・ベックハイムの肖像を、ぐいっと持ちあげた。「わたくしたちが救われるのは、あの方を通してです。世界は聖なる神の業火に灼かれて焦土と化し、浄化され、純化されるでしょう。一切の不正の巣窟、ありとあらゆる市場や屠場や市街や建物、空しき人類が築きあげたすべてのもの、自らを律しようとする徒労の一切が一掃され――」

「でしょうとも」ウェイクフィールドは渋々みとめた。でも、この女の絶叫調はもううんざりだった。「国際連盟は失敗でした。国際連合も同じ轍を踏むでしょうね」

「人は自らを律することなどできません。あまりに罪業が深く、あまりに腐ってますから！」頭に血がのぼって声が上ずっていた。「人間は神を否定しました――神に逆らって宣したのです。自分の面倒は自分でみます、と。そしていま、その代価を支払っているのです！　宇宙に干渉して、こんなところまでわたくしたちを追いこんだのは、科学者たちよ。爆弾を考案した科学者たち――科学は悪魔の道なんだわ。科学者と原爆と細菌戦争。これぞ天罰よ！」

ミセス・クラフトの激情に駆られた口からほとばしる唾の飛沫や激語のシャワーに、ウェイクフィールドはたじろいだ。「え、ええ」と口ごもりながら、そろそろと身を引く。この白髪女の胸の奥にわだかまって、ぐらぐらと煮えたぎる深い抑鬱の力。その力が彼を不安にさせた。ヘルス・フードストアに集まる女たち全員がそんな具合だった。いや、何があっても動顛しないベティーだけは別だ。彼女が狼狽したのは、トイレの配管から水が漏れて、地下室に貯蔵してあった干し杏《あんず》のドラム缶が、台なしになったときくらいだろう。いま、店内全体が抑鬱の感情でぞよめいている。ウェイクフィールドにとっては、耳もとで一度に二十台のラジオが鳴っているにひとしい。彼は自分の部屋を思い浮かべた。静かで小ぢんまりした、折り畳み式ベッドの寝室と居間。ピアノと書物と安楽椅子。旧式のランプとスリッパ。スープ一皿と大豆の揚げものくらいなら、あの極小のキッチンでも調理できる。ジャガイモと新鮮な莢《さや》インゲン。それにおそらく、煮詰めたプルーンをデザートに添えて。べつにヘルス・フードストアで食べなくたっていいや、と思ったとたん、むしょうに外に出たくなった。「それじゃ、よい晩を」と急いでつぶやき、起ちあがった。「お茶をごちそうさん、ベティー」

「あなた、行ってしまうの？」ミセス・クラフトが驚いて詰め寄った。

「帰宅するんです」ウェイクフィールドは口ごもった。「やることがあるんで。食事の用意ですよ。仲間が来るんです。お会いできて光栄でした」

「あなた、あの方のお諭しを聴かないの？」ミセス・クラフトには信じられないことだった。

ほかの女性たち数人もおしゃべりをやめた。態度を決めかねて戸口に立つ彼を、目を丸くして見守っている。「わたくしたち、みんないっしょに行くのよ——あなたも待てないの？」

彼だってもう一度、セオドア・ベックハイムの話が聴きたかった。でも、まだ優に一時間以上もある。その間ずっと、ミセス・クラフトの横に座って、彼女の全身にみなぎる緊張を肌で感じ、鬱屈した憎悪が沸騰するマグマに耳を傾けるなんて、そんなことできるもんか。この店で昼食を摂るのだってしかたなくなのだが、すくなくとも誰にも煩わされない奥の一隅に彼のテーブルがあるからだ。どうしてセオドア・ベックハイムは、ひとりで僕のささやかな部屋にやって来ないんだろうか。

「待たなければなりません」ミセス・クラフトが居丈高に言った。「あなた、出ていけませんわよ」

「腰をかけてお待ちなさいな」ベティーもせいぜい声を出した。「私たち、みんないっしょにミセス・クラフトの車に乗ってくのよ」

「でも、僕は腹が減ってるんだ」ウェイクフィールドはぶっきらぼうに口を尖らせたが、罠にかかったような無力感を感じた。「まだ夕食を摂ってないんだから」

「いますぐ、うちで用意するわ」ベティーが言った。「ルル！」と大声をあげる。「こっちに来て。ミスタ・ウェイクフィールドが夕食に召し上がりたいものを探してあげて」

ウェイクフィールドは心配そうにコートのポケットをまさぐった。ナイフとフォークを持ってきたんだっけ。革とビロード製のちいさなケースを取りだし、ぱちりと開けた。あった。

ピカピカに磨きあげられた二本の銀食器。「奥で食べてもいいかい？」とおどおどしながら尋ねた。「この店で食べるんなら、誰とも同席したくないんだ」

「ミスタ・ウェイクフィールドのために、奥のテーブルをご用意してあげてね」皿洗いの雫を手からしたたらせながら、律儀に調理場から顔を出したのは、茶の瞳をしたノッポの褐色の女である。ベティーが指図した。「きれいに片づけて、椅子を据えてちょうだい」

「チーズソースで和えたライスに卵とトマトを添えたもの、それにマカロニ・サラダとクリームをかけた薄切りバナナならありますけど」とルルは言った。重たげなスカートを翻して、汚れた黄のカーテンの向こうへ、ふたたび調理場に姿を消す。ウェイクフィールドは迷ったが、結局、いそいそとあとに従った。

　大きな木製のテーブルの前にやっと腰をおろして、自分のナイフとフォークを広げると、ミセス・クラフトがぬっと現れた。

「お食事中、ごいっしょさせていただくわ」と宣して、真向かいにどっかり腰を据えた。ルルが慣れた手つきで食事を給仕しだすと、ミセス・クラフトはオーヴンの焦げた空気を胸いっぱい吸いこんだ。「ああ」と嘆声。鷹のように鋭い眼で、ウェイクフィールドを睨みつけた。「ここに安らぎぞ輝ける」〔64〕とだしぬけに言い放った。

　ウェイクフィールドはうなずいて、何かをもぐもぐ呟いた。あまりの身の不運に言葉も出ない。

「安らぎぞ輝ける」とミセス・クラフトが繰り返した。彼女が目を凝らす展示見本では、糖尿病や高血圧の錠剤、潰瘍《かいよう》や静脈瘤向けの暗色の液体の壜、特製無糖クッキー、それに淡色のドライ蜂蜜、ビタミン・カプセル、小麦粉や麩《ふすま》のパッケージなどを宣伝していた。「すっかりそろってますわね。完璧よ。ここにはバランスを崩すものがない。このお店はみごとにお手本を実現してるわ」

ウェイクフィールドは惨めな気分で、チーズとライスの皿を待っていた。さっさと消えてくれんかな、この女、と内心呪いながら。

彼は見た。連中が中にいた。通りすがりの扉越しに、女の動作をおぼろに目が捉えた。鋭く甲高い声が洩れてきたが、彼はそのまま通りすぎた。フルーツとデイツの展示見本の裏にちらっと見えた人影は、あれはホーラス・ウェイクフィールドだ。連中に囲まれてぽつんと座っている。おぼつかなげな指先で茶碗をつまみ、紙ナプキンでぽんぽんと上品に唇をはたいていたが。

スチュアート・ハドリーはいま、筋向かいのドラッグストアに座っていた。胸の前で腕を組んだ。肘のかたわらに氷水の入ったコーク印のグラス。そして裏返しのメニュー。湿ったカウンターを見るともなく見つめた。彼はヘルス・フードストアの記憶と印象が薄れていくのを待った。店内のあちこちで数人の常連客が、背を丸めてホット・ビーフ・サンドイッチを頬ばり、コーヒーを啜り、アップルパイ・ア・ラ・モードを口に運んでいた。カウンターのむこうには、愛くるしい黒髪のウエイトレスがいる。糊のきいた制服を着て、てきぱきとせわしない。彼が頼んだハムとチーズのサンドイッチを、せっせとこしらえていた。

ドラッグストアは、気だるいざわめきに包まれていた。チャリンとレジの鳴る音や、人々の話し声、バイエル製アスピリンのアルカセルツァー[65]、鉱油《ミネラルオイル》やチューインガムや雑誌を買いに出入りする中年の女たち。カウンターの先に座った黒い革ジャケットのずんぐりした男が、サンフランシスコ・エグザミナー紙の別刷漫画を読んでいた。

スチュアート・ハドリーは思案していた。どうやったら、あそこに行けるんだろう。あんな場所、あんな連中のまっただなかに……。その言葉を口にしようとすると、胃がむかついて吐きそうになった。偏執狂ども。連中はみんな偏執狂と落ちこぼれ——できそこないなんだ。自分を欺くわけにはいかない。それが連中の正体だ。あの中に入って、腰をおろし、お諭しを聴けば、自分もフーテンになっちまう。

身だしなみがよく、青いシャツを着た金髪の青年。それがスチュアート・ハドリーだった。人好きがして、感じがよく、親しみやすくて、愛想がいい——よき社交家。よきセールスマン。よき夫。靴はいつも磨いてあって、プレスのきいたズボンを穿いている。顎をきれいに剃りあげ、腋の下は明礬《みょうばん》[66]水で洗ってあった。見た目もよく、馥郁《ふくいく》たる芳香を漂わせる男。トップ・オブ・ザ・マーク[67]に一見《いちげん》の客で入っても、すぐ席に通してもらえそうだ。目を血走らせ、髭ぼうぼうでサンダル履き、髪には藁がまじり、たとえば、こんな看板をぶら下げているような男ではない。

シャツやカフス、明るい色のシングル・スーツを着ていない自分なんて、ハドリーには想像もつかなかった。クロゼットや衣裳棚の引き出し、消臭剤アリッドやワイルドルート・クリームオイル[68]、ダイアンシャイン[69]の靴磨きの壜なしで生きていくことなぞ思いもよらない。でも、スチュアート・ハドリーにとっては、それ以上の何かがなければならなかった。小壜とか衣類とか、衣裳棚のてっぺんに掛けた髭剃り用の鏡に映る容姿だけでなく、芯というか、核が厳としてそこにあったのである。

その芯、つまり内なるスチュアート・ハドリーが、ホーラス・ウェイクフィールドと五十歩百歩で、イカれてるなんてことがありうるだろうか。愛想のいい仮面の裏側に、もがきながら這いでようとする狂気と不安の実体が潜んでいる。出口を探して身悶えし、怒って泣き叫ぶ芋虫。粘液に濡れた奇怪な蟲、人間でもなく、尋常でもなく、美しくもない。

あのヘルス・フードストアだって、何ひとつ見どころがなかった。

ヘルニアの矯正ベルトを締め、クリネックスを常用するメガネ男、ホーラス・ウェイクフィールドにも、人を魅了するところがなかった。あの萎びた顔、プルーンみたいな小柄な男の死魚の眼。黴《かび》臭くて澱んだ、不健康な毛玉だ。病的な異臭が漂っている。ただの病じゃない。もっと根の深い業病だ。ウェイクフィールドのような手合いは、人がクシャミをして唾を吐く街角の鋪道のごときものであって、そこには干涸びた汚物の層がこびりついている。

もはや汚物とは見えないほど古色蒼然としていて、垢光りしたワックス、いや、ワニスに似ている。ウェイクフィールドのあの小顔は、臓物の脂を入念に塗り固めたものなんだ。あの仮面に隠れて、にやりと笑い、おしゃべりを交わし、商売にいそしんでいる。テカテカになるまで、あいつは甲羅を磨いてきた。それを誇りとしているのだ。

　ウェイクフィールドの容姿を想い浮かべているうちに、ハドリーはいたたまれなくなった。まるで自分のからだから、いや、自身の心から、ウェイクフィールドが産み落とされたかのようだ。すぐにも、あの殻をこつんと割ってやりたい。ホーラス・ウェイクフィールドのつるつるに磨いた割れやすい表皮。一瞬の幻視がちらっとよぎった。かさかさの豆ザヤみたいに、あの小さな頭がぱっくり口を開ける。すると、ウェイクフィールドの脳が、乾いた小片となってぱあっと飛散し、風に舞ってあちこちへ吹き散らされていく。たぶん、あたりいちめんに芽をふき、また根を生やすんだろう。それはどこかほの暗い、ぬるぬるした場所だ。湿りけのある、物音ひとつしない堆肥。ウェイクフィールドのような連中は、夜の腐土に生えたキノコみたいなものだ。

　われながらそんな幻想を抱いたことに愕然とした。沈香《ぢんこう》も焚かぬ、あのちびの偏執狂をとっちめるなんてこと、どうして思いついたのか。彼は想像した。鎧袖《がいしゅう》一触、ウェイクフィールドなんか、けし飛んでしまうだろう。こちらでメガネが宙に舞えば、あちらでは頭まるごと、脚も、ヘルニアの矯正ベルトも、ちりぢりになる。ホーラス・ウェイクフィールドとは、ハドリー自身の心の奥に潜む、病んだ内なる分身なのだ。あの萎縮した身体の上で、何ひとつ残らなくなるまで、飛んだり跳ねたりする自分を想像した。ワシントンにいた子供のころ、荒れ放題の空地に群生するホコリ茸《たけ》の上を、何度もなんども踏みつけたように。

羞恥心が兆し、幻は泡沫《うたかた》と消えた。心ならずも、幼時のある情景を思い出したからだ。彼はいままたそれを心奥の秘所にしまおうとした。ふだんは思い悩むこともなく、ありありと想いうかべては賞翫《しょうがん》することもない心奥の秘所に戻すのだ。

そこでの彼は幼児だった。五歳の男の子だ。東部地方の冬空のもと、黄色い泥地と薄氷の上を駆けて、ばりばり踏みしだいていた。赤い手袋、半ズボン《ニッカース》にオーヴァーシューズ。耳まですっぽり毛糸の帽子をかぶって。何をしていたんだろう。薄ら笑いを浮かべ、両手に子供用のシャベルを握って、小さな女の子をしつこく追いかけまわしていた。走りながら、女の子をぴしゃっとぶった。泣き声と悲鳴。小学校と体育館のあいだの空地を、ふたりは走っていた。空地の半ばで――そこで記憶はまだ途切れない――追いついた彼は、その子の頭に烈しくシャベルを叩きつけた。その子はぎゃっと叫んで、凍った砂利に顔から突っこんだ。そこで幼いスチュアート・ハドリーはくるりと背を向けた。気がせいせいして、来た道を駆けもどっていく。

はたしてほんとうに、そんなことができたのかどうか、怪しい気もする。たぶん、何か女の子が口走ったんだ。彼の吃音《どもり》がどうとか。幼時の彼は吃っていた。何か胸の思いや感じかたを口にしようとすると、喉が詰まって言葉にならなかった。女の子は笑いながら、彼をからかって……その報いを受けたのだ。ただ、彼はそれから六カ月間、問題児として市が運営する特殊学級に入れられた。

「あら、居眠りしてる」

ハドリーはううんと呻って目を開けた。

「あなたのサンドイッチとコークよ」カウンターの女が笑顔で楽しそうに、彼の前に皿を押しだした。「目を覚まして」

「ありがとう」とハドリーは言った。恐縮して現在に舞いもどる。「ほんとにありがとう」

彼女はおずおずと去りやらず、無邪気に頰を赤らめながら、親しげに軽口をたたいた。

「こんなとこに座ってて、奥さんは何て言うかしら。夕食の支度はしてくれないの？」

ハドリーの左手に、結婚指輪の金色の帯が光っていた。意識して彼は指輪を撫でた。「今夜は女房の具合が悪くて」

「まさか」と彼女が言って、カウンターに身をあずけた。「嘘おっしゃい」とささやいた。

「きっとあなたは家を逃げだしてきたのよ」言い添えた。「今夜は土曜の晩だもん」

ハドリーが口に運んだのは、サンドイッチとコーク、脂ぎったポテトチップスの皿だった。喉に流しこみながら上の空だ。思いに沈んで目はうつろ、ウエイトレスがいるあたりを眺めながら、白い木綿の服のぼんやりした輪郭しか目に入らない。お目当てのお諭しが始まるまで、ここで時間をやりすごす気だった。エレンを置き去りにして、ひとりでぶらぶらしながら、あと二時間は暇をつぶさなくてはならない。あの連中、ウェイクフィールドのような連中や、金切り声の厚着の女たちといっしょに、番人ホールに向かう時間までは。

あの金持ちの中年女たち、なぜのこのこ現れたんだろう。いったい、何に興味をそそられたのか。この手の運動が起ちあがると、どこでも金と暇のある肥った婆さんどもが大挙して現れる。カネを出し、会合場所を提供し、裏であれこれ糸を引き、やることなすこと何でも聴きにくる。彼女たちの人生って、ほかに何もないのか。大きな持ち家やクライスラーがあり、どっさり衣裳とカネを持っていながら、それでもまだ満ち足りないのか。

こいつはミステリーだぞ。

でも、これは何かを物語っていた。金持ち婆さんはホーラス・ウェイクフィールドと同じじゃない。あのしょぼくれた花屋の店員が暮らしているところは、ちっぽけなキッチン付きの貸間一室だ。小鳥が歌うこともなく、殺風景なカーペットや壁を暖めるぬくもりもない、不毛で簡素な独房なのだ。つまり、あの運動は、違うタイプの人間を惹きつけてるってことだ。気難しい婆さんも、無能な店員も、ひとしなみに吸い寄せられる。さらに、ずらりと行列する厳粛なニグロたちの顔も見かけた。逞しいニグロたちの面がまえと、香水が濃密に匂う婆さんたちとは、どこが共通だっていうのか。彼はまた労働者とその妻たちも目にした。それに青年子女――ユース・フォー・クライスト〔70〕から枝分かれした、ひと握りの痩せっぽちの熱心家のガキどももいた。過激な十代の狂信家たちだ。

そして彼自身がいる。

ふたたび鬱の暗雲が垂れこめてきた。ほんの一瞬、真の自我がそこに見えたと思ったが。水面にゆらりと浮かぶや、尻尾をつかまれた。見てくれだけ。おぞましくて、気が滅入るけれど、それが真のスチュアート・ハドリーであり、もうひとりのウェイクフィールドなのだ。むかついてきた。ヘルニアの磁気ベルトとクリネックスの私用ケースを手放さない、あの陰気な顔の店員と自分が瓜ふたつとは……いや、すくなくとも彼には居場所があった。いまはそれも失われて、ふたたび迷子になったのだが。スチュアート・ハドリーはベックハイムのお諭しを聴くつもりだった。しかしスチュアート・ハドリーが誰であり、何者であるのかはそこで語られない。

　彼はキレてるのかもしれない。いや、違うかもしれない。

「ほかに何か？」ハドリーが皿を押しやると、ウエイトレスが訊いた。「デザートかしら。アイスクリーム？　きっと、あなたの奥さん、毎晩夕飯の支度をして、夜は靴下を繕ってるのよね。ベッドであなたをくるんでくれるんでしょ。あなたって、どうしようもない人ねえ……カウンターいちめん、水をこぼしちゃって」切なそうに言い添えた。「お勘定は六十五セントよ。お望みなら、コーヒーをお代わりしてもいいのよ。お代わりはタダなの」

　彼は勘定を払ってドラッグストアを出た。

　宵の街は肌寒くて仄暗い。ひとりぼっちだ。手をポケットに突っこみ、ホールのほうへ歩きだした。ダウンタウンの商店街に点在する、光り輝くモダンな店の前を通りすぎた。サザン・パシフィックの線路をめざして歩きつづける。その線路はもっと裕福なニュータウンとの境界をなしていて、旧スラム街を上手に切り離していた。シダー・グローヴスも五十年前はその旧市街に属していたのだ。

サンフランシスコから着いた通勤列車が蒸気を噴きあげ、ロングコートを着て、背を丸めたビジネスマンたちの疲れた列を吐きだした。彼らは出迎えの妻たちと会釈をかわし、そそくさと車に乗りこんで、夕食とベッドが待つ家へ帰っていく。列車の線路の彼方に浮かぶ倉庫や工場の影。曲がりくねる狭い街路を感知したかのように、車の流れが滞っていた。ニグロの無法者たちが、壁の穴みたいな黄色い八百屋の前にたむろしている。木造の屋台が並んでいて、汚れてろくに掃除もしていない。肥った黒人女たちが、はちきれそうな野菜袋を背負ってうろついていた。そうか、ここはスラムの商店街なんだ。ビリヤード場や木賃宿、靴磨きパーラーや廃屋のバー、清掃会社、そしてその横に、錆びた廃車の残骸が転がる空地と汚れたガレージがあった。

まさに貧民窟なのだ。エル・カミーノ・レアル[71]沿いにはモダンなドレスショップや、理髪店や宝石屋や花屋が小粋に輝いているが、そこから半マイルも離れていない。ここにはいまにも崩れ落ちそうな古い黄色の板の長屋しかなかった。世紀の変わり目から取り残されたままの古いボロ屑の山。サンフランシスコ大地震[72]を生きのびた遺構もあった。舗道と暗渠にはガラクタと廃材が散らばっていた。朽ち果てた建物は、壁がはがれて吹っ飛んでいる。

魯鈍な顔の男たちの群れが、手をポケットに入れたまま、荒寥としたうつろな目で、あてもなくさすらっていた。髪をテカテカに光らせたニグロの女たちが、腰をくねらせ、シナをつくって通りすぎた。ジーンズ姿の労務者が、弁当箱と畳んだ新聞を手に、疲れた足どりで家路を急いでいた。汚れてひしゃげたボロ自動車が次々と停まって、疲れた顔のアイルランド人やイタリア人やポーランド人を吐きだす。そこは密集した黄色の板の長屋の前で、キャベツと尿の悪臭が立ちこめ、埃っぽい敷物といじけた鉢植えのある狭い通路になっていた。スチュアート・ハドリーは、暗くなっていく宵闇をさまよった。あちこちでネオンが瞬き、疲弊した人々がたがいに押しのけ、小突きあうのを、それとなく感じていた。まだ一時間はある。ポテトチップスがもたれて、胸焼けで胃がひっくり返りそうだ。頭もずきずき痛む。家に帰ろうかな。そんな考えが心に忍びこんできた。しばし思い悩み、よく嚙みしめて、裏返してから、結局はしりぞけた。

紅灯のネオンのおぼろな光に、ふと心を奪われた。バーだ。仄暗い闇に飛びこみ、手探りで進み、バーの中を通り抜けて、奥の電話ブースにたどりついた。扉を押しあけて、後ろ手に閉めてから、家にダイヤルした。

「はい」無表情なエレンの声だ。「どう――してる？」

ハドリーは唇を舐めた。

「元気よ」

「まだ僕のこと怒ってる？」

「怒ってなんかいないわ」ずっと遠くにいるようだ。よそよそしく、超然としていて、疲れた声だった。「ちょっと待って。テレビを切ってくるから」しばらく電話の音が途絶えた。すぐ鈍い音がして、エレンが続けた。「どこから電話をかけてるの？」

「ドラッグストアさ」とハドリーはこたえた。

「何か食べた？」

何を食べたかを説明した。「エレン——きみが帰ってきてほしいんなら……僕は家に帰るよ。あれには行きたくないんだ」

「もちろん、帰ってきてほしいわ！」夫を心配するあまりむせっていた。すぐ立ちなおって「でも、いいのよ、行ってらっしゃい。いつ終わるの？」

「わからない。十一時ころ、だと思う」

「ひとりなの？」

「ああ」困惑した。「僕といっしょに行ってくれるやつなんて、誰かいるかい？」

「知らないわ。誰でもいるでしょ」彼女はどんどん電話からどこかへ漂っていくように思えた。「あなたはいつも、誰かさんを見つけられるみたいだから」

ハドリーは黙った。言えることはほとんどなかった。あとはこれまでの諍《いさか》いの蒸し返しか、その域を出ないだろう。「じゃあ」と彼は言った。「またあとで」

返事がなかった。

「つまり」と怯えて付け加えた。「じき家に帰るよ。お諭しの会が終わったらね。何か欲しいものある？　買ってくけど？」

エレンは金属的な笑いをあげると、電話を切った。

かあっと顔が真紅に染まった。ハドリーはブースを出て、バーに歩み寄った。丸椅子に這いあがる。怒りと屈辱で耳まで赧《あか》くなっていた。手が震えた。怒りをこらえて両手を組み、下唇を噛んで、血圧が平常に復すのを待った。あのアバズレめ——そう思うだけで息が詰まった。大きくふくれあがった牝豚の肉塊が、彼の頭上にぶら下がっていた。憎悪と憤怒が、怒濤となって彼を呑みこんだ。乱心のあまり、家に飛んで帰って、頬ゲタを張り飛ばしてやりたくなった。あの取り澄まして人を見下す女の骨を、ぐたぐたに擦りつぶし、肉も短冊切りにして膾《なます》にしてやるからな。彼女に跳びかかってとことん殴りつけ、黄楊《つげ》みたいにぼきぼき骨をへし折ってやりたい。アパートの壁から壁に、頭の鉢を蹴飛ばしてやる。

「注文は何だい、兄さん？」バーテンダーが訊いた。

半身を起こして、水割りバーボンを注文した。バーにはほかの客もいた。大半はとろんとした目の労務者だ。代金を支払うと、座ったまま啜った。グラスを握りしめて、まっすぐ前を見つめる。口がわなわなと震え、気管支が狭窄《きょうさく》して熱い靄となった。

バーテンが骰子《ダイス》カップを手に戻ってきた。すでに酒が飲み干されていたことに気づいた。

「次のグラスは、サイコロを振ってみなよ」とバーテンが言った。バーカウンターの表面に、水がこぼれて蠅がたかっていた。バーテンはしつこく蠅を追い払う。サイコロがからからと鳴って、湿ってそそけた木製のカウンターに転がった。「六」バーテンが舌打ちして、外れを告げた。「ようし、この糞ったれ」ハドリーの顔が、憤りの青筋で歪んだ。からからと箱を鳴らし、もう一度サイコロを投げた。「四！」赤蕪《ビーツ》みたいに赤黒くなり、震える手でサイコロを拾った。「チビっちまうぜ！」ヒステリーになって声を荒げた。「みてろ、この×××　×××　×××　×××！」

われを失ってハドリーは咆吼《ほうこう》した。客の労務者数人も、げらげら笑いだす。一瞬、バーテンが凍りついた。身をこわばらせ、猛々しい三白眼でハドリーを睨みつけた。「どうしたってんだ、あんた」

「失敬」とハドリーは言った。が、笑いが収まらない。「そんなに真剣勝負なのかい」

バーテンもタメ口をきいた。「おれがやろうか。どんな糞サイコロでも、おれなら裏切らんぜ」サイコロをたたきつけた。七だった。これも外れだ。頭にのぼった血が徐々に冷めていく。バーテンの顔がだらけて灰色に曇り、がっくりときた。痺れた指でサイコロを拾い、箱と中身を投げやりに押しやる。「何が欲しい？　バーボンをもう一杯かい？」

バーのまわりにいた労務者たちが、薄笑いを浮かべて肘を小突きあった。「よう、ハリー」と一人が声をかけた。「おれと勝負したいかい？」

「やんなよ、ハリー」別の男が促した。「おれたちゃみんな、あんたの相手になるぜ」

バーテンの目に炎が閃いた。「ほっといてくれ。どうせ貴様らは×××　×××　×××だろ」がなり声で「おれはもう誰とも丁半はやらん」

ハドリーの水割りバーボンが来た。お代は無料《タダ》。労務者の一人がビールの杯を掲げる。ハドリーも彼にグラスを突きだした。

こんどはゆっくり喉に流しこんだ。バーカウンターの後ろで、バーテンは屈んだまま、むっつりと塞ぎこんでいた。自分が損したこと、サイコロがままならないことを思案してるんだろう。ハドリーはまだ面白がっていた。こんな些細なことで真剣になる男の大立回りが、ばかばかしかったからだ。

じゃあ、自分はどうなんだ、と思った。不安になった。お諭しの会を思い出す。徐々に思考がいつもの理路に帰ってきた。が、以前と同じではなかった。彼は無料の一杯を啜っている。見知らぬバーで無料の一杯をせしめて、どこかしら気が楽になった。まるで宇宙の定則が中断したかのように。万事がまるきり不都合ってわけじゃない……こういう例外もないわけじゃないんだ。

腕時計を見た。あとどれだけ待たなくちゃならないんだろう。四十五分か。ぐいっとグラスを飲み干し、タバコを手探りした。ここで待ち時間を消化するつもりだった。

彼は早めにホールに着いた。お諭しはまだ始まっていない。席は四分の一しか埋まっていなかった。ひっそりとして、身じろぎひとつしない人影が、あちこち疎《まば》らに座っていた。たがいに声をひそめてささやいている。

内扉の入口で、肌の黒い女が、彼に紙を一枚手渡した。彼女の頭蓋は、ぶつ切りにした暗色の木株みたいにざっくり髪が刈りあげてあって、彼のほうに心なしか向きなおった。落ち着いた大きな茶色の瞳。看護婦のように穏やかで害のない、透明な好奇心をたたえていた。一、二歩去りかけると、彼女が声をかけてきた。「こんばんは。番人のお友だち。まだ早いわよ」

見るからに取り乱して、せっかちな彼の様子が、彼女には可笑《おか》しかったのだろうか。それは分からない。彼はさして気にとめなかった。「こんばんは」一言だけ返した。ザラ紙のチラシをつかむと、側廊に姿をくらました。空席とがらんどうの空間。あてずっぽうに席につき、コートを脱ぐと、息を弾ませて椅子に背をあずけた。すでに心臓が重く、早鐘のように打ちはじめていた。

　昂奮の戦慄が全身を上を下へと走りぬける。ぴんとはりつめた緊張を感じた。まるでお子様映画の昼の部《マチネー》上映を観ようと、リヴォリ劇場〔73〕に集まった児童みたいだ。昼の十二時半に開場か。この僕を恭《うやうや》しく複製にしたような数百人の子供に囲まれているかのようだ。しかしこの会場では、ぼそぼそしたささやきが席を譲って、わくわくしながら固唾《かたず》をのんで待つ沈黙に転じていくには、まだ早すぎた。彼のまわりで、行きつ戻りつするざわめき。友人はいないかとあたりを見まわす人もいれば、何人かは前の椅子の背に足をのせてふんぞり返っていた。てんでに感情をあらわにしている。厳粛な連中もいれば、嬉しそうな顔、虚ろな目、つんと澄ましたやつ、人も表情もとりどりだった。ははあ、彼にも分かった。前の晩、会場を埋めていた聴衆と、今夜は同じじゃないんだ。物好きがちょい見しちゃ、立ち去るんだろう。信徒が多いとはいっても、このホールを埋めるほどじゃない。満席はこれから、お楽しみってわけだ。

　いま彼は、矩形のザラ紙を明かりにかざして、黒字の印刷に目をやった。チラシだ。街頭で手渡されるビラのたぐいか。ちらっと眺めると、くしゃくしゃと丸めて床に捨てた。

ハルマゲドンを覚悟していますか

末世澆季《このよのおわり》は近い、と聖書は語っています。
預言は成就し、劫火と洪水が世を祓《はら》い浄めます。
「救い主は浄火のごとくなれば」……
「第一の天と第一の地は去れり」
乞うご購読、『民衆の番人』。年間二ドル。
イリノイ州シカゴ市ベリー・アヴェニュー〔74〕四二五番地

安っぽい見えすいた案内。虫唾《むしず》が走った。彼は四囲《あたり》を見わたした。誰もこの手の文書に目を通していないようだ。受け取っても、広告チラシみたいにほったらかしなんだ。浮き浮きしてきた。タバコに火をつける。しだいに三々五々、ホールに人が入ってきた。騒がしい家族の一団が、椅子をガタつかせて、彼の真ん前に着席した。右手には、がっしりした体躯の黒人たちがひと握り、峻厳な顔で肩を寄せあい、まっすぐ前を見つめている。婆さんたちは一人か二人ずつ、てんでに散らばっていた。やがて神経質そうな細面の若い女が、彼の左の席に割りこんできた。ハンドバッグを置くと、すばやくコートを脱ぎすてた。

ホールは人いきれで蒸し暑くなってきた。どこか奥のほうで、換気扇がきいきい鳴っている。タバコの烟が濛々とたなびいて、上方で澱んでいた。ハドリーは襟をゆるめ、痺れを切らしたように深呼吸した。待つのは試練だな。彼の人生もずっと待ちっぱなしみたいに思える。側廊から次々に人が流れこんできて席につく。黙って席を探し、間断なくホールを埋めていった。

　ハドリーは背筋を伸ばし、ちらちらと周囲を見まわした。大勢の聴衆、背後の扉、天井の梁《はり》、そして演壇に目をやる。両袖にどっしりとアメリカ国旗が垂れていた。背後の壁には、見慣れぬ紋章が掛かっていた。なかば白、なかば黒の円。かたや黒が白に割りこみ、かたや白が黒に滑りこんでいる。まるで回転盤のような、情念の渦動。(75)ダイナミックだが、こいつは完璧だ。そこには何か満ち足りた質があった。彼はしばらく目を凝らした。緊張がいくらかほぐれて、消えていった。

　とろんとした眼で紋章を見つめているうちに、セオドア・ベックハイムがホールに闖入《ちんにゅう》してきた。

　何かいる。そう感じた。まだ肉眼では見えない。不意にけはいを感じて、はっと息をのむ人々のぞよめきだけだった。ハドリーもびくっとした。眼をしばたたかせ、すばやくあたりを見まわした。ホールはまだ埋まっていない。ベックハイムはもう始めようとしているのか。腕時計にちらっと目をやっておどろいた。もう八時だ。ざわめきとささやきが側廊から側廊へ走りだした。彼は四方をうかがった。まだ生身のお姿は見えない。ベックハイムは小鳥か、いや燕だったのか。あの烟の漂う天井の梁に、さっと舞い降りてくるのか。蛾か亡鬼か、それとも一陣の飆風《つむじかぜ》なのか。ホールの照明が暗くなった。凶々《まがまが》しい黒い靄が、あらゆるものに漂いだした。どこか遠くの地から、この世の果て、宇宙そのものを越えて、冷気の雲塊が湧きだしてくる。照明が黄から毒々しい赤に変じ、やがて真っ暗になった。

ハドリーは懸命に悲鳴を怺《こら》えた。巨大な闇黒の獄房が、四方からひしひしと迫ってくる。大海原の波頭に攫《さら》われ、無限の底なしの奈落に、つかのま宙吊りにされた感覚。ぽつんとひとりで身悶えする。闇に包囲されて、何かにすがろうと烈しくもがいた。そこに電撃一閃。何も起きない。何も動かない。何も息づいていなかった。だしぬけに、セオドア・ベックハイムが壇上に現れた。虚ろな空洞がはじけ飛んだ。

マジックさながらの効果だ。ハドリーから恐怖が流れでて、腑抜けになってしまう。音声マイクの前に大きな人影が歩み寄った瞬間、頭の顱頂《てっぺん》から足の先まで戦慄が走った。ハドリーがわななくとともに、ホールの全員が胴ぶるいしている。集団がこぞって喘ぎ、歔欷《すすりなき》に近い嗚咽《おえつ》が沈黙を切り裂いた。

ベックハイムは大男だった。一頭地を抜く巨大な石柱のような男が、ごつごつした手を樫の演壇に置き、ぐいと身を乗りだして、眼下の列を睨《ね》めまわした。額は平たく、深い皺が刻まれて、面やつれしていた。太古の鋳鉄のような顔。どっしりした頭蓋に、深く穿たれた眼《がん》窩《か》から、もの思わしげな眼睛《がんせい》が光っている。唇は分厚い暗色で、膚は風雨に曝された渋茶色だ。小さな耳がぴたりと頭に張りつき、黒髪は短く刈ってあった。しゃくれてがっしりした無骨な顎。間違いなく、彼は黒人《ニグロ》だった。

ベックハイムは憂いに沈み、ほとんど浮かない表情で、人々の列を睥睨《へいげい》していた。その顔には聡明な理解力とともに、無言の非難の色が浮かんでいる。ホールに座る誰もが、いかにおのれがちっぽけで、薄汚い存在かを思い知らされた。おのが分際とその日常が妙に心もとなくなる。この大男の眼差しを浴びるたび、人々の列がたじろいだ。後ろめたくなり、恥ずかしくなって、足らざる自分を突然意識させられた。視線をやり過ごすとほっとしたが、かつての自信はもう元にもどらなかった。

「みなさん」ベックハイムが緊張した低い声で語りだした。「こうして講話する機会を得ましたことはまことに幸甚です。ご静聴いただければ、あなたがたの人生にとって、少しばかり大切なことを語りましょう」

ベックハイムは前口上もなく、慣例やしきたりを一顧だにせず、単刀直入に語りだした。微動だにしない、単調とさえいえる声。ハドリーは骨の髄まで震撼させられた。脳や耳にもその顫《ふる》えが伝わり、圧迫に耐えられなくなるほど、体内でメカニカルな振動が踊りだした。手で耳を塞いだが、床や椅子、周囲の聴衆の肉体をつたって、容赦なく音がびりびり響いてくる。ホール全体、列席の全員が、この男の重厚な声が奏でる反響板と化したのである。

「あなたがたが生きているのは」と彼は告げた。「未曾有《みぞう》の時代なのです。以前にも、こういう時代が来ると信じられたことがありました。たびたびあったのです。何度もなんども、心ある人たちが、時は来たれり、と思いこんだ。だが、つねにそれは誤りだった。とうとう、最後の秋《とき》など神話にすぎない、という感覚が芽生えました。預言があっても外れてきたからです。いつだって預言は外れるものでした」

「その昔は至高の賢者が抱く通念だったことでも、いまはお伽《とぎ》話とみなされています。賢者たちにはそれが自然で健全と思えたのです。彼らは大地が平らだと信じました。宇宙の大半を大地が占め、太陽は天界を廻《めぐ》り、水に落ちた髪の毛は青虫に変じ、鉛は黄金《こがね》に錬成でき、傷口に蠱《まじな》いごとを唱えれば人は癒されるものだ、と信じました。時についても誤って信じこんだ。世界の大きさも、形状も、起源も、その成り立ちも見立てを誤った。尽十方界《じんじっぽうかい》の宇宙が広大無辺であることなど理解していなかった。彼らは宗教人であり、合理的宗派に属する人々でした。彼らの思考法は、過去といってもほんの数年前にすぎず、世界といってもたかだか数マイルを出ない、そんな信仰から成り立っていました」

「空間的にも度量的にも、宇宙の広漠を理解できず、それが混乱を招いたのです。この世に終わりがあると悟りつつも、あと数カ月か数年内と考えていました。この世の太初《はじまり》からまだ二千年しか経っていないと思いこみ、先行きもそう長いとは感じていなかった。現世があと二千年間続くというのは、永遠に続くにひとしい。彼らにとって二千年とは、理解のおよぶ最大数であり、事実上の無限だったのです」

「さて、いまや事物の正体はわれわれが知るところとなりました。二千年なんて何ほどのこともない。二千マイルが物の数でないのと同じです。宇宙には壮大な空間とエネルギーがあり、それゆえに時間もまた果てしがない。〔76〕このサイズの宇宙を動かすには、それだけ時間もかかるからです。ヘブライ語の名詞を誤記したせいで、預言者の時代を十二に区分しなければならない[77]というのなら、預言者時代の長さも同じく数千年に広げなければならない。この宇宙が七日で創造されたのではなく、数十億年単位のそのまた七倍もかかって形成された[78]ことを知るなら、預言者たちの出現に先立つ日々が、実は数世紀にわたっていたことも悟らなければならない」

「しかも鴻荒《おおむかし》の人は奇蹟を信じた。ナンセンス中のナンセンスは、自然の理を中断して神がお出ましになる、と信じたことです。われわれは知っている。自然の理の中断は、むしろ神の否定になることを。宇宙が渾沌であり、移り気であり、偶然にもてあそばれるもの、と示してしまうからです。偶成《まぐれ》の要素がそこに導入されてしまうでしょう。これは秩序《コスモス》とはいえない。神が存在するなら、秩序があるべきだ。こうした問答無用の事象《ことがら》の混乱は——当時は山のようにあった。無理無体の邪計《じゃけ》ゆえに、神は不自然に干渉するもの、と人々は想ってしまったのです。どうかこうかして、神はこの宏大な宇宙を創造し、そこに降臨して法輪の種を蒔いたが、じき堪忍袋の緒を切らして、この精緻な織物から目をそらし、そっちのけにしたと考えました」

「今日、われわれも了解しています。自らを物理的に具現したこの宇宙に逆らってまで、神が干渉することなどありえない。神は宇宙を介して働きかける。つまり、自然の理が中断される日に、われわれが遭遇することはない。にわかに天が闢《ひら》き、ぬっと巨大な手が雲間から伸びてくる光景なぞ見えたりはしない。それはイメージであり、言葉の綾であり、詩的な魔法の杖にすぎません。ぜひとも直視しましょう。天が、つまり空そのものが——神の手なのだと理解しよう。ほかの手がこの世に現れることはない、と」

「鴻荒《おおむかし》の人は理解しなかった。つねにそばにおわしました神が、いまや不在だなどと想像すらできないことでした。鴻荒の人は生涯ずっと、神とともに生きていた。神はあらゆる事物に宿る——彼らが知る事物とは、空間に残された神の表徴《しるし》でした。あらゆる人間に神は現御《あらみ》霊《たま》として、憑依《のりうつ》る霊として宿っている。事物は神の表徴であり、人の心は神なのだ——それは精霊全体の一部、一単位をなしている」

「それゆえ、日々の暮らしの枠の中に、予期した徴候がなぜ、魔術のように挿入されないのか、われわれの祖先は理解できなかった。宇宙の動因《モメンタム》はそれ自体、預言者が予め見とおした道筋なのだ。この道筋を突如切断するのではなく、道筋そのものの方向に沿って、神の手が働いている。このいわゆる自然の理を調べれば、われわれは見てとれるのだ。森羅万象が予期されたとおり、成就をめざしている、と」

「われわれが立つ現在という有利な地点から眺めれば、紛《まご》うかたなき予兆が見える。聖書が預言する末世の兆しが、最終のもっとも重要な段階にさしかかっていることが」

スチュアート・ハドリーは、その深い張りつめた声を聞いていて気がついた。ホールの誰もが彼とおなじく、この音の満ち引きに吸いこまれていた。言葉ではない。信徒を圧倒しているのは、あの凜乎《りんこ》たる声だ。でも、ベックハイムは法螺《ほら》を吹いていない。叡智を説いていた。それとも、ベックハイムが語るから、叡智のように聞こえるのか。

千々に心が乱れて困惑しながら、ハドリーは大男の黒人が語りかける言葉に耳を澄ましていた。ホールにいる他の信徒は、ベックハイムとハドリー自身が交わす対話の傍聴人にすぎない……という気がした。でも、それは錯覚だ。幻想だってことくらいは分かる。この大勢の聴衆のなかから、一人だけ選りわけて、ベックハイムがスチュアート・ハドリーにだけ気を遣ってくれるなんて、ほとんどありえないことだ。だが、ベックハイムは一対一で諄々と噛んで含むように、さりげなく語りかけていた。芝居がかったわざとらしさのない、親しみのこもった口調だった。無理に折伏しようとはしていない。ただ、知っていること、この目で見たことを打ち明けていた。

「彼らの洞察では」とベックハイムは続けた。「大地は永遠ではなかった。その意味でわれわれは理解しなければならない。天空とは、空間的に大地から隔てられた場所というよりも、実は大地が滅びたあとを埋める宇宙だということを。われわれは聖書で知っている。死後、すべての魂が最後の審判の日を待っていること、その存在は中有《ちゅうう》の状態にあること、つまり無時間のなかにあって、亡魂《みたま》には持続も変化もないことを」

「天は上方にあるのではない。むしろ頭上にある。天はいまここに顕現するだろう。どこかよそではない。本来、天はどこにでも顕現するものなのだ。地獄そのもの、天に属さぬ領域すべてが、天に呑みこまれてしまうだろう。天のほかには何もないのだから、天がどこにあるかを論ずることなど、意味がないのだ」

「この世から、来たるべき世への移行は、万物を滅ぼす大洪水《おおみず》を伴うだろう。過渡期は、艱難辛苦と天地擾乱の時代になるだろう。これぞ降臨を知る予兆の一つなのだ。ほかの何よりもこれが『再臨』を予見した鴻荒《おおむかし》の人々の鍵であった。彼らは知っていた。第一の大地が滅亡する前に、ほとんど無限の次元に潜む強大な力が解き放たれるだろう。彼らはその日に備えた。が、その日は生涯、訪れることがなかった」

「われわれが生を営むこの時代に出現した数々の予兆は、いよいよその時が迫ってきたことを告げている。備えなければならぬ時期に入った。万人が世界の破局を目撃し、誰もが選択を迫られる時期なのだ」

「この選択は、かつては抽象や理論の域にとどまり、ほとんど哲学としか思えなかった。でも、いまは生々しく肉薄している。もはや不可避だ。この世のありとあらゆる原子が、来たるべき大会戦《グレートバトル》に備えて整列している。分別もなく良心もない、無生物のあらゆる小片《かけら》が、敵味方に分かれていく」

「この分別なき小片は、彼らを自在に操る力によって、あちらへこちらへと靡《なび》き、自分では選ぶ余地がない。どちらにつくかは予め決まっている。その結果、最後の立ち位置がどうなろうと、何ひとつ変えられない点では無力な存在なのだ。武器庫の銃架に並ぶ銃が、戦闘に飛びだそうと銃を手に取る兵士を拒むことができないのと同じく、なすすべもない。不平を漏らしたり、味方を選んだり、鞍替えして寝返り、敵に忠誠を誓う自由はない。だからこそ、軍が対峙するものは何であれ敵なのだ。だからこそ、兵站《へいたん》を握るものは誰であれ味方なのだ」

「しかし人間は、分別なき小片ではない。神が発する閃光は、われわれ各人に宿っている。

分別なき小片のように、ふらふらと右へ左へ行き惑うことだってある。押しの強い相手となれば誰でも構わず、自らその道具に甘んじることだってありうる。でも、われわれは自分で決められるのだ。単身決断するというモラルの度量が、一人ひとりにある。いったん決断に踏み切れば、この宇宙にも他の宇宙にも、立場を変えろと強制する力はない」

「これが意味するところを考えよ。究極的には神でさえも、あなたに代わって決められないという意味だ。選択はあなたの手にある。それゆえ、肝心なことだが、あなたは自分の選択が何かを答えなければならない。選択を回避しようと訴えて、それで事足りるわけではない。それ自体が意味していることは、兵士の手に収まった銃のようなもの、ということだ。銃架からあなたをつかんだのが誰であれ、戦闘に運ばれていくのはあなた自身が身を委ねたからだ。その場合、恩恵を被っていようといまいと、選択したのはあなたなのだ」

「われわれの四方八方でいま頻発しているこの闘いは、総力戦になるだろう。この宇宙のあらゆる原子、あらゆる物質の小片、あらゆる生物を巻きこむだろう。歴史を顧みれば、この極点をめざして進んできたことは、たやすく見てとれる。われわれが生まれて間もないころ、総力戦は未知の概念であった。[79] いまから一世紀あとにこの言葉が何を意味するか、想像してほしい――爾後一世紀を経てなお、地球が生きながらえているとしてだが。いま現在の想像を遥かに絶した総力戦になっているだろう。それを疑うなら、あなたがたに『考えてもみよ』と言おう。百年前の一八五二年に生きていたごく普通の庶民が、先の大戦で使われたナパーム弾や原爆をどれだけ正確に想像しえたか、と」

「われわれの前途にはもう一世紀あるかもしれない、と私が言うとき、それは時がどれだけ残っているかをなまじいに預言するものではない。私は知らない。誰も知らない。過去の教訓から明らかだ。未来の出来事がいつ起きるか、制約のあるわれわれの立場からは、預言なんて不可能なのだ。稀にみる洞察力があっても、年月日を正確に言いあてるような情報には達しない。聖書の預言者たちが何者かご存じか。そうした稀にみる洞察力、特別の直感、未来のできごとを察知し、われわれが過去の記憶を蘇らせるように、未来を想起できる能力の持ち主であった。来たるべき大乱の衝撃が彼らの心に刻みこまれた。彼らが幻視したことすべてが世に示現する。しかし、そうした大乱は、あまりに異様で畏怖すべきものだから、絢爛たる詩的描写に置き換えて、ようやく同時代の言葉に翻訳し、自らの心の中に表現できたのだ」

「心に想い描いてみよ。聖書時代の預言者、素朴な農夫がいきなり、朝鮮戦争を幻視したらどうなるか。飛行機や戦車、巨大な砲や戦艦、精巧なレーダースクリーンが、まざまざと見えたとしよう。それを同時代の人々にどう分かってもらえるだろうか。どうしたら自分自身を納得させられるだろうか。さあ、あなた自身想い描いてみたまえ。いまから二千年後の世界を、だしぬけに目にしたらどうなるか。あなたの手持ちは現在の言葉と用語と概念しかない。あなたが見たものを、ことごとく象徴に置き換えなければならないはずだ」

「大会戦の最終段階は、何世紀もかけて生じるものではないかもしれない。われわれはいまだに時空のつまらぬ概念に囚われている。世直しが起きるまでに数千年、いや、数百万年を要するかもしれない。それはたぶん緩やか——いや、たぶん突然だろう。そんなことにわれわれはこだわらない。大切なのはただ一つ、両極に割れていくこと。われわれの時代にそれが見えてきた。それで十分だ。会戦が近いか遠いかではない——敵味方に一線が引かれたことだ。われわれが注視すべきはそこにある。それがわれわれの関心事だ。くっきりと間違えようもなく、二つの集団に劃《かく》されつつあるのだ」

　聴衆を見渡しながら、黒人の大男は語りつづけた。

「存命の人は誰ひとり、首をすくめて隠れてはいられない。眼前の平原でこの大集団の編成が繰り広げられようとしているのに、知らぬふりを装うことはできない。私は見ていない、などと誰にも言えない。それは嘘だ——神は騙せない。誰も身をかわして、傍観できるわけがない。この会戦がわがことにあらず、と嘯《うそぶ》いてはいられない。選択の余地はない。わがことなのだ。この一戦で、永遠の魂の運命が決まるのだから」

「五十年前、百年前に混乱が生じた。予兆はあった。三千年にわたる予兆——しかし読み解くのは難渋を極めた。そこで百家争鳴の闘技場となる。誰もが唱えた。われこそは神の味方なり、と。角突きあわせ、さまざまな主張が忠誠を競いあった。良心的な人はてんでに混乱に陥った。神はその混乱をご理解めされた——大悪魔の偽《いつわ》りの主張に、人はときに惑わされる、と」

「しかし今日、かかる混乱は存在しない。大悪魔はもはやその正体以外の何ものも主張できない。この永遠の、熄《や》むことなき闘いの硝煙と砲火から、真の戦士の姿が現れる。紛れもない。もう惑わされない。その瞬間、最後の仮面が剝げ落ちる。敬虔と聖性という薄っぺらなヴェールは脱ぎすてられてしまう。もう誰も欺けない。目に見える表徴《しるし》が顕れる。おぞましい烙印だ。その果《み》によりて汝知るべし〔80〕！」

「われわれは大悪魔を見破る表徴《しるし》を知っている。至福千年《ミレニアム》で見慣れた表徴だ。いまそれが目に露わに見えてきたか。赤裸々になっただろうか」

「どちらを見ても、憎悪と残虐と暴力ばかりだ。左右を問わず、行く手を遮るなら、誰であれ討ち倒せと、地上のどの民族も防備を固め、斧鉞《ふえつ》を研いでいる。むきだしの獰猛な力、鉄拳のようなパワーが、地上の民族とともにあらわれた。法の擬制など吹っ飛んでしまう。むきだしの力こそ、汝、かの者を知るべしとされた表徴《しるし》——神に烙印を捺《お》され、天から追放されて、火焔の湖《うみ》に堕ちた邪悪なるもの〔81〕であったのだ！」

「この最後の大戦で、その表徴《しるし》はまざまざと顕れる。この世界、この惑星の地表に、魔党畜《しく》生《さん》の群れが燎原の火のごとく広がる。それを疑えるだろうか。だが、最後の会戦《ファイナルバトル》で神の旌旗《みはた》が、原爆やナパーム弾、装甲戦車や重火器の先頭に吹き流れる光景なぞ、正気の持ち主なら誰が想像するだろう。宇宙を創造されたお方が、マスタードガスや細菌兵器までつくりだしたと、誰が信じようか」

「その果《み》によりて汝知るべし。表徴《しるし》は彼らに顕れん！　化けの皮が剝がれるぞ——汚らわしい毛むくじゃらの姿が、万人の前で裸にされる。悪魔は本名で彼らに呼びかける。その名に彼らも応える。恥知らず、恐れ知らず。彼らは選択したのだ。悪魔のために戦うだろう。悪魔が転落して第二の死を迎えるとき、魔党もともに墜落する。多くが一緒に墜ちていく。すでにそれは書かれたことだ。多くは火焔の湖《うみ》で滅びなん。『かくて悪魔は、火焔と硫黄の湖に投げいれられたり。ここは獣も贋の預言者もまた居るところにして、彼らは世々限りなく昼も夜も苦しめらるべし……』『海はその中にある死人を吐き、死も陰府《よみ》もその中にある死人を吐きたれば、各自《おのおの》その行為《おこない》に随《したが》いて審《さば》かれたり。かくて死も陰府も火焔の湖に投げいれられたり。この火焔の湖は第二の死なり。すべて生命《いのち》の書《ふみ》に記されぬ者は、みな火焔の湖に投げいれられたり。われまた新しき天と新しき地とを見たり。これ前《さき》の天と前《さき》の地とは過ぎ去り、海もまたなきなり……〔82〕』」

「多くの魂が泯《ほろ》びるぞよ。これは聖書のお筆先にあるぞ。だが、一切が滅却するにあらず。都市は瓦礫と化し、野は無辺際の灰燼に帰するぞよ。熱砂の雨のごとく、放射能の灰が降りそそぎ、農作物は瘴毒《どく》の雲に萎《しな》びて枯れていくぞよ。雲霞のごとき蝗《いなご》がもたらす死のバクテリア。未曾有の爆雷に、地、周《あまね》く震えて裂け、水、浩洋として悶えん。大気そのものも汚染され、溷濁《こんだく》するぞよ。暗澹《あんたん》たる粉塵の積乱雲が、日輪を覆って天を晦《くら》くするぞよ。これすべてお筆先に記されたることとなり。何もかも到来するぞよ」

「だが、生きのびる御魂《みたま》、救われる御魂もあるぞ。神はむざむざ、全人類を滅亡に追いやりはせん。平原に集結した幾多の魔党も、平原に聳《そび》える幾多の魔都も、すべてかなぐり捨てて顧みぬ人は、天国で主のおそばに仕え申すぞよ。主がそう約されたぞ。人の口約束のごとく、神の盟約が破られることはない。神はすべてを見そなわす。神にとっては、すでに起きた既往のことぞ」

「自らを救わんとする者は、蹶起《けっき》しなければならぬぞよ。わが身命を救うには、有為でなければいかんぞよ。あったら動かねば、ひきずりおろされて、他の魂ともども滅ぼされようぞ。神のみもとに仕え申す者は、大悪魔に非難を浴びせ、一味への加担を拒絶しなければならんぞよ。天を仰ぎ、神の御座《みくら》に顔を向けるべし。大悪魔の所業、その兵戈《へいか》、大砲や艦船、戦車や空軍機、獰猛な地獄の軍団には、敢然と背を向けるべし。この惑星には、互いに敵を凌駕せんとする大魔党が数々あるぞよ。彼らは己を誇示し、増長し、いよいよ重武装にならんとしておる。大悪魔の勢力は強い。なれど、神の前では彼らも青菜に塩ぞ、打ちのめされ、永遠の火焔の湖に放りこまれるぞよ」

「非難せよ、拒絶せよ――ひっぱりこまれてはならんぞよ。銃を持てと言われたら、銃を投げ捨てよ。死の道具を押しつけられたら、背を向けよ。他人を殺せば、永遠の魂を失うぞよ。人を殺さぬ者、揺るぎなく神の側に立ち、肉体の死を恐れぬ人こそ、天国にあって神のおそばに仕え申す者なるぞ」

「人類の呪われたる都会や機械、工場や建物、街路や武器、爆弾や防空壕、サイレンや真鍮の兜を捨てたる人、高き山々に逃れん人こそ、天に救われるぞよ」

「さもなくば、救生《くしょう》なしと知れ！」

第二部　昼

赤ん坊は男の子だった。名前はピート。

ベビーベッドに寝かされ、陽《ひ》の光をむさぼっていた。まだら文様の光が、鼻孔に射しこむと、くちゅんとくしゃみした。おしゃぶりしようとして、よだれが顎にたれる。むずかって、おむつを濡らした。

七月の朝は温かで和やかだった。アパートの窓はぜんぶ開け放ってある。睡《ねむ》たげにカーテンが揺れると、すがすがしい風がふわりと吹きこんで、部屋から部屋へ空気が舞った。キッチンにエレン・ハドリーがいる。小さなクローム製のテーブルをはさんで、ジム・ファーガスンと対座し、口にタバコをくわえて、膝に苺のボウルをのせていた。

ジム・ファーガスンは流しにもたれて、腕を組んでいた。きょうは日曜だから、青い綾織のダブルの背広は着ていない。かわりに短袖のカラーシャツとキャンヴァス地の古い作業ズボン、庭先用の靴という出立ちだった。頭髪が薄くなり、まるまると肥ってきたのが、ひと目で分かる。シャツのボタンからはみだす、でっぷりした固い太鼓腹。小皺の寄った丸顔が、夏の汗に上気して、ほんのり染まっている。

「ちょいと一杯」と彼が哀願するような声を出した。「ビールを頂戴できんか」

「どうぞ」とエレンは言う。起ちあがる前に、苺の最後のひと粒から蔕《へた》をむしった。

「自分で取ってこよう」すばやくファーガスンは言った。女の前だと、彼はいつもぎごちない。「ちぇっ、どこにあるのか、教えてくれ——冷蔵庫《リーファー》かい？」

おろおろした彼の言いわけが聞こえなかったように、エレンは苺のボウルをテーブルに置くと、キッチンをよぎって冷蔵庫に取りにいった。もう身重でなくなって、エレンはふたたびほっそりと身軽になっている。夏なので、夫の白い木綿シャツをはおって、袖をまくりあげていた。サンダルばきに水玉模様のギャザースカート。身を屈めて引き出しをひっかきまわし、栓ぬきを探すうちに、茶の髪がはらはらと腕や肩にこぼれた。

「おれがやろう」ファーガスンが小声で言った。「面倒はかけたくない」

背の高いグラスにビールを注ぎながら、エレンが言った。「あたしも少し飲もうかしら。グラスについだあとのお余り、いただいていい？」

「ああ」泡の立ったグラスをありがたく頂戴しながら、ファーガスンはうなずいた。「だがなあ、こっちにつぐと、あんたの分は雀の涙しか残らんぞ」

エレンが鼻に皺をよせた。「スチュアートが言ってたあなたのケチな性分って、なるほどそういうところなのね」

「そうかい」顔を赤くして、ファーガスンはそわそわと小さなキッチンを歩きまわった。途方に暮れると、彼はいよいよ屈託して深みにはまる。うら若い母親がいると思うと、しどろもどろの粗忽者《そこつもの》になるのだ。「このリノリウム、ひっぱがすべきだな」と流しを指さした。「タイルにしなさい。そしたら腐らんぞ」固定具も指さした。「頼むから、あのトンチキに、蛇口を湯水混合の水栓にとっかえさせてくれ！　やろうとおもえば、あいつは自分で直せるんだから。ぼーっと胡乱《うろん》な空想にふけってなけりゃ、このアパートの内装なんか、ぜんぶ自分でやれるのに」

　エレンはテーブルの前に腰をおろし、苺のボウルを手にした。「ミスタ・ファーガスン、あなたって石頭ね」

　すると、ファーガスンの顔から血の気がひいた。ミスタの一語に胸を衝かれたのだ。たちまち思いだした。自分がどこにいて何をしているかを。ハンカチを出して、茹《ゆ》だった赤ら顔からしたたる汗をぬぐった。「ところで」と低い声で言った。「あいつはどこにいる？　そのためにここに来たんだ」

「スチュアート？」エレンは肩をすくめた。「出かけてるわ。おそらく、中古のベビー用品を買いにいったのよ」

「日曜に？」

「ええ……」彼女は上体を伸ばして、テーブルの灰皿から、吸いさしをつまんだ。「たぶん、デイヴ・ゴールドといっしょに、半島《ペニンシュラ》〔1〕を車で走ってるわ。ハイウエイ沿いにオモチャの大型店が何軒かあって、日曜でも開いてるのよ。じっくり見てまわればみつかるわ」

　沈黙が舞いおりてきた。

逃げを打つようなそんな返答で、納得していいものかどうか、ファーガスンは迷った。言い逃れに聞こえる。よそよそしい、けんもほろろの生返事では、話の接ぎ穂が途絶えてしまう。どう話を進めればいいのか分からないまま、ファーガスンは口を開いた。「あいつはきっと赤んぼにメロメロなんだろ。仕事中だって、いつも赤んぼのムダ話をしちゃ時間を浪費してるからな。勘定台から乗りだして、撮ったカラー写真をみせびらかしとる。あいつとどっかの婆さんとで、やいやい盛りあがるんだ」

「ええ」エレンは感情を殺してうなずいた。「ピートに首ったけですもの」

「あいつ、ほんとに店を探してハイウエイを走ってるのかい――」

「お姉さんを車で拾うのも目的よ。家に連れてきて、赤ちゃんをお披露目するの」

「姉だと?」ファーガスンが頓狂な声をあげた。「姉がいるなんて知らなかった」

「いるわ」エレンはぶっきらぼうに言った。「彼はお姉さんに赤ちゃんを見せたいの。点をつけてもらいたいのよ……あたしたちみんな、それを待ってるの」

ファーガスンは苛々しながら居間に滑りこんだ。七月の熱気が彼の神経に障った。ぴしゃりと首の根を叩き、手を揉みあわせ、窓から外をうかがった。緑の芝生に駐めた車があちこちに見える整然とした街並み。ちらほらと週末の洗車に励む家もある。「赤んぼが生まれてから」とファーガスンは言った。「あのトンチキは人が変わったようだ。ずっとおとなしくなった。ようやく成長したらしい」

「赤ちゃんのせいじゃないわ」

「じゃ、何だというんだ。むろん、赤んぼのせいさ！　父親になった自覚だよ――責任があるからな。好き勝手にトンズラはできん」

　苺のボウルを抱えたまま、まだキッチンのテーブルに座っていたエレンが言った。「人が変わったのは、ピートが生まれる前からよ。覚えてる？　あの人がこの町に来たでしょ。セオドア・ベックハイムよ。ヘルス・フードストアの窓に、写真がぶら下がってたでしょ……いつだったか、スチュアートとランチをいっしょにしたとき、あたしも見たもの」

「ああ、あの新興宗教か」ファーガスンはうろ覚えだった。

「スチュアートは彼の講演を聴きにいったのよ。あたしたち、そのことで思いきり喧嘩したから、あたしも覚えてるの。あたしは行く気になれなかったし、彼にも行ってほしくなかった。わかるでしょ。何が起きるか、見当がついたの。ああいうことに首を突っこむと、スチュアートがどうなるか、わかってたのよ。ある意味で、彼自身よりあたしのほうが知ってるの。彼はひどく頭に血がのぼって……ああいうことは真に受けるから」

「真に受けすぎるんだ」ファーガスンが口を挿んだ。

　エレンはぐいとタバコを揉み消すと、新たな一本に火をつけた。七月の陽射《ひざ》しを浴びて、彼女の裸の腕は小麦色に焼け、柔毛《にこげ》に覆われ、かすかに汗ばんでいた。「いいえ、真に受けすぎてるんじゃないわ。どうして？　彼が真に受けすぎるだなんて。そういうあなたはいったい何なの？」

　ばつが悪そうにファーガスンは応じた。「つまり、もっと外に出て楽しむべきだってことさ。くよくよするのはやめて――野球でも何度か見物しに行くとか、ボウリングに行くとか。あんたを連れて……ちぇっ、きっとあんたは、ナイトクラブやショーなんかに行ったことがないんだろうな」

「スチュアートはゲーム好きじゃないの」エレンは言葉を惜しんだ。

「なぜだ？　ゲームのどこがいけない？　店員の慰安旅行でピクニックに行ったって、あいつはしょうもない仏頂面さ――ボールに触ろうともしなけりゃ、蹄鉄投げをしようともしない。することといや、ただパクパク食って、木の下にごろんと横になり、あとはすやすや寝てやがる。男ってもんは人づきあいが悪くちゃいけない。たまには他人のことも考えなくちゃ。あいつは糞マジメで、過敏症なんだ。いつも何か考えこんどる」ファーガスンは手をひと振りして、アパート全体をぐるりとなぞってみせた。「わからんのだ、エレン。やつみたいな男に何が足らんというのか。かわいい女房と赤んぼに恵まれて、おまけにこんな素敵なアパートもある――この世のすべてを手に入れながら、それでも満足できんとは〔2〕！」

エレンは苺の調理を続けていた。苛立って指で掻きまわす。家族でもない赤の他人にこうまで夫が責められるなんて。「あなたには見えないものが、彼には見えるのよ」瞋恚《しんい》の炎《ほむら》が燃えあがった。「あたしたちの誰にも見えないものが」

「そいつは何だ？」

「このすべてが消え去るのが見えるの。彼は繊細なのよ……ときどき、あたしより彼のほうがずっと女みたいに思えるわ。予知能力もある。とっても――神秘家なの。あたしが家に持ち帰る占星術の雑誌は、いつだってすみからすみまで貪り読むのよ。あたしが買うのをやめたのは彼のせいだわ。彼はああいうものをとっても真に受けるから……何時間も費やすのよ。でも、けっして教会には行かない。彼は宗教教育を受けたことがないの。彼の一族はとてもモダンで科学的だった。彼は三〇年代にそうした進歩派の学校で学んだの。そこはみんなコミュニストだったんじゃないかしら……いまならコミュニストと呼ぶたぐいよ。何につけ自然に親しみ、表現力を尊ぶ教育だった。彼は敷物の手織りをしたり、ちいさな粘土のお碗を焼いたのよ。彼の人となりでわかるでしょ。ふざけたり、鈴を鳴らすのが好き。手をつかって自分を表現するのも好きだわ。草木の種の栽培や、インクの製法も教えてもらった。パンのこしらえかたや、牛乳の搾りかたも教えられた……動物を観察しに、田舎を旅することも。彼に自然を紹介してあげて。そんなことが……彼を健康にするの。夢中になるもの」

「おいおい」とファーガスンは奇声を発した。「おれの知るかぎりじゃ、あいつは誰よりも不健康なやつだぞ。あいつも、あの愚痴も、あのセロリソーダも。あいつは四六時中病んでるんだ——心気症《ヒポコンドリアック》だぞ！」

エレンはうなずいた。「わからないの？　彼は植えつけられたのよ。しゃにむに健康にならなくちゃという焦《あせ》り……田舎に出かけて、アウトドアでなくちゃという焦りをね。都会を離れて自然のなかに飛びだせってね。役に立つ処世術は、何も教えてもらえなかった……彼は自分の身の世話の仕方ひとつ知らない。しかも父親を亡くしてるのよ」

「知っとる」とファーガスンは言った。「気の毒だった」

「父親を亡くさなかったら、スチュアートはこんなふうにはならなかったかもしれない。たったの八歳よ。母と姉が彼を育てた。いつもお金にはこと欠かなかった。父親が資産と生命保険を残してくれたから。スチュアートはいつも、ずいぶん楽な暮らしができたの」

「そうだ」ファーガスンがうなずく。「生活のために働かなくてもいい身分だった」

「あたしが彼と出会ったとき、彼は芸術家になろうとしていたわ。そう、大学で彼と会ったのよ。大きな夢を抱いていた。いつも自分自身とその未来を語っていたわ。でも、自分でもわけのわからない、あの飢餓感にとり憑かれていた。本人は絵を描きたいんだと思ってた。でも、身を律することがない。絵を描くって、倦《う》まず弛《たゆ》まず、たくさんの技法を学ぶことなのに、それを理解していなかったわ。彼がやりたいことは、手を使って自分をどうにか表現すること。そう教えられてきたせいよ。彼が興味を抱いてるのは、ほんとは芸術じゃない。自分自身なの。彼は渇望してる。でもそれが何のためかを知らない。そう、宗教みたいなものなんだわ。遅かれ早かれ、彼はみつけるでしょうよ。宗教ってまさに、彼の教育にぽっかりあいた空洞ですもの。何度か日曜学校に行かされたことはあった……いくつか讃美歌を教わったし、中国で行われている伝道事業の話も聞いた。そう、ある日、スチュアートは神について考えこんだの。彼なりにね。あたしにも尋ねたわ。きみの家族はどの教会に行ってるんだい、って」

「どう返事したんだ？」

「長老派のファースト・プレスビテリアン教会[3]よ。あたしはとっても厳格に育てられたの。

彼、そのときは考えこんだ。なぜファースト・プレスビテリアンなのか、知りたがったのよ。言ってあげたわ」

「聞かせてくれ」

エレンはテーブルから起ちあがって、蔕をとった苺のボウルを冷蔵庫に運んだ。「ええ、ほんとのことを教えたわ。家にいちばん近い教会だったからよ、ファースト・プレスに入ったのはね。目と鼻の先のブロックだったんだもの」

ファーガスンは何も言わなかった。

「わかるでしょ、スチュアートはその答えから、何も得られなかった。待ち望んでいた返事じゃなかったのね。で、彼は落ちこんだ。胸を痛めたり、狼狽すると、彼ってふさぎこんで愚痴っぽくなるの。何日も浮かない顔でアパートのまわりをうろついていた。かわいそうに——」暗澹たる顔で向き直り、ファーガスンに顔を向けた。「わかってたの。あたしがいけなかったのよ。でも、ほかにどう言えて？　彼をどうしてあげたらいいかわからない。あたしは彼の聴罪師〔4〕じゃないもの」

「あいつは聖職者かどっかのところに駆けこめばいいんだ」とファーガスンもみとめた。

「この七月のある日、スチュアートは牧師〔5〕の家にテレビを運んだの。お客が牧師だとは知らなかったのよ。彼は見たわ。豪邸やありとあらゆる贅沢品を。牧師の妻にも対面した。どうしてこの男が牧師なのか、彼には理解できなかった。それが空恐ろしい効果をもたらしたの。こうなったきっかけも、一端はそこにあったと思うわ」

「あのベックハイムのことだな？」

彼女はうなずいた。「彼がお諭しの会に行く前から、何が起きるか、わかってたわ。二度と同じ彼が帰ってくるとは思えなかった。あれは彼が探しもとめていたものよ。でも、彼自身はそれがわかっていなかった。あたしは知ってたわ。だから怖かった」なかば自分に、なかばファーガスンに言い聞かせるように続けた。「どうせ、あたしが間違ってるのね。たぶん、彼は変わるべきなんだわ。ときどき、彼が浮かない顔をしてると参っちゃうの。ああ、神様、って思うわ。何が起きたって、これよりはまし。たとえ、彼が外に飛びだして、銃で自分を撃つとしても」

が、それは本心ではなかった。涙が溢れ、目がうるんでいた。彼女はファーガスンの前からさっと歩き去り、彼に背を向けてじっと窓を見つめていた。あたし、何をしているんだろう？　夫の敵、ファーガスンに夫を引き渡しているんだわ。夫の内情を打ち明け、夫をこきおろしている。ほんとは、ただ夫を救いたいだけなのに。

「いいえ」と彼女は言った。「それはあたしの本心じゃないわ。彼がどれだけ病んでいようと、どれだけ悶々としていようと、あたしにとっては問題じゃないの」声を詰まらせた。「彼はあたしの夫よ。あたしは彼を愛してる。彼をつなぎとめたい。あきらめたくないの。彼の人となりが変わったら、たぶん、あたしは彼を失うわ。自分勝手かしら。知るもんですか。ただ、あたしには彼がとっても――壊れやすく思えるの。一見、図体が大きくて頑丈そうで――いまのあなたより、かなり大柄でしょ。これからあなたが肥っても、負けないでしょうよ。でも、彼はあなたのような人じゃない。物事をやり抜けないの。誰かが彼の面倒をみてあげなくちゃ。彼を愛してる誰かが」

ファーガスンは顔を顰《しか》めた。「いい年をして――」

「いえ、そうじゃない」激して言葉が咳きあげ、身悶えした。「あたしは彼の世話をしたいの……お姉さんのサリーもそうだった。たぶん、同じように感じたのよ。たぶん、彼には何かが欠けてるって気づいたんだわ。でも、それだけじゃない。もっと何かある。彼は何かの天分があるの。彼は何かなのよ。彼はあれこれやりたがる……それが彼の問題なの。彼が気を滅入らせ、かっと頭にきて、奇行に走るのは、それが理由よ。目が覚めて、この世を見渡し、あなたとあの店を見ると――彼は訝《いぶか》しく思えるんだわ。どうして、こんなところにいられるんだろう、どうして一介のセールスマンなのか。こんなのは自分じゃない。したいことはもっともっとあるって。ああ、彼に代わって、あたしにできたらいいのに。けれど、誰にもできない。彼自身にもできない……不可能なのよ。彼はそんな夢を抱いてる。夢見がちな時代に彼は育った。いまは現実だけ。彼はそれに立ち向かえないの。それが彼を腐らせるのよ」

彼女の言葉のきれぎれの糸筋をたどって、多少はファーガスンも理解できた。「そうか」と相槌を打った。いや、打ったと思った。「それがあいつの厄介な癇癪玉《かんしゃくだま》か。トンチキめに、その癇癪玉をしっかり見張らせなくちゃ。客を相手にブチ切れさせるわけにはいかん。あいつが何を悶々としてようが、おれにとっちゃ問題じゃない。それはあいつの問題だ。だが、手前勝手に当たり散らすとなると、ほうっちゃおけんぞ。やれやれ、あいつは頑是《がんぜ》ないガキみたいに駄々をこねるんだ……どっかの婆さんにガミガミ叱られりゃ、赤蕪《ビーツ》みたいに真っ赤になって棒立ちになり、怒髪天を衝いちまう」

「つかのまだけど」とエレンはきっぱりと言った。「それは消えたわ」

「消えた！　そりゃ、どういう意味だ」

　エレンはヴィニールのエプロンの紐を締め、身を大きく揺らせて、粉石鹸と湯を流しに注ぎはじめた。「あのお諭しの会から帰ってきたら、彼は子供みたいにおとなしくなっていた。怯えた少年みたいだったわ。彼はただ突っ立って、目を大きく見ひらいたまま、何にも言わないの。あれが起きたのがわかった……しばらくして、ちょっとそこから抜けだしたとしてもね。彼はあたしのもとに来た――もちろん、あたしはベッドに寝ていた――彼は何も言わずベッドの縁《へり》に腰かけた。あんなふうになった彼、これまで見たことがないわ。で、何が起きたの、って訊いたのよ。答えが返ってくるまで、ずいぶん時間がかかった」

「何てこたえたんだ？」好奇心を押し隠して、ファーガスンが訊いた。

「何かを学んだって言ったわ。いつもそうじゃないかと思っていたものが、ようやく見つかったって。ベックハイムは彼に、この世はやがて終わると語ったのよ」

　ファーガスンは一瞬躊躇《ちゅうちょ》してから、からからと笑いだした。「五千年も経ちゃ、この世はとっくに終わってるさ」

「そうよ、おかしいでしょ、ちがう？」エレンはレンジにのっているポットや鍋を片づけた。

「あなたがその場にいて、彼の顔を見たらよかったのに。たぶん、あなたは笑い飛ばしたでしょうね。いや、笑えなかったかも」一瞬、彼女は黙った。「彼はとても――怖がっていた」ついに口にした。「スチュアートはいつだって、眼前にあるものの彼方を見ていたのよ……」顎の先でアパートや自分自身、そしてファーガスンを指した。「彼は気づいていた。あたしたちは気づかなかった。わかるでしょ、あたしの言ってること。つまり、戦争のことよ」

「ほう」とファーガスンが言った。「戦争がどうしたって？」

「それよ。それが終わりなの」

「この世の終わり？」

「この世の終わりよ。それが彼にぴたりとはまった。彼の心のなかで渦巻いていたジグソーの小片《ピース》がすべてぴたりとね。あなたは陳腐だって言うんでしょ――でも、彼にとっては大発見なの。突然、すべてが意味を持ったんだもの。彼が見てきたものすべて、彼に起きたことのすべて、彼がこれまで聞いてきたことのすべてよ。一連の経過全体が、何かに積みあげられるなんて……彼の人生ではじめてだったのよ。あなたは幸運だわ――彼が生きてきた世界に、あなたの人生はまるきり縁がないもの。そこにいかなる目的も、いかなるパターンも、彼は見いだせなかった……彼の人生にも、あたしたちみんなの人生にも、いや、宇宙にもそれを見いだせなかった。彼にとっては、ただ大きな意味のないメカニズムだった。それが突然、そうではなくなった。いきなりすべてに目的が生じたのよ」

「どうせ例のハルマゲドン話だろ？　神と悪魔の決戦って話だろうが？」ファーガスンはそわそわと歩きまわった。「そうさ、おれだって聞かされたさ。しかしあんなもん、真に受けるのは阿呆の証拠だ！　つまり、あんなものを吹聴して、アタフタしちゃおれんってことだ。要するに――」

「要するに、日曜教会向けってこと？」

「まあな」

「スチュアートは信じてるの。戦争が全世界を破壊するって。彼は信じてる。人間が創った文明は終わりを告げるって。彼は信じてるの。世界の軍隊、都市、工場、道路がすべて灰燼に帰すって。新世界が生まれるって信じてるのよ」

「知っとるわい」とファーガスンは腹立たしげに言った。「黙示録で読んだぞ」怒りが募ってきた。「だがな、あいつらは何世紀もそんなことを吹聴してきた！　戦争が起きるたびに、誰かがハルマゲドンだ、この世の終わりだ、と吠えくさる。彗星がめぐってくると、毎度、どっかのスカタンがしゃしゃり出て、吠えたり、祈ったり、『最後の審判に備えよ』なんて騒ぎやがる」突然、エレンのほうに向きなおった。「やれやれ、あんたまで、あんな与太話を信じてるんじゃあるまいな？」

「ええ、信じてないわ」

「たぶん、女房のあんたなら、たいがいにしろ、とあいつに言って聞かせられる。ほんの一言でいい。目が覚めるだろうさ」

「そんなこと、できると思えないわ……根こそぎは無理よ。彼のなかに沈潜しちゃったの。もう表面じゃないわ。目に見えないところまで、内面に食いこんでる。彼はただ確信してるだけ。すべてが過ぎ去るだろうってね。恬淡《てんたん》とした気分なのよ。昂奮してないし、思い悩んでもいない。彼の心はずっと楽になっていて、何にもこだわらずにすんでるの」

「現実逃避だ！」ファーガスンは憤った。「あいつには守るべき仕事があるだろうが。養うべきあんたとピートがいる！　自分が背負った責任にそっぽは向けておられん」

エレンは蛇口を閉めて、流しから振りかえった。「新聞はお読みになる？」

ファーガスンは目をぱちくりさせた。「ああ」

「スポーツ面とマンガ以外も？」

「ああ！　通読するさ、すみからすみまで」

「第一面も読む？　戦争についても？」

「朝鮮戦争か？　当然だろ。むこうじゃ、従兄弟《いとこ》が二人戦っているんだから。おれだって第一次世界大戦は従軍したんだ。海兵隊でな――志願兵だった」

「いまから十年経った後も、あたしたちは生きてると思う？　水爆戦争があっても、生き延びられると思います？」

ファーガスンの肉付きのいい顔が歪んだ。「いいか、エレン。いったん、その手のことに悩みはじめたら救いようがないんだ。戦争が起きるか、起きないか、あんたにはどうしようもないことだ。洪水か、飢饉みたいなもんさ……われわれには手に負えない――だから、なぜそんなことを思い悩む？ おれたちはな、あくせく暮らしていかにゃならんのだ。戦争が起きないことを祈るだけだ」

　エレンはしばらくのあいだ、彼の顔をしげしげと眺めていた。彼女の顔に浮かんだ、決然とした険しい表情に、ファーガスンは不安になった。子供のころを思い出す。農場労働者から聞き齧《かじ》った、口にするのも汚らわしい卑語を口走ったとき、母親が彼に向けた眼差し。彼は何を口にすべきか、考えようとしたが、何も思い浮かばない。へどもどした。女の茶色の目が光った。無言で彼女の唇が劇《はげ》しくわななく。白い木綿のシャツの下で身を震わせていた。

「どうしたっていうんだ？」ファーガスンがたまらず震え声を発した。

「あなたって方は、わかってらっしゃらないのね？ スチュアートが言ってたとおりの人なんだわ。ただ、何も理解していないだけ。自分ひとりのちっぽけな、うらぶれて澱んだ旧世界に棲息している、井の中の蛙《かわず》よ」

「そんなことをおれに言えた義理か」ファーガスンは鋭く言いかえした。

　立ったまま睨みあっていると、居間から足音が聞こえた。ファーガスンはゆっくりと振り向く。妻のアリスがアパートに入ってきて、戸口で黙って立ちどまった。スラックスと赤い格子縞のスポーツシャツ、手には車のキーをぶら下げている。

「待ちくたびれたわ」と夫に言った。「あーら、エレン。スチュアートはどこ？ ご主人はどこなの？」

「いないわ」エレンはぶっきらぼうにこたえた。

アリスは何かあったと感じた。穏やかな、ほとんど静かな表情が、その顔に表れた。「ピートはどこ？　ハローって声をかけてもいいかしら。ほんの数回しか、お顔を見てないわ、ご承知でしょうけど」

「どうぞ」気乗りしない返事だった。彼女は手を拭ってエプロンを脱ぎ、ファーガスンの前をすり抜けた。「寝室にいるわ。シェードを降ろしたから、あの子も眠れるの」

「起こしたくないわ」とアリスがやさしく言った。

「目を覚ましっこないわ。熟睡してるもの。起きたらお乳をあげるわ。そろそろ時間だし」

エレンはアリスの手を引いて扉を抜け、濃い琥珀色の、ほの暗い寝室に入った。

ピートは起きていた。シェードの隙間から毛布に散った光のかけらと揉みあっていたのか、すっかりくたびれた顔だ。仰向けに寝て、ひっそりと動かず、ぽかんと宙を見つめていた。ベビーベッドを覗きこむ二人の女は、しばらくのあいだ立ったまま、二人して深いもの思いに沈んだ。

「スチュアートそっくりの目だわ」とアリスが言った。「でも、茶の髪はあなたね。あなたみたいに、柔らかくてすらりとした髪になるわ」

「歯はお爺さま似よ」と言ってエレンはほほ笑んだ。カヴァーから嬰児を抱きあげ、シャツの胸ボタンを開けながら、肩にあたまを凭《もた》れさせた。「いっつもおなかを空かせてるのね。そうでしょ？」とピートにささやいた。曲げた腕《かいな》で赤ん坊を支え、シャツの胸を開けて、せがむ口に乳房をふくませた。彼女の手のひらに支えられて、乳房はゆたかにかたく張っている。吸いごろのぷっくり突起した赤黒い乳首。ピートは貪るようにしゃぶった。乙女はぴくっとからだを震わせる。笑いながらアリスに言った。「あたしって、きっと感じやすいのね——歯で噛みはじめたのかな、って思っちゃう。そんなはずないわ。早すぎるもの」

　アリスは後ろ手にそっと扉を閉めて、授乳するエレンを見つめていた。「あたしが入ってきたとき、何があったの？」と訊いた。「ジムったら、あなたに生活指導の説教でもしていたのかしら」

「いえ」エレンはそっけなくこたえた。「ただ、戦争の話をしてただけよ」

「ジムがお説教しようとしたら、鍋いっぱい熱湯をぶっかけておやんなさい。あたしはそうしてるわ」若い母親と赤ん坊の睦まじい光景を目にして、アリスの胸をちらっと嫉妬がよぎった。「あのスケベ親父ときたら」語尾はおどろくほど激しかった。「糞いまいましい」

　寝室の外では、ファーガスンがビールを手にしたまま突っ立っていた。半開きの寝室の扉に目は釘づけだった。二人の女がぼそぼそ交わす声が、かすかに聞こえてきた。ときおり混じる笑い。とうとう赤ん坊が泣きだした。たぶん、ダッコ役を交代したんだろう。隙間を覗こうと身をずらした。ちらっとエレンの姿。腕に赤ん坊を抱え、まじまじと凝視《みつめ》てうっとりしている。寝室には琥珀色の明かりが灯り、黒ずんだ乳暈《にゅううん》のはちきれそうな乳房が見えた。だが、その光景はあえなくファーガスンから遮断された。アリスが扉をぴたりと閉めて、目隠ししたからだ。

　羞《はずか》しさにファーガスンの身が縮む。じろじろ覗《のぞ》き見《み》するなんて、とんだ恥っさらしだ。彼は身も世もあらぬ悲しみに襲われた。ほとんど耐え難い。みじめでひとりぼっち、打ちのめされた彼は、閉じた扉に背を向けた。烈しい痛憤が胸を裂き、肺を貫いた。やるせなくなって、温かで明るい居間をあてもなく歩きまわった。屋外では、男たちが車を洗ったり、野球放送に耳を傾けている。空しい。寄る辺がない。ファーガスンはもう我慢できなかった。さっさとここを出て、テレビの積荷と格闘するのがいちばんだ。そうせずにはいられない。一秒たりとも、このアパートにいられない。ハドリーなんか糞くらえだ。

「行くぞ！」閉じた扉にむかって叫んだ。「おまえはここでおしゃべりしてりゃいい——おれはやる仕事があるんだ」

　寝室から返事がなかった。

　彼はやみくもにアパートを飛び出し、廊下を突っ切りながら、ポケットに手を突っこんで、車のキーを探した。キーが見つかったのは、目が眩むほど白く照りつける鋪道に出てからだ。車に飛びこむと、エンジンをふかし、ハンドブレーキをゆるめた。一瞬、気迷いが生じた。アリスがあとから出てくるかもしれん。それはなかば期待、なかば予想だった。だが、妻は影も形も見えない。彼は待たなかった。街路に車を出すと、すぐさま帰途についた。どっしりした茶のボール紙の箱に収納された、重さ三百ポンドの大型テレビ・コンボが山と積んである店の地下倉庫をめざして、車をひた走りに走らせた。

　やっとサンフランシスコに着くころ、くたびれたキャディラックはエンストの兆しをみせた。ラディエーターがもうもうと湯気を噴き、エンジンはしゃっくりしてうなるばかり、不発《ミスファイア》のあげく、排気管からつんと鼻を刺す、どす黒い煙がどっと吐きだされた。マーケット・ストリートと三番《サード・ストリート》街の交差点〔6〕で立ち往生していた。クラクションがけたたましく鳴り響き、怒った歩行者に四方から囲まれてしまう。車が横断歩道を塞いだからだ。

デイヴが窓から首を出し、排気管からひり出される黒い排ガスを検分した。「ちょいとオイルが焦げてるぜ」

「あーあ」とローラは哀れな声をあげ、天を仰いでハンドルを握りしめた。「どうすんのよ。ここじゃあ、車を置き去りにもできない」

デイヴ・ゴールドとハドリーは、車を降りて尻を押しはじめた。すぐ後ろに野菜の配送トラックが迫り、バンパーで小突かんばかりに、クラクションを鳴らした。しめたとばかりに、デイヴとハドリーはまたキャディラックに乗りこみ、トラックに後ろから押してもらった。

夏、それも七月の半ば、この大都会は美しい。炎暑の日ざしに、霧は蒸発していた。路地裏ほどの幅しかない隘路の街の中空《なかぞら》に、くっきりとビルが屹立していた。丘の中腹を喘ぎあえぎ攀《よ》じていく車列が、ローギアにシフトして、次の交差点がある迫出《せりだし》まで、どうにかたどりつこうとしていた。丘という丘の急坂がなだれこむその先に、サンフランシスコ湾の茫洋とした紺碧の地溝《トラフ》が広がっている。その冷たい水面に没していく街路や建物群のほとりに、倉庫や埠頭、船渠《ドック》が蝟集《いしゅう》する狭い一帯があった。商業区が市の輪郭をリボン状にしっかり縁取りしているのだ。

「あっちだ」エンジンが痙攣《けいれん》[7]しながら息を吹きかえすと、デイヴがローラに命じた。「海岸沿いのエンバーカデロ通りに出て、そこで駐車しよう。フィッシャーマンズ・ワーフ[8]まで歩いていけるぜ」

ばかでかい旧式の車は、がたごとパイン・ストリート[9]を走った。証券取引所の前を過ぎ、ビジネス街を抜けだし、さびれたオフィスビルの谷間を縫って、商業区に入っていった。倉庫群にちらほらハンバーガースタンドやガソリンスタンドが混じり、そのあいだに数軒のいかがわしいバーがうずくまっていた。平坦なエンバーカデロ通りに出ると、デイヴが駐車場をみつけた。

「むこうだ。駐車代が二十五セントだとさ——ボッタクリだぜ！　なんてこった。スチュアートが払うだろうけど」

ローラがキャディラックを駐《と》めた。ひとりひとり、からだをこわばらせて車を降りた。ビルボードの前を通って鋪道に出ると、蹠《あしうら》で砂利がざくざく音をたてた。近くの荒れ果てた店舗は、とっくに閉店していた。蝿の糞でよごれた窓に、分厚く埃がたまっている。がらんとした街路を、あてもなく車が数台走り去った。ときおり空っぽの船荷積載台を、歩行者が踏み鳴らしていく。そのむこうに町の斜面がせりあがって、白い家屋や建物で鎧《よろ》われた懸崖が聳えている。いつの日か、湾をめがけてこの都会全体が地滑りを起こしそうにみえた。いや、すでに滑りだしている気がした。

「こんなところで暮らしてたら」とローラが言った。「おちおち眠れないわよ。毎朝、長い測量棒を差しこんで、水位がどれだけ上がってきたか、調べてみたくなるわ」

堅固な木組みの埠頭の壁にむかって、三人は街路を歩きだした。船があちこちに係留されている。中南米から到来した蒸気船が、バナナや硬材の荷を降ろしていた。右手の埠頭の彼方に、ヤーバ・ブエナ島に架かるベイ・ブリッジ〔10〕の支間《スパン》が弧を描いていた。地面と木立ちの鬱蒼とした緑を貫いて、むこう側に青みを帯びた灰色の金属の細い線条が現れ、やがて湾の東岸へゆるやかに下っていった。対岸のバークレーとオークランドは、見渡すかぎり天涯に広がる丘の長い背に、まだらに塗りつけた白いパテに見えた。その丘の背も、最後は青い靄に溶けていく。

「姉さんの居どころ、ちゃんとわかってるのかい？」とデイヴがハドリーに訊いた。パイプを歯でくわえたまま、足早に歩いていく。コートの裾が舞い、だぶだぶのツイードのズボンが、潮風にはためいた。

「埠頭にいるよ」ハドリーは遠まわしにこたえた。「ま、きっと会えるさ」

三人は靴の埃を落とし、鉄道の線路を跨いだ。置き去りの有蓋貨車は赤錆びた鉄塊になっていた。空気は澄んで乾いている。ハイキングする三人の子供のように、レールからレールへ渡っていくと、まわりで熱い飆風《つむじかぜ》がはたはたと鳴った。デイヴはアイロンをかけていないツイードの服、ローラはだらしないウールのスカートに、ウールのジャケットとボビーソックスという服装《いでたち》だ。スチュアート・ハドリーは、暗褐色のスラックスにTシャツ、クレープ底の靴を履いていた。頭上の空に、まるまると肥った灰色の鷗《かもめ》が浮いていて、鳴きながら旋回している。ワーフはもうすぐだ。

左手には、黒錆の粉塵で煤けた広い平地が広がっていた。そこもいきなり市街の斜面がそそり立ち、山裾で工業地帯の平地が終わってしまう。低層の工場群が途切れて、ノースビーチに群がるイタリア人の店舗や家屋、バーなどが立ち並ぶ切り立った乱開発地が立ちはだかっていた。風に吹き靡《なび》く白い洗濯物の満艦飾が、山襞を匍《は》うように攀じていく。地中海の海辺の町の洗濯物の風景も、こうだったのかもしれない。立てこんだ家々と湾の群青の海のあいだから、さながら邪鬼《トロル》の軍団のように、石油精製所のタンクとか、石鹸やインクや染料の製造プラントに組まれた錆びた鉄骨の足場など、醜く平坦な工場街のどす黒い帯がのぞいている。

やがて夏の熱い大気にまじって、死魚の臭いがぷんと漂いだした。

右手にワーフが横たわっていた。けばけばしいネオンサインが、レストランや魚の売店が入った箱形《ヘルタースケルター》の木造家屋の屋上に、ずらりと並んでいた。そのむこうに手すりがあり、足もとにはでたらめに引き揚げた粗末なボート群が、波に洗われる流木のように転がっている。賑やかな夏の装い[11]のカップルが三々五々散策しながら、サンフランシスコ湾の天空や、遠くに浮かぶマリン郡の焦げ茶色の丘、その彼方の縹渺《ひょうびょう》とした大洋の眺めを楽しんでいた。

「ほら、あそこに姉が」とハドリーが声をあげた。Tシャツの奥で心臓が高鳴り、胸が重苦しくなった。サリーに逢うのは二年ぶりだった。

姉は夫と並んで手すりの端にいた。海を見渡しているわけでもなく、ただそこに突っ立っているだけだ。この前会ったときから、外見は一変していたが、ハドリーはすぐ姉と分かった。さっそく歩きだした。デイヴとローラは渋々あとを追った。彼らよりずっと先に、ハドリーは姉夫婦の前に立っていた。

むろん、姉の装いは高価な仕立て服だった。舶来の明るいグレーの英国織で、すっきりと簡素に生地を裁ち、腰をシャープにカットしてある。ハイヒールに、すらりと長い豪奢な脚。かきあげたブロンドの髪に、繊細なミニ帽子をちょこんとのせていた。手袋と、ストラップを腕にかけた四角い革のハンドバッグ……耳に銅の輪のイヤリングを下げている。たぶん、七月の物憂い昼さがりにしては、ちょっと化粧が濃い。気だるい埠頭だというのに、会員制ナイトクラブで遊ぶようなお召しだった。近づいていくと、香水の匂いが漾《ただよ》ってきた。一瞬にして、そこは彼女の世界だった。肢体と装飾品が織りなす趣味と肌ざわり、その布地《きじ》と化粧と装飾品、部屋の色合いも、すべてをまざまざと思い出した。

「ハロー」喉を鳴らすようなハスキーな声を出して、姉はハドリーに笑顔を直に向けた。軽く彼を抱き、頬にそっとキスした。口紅と唇のぬめりの感触が残った。暑い夏の外気にゆっくり薄れていき、やがてすっと消えた。生まれてこのかた、ずっと彼を魅了し、畏怖させ、催眠術の虜《とりこ》にしてきた懐かしい顔だちと、彼とのあいだを隔てるヴェールのように、帽子の網レースが踊っていた。その淡いブルーの瞳に映る自分の姿を、彼はふたたび見つめた。コーンシロップのように黄色くて濃い、たっぷりした髪がはらりと靡く。姉の仕草に彼は息をのんだ。自分の冴えない蓬蒿《よもぎ》のような髪を延長していくと、究極はこれなのか。そこにすべてがある。口と顎、頬骨、ぴんと立てたうなじ。開いた鼻孔は、この前会ってから、心なしか肉厚になっていた。姉はいま臈《ろう》たけて、すっかり熟れた女だった。二十九歳。堂々たる肉づきで、体力は絶頂だろう……ハドリーは身を振りほどき、姉の夫と握手を交わした。

「よお」あっさりそう言って、ボブはわざと荒々しくハドリーの手を握りつぶそうとした。

「元気だったかい？　スチュ」

「うん」とハドリーは言った。連れの二人を紹介したが、デイヴとサリーは高校時代から何となく顔見知りの相手だった。たがいに交わす挨拶は、堅苦しくてよそよそしい。ボブはむっつりして威嚇的だ。ウエスタン風の帽子にジーンズ、キャンヴァス地のシャツに乗馬靴。髪を剃りあげた頭蓋は、硬い球面にコーヒー・ブラックのシミがついたようなイガグリ頭だった。鋪道の端に駐めてある巨大なピカピカの車、ナッシュ〔12〕へ一行を案内しながら、底意地の悪い黒点のような眼が、次から次とせわしなく一行の上を飛びまわっていた。

「行先はどこだい？」ぶっきらぼうにせっつくと、ボブはハンドルの後ろにもぐりこんだ。デイヴとローラに冷たくシニカルな眼差しを投げて、「さっさとハイウエイに乗って、半島を突っ走ろうや。おれたちは早めに帰らなきゃならんのでね」

　サリーが夫の隣に滑りこみながら、あけすけに言った。「小腹が空いたわ……海岸沿いをドライヴする前に、腹ごしらえしましょうよ」

　ボブの険しい骨ばった顔が、みるみる歪んで渋面に変じた。「むこうに着いたら、エレンが手ばやく用意してくれるさ。餒《ひもじ》くって、そう待てんってのかい？——それとも、そんな無理難題は彼女に頼めないとでも？」

「チャイナタウン〔13〕に行きましょうよ」サリーは言い張った。「おねがい――中華料理が食べたいの。結局、あたしたちだって毎日、ここに来てるわけじゃないし」しなやかに身をよじって、前の座席に乗れとハドリーにジェスチャーで示した。「ボクたん《ベイビー》、おいしい中華レストランをどこか知ってる？　ボブったら中華料理は口にしないの」

その古い呼び名に、ハドリーはびくっとした。あれから何年も経っていた。が、その呪《まじな》いの一言で、たちまち昔に返り、ありありと蘇ってきた。彼はふたたびボクたんになり、畏れと憧れをこもごも胸にして、姉を見あげる弟に舞いもどった。

「ああ」と彼は口ごもった。ぎごちなく車に乗りこみ、ばたんとドアを閉めた。「ワシントン・ストリート〔14〕の店なら知ってるよ。いけるかも」

「中国人の残飯なんかごめんだぞ」車を前に出しながら、ボブが語気を強めた。「おれはいつだってハム・アンド・エッグズを注文するのさ」車は速度を増し、猛スピードで走りだした。後ろの座席に乗ったディヴとローラは、辛うじてドアを閉めるのが間に合った。音もたてずにナッシュは狭い舗道の角を回りこみ、カーヴではフォードのクーペを間一髪で出し抜き、頭上に高々と聳えたつ建物の懸崖をまっすぐ駆けのぼった。

「どの角で曲がるか教えてくれ」とボブがハドリーに言う。「このあたりはよく知らん。できれば、こんなとこは願い下げだがね」

後ろの座席でディヴとローラは、背を丸めて押し黙っていた。ハンドルを握る大柄な男に、すっかり怯えている。ボブとサリーは二人とも背が高く、伸びやかに育ってきた人種だが、彼らと肩を並べると、みすぼらしいゴールド夫妻は矮人《こびと》の身長に縮んでしまう。バックミラーに映るのは、暗く瘤《こぶ》だらけの不細工な顔が二つ。しょぼくれた雁首《がんくび》を並べ、両手を膝に置いて、無言の奴隷の座に甘んじていた。おやおや、とんだ豹変ぶりだ。ハドリーは思った。姉さんと旦那がいっしょだと、この二人のユダヤ人は、魔法にかかったみたいに太初の土塊《つちくれ》に戻ってしまう。

人生ではじめてハドリーは、異人種が同席する場面の目撃者になった気がした。デイヴとローラはすんなりと隷従の座を受け入れている。黙ったまま、うつけた顔でぽかんと前を見つめて。ボブが狭い交差点を巧みにすり抜け、他の車と車のあいだ、歩行者や配送トラックやバスのあいだを縫って、ぐいとハンドルを切るたびに、その縦揺れや横揺れにゴールド夫婦はなすがままに揺られていた。風を切る音、エンジンの滑らかな排気音のほかは、何の音も聞こえない。ハドリーのかたわらで、姉が幸せそうにほほ笑んでいた。臙脂《えんじ》の口紅のあわいに、彼がずっと羨ましくてならなかった硬い皓歯《こうし》がのぞいている。

「あなたと会えてうれしいわ」姉がやさしい声で言った。手をさしのべて、手袋の指でそっと彼の手を包んだ。ハドリーの全身をおののきが走り抜けた。姉の強靭な細指《ほそゆび》のちからが彼をつかみ、軽く触れたまま去りやらない。彼は姉の顔を見なかった。走り去っていく店や建物、ペンキの看板を眺めていた。チャイナタウンの最初の賑やかな建物が現れた。

「テレビの売れ行きはどうなんだい？」ボブが嫌《いや》ったらしく詮索していた。例によって鉈《なた》で叩き割ったような声だ。「まだ濡れ手に粟かい？」

「まあね」とハドリーはこたえた。不動産ビジネスのほうはどうですか、と訊きかえそうとした。しかし声帯がこわばって、礼儀正しい応答ができそうもない。不動産ビジネスがどうしたというのだ？　彼はボブ・ソレルが気に入らない。人を感心させるし、まわりに尊敬もされ、そこそこ怖がられている存在だが、彼はこの男がいると気づまりでしかたがなかった。

「うちらはうまくいってるんだ」問われもしないのにボブが語りだした。「天国の森《ウッド・ヘイヴン》団地さ。うちの手がけてる団地だってことは、ご存じかと思うが」

「ええ」とハドリーはつぶやいた。「ハイウエイの先のあの新しい団地でしょう」

「投下資金を回収するにはしばらくかかるだろうな。たった五百ドルで大勢のＧＩ兵士をあそこに入居させてるからな。あれじゃ減価償却を始められない。五百ドルだと目先の委託手数料で精いっぱい、それだけだ。あそこは四十年ローンで――」彼は道が通れるよう、配送トラックを端に追いやった。「利子がカサ上げされていく……入居したＧＩの多くは、結果的に支払い不能に陥り、所有権を手放す羽目になるだろうな。われわれは六年から八年であの兎小屋を取りかえす。もちろん、そのころには実際に建てなおさなくちゃならなくなってるんだがね」

　この男の舌からよどみなく溢れだす言葉に、つい聞き惚れてハドリーは耳を傾けた。立て板に水、確信に満ちて、屈託なく、何の感情もない。ボブ・ソレルは恥じらいもみせなければ、誇りもみせなかった。ただ淡々と事実を述べ立てていた。

「ボブはね、地方の不動産物件をたくさん仕入れたの」とサリーが口をそえた。上気して頬を赤く染めている。碧い瞳が昂奮してきらきら輝いていた。「農場や小店舗、そして田舎の新聞社も。セント・ヘレナ[15]――あそこに来月、一週間かそこら行く予定なのよ。滞在して町の事情を探るの。あたしたちの休暇ね！」

「ああ、そうなんだ」とボブが硬い無表情な声で言った。「この手の物件の大半は、ナパ郡土地投資会社が所有しててね。この五月、うちは会社ごとあそこを買収したんだ」声を張りあげた。「いったい、この角はどこなんだ。ステーキ屋なんか、いくらでも見かけたぞ。それともおまえはどこかお目当てがあるのかい？」

ナッシュはグラント・アヴェニュー[16]を滑るように流れていった。片側車線に駐車スペースがあったが、ほかにはない。中華用品店の店先には、象牙の将棋セットや絹地の巻物とか大官《マンダリン》パジャマ、香炉やペーパーナイフ、竹籠の印鑑函《ばこ》、模造の小鳥、翡翠《ひすい》と銀の宝飾、干した薬草の甕《かめ》、節くれだった木の根、昆布、巴旦杏《アーモンド》クッキー、貯蔵した生姜《しょうが》、家鴨《あひる》や兎の籠、ヤム芋や瘤状の馬鈴薯《ポテト》の壜が雑然と並んでいたが、ボブ・ソレルは目もくれない。交差点にさしかかると、いきなり丘と橋の遠景が瞥見《べっけん》できた。店舗やバー、レストランが続く街並みに、その遠景が割りこんでくる。坂道があまりに急なので、歩行者が滑って転んだら、まっしぐらにサンフランシスコ湾まで転げ落ちそうだ。

「あら、見て！」サリーが叫んだ。「ケーブルカーが走ってるわ！」

胸突き八丁の坂の上に、ちっぽけで古風な箱型の市電が、捩れた鉄索をしっかり噛んで、ちょこまか走っていた。がったんごっとん車体を軋らせて、急いで交差点を渡り、さらに登攀していく。地面を匍《は》う鉄索の端で、鉄と木の箱が跳びはねた。

「どっちだ？」ボブがぞんざいに訊いた。どいつもこいつも時間の無駄ばかりと、むくれかえっている。

「もう数ブロック先です」とハドリーがこたえた。「左のほうだけど」

ワシントン・ストリートで曲がって、急な丘を登りだした。華字新聞の名をてんでに叫ぶ売り子たち。長髯《ながひげ》をなびかせた皺だらけの老叟《じいさま》たちは、汁気たっぷりの果物の芯に砂糖と油脂を詰めて、メロンケーキを売っていた。軒を接さんばかりに街路の上に覆いかぶさるのは、多層階の建物から迫《せ》りだす金網のバルコニーだ。狭い鋪道を行き来する中国人の孩童《おさなご》たちは、わっと走りだすかと思うと、ちょろちょろすばしこく、金切り声を張りあげた。鋪道に開いた黒い穴。穴蔵の入口だが、そこから下へ暗い階段が続いていた。東洋風の歌謡――哀調に銅鑼《どら》の音の混じった楽曲が、街路の騒音に紛れこんでくる。レストランやゴミ缶の汚穢の巷、血だまりに散った乾いた羽根のあいだを、車一台の幅しかない、狭い塵芥《ごみ》だらけの路地が、縫うように這っていた。

「ここです」ハドリーが言った。

ちいさな旧式のネオンサインが、極彩色のもつれた配管に埋もれて、穴蔵の上に突きだしていた。長い階段が下へ降りていき、地表の下のガラス窓のそばで折れる。窓のむこうに、縊《くび》られて羽を毟《むし》られた鶏が数羽、脚をくくられてぶら下がっていた。その奥に黒い餐卓《テーブル》が数卓、カーテンに隠れた帳房や、ずんぐりした白衣の給仕、古めかしいレジの機械、食べながら新聞を読む中国人の商賈《あきんど》たちがちらりと見えた。

「いったい、どこに駐車すりゃいいんだい？」ボブがむくれた。「こんな路地裏に車は駐められんぞ！」ナッシュが丘の上まで登りきると、レストランは背後に消えてしまった。横断歩道という歩道から、歩行者が溢れだした。「あれを蹴っ散らかして、海岸を突っ走ろうや。もう二時半だぞ！」

「ストックトン・ストリート[17]に駐められますよ」とハドリーが言った。「あっちはいつもガラ空きだから」

ボブは黙ったままナッシュの向きを変えて、ワシントン・ストリートからストックトン・ストリートに転じた。チャイナタウンの町外れに出た。燻《くす》んだアパートの列が数ブロック続いていた。ショーウィンドウも看板もない靴屋と衣料品のみすぼらしい店が並んでいる。

「あそこ」とサリーが夫に言った。「ドラッグストアの前。あの女が車を出すわ」

ナッシュをさっと幅寄せして、しばし停車してから、駐車スペースに車をこじ入れた。後ろの車にバンパーが触れたので、車を前にずらした。ボブはイグニッションからキーを抜くと、一動作でドアを開け放ち、車の外に降り立った。「さあ」と命じた。「ぐずぐずしなさんな。丸一日《いちんち》、暇なわけじゃないんだから」

ボブとサリーは通りを大股で歩いていった。ハドリーはどうにか後からついていく。姉のハイヒールの踵《かかと》が、すぐ眼の前で戞々《かつかつ》と鳴っていた。ふと、セメントを打つくるぶしの尖った先を目で追っている自分に気づいた。彼女はほっそりした滑らかなナイロンのくるぶしに、名前入りの小さな金の足輪〔18〕を嵌めていた。足を運ぶたび、それが陽光に輝き、きらきら躍っている。このきびきびした豪奢な容姿の影を踏まないよう、ハドリーは姉にしかるべき距離を置いて追いかけた。彼の尊敬の念は五体に沁みこんでいて、四肢が無意識に動き、心のすみずみまで表す仕掛けになっている。その則《のり》を踏み外したことなど一度もない。

　ハドリーの後方で、デイヴとローラは置き去りにされまいと焦っていた。車に乗っていたときよりも、もっと矮人《こびと》じみて見えた。半人半獣の暗色の肉の塊が二匹。食べこぼしだらけの汚れた服を着崩して見苦しく、むっつりと仏頂面をして、手足もよれよれだった。一種の誇りがハドリーの胸に兆した。僕のほうがちっとは上等だ。姉には見劣りするが、僕は姉の一族なんだ。ここには肉体的遺伝が歴然としてある。姉夫婦は同じ人種で、同じ血と家柄だ。多少は環境が影響したせいか、そうした血筋の物差しで彼はものを見ないようになっていたが、素質は争えない。いつの日か、彼が年取れば……。

　奇妙だった。姉が目の前にいると、彼は昔のパターンに縮こまって、自分を幼すぎると思ってしまう。いまもそうだった。つんと顎を上げ、しゃくれて輪郭のくっきりした顔を反らし、つかつかとのし歩く女の背後から、そぞろについていく彼は、ただの若輩であり、仔馬であり、少年だった。見た目も仕草も、ポケットに手を突っこんで、錫のビール缶を蹴っとばし、数歩駆けてはぴょんと跳びすさっていた亜麻色の髪の少年になっていた。彼はサリーと夫に追いつき、息せききってワシントン・ストリートのほうを指さした。

「あっちだ！」と叫んだ。突然、また困惑を覚えた。姉夫婦はちらっと彼を一瞥すると黙って角を曲がり、急な丘を降りだしたのだ。狼狽してハドリーはあとを追った。そのあとから陰気な顔でしんがりをつとめたのは、ゴールド夫婦だった。

箱みたいな仄暗い帳房で、一行は石盤の餐卓《テーブル》を囲み、スープのシミで汚れた菜単《メニュー》を眺めていた。簾《すだれ》のむこうでは中国人のビジネスマンたちが、炊いた白飯と蒸した小魚《グッピー》の碗に背を丸め、箸でがつがつ飯粒と魚を口に放りこんでいる。卓のまんなかに醬油差しや、塩の壜やら胡椒入れやら、ほかの菜単が置いてあった。

「あなたが注文して」と姉は弟に命じた。首をそびやかし、菜単をぱたりと閉じた。「中華料理はあたしより通《つう》でしょ。覚えてる？　あたしたち、よくここに来たじゃないの」

ハドリーはこくりとうなずいた。わくわくしながら菜単に目を通した。あれもこれもという幼稚な我欲に駆られて、目につくものを手あたりしだい注文していった。

顔が木偶《デク》みたいな侏儒《ちび》の給仕[19]が現れ、髪蠟《ポマード》で塗り固めた黒髪を、頭上の灯にてかてか光らせながら、湯気濛々の盅《はち》をひとつひとつ彼らの前に置いていく。蛋花湯《エッグフラワースープ》、脂ぎった辛い炸雲呑《あげワンタン》、杏仁鶏丁《アーモンド・チキン》、芦筍牛肉《アスパラガス・ビーフ》、甘辛の煮汁を絡めてとろみをつけた乾炒《チョウヨーク》青菜。肉と野菜をまぜて油で炒めた黄色の柔らかな卵ケーキ、こいつは芙蓉蟹蛋《エッグフーヤン》だ。ハドリーは古めかしい釉薬《エナメル》の茶壺《ティーポット》を手にとって、それぞれの席に置いてある把っ手なしの白い丸碗に、熱い淹《い》れたてのお茶を注いだ。

ボブ・ソレルは湯気をたてる盅《はち》には目もくれない。給仕に合図を送って、簾《すだれ》越しに急きたてた。「セヴンアップはあるかい？　セヴンアップを一壜たのむぜ」

「セヴンアップ、ないよ」給仕がぼそりと言った。

ボブの険しい顔がどす黒くなった。わざと一語一語区切りながら、給仕に詰め寄った。

「コ・カ・コー・ラ、わかるか？　コカ・コーラ、よこせ。さっさ《チョップチョップ》とな」

給仕は姿を消した。しばらくして、ストローを突き刺したコークのボトルを持ってきた。餐卓にこつんとボトルを置くと、無言で立ち去った。

「中国人の残飯はご免こうむるぜ」とボブがサリーに言う。「ハイウエイで、サンドイッチでもパクつくさ」時計に目をやった。「まだおれの腹はもつ。長くはかからんだろ」

デイヴとローラは、食べ終えないうちに食事が尻切れになるのを恐れ、大わらわで料理にかぶりついた。たちまち盅が空になった。ハドリーと姉も腹を空かしていた。彼らもせわしなく箸を動かした。まだ十代のころ、ふたりでこの都会にやって来たときのように。海岸や遊園地、何マイルも続くゴールデンゲート・パークを見ようと……。

果てしない渚の白い浜辺を、ふたりでとぼとぼ歩いた。ジーンズとTシャツ、裸足になって。腰のベルトで揺れるランチの紙バッグ。燦々とそそぐ陽射しは沖天《ちゅうてん》高く、熱い小さな日輪が空に浮かんでいた。一陣の風に砂が舞って、顔に吹きつける紙やすり《サンドペーパー》となり、むきだしの腕や脚をちりちりと火点が刺した。ジーンズをまくりあげ、うつむいて波打ち際を歩んだ。彼の前を姉が歩いていくにつれ、むき出しのふくらはぎに、滲んだ乳白色の泡がまとわりついた。

　あのサリーの姿。何マイルも続く大洋と砂浜を背にしたすらりとした輪郭。洗い晒しのジーンズに弾む臀。小麦色のすこやかな肢体。後ろになびく金髪。弟が追いつくのを待って振りかえり、息を弾ませて忍び笑いする顔……ほかの光景がどうであれ、彼には忘れられない一幅の絵だった。その晩、がたがた揺れて蛇行する古い市電に乗って、どこが終点とも知らぬまま、サンフランシスコの市街を走り抜けて、三番街タウンズエンド駅[20]にたどりついた。たがいに顔を見合わせ、買物客や通勤客で混みあう車両に揺られて、綿のように疲れていた。でこぼこにふくれた買物袋を抱えた老女、くたびれた顔のビジネスマン、車輪が鋭く軋み、往来の騒音とカンカン鳴る音。何時間も電車に揺られて、ふたりとも関節が弛んで無表情になり、ただ市電の揺れに身を任せる。ふと気づくと、姉が彼にほほ笑んでいた。唇をこっそり震わせ、目くばせしていた。吊革にぶら下がる乗客で車内は混みあって、通路は息が詰まりそうだったが、そのむこうに見慣れた姉の顔が見え隠れしていた。ハドリー自身の美しい鏡像と言ってもいい。ちらっと思わせぶりな表情をみせるのは、彼ひとりを意識しているからだ。すると、オーヴァーで着ぶくれした中年の労働者が、彼の視界に立ちはだかった。姉の姿はもう見えない。とたんに受け身の疲れがぶり返した。

「さてと」ボブが冷ややかな顔でハドリーに言った。「これでおまえも晴れて陸軍に、糞くらえ、と言えるわけだ」

　ぎくりとして、ハドリーは熱い花茶《フワチャ》の碗をゆっくり下に置いた。「何のこと？」とつぶやいた。

「ガキが生まれたろうが。扶養家族だろ！　陸軍はもうおまえを徴兵しようとせんさ。そうだろ？」

「わかりません」ハドリーは狼狽した。「そんなこと考えてもみなかった……僕には肝臓疾患がある。すでに徴兵免除の４Ｆ級〔21〕と指定されてるんです」

「いいや」とボブは語気荒く話題を断ち切った。「子連れのおまえなんかを、陸軍は徴用しっこないのさ」彼の目はきょろきょろと落ち着かなかった。丸い太指でドラムのように餐卓を鳴らしている。「おまえはまだ、あの同じ店で働いてるのか？」

「ええ」とハドリーは相槌を打った。

「いまはどんなポストなんだ？　売り場主任《ドロー》か」

「いえ」とハドリーは言った。「歩合と手数料をもらう売り子です」

「歩合は五パーセント？」

ハドリーがうなずいた。

ボブ・ソレルは暗算した。「それでいくらになるんだ？　月収は差し引き三百五十ドルくらいか」

「二百五十ドルちょっとかな」とハドリーはこたえた。

狡猾そうな狐目が二つ、細く半眼になった。岩礁《がんしょう》みたいに硬質の、濡れたちいさな瞳。

「なぜだい？　あの屁みたいな主人、おれがド突いたろか。このシミったれ、さっさと失せやがれ、ってな具合にな。いまどきどこで働いたって、それくらいは稼げるぜ。黒んぼ《クーン》の鉄道工夫にまじって、鶴嘴《つるはし》を振るえば、収入はそれくらいになるぞ！」

　デイヴ・ゴールドの暗い顔が、嘔吐しそうな青菜色に変わった。だしぬけに箸を置く。突然、彼もローラも憮然として、疲れて不機嫌になった夜ふかしの子供みたいに見えた。居心地悪そうに席で居ずまいを正し、ぼんやりと餐卓を見つめた。ひとことも言わず、身じろぎもしない。

　ボブはちらっと目をやると、瞬時に彼らを値踏みした。目でソロバンをはじく。ふたりの品定めを済ませると、怒り肩をこわばらせ、こいつらはシカトする、との断を下した。ふたりには目もくれず、ハドリーのほうを振りかえった。

「あんな仕事、いつまで続ける気なんだ？　いいかげん、目を覚ませ、おい。そんなはした金で女房と子供は養えんぞ。そんなことじゃあ、この国はぶっつぶれちまう。いったいおまえは、いつまでゴミバケツに座って、足をぶらぶらさせてるんだい？」

　ハドリーはぎごちなく、フォークで皿をひっかいた。「店主の後釜になれるかもしれないんです。ファーガスンが言うように、もう一つ店舗を買えば……」声が不安に駆られて先細りになった。「たぶん彼は、モダンTVを僕に譲る気なんです。一度、そうするって言ってたし」

「やつはそう言ったのか」ボブのざらつく声に、かすかな嘲りがまじっていた。「ご立派じゃないか、え？　それともおまえの鼻先に、古い餌をぶら下げてるだけかい？」

「彼は店を譲ってくれると思います」ハドリーはそう言い張ったが、義兄《あに》の石のようにこわばった顔を直視できない。「ファーガスンは、本気でオニールの店を買う気だと思うけど」

「で、おまえの収入はどれくらいになるんだ？」

ハドリーはじっと自分の指を見つめながら、指をからみ合わせた。「ある晩、仕事を終えてから、ファーガスンと僕は座ってその話をしました。彼はこう言ったんです。月給三百ドルに加えて、僕の売り上げから歩合が五パーセントだって。それに総収益の一・五パーセントが追加で加算される。かなりいい条件なんです」

サリーが熱心になる。「あら、それならちょっとしたもんよ！」ちらっと夫を見た。「なかなかだと思わない？」

ボブは感心するそぶりもみせなかった。「そいつは約束か？　文書にした約定があるのか」

「もちろん、ないけど」とハドリーはこたえた。「だって、まだオニールと取引がすんだわけじゃないし」

ボブは愛想が尽きたと言わんばかりに鼻を鳴らし、大きな手を振って、毛むくじゃらの腕にはめた腕時計をじろりと見た。「そろそろ行く時間だな」と告げて起ちあがった。「行こうや、諸君」いまいましそうな目をゴールド夫妻に向けた。決着の時が来た。「きみらふたりはどうするんだ？　いっしょにくるのか、どうなんだい」

「僕らには自分の車がある」嗄《しゃが》れ声でデイヴが言った。

「どこだ？　この近所かい？」

一瞬、間をおいてローラがこたえた。「駐車場に駐めてあるの。この先のエンバーカデロ通りよ」

ボブはゴールド夫妻を厄介払いする気だった。ハドリーはそれを察したが、非力だから異を唱えられない。整然としたエンジンのように、ボブはふたりを追い払う段取りを着々と進めた。「オーライ」と彼は言った。「そこまで車で送って、降ろしてやるよ」

彼は帳房から踏みだし、開けた簾《すだれ》を上体でとめて、ふたりが席を立つのを待っていた。

「いますぐ？」ローラが弱々しい声をあげた。

「そのとおり」とボブがこたえた。「なぜ、いけない？　きみらは食べ終わったんだろ——あの残飯を、たっぷり六人分もたいらげたんだ」ハドリーにむかって言った。「サリーとここで待っててくれ。何分かしたら戻ってくる。たいした手間はかからんよ」

デイヴとローラは帳房から追いたてられ、しおらしく彼のあとから出ていった。ハドリーは姉とともにとり残された。

ふたりともしばらく何も言わなかった。ハドリーは所在なげに、冷めた食い散らかしをつついていた。サリーが空になった取り皿を押しのける。背もたれに身をあずけて、ハンドバッグから銀製のタバコ入れを取りだし、一本抜いて火を点じた。青い烟《けむり》がうっすらと帳房に漂った。サリーはすぐ上着のボタンを外して、するりと脱ぐと、あいた夫の椅子の背にひっかけた。アンゴラ毛糸の水色のセーターは、長袖でハイネックだ。ぴっちり身を包んでいるから、尖ったブラの輪郭が突き立っていた。姉の硬くて白い、あの恐ろしく高価なブラ。

「ずいぶん久しぶりだわ」と姉が言った。彼にちらとほほ笑みを投げた。碧い瞳、ぽってりした紅い唇、誇らしげな顔をつんと反らして。つかのま、懐かしい情愛が姉弟のあいだに通いあった。彼女は鼻孔から紫烟を吹き、気だるげに椅子に倚《よ》りかかり、肘を餐卓について唇にタバコを近づけながら、いとおしそうな目で愛する弟を見つめた。「そうねえ、あなたにも息子ができたのね。あたしのボク《ベイビー》たんに、ちっちゃな新しいボク《ベイビー》たんが生まれたなんて……」

給仕がお代わりの茶壺《ポット》を持って現れた。失礼しますと笑みを浮かべ、冷めた茶壺と取りかえると、簾のむこうに消えた。

「どんな気持ち？」と彼女が尋ねた。

「上々さ」

「ねえ、ボブはまだ子供をほしがってくれないのよ。あたしたちが落ち着くまで待ちたいんだって。何が落ち着くにしろ、だけど」

「ボブはもう大物だろ」とスチュアートは言った。

「がんばり屋さんよ。あのビリケン頭のなかは、いっつも何かが進行してるの」鼻に小皺を寄せて、冷やかし顔になった。「どうしてあなたは丸刈りにしないの？ いつも髪を伸ばすのが好きなのね」身を乗りだして、空の取り皿でタバコを揉み消した。ふたたび香水の匂いがあたりに漂いだした。彼女のセーターに包まれた肉体、腕と首と髪の温かな匂いに香水がまじっている。「思い出すわ。あなたはいつも鏡の前でそわそわして、髪に櫛を入れたり、ワイルドルートのクリームオイルを撫でつけたり。あれってまだ使ってるの？」

「うん」彼は微笑した。「まだ使ってる」

「かわいいのねえ。いつもとんだダンディーさんだったわ！　女の子より重症よ」紅いマニキュアの指さきで丸くライターを囲い、ゆっくり火をつけて、唇のあいだにタバコをくわえた。「エレンはどう言ってるの？　あなたのおめかしと」――彼女は深く息を吸いこんだ。「あの持ち衣裳ぜんぶをひっくるめて！　あたしがあげたのもあるでしょ」

スチュアート・ハドリーはうなずいた。姉がそこにいるだけで、彼はある種の恍惚感に浸っていられた。信じられないことに、彼はいま姉を独り占めにしていた。何年も経ったあとで、完全に彼のものになっていた。時の隔たりは心から消えていた。離別していた不毛の幕間、心を躍らすことが絶えてなかった踊り場。辛いことだが、彼は自覚していた。もうすぐボブが戻ってくる。実際、いつ現れるか知れない。だからこそ、一気に姉のすべてを飲み干し、残された貴重な数分間を費やして姉を摂取し、吸収しようと夢中になった。

「どうしたの？　ボクたん」姉はやさしく訊いた。なごやかなブルーの瞳。気づいているのだ。彼に何か辛いことが起きている、と。

「べつに」

彼女は手袋を脱いだ。ハンドバッグの上、銀製のシガレットライターのそばに重ねた。手を伸ばして彼の手を取る。その指は長く、ひやりとして、信じられないほど華奢《きゃしゃ》だった。つややかな紅いマニキュアの爪は、彼の肌を映す磨いた鏡のようだ。姉はいたぶるように、震えるように爪をたてた。「どうなのか、あたしに打ち明けてほしいの。すべて――うまくいってるの？　あなた、幸せなの？」

「うん」彼はとり繕った。

「ほんと？」まじまじと彼を見つめた。肘を餐卓に突いたまま、彼にからだを寄せてくる。「ねえ、ボクたん。あたしは本を読むみたいにあなたの心が読めるのよ。ほんとのこと教えてよ」

「大丈夫だよ」スチュアートがこたえた。

　サリーは首を振った。「ボクたんってば。どうしてもあなたを助けたいの」やさしく、いとおしそうに、指で彼の腕をさすった。「それはあなたとエレンのこと？」

「いや……僕らはうまくやってる」言いなおした。「いつもとおんなじだよ。ときどき喧嘩もするけど。とりたてて新味はないよ」

「赤ちゃんって夫婦の鎹《かすがい》になるのかしら？」歌うように、ハスキーなささやき声で繰り返した。「あたしのボクたんのボクたん。あたしのベーイビーのベイビー」手を伸ばして、きっちり梳《す》いた彼の金髪をくしゃくしゃ[22]にかき乱した。紅い唇を弛《ゆる》めて、口ずさんでいる。「あたしのかわいいピーターちゃんの、かわいいピーターちゃん」

　ふたりともくすくす笑った。肩を寄せて身をゆすり、頭を小突いて身をそらし、大声で笑い転げた。

「オーライ」とサリーが言った。「絶好調のオーライね。ねえ、あなたがいなくて、とってもさみしかったのよ、わかる？」彼の顔に青い烟を吹きかけた。「もちろん、あなたには、かわいい奥さんがいる……とってもかわいい愛妻がいるでしょ。もうあたしは要らないのよ」

「要るよ」とハドリーは言った。

「いいえ」姉は首を振る。「あたしにはもう、あなたの世話ができない。覚えてる？　あたしがいつも、どれだけあなたの面倒をみてあげたか。映画館であなたが靴をなくして、案内係とあたしとで探してあげたでしょ。あのときのこと覚えてる？　あなたがロビーに突っ立って、わんわん泣きじゃくってたときよ」

「覚えてるよ」ハドリーが言った。

サリーは彼の声に耳を澄ました。まるで声の彼方の何か、遥か深く、心の奥底に潜んでいて、表層には見えない何かを捉えようとするかのように。「あなたはまるで――ああ、たまらないわ、ボクたん」彼女の碧い瞳に、彼のための心痛がみなぎっていた。「あなた、まるで敗残者みたいよ」

彼には理解できなかった。「それ、どういう意味？」

「何もしようとしてないもの！　がらんどうになってる――出だしはたいしたことなかった。それでもあったものが、いまは失われてる」烈しく彼に迫った。「ボクたん、起ちあがらなくちゃ……たぶん、ボブと同じ道じゃないけど。あなたがああしたって、傷つくもんですか！」荒々しくタバコを彼に突きだした。「いまいましいわ。ボクたん、こんなあなたを見るなんて情けないわ。海の潮に洗われた漂着物《あいもの》〔23〕だわ、いつもあたしたちが海辺で蹴りつけて――ぴょんぴょん踏みつけた藻屑みたい。覚えてる？　覚えてるわよね、わかってるわ。あたしたち、ふたりとも覚えてる。これはあたしの失態なの。あなたの胆力をとことん去勢したんだから。あなたは自分で自分の面倒を見るべきだった……一度、そうしたがってたわ。でも、あたしはさせなかった。あたしはね、あなたの面倒をみなくちゃいけなかったの……あなたの面倒をみたかった。あたしがあなたを弱虫にした。あなたはいつも弱虫じゃなかったのに」

「僕は大丈夫だよ」とハドリーは決まり悪そうに言った。「何をそんなに心配してるの？」

「あなたは大丈夫じゃないわ、ボクたん」姉はやさしく穏やかに告げた。「あなたはひどい状態よ……あなたを見てると、あたし、泣きたくなる。ひどいもんよ」唸り声をあげた。碧い瞳が涙でうるんでいる。「あたしはね、あなたに何かになってほしいの」

「ボブみたいに？」ハドリーは辛辣に言いかえした。

「いいえ。わからないわ――何でもいいの。あなた、むかしよく癇癪《かんしゃく》を起こして……狂ったみたいになったでしょ。あれ、覚えてる？　いつもこんなふうに穏やかじゃなかったでしょ。のほほんとしてなかったわ」

心の底から驚いて、ハドリーは言った。「何のこと？　癇癪ってどんな？」

「よくぶちキレてたのよ。発作みたいになった。あなたはずっと押しまくられてても、だしぬけに逆襲するの。壁際に追いつめられると——突然、誰に対しても、何に対しても、がらりと態度を変えたわ。そこに、あたしが望んだことがあるの……わかる？　あたしの失態だった。あなたから、それを去勢したのよ。あの土性骨《バックボーン》、あの癇癖《かんぺき》をね。あたしたちはあなたを弄《いじ》りまわしたの——あなたからそれを引っぱがしたのよ。そのほうがいいと思った。あなたも学ばなきゃならないと思ったんだわ。躾《しつけ》を——しなくちゃと。自制心と成熟。そういったことよ。あたしの言うことを聞いてほしかった……親みたいにね。服従を望んだの。みごとに仕遂げたんじゃなくて？　でも、いまのあなたはがらんどうだわ。最後にキレたのっていつかしら」

「僕はまだキレてるよ」ハドリーが言った。

「キレてる？　まだそうなの？」息をのんで、彼のほうに乗りだし、肘を餐卓について、両手を握りしめた。「じゃあ、どうして起ちあがらないの。あなたの土性骨はどこにあるの？」

「あるよ」と鸚鵡《おうむ》返しにハドリーは言った。

「昔みたいに？　あなた、オモチャをよく叩き壊したわ。覚えてるでしょ。突然、オモチャをずらっと並べて、ただ、次から次へと叩きつぶしていったでしょ」

姉にそう言われて、彼は思い出した。でも、それはいまだけだ。一瞬前なら否定したろう。

「ああ」と彼はみとめた。

「何もかもよ。持ってるものぜんぶ。さっきまで遊んでいたもの、組み立てていたものも。

何時間も、ときには何日もかかりきりだったのに。やがて、うまくいかなくなって、思いどおりにならないってわかると、あなたはそれを膝にのせたまま座りこむ……あたしにはわかってた。その徴候を知ってたから。あなたは座りこむ。ちょっとうなだれて。顔は赤蕪《ビーツ》みたいに真っ赤になる。どんどん赤くなって、それでも一言も発しない。それから突然、跳びあがって叩きつける。手あたりしだい、粉々にしちゃうの。ぴょんぴょん踏みつけて。それから、あたしかパパが入ってきて、あなたを平手打ちにしたものよ」

「そうだった」とハドリーは相槌を打った。歳月を経たいまでも、本人にさえぼんやりとしか分からない衝動、漠然としか理解できない発作だった。「どうしてあんなことをしたんだろう。突然、やむにやまれずだ。僕にとっていちばん大切なものなら、何でも壊したくなった」

「遅かれ早かれ、あなたが持ってたものは、ほとんどみんな壊れちゃったと思うわ。でも、それだけじゃすまない……あなたは喧嘩をふっかけた。まわりの子をめった打ちにしたのよ。覚えてる？　シャベルで殴った女の子のこと」

「ああ」とハドリーは言った。

「あなたは性悪《しょうわる》な子だったわ。あたし、その性根を叩きなおそうとした。でも、いまはもとに戻したいの」

「元どおりだよ」とハドリーは言った。「どこかに潜んでいたんだ。消えたわけじゃない。まだそこにあるって感じる」姉ににやりと笑いかけた。「そうしたものって、暗々裏に人を衝き動かすんだよ。けっして消えやしない」

サリーは顔を背け、唇をすぼめた。しばらく身をこわばらせ、無言のまま座っていた。弟の顔を見ようともしない。帳房の外で甲高い声があがった。広東語のどうでもいいやりとりが飛びかっていた。椅子が軋み、レジが鳴った。どこかで男が咳きこみ、えへんと咳ばらいすると、がっと盛大に痰を吐いた。

「あなたのお友だちには気の毒だったわ」とうとう彼のほうに向きなおって、サリーが言った。「連れが二人いるって、ボブに言い忘れてたの。彼は嫌いなのよ、いきなり見知らぬ人に割りこまれるのが」曖昧な笑みを浮かべた。「あなたにはまた、車を買ってほしいな。エレンとふたりでドライヴして、うちに来れるでしょ。それにピートも。あら――」熱を帯びた表情が、ひらりと流れるように顔を一閃した。「あたし、すごく昂奮してるわ！　ピートってあなた似？」

「ちょっとね。でも、そんなこと言うの早すぎるよ」

「あたしたちのパパにも似てる？」

「ああ」

姉は喜んだ。「うれしいわ」しばらくタバコをくゆらし、弟の顔や帳房の壁を眺めていた。コート掛けのフックの列の上に、寝そべる犬を描いた額縁絵が掛かっていた。「ピートはどうなるかしら」と姉が訊いた。「おとなになったらよ。考えたことないの？」

「うん」とハドリーはこたえた。「あれこれ考えたよ。何かになってくれるさ……どこかにはたどりつくだろ」

「あんまり考えすぎちゃだめよ、ボクたん」姉が心配顔になった。「約束してくれる？　考えるなら、自分自身のことよ。約束して。あたしの言ってること、わかるでしょ？」

彼は分からないふりをした。「あれこれ考えたよ。お店の商売のことは――」

「あたしを見て」姉は手を伸ばして、彼の顔を自分のほうに向きなおらせた。「ボクたん、もうこれっきりにしてくれる？　あなたの子に丸投げしようなんて無理よ……あの子にぜんぶ背負わせるなんて。まっとうじゃない――あなたはとっても若いのよ。自分がどれだけ若いか、わかってるの？　まだ幼い坊やにすぎないわ。かわいい金髪のボクたんよ。あなたは前途洋々だったわ。これからも前途は洋々たる……」

「ああ」よそよそしくこたえた。

「あなたはなりたがらないのね」彼女は身震いした。「以前はとっても活発だったのに――子供のときだって。覚えてる？　あなたが組み立てた、あのちっぽけな電気モーター。あなたが編んだ敷物や籠、あなたがこしらえたものぜんぶ。あなたの組み立て玩具のエレクター・セット[24]……あなたはいつも、何かしら組み立ててたわ。時計の修理も大好きだった！」

一瞬、間をおいてハドリーが言った。「サリー、僕に何かが起きたんだ」

姉は拳を握りしめた。「それが何か、わかってるの？」

ハドリーは笑った。「もちろん！　ごめん、でも、人聞きが悪くてね……言えば、邪悪な呪文か、骨の疾患《やまい》みたいに聞こえる」

姉は不安そうに彼を見守った。「何のこと？」

「あるひとに出逢ったんだ」

「小出しに言わないで——誰に逢ったっていうの？　あなたとエレンの別れ話？　別の女の子と出逢ったってこと？」浮き浮きしているようにみえた。

　ハドリーは紙ナプキンをちぎって、手のひらでころころと丸めて玉にした。「ちがうよ。そんな風なことじゃない」恥ずかしそうにほほ笑んだ。「僕とエレンの別れ話か——姉さんは最初にそんなことが頭に浮かぶんだね。たぶん、そこらの安売り雑貨屋《ダイム・ストア》の女店員あたりと、僕が浮気でもしてると思ったのかい？」

　サリーは疑わしげな微笑を浮かべた。「ボクたん、あなたが聖母マリアと同棲していようがどうだろうが、あたしの知ったことじゃないわ。わかるでしょ——あたしにとって大事なのはあなたなの。現実を見つめましょ……あたしにとって、エレンはかわいいお嬢さんよ。高く買ってるわ。でも、彼女はどこにでもいるギャルと五十歩百歩なのよ。栗色の髪をした、目が大きくて、いまにも泣きだしそうなただの若い娘。その手の女の子なんて、掃いて捨てるほど見たわ……ねえ、ボクたん、あなたがもっと頼りになる奥さんをもらってたら——」肩をすくめた。「よけいなお世話ね。でも、あなたに必要なのはほかのことよ——」シナをつくって冷笑してみせた。「認めなさいよ……あれくらいなら、どこでもナンパできる——ちがう？　だからって、結婚しなくてもいい。あなたは色男だもの、ボクたん。思い出すわ。あたしの女友だちのあいだじゃ、いつもあなたの噂でもちきりだった」気だるそうに、碧い瞳に紗《しゃ》の幕をかけた。抜け目なく婀娜《あだ》っぽく、性の秘めごとの靄にくるんで。「あれからどれくらい経つかしらねえ？　八年、九年、十年……あなたは十五歳だったわ」

「十六歳だよ」

「嘘よ。あなたの歳なら百も承知よ……あなたが生まれたとき、あたしは四歳。あの日のことは覚えてるわ」叱るように語気を強めた。「だから、ふざけたこと言わないで」

「ふざけてないよ」ハドリーはあっさりそう言った。「つまり、僕は女のつまみ食いなんかしたことがないんだ」

「じゃあ、あたしを責めないで。あなたに正しい細道《ほそみち》を歩ませようとしたからってね」碧い瞳が躍った。「あたしがどう感じてるか、わかってるでしょ」

「わかってる」彼は歯をみせて笑った。

別のタバコに火をつけながら、サリーは続けた。「エレンのことは――」上目づかいになった。「言っていいかしら？」

「べつに」

「あなたのために、あの子は何ができるの？　何かやってくれた？　彼女はかわい子ちゃんよ、ボクたん。でも、もっと必要なことがある。あなたは多才すぎるんだわ……わからないの？　何もあなたの制約になるべきじゃない。あなたといっしょに仕事ができる女……あなたの才能を兼ね備えた女を、あなたは求めてるのよ。才能は存分にあるんだから」

「さあね」ハドリーは控えめに言った。「大学を出てから絵は描いてないよ」

「それっぽっちのことじゃないの。でも、絵もその一つね。つまり、あなたはたぐいまれな逸材なのよ、ボクたん。あなたには深さがある。幾層も底があるのよ。深く深く降りていきなさい……あなたは複雑よ。エレンはほんとにあなたを理解してるの？　理解したいと思ってはいるでしょうけど」サリーは朗らかにくすくす笑った。「ボクたんったら、とんでもないおバカさんね——自分の女房のことで、あたしにここまで言わせるなんて」

　餐卓を見つめながら、ハドリーは低い声で言った。「いいんだよ、好きなだけ言っても。言いたい放題でいい。姉さんは、人生で一度もしくじったことがないんだから」

「あなたの言うとおりなら」と彼女は溜息をついた。「ボブにもそう思ってほしいものだわ。彼に言わせると、あたしのやることなすこと、みんなヘマなんだって。彼はそれを楽しんでるの——あたしがチョンボすると、せせら笑うネタが得られるからよ。皿を割ったり、トイレで壜を落としたり、あたしがドジを踏めば、何でもいいの。彼の心の底には、とんでもない作業場があって、電動研磨盤や工具をそろえていて——」そこで突然、言葉が途切れた。「あなたが出逢ったっていう人は誰なの？　女の子じゃなくて？　あててみましょうか」おずおずと疑わしそうに目を寄せた。「ボクたん、大学でしばらくあのギャングどもと遊んでたわね——あなたが絵を描いてたころよ。当時はあれですんだ。あたしもわかってた。でも、いま、あの連中と係わったら——」

「ちがうよ」ハドリーが言った。「別のことだ。僕は〔25〕——ある人のお説教を聴いたんだ」

「流行歌みたいな言いぐさね。あのネイチャー・ボーイの歌みたいだわ。やれやれ、とんだ出逢いなのね」

まじまじと姉を見守って、ハドリーは語りだした。「僕もまだ十分理解していないことなんだ。僕にどんな影響を及ぼすかもわからない……とことん最後まで行ったわけじゃない。もっと何かある感じがしてる。まだ余韻が残ってるんだ」

愉快そうな表情が、姉の顔から消えた。「どんな人なの？」真剣になって椅子に背をあずけた。緊張した彼の声は妙に説得力があったのだ。「ほんとなのね？」

「ほんとだよ。わかるだろ。僕にとっては何の意味もないことが、どれだけたくさんあることか。みんながあくせくしてること、ああいう活動のすべて……姉さんの旦那のしてることみたいに、無意味なんだ」

サリーはむっとして、顔を紅潮させた。「ボクたん――」肩をすくめた。「どうせ似たり寄ったり、同じ穴のムジナってことなんでしょ」

「義兄《にい》さんを貶《けな》すつもりはないよ。とても尊敬してるさ。でも、僕には彼が理解できない。すべてが何のためなのか、さっぱりわからないんだ。どたばた東奔西走して、七転八倒してるけどね。ときどき僕はヘルス・フードストアに座って、舗道を往来する人々を眺めている。みんなキ印だ！　いったいどこにむかって驀進《ばくしん》してるんだい？　蟻みたいに群がって……くだらないよ」

「あなたっていつも、果報は寝て待てみたいね」サリーはやさしく諭した。「いつだって、途方もない夢想家なのよ。頭の中で轆轤《ろくろ》を回し、あれをやろうか、これをやろうか、くよくよと捏ねまわしてる。たくらみを凝らして……あなたは生まれつきのセールスマンよ。お婆さんをたらしこむのは、きっとうまいにちがいないわ」

「でも、いま、僕にはわかったんだ」ハドリーは語りつづける。「いま、それが見えた。気迷いが消えたんだ」

困ったように姉は首を振った。「何がわかったっていうの？　ボクたん」

「みんなが何をしているか。どこに行こうとしているか。なぜ外に出てきて、先を争っているのか、さ」

「なぜ、外に出てくるの？」

手をぎゅっと握り締めて、ハドリーが言った。「うまく言えない。姉さんに笑い飛ばされたくないけど、どう言えばいいかわからない。口にしたら、世迷《よま》い言《ごと》にしか聞こえないから」

「いいから言って」

「世界の終わりが来るんだ」

沈黙が落ちてきた。灰皿にとんと灰を落としながら、吸いさしを挿んだサリーの手が震えた。「どういうこと？　あの戦争のこと？」

彼はうなずいた。「そう、ある意味ではね。でも、それを超えてるんだ。あの戦争はそのごく一部にすぎない」

「でも、戦争のことだっていうのね。あの戦争に気を揉んでるんだわ」火のような怒りに駆られて悪態をつきだした。「いまいましい——あなたを徴兵しようと、まだ追っかけてくるのね？　子持ちのあなたは——」

「そのことじゃないんだ」

「じゃあ、何だっていうの？」怒りにまかせてタバコをぐいと揉み消した。「つまり、臆病風を吹かせたってこと？　あーあ、ボクたん。あなた自身、まるで怖がり屋のお婆さんみたいよ。ちょっと怯えてやきもきしてるお婆さん。手足ばらばらに消し飛ぶのが、そんなに怖いの。ボクたん、すっかり土性骨をなくしたのね。あたし、恥ずかしくて顔から火が出るわ……」気を取りなおして、ぶるっと身を震わせた。「でも、気持ちはわかる。たぶん、大事な子宝に恵まれたからよね……あたしだって気がかりだけど。そうよ、こんなとこから脱出しましょ。空が遥々《はろばろ》とひらけた田舎に引っ越せばいい。失踪しちゃうのよ——大きな国があるわ。農場を買って、野菜畑を耕しなさい……あなたはいつも、そうするのが好きだったでしょ。この国から逃げだして、メキシコへ行っちゃいなさい」

「安全なところなんか、どこにもないよ」

サリーの碧い双眸《ひとみ》が炎えあがった。「で、あなたが見つけたっていうのがこれ？　誰もが殺されかねないってこと？　そして、あなたがしなければならないのは、ただ座して死を待つだけ？　それがあなたのしていることなのね。ひたすら原爆が落ちるのを待つだけなんて。いったい、その人って誰なのよ」

ハドリーはかっと目を見ひらき、餐卓を見つめて言った。「セオドア・ベックハイム。たぶん、姉さんが聞いたこともない名だろうけど」

「ええ、知らないわ」

「宗教団体を主宰してるんだ。イエスの番人協会さ。運動は世界一円に広がっていてね。アフリカにはたくさん信奉者がいる」

「狂信の徒よ！　狐憑《ホリーローラー》きだわ！」

「だろうと思うよ。ただ、見た目は狂信の徒らしくない。ちゃんと筋が通っている。ずっと信者だったみたいな気がしてくるんだ。でも、僕だって説教の断片をすべて集めたわけじゃない。あの人のお諭しを聴いたとき、その場で一種の金縛りにあったんだ」

「あなたは何をするつもりなの？」びくっと彼女が身をこわばらせた。急いでコートとハンドバッグをかき集め、ポケットにライターを突っこむ。「ボブが来たわ。彼の怒鳴り声、あたしの耳には聞こえるの」彼女も声を張りあげた。「こっちよ——この帳房よ！」

簾《すだれ》がばっと開いた。ボブ・ソレルがそこにいた。仁王立ちだ。顔はどす黒く、顰《しか》め面だった。「このクソ簾め、すぐみつかるように、どうして開けとかなかったんだ？」と焦《じ》れていた。

「あたしたち、いつでも出られるわよ」サリーはか細い早口で言った。「あなたがここで、何かお望みでなければ」

「おれが？」ボブは鋭く哄笑した。「さあ——ハイウェイに突進しよう」椅子から起ちあがったハドリーの肩をぽんと叩いた。「あの連中、たしかに突拍子もないお友だちだな。どこで拾ってきたんだ？　やれやれ。あいつらが車と称する、あの古ぼけたトラクターにゃ、目を剥いたぜ……あれじゃ、二マイルも走れんぞ」帳房を出しなに吠えた。「といってもな、エンジンのゆるんだネジが、ぜんぶイカれるってこともないだろうが」ハドリーの力ない手から勘定書をひったくり、精算をはじめた。「おれが払うよ、水臭いな」

のしのしとレジに歩いていき、ポケットの銀貨をまさぐった。サリーとスチュアートを振りかえる。にっと歯をむいて笑い、大仰《おおげさ》にウインクした。

「こいつはおれの勘定だが」レストランの端から怒声を発した。黙々と食事中の中国人客をよそに傍若無人だった。「シダー・グローヴスに着けば、エレンがほんとの食事をふるまってくれるさ」

開けっぱなした窓を通して、温かくて濃い夜風が吹きわたり、アパートの室内でそよそよと渦紋を描いた。蝿や蛾、羽蟲が電球に群れ飛んで、ジジジと羽音を鳴らしている。やがて身を焦がし、ぽとりと雫になってカーペットに落ちた。居間に全員がしらけて座っていた。たがいに顔を見あわせ、誰もがいたたまれなかった。午後八時半だった。キッチンには食べちらかした夕餉の皿が積みかさねられ、流しやガスレンジ、テーブルや水切台を埋めていた。その一角を大きく押しあけて、ジンやトニックの壜の栓を抜き、ドリンクをこしらえたあとがあった。溶けかけた角氷のトレーが一枚、じくじく水をにじませ[26]ている。まわりにコルクの栓抜きやアルミホイルの切れっぱし、ギルビー・デラックスのジンのこぼれあとやレモンの皮がちらかっていた。

「暑いわね」サリーが呟いた。「きょうの昼下がりより、もっと暑くなった気がするわ。とっても――べとべとして」

しばらくしてエレンが応じた。「サンフランシスコ湾でも、お義姉《ねえ》さんの家のあたりより、ここらのほうが湿気があるんじゃないかしら」

「海にやたらと近いからな」ボブが講釈を垂れた。「しょっちゅう、干潟《ひがた》の磯の匂いが鼻をくすぐるぜ」

「この前シダー・グローヴスに来てから、ここはたしかに発展したわ」とサリーが言葉を挿む。「あれはいつだったかしら、すくなくとも一年前じゃない？　クリスマスにいっしょになって……たぶん、二年は経ったかな。とにかく、あのころ町はまだちいさかった」

サリーは手を伸ばして、コーヒーテーブルから酒を取った。じっとグラスを眺めて、ジンに浮かんだレモンの切れはしを透かし見た。

「数回は使って、なじんでくるまで我慢してね」勢いこんでサリーがエレンに言った。「まるきりちがってくるんだから。あしたの朝、郵送するわ」

「何の話だ？」ボブが訊いた[27]。

「ワーリング・ブレンダーのミキサーよ。キッチンでエレンに話したの。二パイント用のミキサーを差しあげるって。うちじゃちいさすぎるんだもの。そしたら、次にここに来たとき、エレンに手ばやくダイキリをつくってもらえるわ……あなただって、それをもてあまして、座ってなくてすむでしょ」夫が両手で抱えていたグラスを指さした。

ボブ・ソレルはジンジャーエールのグラスを手に持ったまま、所在なげに座っていた。自分の好みにぴたりと合わないと、彼は口もつけない。

かたわらでサリーは、ハイヒールとストッキングをぬいで裸足になっていた。セーターと帽子、上下のスーツも、いまは寝室のクロゼットに掛かっている。着がえの服をエレンに借り、引き紐つきの黄のブラウスと、かるい夏のショートスカートをはいていた。蜂蜜色の髪も崩して、ばさりと背にたらしている。化粧もあらかた落としていた。もの思いに沈み、ひかえめになって、ソファーに身を丸めている。素脚を膝下に入れて横ずわりになり、ほの白い腕を背もたれに投げだしていた。別の手でグラスをつかみ、目をなかば閉じて、あくびしたり、ほほ笑んだり、酒を啜ったり、テレビの低い呟き声にぼんやり耳をかたむけていた。

エレン・ハドリーはキッチンの扉に寄りかかっていた。午後着ていた服のままで着たきりだった。すべすべしたうら若い膚は、部屋のうす明かりでも小麦色に見える。無表情でジン・スリングを啜り、空ろな目をしていた。スチュアート・ハドリーは大きな安楽椅子に座って、前屈みになっていた。目を閉じ、ぽかんと口をあけている。グラスを椅子のアームに置いたまま、角氷が溶けてグラスの底でことりと動いても、身じろぎもしない。

「ここはなかなか素敵なアパートだわ」とサリーが眠たそうに言った。「でも、わかるでしょ、家賃を払うなんて、おカネをドブに捨てるようなもんよ。あたしたち、すぐ決心したわ。家を買おうって……それも、かれこれ五年前だったかしら。もちろん、不動産会社にボブがいるんですもの、間借りなんて、ちょっと体裁が悪くてねえ。とにかく、うちを見たでしょ。見てなかったっけ？」またあくびした。「あーあ、こんな陽気だと、眠くなっちゃう……」ブーンと蚊の鳴く音に、耳のあたりを物憂そうにぴしゃりと叩いた。「酔いつぶれそうな気分よ」グラスを透かし見て「もうだめか――水みたいに薄くなっちゃったもん」

「おれの計算によればだ」とボブ・ソレルが言いだした。「十年間の賃貸で、店子《たなこ》は収益資産の取得総費用を家主に弁済したことになる。あとは家主の丸儲けなんだ。家を借りるんなら、店子《たなこ》は何でもかんでも、ぎゃあぎゃあ難癖をつけなきゃ――塗装、配管、壁の厚さ、入力線の本数――」

「それって何？」サリーが訊いた。

「ふん、本来なら電線は三線式を入れるべきなんだ。二線じゃ足りない。二線だと、過負荷で漏電火災が起きる。店子はそこでとことんブーたれるべきだ。てめえの権利は断じて譲るなってことさ。さもないと何も得られん。せちがらい世の中だぜ、ダメでもともと、せいぜいふっかけなくちゃ、そうだろ。他人は誰も、おまえのために一肌脱いでくれないぞ」

サリーも従順にうなずいた。

「それから冷房装置だ――ここは中央配管設備《セントラル・パイピング》だが、硫化ガスってのはいかんな。ヤバすぎる――壁のどこかで管が破裂すると、全館にガスが充満するぞ」ボブは壁をこつこつ叩いた。「こんな安手の繊維板《ファイバーボード》じゃ、いまどきの検査官は通さんぜ。ふん、あいつら、ほんとにコワモテになってるんだ。イースト・オークランドで、あのでっかい十二階建てを建てたときなんか、糞ったれども、重箱の隅をつつくように、虱《しらみ》つぶしに調べやがった。一インチ一インチ――配線の被覆を全部むしり取れだとさ。ヒューズボックスとアパートのあいだの電線じゃ収まらず、まるまる工事をやり直さなきゃならなかったんだ。なあ、ここらは真夜中になっても、一寸先も見えない濃霧にはならんのだろ」

「家賃はいくらなの？」サリーがエレンに訊いた。

エレンはかすかに身を震わせた。「五十二ドル五十セント」

これにボブ・ソレルが飛びついた。「この集合住宅には何世帯入ってるんだ？　十八世帯か、二十世帯か。すくなくとも月九百ドルの総収入があると思えよ。もちろん、全戸入居で埋まってるとしてだ。そこに収益資産の大きなリスクがあるのさ。この規模の建物で空室が五戸もあったら、利益《あがり》がなくなっちまう。で、家主連中は、目先の欲に走って家賃を上げるんだ。いまいる店子から、それぞれもうちょい金の卵をせしめようってわけだ。ところが、あげくに年末になって、どうして年を越したものかと、思案投げ首になるのさ」

「サンノゼのあの物件の話をしてよ」とサリーが言った。「あたしたちが一枚嚙んだ、例の政府の住宅事業のこと」

ボブの顔が反応し、冷徹な顔を緊張させた。「ああ、あの土地は、政府が民間の投資家から借り上げていた場所なんだ。期間十年でね。戦時動員の労働者向けに、低コスト住宅を建てるためだった。その借地契約がもう期限切れなのさ。投資家たちは不動産を取り戻したい。

何かちゃんとしたものを建てようと思ってたのさ。ぎゃあぎゃあ、やかましかった」

「あの戦時住宅って、ただのボール紙細工の家なのよ」サリーが打ち明けた。「ぐるっとまわりを見たら、壁にヒビが入ってて……足でぽんと押し倒せるくらいチャチだったわ」

ボブは顔色ひとつ変えず続けた。小さな居間に、傲然と彼の大声がとどろきわたった。

「おれは家具払下げで札《ふだ》を入れたんだ――すべて政府の所有物さ。店子の大半は、南部から勤労動員された田舎者《オーキー》と黒んぼ《クーン》でね。靴のほかは無一物――いや、靴を持ってたらの話だがね。さて、この住宅棟のどれもが六世帯住宅だ――つまり、六台の冷蔵庫、六個のストーヴ、六組のソファー、六つのダブルベッド、六棹の衣裳簞笥、などなどがそろってるってことだ。家具一式完備の三室アパートが六戸だぞ。むろん、建物はお粗末の極みだ。誰もが退去までに六十日の猶予期間があった――空家になってから建物を囲って解体作業を始めたんだ。家具の運びだしには一週間あった――おれたちはそれっとばかり、家具に七十五ドルの札《ふだ》を入れたのさ」

「建物は何棟あったの？」サリーがささやいた。「五十棟か六十棟じゃなかったっけ」

「五十七棟だ」ボブはジンジャーエールのグラスをもてあそんでいた。「ほかの応札は皆無だった。おれたちは七十五ドルで、まんまと三百四十二戸もある三室アパートの家具を手に入れたってわけだ」にやりと笑って、骨の浮きでた頭を振った。まだ悦に入っていた。「こいつをおれたちゃ、家具の中古市場で転売したわけじゃないのさ。わが社で手がけた住宅棟の家具に回して備えつけたんだ。そう、こいつはおいしい取引だったぜ。そこじゃ二万ドル相当の家具に化けたんだから」

息を殺し、頬を染めて、サリーが口を挿んだ。「ボビー、あそこはどうかしら――あたしが言うこと、わかるでしょ。おふたりも気に入るんじゃないかしら。ボクたんだって、あそこから通勤できるわ。直通の電車があるんじゃなかったっけ？　自動車を買ってもいいし」勢いこんでハドリーのほうに向き直った。「とにかく車は持つべきよ」また夫のほうに戻って続けた。「どうお？　どうせ使い捨てでしょ。それにあすこは、景色がよくてなかなかの場所だから」

「だめだ」ボブがきっぱりと否定した。「そうはいかない。まあ、一見よさそうに見える。でも、家の基礎まで降りて、土台を見ちまったら――」彼はガラクタを吹っ飛ばすような不快な音をたてた。「だめだ。あそこは短期の回転売買にはいいが、おふたりのご希望は永住するところなんだろ」

サリーは紅い唇をぽっとあけて、落胆半分、冷やかし半分につんと尖らせた。「完璧だと思うんだけどなあ。サイズがぴったりだもん――夫婦に一部屋、ピートに一部屋。それにあたしたちもしょっちゅう行けるわ。サンマテオ有料ブリッジ[28]を渡れば、あっというまよ」顔を火照らせて、エレンとスチュアートに訴えた。「マウント・イーデン[29]のかわいいおうちなの。ボブの会社が最初に手がけたんだけど、入居者が破産しちゃってね。いまは事実上、ボブの持ち家なのよ、ある意味ではね。つまり、帳簿上で売れるの――わかるでしょ。タダ同然で手に入れたのよ。あなたも、あそこならいいと思うでしょ？」

ボブが声を張りあげた。「言っただろ、ちっともよくないって。基礎を丸ごとやり直さなきゃならないのさ――ちぇっ、あのボロ家は、コンクリートのブロックにちょこんとのってるだけなんだ！」

「じゃあ」とサリーが叫びかえした。「直せばいいでしょ！　ブロックを取りのけて、型枠を土台にすえれば！」

「キズモノにこだわったって、何の得にもならん」ボブは言った。「パンツに蟻が潜りこんだみたいに、慌てちゃろくなことにならない」まるでハドリーが何か言ったみたいに、ボブは義弟に釘を刺した。「ここはちょいと我慢するんだ、なあ……長い目で見て得することだ」冷酷非道な眼差しをハドリーに据えたまま、ボブは続けた。「安っぽい家を買うよりか、ましな車を手に入れるほうが、おまえにはずっと得だぞ。いい車《バギー》を持てば、どこでも好きなところへ、すっ飛んでいける。ふん、おれたちは週末になるとソノマ郡[30]まで、ぶんぶん車を飛ばすんだ……。広々としたハイウェイで、あのナッシュなら時速八十五マイルは楽に出せるぜ。すーいすいと軽風《かぜ》に吹かれて」手でヒラヒラと風の流れをまねて「雲に乗ってるみたいさ」

サリーが頭をひょいと下げた。金色の巻毛が渦を巻き、秘めた甘い悦楽が揺らめいた。

「ボブはね、ナパ郡の副保安官でもあるの。車の後方に赤いライトが見えたら――彼がサイレンを鳴らしてるのよ」

一瞬、間をおいてから、エレンが意を決して訊いた。「そこでは、何がいちばんの事件なの、ボブ……家畜泥棒？」

　ボブは笑みひとつ浮かべず、じろりとエレンを見た。「悪ガキの車ハイジャックかな」とこたえると、ソファーにそっくり返って説明しはじめた。「おれのダッジにちょっかいをだした不良《パチューコ》〔31〕を二、三人、とっちめてやったんだ——覚えてるかい？　去年のクリスマス、おれたちの車は青いダッジだったろ？　サリーとおれはナパの映画館で映画を見ていた。終わって出てきたら——午前一時ころだが、その不良どもが寄ってきた」

「あなた、やつらの風体を知ってたのね」サリーが割って入った。身を乗りだして、ぐれた青年のまねをする。「ポケットに手を突っこんだ格好よ。ボブはダッジをピカピカに磨きたてていたから……ああ、ほんとにきれいだったわ。サイドは真っ白。外側のマークも……何もかもよ」

「ああいう不良なら、一マイル先でも見分けがつく」ボブは容赦なく続けた。「そう、おれは手に硬貨の鉄甲《メリケンザック》を巻いて……たまたま持ってたんだが」酷薄なせせら笑い。「不良がひとり近づいてきて——抜かしやがった。『町まで乗せてくんねえか？』ってな。否も応もなく、おれたちについてきた」

「ボブは狙いすまして、眉間《みけん》に一発くれてやったの」サリーがいきなり口を挟んだ。「相手は石炭袋みたいに崩れ落ちた。ほかの連中は棒を呑んだみたい、眼を点にしてたわ。誰も動かない。棒立ちのままだった。あたしたち、車に乗ったわ。ボブがぐるっと車の向きをかえて、走り去ったの」

ボブが笑った。大声で短く、吼えるように。「ざまみやがれ。角を曲がったら、やつら、そのガキを引きずってたよ——砂利に踵《かかと》をずるずる引いて、手で小脇を抱えながら。あはっ、失神したままさ。一週間はな！」

部屋が一瞬、静まりかえった。羽蟲の唸る音と、テレビのささやきしか聞こえない。

スチュアート・ハドリーは、椅子につかまって、ゆっくり起ちあがった。疲れきった顔に見えた。七月の熱帯夜に、すっかり茹だって上気している。よろよろと部屋をよぎった。小刻みでおぼつかない足どりだ。四肢がこわばってぎごちない。エレンがそれを見てうろたえた。

「スチュ」と声をかけた。「どこ行くの？」

ハドリーは寝室の扉の前で立ちどまり、振りかえった。顔が青ざめて、腫れぼったい。目はなかば閉じていた。まばたきして咳きこみ、寝室の扉のほうへ向きなおった。「ピートの具合を見てくる」と口ごもった。

「眠ってるわ」エレンが言った。「あたしが見てきたばかりよ」

ハドリーは返事をしない。寝室に消えて、後ろ手にそっと扉を閉めた。

寝室は暗く、かなり涼しかった。片隅の衣裳箪笥の上で、扇風機がきいきい音をたてて、部屋に断続的に風を送っていた。ハドリーはしばらく立ったたまま、薄闇に目を馴らした。

ピーター・ハドリーは、ベビーベッドですやすや眠っていた。むずかって喉や鼻を鳴らす。汗ばんだ肌がべたついていた。暑さのせいで汗疹《あせも》が赤い斑《まだら》になっている。身をよじり、苛々して、寝返りを打った。鼾《いびき》をかいているが、目は覚まさない。ピートは大柄な健康な赤ん坊だった。かすかに乳酸の匂いがした。ハドリーは落ち着かなくなって、乳呑み児を覗きこんだ。

居間から、高飛車で野卑な義兄《あに》の声が聞こえてきた。鉄のハンマーで金床《かなとこ》を打つみたいに、薄い壁——安普請の壁を通して、寝室にもびりびり声が伝わってきた。ボブ・ソレルは哄笑し、吠えまくって、サリーやエレンに吹聴していた。ハドリーが暗がりに身をひそめ、ベビーベッドのかたわら、眠れる乳呑み児のそばに立っていると、あの男が彼の名を口にするのが聞こえた。ハドリーはどこだ、何をしてるんだ、と責めたてる声。あいつは自分やその行動をちゃんと説明すべきだ、と言い張っている。これじゃ、ボブがいつなんどき起ちあがり、顔を歪めて寝室に乗りこんでくるかわからない。

どうしたらいいんだろう。彼は考えた。ソレルに、帰ってくれって——夫婦ふたりとも帰ってくれ、と言おうか。そう、夫婦ごと、姉もいっしょだ。どうしてこうなったんだろう。足跡をなぞってみようとした。そんな考えが、最初に胸に兆したのはいつだっけ？　ボブだけでなく、姉も一蓮托生だなんて、そもそもいつ思ったのか……。端緒が見つからない。どこからともなく、いつともなく、そんな考えが浮かんだんだ。いったんそれが心に根を張ったら、もう排除できない。消せなくなった。責任は彼にあった。このふたりから逃れたい。何がなんでも。もう立ち去ってほしい。さっさと家に帰れ。あのバカでかい緑のナッシュで、海岸沿いに走り去れ。生きてるかぎり、もう戻ってくるな。

扉が開いた。エレンが薄闇に滑りこんできた。後ろ手でそっと扉を閉めて、小走りに彼のもとに来た。「あきれたわ」と声が尖っていた。「ここで何してるの？　ただ突っ立ってるだけ？　ピートは無事じゃないの？」

「大丈夫だ」とハドリーはこたえた。

「じゃあ、何よ？」焦慮と懊悩が顔にみなぎっていた。「ねえ、ダーリン、居間に戻らなくちゃ。ここで隠れんぼしてられないでしょ」

　怒って彼は声を荒げた。「隠れてるもんか！　ここで息子の顔を見る権利くらい、僕にだってあるだろ」

「ふらふらと出てって、あたしをあのふたりと置き去りにするなんて、まっぴらよ」エレンの顔が冷たくこわばった。「そんなの、ごめんだわ。ひとりでお荷物を背負いこむつもりはないの。あなたのお姉さんでしょ。あたしの親戚じゃない。あたしは応分のことはする。あのふたりにも我慢するわ――でも、ひとりじゃいや。わかる？」

「オーケー」とハドリーは言った。「わかったよ。彼が扉をぶち破らないうちに戻ろう」居間では、ボブの喚《わめ》き声が響いてこだましていた。「どうして姉さんは、彼と結婚できたんだろう」とハドリーは空しく自問した。「どうして、あんなやつと係わりあいになったんだろう」

「素敵な男《ひと》だと思ってるのよ」エレンが陽気な声で言った。

「筋が通らない」ハドリーは薄闇の中をうろうろしてから、扉のほうに戻った。「会うたびにいつも――つねにおんなじなんだ。いつだってこうだった。ふたりが結婚する前でさえ、彼はこうだったんだ。ドラ声で、えげつない」

エレンは彼の腕をつかんだ。「ダーリン、そんなもんだと思わなくちゃ。お義姉さんにはお義姉さんの人生――あたしたちにはあたしたちの人生がある。ねえ、彼女、そろそろ三十歳よ。あたしたちとは別の世代だわ。どこが共通なの？　ご覧なさいな――彼らはあたしたちをガキ扱いしてる。恩着せがましく、どうすべきかを指図して……」

「姉さんに打ち明けたんだ」とハドリーが言った。

「打ち明けたって、何を？」

「協会のことを」

一瞬、エレンは戸惑った。「あの番人たちのこと？　ベックハイムの信者たちのことを？」

「姉さんに笑われただけだった」

「いいえ」エレンは力をこめて言った。「スチュアート、あたしだってあれを信じてないわ。あなたはすっかり動顛して、ここでいじけてるの。駄々をこねて、拗《す》ねてる子供みたい。さあ、居間に戻りましょ――正直言って、あなたをどう扱えばいいのか、わからないわ」明るくせきたてた。「あなたはみんなを不愉快にしてる……サリーが同情してくれないのも道理だわ。あたしたちに期待したって無駄な――」

「これはあいつのせいなんだ」ハドリーが口を挿む。「姉さんも以前はこうじゃなかった。あいつは猿なんだ。人間じゃない。聞いたか？　メキシコ人の少年を叩きのめして、自慢してるんだ。彼の背丈の半分しかない、どっかの十代の子だろう。あいつは化けものだ——姉さんはその彼を素敵だと思ってる。あいつがディヴやローラをどうあしらったか、きみも見とくべきだったよ——ひどいもんだ。ふたりを足蹴にして、置き去りにしたんだ」

　エレンは彼の脇に腕をすべりこませ、ぎゅっと組みとめた。「あら、お義姉さん、それほど間抜けじゃないわ。彼女、尻馬に乗ろうと虎視眈々《たんたん》なのよ。いくらでも彼女を弁護してあげるわ。お義姉さん、馬鹿じゃなくってよ、ダーリン」

　ハドリーが突き放した。「僕の言ったこと、聞いてたのかい？　せっかく打ち明けたのに、姉さんは首を振っただけだった。理解してくれると思ったのに——たったひとりの心のよりどころ、そう思っていた……だけど、ほかの有《う》象《ぞう》無《む》象《ぞう》の連中と変わらない。くだらんことをペチャクチャしゃべって、気の利いた台詞を吐くだけさ」

　深く傷ついて度を失い、エレンは言った。「じゃあ、そのたったひとりの人に落胆したってわけね。悪いけど、それってひどすぎるんじゃない？　時代は変わったのよ。あなたはもう、お義姉さんの膝に顔を埋《うず》めていられないんだから」

「そりゃ、どういう意味だ？」

「さあってば」とエレンが言った。「ふたりに聞こえるわ。外に出ましょうよ。あとで話しあえばいいわ」

「僕はいま話したい！」彼女の行く手を遮った。「どういう意味だ？」肩をつかんだ。宵の薄明かりが、小さな顔の輪郭を、どんよりと縁どっていた。彼女は眼を見ひらき、大きな黒い瞳が涙で光っていた。唇をなかばあけて、顎が震えている。「ちくしょうめ――」彼は荒々しく声を張りあげた。「うれしがってる！」

「もちろん、うれしいのよ。ダーリン、とってもうれしい。胸いっぱいに思いきり叫びたいわ」エレンは無理に笑みを浮かべようと、顔をひき攣《つ》らせた。涙が頬をつたい、糊のきいた白シャツにぽたぽたとしたたった。「お義姉さんと、あのいまいましいワーリング・ブレンダーにね。ご立派なお古をあたしたち、いただけるのよ、ちっぽけなミキサーごときをね。自分たちには小さすぎて、使えないしろものですって。おまけに家まであてがってくださるなんて。毎週、あちらの家に行けるように――週ごとにご指示を仰いで、ご報告申しあげるんだわ。そうすれば、あたしたちの暮らしを、彼らが差配できるし、どうすべきか指図もできる。あなたがこれまでずっとお義姉さんに指図されてきたようにね。あなたは平っちゃら。それでいいと思ってる――でも、あたしにとっては大事なこと！　いまいましい小姑《こじゅうと》に、口出しさせるもんですか。あたしの家、あたしの暮らしに……」彼女は両腕をまわしてスチュアートを抱きしめた。しゃにむに彼の喉もとに顔を埋め、やわらかな茶の髪がハドリーの息をつまらせた。「いったい、どうしてあなたは、あたしのもとに来て、胸のうちを明かしてくれないの？　あたし、理解してあげるわ――たとえ、理解していなくても。あなたがしたいことなら、あたしだってしたい。あなたについてくわ。それが何であっても、床を転げまわって祈ってもいい……あたしが大事なのはあなたなの」

ベビーベッドの中で、ピートが目を覚まし、大きな声を部屋に響かせた。むずかって火がついたように泣きだす。耳をつん裂くような喚《わめ》き声になった。居間ではサリーとボブが起ちあがり、たまりかねて寝室の扉に近寄った。どんどんと扉を叩いて、ボブが怒鳴った。「どうしたんだ、そこで何が起きてる？」

ハドリーは妻をぐいとつかんだ。「僕には我慢できない。きみがそんな口をきくなんて。姉さんのことをそんなふうに言うなら、家から出ていけ」

「出ていかないわ！」エレンは啜り泣いた。「ここはあたしの家よ——出ていくもんですか。あなただって追いだせないわ。あなたの姉さんの話、何年間もあたしは耳を傾けているしかなかった——彼女の話を聞かされるのはもううんざり。たくさんだわ……忍耐の限界よ」彼女はさっと腕を引き抜いた。「そんなにあたしを痛めつけないで」涙が頬に溢れ、シャツに丸く大きな涙のしみあとがついた。「もうそんなふうにつかまないで」

赤ん坊の泣き声に負けじと、ハドリーが吠えた。「きみからも誰からも、憐れみなんか乞うもんか。姉さんの半分の度量がきみにあれば、多少は爪の垢でも煎じて飲めば——」激するあまり、声が詰まった。「姉さんの名を口にする資格はきみにない。たかが尻軽女じゃないか！　せいぜいがそうさ。姉さんの言ってることは正しい——きみはお手軽な女陰《おそそ》なんだ！」

ぎょっとして、エレンが怯えた顔になった。黙って彼の顔を覗きこんだ。「おねがい、そんな口をきかないで」助けを求めて、狂おしくまわりを見渡した。声が尻すぼみとなり、ささやきに変じた。「スチュアート、おねがいだからもうやめて。おねがい！」

彼はぐいとエレンをつかみ、肋《あばら》が折れそうなくらい緊《きつ》く抱きよせた。「僕はもう我慢できない」彼は喘いだ。「僕はおしまいだ。消えるよ――僕が出ていく」

「いやよ」とエレンが言った。恐怖で気弱になった。「あたしの言ったことなんか忘れて。取り消すわ。おねがいだから忘れて――あやまるわ」

ハドリーの顔が、暗く、醜く、朱に染まった。彼が手を放すと、エレンはおずおずと後ずさりした。以前も見た顔つきだった。ほかの何よりも恐ろしい顔つき。こうなった彼は何かをしでかす。彼女は知っていた。この貌《かお》は何かを意味している。知らず知らず、彼女は腕をあげて面《おもて》をおおった。一度、たった一度だけ、彼は彼女を殴ったことがある。でも最初にぶったのは彼女のほうだった。平手打ちしたのだ。たちまち彼はソファーにへたりこみ、子供のように泣きじゃくった。彼女はなだめようとした。すると彼は起《た》って、瞼に拳骨《げんこつ》を食わせた。でも、いまはそんなことはしそうにない。出ていこうとしている。どうせなら殴って、と彼女はやみくもに思った。殴ってほしかった。彼が出ていって、あたしを置き去りにするなんて。それよりは何だってましだわ、と思えた。

「やめて」彼女は喘ぎながら、彼と扉のあいだに立ちはだかる。いっそ殴ってくれたら。いま彼女は切にそう祈った。「あなたを出ていかせない。行けやしないわ」

ハドリーの唇が歪んだ。わななきながら、腕を振りかざす。肘が硬く鋭角に折れるのが見えた。袖の柔らかな生地に浮かぶ骨の三角形。突然、ハドリーは低くうめくと、身を引き離した。手で扉の把っ手を探った。「好きにするがいい」遠回しに言った。「楽しく暮らしてくれ。いずれ手紙を書く」
その瞬間、サリーが扉を押しあけて、薄暗い寝室に入ってきた。「あらあら、おふたりとも、ぜーんぶ筒ぬけよ！　そこから出てらっしゃいな――」威勢よくふたりを居間に追いたてた。「さあ、キスして仲直りしなさい」そっけなく腕時計に目をやる。「あたしたち、飛んで帰らなくちゃ。十時にはここを出ないとね」

ボブはくるっと背を向けて、大股でキッチンに入りこんだ。「コーヒーを淹《い》れてもいいかい」流しの上の食器棚を手探りしだした。「エレン、いったい、きみのサイレックスはどこだ？　目覚ましに熱いコーヒーでも胃に放りこまないと、あのフリーウエイは乗り切れん」

ほんのつかのま、スチュアート・ハドリーと妻は、たがいに身を寄せあっていた。が、ハドリーが突き放した。「じゃあ、あとで」と彼は言った。

「どこ行くの？」エレンが怯えて訊きかえした。慌ててあとについてくる。「おねがい――あたしも連れてって！　どこだって構わない。ついてっちゃいけない？」

「デイヴんとこに行く」ハドリーはアパートの玄関扉の前で言った。「誰かが謝らなくちゃ」

涙に濡れた顔で、エレンがすがりついた。「おねがい、スチュアート、あたしを連れてって。心配なの。もう帰ってこないんじゃないかと！」

「きみはピートを放っておけないだろ」

「いっしょに連れてくわ！」

ハドリーはせせら笑った。「歩いて？　いいかい、僕らには車がないんだぞ」

キッチンの扉枠《かまち》に、ボブ・ソレルが立っていた。手にサイレックスをぶら下げている。重苦しい顔に驚愕がひろがった。ハドリーが玄関の扉をぱっと開けた。ボブ・ソレルのびっくりした顔に、どす黒い憤怒が浮かんだ。それが目をかすめたが、後ろ手に扉を閉めた。ぼんやりと暗い、空気の澱んだ廊下に踏みだした。

急いで手すりをつかんで、階段を二段おきに跳びおりる。ロビーを走り抜け、開けっぱなしのフロント扉から、広々としたコンクリートのステップに飛びだす。夜気がすがすがしい。澄んでいた。深々と息を吸いこんだ。しばし迷ったが、やがてゴールドの家のほうへいっさんに走り去った。

果てしもなく、彼は熱気の籠った暗い街を歩いていった。手をポケットに突っこんで、考えこみながら、千々に乱れた思いを胸に秘めて。

すでに後悔していた。エレンにあんなことを言うなんて。

街路を渡って、さびれたビリヤード場やバーや靴磨きパーラー、安っぽいカフェや連れ込み宿の前を通りすぎた。もうゴールド夫婦の家のすぐそばだ。足を速めた。

彼のために扉を開けてくれたのは、あのローラ・ゴールドだったが、やけにしおらしく、おとなしくなっていた。「こんばんは、スチュ」と言ったが、か細い声でほとんど聞きとれない。「おはいりなさいな。ワインがあるわ」

崩れて萎《しな》びたプディングみたいに、彼女は億劫《おっくう》そうに部屋を横切り、椅子に身を投げだした。ハドリーはどうしたらいいか分からず、扉のそばに突っ立ってその場に溶けこもうとした。ほかに先客がいた。デイヴ・ゴールドは机の前に座って、仏頂面でパイプをくゆらしながら、ハドリーを見つめていた。あとは子供が二人と、スラックスと格子縞のシャツを着た、ほっそりした女が一人。

「画家さん、お元気？」スリムな女が訊いた。

ハドリーは戸惑った。誰か後ろにいるのかと振りかえりかけて、ようやく気づいた。話しかけられたのは僕なんだ。この女には見覚えがある。マーシャ・フレイジャーだった。部屋のまんなかに低いテーブルがあって、濃い紫色のワインの半ガロン入りパックとグラスがのっている。ポテトチップスの袋や、テーブルナイフを刺したブルーチーズの塊、ソーダクラッカーの箱、ピーナツバターの壜もあった。落ち着きのない少年が退屈そうに寝そべって、ゴールド夫妻のみすぼらしい古ソファの端で丸くなって雑誌を眺めていた。たぶん九歳くらいか。色の褪めたジーンズにテニスシューズを履き、Tシャツ姿だった。マーシャに似て、髪は淡い赤錆色だ。隅の椅子ですやすや寝ているのは幼女で、三歳くらいだろう。よれよれの遊び着を着ていた。

「あなたのお子さん？」ハドリーは女に訊きかえした。

「わたしのお世継ぎに、まだ会ってなかったかしら」マーシャは少年のほうを顎でしゃくった。「ティミーよ」

少年はちらと上目づかいになった。「ハロー」と深い声を響かせ、雑誌に舞いもどった。

マーシャは寝ている幼女を指さした。「あれがパット」彼女はワイングラスを口もとに運び、もの思わしげに啜ってから、座る場所はないかとおどおどしているスチュアートを見つめた。

ディヴが口を添えた。「マーシャがおれたちを家まで車で送ってくれたのさ」

「あのキャディラック、お陀仏《シャカ》になったのよ」小声でローラが言った。ショックで消え入りそうな声だった。「数ブロックしか進めなかったの。しようがないから、車は置き去りにした。バスに乗って、はるばる街を越えて、マーシャの家を訪ねたの」

マーシャ・フレイジャーは背が高く、頬がこけていた。眼窩《がんか》の深い、骨ばった顔つきだ。化粧はしていない。瞳は灰色。膚にかすかに雀斑《そばかす》が散っている。禁欲の寒々しさを漂わせて……それでもハドリーが惹かれなかったわけではない。すっきりしたからだのライン。嫩《わか》い少年のように肢体がすらりとしている。彼女の息子とおなじく、すとんとまっすぐなのだ。無駄な凹凸も贅肉もない、未成年のからだをしていた。袖をまくりあげた腕は、筋と骨が張っていて、柔らかさが微塵もない。手も強靭そうで、何でもやってのけそうだ。先日とおなじく、彼女のまわりに会話の花が咲いていた。生来、人の輪の中心になる存在なのだ。ディヴもローラも押し黙ったまま、無気力に沈みこんでいた。ストイックな受け身に徹して、殻に閉じこもっている。

「家の正面に駐《と》まっているのは、あなたのクーペですか?」ハドリーが尋ねた。「あのグレーのスチュードベーカー[32]は」

マーシャがうなずいた。「洗車しなくちゃね」

「カッコいい車だ」

「よく走るわ」と相槌を打った。「でも、馬力がないの。外の景色はよく見える……キャビンの後ろがほとんどガラス張りだし」

「知ってますよ」とハドリーが言った。「運転したことがあるんだ。乗り心地はいい」

「キャディラックは、もう修理不能なのよ」ローラが落胆した声で語った。「たぶん、廃車処分だわね。部品を売っ払ったら、二十ドルになるかしら」それから言い添えた。「車はミッション[33]に置いてきたの。あしたになったら、どうせサンフランシスコ警察に、レッカー移動されちゃうわ」

「そいつはあんまりだ」とハドリーが言った。言葉に真心をこめようとしたが、ゴールド夫婦への同情はたちまち薄れていった。ふたりの陰気で不快な顔には、気が滅入る。まるで二匹の邪鬼《トロル》だ、と彼は思った。ドタ足とシャベルの手をした嗄《しゃが》れ声の邪鬼。疣《いぼ》だらけで下品、童話にそっくりの連中だ。すでにハドリーは興味を失っていた。彼の目は、ほっそりした灰色の瞳の女に吸い寄せられた。

　彼は安ワインを手酌でついだ。「どうして僕を画家って呼んだんですか?」とマーシャに質した。

「あたしたちがしゃべっちゃったの」とローラが口を挿んだ。「あなたの絵のことを——ね」

「もうずいぶんと長く、絵は描いてないよ」ハドリーは呟いた。だが、奇妙な感覚に襲われた。自分もわれ知らず画家気取りなのに気づいたからだ。「あなたは雑誌を経営してるんですね？」と訊きかえした。「『夢魔《サキュバス》』の編集長でしたっけ？」

「そのとおりよ」マーシャは抑揚のない低音《コントラルト》でこたえた。理性的な声だ。芯がしっかりして、効率的で過不足のない声だった。「でも、あなたとおなじで……もう六カ月も休刊しているの」

「どうして？」

「資金がないから」

しばし沈黙が訪れた。全員がおカネのことを思い浮かべた。ゴールド夫婦はうつろな顔になって、心ここにあらずだった。ティミーは立て膝に雑誌をのせて、目も上げない。見ている雑誌は芸術批評の季刊誌だったが、おそらくその手の刊行物には慣れているのだろう。ハドリーも家がＡＭＡ〔米国医師会〕の支部で、冊子に囲まれて育ったから、これとそっくりの境遇だった。

アパートの外、あけ放った窓の暗色の矩形の彼方で、車のクラクションが鳴った。信号が変わったのだ。サンフランシスコ湾からもやもやと磯の香りが忍びこみ、ゴムや石油を腐食していく。隣のアパートで、けたたましくラジオが鳴り、金切り声が遠く微かに流れてくる。

ドンドンと鳴り響く上階の住人たちの足音。本や書類が散乱したこの部屋には、綿埃や腐った食べ物、生ゴミと屑の臭いがむっと立ちこめていた。

「雑誌を出すのって、どれくらい費用がかかるんです？」ハドリーが訊いた。

マーシャがほほ笑んだ。彼女の髪や肌、瞳とおなじく、その歯にも中間色が混じっていた。輝くような皓歯ではなく、メタリックな光沢もない。まるで古い木と骨を組み合わせて、揉んでなじませた生成《きな》り仕上げのようで、流木の枯淡の寂《さ》びがある。彼女のからだには、盤石の大地が宿っていた。ほっそりして、顔も小さく、腕も細いのに、勁《つよ》そうに見える。「それは」と彼女がこたえた。「あなたがどんな種類の雑誌を出すかにもよるわ。たとえば、ＳＥＰなら数万ドルはかかるでしょうね」

「ＳＥＰって？」ハドリーが訊いた。

「サタデー・イヴニング・ポスト〔34〕のこと。わたしたちにはたいして収入がないの。大学の研究奨励金のおこぼれと、ときどきフォード財団から数千ドルいただけるくらいかしら」苦笑いを浮かべた。「でも、それもなくなった……もう出してくれないって」

ハドリーは内心迷っていた。「夢魔《サキュバス》」という雑誌は、実物を見たことがない。それを白状すべきだろうか。どんな体裁なのか、想像してみた。大学の文芸季刊誌を思い浮かべた。たぶん、あんな体裁なんだ。散文と詩だけ、お硬い清潔なページ。表紙に躍る大文字はなく、タイトルページは現代風《モダネスク》のデザインか。ぼってりした表紙カヴァーは白い多孔質紙で、一部五十セント。主にカポーティやプルースト、ジイド、ウィラ・キャザー〔35〕の批評に紙面を割いているんだろう。広告なし。例外はたぶん、教科書の書店の広告で、それがたまさか載るくらいだろう。

部屋はのどかだった。会話や思考にはのどかすぎた。ハドリーはすっかり寛いで、満ち足りた気分になった。背をもたせかけてワインを啜る。誰も言葉を発しなかった。緊張は去っていた。日曜の午後、公園のベンチに腰をおろしたみたいに、一刻を争う憔悴《しょうすい》もなければ、葛藤や野心もない。いつもがむしゃらにしゃべりまくるローラですら、何も言うことがなかった。この日一日の体験で、すっかり意気沮《そ》喪《そう》していたのだ。ゴールド夫婦は、ボブ・ソレルという顔をした煉瓦壁に衝きあたった。ボブの堂々たる体軀、その残忍な苛《いじ》めにショックを受け、不能に陥ったのだ。抗議も逆襲もしなかった。面とむかって崩れ落ちたのだ。ボブの傍若無人、その重圧が一点に集中して、つぶれてしまった。ボブ・ソレルはゴールド夫婦のような人々を踏みつけにできる男だ。彼らのほうは受けた仕打ちに反撃できない。うわべは大口を叩き、すばやく身をかわしても、やさしさなんて簡単に消沈してしまう。ヘンゼルとグレーテルのように浮き世に釣りあげられ、あとは組織的に摺《す》りこぎでペシャンコにすりつぶされるだけだ。あっけにとられて空ろになった彼らの眼は、困惑の雲に覆われている。彼らはまだ理解できないのだ。どうして彼らが急きたてられ、押しのけられ、送りだされて、廃棄されるのか。無機物みたいに扱われ、基本的な人間性まで蔑《ないがし》ろにされてしまう。だが、彼らは無反応だ。順応もできない。蛮行に直面して、ただ従容と死んでいくだけだ。

それでもハドリーは、ぽっかりあいたこの空白に、ほっとして気が楽になった。嘶《いなな》くような夫婦の口舌《くぜつ》を、これで聞かずに済むと思うと、せいせいする。ローラの沈黙はありがたい。でも、マーシャ・フレイジャーが身辺に漂わす静謐は、ゴールド夫婦みたいな打ちのめされた茫然自失とは違っていた。この女の冷静沈着は恐怖ではなく、自信に由来していた。彼女は完璧に自分を律している。それが彼女の生きかたなのだ。

「画家として」と彼女は言った。「あなたも素材を気にすべきだわ。インクと紙……わたしたちはあれこれ実験してみたの。とりわけ版木の破損修復の新しい手法に興味があって」

ハドリーはうなずいた。彼女に話を合わせている理由のひとつは、われながら承知でこのフィクションを維持できるからだ。彼が画家でないことくらい、彼女だって百も承知だ。でも、彼女は画家として語りつづけるほうを選んだ。それが彼女の願いなのだ。狎《な》れあいでそれに応じるのは、彼も望むところだった。むしろ好ましい。おやおや、と自分でもびっくりした。これほど違う感情が胸に芽生えてくるとは。たぶん、それはフィクションのせいだ。巧みに気を配りつつ、彼女は別の彼をこしらえている。彼女が口にしたことは、彼に影響を及ぼし、彼を変えていく。ほんの数語、口にするだけで、彼女はスチュアート・ハドリーを捏ねなおし、一変させてしまった。

「わたしたちは」と彼女は言った。「木版をもっと使いたいの——木口《ブロック》でね。そうすると印刷速度が遅くなる。印刷の部数も減るわ。だけど」——ふたたびほほ笑んだ。うっすらと無色の、ユーモアのかけらもない笑み——「わたしたちは、刷ったものを売りさばくために始めたんじゃないの。そんなことは問題外だった」

部屋の片隅の机で、デイヴ・ゴールドがこつんとパイプをはたいた。床を見おろしながら、会話を聞き流していた。だぶだぶのツイード、アイロンもかけない厚地の布に、しどけなく包まれてぐんなりと弛《たる》んだ彼のからだは、いかにも格好な苛めの標的だった。どうしようもなく踏みつけたくなるナメクジ。ボブ・ソレルが敵役となる虐待の対偶《ユニット》は、デイヴ・ゴールドがいてはじめて完成する。苛めっ子と苛められっ子。ゴールド夫婦は人の神経を逆撫でにするたちなのだ。黙っていようと声をあげようと、彼らは敵意を招き寄せてしまう。

ハドリーはこのふたりに謝りに来たのだ。申しわけないと思っていた。あんなことが起きて恥ずかしい気持ちだ。が、いまは怒りを覚えていた。彼らに詫びるどころか、憤懣に駆られる。突如、彼は信じる気になったのだ。ボブ・ソレルが始めたこと、それを完成させるために、僕はここに来たんだ。デイヴとローラは、彼がこれから始めることに、黙って従容と首を差しのべている。かつて発した大音声も、いまとなっては彼を煽りたてるばかりだ。ふたりは自分のアパートにとどまって、彼らのために用意された笞《しもと》が何であれ、しおらしく鞭打たれようと身構えている。

だが、ハドリーは何も言わなかった。ただ無視するだけで、もっぱらマーシャ・フレイジャーに語りかけていた。ゴールド夫婦が彼女を評した言葉を思い出す。吹きだしたくなった。彼らはマーシャが好きじゃない。いよいよ笑いたくなった。一瞬、もう不快と惨めさを感じなくなった。彼は耳をそばだてた。このすらりとした有能な女性がそばにいると、自分も男らしさを回復し、羽づくろいをすませた雄鶏のような気がしてきた。彼女は僕に関心がある……ふと、彼は二人の子が気になった。

「保護者はあなただけなの？」と彼女に尋ねた。「つまり、あの二人のお子さん、ティミーとパットのことだけど」

彼女は笑った。「処女懐胎かと？　まさか――わたし、離婚したの。陸軍の少佐と結婚していたのよ」間をおいて付け加えた。「第二次大戦のあいだはね」

スチュアート・ハドリーは、二人の子をしげしげと眺め、それが出まかせと知った。幼女のパットはせいぜい三歳だろう。戦争が終わってもう七年も経っている。でも、もっともらしかった。その場かぎりの軽口にはふさわしい。真実なんて、満ち足りれば溶け去ってしまうものだ。彼の胸の奥に宿る芸術家と、夢想家と、セールスマンが、そろって反応した。未来の壮図を吹聴してやまないホラ吹き坊やが、頭を擡《もた》げて表面に這いあがり、懐かしい隠れがの温もりに潜りこむように、ふたたび彼を呑みこんだ。その心地よい融通無礙《むげ》の境地に、スチュアート・ハドリーの全身がこたえた。そこでは針小が棒大に、棒大が虚大に化ける。ありがたいことに、彼は幸せだった幼年期、彼の人生の核をなす原点に還っていく。マーシャ・フレイジャーがひとことと口にする気になれば、その言葉は歓喜の倍音とともに鳴り響くのだ。昔の意味で、彼がよく覚えている過去の意味で言えば、それは真実だった。語り手と癒し手をともに悦ばせるから。

「あなたの雑誌を見たことがあってね」とハドリーは言った。鎖を解かれたプロメーテウス。[36]

「見栄えのする雑誌だ……そうじっくり読む機会こそなかったけど、一見したかぎりじゃ素敵に思えた」

そろそろと重みをかけていくと、受け容れられた。ふたりのあいだに、親密な共犯関係ができたのだ。ゴールド夫婦は蚊帳《かや》の外だった。「秋に刊行予定だった号を、あなたに見てもらえたらよかったのに」マーシャがそう言ってうなずいた。「ダミー版の製版もしたんだけど、財政状況を把握するまで、時間稼ぎを余儀なくされて」

スチュアート・ハドリーはそれを聞いて、雑誌のレイアウトを想像した。どんな雑誌なんだろう。ほんとうは、その何を知ってるっていうんだ。でも、そんなことはどうでもいい。彼は知ったかぶりで満足し、彼女は聞き役のままで満足していた。

ふたりのあいだに築かれていくのは奇妙な関係だった。おたがいに相手のことなど、何も知らない。その穴埋めをしようと、双方とも直感を研ぎ澄ましていた。彼女にとってハドリーは画家だった……では、彼にとってマーシャは何なのか。彼は自問した。彼自身の希望、我欲、自分の世界の素材のあれこれを集めて、ひとつの綴織《つづれおり》に仕立てようとした。

「僕は文芸サークルで頑張ってたんだ」ふだん通りの声が発せられた。その屈託ない口調に、われながら肝を冷やした。そこには一片の真実もなかったからだ。「大したことじゃないけど、大学の出版事業を手伝ってた。僕はデザイン編集担当だった」

乏しい過去をつまみ食いして、嘘八百の素材を拾い集めた。高校時代、学年半期アルバムの「緑と真紅」にマンガを載せてもらったことがある。おかげで校正係の女の子とのデートにありつけた。写真には興味があった。大学院生の集合写真を撮る際、照明の下働きをつとめたこともある。版下の製図が得意なので、レイアウトや編集デザインにも興味を抱いた。大学新聞では紙面デザイン係を仰せつかったこともあった。デイヴ・ゴールドが彼のために見つけてくれた仕事だ。そんなこまごまとした体験をかき集め、いまやすべてが新しいオブジェに仕立てなおされた。彼の虚栄心に操られて、オブジェがひとり立ちを宣言する。

「僕らはいろいろリトグラフ技法を試してみたんだ」声帯と口腔を通して、つくり話が吐きだされた。「もちろん、僕らが提示したたぐいの素材は、ありきたりの市場にはない。僕らは大衆受けしなかった……だとしても、驚くほどのことじゃない」

　机によりかかっているデイヴ・ゴールドは、そんな出まかせに聞き耳をたてているそぶりも見せなかった。どうせ、聞き流しているんだろう。たぶん、何かやる気も起こらないほど、無力感にうち拉《ひし》がれているんだ。ハドリーは版下にマットを貼りつけただけで、それ以外は何も経験していない。でも、それをあげつらったって、どうせ無用の些事と思っているんだろう。いまは出番じゃないんだ。

　夏の宵の暖かさにうとうとしながら、ワイングラスを手にしたハドリーは、背もたれに身をあずけて、マーシャ・フレイジャーとひそひそ話を続けた。息子のティミーは眠りに落ちた。机の前のデイヴ・ゴールドはだんだん身を沈めて、パイプも手放し、上体がぐったり崩れ落ちていく。ローラも古くなったパン生地の塊みたいにへたりこんでいた。外では、人々が夜の不安を紛らそうと、しきりに鋪道を行き来している。

　マーシャと子供たちが帰ることになって、ハドリーもいっしょに外に出た。幼女を抱いて階下に運び、スチュードベーカーの後部座席に寝かせる。目を覚ましたパットが、座席の内張りに背をあずけた。ハドリーのあとから、マーシャがティミーの手を引いて、アパートの階段を下りてきた。男の子は不機嫌そうに車に乗りこみ、後部席に潜りこむと、妹のかたわらで丸くなり、眠たくてむずかるボールに化けてしまう。

　ハドリーは所在なげに舗道に立っていた。すると、マーシャがすたすたと歩いて、車の反対側に回った。すらりと長い脚、夜目にもぴんとまっすぐな細身の肢体が浮かんだ。「乗って」短く彼女が言った。「家まで送ってあげるわ」

「だって――」と彼は言いかけた。それは困ると言いながら、車に乗りこんでドアを閉めた。

「そう遠くじゃない。歩ける距離だけど」

　マーシャは火をつけず、くわえタバコのまま、エンジンをかけた。「温まるのに数分かかるの」身を屈めてタバコに火を点じた。「わたしのもとに駆けこんだせいで、あのふたりは意気消沈したのよ。デイヴとローラったら、すっかりめげちゃって」

「たしかに」とハドリーが言った。

「最初の痛烈な一撃で、彼らは木っ端みじん、機能不全になったのよ。すべてが虚勢《シャム》だったから」まっすぐ前を見ていた。遠くを行き来する人や車、ダウンタウンの商店街を煌々と照らすネオンの塊に目を凝らす。「虚勢《シャム》、虚勢《シャム》、虚勢《シャム》」彼女は車をスタートさせた。車のライトをつけ、街路に滑りだした。

　彼のアパートの前に車を停めた。しばらく座っていた。見渡すかぎり、目覚めている人間は彼らふたりだけだった。子供ふたりも後部席ですやすや眠っている。暗い鋪道には人影ひとつ見えなかった。前も後ろも閑散とした街路で、街灯がひとつずつ消えはじめた。もう午前一時近い。

「あなた、結婚してるの？」マーシャが尋ねた。

彼はエレンとピーターのことを明かした。

「赤ちゃんはおいくつ？　生後一ヵ月？」開けた車の窓に、ぽいと吸殻を投げすてた。「あなた、幸運だわ。前途洋々でしょ……ティミーが赤んぼだったころを思い出すわ。別世界なのよ。赤ん坊のあらゆる変化が、自分の変化になるから」

「半島はよく南下するの？」ハドリーが訊いた。

「ときどきね。気が向いたらだけど。ベックハイムがこちらでお諭しの会を開いたときも来たわ……あなたに逢った日よ。デイヴやローラといっしょだったわね。彼のお諭しをあなたも聴いたのよね……最後の幕切れだけ、と言ってたけど」

「翌日の晩、もういちど行って、ぜんぶ聴いたよ」

「ほんと？」マーシャが考えこんだ。「彼のこと、どう思った？」

「僕が思ったのは——僕にはとても感動的に聞こえたってこと」ハドリーは一気に息を吐きだした。「いいお諭しだったと思うな」

「彼はただ者じゃないわ。わたしはずっと彼に興味を抱いてきたの。あなた、彼のことを知ってる？　どうってことじゃないけど、わたしの知ってること、教えてあげるわ。セオドア

・ベックハイムは五十五歳なのよ。正確な年齢を自分では知らないけどね。生まれはアラバマ州のヴィネガー・ベンドよ[37]」

「彼は黒人じゃないのかい?」とハドリーが訊いた。

「そのとおり黒人よ。十三歳のとき、ニューオリンズに出奔したの。コーヒー豆の焙煎《ばいせん》工場で仕事にありついたんですって。毎日、艀《はしけ》で湾内に出ていって、ブラジルから来たコーヒー運搬船に乗りこむの。種類のちがうコーヒーの見本を試して……それで時給二十五セントだったのよ。十八歳で結婚した。子供が三人いるわ。奥さんは一九一六年に亡くした。一九一八年に陸軍に入って海外に出征したけど、そのまま復員したわけじゃない……アフリカを旅してまわったの。まずゴールドコースト。南アフリカでは鉱山で働いたそうよ。アメリカに帰ってきたのは大恐慌直前だった。少々おカネを蓄えていたから、それを土地に投資した。そこで耕作しようとしたんだわ、彼と三人の息子でね。ところが恐慌が来て、土地を失ってしまった。彼らはローンが支払えなかった。ヴァージニアだったんだけど——農村を引き払って、都会に流れこんだ。シカゴへ。黒人地帯《ブラックベルト》にね」

「そこで——あの協会をはじめたの?」

「いいえ」とマーシャは言った[38]。「三〇年代初頭の、シカゴには、宗教活動が山のようにあったの。モハメダン・ニグロのカルトまであった……バハーイ教[39]と呼ばれる中東の異端宗派もね。おびただしいセクト、神秘運動が犇《ひし》めいていた。番人協会はもっとむかしの一八八七年の創立よ。バプテスト派[40]から枝分かれした原理主義者《ファンダメンタリスト》の分派グループなの。愛すべきお爺さん、黒人《ニグロ》のジョン・ミドルトン・フリスビーが運営していたわ。スープを配るキッチンがあって……客寄せに炊き出しをしたの。そこで食べ物にありつくには、説教を聴いて『民衆の番人』を読まなくちゃならない。ベックハイムと彼の息子たちは、その伝道団のもとに流れこんだ。食事と謳《うた》い文句に釣られてね。艱難辛苦の時代だった……あなたが覚えてるはずもない時代よ」

「あなたは？」とハドリーは訊きかえした。

マーシャがほほ笑んだ。こたえかけて、また笑みを浮かべた。「あなたはどう思う？　わたしはいくつに見えるかしら。二人の子持ちのお婆さん……」

ハドリーはあて推量してみた。「おおよそ――三十歳かな」

「二十六歳よ。ティミーは十六歳のときに生まれたの。いつか、その話をしてあげるわ。そうよ、わたしだって、あの時代のことは覚えちゃいない。でも、ベックハイムからその話を聞いたことがあるの」

「個人的に？　会話をしたの？」

彼女はうなずいた。「ええ、そうよ」

「彼はどこにいるの？」

「サンフランシスコよ。彼は今月はじめ、心臓発作に見舞われたの」感情をこめず恬淡《てんたん》と語った。「で、休みをとったのよ……それから北へ向かった。サクラメントへ、オレゴン州やワシントン州まで足を延ばしたわ」

「彼、大丈夫？」

「だと思うわ。でも、もっと楽をすべきなのよ。彼は働きすぎなの……自分が年をとってることを自覚してないんだわ」

「あなたはあの協会にどれほどハマってるの？」ハドリーが訊いた。

彼女は即答した。「こたえられないわ。自分でもわからない。協会のことはあれこれ考えたわ。次の号で――出版にこぎつけたらだけど――そんな記事を載せたいの。わたしたちにはいい写真と挿絵があるから。そんなことを思ってるんだけど」ちらと彼を見た。「アイデアがひとつあるの。どう思うか教えて。協会を構成する人々の、いろんなタイプを描いたスケッチがあるの。ベックハイムに耳を傾けて……会合に引き寄せられた人たち。もちろん、わたしたち、好きなだけ写真が撮れるのよ。でも、もっと惹きつけたいの」

「なるほど」とハドリーは相槌を打った。

「ダミー版の一部はできたけど、一部は未完成よ。まだ、あちこちに穴があいてる。急ぎじゃないから……締切は決めてないの」唐突に、タバコを窓の外に投げた。「さてと、また、いつかね」上体を伸ばして、彼の側のドアを押し開けた。「たぶん、またお会いするわ。おやすみなさい」

何のこだわりもなくふと気づくと、ハドリーは鋪道に立っていた。車がスタートする。マーシャは軽く手を振り、轟音を残して暗闇に走り去った。

しばらく彼は佇《たたず》んでいた。それから背を向けて、ゆっくりアパートの建物のほうに歩きだした。起きたこと、言われたこと、目で見たこと、すべてが溢れだし奔流となった。もう抗《あらが》うのはやめよう。あまりにこんぐらがっていて、とても消化できない。たぶん、消化はもっとあとだ。いや、消化不良のままだろうか。彼は鍵を手探りでみつけ、フロントの重い扉を押しあけてロビーに入った。

　自宅の扉の下の隙間から、常夜灯のぼんやりした光が一条洩れていた。サリーとボブは、あの豪勢な緑のナッシュに乗って、海岸沿いに帰っていったのだ。静けさに感謝しながら、身を滑りこませた。寝室の扉は開けっぱなしだった。ピートはベビーベッドで寝ていた。エレンはダブルベッドのまんなかで、ぼんやりした塊になっている。熟睡していた……彼は扉をロックして靴を脱ぎはじめた。

　次の日、マーシャが「夢魘《サキユバス》」を一冊携えて店に立ち寄ってくれたが、彼はランチタイムで外に出ていた。

　勘定台にオルセンがはりついていた。耳に受話器を押しあて、顧客の応対でいきり立っている。ファーガスンはテレビの展示ルームにいた。そこには、ウエスチングハウス製の大型コンボが飾ってあった。ハドリーは、階下のトイレに駆け降りた。急いで小便を済ますと、手を洗って髪を撫でつけ、鏡に顔と歯を映して外見を整えた。歯をせせって、ぺっと流しに滓《かす》を吐く。シャツのボタンを外し、汗ばんだ腋《わき》の下に、もうちょっと消臭剤アリッドを揉みこんだ。それから、階上に引きかえした。

オルセンはすでに電話を切って、修理部門に下りかけていた。「いったい、どこをほっつき歩いてたんだ？」ぶっきらぼうになじった。「どっかの牝犬があんたを訪ねてきたぜ――カミさんじゃなかったぜ」親指を立てて勘定台を指さした。「あんたに何か置いてった――しばらく待ってたが、とうとうケツをあげて出てったよ」

「彼女、誰だって？」とハドリーは訊きながら、胸が高鳴った。

「以前、見かけた顔じゃねえな」オルセンは三段跳びで階下に消えた。「とにかく女なんて、ひっくり返してみりゃ、どいつもこいつもおんなじだろ」

ハドリーは勘定台の後ろをひっかきまわして、平べったいマニラ紙の包みをみつけた。わくわくしながら、勘定台にのせて開封し、中身をするりと抜きだした。最初は落胆した。なんだ、広告か。無料サンプル？　いや、定期刊行物、一冊の雑誌だった。そこで気づいた。タイプ活字で打たれた黒字の行を読んだ瞬間、背筋がぞくっとした。

夢魔《サキユバス》

知りたい人々のための雑誌

ページをめくってみた。紙が一枚ひらりと舞って床に落ちた。拾いあげる。きれいに整った女の筆跡だ。鉛筆で書いてあった。

「……待てないわ。あす昼に会いましょう。代金一ドルは貸しておきます……m・f」

彼はその紙ひらを、財布の奥深くしまいこんだ。真空管キャビネットのいちばん下の引き出しに腰をおろし、そわそわと緊張して「夢魔」のページを繰りはじめた。まさに、無知に耐えられない人々のための雑誌だった。

案に相違して、考えていた雑誌とは違った。その日はそれからずっと、仕事の合間を盗んで、雑誌を眺めあかした。

大学で見かける出版物ではなかった。黴《かび》くさい学術誌風じゃないし、ヘンリー・ジェイムズの批評記事も載っていない。ページを繰るたびに、呼吸が緩く、浅くなりだした。

「夢魔」は政治雑誌だった。

長いあいだ、冊子を握りしめて、彼は立ち尽くした。次に何がくるんだろう。客が店に入ってくると、雑誌を勘定台の後ろに放りこみ、気を取りなおしてお客との応対に専念した。客が去るやいなや、彼は雑誌に舞いもどって、拾い読みしていく。

ふつうの意味での政治誌ではない。ニュース誌でもなければ、政党の機関誌でもない。エルマー・ディヴィス[41]やクリフトン・ファディマン[42]、ジョン・フリン[43]、フリーダ・アトリー[44]といった、彼も知る著名人が寄稿している「解説誌」でもなかった。高級誌《スリック》ではある——そこは彼の期待にたがわなかった。表紙は光沢のある多色刷、芸術品さながらの仕上がりだ。背景には、中世の錬金術のフラスコらしき絵をあしらっていた。そのフラスコに、太く濃いインクで重ね刷りしてあるのが、シンボライズされたコミュニスト像だった。

その表紙の意味を読み解くのに、しばらく時間がかかった。十全に解けたとも思えない。どうやら、共産主義が大学に浸透していることを暗示しているらしい。コミュニストは下僕のポーズをとっていた。錬金術師の図像（知識の象徴）の内側に、剛毛に覆われた血まみれの手と、血のしたたる槌と鎌があった。

冊子を開くと、巻頭の論説が載っている。紙はつややかで分厚かった。タイプ活字はすっきりした黒。判型はありきたりだが申し分ない。奇を衒《てら》ったものではなかった。どっしりとして堅牢だ。あてずっぽうにひらくと、まるごとフランク・ロイド・ライト[45]の建築写真に割いた一章が目に飛びこんできた。そのあとに、ナチスが戦争に勝てばベルリンはこうなった、という都市の素描画[46]が続く。

ある折は壁画の章になっていた。いや、むしろ壁画の完成予定図か。こわばった重厚な群像。労働者や兵士たちが旗を掲げて列をなしている。子供を連れた母たち。昂然とした顔の農夫。誰もが筋骨隆々、健康そのものだ。呆れるほど健康だった。土を耕し、脱穀する人々。

ハリウッドの記事を斜め読みした。初々しい目でこちらを見つめるサム・ゴールドウィン[47]の写真。バーニー・バラバン[48]の一場面。バーナード・バルーク[49]の一場面。ヘンリー・モーゲンソー[50]の一場面。

ユダヤ人が映画産業を支配——五十億ドルが毒まみれ

別の記事も見過ごせない。

ウォール街の内幕――金権政治の国際的陰謀

さらに別の記事では

カール・マルクス――シオニズムの預言者

気が萎えた。ハドリーは「夢魘《サキュバス》」をマニラ紙の紙挟み《フォルダー》にもどした。デイヴとローラがなぜマーシャを毛嫌いしていたか、彼女に助けを求めざるをえない羽目になって、なぜあのふたりが意気阻喪してしまったのか、その理由が彼にも分かった。彼らのあいだの葛藤の深さも、なぜデイヴが「夢魘」に寄稿しないのかも、いまとなってはよく理解できた。

「夢魘」は人種差別主義者《レイシスト》、ネオファシストの冊子なのだ。

でも、見た目は人種差別やネオファシストの冊子とは思えなかった。ガサツでもなく、仰々しくもない。人種差別の冊子なんて、安手の新聞用紙に刷ってあるものと彼は思いこんでいた。ケバケバしい見出しが躍り、知性や趣味のかけらもない、みすぼらしくて醜い四ページの読み捨てのチラシ。どうせ奇想天外な汚物を満載しているのだ。ばかげた糾弾、なかば狂った断言と誹謗。狂人が放つ悪臭のようなもの、乱暴狼藉の血糊まみれ。戦闘的で矯激な紙爆弾、ポルノめいた反吐《へど》の塊。誤字脱字だらけで、文法もデタラメ。劇薬さながら、無教養な男たちが書き散らし、憎悪に凝り固まって非情で激越、干からびた矮人《こびと》の作に決まっている。辛辣な中傷ビラ。俗悪な落書。

「夢魘」は金をかけた、趣味のいい、美しい印刷だった。前衛《アヴァン》的ではない。判型も活字も実験的ではなかった。重厚で保守的——壁画の男女のようだ。芸術的に大胆なわけではなかった。がっちり構成されたオブジェ。きちっと区画整理されている。記事は分かりやすく、博識でも衒《てら》いがない。怒号もない。嘘八百の糾弾もない。全体の印象は、ある種の穏健さを漂わせていた。ファシストの人種差別の冊子が、穏健なんてことがありうるのだろうか。

「夢魘」には、狂気のフリルなどみじんもない。彼はいよいよ啞然として悟った。この冊子は最上流の家庭に置くようデザインされている。これはこれで、それなりにご立派な装丁なんだ。輸入したフィリピン産マホガニー製のコーヒーテーブルにのせ、そばに象嵌《しょうがん》細工の灰皿、お洒落なランプでもあしらえば、「夢魘」もぐっと引きたつ。最高に趣味のいい居間を優雅に飾るインテリアになるだろう。

　最初のショックが過ぎて、ハドリーはあれこれ考えてみた。再三再四、紙挟みを開けては、綴じた紙の白く厚い束を覗きこんだ。これで一ドルか。フォーチュン誌みたいだ。まあ、一種の政治版、芸術版かもな。でも、こいつは公刊されていない雑誌だ。おそらく配布は一部ずつだろう。発行日も記してなかった。間違いなく大半が直接郵送され、スタンドには並べられていないのだ。「夢魘」を新聞スタンドに積みあげた光景など、彼には想像もできなかった。

午後二時ころ、彼はベックハイムのことを考えはじめた。この冊子はあの協会について何を語っているんだろう。あまり中身はない。『民衆の番人』や、お諭しの会につめかけたやさしい顔の列と、このエレガントな出版物はどうしても結びつかなかった。冊子には階級と威厳《プレステージ》があった。ベックハイムの話を聴きに集まった細民のたぐいを、相手にしていないのだ。

だしぬけに彼は理解した。デイヴとローラがどんな世界で生きているかを。彼らを破壊しようと待ち構える、組織化された敵と身を接しているのだ。しかもゴールド夫婦は、そんな敵の一人に助けを求めざるをえなかった。敵の手に引き渡されて、抵抗しようにも無力だったのだ。こいつは不正だ。ほかにどこにも行き場がないなんて、それがどれだけ悪辣な不正かは、彼だって分かった。

ゴールド夫婦は、彼が求めている以上のものを、この世に求めたわけじゃない。あの夫婦が生み落とされたのは、けっして彼ら本人の意志じゃない。なのに、この世にいるかぎり、彼らの存在は忌み嫌われている。まるで何かを企んで、生きてきたかのように。まるで彼らの誕生が、何かオカルトの策謀の一部でもあるかのように。生まれ落ちて、ほかのみんなと同じように生きようとしても、何かを持ち逃げしたとか、いかがわしい生業《なりわい》だとか、人に見られてしまうように。

そこに暴露屋たちが現れる。彼らはユダヤ人の生業《なりわい》に光をあてるだけでいい。ゴールド夫婦を指でさし示せば、陰謀が現実だという証明になった。ゴールド夫婦は生まれながら、陰謀史観の証拠なのだ。夫婦はただの場所ふさぎ、空気を吸うだけなのに、こじつけ屋はいきりたつ。それでも、彼らはおこがましいという。こじつけ屋は、ユダヤ人がいること以外、何も暴露しなくていい。それで十分なのだ。街角に立っていたり、映画館に座っていたり、バスを運転していたり、ラジオで軽口をきいたのが、ユダヤ人だとあげつらえば――どこでもユダヤ人がいさえすれば、こじつけ屋のドグマの証明になってしまう。ユダヤ人は、存在しなくなってはじめて、身の安全を守れる。さっさと息絶えてしまえば、ユダヤの痕跡をかき消すことができ、生き延びようとする罪を免れる。

　そう考えると、どれだけゴールド夫婦がわが身に似ているかが、ハドリーにもくっきりと見えてきた。彼だって居場所がない。それでも、この夫婦には同情を覚えなかった。自分自身にも憐憫《れんびん》を感じないからだ。魂の底深く、途方もない奈落の底で、彼は犠牲になった自分を嫌悪するように、犠牲になった彼らにも嫌悪を覚えた。彼らのようにはなりたくない。彼らの一員、犠牲になったグループの一人と目されたくない。彼は崖を攀《よ》じ登って、脱出したかった。

　彼はゴールド夫婦のように現状に安住していない。夫婦が求めているのは、せいぜい彼らのささやかな持ちものを守ることだ。それ以上は求めていない。しかし彼はもっと欲しかった。ボブ・ソレルに踏みつけにされた彼らには腹が立つ。あいつに踏みにじられるなんて、ふがいないにもほどがある。

ゴールド夫婦には、犠牲になったハドリー自身の脆弱《ひよわ》で無口なイメージが重なった。彼はかっとして、そのイメージを爆砕した。もうあれには耐えられない——スチュアート・ハドリー、すなわち生贄《いけにえ》だなんてイメージには。そしてマーシャ・フレイジャー。彼女のイメージもありありと浮かんできた。こちらは彼の別の面を体現していた。強靭で、計算高く、仮借なく、てきぱきとした女。彼女は自ら何を望むかを知り、自ら望むことを為していく。何ごとであれ、行く手を阻むことなど、他人に許さない。彼のなかで何かがそれに呼応する。内面に潜んでいる何かだった。そういう彼女を、その確信を、あの断固たる自己感覚を、彼は賛嘆するほかない。彼女を絶賛し——かつ畏怖していた。彼はあの幽霊のほうへ、ぽっかり浮かびあがって漂いだした。

「そこで何を手にしとるんだ？」ファーガスンがあっけらかんとして寄ってきた。ぬっと彼の正面に店主が現れて、手を伸ばす。「見せてみろ」

ハドリーは目をしばたたいた。狼狽のあまり、ヘドモドして逃げ口上を吐く。店主が上がってくるのが見えなかったのだ。「面白いもんじゃありませんよ」

ファーガスンの顔から、愉快そうな表情が消えた。「うちの勤務時間中に、店員のおまえが読み耽ってるんだぞ。何だろうと、店主はそいつに興味がある」後ろめたそうにハドリーが出し渋っているのを感じて「そいつは何だ？　エロ雑誌か。女のピンナップか」

ハドリーは渋々、「夢魔《サキユバス》」を手渡した。ファーガスンは勘定台の上に広げて、ぱらぱらとページを繰った。「おわかりですか」と居直ってハドリーが言った。バツが悪くて耳が火のように熱くなってきた。「言ったでしょ。あなたが気にするようなもんじゃない」

「やれやれ」ファーガスンが小声で言った。

「どうかしました？」

ファーガスンの顔が汚らわしそうに歪んだ。害虫に触ったみたいに、雑誌をぽとりと落とした。「どこでこのクズを手に入れたんだ？」

「くれた人がいたんです」ハドリーは言葉を濁した。

ファーガスンは、憮然として険悪な顔になった。じろりと彼をにらんで「おまえはどうなんだ。こいつをどうしようってんだ？」

針の筵《むしろ》だ。惨めになって、ハドリーは口ごもった。「どうするって？」

「まったくなあ……おまえはいつもそうやって、くだらんことに首を突っこもうとしている。おまえの特技だな。ばかげたことがあると、そいつに飛びつく。こういうスカタンだと真っしぐらだ。ちがうか？　おまえはこいつをどうしようってんだ」

身を震わせながら、ハドリーは雑誌を拾った。「僕が何を読もうと勝手でしょ」目がにじんで、荒々しく紙挟みに雑誌を突っこんだ。「この国は自由の国だ。好きなものを読んでいいはずだ。あなただって、ダメだとか、読むなとは言えっこない。わかってますか？」

ファーガスンは首を振り、顔を石のようにこわばらせて、大股で歩き去った。

ハドリーは「夢魘《ディスプレー》」を家に持ち帰らなかった。店の奥の物置に突っこんだ。古いアトウォーター・ケントの展示見本の裏、誰も見つけられない場所に。

その晩、彼は家で考えこんだ。いったい僕は、何に巻きこまれたんだ？　たぶん、ファーガスンの言うことは正しい。ホーラス・ウェイクフィールドなら、さもありなんだろう。彼なら「夢魔」を一冊持ち歩き、友人に見せてやろうと、コートからそっと取りだす光景が、たやすく想像できる。信頼できる選ばれた少数に、こっそり記事の中身をささやくのだろう。ヘルス・フードストアで、タピオカ・プディングと人参サラダを口に運びながら、座って彼は待ち構えている。G・B・ショウが書いたワクチンの記事のように……腐敗したこの世を炎上させるさらなる兵器の話を広めようと。

目に浮かぶようだ。ユダヤ人の影の権力による世界制覇という神秘めいた知識に、ウェイクフィールドは小躍りするだろう。『シオンの長老の議定書』[51]。ウェイクフィールドがあれを知ったら、どれだけ喜び、どれだけ昂奮することか！

エレンがとろけたヴァニラ・アイスクリームの皿を持ってきた。冷蔵庫のフリーザーでかきまわしてあった。「スチュ」と声をかけた。「何を考えているの？」

「べつに」彼はそうこたえて、アイスクリームを受けとった。

「ファーガスンは——何か言ってた？　例のお店を買う話よ。彼、ほんとに買う気だと思うわ。アリスから聞いたんだけど……」

「いや」手短に言った。「何も言ってなかった」

話の腰が折れてしまう。彼は考えつづけた。とぼとぼ歩いていく長い廊下は、先がぼんやり翳って見えない。それでも、いや、だからこそ、彼は魅せられたのだ。こいつは目新しい。

古臭いものの陳腐な焼き直しでもなく、過去を繰り返すだけの気の抜けたルーティンでもない。セオドア・ベックハイムみたいな男を、彼はこれまで経験したことがなかった。マーシャ・フレイジャーのような女に逢ったこともなければ、「夢魘《サキュバス》」のような雑誌に目を通したこともなかった。夢魘が何を意味するかも知らなかった。

書棚から辞書を抜いて、急いで調べてみた。どうせ彼の知らない単語とは思っていたが、とにかく愕《おどろ》いた。「夢魘《サキュバス》／夜、女に化けて男と媾合《まぐわ》い、悪の道へ誘惑する男性の悪魔[52]」とある。語源はラテン語の succubare「下に横たわる」の意。また、その派生語 succuba は「娼婦」という意味だった。とんだ雑誌のタイトルだ。彼は辞書を閉じて放りだした。

翌日は火曜だった。今度はちゃんとお膳立てしておいた。「ランチに人と会う約束があって」とファーガスンに言った。「正午だけど——いいでしょ？ きっかりに出たいんだ」

ファーガスンは請求書をチェックしながら唸った。何も返答せずにうなずく。ハドリーが階段を下りてメインフロアに立ったとき、これがどれだけ危うい綱渡りかが胸をかすめた。エレンに発覚する糸口はいくらでもある。ファーガスンがしゃべってしまうかもしれない。マーシャと外で逢引きしているあいだ、エレンが彼を探して店に立ち寄るかもしれない。デイヴ・ゴールドが妻にマーシャのことをちょろっと明かしてしまうかもしれない、などなど。自分から打ち明けざるをえなくなることだって——さもなきゃ、きれいさっぱり忘れてしまうかも。

いっそきれいに忘れようかな、と思案しているうちに、マーシャ・フレイジャーがすたすたと店に入ってきた。

以前と同じく、ポケットのないぴっちりしたスラックスを穿き、幅広の革ベルトを締め、厚手の格子縞のシャツを着ている。赤毛のさらさらした髪を、後ろにひっつめにしていた。小脇に大きな革のブリーフケースを抱えて。フロントの勘定台で立ちどまると、ゆっくりあたりを眺めまわし、ハドリーに目をとめた。

彼が駆けよった。「ハロー」と彼女に声をかけた。「雑誌は受け取ったよ」

分かってるわと言うように、彼女はうなずいた。「お店は出られるの？」

ハドリーは階段を駆けあがり、外出します、とファーガスンに告げて上着をとると、階段を駆け下りて、フロントに戻った。マーシャはふたたびつかつかと歩いて、店の入口で待っていた。無表情だ。一刻も無駄にしたくないらしい。彼は息せききって合流した。

「どこがいい？」と彼は尋ねた。ちょうど正午だった。どっと街頭に人波が溢れだした。

「この店はどうかな」とヘルス・フードストアを指さした。「いいかい？」

彼より先にマーシャが、ヘルス・フードストアに入っていった。奥のテーブルにむかって、堂々と胸を張って静かに足を運んだ。ちらっとドライフルーツとヤム芋の展示見本に目をやってから、椅子をひいて腰かけた。ハドリーがきまり悪そうにむかいに座ると、彼女はタバコの紙箱を取りだした。

ベティーが喘々《ぜいぜい》息を切らしながら寄ってきて、燻《くす》んだパン生地みたいな顔を歪め、つくり笑いを浮かべた。「こんにちは、お嬢さん。暑くていいお日和だと思わない？」

ハドリーが相槌を打った。「とてもいい天気だ」マーシャは無言だった。

「細切りクリームビーフのトーストのせがあるわ」やっとの思いで、ベティーが暗誦していた。「マカロニ・サラダ、グリーンピース、それにバナナとクリームのプディング付き」

「コーヒーだけで結構」きっぱりとマーシャが言った。

ハドリーが自分の食事を注文すると、ベティーは席を離れて、調理場にいる褐色の肌の女コックに伝えにいった。女性客が三々五々入りはじめた。身なりを整えた恰幅のいい中年女たち。わいわいがやがやの幕開けだった。

「ここはどう思う？」ハドリーはマーシャに訊いてみた。

「おもしろいわ」顔に浮かべた表情は、まったくの無関心を示していた。「あの雑誌、ご覧いただける機会があったかしら？」

彼はこたえた。「ええ」詳細には口をつぐむ。だって、何を言うべきか分からなかった。自分がどう感じているのかもつかめないからだ。現時点では、自分の心が手に負えない。「どう思った？」静かに感情を押し殺した問い。でも、それはいずれ、彼がこたえなければならない質問だった。

ハドリーは腕時計のバンドをもじもじいじった。マーシャの背後の天井にぶら下がっていた、無糖フルーツ缶詰の展示見本を見つめる。糖尿病患者向けの味気ない桃や洋梨やプラムを水漬けにした壜が並ぶ棚から棚へと、目を泳がせた。「びっくりしたよ」ついに口を開いた。「予想していたのとはちがっていたから」

「どんな雑誌だって予想してたの？」

「わかんないけど……たぶん、文芸誌かな。大学の季刊誌みたいなもんかと」

マーシャが、うっすらと非情の笑みを浮かべた。その顔は骸骨みたいに骨が透けていた。深い眼窩《がんか》の奥で光る眼。冷たい灰色の瞳孔の裏に宿る暗い翳。「ええ」と彼女はみとめた。

「わたしたち、ヴェニスを讃美する詩なんか載せてないわ。ノースカロライナで妊娠中絶がどうしたこうしたといった短篇小説もね。でも、見栄えはいいでしょ。そう思わない？　良質の紙に良質の印刷。表紙は五色刷よ」

「表紙がありきたりじゃないってことはわかったよ」

皿が来た。ハドリーは食べはじめた。むかいのマーシャはコーヒーを啜りながら、石像のように見つめている。「記事をどれか読んでみた？」

「いや」と彼はこたえた。「家に持ち帰らなかった。店に置いといたんだ」

「どうして？」

逡巡した。正直な返事はできなかった。「忘れたのさ」かわりにとぼけた。「今夜は家に持ち帰るよ」そこで、訊きかえさずにはいられなかった。「何か特別な——理由でもあるのかい？　つまり、急ぐ理由があるのかな？」

ヤブヘビに聞こえた。それでも彼のほうが、審問台に立たされたような気づまりを覚えた。こいつはうれしくない。どこかで嵌められた気がする。「夢魔《サキュバス》」は彼の予想と違っていた。そもそも雑誌は、鬼面人を驚かすものであっては困る。そうした素朴かつ単純な意味なら、彼も怒りを感じることができた。都合よく、後ろめたさは帳消しとなり、お釣りまでせしめた。彼は商取引の売り買いのようなソロバンずくのふりをしようとした。自分に言い聞かせる。僕はいま、ハッタリをかます売り子を相手に、アメリカ流の義憤に駆られて値切っている最中なんだ。でも同時に、彼は分かっていた。事態はもっと無限にややこしい。ほんとは売り買いの取引なんてありゃしない。マーシャは、「夢魘」を一冊買ってとか、購読してちょうだい、とせがんでいるわけじゃないし……賛助金を出せとも言っていなかった。もっと大きな獲物を狙っているのだ。

「このコーヒー、ひどい味ね」マーシャが言った。

「本物じゃないからね。麦カスの代用品さ、健康食品なんだ。カフェイン抜きでね」

「どうして抜くの？」

ハドリーは手をひらひらさせた。「わかるだろ——刺激物や不自然なものは駄目なんだ」

マーシャが起ちあがった。部屋を横切ってカウンターまで歩いていく。しばらくすると、オレンジジュースのグラスを手に戻ってきた。彼女が席につくのを、彼はまじまじと見つめた。とても大切な品のように、細心の注意を払ってグラスを運んできた。

「僕より重症だね」冗談まじりにハドリーが言った。「きみはあまりにも真《ま》に受けすぎる」

「あなたもそう言われるの？」

「野球場にでも行ったほうがいいぞって、みんなに言われてるな。楽しんでこいよ、くよくよ思い悩むのなんかやめなって」

「野球に行くの？」

「いや」

マーシャがうなずいた。「あなたは尻軽な人じゃないのよ」

そんなふうに考えたことはなかった。「それ、どういう意味？」

「みんな、楽しく時を過ごすために外出する……それしか興味がない。大衆は誰も彼も快楽原理でものを考える。彼らが欲するのは昂奮だし、人工的なスリルよ。遊園地、高速カーレース、野球、お酒……安っぽいスリルだわ。みんな疲れて、不安で、退屈してるのよ」

「たしかに」とハドリーは言った。

「でも、それは病気の症状なのよ。ただの徴候……理由じゃないわ。土曜の夜、少年たちが徒党を組んで街路をうろついてるでしょ。彼らの空しい生活を満たしてくれるものが何かないかと探し求めてる。ドラッグストアのまわりにたむろして、ただ待ってるだけよ。何を待ってるの？　五、六時間も。何のため？　女の子が通りかかっても……彼らは見てるだけなのよ」

「喧嘩するんだよ。クロニクル[53]紙で読んだことがある。青少年の非行が増えたって」

「喧嘩だって症状の一つよ。自然の原始的な武闘に、にわかに先祖返りするのよ。太古の部族みたいに、徒党を組んで飛びだす。互いに融けあい、血の盟約で忠誠を誓って。戦うことで、中世の武勲の概念……古代ローマの美徳[54]、男らしさを示すのよ。試練、純化、鋼鉄対鋼鉄。ヴァグナーを知ってる？　矮人《こびと》のミーメが、濛々たる鍛冶場の底深くで、古い剣の破片から鍛造した名剣ノートゥングのこと」[55] オレンジジュースのグラス越しに彼にほほ笑みかけた。「地面の下の、深く暗い洞窟の奥で、ジークフリートは育ったのよ……自分が誰かも、父と母が誰かも知らずに」

　話に魅せられてハドリーは尋ねた。「父親と母親は誰だったんだい？」

「父親はジークムント。古代の戦士の一族……ヴェルズング族の生き残りよ。母親はジークリンデ……ジークムントの妹なの」

「兄と妹？」ハドリーはかすれ声で訊いた。突然、からだがこわばり、食べる動作が凍りついた。「ふたりは――夫婦だったの？」

冷たい灰色の瞳が彼を凝視していた。「古い神話よ。ニーベルンゲンの歌[56]。ラインの黄金……地上の権力のすべてを象徴する呪われた表徴《しるし》」

「地上の権力、か」ハドリーはゆっくり復唱した。彼はすっかり魅了されていた。「呪われてるって、どうして？」

「盗まれたからよ。好色な矮人《こびと》アルベリヒが、ラインの水の精たちから盗んだ……水浴びの娘たちを、こっそり物陰から覗いていたの。黄金を盗んで……呪いをかけた。この黄金を手にする者、誰しも滅びなん、と」

「呪いは効いたの？」彼はまるで、母の膝でお伽《とぎ》ばなしをひとことも聞きもらすまいと息を殺している少年のようだった。

「矮人たちはその黄金をめぐって仲間割れした……それに乗じて最後は、神々が黄金を横取りしてしまう。その黄金のせいで、神々は老けこみ、衰えていった……精力を失うんだわ」

マーシャはオレンジジュースを啜ると、そっけなく付け加えた。「もちろん、この矮人たちはユダヤ人を表すと言われてきたのよ。富も権力も一手に握ろうとする彼らの貪欲。わかるでしょ、ゲーテのファウストだってそうよ。悪魔のメフィーストフェレスはユダヤ人を表しているんだわ。ファウストを誘惑して、宿命を踏み外させる。地上の王国を見せて誘惑するんだわ。肉の歓喜と悦楽。わたしたちが語ってきたことよ」

　やっぱりそうか。彼女の言葉を聞いたとたん、血が冷たくなった。まるで自分がしゃべっているみたいで、分身が語りだしたような気がしたからだ。自身の恐ろしいイメージが躍りでた。そこに座って、彼の向かいで、すらりとして微笑んでいるのは、夢魔《サキュバス》――女に化けた男の悪魔。そう、それが彼女だ。そして、僕自身でもある。

　怖くなってきた……でもこの蠱《こ》惑《わく》には終止符を打てそうもない。彼女は声に出して言った。彼の分身も胸のうちでそれを信じたから、懼《おそ》れを感じたのだ。口に出そうにも出せないこと。あまりにも弱すぎて。あえて言いだせない。それとは裏腹に、なおも彼女は称賛に値した。

「いいかい」声が嗄《しゃが》れていた。「きみは獰猛だ。鷹みたいな猛禽だね。僕がここに座って、きみの話を聞いてるのは、そうするしかないからだ……僕の内部の何かが呼応してるんだ」

「わかってるわ」マーシャは動じずに言った。「あなたは応えてるわ」

「でも、それが過ちだってことも、僕はわかってるんだ。それは僕の邪《よこしま》な分身だ。コワモテで非情になりたがってる分身だ。きみみたいに――感情がない。他人には無関心で、虐げられた人々、弱い者なんか見向きもしない。弱さを軽蔑している分身さ」

「あなたはただ聞きたくないだけなのよ」マーシャは同意しなかった。「怖いんだわ。抵抗してるのは、恐怖のせいなのよ」

「いや」とハドリーはこたえた。「ちがう、良心からだ」

しばらくマーシャは思案に沈んだ。「むかし」とついに口を開いた。「パレードの道端に立って、王様が通るのを眺めていた幼い少年がいたわ。王様は服を着ていなかった。誰もがそれを知っていた。誰もがそれを見ていた。誰もが体験していた。でも、誰ひとり、大声でそれを口にする気になれなかった。言ったらひどい目に遭うと、教えられてきたからよ。でも、幼い少年が前に進みでて、王様は裸だって叫んだ。すると、とうとう誰もがそう言わざるをえなくなった。だって、それが真実だとずっと前から知っていたから。内輪ではみんな、王様は裸だとささやいていたんですもの。みんな道端に立って、王様が裸で行進するのを眺めていたんだわ。だけど無言だった。無言のほうがいいと思う？　真実が不快なら、口にすべきではないと思う？」

「それは真実なのかい？」

「言うことがあるなら言ってよ。あなただけじゃない……誰もが家庭やオフィスでひそひそささやいていることよ。ユダヤ人のこと、あなたはどう言うの？」

「僕らだって堕落してるんだ。僕らもみんな多少はね」

「フォークロアってあるでしょ。それが何かはご存じよね？　人々の集合意識が進化させていく知識の塊。人種の智慧。その至上の智慧は……」

彼は黙って座っていながら、身の毛がよだった。しかしこうして、自分の影の自我の分身がしゃべっていると、催眠術にかけられたようになる。彼女の口にする言葉が、彼の内部であらゆる退路を断つのだ。羞《はずか》しい心の底が白日のもとにさらされる。彼女は自分がどんな人間か、どう感じているかを秘めておかない。やましさがない。罪の感覚がないんだ。

「きみは風変わりなひとだ」ハドリーは悩ましげに言った。「ああいう連中の一人――何てきみは呼ぶのかな、テレパシー人種、あれみたいだ」

彼女は笑わなかった。「そう、わたしたちには以心伝心《ラポール》の絆があるのよ。人種の無意識が、わたしたち二人を結びつける。あなたは自分を単独の実体と考えている。切り離されて孤独だと思っているでしょ。遮断され、悲惨な孤立に陥ってる、と」

「そうだ」

「ちがうのよ。外の皮だけがひとりぼっちなのよ……あなたの奥深くに、集合的実体の部分がある。それを感じたことはないの？　この遮断が人為的とは感じなかった？　切り離されるはずがない、と感じなかった？」

ハドリーはうなずいた。

「これはずいぶんと白眼視されてきたのよ」とマーシャは言った。「ユングは自分の望むものを手に入れようと、西欧を飛びだし、遥か中国まで渉猟しなければならなかった。[57]いつか、彼の作品を貸してあげるわ。『現代人のたましい[58]』とかね。あの本は読んだ？　中国古典の詩も引用している。仏教も、道教《タオ》も、バラモン教も……ユングは研究していた。偉大な学者よ。われらが時代の真の偉人の一人ね。彼は中世に回帰したの……錬金術師たちに[59]」

　ハドリーは何と言っていいか、分からなかった。「きみが言ってることはまるで――」いずれにしろ、彼が知らないことだ。「いったい、どういう意味なんだ？」

「あなた、自分にもわかるって感じない？　言葉じゃないのよ、たぶん。それに意味があるって感じない？」

「わからない」彼はすっかり混乱していた。「この数週間、いろんなことが心に浮かんだよ。ピートが生まれたこと、ベックハイムのこと。それに、気がくさくさしていた。僕はどこかおかしいと思うんだ。ファーガスンは、彼のかかりつけの医者に僕を診察させたがってる。でも、とんだ迷惑だよ――僕はこれまで、いやというほど医者に診《み》てもらった。だけど病状を好転させる医者なんていたためしがない」

「あなたのからだには、おかしなところなんかないわ」とマーシャが言った。「あなたは五体満足よ。実際、いい体格してるわ」

「じゃあ、何なんだい？」

「あなたの魂魄《こんぱく》よ」

　僕に魂魄があるなんて、誰も教えてくれなかった。思わずげらげら笑いだしたくなる。そいつは何だ？　どこにあるんだ？　たぶん、魂魄なんて失くしちまったんだろう。どうせ、とうに魂魄を喪失してるんだ。たぶん、僕の魂魄は誰かに盗まれたんだろう。たぶん、僕が売るか貸すかして、忘れてしまったのさ。たぶん、もう魂魄を持って生まれてくる人なんかいないんだ。でも、魂魄という言葉は無じゃなかった。だから、僕は反応したんだ。

まるでどうにかして魂魄を持つ責任があったみたいに、その一語は彼を打ちのめした。それとも魂魄を持つことって、かけがえのないことなのか。何かを達成することなんだろうか。ほかの誰ひとりとして彼から見つけだせなかったものを、彼女に見つけられたような気がした。

彼はにやりと笑った。「魂魄、天国、悪魔みたいな言葉は、もう何の意味もないんだ」

「ベックハイムはそういう言葉を使ってるわ」

「たしかに」彼は身をよじった。「だけど、何の支障もないらしい。教会みたいに——みんなが耳を澄ましていたよ。公会堂だし、あんな大男だろ。ところが、ここでは白昼堂々だ」

彼は果物や乾燥した茎や野菜ジュースの壜を並べた棚を指さした。「こいつは——現実じゃない。日なたで映画を見ようとしているようだ……スクリーンに浮かぶ映像は、まだおぼろに見えているけど、もう確信が持てない」

「つまり、幻影は消えるのね」

「おそらく」

「どうやら魂魄っていうのは、ぴったりした単語じゃないのね。心霊界《スピリチュアル》にふさわしい言葉って、見つけるのが難しいのよ。いいわ、スチュアート・ハドリー。あなたのお好きな言葉を使うことにしましょ」冷たい灰色の瞳が躍った。「どんな言葉がお気に入り？」

「何も選ぶ気になれない。気分が悪いんだ。頭痛はするし、胃もひっくり返りそうだ」腕時計に目をやった。「それに店に帰らなくちゃ」

「ぜんぶ、わたしのせい？」

「いや……僕はいつも気分がすぐれない。いつだって、僕はどこかがおかしいんだ」思いのたけを言おうとした。「僕の人生、ずっと病んでたんだ」

　マーシャがうなずいた。「わかるわ」

「どういうこと？　どうしてわかるんだ？」かっと頭に血がのぼった。彼の瞋恚《いかり》の芯が沸騰していた。「きみは僕のことなんか、何にも知りっこない！　会ったばかりじゃないか！」

「誰だって病んでるの。病を患うことなく、この世では生きていけないのよ。わからない？――ベックハイムの言うとおりだわ。わたしたち、生まれ変わらなくちゃいけないの。このまま続けられないわ。汚れて腐って欲まみれ。スピリチュアルな回心をしなくちゃ……わたしたち、獣みたいに四つ足になっていた。泥濘《ぬかるみ》を転げまわって、スリルを追ってたの……それってケダモノじゃないの！　もとに戻らなくちゃ。以前は清潔で単純だった。いまはすべてが複雑で、機械だらけ、ぎらぎら光ってて――」彼女はヘルス・フードストアの窓のむこう、バンク・オブ・アメリカの建物にそそり立つ大きなネオンサインを指さした。「あんなふうにね。おカネとけばけばしい看板。コマーシャリズム。汚れた工場群……わたしたち、土に帰らなくちゃ。根っこが必要よ――もういちど大陸を見つけなければね。素朴なむかしながらの生活を再発見するのよ」

ハドリーはこたえた。でも、恐怖が去りやらない。「だけど、あの憎悪は――きみたちは、ユダヤ人を憎んでる」

「わたしたちが憎むのは、金銭ずくと貪欲よ。腐敗を嫌悪してるの。いけないこと？」彼女の声は平静で、小声だった。「わたしたちは、人々を挽臼《ひきうす》にかけて、ロボットにしてしまうような、驕《おご》れる金満家を憎んでるの。工場の奴隷だわ。機械は人間を破壊する。それがコミュニストの理想よ。万人が平等になる……共通の分母で叩き割って。煤と垢にまみれ、野蛮な獣みたいな工場労働者に変え、森の猿そっくりにしてしまう」

ハドリーは尋ねた。「ベックハイムもそう感じてるのかい？　こいつらすべて――『夢《サキ》魔《ユバス》』さ。あれはベックハイムを代弁してるの？」

「ベックハイムは」と彼女は静かに言った。「一人の黒人《ニグロ》よ。でも、復活の霊力は、彼を介して働きかけているの。わたしたちは、ある種の霊的な昂揚を目撃してきたわ……ベックハイムは無意識の預言者なのよ。自分では気づいていない。原始人みたいに考えてる……彼は原始人なのよ。子供みたいに、素朴な思考の概念しか持っていない。天国、地獄、ハルマゲドン、救済。だけど、彼には品格があるわ」声が甲高くなった。「彼はわたしたちみんなのために語っている。純粋な幼童《おさなご》、無邪気な愚か者が、わたしたちを救いにくる。パルジファル[60]のように……おわかり？」

ハドリーは返事をしなかった。皿をたいらげて脇へ押しやる。バナナとクリームのプディングにとりかかった。「ベックハイムは、きみの雑誌をどう思ってるの？」

マーシャの眉根が曇った。「興味は持ってるわ」曖昧に聞こえた。「おカネを集めてくれるかもしれない」

「だからなのかい――」

「わたしたち、ときどきその話をしてきたわ。ことが起きて……ふたりで納得していないことがたくさんあるの」微笑した。「彼はパワフルな男よ、スチュアート・ハドリー。偉大な男だわ……人間を超えてる。彼は霊力なの」

　ハドリーが言った。「彼との面会は、ある種の体験にはちがいない」

「そうよ」まるで、はじめからそのつもりだったかのように聞こえた。「同じ部屋に神といっしょに座っているみたいな気分になるの」彼女もオレンジジュースを飲み終えた。「あなたがあの雑誌を読んでくれるまで、わたしは待ってるわ。別の箇所で訊きたいことがあるかもしれないし」

「たぶんね」彼は言質を与えない。だしぬけに詰め寄った。「僕が読んだとして、それできみは何を気にかけるんだい。きみと何の関係があるんだ?」

　彼の怒りの眼差しを、マーシャは静かに受けとめた。「あなたには、理解する素質があると思うの。みんな、霧の中を手探りで生きてきたのよ。神々みたいに……呪いのせいで衰え、老いていくの。黄金はわたしたちを穢《けが》した……まっすぐ立っていられない。身を持していられないのよ。若いまま、強いままでいなさいよ。わたしたちって、ありのままにものを見られないんだから」にわかに火の玉となって、痩せた頬が赧《あか》く輝いた。高らかに言い放つ。

スチュアート・ハドリー、あなたには学ぶべきことがたくさんある！　あなたは前途洋々よ。捨て去るべきものもたくさんあるわ！　蟬が古い蛻《から》を脱ぐように。繭《まゆ》を破って蝶になる青虫のように。わからない？――この歳月はすべて、あなたの時を刻むためにあるのよ。しばらくは雌伏……繭《まゆ》にくるまれて。あなたは機をうかがっている――そう感じない？」

「そうだよ」と彼はゆっくりこたえた。「でも、何かがやって来るとは思えないんだ」続けて言った。「大それた望みがあるわけじゃないけど」

「あなたは大それた望みを抱くべきよ！　この世はものが溢れかえっている――広大無辺、満ち満ちているの。生気の根源的な中核がそこにある。この世は活力《エネルギー》と昂奮の坩堝《るつぼ》なのよ。かつてあなたは地をも切り裂いて、果てまで降りていき、万物の下に横たわる岩盤に突きあたったんだわ……」彼女は椅子を引いて突然起ちあがった。いかにも事務的に告げた。「空いてる晩ってある？　車で拾って、海岸沿いにドライヴしてあげるわ。海岸ハイウェイをひとっ走り、サンフランシスコまで」

「どうして？」驚いて訊きかえした。

「セオドア・ベックハイムに会えるから」

ハドリーは声も出なかった。

「彼、わたしといっしょにいるの」マーシャが続けて言った。「心臓発作から回復するまでのあいだよ。彼が出ていく前に、あなたに会ってほしいの」

彼女はうしろを振りかえりもせず、店から急ぎ足で出ていった。ほっそりした少年のような体型。つんと顎を上げて、光環《コロナ》のような赤錆色の髪を、殺伐とした頭蓋になびかせて。一瞬のうちに消え去った。

茫然として、ハドリーはバナナ・プディングを口に運びつづけた。匙を上げ下げするだけの空しい反射作用。マーシャは消えた。空のグラスしか残っていない。だしぬけにやって来て、だしぬけに立ち去った。

恐る恐る考えた。暇な晩っていつだっけ？　セオドア・ベックハイムに会う……度肝を抜かれた。それがかなうなら、彼はほとんど何だってしただろう。何でも耐えたはずだ。劇しい渇望が頭を擡《もた》げた……セオドア・ベックハイムと会う。彼に話しかけ、彼と同席するんだ。彼に触れる。彼と膝づめで語りかけるのだ。

木曜か？　エレンはピートを連れて実家に行く予定だ。だけど、あの女にはどうやって僕が連絡すると思われているんだろう。

あきらかに、彼のほうから連絡をとらなくてもいいんだ。そう思うと、背筋が冷たくなった。不吉なあの女怪、魅惑的だが危険な存在から、彼の生理系はすでに防御機構を発動させようとしていた。だが、会える日を探知するのはあちらなのだ。マーシャ・フレイジャーのほうから、彼に連絡してくるのだろう。

水曜の朝、スチュアート・ハドリーが手拭きの雑巾と洗剤のボトルを持って、テレビの展示ルームから出てくると、電話が話し中のままフックに置いてあるのに気づいた。フロントの勘定台を通りすぎて、窓際のテレビ・コンボの棚まで拭き雑巾とボトルを運びながら、気になって電話から目が離れない。誰も使っていなかった。あたりに人影も見えない。どぎまぎした。虫の知らせで胸がざわつく。目に見えない存在が、電話線のむこうで押し黙って、辛抱強く待っているのを感じた。僕を待ってるんだ。

「こいつはどうしたんだ？」ジャック・ホワイトが階下から上がってきたので、彼に訊いてみた。「きみが電話中なのかい？」

「あちゃー」とホワイトが言った。いまごろ思い出したのだ。「あんたにかかってきたんだ。忘れちまったよ。どっかの女性がかけてきてね」

　びくっとしてハドリーは受話器をとる。耳にあてた。ツーという通話音しか聞こえない。女性はとうに電話を切っていた。

「どれくらい前だったんだい？」電話を切りながらホワイトに訊いた。「エレンだった？」

「たぶん十五分くらい前だ」とホワイトが言った。「でも、あんたの女房じゃなかった。ごめんな、トンチキ君。あんたを探しに下に降りたんだけど、そこでオルセンに出くわして」

　きゅっと手染めの絹タイを締めなおした。グレーのダブルのスーツを着て、ちょび髭を生やし、靴は小ぎれいに磨きあげていた。「おれのミスだ」

　一時間後、かけ直しの電話が鳴った。今度はハドリーが出た。はっとして身が震えた。相手が声を発するやいなや、聞き覚えのあるあの冷静沈着な声だったからだ。「ハドリーさん、いらっしゃる？」

「僕だ」そっけない返事だった。われながら嫌悪を隠せない自分に驚いた。これほど彼女を毛嫌いしていたのか。心の奥深くで、あの女への反感が募っていたんだ。だんだんと彼女の内部に潜む病質、よそよそしい発育不全を、まるで爬虫類《はちゅうるい》か蛇みたいに感じるようになっていた。でも、ベックハイムとの接点は彼女しかない。ハドリーはどうしても、あの黒人の大男に到達しなければならなかった。「どこから電話してるんだい?」と訊きかえした。

「サンフランシスコよ。さっきも電話したわ。でも、出た人が――誰だったにしろ、戻ってこなかった。しばらく自問したわ……あなたが居留守を使おうとしたんじゃないか、ふとそう思ったの。でも、きっと行き違いだって吹っ切れたわ……だって、電話をかけたのが、わたしだなんて、あなたにわかるはずないもの」

「行き違いだったよ」ハドリーの声がかすれた。

「お暇な晩はいつ?」

「木曜。エレンはピートを連れて実家に里帰りする。前にも言ったように、僕の同伴はあちらも望んでないんだ。女房の実家は、婿の僕があまり好きじゃない」声が一本調子になった。ベックハイムに会うつもりなら、ここで声に生気を吹きこまないと。「だから、僕らはいっしょにいられる――だろ?」

一瞬の沈黙。彼女の姿が目に浮かぶ。眼窩が空ろな、骨ばった顔、まっすぐ前を見つめて、血の気のない唇をかすかにあけているのだろう。彼の言った言葉、その声のトーンを解析しているんだ。まずはこれ、次はあれと読んでいく。彼がどう感じているか、断を下そうとしていた。なかなかのもんだ……彼の感情はこんぐらかって乱れている。マーシャはおそらくそれを感じているんだ。彼の内部で何が起きているか、彼女にはお見通しと思えた。

「いいわ」彼女が承諾した。「六時に出る？」

「もう少しあと。銭勘定をして、レジの紙テープを交換しなくちゃならない。スイッチを切って、店を閉める手間もある。そうだな、六時十五分では？」

「車で寄るわ。ねえ、スチュアート？」

「何だい？」

「あなたの作品、何か持ってきて」

一瞬、何のことか思い浮かばなかった。それからようやく、絵のことを言ってるんだと気づいた。「オーケー」と言ったが、そうこたえざるをえなかったからだ。だが、感じた。家から絵を運びだすのは、どれほど骨が折れることとか。「つまり――」

「六時十五分よね」マーシャは冷ややかに断ち切った。「さよなら、ダーリン……わたし、急いでるの」と電話を切った。

冷汗を浮かべ、内心悶々としながら、振りかえって接客にもどった。老女が二人憮然として待っていた。網目のショッピングバッグが二人のあいだに置いてある。あきらかに、マーシャは何かを企んでいた。彼の知らないところで、勝手にややこしい細工を施している。

「何かお手伝いでも」自動機械のように尋ねながら、ショッピングバッグに手を伸ばした。角ばった輪郭が見える。詰めこんであるのは、小さな古いスコッティー製ラジオだ。「故障ですか」上の空で訊いた。いま何をしているのか、マーシャは明かさなかった。何かしてるのかもしれない。でも、彼はベックハイムに会いたいのだ。それだけでも価値がある。セオドア・ベックハイムと会うためなら、何にかえてもいいくらいだ。「どんな故障ですか」老女二人に訊いた。「お客様のラジオ、どうなさったんでしょう？」

いろんな意味でこいつは過ちだ――それは分かっていた。虫の知らせで、自分の人生と私的な世界、そして人格まで空費するだけだと感じていても、木曜の朝に彼はクロゼットから絵を引っぱりだした。八時十分。エレンはまだベッドで寝ている。そのまま寝かせておいた。彼はひとりで朝食を済ませ、そそくさと顔を洗って髭を剃った。音をたてないよう、そっと服を着て、コートと帽子をつかみ、忍び足でバスルームの扉を開けた。

エレンはベッドの中央で大の字になって寝ていた。枕やシーツに散った茶の乱れ髪。だらりと伸びた片方の腕。寝息が聞こえた。熟睡していて、すうすうと深く喘ぐような息だった。彼はクロゼットから埃だらけの梱包を引っぱりだした。太い撚《よ》り紐でゆわえた茶色の包み。自作の絵のコレクションだ。彼はそれをアパートから運びだし、廊下に置いて扉にロックをかけた。それから、包みを抱えて店に急いだ。

絵は地下の修理部門に蔵《しま》った。売れ残りのテレビのコンボや回転式の乾燥機のあいだに立てかけておいた。どうせ今夜までのことだ。

四時になると、客足が引きはじめた。目も眩むような炎暑の七月の陽ざしに、鋪道はぎらぎら輝き、店にも照り返しが射しこむ。テレビの画面が窄《すぼ》まって、おぼつかなげな影を揺らめかす灰色の四角形になった。路上の車列は微動だにせず、エンジンの唸り声に包まれていた。ファーガスンは、ポンティアックに乗って外出中だった。ラジオ付き蓄音器を生涯の友に売りこみ、自分で配達しにいったのだ。五時半、オルセンが店のトラックで帰ってきた。汗みずくで車を横づけして、ラジオの筐体《シャシー》を荷降ろしした。

ハドリーは若いカップル客を相手に、ゼニス製の十七インチ卓上型テレビを見せていたが、マーシャがふらりと店に入ってきた。振りかえりはしなかったが、彼はそのけはいを感じた。スリムなからだが、扉をすり抜ける独特の身ごなしで、彼女が来たと分かった。腕時計に目をやった。六時十五分前。彼女はこれから半時間もぶらぶらして待つ気なのか。

マーシャは勘定台の端っこに立って、黙って目を光らせる態勢をとった。置きっぱなしの備品みたいに腕を組み、真空管チェッカーのそばにハンドバッグを置いて、レジに身をそっともたせかける。細身の上体を一定の角度に折って眺めているのは、ハドリーの首筋と、ゼニスのテレビを買おうとしている若いカップルだ。三人とも彼女の視線を感じた。

「いろいろ考えなくちゃ」と客の若い男が言葉を濁して、神経質な笑みを浮かべた。「こんなご時世にしちゃ、カネもかかるし」急に妻のほうが袖を引っぱった。「あたしたち、帰ります――もう少し考えなくちゃ……ねえ」

ハドリーは名刺を渡して、炎天下の鋪道まで彼らを見送った。店に引きかえす前に、しばらく佇《たたず》んでいた。そのままここに突っ立って、行き来する人々を眺めながら、七月の熱気の匂いをかいでいるほうがよかったかもしれない。でも、戻らなくちゃ。それは分かっていた。選択の余地はない。店に戻ると、彼女はまだ彼を見つめていた。目をそらさない。

「やあ」彼はつっけんどんに声をかけた。

「あなたのセールスって、おおかた、ああいう人たちが相手なの？」前置きなしで彼女が訊いた。

彼は不機嫌そうに肩をすくめた。「いろいろいるさ」レジから、その日売れた品の値札を取りだして、仕分けを始めた。「まだ早いよ。あと半時間経たないと、退《ひ》け時にならない」

「ドラッグストアでちょっと買い物があったの。こちらにも立ち寄って、あなたが忘れてないかどうか、確かめようと思ってね。絵は持ってきた？」

「地下に置いてある」

「タバコ一本いただける？」

あきらめたような顔で、ハドリーは箱を差しだした。彼女が一本つまむと、彼は火をつけてやった。店のずっと奥では、ジャック・V・ホワイトが、休めの姿勢をとる兵士みたいに、後ろ手を組んで脚を広げて立っていた。あけすけにハドリーとマーシャを見つめるその目は、興味津々だった。セールスマンらしく執念深く、際限ない好奇心をむきだしにしていた。

「あの男の人、誰？」細目でマーシャが訊いた。

「ジャック・ホワイト。売り子の店員だよ——僕みたいな」

「最初の電話に出た人？」

「そう、彼だ」

マーシャはハンドバッグを取って、扉のほうへ歩きながら、ホワイトを冷然と睨みかえした。今日の彼女はスラックスとシャツのかわりに、地味な英国風のスーツを着ている。男っぽい高価なローヒールの革靴を履き、大きな四角いハンドバッグを肩からさげていた。「車で待ってるわ」と彼女が言った。「一ブロック先よ、酒屋の前に駐めてあるの」

「それはいい」安堵してハドリーが言った。結局、店でぶらぶら待つ気じゃないんだ。「できるだけ急いで店を閉めるよ。六時十五分に間に合わなくても、心配はご無用……ときどき六時半までかかることがあるから」

マーシャはうなずくと、風を翻して店から出ていった。

彼女が引きかえしてくるんじゃないかと半信半疑で、ハドリーはフロントの扉を見守っていた。が、とうとう最後の客も帰り、鍵が放りだされる。彼女が現れる兆しはなかった。窓のシェードを降ろし、夜間照明のプラグを差しこんだ。ジャック・ホワイトが地階の点検を終え、主配電盤の電源を切った。ハドリーはレジの前で入金を勘定して、グレーの布袋に入れはじめる。

「やれやれ、きょうもこれで終わりだ」勘定台の前を通りすぎながら、ジャック・ホワイトが言った。「ひとりで店仕舞いできるかい？　坊や」

「もちろん」とハドリーが言った。ホワイトがいないほうが気は楽だ。「帰っていいよ」

ホワイトは立ち去らなかった。「あのご婦人は誰だ？」

「どのご婦人？」ハドリーはとっさに身構えた。

「さっきいたスケさ。むこうのブロックであんたを待ってる女だよ」

ハドリーははぐらかした。これこそまさに恐れていたことだ――どうせ避けられないとは知りつつも。「むこうのブロックで、どっかのご婦人が僕を待ってるなんて、きみはどうして知ったんだい？」

「ちぇっ、彼女の言葉が聞こえたんだよ」ぱっと顔を輝かせると、ホワイトは皮肉っぽくハドリーの腕を小突いた。「鬼の居ぬ間のお洗濯かい、え？　お楽しみだな。念のためだ。ズボンのボタンは閉めとけよ」フロントの扉を開けて、陽気に手を振り、ばたんと閉めて出ていった。人どおりの多い鋪道を、硬い足早な靴音が遠ざかっていく。ハドリーはひとりになった。

手早くハドリーは入金を金庫に運び、布袋を放りこむと、ロックをかけた。新しい記録紙テープを巻き入れて、レジを閉めてしまう。さっと一瞥した。すべて電源は切ってあるし、何もかも定位置にあった。彼は奥のクロゼットからコートを取りだし、ジャック・ホワイトのあとを追うように、扉を開けて鋪道に出た。

大気がむっと熱く、息苦しくて不快だった。あかあかとした夕日を浴びて、頭痛がしてくる。あの女が現れなかったらよかったのに。このまま気分が悪くなって、車までたどりつけないほうがいいや。そう思いながら、鍵がかかったかどうか、扉の把っ手を引いてみた。それから、ゆっくりと鋪道を歩んで、酒屋の前に向かった。

マーシャが最初に発した言葉は「あなた、絵を忘れてきたわね」

一瞬、何もかもどうでもよくなった。常識が彼に告げていた。手を切るなら今だ、まだ可能だぞ、と。手まわしで下げた車の窓を開けっぱなしにして、マーシャは座ってラジオを聴いていた。デキシーランド・ジャズのバンドだ。耳障りでけたたましい。つかのま、ふたりは睨みあい、ハドリーが根負けして肩をすくめた。「取ってくるよ」とうなずいた。

「店に車で戻りたい？」

「いや、歩ける」

彼はのろのろと店に舞いもどった。重い足を引きずって。やっとの思いで鍵穴にキーを差しこみ、扉を開けることができた。八時間の労働を終えて、彼は綿のようにくたびれていた。空腹のあまり胃がむかむかして、焦れったそうにごろごろ鳴っている。彼が勘定台のかたわらを通りすぎ、小脇に絵の包みを抱えて戻ってくると、電話が鳴りだした。

三度鳴ってから、やっと彼は電話をとった。どうせいまごろかかる電話は、オルセンがどうして修理品を返してくれないのか、知りたがっている客くらいだ。何かを問い合わせようと、ファーガスンがかけてきたのかもしれない。いや、エレンかも。

エレンだった。

「あなたでよかった」やさしくもの哀しい声が、遥か遠方からとどいた。「どうお？」

「大丈夫さ」と返事した。できるだけ長く電話のコードをひっぱり、フロントの扉までたどりついて、内側から鍵を閉めた。エレンと話しこむ姿をマーシャに見せたくなかったからだ。

「で、何の用？」

「思ったんだけど――」切なそうに口ごもった。「スチュアート、どうして来てくれないの？ お母さん、言ってるわ。どうぞ、いらっしゃいって。ピートもわあわあ泣いてる」

「何で？」

「あなたがいなくて、さみしがってるのよ」哀れっぽく言い添えた。「あたしもさみしいわ。おねがいだから来てくれない？ 泊まらなくてもいいの。ちょっと来て、しばらくいっしょにいるだけでいいの」

その声の甘ったるい幼児のような調子、女がおねだりする猫撫で声にはぞっとさせられた。彼は意を決した。真空管の回路図の上に掛かったカレンダーを睨みつけながら、ハドリーはこたえた。「あのね、無理なんだよ。晩餐のご招待を受けて伺いますって、さる方々に言っちゃったんだ。もう手遅れだよ。もっと早く電話してくれたら――」

「どんな人と？」その声に猜疑はまじっていない。ただの落胆からだった。「デイヴとローラ？」

「知り合いのお客さんだよ」なおもカレンダーに目を据えながら説明した。首尾よく言いくるめられるかもしれない。「きみは会ったことがないと思うな。何度かそのお宅にうかがって、ＲＣＡのコンボを見せたことがある。気のいい人たちでね、僕らより十歳ほど年上かな。ご主人は株式仲買人だそうだ」

「何時――ごろに帰れるの？」

「さあね。たぶん、彼は僕に株を売りこもうとするから……帰りは遅くなるかも」さらに付け加えた。「帰りに一杯飲みに立ち寄るかもしれない。ヘトヘトなんだ。一杯ひっかけるくらいはいいだろ」

妻の声に不安の翳が忍びこんできた。「あなた、手持ちのお金はいくらあるの？　もうすぐ月末よ……あなたが家計に入れたおカネ、もう底をついてるわ」

「カネはたっぷり稼いだろ」ハドリーは耐え難くなった。外で車のエンジンが唸る音を耳がとらえた。黄色の積荷ゾーンに車が近づいてくる。「さあ、もう行かなくちゃ。チャンスがあったら、あとでむこうの家から、きみに電話をかけるよ」

「楽しんできて」惨めったらしい小声でエレンが言った。「玉葱《たまねぎ》は食べないでね。わかるでしょ。玉葱を食べると、どれほどあなたの口臭がきつくなるかってこと。約束してくれる？」

「じゃあね」つっけんどんに言って電話を切った。彼は絵を抱えて、急いで扉に向かい、鍵をあけて外に踏みだした。

積荷ゾーンに、マーシャの灰色のスチュードベーカーが駐まっている。モダンTVの扉に鍵をかけると、すたすたと歩み寄った。「なんで時間がかかったの？」彼にドアを開けてやりながら、マーシャが訊いた。

彼は隣に身を滑りこませた。「電話だよ。どっかの客が、自分の製品で知りたいってことがあってね」

マーシャは手慣れた運転で車を逆進《バック》させると、次の瞬間にはベイショア・ハイウェイに向かって、シダー・ストリートを走りだしていた。切れ目のない長蛇の車列の壁が前方に横たわる。サンフランシスコから家路についた陰鬱な通勤の車列だった。

「あれに巻きこまれずに済むわ」とマーシャが言った。「反対車線の車ばかりだもの」さっと無駄なく左折してハイウェイに向かった。「わたしたち以外に海岸を北上する車なんて、ほとんど皆無よ。ドライヴには最高の時間帯だわ」

ハイウェイを疾走しながら、マーシャが訊いた。「あなた、なぜ来たの？　わたしが好きじゃないんでしょ――虫の好かない女だと思ってるんだわ」

「葛藤はあったよ」ハドリーもみとめた。

「わたしが言ったこと、あたってないかしら？　わたしといっしょにいても楽しくないのね」

「愉快じゃないね、そう。かといって、きみを好きでないって意味じゃない」緊張した笑い声をあげた。「やれやれ、これがどうして愉快だなんて言える？　僕のしてることをご覧よ――僕は妻も息子も、家族を捨てる羽目になるかもしれない。ここから何を得られるっていうんだ？」

マーシャは考えていた。「あら？　あなたは何を得られると思ってるの？　きっと何か得られると思っているにちがいないわ」

正鵠《せいこく》を射た質問だった。彼は車の両側を流れていく褐色の野原を見つめた。平坦で、荒寥として、人影がない。ときおり、色褪せて燻《くす》んだ看板が飛びすさっていく。**「サンフランシスコに来たら、マーク・ホプキンス〔61〕に寄ろう」**……**「次は列車に乗って」**……**「時代に先駆けるモービルガスとモービルオイル」**……。「そうだな」とハドリーは言った。「ベックハイムと会う機会が得られる」

「それだけ？」マーシャが朗らかに訊いた。「あなたがここにいる理由は、たったそれだけなの？」

「ここにいなけりゃ、僕はどこでどうしてるんだい？　二部屋しかないアパートにどっかり座ってテレビを見ているか、タイム誌を読んでいるかだ」そうした無聊《ぶりょう》を彼は熟知していたし、口にするのも慣れているようだった。「それともたぶん、ショーでも見にいくのかい？　誰か赤ん坊の面倒をみてくれる人がみつかればだけど。晩餐のあとは、ダンスを一時間。伴奏は高校のダンスパーティーみたいな、どこかの二流バンドさ。ボウタイに緑のタキシードで、サキソフォンを吹いてる連中だろ。中年のカップルが身を揺らして踊ってて」

「たしかにあなたは、それよりかもっと想像力が働く人よ！　自分の時間を過ごすのに、もう少しましなことを考えつかないの？」絵の束を指さした。「あれはどう？」

「すべて過ぎた日のことさ。直視しようや――僕は芸術家じゃない。一介のテレビの売り子さ。このスーツをご覧よ。こいつが芸術家の着るようなスーツかどうか、言ってくれよ」

一瞬、間を置いて、マーシャが言った。「あなたの心の奥底に降りれば、自分がテレビの売り子なんかじゃないってことは、百も承知なのよ。人間ってその仕事以上のものじゃなくて？　ハーマン・メルヴィルは税関の検査官[62]だったわ。作曲家のボロディンは医師[63]よ。カフカは銀行で働き[64]、ジェームズ・ジョイスはベルリッツ語学学校の通訳[65]だったのよ」

「オーライ」　ハドリーが苛立たしげに言った。「わかったよ」

「わかったの？　どうかしらねえ。そもそもコミュニストの教義《ドクトリン》全体は、人々をその経済機能に帰せしめることにあるのよ……よその国々でも、アメリカでも、それはおなじ。でも、あなたは知っている。あなたの内面はまったく手つかずだって……テレビを販売していても、あなたのほんとうの人格は何も関与していない。テレビの売りこみをやり遂げる男と、あなたという生身の男のあいだで、落差を感じないのかしら？」

「まあね」ハドリーは渋々みとめた。「ときどき感じるよ。まるで仮面をかぶって擬装してるみたいだとね。たしかに僕は仕事が嫌いさ。現に、そこから何の満足も得られない……でも、ほかに選びようがあるかい？　好きでこうしてるわけじゃない」

「辞めたら」

「で、何をするんだ。飢え死にかい？」

「飢えやしないわ——現代の産業社会では、誰も飢え死になんてしない。もういちど絵筆をとりなさいな……あなたには才能があるもの」

ハドリーは怒って頬を上気させた。「きみは僕のことなんか何ひとつ知らない。僕に何ができるか、知りもしないだろ」彼は褒め殺されたのだ。ああいう褒め言葉、そりゃあ聞きたいけれど……それほど夜郎自大にはなれない。ばかばかしい。称賛のパロディーだ。ほんの二、三度しか会ったことのない女、彼の暮らしも作品も知らない女が、あなたには才能があります、なんてご託宣を下すとは。「ことによると」と彼は言った。「この画布《キャンヴァス》は真っさらかもしれないよ」

「いい作品だってわたしが言えるのは」とマーシャが静かに言った。「あなたを知ってるからよ。それはあなた自身の表現、あなたの内なる存在の表出だからなの。それがどんなものか、わたしは知ってるのよ」

ええ、もどかしい。彼はあきらめて口を挿まなかった。自分の中に引きこもって、もの思いに沈んだ。彼女は真摯で、ほとんど殺気立っている——だが、彼女の内部で何が進行しているのか、ひとことも語ろうとしなかった。彼女の言行は生身とは別だ。時の流れ、断裂が口をあけていた。大らかさがない。すべてが計算ずくで、予め研究し尽くしている。マーシャは自分の行動の傍観者なのだ。上方から俯瞰《ふかん》して、遠く隔たっている。等身大の傀儡《かいらい》たちがどう動くか、試しているのだ。そこに真の欺瞞がある。マーシャは外界と何の接点も持っていない。彼女は宇宙に一指も触れることなく、音もなく滑らかに回転する天球を、木っ端みじんに破砕できた。不可視の中空に浮かぶ存在。事物の世界から一インチの八分の一だけ離れて。

「あなた、サルトルって読んだことある？」

「いや」

「一冊持ってるから貸してあげるわ――とても短い本よ。実存主義の基礎ね。[66] 一考に値する哲学だわ――とりわけ、あなたのような人には」

「なぜそんなことを言うんだ？」自分に係わりがあるというから、彼は興味を抱いた。「どうして、とりわけ僕なんだい？」

「それにこたえるには、あなたのジレンマの根本原因と思うものに、わたしが入りこまなくちゃならないわ」

「どうぞ」

マーシャが溜息をついた。「どうしても？ そうねえ、あなたは背教者のインテリよ。そこが肝心なの。あなたは身を窶《やつ》している……淡い水色のスーツを着て、フレンチカフスの袖、明るく晴朗な若いセールスマンを装って、颯爽《さっそう》とビジネス界に飛びこんだ。でも実際は、ビジネスなんかに何の興味もない。贋よ、すべてが贋じゃない？ だけど、逃げてきた世界には帰れない……どっちみち、あなたの望みじゃないし。デイヴ・ゴールドになりたいわけじゃないんだわ。彼は口先だけの無能な男で、途方もない身ぶりで、錯綜した教養を吹聴してるだけだもの。ご存じ？ ジャーナリストのルイス・フィッシャー[67]がロシアの農民のお婆さんをつかまえて、革命後にものごとは変わったかい、と訊いたんですって――こんな話、あなたには退屈かしら？」

ハドリーは首を振った。「いや」

「そのお婆さんがこたえたのよ。『さあ、庶民はもっと雄弁だがね』ってね。マルクス主義はその一言に要約されると思うわ。あなたは空理空論や、弁舌のための弁舌には帰りたくないんでしょ……あなたも見たことあるはずだわ。長広舌の演者のまわりに車座になった、ちっぽけな前衛《アヴァンギャルド》グループ。そして、ひと握りの社会主義分派グループもね。空っぽの虚しい言葉の羅列。口先ばかりで行動せず。能弁は世迷い言を招くだけよ。ドグマ、汗牛充棟の文献、学術論文。書物や議論や争論、提案や決議ばかりなんだわ」彼女は辟易《へきえき》したような声を出した。「サルトルが示したのはね、人は行動を通して、はじめて実存するってことよ。わかるかしら？ あなたが考えることなんて目じゃない。あなたのすることのほうが大事なのよ。考えるだけなら何の意味もない……座りこんで永遠に考えていたいなら勝手にどうぞ——そこに何の違いがあるの？ 行動を起こしてこそ何ぼなんでしょ。行為《おこない》なのよ」

日が暮れた。ふたりの車は、サンフランシスコへ向かう海岸ハイウエイをひた走った。路上には、ほとんど車の影がない。この小さなスチュードベーカーの前方も後方も、蜿蜒《えんえん》と延びる暗い灰色の索漠とした鋪装路だった。わびしい崖《きりぎし》谷が緑の蘖《ひこばえ》の毛氈《もうせん》に覆われて、海原になだれこんでいた。冷え冷えとした風が茨をそよがせ、ちぎれた古新聞や棒きれや雑草が舞い、錆びたビール缶やガラクタがからんころんと弾んで、鋭くえぐれた溝から鉛色の海面に落ちていった。あちこちに掲げられた**「捨てるな」**の看板。それが殺風景の破調となっていた。右手では、撓《たわ》んだ電報線が陰鬱に揺れている。似たりよったりの焦茶色の丘が連なり、濃い宵闇に消えていく。どこにも人影は見えなかった。

「ここら一帯は寂《さび》れてるね」とハドリーが口にした。

慣れた手でハンドルを操りながら、そうね、とマーシャも合わせた。「あれを除けば」と言って前方を指さした。

ぽつんと見捨てられたように、ハイウェイの端の泥地の路肩に、一台のトラックが駐《と》まっている。

「新鮮な卵一ダース五十九セント」と大きな手書きの看板が、夕暮の風に哀れに揺れていた。卵を収めた木箱をトラックにもどす男と少年。彼らの一日も終わったのだ。薄闇に溶けてほとんど輪郭が見えなかった。トラックの周囲には、風に吹き寄せられた屑が溜まり、踝《くるぶし》が埋まるほど山をなしていた。通りすがりの車が投げ捨て、海の風に掃きだめられた、仄白い郊外の塵芥《あくた》だった。

背後に遠のいていくトラックを見つめながら、ハドリーは鬱々とした思いに閉ざされた。見捨てられ、荒寥としたこの海岸線は、彼の気力を萎えさせた。黙々と徒労に終わった売れ残りの卵を集めていたあの男と少年。ひたすら働きづめという虚しさが彼の胸に沁みた。間違いなく、あのふたりは、終日《ひねもす》あそこに立って、走りすぎていく高級車を眺めていたのだ。

「いくらか売れたのかな」と彼は声を張りあげた。ハドリーにとって、あの孤立した男とその息子は、彼が気を揉むものすべて、彼が心を寄せる取り残された人々、かよわい人々、無力な人々を代表していた。マーシャに片手で追い払われるような、無防備な人々だった。

「ダウンタウンのスーパーマーケットと値段がおなじだなんて」とマーシャが言った。「とんだ間抜け親子だわ」ギアをセカンドに入れて長い登りに入った。「車を乗りまわす人は、つねに道端に出店はないかと鵜《う》の目鷹《たか》の目なのよ。だから田舎の連中は、値をふっかけるんだわ」

「このあたり、好きじゃないな」とハドリーが言った。「ひどく閑散としてる。車が故障したらどうするんだろう」

「故障しっこないわ」マーシャがあっさり言いすてた。

「でも、故障するかもしれない。僕らはここで釘づけになるかもしれないぞ。いったい、誰が来てくれるんだい？　誰も来やしない。たぶん、永久にここに取り残されるんだ。地面の裂け目に滑り落ちたみたいに」

「いつの日か」とマーシャが言った。「このあたりもぜんぶ、造成地になるわ。ちっちゃな牧場風のカリフォルニアの郊外住宅が、ずらっと立ち並ぶのよ。家の前に駐まってるのはクライスラーか、たぶんフォードね。小ぎれいで愛くるしい平屋の家々、どれも見かけはおなじ」

　車がサンフランシスコ市内に入った。細長い公園が右手に広がる。左手は木立ちが波打つ畝だった。その彼方に海原。

「あれはカントリークラブよ」とマーシャが言った。「プレシディオ[68]出身のお金持ち大佐たちの御用達よ。そう、金権政治はね、ゴルフを楽しむ場所が持てるのよ」

　木立ちは黒い陰影のプールをなしていた。頭上のどんよりした紫の夜空に、星が瞬きはじめる。遥か遠く、カントリークラブの彼方に、ぎっしりと凝集した都会の黄色の星雲が、光彩陸離と輝いていた。光の列また列が、漆黒の山塊に呑まれている。黄昏の微光に浮かぶこの都会は、どこかの宇宙の掘削現場かもしれなかった。地面から無数の起重機がそそり立ち、音もなく、楽々と動いていて、やがてサンフランシスコ湾にたなびく霧の層に霞んでいく。

　ハドリーは貪るように光の塊を見つめた。この意味ありげな活動の光景を丸のみしたのだ。「美しい」彼は小声で呟いた。風を切る車の群れ、煌めくヘッドライト。人の生活の音、エンジンや信号の甘美な喧噪、ラジオやけたたましい金属音が、彼の耳に鳴りわたった。市と市のはざまの荒廃地を抜けて、ほっと気が楽になる。あそこは彼にとっての田舎、すなわち誰も住まず、人足《ひとあし》の途絶えた空漠の曠野を意味した。田舎は市外の不毛の地であって、それ以上のものではない。

「着いたわ」マーシャがにこりともせずに言った。その反応はおよそ彼とは正反対だった。

　海岸ハイウエイを降りて、車はまっしぐらに市内に入っていった。モダンな皓々《こうこう》としたコンクリートのアパート群が、道の両側をかすめ去った。街路は広くてなだらかで、黄色のナトリウム灯が眩しい。ハドリーは窓を手まわしで下げ、身を乗りだした。この市の存在を胸深く吸いこみながら、嬉しそうに冷たい夜風に頬をなぶらせ、打たれるがままにした。吹きっさらしは心地がいい。半眼になって、おずおずと四囲を見まわした。

「あなたはそうやって、安心を得てるんだわ」マーシャが辛辣な目で見ていた。「群衆のなかに消えたいのよ。あなた自身を埋没させて。迷彩色で身を守るのね」

「勝手にしろ」ハドリーがむくれて言った。「僕は民衆が好きなんだ。そのどこが不自然だっていうんだ」

「民衆はあなたを磨滅させているのよ！　彼らのレヴェルに、あなたを引きずりおろしてるんだわ。自分をご覧なさいな——」身ぶりで示した。「あなた自身を、そのスーツやネクタイやカフスを見て。無数の輝ける若きセールスマン、副社長たちとか、株式部長とか、ありとあらゆる重役《エグゼクテイヴ》にそっくりよ。でも、あなたはそうじゃない。仮面の下はちがうのよ！」

「じゃあ、僕は何なんだ？」とハドリーは訊いた。満々たる好奇心に駆られて。

「もちろん、あなたは芸術家よ。自分でもわかってるでしょ。自分を偽ろうとしないで！　こそこそ匍《は》いつくばって、セールスマンの擬装に隠れちゃだめ。いまいましい。あなたは男らしく二本の脚で立って、自分の運命と向き合わなければならないのよ」

　ハドリーは内心顔を顰《しか》めた。彼はそれが真実でないことを知っていた……いや、こいつはほんとに真実じゃないのか。あきらかに彼女は信じてる。たぶん、彼女が正しくて、僕は間違ってるんだ。正否を知るには、外部の誰かが要るんだろう。おそらく人は、自分が誰で何者かを知りえないのだ。誰かに言われなくてはならない。

「わたしの家に寄って、一杯飲んでいましょうよ」とマーシャが言った。ちらと腕時計を見て「それから、テッドに会いにいくことになるわ」

　ハドリーはうろたえて、冷たい汗が手のひらににじむのを感じた。セオドア・ベックハイムが現実味を帯びて身近に迫ってくる。会えば、彼に帰依する糸口となるだろう。乾いた唇を舐めてから言った。「彼が忙しい身なら、お邪魔する気になれないな。どうせ、やることがいっぱいあるんだろうし」

「もちろんよ。だけど、あなたと会うのは大切なことなの。あなたのこと、彼に話してあるわ。彼もあなたに会いたいって」

ハドリーは鼻を鳴らした。「そいつはお笑い草だ！　僕を引き渡そうと、どんな口車にのせたんだい？　こいつはきみにとって何の得になるんだ？　ちぇっ、僕は鼻面をつかまれて、家畜解体業者のもとに連れていかれ、素っ裸にされちまうような、どっかの落ちこぼれ《へイシード》の抜け作[69]じゃないよ。自分から望んで屠場行きなんてまっぴらだ――僕は心底、じぶんを愛してる。そいつはきみも心得ておくべきだ」

「わたし、あなたを屠場から救いだそうとしてるのよ」マーシャが穏やかに言った。

隘路になった。細長い丘の横腹を、スチュードベーカーがよたよた登っていく。モダンなアパート群に代わって、高い古ぼけた木造の連棟が肩を寄せあっていた。見渡すかぎり芝生も木立ちもない。灰色のセメントの舗道だけだ。路面は荒れて突兀《とっこつ》としていた。あちこちで足をひきずって歩く男や女たち。乱雑で不潔な小店の明かりが宵闇にちらついていた。酒屋、靴磨きパーラー、安ホテル、薄汚い八百屋、質屋、そしてバー。

「ここがヘイズ区[70]よ」とマーシャが言った。スチュードベーカーは、丘のてっぺんまで登りきってから、がくんとのめってまた向こう側へ降りていった。「この大きな窪地はヘイズホール[71]と呼ばれてるの。わたしが住んでるのは、四分の三ほど下ったところ」

舗道や車道には車がずらりと駐まっていた。窪地のむこうはまた登り坂になっていて、照明や人の往来で閙《さわが》しい。バスが息せききって坂を登っていった。交差点では人々が、どっと群れをなして横断している。すぐにマーシャは、スチュードベーカーの速度を落とした。細腕を突きだし、左折して対向車線を横切った。二軒のそそり立つ木造家屋のあいだを縫って、コンクリートの細路に乗り入れた。車の前に出現したのはロータリー状の駐車場で、朽ちかけたガレージの列の正面だった。マーシャはコンクリートの路面から車を乗りあげ、湿った草と泥が絡まる地面に突っこんだ。そこは一軒家の前庭だった。ぐいっとハンドブレーキを引き、エンジンを切った。

「さあ」と彼女がそっけなく言った。「ここよ」

ハドリーはこわばったからだを車から降ろした。冷たく濡れた霧がいちめんに棚びいている。空は雲が垂れこめていた。右手に結露した木の塀があって、錆びたビール缶が散らかり、雑草が伸びほうだいの裏庭を囲っている。ガレージの列に寄せかけ、積みあげてあるのは、湿った古新聞の山だ。裏返しの浴槽《バスタブ》がなかば草に埋もれていた。焼却炉の焼け爛れた遮蔽板のまわりに、黒焦げの生ゴミや廃棄物が散乱している。建物そのものが、撓《たわ》んだステップや水道管、コンクリート舗道のひび割れた石板、朽ちたベランダと手すりのごたまぜになっていた。

「別天地ばかりじゃない、ってことよね？」マーシャが評した。

ハドリーは、市と市のあいだに広がる荒廃した丘を思い出した。ここも同じ見捨てられた廃墟だ。ぶるっと身を震わせて、アパートの建物のほうへ歩きだした。「どうやって家に入るんだい？」痺れを切らしたようにせっついた。

マーシャは、ぐらつくステップを上がって彼を案内した。干しっぱなしで白黴《しろかび》の生えた洗濯物がひらひら舞う列をくぐり抜け、網戸にたどりつく。戸を押しあけて、彼をキッチンに迎え入れた。つんと鼻を刺すのは、暗色のゴミ箱に放りこんだベーコンの脂と腐りかけた野菜の饐《す》えた臭いだ。頭上の照明が灯った。ぎらつく裸電球だ。キッチンの片方に、大きな流しと水切台があった。汚れた皿が山積みに重なっている。リノリウムの床に置いてある紙袋に、ビールやワインの空壜がぎゅう詰めになっていた。キッチンテーブルにも空のグラスや、吸殻の溢れた灰皿、くしゃくしゃに丸めたタバコの紙箱、コルク栓やストッパーが散らばっている。

「こっちよ」マーシャはそう言って、有無を言わさず彼をキッチンから連れだした。ハドリーは黙って従い、カーペットを敷いた廊下に入った。廊下いちめん、古い厠《かわや》の異臭が立ちこめ、部屋の隅で澱んでいた。彼女は居間につかつかと入り、照明スタンドのコードを探して見つけだした。まだらに浮かびあがった居間は、辛うじて体裁をとどめていた。

ハドリーが対しているのは、だだっ広く天井の高い部屋だった。塗装はお手製で塗りなおしてある。壁は濃紺、天井は緑だった。[72]床に敷きつめられたアスファルト製のタイル。椅子のかわりに、ハリウッド・スタイルの大型ベッドが置いてあった。向こう側にクッションが重ねてあり、床には枕が落ちていた。部屋のまんなかに、アリゾナ産粘板岩《スレート》の低いテーブルがある。そこに投げだされたようなチェス盤。部屋の片隅には、装飾のモビールがぶら下がっている。部屋の半ばは煉瓦と木の板の本棚だった。ペーパーバックやハードカヴァーの本が詰めこまれている。壁いちめん、画鋲でとめた印画《プリント》ポスターに覆われていた。四隅《よすみ》に雑誌や新聞を束ねた故紙の山。ハリウッド・スタイルのベッドの端には、まだ製本されていない「夢魘《サキュバス》」をはちきれそうに詰めこんだ段ボール箱があって、ハドリーの目を惹いた。

「座って」マーシャが命じた。「飲み物をこしらえるわ。何が欲しい？　スコッチ？　それともバーボン？」

「バーボン」とハドリーは呟いて、恐る恐るハリウッド・スタイルのベッドに腰かけた。

床下からかすかにラジオのけたたましい音が聞こえた。外で車のクラクションが鳴り、騒々しく走り去った。ランプやスレートのテーブルが鈍く顫動《せんどう》している――たぶん、この建物の冷房装置の振動だろう。部屋は冷え冷えとして湿っていた。彼はぶるっと身をふるわせ、ポケットのタバコを手探りした。キッチンではマーシャが、きれいなグラスはないかと探していた。

座ったままタバコを吹かして待っていると、やけに大きな白いウルフハウンド犬[73]が、忍び足で入ってきて、じろりと彼を睨んだ。くんくん鼻を鳴らし、また出ていきかけた。

「いい子にして、タートゥリアン[74]」マーシャが命令口調になって犬を叱りとばした。

犬はぴたりと静止した。首をめぐらして彼女のほうを見た。

「寝床におかえり。おすわりよ」マーシャが命じた。

犬はすごすごとハドリーの前を通過して、キッチンに入っていった。レンジの下に身を隠し、溜息をついて、毛玉だらけの汚れたマットレスに四肢を畳んだ。冴えない毛むくじゃらの前肢に顎をのっけて、うつろな目で前方を見つめている。

しばらくして、マーシャが丈の高いウイスキーグラス二つを手に、足早に居間に入ってきた。「オーケー」と言って、自分もベッドに腰かけ、スレートのテーブルにグラスを置いた。「勝手にやって」

ハドリーは病人のように酒を受けとった。「ここは気が滅入るな」唐突に言いだした。落ち着かなそうに、冷たいグラスを手のひらで撫でまわして「ねえ、これってほんとうなのかい――それとも、僕をからかってるのかい？」

マーシャの冷たい灰色の瞳が彼の目をとらえた。「何のこと？　何がほんとうですって？」

「このベックハイムの一件だよ。きみのおちょくりでないと、どうして僕にわかるんだい？」ふてくされた目で部屋を見まわした。「彼がいる気配もありゃしない。いったい、彼はどこにいるんだ？」

「ここにはいないわ」マーシャが鋭く言い放った。声が高くなる。「どうして彼がここにいなくちゃいけないの？　ここで彼がみつかるという、何か理由でもあるの？」

「落ち着けよ」不安になってハドリーが言った。

マーシャはドリンクを啜った。「わたしにはわからない。なぜ、あなたはわたしを疑うの」声を細めた。

「きみを疑うだって！　何を？」

「ほっといて」彼女は激しく震えだした。「あなたに疑われたままじゃ、いたたまれないわ。あなたがわたしに感じてるのは、そういうことなのね？　わたしを信用も信頼もしてないのよ」ぎらつく目を泳がせながら責めた。「そんなふうに感じさせるようなこと、わたしが何かした？　いえ、あなたよ。これはあなたのせいなのよ。わたしじゃないわ」

「いったい、どうしたっていうんだ？」苛々して彼は問い詰めた。

「べつに。ただ、こんなふうにあなたに感じさせるなんて、ちょっと耐えられないことなの。おねがいだから――」突然、言葉が途切れて顔をそむけた。「こんなこと、もう言いたくないわ」

　ふたりとも、しばらく口をきかなかった。ハドリーは仰天していた。彼女が身を鎧っていた脆い甲羅の内側を、ほんとうに覗いたのは、これがはじめてだ。いま、ちらっと、この女の底に絡みついている不安があらわになった。

「きみは怯えてる」驚きを隠せず、ハドリーが言った。「きみは口達者で、タフだし、容赦しない。でも、僕が非難したんで、怯えている」

「もう忘れて」彼女はやみくもに身辺を探った。「タバコを一本ちょうだい」

　箱から一本抜いて差しだした。びくっとして彼女が前屈みになる。指がわなないていた。一瞬、ふたりの顔が近づく。あえかに石鹸の匂いと、うっすらと森の香りが鼻をくすぐった。

そして切れ切れに、いても立ってもいられない恐怖の匂い。にわかに彼女が身をそらし、痩せた肩の先を壁にもたせかけると、脚を折って膝下に畳んだ。腕を組み、タバコの烟を吸う。わずかに乳房が揺れて、ハドリーに軽くほほ笑みを投げた。

「あなたも学ばなくちゃね」弱々しく硬い声で、彼女が言った。「人をこんなふうに扱っちゃいけないのよ」

「気を静めてくれ」と彼が言った。「きみは動顚してるんだ。何も起きてないんだから。誰もきみを苛めてやしない」彼女は目を輝かせて、彼をまじまじと見つめていた。とうとう彼は起ちあがった。落ち着かなげに歩きまわる。「どっちにしろ、こうやって待たされるのは好きじゃないんだ」と彼は釘を刺した。

マーシャが身を乗りだして、吸いさしの灰を灰皿に落とした。厳しく抑制しているものの、殺伐とした冷笑はまだ消えない。

「あとどれくらい待つんだい？」とハドリーがせっついた。「僕らはどれだけ睨めっこしていなくちゃならないんだ？　彼に会えるんなら、僕らも後腐れなしですむ」

用心深くマーシャが言った。「ほどなくよ。もうしばらく、わたしのお客を務めてちょうだい」

「どうして今じゃないんだ？」

彼女は凝然と彼から目を放さなかった。返事はない。彼が宇宙の歩みを妨げたとでも思われたのだろうか？　これは人知の及ばない不可避の儀式なのか？　彼の緊張が高まってきた。

彼女の情緒不安が彼に伝染し、ほとんど呑みこまれかける。突然、彼は咆哮《ほうこう》した。「何もかも中止にしよう！　僕は帰るぞ！」

「座って、お酒でも飲んでなさいな」

「いやだ」彼は憤然として彼女に顔を突きつけた。たがいに睨みあった。無言のヒステリーが破裂しそうになって、とうとうマーシャが肩をすくめ、目をそらした。「スチュアート」と彼女はうんざりして言った。「そこで棒立ちになってるあなたって、バカみたいだわ。おねがいだから、座ってちょうだい。大人らしく振舞ってよ」

　顔を赤くして、彼は身を離した。壁にむかって酒をあおった。

「そのほうがいいわ」とマーシャが言う。ふたたび主導権を取りもどして、喜色を浮かべていた。「聴きたいものって、何かあるかしら？」

「聴く！」彼が怒鳴った。「どういう意味？」

　マーシャは壁の一隅を指さした。コントロール盤と引戸の枠が見えた。「特注のハイファイ音響装置があるのよ」さりげなく床にするりと足を落とした。「見せてあげましょうか。壁に埋めこみ式なのよ」

「僕には興味ない」ふてくされた声になった。が、腰かけた位置からしげしげと眺めてみた。壁の一部が刳《く》りこまれて、壁龕《へきがん》にレコードのアルバムが並んでいた。別の壁龕には巨大なスピーカーが据えてあり、縺れたコードがとぐろを巻いていた。引き出しをひっぱりだすと、複雑なレコード交換装置《チェンジャー》とピックアップのカートリッジが現れた。

「ダイヤモンド針よ」マーシャが説明した。「片方のヘッドがLPレコード用、もう片方は古い天然樹脂盤《シェラック》〔75〕用よ」

「ほう」ハドリーが唸った。

「好きな曲はないの？」

「きみが聴きたいものなら何でもいい。きみがどうしても鳴らすっていうんなら」

「現代音楽はたいがい堕落してるわ」マーシャはLPをひとかかえ運んできてそう言った。「シェーンベルクの仲間たち……無調音楽はね。みんなウィーンのユダヤ人の出だわ」彼女は硬いジャケットから、レコードを一枚ぬきだした。盤面の端をつまんで、ターンテーブルの上にのせ、回転盤をスタートさせた。「さあ、これをどう思う？」

激しく、ハイピッチで、しかも金属的《メタリック》。レコードが鳴り響かせたのは、大シンフォニー・オーケストラの重厚な音だった。

「シューベルトのピアノ曲を編曲したものよ」座りなおしてマーシャが説明した。「シューベルトは、これを楽譜にするまで生きられなかった〔76〕……素敵じゃない？」

「美しい」

しばらくふたりは沈黙した。顔を見合わせながら、嚠喨《りゅうりょう》と鳴りわたるハイファイ音響装置に耳を傾けた。キッチンでは、グラスや茶碗が重低音にびりびり震えていた。はじめは音の猛然たる轟きが、ハドリーの脳を荒々しく打ちのめした。頭蓋が疼《うず》き、目が痛くなる。彼はたじろいだ。音にあらがって身を固くする。が、しだいに音に脳が鈍磨してきた。音が遠のいて、形も意味もなくなり、くぐもった遠くの騒音になった。思考も懸念も消え去った。もっけの幸いだ。部屋のすべてが溶けあって、音楽に融合してしまう。部屋もその調度も、昂奮してカタカタ顫《ふる》えている。やがて、スチュアート・ハドリーはすっかり参って、自分を音楽に投じていた。疲れた、どうでもいい。抵抗はやめた。すると、ほとんど愉悦《ゆえつ》になってきた。

部屋が霞んでいく。ものが形状を失い、溶けあって見分けがつかなかった。たぶん、こいつは眼精疲労だろう。彼は座ったまま、なかば催眠術にかかったように、見るともなく前方を瞶《みつ》めていた。テーブルにのった灰皿で、彼のタバコの火が消えかけていた。レコードの熱狂の一端が視覚化した。壁の色調にも、アスファルト・タイルの模様にも、ありありとそれが表れた。一種のぼんやりしたメタリック音のざわめきが、彼の身辺に溢れてきて、彼はそれを受け入れた。キッチンでは、レンジの下の寝床でタートゥリアンが微睡《まどろ》んでいる。

レコードが終わりに近づいた。マーシャは起って部屋を横切り、増幅器《アンプ》の前に行く。突然、指を曲げて、複雑な装置の電源を切ってしまった。潮が引くようにノイズがスピーカーに吸いこまれた。部屋は解放された。不安そうにマーシャはベッドに戻った。彼女もハドリーのように神経がぴんと張りつめていた。

ハドリーは感じた。何か朦朧《もうろう》とした苛烈な試練、目的さえも定かでない試練を潜りぬけたんだ。おそらくマーシャも、その目的は知らない。どっちにしろ、もう終わった。彼は深く息を吸って、酒に手を伸ばした。まばたきして気を取りなおし、すこしあおった。

「子供たちはどこ？」と彼は訊いた。「見かけないね」

「出かけてるわ」びくりとして、マーシャはタバコから灰を落とした。「ソノマ郡の林間学校《サマーキャンプ》に」

「きみはここでひとり暮らし？」

「いいえ」

「ただ借りてるだけなのかい？」

堅苦しくうなずいた。突然、彼女が跳びあがって、音響装置に駆け寄った。電源を入れ直してから、レコードをひっくり返し、そっと置いてスタートさせた。後しざりに身を引き、また身をこわばらせて、緊張した面持ちで腰をおろした。ハドリーは緊張が祓《はら》い浄められた気がした。音楽のおかげだ。その試練に耐えたあと、いまは次の段階に移っている。諸事万端、避け難いと感じる段階だ。ものごとがそれぞれの理《ことわり》に沿って進んでいることは明らかだ。隠れた力学が働いているのだ。それを早めることも遅らせることも、彼は期待できない。座して待つのみ。幸い、彼は待っていた。

スチュアート・ハドリーが耳を澄ましていると、アパートの扉が開いて、男がひとり入ってきた。その男がセオドア・ベックハイムであっても、意外にも異様にも思えなかった。濃い紺の背広を着て、頭に帽子をのせ、腕に厚手のコートを下げて入ると、黒人の大男はドア・チェーンをかけた。廊下の小卓にコートと帽子を置き、それから居間に入ってきた。

ハドリーは起ちあがった。二人の男が対面した。マーシャは、紹介の労をとろうと、急いで酒を脇に押しやった。

セオドア・ベックハイムが手を差し出し、二人の男は握手を交わした。彼は老体で猫背で、太古の巨人のようだ。背広はよれよれで、みすぼらしい微服《なり》だった。きつそうな仕立てで、ひどく古びてこわばり、堅苦しい。手首のまわりが締まりすぎていて、カフスもツンツルテンだった。流行遅れの黒靴は磨いてありこそすれ、靴底が磨り減って貫禄がついていた。夏だというのに、胸をベストで包んでボタンを締めている。

「ごきげんよう、ミスタ・ハドリー」ベックハイムは無表情で、金髪の若者を見つめた。暗《あん》澹《たん》とした大きな眼は、心なしか褪色している。射すくめるような瞳孔を囲むのは、黄の液体をたたえた白眼だ。ちらとマーシャを見て、またハドリーに目をもどした。老体の皮膚は革のように粗くざらついていて、乾いた角質をなしていた。槎牙《ごつごつ》した頭蓋骨と頬骨にぴったり張りつけたような分厚い獣の革。黝《あおぐろ》い唇は薄くひび割れて、金歯がのぞいていた。髪は暗灰色で、短い巻毛だった。かすかに放つ黴《かび》臭い古着の匂いと、その裏にこもる饐《す》えた汗の体臭。いまの彼は憔悴した老いぼれだ。ハドリーにはすくなくとも七十歳に見えた。でも、何歳かを言いあてるのは難しい。目に見える生気、あの晩、お諭しの会場で彼からほとばしりでていた炎は、いまほとんど跡形もなかった。

　でも、ハドリーは失望していなかった。むしろ畏怖《おそれ》を感じた。あの晩のベックハイムは、個人を凌駕する楽器として、会場の人々に語りかけていた。今夜のベックハイムは、一人の個人だ。その変貌ぶりは、わくわくするような演説をここで反復してもらうよりも、ハドリーの胸に響いた。彼にとってこれは期待した以上に思えたのだ。いまのベックハイムは語りかけ、語りあえる男だった。これなら、ハドリーとベックハイムを隔てる懸崖にも橋を渡せる——すくなくともいまこの瞬間は。ベックハイムはげっそり窶《やつ》れて、上座から降りてきたのだ。公人らしい仕草も、宣言や預言のご託宣もない。独活《うど》の大木のような黒人が、古めかしい背広と胸着《ベスト》を着て、ハドリーの手を握り、興味深げに彼を見つめているだけだ。

「お諭しを拝聴しました」とハドリーが言った。

ベックハイムの薄い唇が動き、わずかに吊りあがった。ほとんど微笑とも冷笑ともとれる神経の痙攣《けいれん》が顔をかすめた。「どこで？」と訊いてきた。

「シダー・グローヴスで。先月でした」

ベックハイムは苦笑いしてうなずいた。「あ、そう」そぞろに手を放し、ハドリーから離れた。「ミス・フレイジャーといらしたのかな」ベックハイムとマーシャは、部屋の片隅に身を引いた。早口のひそひそ声。ベックハイムは彼女と話しはじめた。最初、ハドリーは自分が話題なのかと思った。彼がなぜここにいるのか、と尋ねているんだろうか。だが、気づいた。ベックハイムはここしばらく、彼女に会っていなかったのだ。ごく普通の話題に耳を傾けていて、ハドリーとは無関係なことを訊きかえしていた。やがて、個を超越した公人の顔がふたたび現れた。ベックハイムとマーシャは、もうすっかり部屋を出てしまっていた。廊下を通ってキッチンに入ってしまう。ハドリーがひとり残された。

困惑と緊張のあまり、彼はあてもなく部屋の中をうろついた。ポケットに手を突っこみ、何もせず、ただ待つだけだった。見ざる、聞かざるか。ついにどうとハリウッド・スタイルのベッドに身を投げ、タバコをぬきだした。ぎごちなく火をつけると、マーシャがふたたび部屋に入ってきた。生気のない笑みを浮かべていた。彼に有無を言わさぬ微笑を投げてから、ウイスキーグラス二つに手を伸ばした。

「これを下げろって」と彼女がそっけなく言った。「テッドが言うの」

彼女は酒を持ち去った。キッチンから何か立ち働く音がした。ベックハイムの大きな図体が、キッチンの扉の前を行ったり来たりしていた。ときおり光が遮られ、ハドリーは思わず目を上げた。ベックハイムは暗色の上着を脱ぎ、片腕に掛けていた。あかるい青のシャツに黒のタイ。擦りきれたカフスが見えた。腋《わき》の下ににじむ大きな半月状の汗のシミ。上着を脱ぐと、前よりもっと猫背になった。顎をひいてぶつぶつ呟きながら、大股で行き来していた。一度、ハドリーに目をとめ、かすかにほほ笑むと、また目をそらした。

キッチンからふたり一緒にやって来た。ペアになって歩いてくるが、手はつながず、思いに沈んで陶然とした顔だった。「失敬した」ベックハイムはハドリーにそう言って、議論していた話題を切りかえた。「協会のことでね……たいしたことじゃない。きみを外す気はなかったんだが」また、心ここにあらずの顔になった。ベックハイムの言葉は、自然に流露する口ぶりとは思えなかった。慎重に計算したうえで、言葉を選びぬいた、ほとんど公式の発言なのだ。

「いいんです」ハドリーのつぶやき声は嗄れていた。きまり悪そうに起ちあがって、ふたりに向かいあう。彼はにわかに瘧《おこり》に襲われた。いま、ベックハイムがほんとうに近づいてきたと思えたのだ。ベックハイムはまさしく彼を見つめていた。彼はこの男の目にとまったのだ。

「座りなさい」やさしい仕草で、ベックハイムはベッドを指した。三人ともベッドに腰をおろした。部屋にみなぎる緊張がすこしほぐれ、ハドリーは不安そうにほほ笑んだ。

「コーヒーをレンジで温めてるの」マーシャが気おくれして、遠慮がちに小声で言った。身を硬くして、とり澄まして座っていた。いまは苛立ちが消え、よく躾けられた児童みたいに、寡黙で従順、気配りを怠らなかった。「それとお菓子にショートブレッドのクッキーもね。あと数分待ってて」

　ベックハイムは、大きな黒い手を膝に置いて座っていた。爪は髪とおなじく灰色だが、光沢があって一部が半透明だ。水底を覗くように、黒い皮膚が透けてみえた。「きみはシダー・グローヴスに住んでいるのかね？」とベックハイムが訊いた。声が低く嗄れていた。人種や出身地をうかがわせる訛りがない。そこに、とりたてて特性はなかった。あの声の深い響き、たぐいまれな低い音色を除けば、ごく普通の男の声だった。寛いだ口調で語っている。この有限の間隔、はてしない流れから切りとった時間の薄片あればこそ、ハドリーは彼を身近に感じた。

「はい」とハドリーはこたえた。「妻と僕とで住んでいます」彼が感受し、嬉しく思えたのは、この男の親しみやすさだった。でも、同時に彼は承知していた。ベックハイムの気遣いは構えたものであって、いつ何どき心変わりするか知れない。ひょんなことで終わりを告げて、二度とその気にならないかもしれないのだ。

「お子さんは？」とベックハイムが尋ねた。

「ええ、男の子がいます。ピートです」ハドリーは反射的にコートのポケットに手を突っこんで、気ぜわしく指でまさぐった。でも、気が変わった。空しく時が過ぎるのを意識したのだ。「まだ生後一ヵ月かそこらで」

「結婚して何年経つ？」とベックハイムが訊いた。

「数年です」何年経ったか、いまはとっさに思い出せない。

「どんな仕事に就いているのかね？」

「僕はセールスマンです」狼狽しながら、渋々みとめた。「テレビの売り子で」

ベックハイムは考えこんだ。マーシャにちらと目をやったが、何の表情なのか、ハドリーは読みとれなかった。ベックハイムが重ねて訊いた。「きみは教会に通ってるのかね」

返答に詰まったが、ハドリーはみとめた。「いいえ、通っていません」

「きみの一家はどこの宗派かな？」

「プロテスタントです」

ベックハイムはやさしくほほ笑んだ。百も承知と言わんばかりだ。「われわれはみんなプロテスタントでしょう、ミスタ・ハドリー。要は、きみの一家がプロテスタントのどの宗派に属していたか、ということです」

「知りません。会衆派《コングリゲーショナリスト》(77)かなんかでしょう」

「モダニストかな？」

「ええ」

しばらくしてから、ベックハイムが尋ねた。「私と会うためにここに来たのかね？」

「ええ」ハドリーはこたえた。自分が感じていることを言い表そうとした。それがどれだけ彼にとって意味あることなのかを伝えようとした。

「なぜかね？」

ハドリーは口を開けた。が、何を言いだすべきか、思いつかなかった。激情に襲われた。彼にできたのは、黙って首を振ることだけだった。

じっとハドリーを見つめながら、大男の黒人《ニグロ》はしずかに訊いた。「きみは病んでるんだね？　ミスタ・ハドリー」

ほっとして、ハドリーはその答えにとびついた。「はい、重病なんです」床に目を落とした。ぶるぶると身が震え、ぞくりと鳥肌が立った。

「死にそうなほど重い病かな？」

「ええ」激しく頷きながら、どうにか返答した。「ふむ、われわれはみんな、死にそうなほど重い病を患っているんだよ、ミスタ・ハドリー。大病だ。われわれ誰もが病に伏している」

「はい」とハドリーは相槌を打った。感情が激して、波濤に呑みこまれた。嗚咽《おえつ》が洩れそうに感じた。床から目を上げられない。身じろぎもせず、両手を握りあわせ、首筋に汗をしたたらせながら、黙座していた。彼とベックハイムのまわりで部屋が暗くなってきた。何も動かず、何も起きない。

「きみは健やかになりたいのですか」じきにベックハイムが訊いた。

「ええ」

「とても？」

「ええ、とても」ハドリーの喉が喘々《ぜいぜい》鳴った。怖さが卑屈になり、息が早く荒くなった。何となく感じた。まるで死の舞踏《マカーブル》の堅苦しい儀式、形ばかりで中身のない儀式を演じているようだ。でも、別の言い方をすれば、彼の口にした言葉が、大きな意味を持つようになっていた。自分が言うことすべてに、我を忘れるほどの昂奮を感じた。彼の言葉も反応も、奥深い内面から立ち顕《あらわ》れてくる。と同時に、時を超え、個を超えた本質がそこにあった。

彼はその言葉に意味を持たせたかった。それを自分自身に受け入れさせたい。すると、やがて儀式の感覚が薄れていった。しかし消えてはいない。ベックハイムと向かいあっていながら、ハドリーの脳の一部は高所から睥睨《へいげい》していた。彼は一人の傍観者にすぎない。冷淡で超然として、面白がってはいるが、根は暗い皮肉屋なのだ。ハドリーは自分のそうした部分が嫌いだった。でも、彼はそれを切除できない。脳のその部分にとっては、スチュアート・ハドリー本人も、面とむかって座るこの黒人も、おかしな操り人形にすぎなかった。グロテスクに踊り、ばかげたふりをしてみせる木偶《でく》。脳のその部分が、声もなく嗤《わら》いだした。それでも彼は座って耳を傾け、問答に応じている。

「きみを健やかにできるのは、誰だと思う？」抑揚のない計算した声で、ベックハイムが訊いた。「私にできると思っているのかね？」

ハドリーは逡巡した。感情が激して、ぶるっと戦慄が走った。「僕には――わかりません」

「無理だ」とベックハイムが言った。「私はきみを健やかにはできない」

ごもっとも、と言うようにハドリーはうなずいた。

「だが、きみならできる」ベックハイムは続けて言った。「きみ次第なのだ」

ハドリーも相槌を打った。しばらくふたりは座ったまま見つめあい、黙して待った。間髪を入れず、何か変化が訪れるかもしれない、とでも思っているかのように。いますぐハドリーが癒され、もう何も待たされることなく、その場で直ちに全快すると思っているかのように。緊張が高まった。とうとうハドリーが、やりすごせなくなるまで。百万の眼睛《がんせい》がすべて彼を見つめて爛々と輝いていた。目ばたきもせず、仮借なく一切の感情を排した眼差し。世界の彼方から、宇宙の彼方から、彼を見透かすように照射していた。

突然、ベックハイムがマーシャのほうに向きなおった。「コーヒーが沸いとるな」

「あら」とマーシャが後ろめたそうに言い、あわてて起ちあがる。「クリームとお砂糖は？」とハドリーに訊いた。

「ええ」と彼はこたえた。きょとんとして瞼《まぶた》をしばたたかせ、水面に浮かびあがった。いきなり部屋の眩しさに目がくらむ。タバコの吸いさしをつまんで、乱暴にもみ消した。幻術《まじない》は破れた。ベックハイムは上着のポケットから新聞を出して開くと、拾い読みしはじめた。時は去れり。ハドリーは落胆した。どこまで下りたのか、彼には分からなかった……下りたというのが適切な言葉なら。とにかく、彼は遠くまで来た。ここはどこなんだろう。

キッチンでは、マーシャがいそいそと支度をしていた。皿がかちんと触れあう音。レンジの下で寝そべっていたタートゥリアンが目を覚ました。犬は警戒しながら、もの欲しそうな目で、ちらと見あげた。彼女が眼前をよぎり、トレーを居間に運び去ると、犬は鼻先を床におろした。

ハドリーは茶碗を取って、無意識に手の中で揺らしはじめた。トレーの中央に、淡い色のクッキーを盛ったガラス皿があった。三人が茶碗を手にしたあとも、クッキーはそこにあった。厚紙やセロファンの包装を剝いてある店売りの練粉菓子の丸い環。どのクッキーも同じ形だった。やがてベックハイムがひとつ摘まんで、ぼりぼり咀嚼《そしゃく》しはじめた。

ハドリーは陶然として、この男がものを食べる光景を眺めた。ベックハイムの手が二つめ、三つめのクッキーに伸びる。口にくわえてから、さくさく嚙み砕いて嚥《の》みくだしていた。それから別のクッキーに移るのだが、機械のようにメカニカルだった。見るからに、ベックハイムは食べ物を味わっていない。喜びも興味もなく、ただ消化するだけだ。彼にとっては、特別な意味を持たない生理機能のプロセスなのだ。何度も皿と口のあいだを手が往復した。彼がいま意識を集中させているのは、よれよれの新聞であって、そのほかのものではない。

「なるほど」ベックハイムは、新聞を読みながらつぶやいた。「米軍パイロットは、北朝鮮には重要目標なんかないと難じているそうだ。銃弾の荷をいっぱい抱えて、峠越えに山道を登ってくる中国人をひとり爆撃したところで、どうせ骨折り損だと不満を募らせとる」新聞を閉じてから付け加えた。「村落や作物を焼き払うのは、ナパーム弾の役目だったのだ」

ハドリーは何も言わなかった。黙ってコーヒーを啜った。彼はすっかり傍観者に徹し、部屋にいる同席のふたりから距離を置いて、殻に閉じこもっていた。ベックハイムとマーシャは、家庭をいとなむ無口なカップルのように、座ってコーヒーを飲み、新聞を読んでいた。ハドリーが立ち入ることのできない自閉した輪だ。それでも彼は異を唱えなかった。ことを荒立てることなく、この立場を受け入れたのだ。

不意に、ベックハイムが畳んだ新聞を押しやり、身を堅くして起ちあがった。「お許しいただければ」とハドリーに告げた。アリゾナ産のスレートのテーブルを離れると、ポケットからメガネケースを取りだし、鼻に黒い角縁のメガネをのせた。袖をまくりあげて、ゆっくり部屋を出ていった。その顔に浮かぶ深い瞑想の表情。ちっぽけな書斎をハドリーも覗いてみた。書類や本が散乱していた。その一隅を占めるのは、ロールトップの古い机と、雁首《がんくび》の形をしたランプ、そして木製の回転椅子だった。ベックハイムは机の前に座って、書類の山をあれこれ探しはじめた。

マーシャも起って、急いでついていった。「手紙類は要ります？」と彼女が聞く。印刷したパンフレット類を収めた大きな段ボール箱のあいだに、身をもぐりこませた。協会がどこの街角でも配っている安手のビラが、ハドリーの目をかすめた。

「きみは目を通したのかね？」ベックハイムが、低く唸るような声で尋ねていた。

ふたりの会話がひそひそ声になったので、ハドリーは背を向けた。だが、目のやり場に困った。考えることもない。机に屈みこむ大男の黒人だけが、このアパートでは唯一の活動の中心だった。マーシャはベックハイムの背後に立って、肩に身をあずけながら、段ボール箱から取りだした書類を、あれやこれや指さしていた。ベックハイムは手紙を選りわけていた。机に黒い肘を突いて、じっと手紙を読んでいた。やがて脇に押しやると、別の手紙を選んだ。

しばらくしてマーシャが振りかえり、居間に戻ってきた。

「コーヒーのおかわりは？」とハドリーに訊いた。

「いや、結構」

マーシャは腰をおろして、機械のように紙の封筒をちぎって、細片にしはじめた。「やることはたくさんあるの」と説明した。「こんなふうなことでも、かかりきりの仕事になるのよ。帳簿の区分け作業とか、そんなたぐいの書類仕事でもね」

書斎では、ベックハイムが手紙の山と格闘していた。いくつかの封筒から中身——小切手か現金を抜いて、四角い手提げ金庫に大事そうに入れている。どの手紙もじっくり丁寧に読んでから、重い金色の万年筆の黒いペン先でマークをつけていた。机の上に飾ってあるのは、どこにでもある髭を生やした青年像の額縁入りの複製画だった。痴呆のように口をぽかんと半開きにして、上目づかいに天を仰ぐ姿。若きキリストをロマンチックに想像して描いた模造品である。机の片側に、小さな真鍮《しんちゅう》製の電気ヒーターが置いてあった。その後ろに、籐椅子が三つ重ねてある。肘かけの一つに、ぼろぼろの赤いセーターがぶら下がっていた。

がっしりした頭を上げもせず、まわりを見渡しもせずに、ベックハイムが言った。「ミスタ・ハドリー。きみの奥さんの名前は何というのかね？」

「エレンです」たちまち生気をよみがえらせて、ハドリーはこたえた。

五、六通の手紙に重い金色のペンを走らせる音がしているあいだも、ベックハイムは続けて訊いた。「おいくつかな？」

「二十二歳」

ベックハイムはすぐ問いかえした。「きみはいくつかね？」

「二十五歳です」

しばらく、ベックハイムは黙々と仕事を続けた。さらさらとペンを走らす音と、かさかさという紙の音しか聞こえない。「きみは考えたことがあるかな？」やがて黒人が尋ねた。

「協会に入ってみようかと」

さあ、来たぞ。ハドリーは緊張した。口はカラカラになり、幻影がちらついた。床に目を落としたままこたえた。「それはあんまり考えたことがないんです。そういうことじゃなくて。あなたに会いたいっていうのは、もっとそれ以上の……個人として」

その先は一瞬、言葉に詰まった。ハドリーの緊張がみるみる高まった。彼は起ちあがって、居間から書斎まで歩いていった。仕事を続けているベックハイムのすぐ背後に立って、もじもじして、ポケットに手を突っこみ、乾いた唇を舐めながら、何を言うべきか悶々としていた。ベックハイムは待っているらしい。すくなくとも、それ以上問いを発しないし、何も付言しようとしなかった。

「これまで宗教にはあんまり関心がなかったんです」いかにも不器用な言い草だった。「ほんとに、何にも知りませんでした」

ベックハイムはかすかに頷いて、仕事を続けていた。別の部屋ではマーシャがひとり、ハリウッド・スタイルのベッドに座っていた。指のあいだにコーヒー茶碗を包み、顔はうつろで無表情だった。アパートの建物の外で、大都会の夜のざわめきが殷々と響いていた。サンフランシスコ湾から流れてきた冷たい霧が、歪んだ窓枠のあたりに漂っている。

「きみの坊やの名は？」ベックハイムが質した。

「ピーター」

「写真を持っているかね？」

今度はハドリーも財布を取りだせた。ベックハイムが仕事を続けているあいだ、おぼつかなげに捧げ持った。すぐにベックハイムは手紙を押しやり、財布を受けとった。机の上に広げて、矯《た》めつ眇《すが》めつ眺めだした。

「健やかな顔だな」仕事をふたたび始めながら、彼はそう寸評してのけた。

「ええ、いつも健康で、やんちゃしてます」一瞬ためらったあと、ハドリーは財布をポケットにもどした。「もちろん、無事息災を夫婦で祈ってますよ……でも、これまでのところ順調のようです」

「奥さんの写真はお持ちかな？」

もういちどハドリーは財布を取りだして開いた。うやうやしく写真を置く。ベックハイムは、のたくるような女手の細字で書かれた手紙に万年筆を置いたまま、しばらく写真を覗きこんでいた。汚れがこびりついて、セルロイドがほとんど半透明になっていた。その裏に差しこんだエレン・ハドリーのスナップ写真が、ご老体の眼差しにさらされている。

「魅力的な女性だな」とベックハイムが言った。「エレン・ハドリー……スチュアート・ハドリー。きみらのような若いカップルには大勢会ったよ」万年筆を擱《お》いて、くるりと椅子を回し、彼に面と向かった。「しかし同じではない。誰もがちがう。きみはかけがえのない存在なんだ……誰だって、どこかしら新しい組合せだからね。自分自身そう感じたことはないかね？」

「あると思います」とハドリーが言った。

「スチュアート・ハドリーが死んだら、何が起きるんだね？　スチュアート・ハドリーがいた場所に、何がとって代わるのだろうか？　別のスチュアート・ハドリーなんてありうるのかね？」角縁のメガネの奥で、黒い大きな瞳が、上目づかいにハドリーを射抜いていた。

「私はありえないと思うが。きみはどう思う？」

「ありえません」ハドリーはみとめた。

「ほんとうかね？」

「ええ」ハドリーはうなずいた。「そう感じました」

「でも、きみはいずれ死ぬんだろう。それをどう説明するんだ？　そのパラドクスへの解は何なのかね？」

「わかりません」

「もちろん、きみはわかっているのだ！　私と同じように、きみもその答えを知っている。頭を使いなさい……きみはただ考えたくないだけだ。きみの脳は錆びている。考えるのが辛いのだ。心の扉を内側から開きなさい……残された時間はあまりないのだ」

「ええ」ハドリーは同意した。「時間はあまり残っていない」

　ベックハイムはハドリーの財布を手に取った。「これがスチュアート・ハドリーだ」革と紙とセルロイドが変色した携帯品を、手のひらにのせて言った。「紙幣だ」そう言って、札入れに詰めこまれた紙幣をあらためた。「小銭だ」ちいさな小銭入れを振って空にすると、十セント硬貨と二十五セント硬貨が何枚か転がり落ちた。「これは婦人用の財布だな。知ってるかね？」

「いいえ」ハドリーは驚いて言った。

「小銭入れは、婦人用の財布にしか、ついていないのだ」ベックハイムは撓《たわ》んだ白い名刺の小さな束を広げた。「これをお客に配るのかね？『スチュアート・ハドリー　テレビジョン・セールスマン　モダンＴＶセールス＆サーヴィス　カリフォルニア州シダー・グローヴス、バンクロフト通り八五一番地』か」ロバがいななく下手なマンガを刷った一枚の名刺を、ベックハイムはじっと眺めていた。汚れてよれよれの名刺だった。下のほうに台詞が刷りこんである。さあさロバの焙り焼き　ご自分で尻肉一切れ。[78]「これは何だ？」とベックハイムが訊いた。

恥ずかしさにいたたまれず、ハドリーは口ごもった。「単なるジョーク。トリックですよ。何の意味もない」

ベックハイムは名刺を脇に置いて、財布の奥を探った。つまみあげたのは、くしゃくしゃにたたんだ紙切れだ。鉛筆で名前と住所、電話番号が走り書きしてあった。「お客か」ベックハイムは推量した。「売り込み先だな」

「はい」とハドリーがみとめた。「それに個人的な友だちでもあります」

「鍵だ」ベックハイムは車のキーと、二個のドア・キーを取り出した。「一つがきみのアパート。もう一つがきみの店の鍵か」

「そのとおりです」とハドリーが言った。「車のキーはお店のトラック用です。ときどきガレージで飛び乗らなきゃいけないので」

「これは何だ？」ベックハイムは、正体不明の金属の薄汚れた円盤を取りだした。まんなかに四角い穴があいていた。

「幸運の護符《おまもり》なんです」ハドリーは戸惑いながらこたえた。「中国の古銭[79]です。子供のころ、海辺で見つけました」

ベックハイムはわざわざ透明紙《グラシン》の折り込みを裏返した。ハドリーの証明書類をひとつひとつ検《あらた》めていく。「きみの社会保障カード。運転免許証。徴兵カード……4F級なのか？」

「肝臓疾患で」とハドリーは説明した。

「エルクス慈善保護会[80]の会員証」ベックハイムは次の一枚に移った。汗にまみれて変色した黄色の角型ケースに挿しこまれていた。「出生証明書の複写《フォトスタット》[81]だ。きみはニューヨーク生まれなのか？」

「そのとおりです。育ちはワシントンDCですが」

「図書館カード」ベックハイムは、ほかのカードの裏に隠れた何枚かのカードをひっぱりだした。「青十字病院カード。リーガル・ガソリン・ラッキー賞抽選券の半券……」ピーターとエレンの写真は素通りした。最後の透明紙のケースから、隠れていたスナップ写真を抜きだした。「この女性は誰だ？　きみの奥さんじゃないな」

「ええ」ハドリーは渋々みとめた。「ずっと昔、付き合ってた女の子で」

ベックハイムはもったいぶって写真を眺めていた。たっぷりした黒髪、口の大きなイタリア人の女の子が、恥ずかしそうにほほ笑んでいた。ぴったりした木綿のサマードレスを着て、なみ外れた巨乳をこれ見よがしに強調していた。「で、きみはまだこの写真を肌身離さず持ち歩いているのかね？」とベックハイムが訊いた。

「捨てようと思ったことはありません」ハドリーは弁解するように言った。「とにかくその子、今はオクラホマかどっかで暮らしてるんです」

ベックハイムは財布の底にたどりついた。中身を元にもどして閉じてから、ハドリーに返す。「そして、このすべてが」と言った。「一瞬にして泡沫《うたかた》と消え、吹っ飛んでしまうことだってありうる。そのあとは――どうなるのだ？」

「わかりません」ハドリーは言った。

ベックハイムが憤って顔が赤黒くなった。「きみはわかっているのだ！　どうしてわからんと言いつづける？　何がわからんというのだ？　この書類のように、跡形もなく消えてしまうと、きみだって思うだろう？　きみの手がけたものが、何もかも炎に包まれて、焼け落ちると思うだろう？　焼き尽くされないもの、業火に滅ぼされないものがある、などと言い張るのかね？」

「ないでしょうね。でも、僕にはわからない」途方に暮れて、ハドリーは首を横に振った。

「どう考えるべきか、見当もつかないんです」

手厳しく、ベックハイムが詰め寄った。「で、きみはただそこに突っ立って、待っている気か？　なすすべもなく？」

「僕は――たぶんそうです」

老体は苦笑いして、灰色の大きな手を広げた。「それなら、友よ、きみのためにしてやれることは何もない。きみはほんとうに助けを求めているのか？」

「はい」とハドリーは即答した。

ベックハイムは溜息をついて、ふたたび重い金色の万年筆を取りあげた。椅子を回して机の前にもどった。手紙の山を手もとに引きよせ、いちばん上から手紙を検分しはじめた。

「もっと時間が」と彼は言った。「あればいいんだが。あまりに人が多すぎて、あまりに時間が少ない……時が尽きていく。毎日、残り少なくなる。新聞を見れば、いつか中国と戦争になるかもしれない。四億五千万人の人民……もちろん、原爆が数を減らすだろう。しかしあまりにも人が多い……まだ、そのほかに、アジアには国また国があって、何億人もいる。最後はそれ以外の世界だ。火柱《ほばしら》。兵戈《いくさ》」

ハドリーは何も言わなかった。

「きみのそばの引き出しを開けてくれ」ベックハイムが、目もあげずに命じた。「いちばん上の引き出しだ」

がたがた揺らしながら、ハドリーは重い木の引き出しを開けた。インク壜や紙の切り抜きや鉛筆、ゴムバンドでくくったカードの束、小冊子やパンフレット、メモ帳が詰めこんであった。「何がお入用なんです？」彼は心もとなげに尋ねた。

ペンを走らせながら、ベックハイムが言った。「きみの手つきは面白いな……知ってるか？」

「たぶん」とハドリーはこたえた。

「そこの青いカードを一枚とってくれ。引き出しの前のほうにある。糊の壜のそばだ」

ハドリーは文具の山に手を突っこんだ。カードが一枚、浮いていた。こわごわそれを抜く。

「これですか？」

ベックハイムは引き出しを押しもどして、カードを手にとった。重い金色の万年筆で、カード中央の空いた部分に**スチュアート・ウィルソン・ハドリー**と名前を記した。けばけばしい飾りのまんなかに、黒インクのしっかりした筆跡。注意深く威厳を保ちながら、ベックハイムは吸取紙を、ぐいと押しあてた。ハドリーにカードを返す。

ハドリーが裏返してみると、イエスの番人協会会員証とあった。

「財布に入れておきなさい」ベックハイムが言った。「ほかのカードといっしょに。スチュアート・ハドリーのほかの属性と並べてな」

ハドリーは、痺れた指でそうした。しばらく机のそばに立っていたが、ベックハイムは仕事をやめなかった。じきハドリーもあきらめて、ふらりと書斎を離れ、扉のほうへ歩きだした。

「一ドル五十セント」肩越しにベックハイムが言った。

ハドリーは踵《きびす》を返した。「何ておっしゃいました?」

「一ドル五十セント。入会金をいただく」

顔を赤らめて、ハドリーは一ドル札と二十五セント硬貨二枚を取りだした。それをつまみ出したが、不器用にも机に落としてしまった。ベックハイムはペンを置き、代金を手に取った。お札を押し広げてから、机の正面の引き出しを開けて大きな台帳を取りだし、「雑/受領」の項に記入する。ドル札と二枚の銀貨は、ほかの現金や小切手とともに、四角い手提げ金庫に収められた。ベックハイムはまた仕事に取りかかった。

ハドリーが居間に戻ると、マーシャが茶碗やソーサーを片づけていた。おずおずとした笑みが顔をかすめる。「まだコーヒーを飲む？　それとも何か食べたい？」

「いや」とハドリーはぞんざいに返事した。

マーシャはそそくさと食器をキッチンに運んでしまう。再び姿を現したときは、短いスエードの革ジャケットをはおっていた。ハドリーがベックハイムと話しこんでいるあいだに服を着替えたのだ。「もう行く時間だから」と説明した。「車であなたを送ってくわ……」セオドア・ベックハイムの丸めたがっしりした背を指さして「彼はお仕事しなくちゃ」

「わかった」とハドリーはうなずいた。声は太かったが、打ちひしがれていた。

マーシャは玄関の小広間で扉を開けた。詰まった下水のおぞましい臭いが、ラジオと人声《ひとごえ》の微かなざわめきとともに、居間に這いよってきた。

背後で扉が閉まる瞬間、ハドリーの目は、ベックハイムの最後の後ろ姿をとらえた。黒人は顔も上げなかった。黙々と脇目もふらず、仕事しつづけていた。机に肘をつき、手紙の山をしかつめらしく調べていた。

サンフランシスコ市内を出る前に、マーシャのスチュードベーカーは、煌々《こうこう》とネオンの輝く広大なスーパーマーケットの駐車場に滑りこんだ。サイドブレーキを引く。

「ここで待ってて」そうハドリーに言い置くと、車からするりと抜けだした。「すぐ戻ってくるわ」

彼女はスーパーの裏口までぴょんぴょんスキップしていった。スラックスと革ジャケットを着て、すらりとした少年のような後ろ姿。ハドリーはむっつりとして座ったまま、彼女が出てくるのを待って眺めていた。買物客が店に出たり入ったり、車で滑りこんできたり、暗い街路に出ていった。

　信じ難いことだ。彼はベックハイムに会い、言葉を交わし、送りだされたのだ。その刻限が終わってしまった。すでに過去に埋もれかけている。灰色の鉛のような水に、緩やかに没していくように。

　はぐらかされた気がした。彼は憮然としてタバコに火をつけ、腹立ちまぎれに揉み消した。僕は何を期待していたんだろう？　奇蹟か、たぶん。短時間の面会と退出、それ以上の何だろう。でも、失望はしていない……彼は畏怖《おそれ》を感じた。畏怖と同時に、ひどくはぐらかされたとの思い。あそこには力が宿っていた。角質の肌をした猫背の黝《くろず》んだ老体、饐《す》えた汗の臭いと、黴《かび》臭い衣裳棚の匂いに包まれた、あの重厚な体軀には。すでにハルマゲドンの業火を潜りぬけて、この世に帰ってきたかにみえた。ベックハイムには力がある……なのに、それを引っこめた。あれははぐらかしだった。ベックハイムは彼を救い、手を差しのべることができたのに、そうしなかった。

　そんなことを考えながらハドリーは、ナイフで切り裂いたようなマーシャの影法師《シルエット》が、急いでスーパーから出てきて、暗い駐車場を渡ってくるのを見つめていた。彼が車のドアを押しあけると、彼女が息せききって運転席に滑りこんできた。ふくらんだ紙袋を彼の膝に放りだす。彼が手に取ると、トクンと液体の音がした。

「何だい、これ？」と訊きながら袋を開けた。ジョン・ジェイムスン[82]のブレンド・ウイスキーだった。五分の一ガロン壜だ。

「ふたりで飲むためよ」マーシャは車をスタートさせながら、そう説明した。「さっき、お酒に手をつけなかったでしょ。ね、これならわたしも、じぶんで飲める」

　マーケット・ストリートの流れるような光の帯を横断して、むこうのテンダーロイン地区[83]に車を突っこませた。露店が肩を寄せあい、不ぞろいな列をなして、狭い道の両側に広がっていた。安カフェや安バーのあいだを、あてもなくうろつく人の群れ。マーシャは脇道に曲がると、人けのない工場や倉庫の前を走りすぎた。しばらくして、フリーウエイに合流する広い道路に入った。

「こっちのほうが速く走れるの」小さなスチュードベーカーを加速させながら、彼女はそう説明した。ナトリウム灯が次々に飛びすさり、[84]分離帯で劃した車線のむこうを、無数のヘッドライトがきらきらと流れている。「サンマテオで下りるわ」

　ふたりはしばらく無言で車を走らせた。とうとう彼のほうが訊いた。「彼はどこから来たんだろう」

「ベックハイムのこと？　アラバマ生まれよ。前にも言ったでしょう」

「あれほど老けているとは思わなかった」

「それほど老けてないわ。疲れているのよ……いろいろしてきたから」ふと興味深そうに彼のほうに向きなおった。「どう思った？」

「曰《いわ》く言い難いな」彼は感じた。僕がどんな反応を見せるか、この女も気がかりなんだ。彼女自身、どう感じたかを知るまで、落ち着かないのだろう。まるで彼女自身の判断も天秤にかけられているかのように。

「あなた――失望した？」彼女が尋ねた。

「いや。むろん、してないけど――」気が変わって、そこで言い淀んだ。「ああいう質問のすべてに、腹が立ってきたんだ。いったい、彼に何の関係があるんだい？ あんなにあれこれ聞いてさ。エレンとピーターのことも。あそこまで、僕の財布を詮索するなんて」

彼は窓を透かして、フリーウエイの彼方に広がる暗夜の田舎を見つめた。ところどころ光を放つネオンサイン。夜空がぼんやり紫色に染まっていた。わずかな星がちらほら瞬く。霧は背後に退いていた。ハドリーは手まわしで車の窓を下げた。温かい夜の風が、さっと吹きこんで頬をなぶった。新鮮な風だ。野焼きの草原と、撓《たわ》んだ木の柵の匂いがする。

彼は思った。ベックハイムにまた会えるだろうか。あの黒人の言葉を思い出そうとしたが、ぼんやりと霞んでいた。実際、ベックハイムは何て言ったんだっけ？ どういう意味だったんだろう。ハドリーは財布に触れてみた。会員証がそこにあった。だけど、こいつに何の意味があるんだろう。

意に反して、カードを押しつけられた。肉体のすぐ近くに蒔かれた種。からだのぬくもりで、ヒゲ根《ね》を伸ばし、すくすく育っていくんだろう。たぶん、このカードは生きものなんだ。ベックハイムは、このカードをハドリーの肉体に埋めこんだ。どんな意味があるにせよ、善きにつけ悪しきにつけ、ハドリーはそれを受け入れたのだ。ふたりの出会いのあの瞬間から得たのはこれっきりだ。薄っぺらな青いボール紙のカード一枚か。協会の会員になる代価は一ドル五十セント。彼も他の会員も、代金はいっしょなのだ。労働者や黒人、市や町の最下層の貧民、ぶらぶらして満たされることのない浮浪者《リフラフ》やイカレもんと同列なのさ。間違いない、ウェイクフィールドだって、協会の身分証明証を持参しているんだろう。そして、マーシャも。彼のかたわらの運転席で澄まし顔だが、おそらくハンドバッグのどこかに、あの硬い小さなボール紙のカードを忍ばせているんだ。いや、ずいぶんと昔に入会したから、もうパリッとしたカードじゃない。汚れてよれよれの紙切れになっているんだろう。

ハドリーの隣に座って、彼女は片手でハンドルを握り、左腕は開け放った窓の縁に置いていた。シートに深く身を沈め、赤茶けた髪を風になびかせている。スエードの革ジャケットがばたばたとひるがえった。突然、マーシャが向きなおり、彼にほほ笑みかけた。おぼろに輝くナトリウム灯の照明。皓《しろ》く歯が光っていた。

「気持ちがいいわ」と語りだした。「この風。車の動きよ。このちっちゃな車、とっても滑らかなの……飛んでるみたい」アクセルを踏みこんだ。道路の凹凸の上を、車がふわりと浮遊したように走っていた。何の音もしない。エンジンも存在しない。ただ、嗷々《ごうごう》と烈風の音のみ。車内になだれこみ、男と女をおし包む万竅《ばんきょう》の叫び。やがてナトリウム灯が絶え、ハイウエイが暗くなった。ほとんど路上に車の影が見えない。マーシャが身を屈めて、ダッシュボードのライトを切った。光っていた数字や文字、メーターが消える。車内は真っ暗だ。彼らの前方には、ヘッドライトの明るい輪が、夏の闇にオレンジ色に輝いていた。

　車が徐々に加速した。それを意識しつつ、ハドリーは目を閉じて、シートに深くもたれた。下半身に危うい微動を感じる。見なくとも分かっていた。速度を出しすぎてるんだ。でも、ほかの車は走っていなかった。この小さなスチュードベーカーと、すぐかたわらのスリムな人影以外、この世には何も存在しない。彼は疲れていた。ベックハイムとの面会で消耗しきっていた。いまなら思いかえすことができる。彼らふたりをとらえた緊張をふと意識した。ふたりが交わしたほんの数語でさえ、発見と探索が鬩《せめ》ぎあうひとつの試練だった。

　ハドリーはぼんやり考えた。ベックハイムは、彼に見せたような好奇心を、誰に対してもみせるのだろうか。彼の圏内に入ってくる者なら誰であれ、彼はああして探りを入れ、詮索するのだろうか。ハドリーの思考はあてどなくさまよった。たぶん、ベックハイムは特別の関心を払ってくれたんだ……あのカードを授けたのは、何か壮大な意味があるのかもしれない。印綬か。こういうことはよくあるのか、とマーシャに訊いてもいい。ベックハイムは僕を抜擢した……彼はあくびして、ほっと息をついた。僕は選ばれたんだ。渾沌とした思考の星雲から、束の間、ベックハイムの心像《イメージ》が立ち顕《あらわ》れた。大きながっしりした体軀、黒い角縁のメガネ、まくりあげた袖。温かな夜の大気に、ハドリーはあの黒人の存在を嗅ぎとった。まるで野原や道路に立ち込める夏の霧が、老骨の黒色の体表に凝結した汗でもあるかのように。

　目を開けると、ハイウェイの右手に、細長くのびる丘の尾根が見えた。車はそちらへ向かっている。その丘の起伏に、彼はベックハイムの顔だちを重ね見ていた。鼻と額、あの薄い唇。尾根の一部は、ベックハイムのがっしりした顎と顎先にあたる。そこらいちめん、ベックハイムだらけだ。こいつは愉快な、心地いい考えだ。その気になれば、ハドリーは窓の彼方、夜の闇に手を伸ばし、ベックハイムに触れることができた。手が届いたら、骨ばったあの暗色の頰を触ってやろう。ごつごつした頰骨、あの老人の眉間《みけん》のはりつめた眉弓《びきゅう》を、そっと指で撫でまわすのだ。

がくり、とつんのめって急停止した。ハドリーは慌てて上体を立てなおす。マーシャが車を停め、エンジンを切っていた。彼はうたた寝していたのだ。細長い尾根は消えていた。もうハイウエイではない。夜は森閑としている。風も熄《や》んでいた。何も動かず、音もしない。ずっと遠くで蟋蟀《こおろぎ》がチロチロと微かにすだく音《ね》が聞こえるだけだ。近くの茂みがときおり、さやさやと鳴っていた。

「僕ら、どこにいるんだい？」と彼はつぶやいた。身を起こしながら、考えを拾い集めた。

「いま何時なんだろう？」

「真夜中あたりよ」暗がりでマーシャがマッチを擦った。ぱっと炎があがり、火の色が燻《くす》んでタバコの朱点に収まった。

「僕ら、どこにいるんだい？」同じ問いを繰り返した。車の外は何も見えない。藪の輪郭と、磊々《ごろごろ》した路面だけだ。右手にぼんやりと仄白いものが浮かんでいた。建物かもしれない。どうやらここは町と町のはざま、間隙地の一帯らしい。その一隅にいると感じても、ちっとも嬉しくなかった。

「ほとんど着いたも同然よ」マーシャは彼に請けあった。「あと一マイルかそこら先よ。あなた、熟睡してたわ」

ハドリーはポケットから、ひしゃげたタバコの箱を取りだした。マーシャから火をもらおうと身を屈めた。「そう。ベックハイムとのことで、僕はくたびれたんだ」

暗闇の中で、女の吸いさしが彼のタバコに触れて、ぽうっと明るくなった。女の肩の後ろ、シートに手をついて、彼は深く息を吸いこんだ。彼女から光とぬくもりを受けとる。つんとした烟《けむり》の薫りに、彼女の髪と肌の匂いが溶けあった。すぐそばに彼女がいて、そのけはいを感じることができる。目には見えないが、息づいていた。額が接するほど、からだを寄せて。

「ありがとう」と言って、彼は身を引いた。胸の奥に、何か硬い痞《つか》えが残った。気を楽にしようと、心しながらゆっくり息をした。

すこし経ってから、マーシャが言った。「グラスを出して。グローブボックスに一つ入ってるから」ハンドバッグから鍵を出して、ハドリーに手渡した。彼がボックスを開けて、中を手探りしているあいだ、彼女はボトルを用意しはじめた。

「わかる？」と彼女が訊いた。

彼はグラスを見つけて取りだした。マーシャがそこに注《つ》いだ。座ったまま、ふたりのあいだでグラスが行き来した。ドアを開け放つと、さらさらと夜気が流れていった。いまはハドリーも、女の輪郭が見分けられた。幽《かす》かな星明かりに、マーシャの顔が、細くちいさく、古い羊皮紙色の琺瑯《ほうろう》のように浮かんでいる。温かな肢体の生理が石化していた。彼女は磨きあげた玉瑱《いし》のように硬かった。顔が微光を放ち、瞳も唇も色を失っていた。なかば微笑《みしょう》して、唇を開き、顎をそらし、遠くをじっと見ている。革ジャケットとスラックスを着た、慎み深く思いを凝らす姿。やがて彼女は靴を蹴り捨てた。うす暗がりに浮かぶ裸足。仄白く、幽霊のようだ。

どこかで遠いむかし、彼はこうして薄闇に座っていた。横に女がいて、しんとした車の中だった。記憶の焦点を絞って、彼は思い出した。あれは女じゃない。小娘だった。エレンとふたり、ちいさなフォードの古クーペを、夜の丘の上に停めて、こうして座っていたんだ。夢見るような睦言《むつごと》をささやき、将来のプランや途方もない望みを言い交わした。ずっとむかしのことみたいだ。でも、つい数年前のことだ。いまとよく似ている。茨《いばら》で鳴くのは、おなじ蟋蟀《こおろぎ》の音《ね》。紫に染まった夏空、車の内装の焦げた綿くずの匂い〔85〕。でも、あのときは、ビールやポテトチップスがあった。ラジオで流れるアンドリューズ姉妹や、思春期のジーンズとTシャツや……フィアンセのふっくらした豊満な肉体も。磨きあげた玉骨のかわりに肉団《ししむら》があった。いま、彼の横にいる女は、冷たく硬く、成熟していた。鍛冶《たんや》した骸骨。経験によって細断され、洗練されていた。

マーシャがかつて小娘であり、彼の妻みたいに若く、愚かなおバカさんで、のほほんと下らぬことにかまけていたなんて、ありえないことに思えた。くすくす笑ってクチュクチュと、鬼ごっこやら、いたぶりあいやら、ふざけっこやら、夜が明けるまで、濃密で甘美な乳繰りあいに耽っていたっけ。恋の濃やかな儀式……マーシャはしかし寒々として飾りけがなく、取りつくしまもなかった。時の流れの外にいるんだ、たぶん。成長や腐敗の法則に従っていない。

「思い悩んでるんじゃない？」とマーシャが小声で語りかけた。「スチュアート・ハドリー。思い悩んで、考えあぐねて、人生に悶々として」手を伸ばして、彼の腕に触れた。「ずっと……そんなに悶々として。ねえ、皺が寄ってるわ。あなたの額、老人みたい」

彼はにっこりした。「僕を悶々とさせてるのは、きみたち滅亡屋の連中なんだ。土曜に出勤すると、『最後の審判の日に備えよ！』ってパンフを、どっさり抱えたお婆さんが立っている」

マーシャが言いかえした。「いいえ……あべこべよ。悩めるお婆さんって、あなたのことよ、スチュアート・ハドリー。悩めるお婆さんはね、遅かれ早かれ、パンフレットを抱えて、みんな街に出てくるのよ。人々がとっくに気に病んでるからこそ、あのお婆さんたちは、辻立ちしてるんだわ」

「ただの冗談さ」とハドリーが言った。横にいる女の肉体が、触れなば落ちんと思えるほどそばにいて、理屈っぽい話なんか論じる気になれなかった。すぐ手近にあるもの、この車の生々しい現実を考えていたかった。

「お婆さんなんて呼ばれて、気に入らなかった？」

「もちろん」彼は肩をすくめた。「たいしたことじゃない」

「あなたの気持ち、傷つける気はないのよ。テッドは傷つけたかしら？」

「いや」ハドリーはその話題を打ち切った。もうすこしウイスキーを啜った。ごくっと嚥《の》みくだすと、とろりと熱いものが喉を通過した。形もさだかでない、ふわっとした流体……命の水。ちょっと噎《む》せた。彼はストレートのウイスキーには慣れていない。それに生ぬるかった。

　彼は睡《ねむ》たそうにあくびした。「くたびれたよ。でも、これまでと同じじゃない。リラックスはしている……この酒がほぐしてくれた」

「忘れないで。あなた、あした仕事があるのよ」彼女の声が、遥か彼方からとどいた。遠く離れて、声をひそめて。「もう夜ふけですもの」

「たぶん仕事には行かない」思いきってハドリーが言った。

「かわりに何を？」

　とことん考え詰めたわけじゃない。いろいろある……世界が無限の彼方に霞んでいく。でも、絞りきれない。ただ、ぼんやりした徒労感があった。あす仕事に出たら、きっと臍《ほぞ》を噛む。「何でもいいや」とけだるそうに言った。「谷間で林檎を摘むとか、道路工夫にまじって砂利浚《さら》いとか。水夫、トラック運転手、山火事の消防団とか」

「あなたってロマンチックな坊やなのね」マーシャがやさしく言った。

「たぶんね」ぽかんと前を見つめた。闇の奥を覗きこんだ。疲労とジョン・ジェイムスンの香りで、心がぼうっと痺れてきた。解き放たれた温もりに安堵して、身を深く沈めていく。

この時空に自分を舫《もや》っておくのは、もう楽なことじゃない。ぼんやりと思った。僕はどこにいるんだろう……いま何時なのか。スチュアート・ハドリーの人生の鎖をたぐっていくと、これはどのスチュアート・ハドリーなのか。幼児、少年、青年、セールスマン、中年の父親……眠気を誘う夢のきぬずれ。曲り角や袋小路で攪拌《かきまわ》され、野心と恐怖がまじりあっていた。あちらこちらと漂い、満ちたり干いたり、それがつねに彼の一部になってきたのだ。

「うせろ」彼はつぶやいた。「あ、きみのことじゃない」とマーシャに言いわけした。「脳内の蜂に言ったのさ」

彼女がほほ笑んだ。「脳内の蜂？　あなたって変わった人ね、スチュアート・ハドリー」

むっとして睨みかえした。「どうしていつも、僕をスチュアート・ハドリーって呼ぶんだ？　スチュアートか、ハドリーか、どっちかにしてくれ。両方はごめんだ」

「どうして？」

念を凝らしたが、答えが出てこない。苛々して、問いを振り払った。「まったく、きみはどういう人なんだい？　きみのことは何ひとつわからない……毒キノコがざわざわ生えてるみたいだ。僕らを餌食にして――何を求めてるんだ？」怒りに駆られて身を離した。「僕はどうすればいいんだ？　ひざまずいて手を合わせ、お祈りでもするのかい？」われながら自分の激高ぶりにおどろいた。身も心もふつふつと煮えたぎって、舌が乱舞しだした。「こんなところまで、はるばるやって来て――彼は僕に何をさせたいんだ？　僕次第だって彼は言うけど。いまここで何をすべきか、僕にわかっているときみは思うかい？」

懸命に真顔で聞いていたマーシャが言った。「あなたがそんなに怒ってたなんて、わたし思ってなかったわ」

「もちろん、怒ってるさ！　はるばるここまで出てきたのに、骨折り損だったもの……」途方に暮れて、声を落とした。「これってフェアだとは思えない。彼は何もしてくれなかった。ただ、あそこに座って仕事をしていただけだ」

「彼に何をさせたかったの？」

「わからない」

「奇蹟の癒し？」やさしい口調で彼女は続けた。「彼は聖人じゃないのよ。死者を起ちあがらせたり、パンを増やしたりはできないわ」

「せめて僕の話を聞いてくれてもよかっただろ！」

不思議そうな顔で尋ねた。「何を言わなくちゃいけなかったの？」

ハドリーは無言でかぶりを振った。「それくらい、彼は知ってて当然だろ。彼ならわかってると思ってたんだ。彼に助けてほしかった——僕はろくなものを手に入れてない。青いカードがたった一枚きりだ。しかも、それに一ドル五十セントも払ったんだ」

「たぶん」とマーシャは言った。「あなたはもう手遅れで、助けられないんだわ。どっちにしろ、わたしにはわからない。おそらく彼は、わたしよりずっとあなたのことを理解しているから……彼に聞いてあげるわ」

「どうして彼にわかるんだい？　ほんの束の間、ちらっと僕の暮らしを聞いただけで！」

マーシャの歯並びのいい皓《しろ》い歯がこぼれて相好を崩した。「彼はあなたを品定めしたのよ、スチュアート・ハドリー」

ぎょっとして、ハドリーは恐怖に襲われた。「つ、つまり、僕は落第だと？」声が震えた。

「僕は救うに値しないのか？　選ばれたグループの一員じゃないってことか？」

「スチュアート・ハドリー――」

「やめろ！　そんなふうに僕を呼ぶのは」

彼女の鼻孔がふくらんだ。「誰が救われるかなんて、決める人はどこにもいない。新兵の適格者を選別する徴兵局みたいに、選んでるわけじゃないの。あなたが救われるのは、ボールが低きに転がっていくのと同じ理由――自然の理《ことわり》からよ」

ハドリーは不満そうに唸って、怒りを収めた。「それじゃ意味がない。予定説〔86〕かい――あれを思い出すな。救われる者と呪われる者か」寂しそうに声を張りあげた。「くそっ、僕は座して待つ気になれないよ。こいつはフェアじゃない。僕は何かをしなくちゃならない。何をすべきか、彼なら教えてくれると思ってたんだ――」言葉が途切れた。

「それはじぶんで決めるべきことよ」マーシャが言った。「彼もそう言ったでしょう、覚えてる？　決められるのはあなただけだって」

「忘れちまえ」ハドリーはもっとジョン・ジェイムスンをあおった。吐き気がしてきた。むかむかして胃がひっくり返る。いがらっぽい金屎《かなくそ》のような胃液の塊が、咽喉《いんこう》にせりあがってきて塞いだ。彼はもがくように背《そびら》を向けて、車の窓から暗い鋪道にグラスの中身を放り捨てた。

「何をしてるの？」マーシャが鋭く尋ねた。

「小便さ」

彼女が笑った。「もう十分でしょ。ボトルをちょうだい」五分の一ガロン壜を取って、蓋を締めようと手探りした。かちりと金属音。ボトルをしまうと、グラスをグローブボックスに入れて鍵を閉めた。

「たぶん、僕は何かをやる」しばらくして彼はそう断言した。

「どんなこと？」

「まだわからない。その話はやめよう」夜風が冷たくなりはじめた。彼は手を伸ばして、ドアを閉めた。

「あなた、もう行きたいの？」彼女は細い手首を掲げて、腕時計の文字盤を確かめた。「深夜になるわ。家まで送ってあげる」

「待ってくれ」彼は身を震わせ、イグニッション・キーを差しこもうと彼女が伸ばした手をつかんだ。「まだだ」

しばらく彼女は手を宙に浮かせていた。それから、ほほ笑みを浮かべてキーをしまった。

「行動家って、わがままよね」

「まだ帰りたくない。それに、僕は女の車で送ってもらうのが好きじゃないんだ」彼は言い添えた。「あとは僕が運転していく」

「できるの？」

「もちろん。しょっちゅう店のトラックを運転してるんだ」

マーシャは無造作に肩をすくめた。「お好きなように。でも、ここにはもういられないわ……寒くなってきたし、わたしはサンフランシスコまで、とんぼ帰りしなくちゃならない」

突然、ハドリーは車のドアを開け放ち、よろけ出た。ばあんと後ろ手にドアを叩きつけ、暗闇の中を数歩よたよた歩きだす。

「どこに行くの？」マーシャが甲高い声を発した。

「家だよ。きみは帰れ——僕は歩いていく」路肩の盛土に蹴つまずき、かろうじて、からだの平衡を保った。こんどは無意識に、砂利の路肩沿いを歩みはじめた。

「おねがい」マーシャは意表を衝かれて堪えきれない。車からとびだして、あとを追った。「あなた、方角がどっちか見当もついてないわ。自分が何をしてるのか、わかってないのよ！」業を煮やして彼をつかまえ、はげしく揺さぶった。「車に戻って。何て大人げないひと！」

「ほっといてくれ」懊悩と惑乱に襲われ、ハドリーは彼女のちいさな、ひんやりした手を振り切り、彼女を突き飛ばした。「どこに住んでるかくらい、わかってるさ。帰り道は見つける。これよりもっと長時間歩いたこともあるんだ」

「このろくでなし」笑いかけたが、寒さに声が震え、ヒステリーが噴きだした。マーシャは急いで彼の横に追いすがった。「あなた、酔いつぶれちゃうわ。車に轢かれるわよ」

「つぶれるもんか」とハドリーは言った。足をとられながら考えあぐね、ひとり言を呟いていた。「なぜだろう。さっさと姦《や》っちまえ。結局、長くはかからない。ベックハイムが言ってただろ。師の言うことを聞くんだ」路肩で不意に道からそれて、枯れた茨に踏みこんだ。「オーライ。こっちへ歩いていこう。糞ったれの道路なんかご免だ」

マーシャが走って前に回りこみ、必死で行く手を遮った。「やめて！」喘いでいた。彼の肩を手でつかんで、車のほうへ押しもどした。「乗ってよ。家まで車で送ってくわ。おねがい、このあたりは家も建ってるのよ——誰かに聞こえちゃうわ」

ハドリーは彼女の腕をつかみ、ぐいと押しつけた。指の裏を走る、肢体《からだ》のぴんと緊張した筋と靭帯と筋肉。贅肉がない。メカニズムだけ。さながら機能性マシンだ。ジャケットのスエード革が、夜霧に濡れていた。髪の毛に点々と光る瓊沙《けいしゃ》のしずく。彼は彼女の腕をねじって、指をひきはがす。肘をつかんで締めあげた。痛みでびくっとするまで。

「やめて」顔を背けて彼女がささやいた。突然、彼が怖くなったのだ。彼の奥底に潜む獣性と憎しみを察知した。もはや人間じゃなかった。彼はひとつの力だ。非人称の、理性を超えた力だった。「おねがい」と彼女がささやいた。

彼は彼女に身を寄せたまま、ハイウエイの路面に降り立った。夜の静寂《しじま》に、彼女の息づかいが聞こえた。彼のすぐそばで、はあはあと荒く速くはずむ息。まだ彼女を羽交い締めにしていて、彼もそれに気がついた。彼女は何もできなかった。無言のまま、唇を噛んで、待っていた。怒りをやわらげ、放してくれないかと思って。

彼がしているのは性愛ではなかった。何の情欲も情熱も、彼は感じていなかった。ただ、冷たい痛覚、募る憤怒だけだ。この肢体には虫唾が走った。こんなに密着すると、鳥肌が立つ。乾いた鮫肌、かすかな温もり。この肢体は蛇のようだ……むくむくと立ちのぼる嫌悪と不快。復讐してやりたい、と彼は一念凝り固まった。

「ちくしょう」歯をむいた。「フェアじゃない！」と叫んだ。あらゆる失意が、ゆらりと水面に浮かんできた。深く根をおろした彼の欲求不満。またも彼は騙されたのだ。彼女のせいだ。「理不尽だ！」と彼は叫んだ。苦悶のあまり、彼女の腕をぎりぎり締めあげた。

「やめて」マーシャが戦《おのの》いた。パニックに襲われて、彼から逃れようともがく。「悲鳴をあげるわよ――おねがいだから！」ちいさな手を振りちぎった。彼の目にきらっと何かが光る。冷たい星影に鋭い爪の光。彼は顔から払いのけ、彼女をひき寄せて、くるりと身を入れかえた。なかば抱きかかえ、なかば引きずるようにして車に戻ると、彼女を座席に放りこんだ。

「草むらで姦《や》るんじゃない」彼が濁声《だみごえ》で言った。「ゴミ溜めでも、草むらでもない」

マーシャは揉みあいをやめた。「あきらめたわ」歯ぎしりした。「放してくれる？　オーライ、やるわよ。さあ、手を放して！」

突然、彼は彼女を解き放った。座りなおした彼女は、髪をかきあげて、シートで身づくろいしていた。いま、彼は下りてきたのだ。すくなくとも彼女に理解できる地点まで。彼の動機がやっと、目に見える形に収斂した。いや、そう彼女は想像していた。彼が感じているのは性的な慾望かと思ったのだ。彼女のそばにいて、暗い深夜に酔いがまわってきて、むらむらと女が欲しくなった、と。でも、彼女は間違っていた。「そこらあたりに、ハンドバッグを落としたと思うの」すこし気をとり直して、彼女が震え声で言った。

「ここにある」車の床に落ちていたハンドバッグを見つけて、そっけなく手渡した。

「ありがとう」おずおずと手さぐりで受けとった。「鍵が入ってるの。助かったわ」しばらくハンドルを前にして背を沈め、呼吸をととのえた。「ねえ、あなた、自分のしてること、わかってるの？　それとも酔ってるの？」一瞬、言い淀んだ。

「わかってる」まさしく分かっていた。ほんとうだ。間違っているのは彼女のほうだ……ほっそりした誇らしげな肢体。そのあらゆる曲線に、ややもすれば陥りやすい夜郎自大を、彼は感じることができた。非情な敵意がむくむくとふくれあがってきた。

「ほんとにしたいの？　あなた、狂ってるわ」彼女の声が萎れて、か細くなった。恐怖が去っていく。ふたたび彼を人間と感じた。もう物の怪に憑かれてはいない。それが何であれ、遠く去っていた。当座のところ、彼はまた普通の人間にもどっている。「もう夜ふけよ。クタクタだわ」と彼女が言った。「ここじゃ、いや——ああ、あなたって、何ごとも、まるっきり浮世離れしてるのね。こんな場所でいいと思ってるんだわ。こんな荒れ放題の場所でも、構わないなんて」みじめになって声が途切れた。「わたしのせいね。ここはあんまりよ、スチュアート・ハドリー。うまくいかないわ……何もかも大間違いよ」

「ここでいい」彼は頑なに言い張った。どす黒い依怙地《いこじ》が彼を領していた。始めたことはやり遂げる気なのだ。「さあ、やろう」

「ろくでなし。おねがい——ああ、なんてこと。もう破れかぶれだわ」つかもうとする彼の手を押しのけた。「せめて、わたしにさせて」冷気と愁嘆に震えながら、革ジャケットをするりと脱いで、後ろの座席に擲《な》げた。「これがあなたのお望み？」

「そうだ」

彼女はすばやくシャツのボタンを外すと、身をよじりながら脱ぎすてた。乱暴に放りだしてから、ブラのホックを外した。前屈みになって、肩からストラップを抜くと、ブラをはらりと床に落とした。

「さあ、あとは？」と彼女が問いただした。「残りも？　オーライ！」半分啜り泣きながら、荒々しく靴を蹴りすて、スラックスのスナップを外していった。「起って脱がなくちゃ。おねがい、どいてくれる？　そうすれば起てるわ！」

ハドリーはきまり悪そうに、車の外に退いた。あとからマーシャも、するりと降りる。車の濡れた側面に胴をあずけ、スラックスを脱ごうと身をよじるあいだ、渦巻く夜霧が彼女を押し包んだ。裸体は思ったとおりだった。ほの白く硬く、贅肉も余計な曲線もない。ほっそりして機敏そうなからだ、背丈があって優雅な肢体。ほとんど全身無毛だった。乳房はちいさく尖っている。彼女は震えながら、脱いだ服を置きに車に戻った。

「さあ、あとは？」息を殺して、彼女が迫った。寒さに歯の根を鳴らし、「やってよ——どうせやるんなら、もうはじめましょうよ！」

彼はそそくさと、彼女のあとから車に入った。手でつかまえて上からのしかかると、乳房が撥ねて震えるのを感じた。男のからだの温もりに誘われて、彼女の乳首が勃《た》って堅くなり、彼の喉を撫でた。彼に組み敷かれて、女は身震いしながら、からだをのたうたせた。彼の背中に爪を立てる。息を切らし、喘ぎながら、身をのけぞらそうと悶えて……彼の顔を乳首がかすめた。そこで熄《や》んだ。彼女が不意に身を離す。肢体を流れる、熱く脈打つものが絶えた。

「あなた、服を脱がないでやる気？」甲高い声をあげた。「靴さえ脱がないつもりなの？」自負を切り裂く業苦の瞬間。みるみる彼女の気持ちが一変した。乳首は萎み、おずおずとひらかれた肢体は、さっと消えた。身を堅くして、貝のように閉じてしまう。彼女は身をよじって、彼を押しのけた。蹴り飛ばすようにからだを引き、背を車のドアに押しつける。自らドアを開け放った。仰向けに転がり落ち、獣みたいに匍《は》いつくばった。

「こっちに戻れよ」彼は無駄と知りつつ、彼女の手首をつかみ、車にひきずり戻した。座席の端で彼女は崩れ落ちてしまう。曲げた膝が硬直して骨ばっていて、それを星明かりが照らしていた。

「うまくいかないわ」彼女が呻いた。瞳は怒りに炎《も》え、刺すように鋭く、霧に肢体が濡れて光っていた。「だめ、やる気にならない」彼女は服をかき集めると、やみくもにほぐしだした。こけた頬に涙が零れ、はらはらと腿を濡らす。膝に服の束をのせ、指でつまんで、よじったり、はたいたりしていた。「わたしたちふたりとも、どうかしてるわ。あんなにお酒をガブ飲みして。おまけに夜ふけだし、わたしはくたびれてるし」声がくぐもって先細りになった。しばらく、彼女はみじろぎもせず、座席にもたれてうなだれていた。額の前にこぼれた暗色の乱れ髪。鎖骨に沈めた顎。とうとう身震いして、生気をよみがえらせた。彼女はふたたび、ゆっくりと服をほぐす作業にとりかかった。

「悪かった」いたたまれなくなって、弁解するようにハドリーは、彼女のむき出しの肩にふれた。「どこか場所を変えよう。モーテルかどこか。ふたりで話すことができて――」萎えたように、ふっと口をつぐんだ。「こんなふうなところじゃなく、申し分のない場所に変えよう。このしみったれた穴ぐらから出るんだ」

彼女はかぶりを振った。「ごめんなさい、スチュアート・ハドリー。あなたのせいじゃないけど」ふたたび彼女はよろよろと車を降りた。「ちょっと、ごめんなさい、待ってて」怪訝そうに彼が見つめると、彼女は長いスラックスに脚を通し、ブラのホックを留めた。すぐ彼の横に身を滑りこませる。「わたしが身支度しているあいだ」どうにか声を絞りだした。

「タバコの火、つけてくれる?」

彼はタバコに火をつけると、緩めた女の唇のあいだに差してやった。

「ありがとう」顎をしゃくって彼に微笑すると、吸いさしをつまんでダッシュボードの灰皿に置いた。それからシャツをはおりだした。「凍えそうよ……車のヒーターをつけるわ」

「ヒーターはつかないんじゃないか?」彼が口ごもった。「エンジンを起動させないと」

「そうね」と言って、彼女はかすかに笑った。「もちろん、ヒーターはつかないわね。そう、どうでもいいことよ、じき走りだすんですもの」てきぱきした動作を、彼女はしばらく止めた。一瞬、間をおくと、身を乗りだして彼に手を伸ばす。ちいさな冷たい手が顔を撫でまわした。ざくっと彼の髪に指をからませると、顔を向けて寂しそうに覗きこんだ。わなわなと震える唇。口を彼の口のすぐそばに寄せる。息が温かい。彼の頬をかすめた。

「僕にはわからない」暗澹《あんたん》として彼が言った。「なぜいけない？　エレンがいるから？」

　マーシャは、シャツのボタンを締め終えた。灰皿から吸いさしをつまみあげ、先が明るいオレンジ色になるまで、すうっと烟を吸いこんだ。「スチュアート、わたしはあなたと、係わりあうべきじゃないのよ。こんなこと、やめなくちゃ――わたしはあなたを家まで連れて帰って、そこで落としていくわ。それっきりよ。二度とあなたには会いたくない……二度とあなたには会えないの。あなたは、テレビ屋さんと家族のもとにお帰んなさい」

「きみは何の話をしてるんだ？」身をこわばらせて叫んだ。「何のことだ？」

「たぶん、もっと後になったら」彼女は息を押し殺して、早口で言いつづけた。「あなたと、もっと早く付き合っていたら――いえ、もうしばらく待ってくれたら。でも、いまはだめなの」ちらと目を上げた。大きく目を見張って、傲然と口の端を曲げ、苦悶の色を浮かべていた。「あなたが昼行燈《ひるあんどん》のボンヤリ坊やでなければ、とうに気づいていたはずよ。ほかの人は誰だって気づいたわ。わたしはテッドと同棲してるのよ。もっと正確に言うと、テッドがわたしと同棲してるの。あそこはわたしのアパートよ。家具調度はあの机以外、ぜんぶわたしのものなの。彼があの机を持ちこんだのよ。たぶん、わたしたち、結婚するわ。しないかもしれない。わからない。どっかの州では禁止でしょ」

　嗄れ声でハドリーはにじり寄った。「つまり、きみは――あいつと寝たのか？」彼の呼吸器系、つまり肺と声帯と喉と舌と口蓋が、その言葉を発した。「きみはあの黒い肌の大男、ニガーと同棲してるのか？」

彼女に平手打ちを食った。彼はドアにもたれて、夜の闇を見つめた。マーシャは身づくろいを済ますと、タバコを草むらに投げて、車のエンジンをスタートさせた。飛ぶようにハイウエイまで戻り、シダー・グローヴスをめざしてハンドルを切った。つん裂くようにタイヤを軋らせ、荒々しく時速七十マイルでひた走った。

ふたりとも無言だった。とうとう丘や茂みや曠野、索漠たる山野が退いていった。あちこちで家の灯火が瞬きだす。やがて煌々と輝いているスタンダード・オイルのガソリンスタンドが、ハイウエイの路傍に現れた。あとから、道沿いの店やシェルのスタンドも。

信号でマーシャが速度を落とした。シダー・グローヴスだった。彼らの車と並んで、数台の車がハイウエイから降りてきた。ほどなく、寝静まった家や戸締りした店の前を通りすぎた。

「着いたわ」マーシャがそっけなく言った。ハドリーのアパートのむかいの路上に、スチュードベーカーを停める。エンジンを切らずにドアを開け放った。「おやすみ」

彼はためらった。降りるのを渋って「悪かった」と切りだした。

「おやすみ」有無を言わさぬ彼女の声だ。一片の感情もない。じっと前を見つめ、片手をギアに置き、アクセルに足先を乗せている。はやい息。小刻みな乾いた呼吸だ。

「いいか」とハドリーが言った。「そんな態度はやめろ。僕がどう感じてるか、わかってくれよ。きみに多少の感覚があるなら、察するだろうけど――」

「知るもんですか。さっさと尻尾を巻いて、奥さんのお膝とあのテレビ屋に舞いもどったら？」車がじりじり進みだした。開けたまま、前後に揺れるドア。

のろのろとハドリーは鋪道に足を降ろした。「きみは本気なんだ。ほんとにばかげてる。これきり、きみとはおしまいだ」

石と化していた女の仮面が、不動でいられたのは、ほんの一瞬だった。突如、内側から割れたみたいに、仮面が崩れ落ちて溶け去った。糸をひくように、甲高い歔欷《すすりなき》の声が漏れた。その哀切な痛みに、彼は凍りついた。「そのとおりよ！」唖然とする彼の顔に彼女が叫んだ。「おしまいだわ！」彼が降りたあと、ぴしゃりとドアを閉めようと、彼女が手を伸ばした。目に涙があふれ、頬に滂沱《ぼうだ》と流れる。「ごめんなさい。誰のせいでもない。わたしの過ちよ――あなたも過ちを犯した。誰もがまちがっていたんだわ」

「誰もが？」ハドリーが詰め寄った。いきなり身を乗りだし、彼女をつかまえて、崩壊しかけた人格に割りこもうとした。「彼はまちがっていたのか？　あそこに座って、僕を騙すんじゃなかったと、きみは僕に信じさせようとしているのか――」

車は轟音を立てて、暗闇へ走り去った。問いが口の先で宙に浮き、彼は面喰らって立ち尽くした。尋ねる相手はもういなかった。ひとりぼっちだ。声を限りに中途の問いを叫ぶこともできたが、それじゃ、まるでくたびれ儲けだ。しばらく鋪道に棒立ちになったまま、やるせなく車の後を見つめた。それからくるりと背を向け、アパートに帰ろうと道路を渡った。

習慣で鍵をまさぐる。

財布をひっぱりだすと、会員証カードの硬く青い縁に触れた。彼はカードを抜きとった。つまんで、びりっと引き裂く。鋪道にはらはらと紙片が散った。一陣の夜風にふわっと浮いて、吹き払われてしまう。

彼がアパートの正面扉を開けたころ、紙片が溝のむこうを舞っていた。破れた古新聞やゴミ、空のビール缶やタバコの空箱などに呑みこまれ、夜の吹き寄せに紛れこんだ。あの屑は市の清掃車の掃除で回収されるのだろう。

カーペット敷きの階段は閑散としていて、彼は五体を硬《こわ》ばらせて自宅のフロアへ上がっていった。冷気が忍びより、つい息が荒くなる。彼があの絵のことを思い出したのは、実際に自宅の扉を開け、暗く人影のない室内に入ってからだ。しまった、マーシャの車に置き忘れてきた。

いまさら取りもどそうにも後の祭だった。

第三部　宵

　アリス・ファーガスンは、熱気に顔を火照らせ、浮き浮きしながら、せわしなく行き来していた。この大きな家にお客を迎える晴れの日だった。こみいった段取りでディナーの支度が進み、まだ午後八時にもなっていないのが、嬉しくてならない。

　居間に夫が立っていた。両手をポケットに突っこみ、むっつりと窓の外を眺めている。一瞬、アリスは立ちどまり、鋭く叱り飛ばした。「何してらっしゃるの？　そこに立ってるだけ？　手を貸してくれたらどうなの？　ねえ」

　ずんぐりした短軀が、不機嫌そうに身じろぎした。向き直ったジム・ファーガスンは、うるさいと言わんばかりに、手で妻を追い払った。ふたたびもの思いに沈んだ。この一週間、彼はずっと考えこんでいた。皺だらけのプルーンみたいな赤ら顔を歪めて、悩ましそうに顔を顰《しか》めていたのだ。葉巻の吸いかけを歯でくわえたまま、ぷいっと妻に背を向けてしまう。

　女のほうはふたたび調理にとりかかった。憐憫《れんびん》の情が湧いて胸が切なくなった。丸々とした小背の男が、見るからに寄る辺のない愁《うれ》いを漂わせているのだ。葉巻を噛みながら、肚の底で腹案やら懸念やら、あれこれ整頓してるんだわ。太刀魚《たちうお》のステーキが、オーヴンのなかで焙られて、じゅうじゅう音を立てている。彼女はそちらに全神経をそそぎ、夫のことは心の外に追いやった。

「いま何時だ？」すぐ背後でジム・ファーガスンの声がした。いきなり近づいてきて、否も応もない。

アリスははっと背筋を伸ばした。「おどかさないで」

「いま何時だ？」もういちど訊いた。つっけんどんに声を荒げる。思い悩んでいるときの彼は、ほとんど駄々っ子のようで、得手勝手な態度に支配されてしまう。いますぐ時刻を知ることが、緊急事態か何か、生死を決することみたいに繰り返すのだ。「くそっ、電気時計はどこだ？　いつも流しの上に置いてあったぞ。いまはどこなんだ？」

「教えてあげるもんですか」とアリスはきっぱり言った。「そんな声でガミガミおっしゃるなら」

ファーガスンが吠えた。「いま何時かくらい、知る権利はあるだろうが！」怒って顔を朱に染めた。「おまえたち女どもは、満足ってものを知らん。あの時計を置くために、おれは午後いっぱい、BX[1]電線の配線工事をしたんじゃなかったか？」

「これ、持ってってちょうだい」彼女は夫の手に皿を押しつけ、キッチンから居間に追いたてた。「それから、あの上等の銀食器を出しておいてくださいな。古い緑のフェルトの箱に入ってるの——そうよ、あなたのお義母さまの形見よ」

「なぜだ？　あのトンチキのためにか」

「お仕事の仲間じゃないの」

「おれたちがいつも使う、ふだんの銀食器でいいだろうに」ファーガスンは憮然とした顔で、樫の細長いテーブルに皿を並べはじめた。「そんなに盛大に祝わんでもいいんだ――とにかく、おまえたち女どもは、何を企んどることやら」怒りの目で妻を睨んだ。「おまえとエレン・ハドリーとで、また額を寄せあって相談しとったろ。こいつはぜんぶ仕組んだんだな！」

夫を無視して、アリスは気持ちをサラダに集中した。芥子《けし》の実を散らした白いロールパンがトレーにのって待っていた。太刀魚が焼きあがったらすぐ、オーヴンに滑りこませるつもりで、準備万端怠りない。ベアルネーズ・ソース[2]はもうできていた。濡れたカートン箱に入った冷凍の豆は、溶けかけて水が滲んでいる。忘れたことはなかったかしら。ワインゼリーと、ショートブレッドのクッキーは、きのうの晩に仕上がってるし……あとは皮ごと焼くベークドポテトだけ。早く焼けすぎてムラができないよう、オーヴンに入れたら、脂の塊を上にのせるのよ。

ガタゴト、居間から派手な音が響きわたった。ファーガスンが銀食器を探して、食器棚の引き出しを開けているのだ。あらあら、あたしが行こうかしら。一瞬、アリスはそう思った。あのふくれっ面が気になっていた。どうしてご機嫌斜めなんだろう？　あたしに八つあたりして……ファーガスンの緊張と重苦しさが、家全体に蔓延《まんえん》していた。溜息をつきながら、アリスは膝をついて、太刀魚ステーキの焼け具合をもういちど確かめた。

オーヴンの青いトロ火に、白い脂のにじんだステーキが、ほんのり湯気を立てていた。ベーコンの脂身の雫が、硬い灰色の鱗で焦げて、ぱちぱち弾けている。そうよ、暖かな夏の晩には、魚のフィレがぴったりだわ。すくなくとも調理が楽だもの。午後いっぱい、オーヴンを温めておかなくてもいいし。でもスチュアートは、お魚が食べられるかしら。彼女は思い出そうとした。エレンの話だと、とっても偏食だっていうから。

でも、新鮮な海水魚なら、誰だって困らないはずよ。じれったくなってオーヴンを閉め、アリスは起ちあがった。スチュアートは、大きくてたくましい坊やだもの。食卓では誰かが付き添って、お匙であーんしてあげる年ごろなのよ。すくなくとも彼、見た目は健康そうで、豚みたいに肉づきがいい。実際、お腹《なか》のあたりがすこし弛《たる》みかけていた。

さてと、何をしようかしら。彼女はしばし手を休めた。あれこれと心に浮かぶ。ファーガスンとハドリーの諍《いさか》いに割って入った晩のこと。病んだ猫みたいにソファーで丸くなろうとするエレンを、みなさんが待ってるわと起こしたこと。団欒《だんらん》の会話が退屈な商売談義に化けたり、お天気がどうとか、労組の状態がこうとか、陳腐な話題にならないよう努めたこと。四人のうち二人が、ましてや誰か一人が仲間外れにならないよう、気配りしてあげたこと。彼女はロールパンをのせた片手鍋を握り、ぐいとオーヴンに押しこんだ。

おずおずと身を折って、アリスはスカートの埃を払った。しゃがんでオーヴンを覗くたびに、服が汚れてしようがない。長いエプロンに替えようと、そそくさと衣裳棚を探してみた。ないわ。むっとしてベニヤの小扉をばたんと閉める。あの長いプラスチックのエプロン、どらせエレンが借りてるんだわ……ファーガスンがハドリーに苛立つ気持ち、わかる気がした。若い子たちって、両手を広げて突っ立って、顔にぽかんとうすら笑いを浮かべ、あてもないのに幼児のようにバラ色の未来を疑わず、ニコニコするだけみたい。スチュアートとエレン。何でも借りもので、他人に聞くばかり、頼りっきりなんだから……でも、そうね、うちの母だって、同じことをあたしに言ってたわ。天にツバ、かしら。

食堂ではファーガスンが、のそのそと所在なくうろつき回っていた。銀食器はすでに見つけて、食卓に放りだしてある。抱えた二つの店舗をどう切り盛りするか、ずしりと重くなる肩の荷に、考えあぐねて彼は行ったり来たりしているのだが、その不穏なけはいを彼女も感じていた。どうしてあなた、あの店を買っちゃったの？　彼女はそう食ってかかりたかった。くよくよするくらいなら、いっそ元の持ち主に売っ払っちゃえばいいのに！

遠くから人声にまじって、スタスタと靴音が聞こえてきた。続いて鳴るチャイム。アリスの心臓が跳ねた。小走りに駆けよって、オーヴァンに最後の一瞥《いちべつ》を投げる。お客がお見えだわ。いよいよ今宵の幕開けよ。

「あなた、出てくださる？」と心配そうにファーガスンに頼んだ。「あたし、お魚を見てなくちゃ」

憮然として鼻を鳴らしながら、ファーガスンはのっそりと廊下に出て、玄関へ向かった。彼女の目がとらえる。夫が廊下の鏡の前で一瞬立ちどまり、自分の姿に目をやっていた。頭をちょいと撫でつけ、寝癖のついた髪から、透けて見える薄い禿に、眇目《すがめ》を凝らしていた。

かわいそうに、彼女の夫はあのくしゃくしゃの髪に見栄を張って悩んでいるのだ……彼が玄関の扉をさっと開けた。スチュアートとエレンが家に入ってくる。

ファーガスンより、彼はなんて背が高いんだろう。アリスはちらっと目をやると、そのことを頭から追い払った。すらりと背筋を伸ばした金髪の青年が、静かに登場する。腕を軽くエレンの背にまわし、段差に躓かぬよう先導していた。この日のために、彼は茶のスポーツコートをはおり、きっちりプレスした濃い色のギャバジンのスラックスを穿いて……コードソールの靴に、水玉のボウタイを締めていた。垢ぬけした小ぎれいな服装だわ。滑らかに剃りあげた顎は、タルカムパウダーをまぶして仄白かった。耳は淡いピンクに染まり、髪を短く刈りあげてそろえてある。スチュアート・ハドリーは、愛想よくアリスに片手を振った。

「やあ」と彼が呼びかけた。

アリスも笑みを返した。「早いわね」

エレンも微笑していた。青い毛布のおくるみと籠一式を抱きかかえていて、中でピートがすやすや眠っていた。彼女の顔はふくよかに輝いている。腕に赤ん坊を抱えて、朗らかな誇らしさを満面にたたえていた。まるで赤ん坊を降ろす気がないかのように、できるだけゆっくりと練り歩いた。スチュアートが付き添い、階下のベビールームへ下りていった。二人の声が遠のき、あとから浮かぬ顔でファーガスンも従った。

「……風通しがよすぎるんじゃない？」エレンの声が流れてくる。

「いまは八月だぞ！」家の建てつけにケチをつけられたみたいに、ファーガスンがむくれて異を唱えた。ものを動かし、窓を閉める音……やがて三人が階上に現れた。ファーガスンは機嫌を損ね、まだポケットに手を突っこんだままだ。例によって、葉巻を歯でくわえていた。

居間のひんやりした黄色の照明に、エレンの肌と髪の豊かな色彩が、目の醒めるような輝きを放った。若さ、そして咲き誇る健康……アリスは羨望の嘆声を漏らさずにはいられない。二人の男が席についても、エレンは部屋の中央に立ち、あちらこちらと振りかえって、産後にスリムになったからだと、愛くるしいサマードレスを見せびらかした。揺れる茶の髪、優雅にひるがえる緑の絹スカート。すらりとした腓《こむら》をひらめかす……ハイヒールを鳴らしてキッチンに入りこむと、アリスに一礼した。

「何かお手伝いしますか？」瞳をキラキラさせながら尋ねた。

「いいえ」とアリスは言った。「居間に戻って、旦那がたのお相手をしてくださいな。お台所はほとんど済んでるの」

目を輝かせ、唇をなかば開けて、エレンはキッチンを歩きまわった。嬉々として高く尖った乳房を揺らし……高価なブラの驚くべき効果だった。「ここは素晴らしいのねえ……」ファーガスンが自力で備え付けたクロームとタイルの流しにつつっと手を滑らせた。「こんなのがうちにあったらいいな。この素敵な内装も」頭上の換気パイプを見あげた。「ジムが据え付けてくれたの？」

「ぜんぶ、ここは彼の仕事よ」アリスは手を休めず、沸騰した湯に冷凍の豆を放りこんだ。

「ピートはどう？」

「元気よ」嬉しそうにエレンが言った。「アリス、こんな素敵なおうちがあるなんて、とってもうらやましいわ！　総張りの硬材の床……これぜんぶ艶出しなの？」

「ワックスよ」アリスが正した。

「こんな大きなお屋敷を掃除する時間って、どうやって見つけるのかしら？　お庭もあるでしょう……ほとんど城館《マンション》みたいだわ」

「お決まりの日課よ」アリスは晩餐の支度にかかりきりで、上の空でこたえた。「習慣にすればいいのよ」

　居間では男ふたりが大声を張りあげ、切り口上で話していた。たがいに顔と顔を合わせて脚を組み、椅子にもたれながら、前日の仕事を検分している。

「例のレオ・J・メイバーグんとこの納入品、入荷したのか」とファーガスンが尋ねていた。

「湾横断道《トランスベイ》で届きました。大半はさばけてます」

「取り寄せ注文は増えてきたかい。あの注文はキャンセルしようと思ってるんだ。在庫が増えすぎだからな。こいつはヤバい——数字が二重ってことはバレてる。5u4真空管五十本を買っとるが、うちで使う量の倍だぞ。半分は送りかえそうや」

「ようやく、あの大きなゼニス製コンボがはけました」

「伝票《ペラ》で気づいたよ。おまえが売ったのか？」

「ホワイトと僕で報酬は折半にしました……最初に客と接したのは僕、でも仕上げはあいつですから。お客さん、出直してきたんです」

「最初におまえが、口説き落とすべきだったんだ」

「はなから四百ドルも出す客なんていませんよ」

「扉まで見送ったあげく」とファーガスンは怒声になった。「おまえは客を逃しちまう。客の名は聞いておいたのか？」

会話が途切れ、シラけた呟きに変わる。

「あのふたり、いがみあってるわ」エレンはそれとなく様子をうかがっていた。「すご〜く——怖い顔してる」

「お食事中もずっと、あんな話を続ける気かしらね」アリスが匙を投げたように言った。

怯えたように茶色の眼を見張って、エレンが言った。「あたしはうれしいの。彼が目を覚まして、ものごとに関心を持ってくれたから……いつもだと、一種の——」肩をすくめてほほ笑んだ。「ね、彼っていつも夢見がちだから」すばやく付け加えた。「もちろん、彼にはたくさんアイデアがあるの。新しいカウンターのアイデアなんて、打ち明けるチャンスがあるといいな。何枚かデザインをスケッチしてあるの。ほんとに見事よ。アリス、ねえ、彼には才能があるの。建築家か何かになるべきだったのよ」心配そうにキッチンの中で、アリスについてまわった。「あたしに何かできることってないかしら？」

「あなた、力になってるわ」アリスがそっけなく言った。

エレンが冷蔵庫を開けて手を突っこむ。「ここにピートの哺乳壜を置けない？」甘えた声で訊いた。

「どうぞ」とアリスが言った。

「ありがとう」エレンは哺乳壜を取りに、キッチンを出ていった。「ピートのものはみんな、寝室に置いてあるの」

アリスは晩餐の調理を続けた。エレンは男ふたりにほほ笑みかけようと、居間で一瞬立ちどまった……でも、キッチンに舞いもどってきた彼女を見て、アリスははっと胸が冷えた。エレンの額が曇って、眉間に緊張の皺が寄っていた。

「気を楽になさいな」アリスが声をかけた。

小娘の顔に甘い漫然とした笑みが、蜂蜜のように広がった。「あら、アリス——こういう人あしらいには慣れてらっしゃるのね。あなたみたいに機転《サヴォア・フェア》がきくといいのに」

オーヴンから濛々と湯気をたてて、焼きあがった太刀魚が出てきた。重い大皿に移し、レモンの薄切りをまわりに並べて、キッチンから食堂に運んだ。息を弾ませてキッチンに引きかえすアリスの背に、誰もが尊敬の眼差しを向けた。豌豆《えんどう》のボウル、ベアルネーズ・ソース、ベークドポテト、サラダ、コーヒー沸かしのサイレックス、それにロールパンが待っている。

「ご馳走のようですね」とハドリーは言いながら、どっしりした樫のテーブルに近づいた。古い銀食器と陶磁器、角製のリングと麻のナプキンが、麗々しく並べてあった。おずおずと笑顔を浮かべる。

「ほんとの饗宴だ」

ファーガスンは作法を無視して、自らどっかと席に着き、ブラック・コーヒーをカップに注ぎはじめた。「ようし」と言った。「はじめようや」ハドリーが妻を座らせ、アリスがバターを取りにキッチンに引っかえすあいだ、ファーガスンはクリームと砂糖を勝手に入れた。

食事が始まった。しんとして声もなく、張りつめていた。アリスはきびきびと素早く咀嚼《そしゃく》しながら、テーブルを囲む二人の男と若い女から目を離さなかった。ファーガスンはひとことも言わずに晩餐の皿に突進し、無表情な赤ら顔で沖仲仕みたいにがつがつ食べていた。その隣で、エレンが品よく皿を浚《さら》っている。ときどき頬ばっては、赤い唇を歪めて、神経質な笑みを浮かべた。失礼します、と言っては、何度も中座して、ピートの様子を覗きに、寝室を出たり入ったりしていた。すらりと細い脚にまとわりつく若妻のスカートを眺めながら、アリスは考えこんだ。これって彼女の演技かしら？　気を揉んでるの？　それとも両方？　たぶん、両方なんだわ。エレンが寝室から戻ってきたとき、紛れもないパニックが、ちらっとその茶の瞳によぎるのを、アリスはまた目の端でとらえた。

どうにかことを荒立てまいと、妻のエレンがやきもきしているのに、スチュアート・ハドリーは、幸せそうに魚とベークドポテトとロールパンとグリーンピースを嚥《の》みくだしていた。金髪のハンサムな顔は、まるで邪気がない。

しばらく誰もが無言だった。とうとう沈黙に耐えきれなくなって、ファーガスンが口火を切った。「ところで」と誰にともなくつぶやいた。「徴兵率がまた上がっとるようだな」

「つねに上がってますよ」口いっぱい頬ばったまま、ハドリーが応じた。コーヒーをごくりと飲みくだす。「でも、僕を召集するわけにはいきません。肝臓疾患があって無理なんです」

ファーガスンはじろりと睨みつけた。「病気だってことが誇らしげだな。おれには病人にゃ見えんがな。支障なんかありはせんのに」

「陸軍にとっては、支障があるんです」ハドリーが気負いこんで言いかえした。

「おれは第一次大戦では志願兵だった」ファーガスンが喉を鳴らした。「海兵隊だ——マルヌ第二会戦[3]じゃ、ベローの森[4]で戦った。傷ひとつ負わずに復員したぞ」

「あなた、未婚だったでしょ」アリスが釘を刺した。「結婚していたら、事情がちがってたわ」

「結婚していたとすれば」ファーガスンはもったいぶって言った。「戦う理由はもっとあっただろう。国に責務を負っとるからな。いやしくも男児たるもの、何か国に借りがあり、国が自分に何かしてくれたんだったら、ご報国の機会があれば、喜んで応じるべきだろうが」ナプキンで口を拭った。「おまえは4F級だそうだな？」と詰め寄った。「国は等級を変えようとはせんのか」

「してません」いちはやくエレンが遮った。「彼は恒久的に不適格、と書いてある証明書を持ってるのよ」

ファーガスンは唸り声をあげて、また食事にもどった。

「和平交渉が進めば」アリスが口を挿んだ。「この戦争もじき終わるはずよ」

「終わらんわい」ファーガスンは言下に言いきった。「アカどもは時間稼ぎをしとるんだ。

調印なんかするもんか。あいつらとは交渉にならん。やつらに理解できるのは、軍事的優位だけさ。民主党はむざむざ朝鮮をやつらに渡そうとしとる——おれたちに必要なのは、明々白々たる軍事的勝利なんだ。そんなことは、どんなガキでもわかる！」

ハドリーが言った。「あなたは赤い中国と戦いたいと？」

「その時が来れば」とファーガスンは言った。「東洋人の有象無象どもを征伐するために、アンクル・サムは起ちあがらずにはおれんだろう——」音を立ててコーヒーを啜った。「いま人々が困っとるのはそこだ。政府が腰ぬけだからな！　原爆一発で、あの支那人の徒党は、中国から一掃される。少しは力を見せつけておかねば。おれたちの血と肉となった鋼鉄の力を、やつらに見せておかなくちゃならん。言葉、言葉、言葉[5]——やってることといえば、おしゃべりばかりだ。それだけだ——テーブルを囲んで、座ってのうのうと無駄話しとる。板門店で座して待っとるあいだに、あのアカどもは世界を征服しちまうぞ」ハドリーにむかって指を突きだした。「ちょいとばかりおしゃべりをやめて、もうすこし仕事をしたって、おまえの損にはなるまい。聞いたところじゃ、おまえはきのう、一日の大半をぶらぶらしおって、バスフォードんとこのセールスマンと、おしゃべりしてたそうじゃないか」

ハドリーは赤くなった。「あなたのために、数ドル節約しようとしてたんです。彼らがクリスマス商戦のドサクサ紛れに押しつけた、例の抱き合わせ販売を解約しようとして」

「そんなことで、おれを煩わせるな」とファーガスンが言った。「H・R・バスフォードにはとっくに解約を言い渡してある。うちは抱き合わせでは買わん。通常の割引と利益でいい。

ああいう一括購入はやらんぞ。おい、やつらが送ってきた注文票はどこだ？　ちぎってメモ用紙にしてやる」

「いいわよ」アリスがたしなめた。「でも、食事が終わるまで待ってちょうだい」

ファーガスンは癇癪《かんしゃく》を起こして、皿を脇に押しやった。「食事はもうすんだ」

「デザートがあるわ」アリスが念を押した。

「ようし、さっさと出せ」

テーブルを囲んでいた誰もが手をとめた。まだ皿を半分余しているエレンは、気後れがしてファーガスンに目をやり、それから夫の顔を仰いだ。一瞬、アリスは同情を覚えた。これだけ人の気持ちを逆撫でにすれば十分だわ。起って皿を片づけはじめた。怯えて起ちあがりかけたエレンを「起たないで」と制した。「あたしがやるから」

「あの天窓だがな」アリスがワインゼリーを運んでくると、ファーガスンはそんな話をしゃべっていた。「役に立たんから、蓋をして覆っちまえ。そうしたら眩しくなくなるぞ。でなきゃ、テレビセットの向きを変えるんだな」

「道路からセットが見えなくてはいけません」ハドリーがこたえた。「ふらりと立ち寄って、テレビを見てくれるんです。立ちどまって眺める。そうでないと通過するだけだ」

「一台だけ、ショーウィンドウに陳列すればいい」とファーガスンが喉を鳴らした。

「そいつはいただけない！　無料ショーみたいになってしまう。映画みたいに入場料を払うものでないと。人が入ってきて触れて――売り物であって、家に置くものだってわからせる場所に、テレビセットを置きたいんです」

「かもしれんな」ファーガスンがみとめた。「おれだって自分じゃ、一家に一台とは思っていなかったからな」疑い深そうにワインゼリーを受けとって「こいつは何だ?」

アリスが説明する。「クッキーといっしょに召し上がって」最後に自分の分を匙で掬《すく》うと、席に着いた。「ぬるくなる前にね」

恐る恐るファーガスンは、暗褐色の揺れる塊をつついた。「こいつにワインが入っとるだと?」

エレンがデザートを味見した。うっとりした顔をアリスに向けて「ちょっと素敵な味だわ」息をのんで「何ていうか」——言葉を探した。「とっても欧州風《コンチネンタル》だわ」

真顔でハドリーは店主との会話を続けていた。「テレビについちゃ、あなたの理解が正しいとは思えませんね。十五ドルのラジオと同じような手じゃ売れません。うちの広告をご覧なさい。クズ同然ですよ。『買物ニュース』のビラに、ボックス広告が二区画だけ。僕らが望んでるのは、毎週打つ全面広告ですよ——エマーソン、ゼニス、RCAといった大企業のそろい踏みでね。それもサンフランシスコ・クロニクル紙かオークランド・トリビューン紙みたいな大手の新聞ですよ。地域紙のサンマテオ・タイムズじゃダメだ。部数がろくすっぽない。うちの最上のお客は、町の外にある大きな邸宅のはずでしょう。カネがたっぷりありますから。うちの特注のテレビ・コンボを[6]、何台か仕入れとくべきでしょう。アドミラルやフィルコよりもましな製品、せめてデュモンくらいは」

「ああいう千ドル級のテレビ・コンボを抱えこんだあげく、在庫の山で首が回らなくなるなんてご免だぞ」ファーガスンが苦々しげに撥ねつけた。

意地になって、ハドリーはまくし立てた。「バカげてる。濡れ手に粟なのに、むざむざ見逃すなんて。ああいう金持ちに一度ツバをつけとけば、しこたま儲けられるのに。そんなら、ケチなアドミラル製の卓上モデルを、丸一日かけて一台売ってればいい。差し引きいくら稼げるっていうんです？　利幅はおよそ三十パーセント。間接費や手数料を引けば、純利はどうせ二十ドル——そんな見当でしょう？　どっかの労働者やら、工場の作業員カップルやらに、プラスチックのアドミラル製卓上モデルを売りつけてればいい。千ドルで金満野郎にデラックス特注品を売るのと同じ稼ぎを、それであげてごらんなさい——よっぽど手間がかかる！　金持ち連中は買いたがってるんだ。出すカネはたんとある。やつらがどこに買いにいくか、ご存じですか？[7]　サンフランシスコですよ。ダウンタウンの大きな百貨店……たとえば、ストーンズタウンの高級店とか」

「おれはそんな大手の経営者じゃないんだ」ファーガスンが仏頂面で言った。「身の丈にあった稼ぎでいい」

食事は気まずい沈黙のまま終わった。デザートの皿を終えるやいなや、エレンはごめんなさいと言って、寝室に急いで消えたきり姿をみせなかった。とうとうハドリーも皿を押しやり、彼女のあとを追って姿を消した。取り残されたのはファーガスンとアリスだけだ。

「あなた、とんだ気難し屋さんね」とアリスが言った。「ぶつぶつ言いっぱなし」

ファーガスンは葉巻に火をつけてからゲップした。「早めに寝るぞ」とぶっきらぼうに告げた。「あしたは五時半に起きなきゃならん」

「どうして?」

「サンフランシスコの街まで、車でひとっ走りする。卸業者と何人か、会わなきゃならん。バド・オニールが委託購入した古手形に、ケリをつけとかなくちゃ……おれがせしめた在庫が、おれの持ち物でないなどと、やつらは言い張ってるんだ」下顎を突きだし、口をへの字に曲げた。「あの品の代金は払ったんだ。あれはおれのもんだ」

寝室では、エレンとハドリーが、小声で話していた。会話が突然途切れた。エレンは扉を開けると、ちらとアリスに目をやってから、さっと駆けよった。「お皿を洗いますわ」息を押し殺して言った。「エプロンはどこ?」キッチンに駆けこみ、品のいい白エプロンを腰に締めてもどってきた。そそくさとテーブルから、デザートの皿やコーヒーカップを片づけだした。ハドリーは彼女のあとからゆっくりと現れて、突っ立っていた。

ファーガスンが起ちあがった。「後片づけは女どもにまかせとこう」とハドリーに言った。

「こういう家事はぜんぶおまかせだ」

「いいですね」とハドリーも相槌を打った。

ファーガスンはぶつぶつボヤきながら、居間の細長いソファーまでぶらりと歩いていく。ハドリーもあとに従った。部屋を横切って、ふたりは面と向かいあって腰をおろした。部屋はひんやりしている。ファーガスンは、地下に精巧なエアコン装置を備え付けていた。ふたりのまわりに微風がそよぐ。家の外は、茹だるように暑い八月の夜だった。舗道をけだるそうに通る数人の人影。男はアンダーシャツ、女は汗まみれのショーツに、緩いホルターネックの上衣を身につけていた。

「おれのエアコン装置、どう思うかね?」ファーガスンが訊いた。

「うまく作動してるようですね」

「地下はぜんぶ、おれの手で掘ったんだぞ。この家はな、ほんとにおれの汗の結晶なんだ。土台は新しく固めた——十トンもの泥を、猫車で運ばなくちゃならなかった。ついでに裏庭にはパティオをこしらえといた」

「覚えてますよ。作業のためにお店を欠勤した日は」

「このエアコン装置の備え付けは、時期がぴったりだった。まったくな、ここらあたりじゃ、暑くなると、よく壁紙が火ぶくれを起こすんだ。湾の照り返しもあってな。朝の九時から正午まで、かんかん照りになる。だから、放射放熱器も備え付けたわけだ」ファーガスンは誇らしげにタイルの床を指さした。「この硬材はとにかく凹凸があるだろ。おれはこの木製タイルが好きでな。パイプを置いて木製タイルを敷きつめるんだ。まずまずの出来だな」

「八面六臂《はちめんろつぴ》でしたね」とハドリーは言いながら考えこんだ。一瞬、間をおいて質した。「それで何が得られるんです? 耐久性がついたといった感じですか?」

ファーガスンは肩をすくめた。「やるだけの価値がある仕事ってのは、何だって上手にやる価値があるもんさ。おまえも知っとくべきだな——デレデレと暇をつぶしてるかわりに、いったん手をつけたことはやり通すんだ。おまえはいつだって店をうろうろして、中途半端で引き揚げる。みんな、おまえのケツ拭きをさせられてるんだぞ」

ハドリーはその言葉には耳を貸さず、部屋や床や家全体をまるごと抱えこむ仕草をして、「もっと深く地面に根を張れたような感じがするんですか？　こうして作りこむと、錨《いかり》を下ろした感じがするんですね？　核ができたような？」

ファーガスンは渋面をつくった。「何の話をしとるんだか、おれにはわからん」

「気にしないで」とハドリーが言った。

「誇らしさかな、そいつは感じるな。まわりを見渡せば、自分がやり遂げたんだとわかるし……他人に頼らずやり遂げた、とわれながら納得できるからな」

唇を舐めてハドリーが言った。「独立自尊の人なら、アイデアを成し遂げるチャンスがあるってことですね……何かを実現できるんだ」

「どういったたぐいのこと？」ファーガスンは疑わしそうな目で訊きかえした。

ハドリーの顔を、きらっと閃光がかすめた。狂おしい渇望の表情。「あなたは起動させられる人なんです」憑かれたような仕草で両手をあげた。「ええと、モダンＴＶを例にとりましょうか。やらなければならない改善点がたくさんある。モダンだなんて――お笑い草だ。モダンＴＶは、この界隈じゃ、いちばん店構えが古くさい」

「あれで十分だ」ファーガスンは一蹴した。

「二十年前ならそうでしょう。でも、世の中変わったんです！　手を広げなくちゃ！　座して待ってはいられない――」

「果報は寝て待て、と言ってるわけじゃないぞ」ファーガスンが遮った。「オニールの店を買い取ったばかりなんだ。それでも、株《くいぜ》を守りて兎を待つのみ、と言うのか」

ハドリーの手ぶりは、だんだん痙攣《けいれん》の発作に近くなってきた。「ご存じないんですね。黄色の大型車キャディラックにふんぞり返って、さあっと町を走り抜けていくようなお客の目に、モダンTVがどう見えるか。せいぜいこう思われるのがオチですよ。おやまあ、モダンな街並みなのに、狭くて古ぼけたお店だな、ってね。彼が当たり前のように車を停めて駐車して、わざわざこんな薄暗い汚いお店に入ってきますかね。そういうお客の好みは、日よけの付いたショーウィンドウ、洒落たモダンな照明に……」口上に熱気がこもって顔が紅潮してきた。「煉瓦とか石造とかで、裾まわりを飾ってあるお店です。ご覧になったことがあるでしょう？　それから花壇もあしらって。細長い窓辺を鉢植の列で飾った店はどうです？日よけを翳《かざ》すガラス窓……花の間に埋め込んだ間接照明で、ライトアップしてあるお店。ギラギラの照明じゃなく、神々しい後光を放つんです。お店に入ると、すべてがぱあっと目を惹く。通りすがりの人は、陶然として商品に心を奪われてしまう。階段はなくて――ゆるやかにスロープで迫《せ》り上がる」

「おれのカネを浪費してか！　その手の出費がどれだけかかるか、わかってるのか？　数千ドルだぞ――おれがあの敷地の地主じゃないことは、知っとるだろうが！　地主はメイソン・アンド・マクダフィー社だ。払う地代はただの死に金だ。五年の貸借契約しかないしな。

契約更新されないと――」

「二年で元が取れますよ」焦れったそうにハドリーが制した。「いいですか、僕が言ったような店構えが、これからの流行《はやり》なんです。改装しなくちゃなりません。僕が店に入ってから、あなたは店を改装していない。白ペンキの外装を塗り替えただけだ」

キッチンでは、女ふたりが皿を洗って、布巾で拭いていた。エレンが早口でしゃべっている。「描いたスケッチを彼に持ってこさせようとしたんだけど、できなかったわ。ジムにあれをちらっと見せれば、スチュアートが何を言おうとしているか、わかってもらえるのに。口で説明するのは難しいの……ある理想のものを創造しようとすると、人は訝《いぶか》しそうに上目づかいになるだけ――スチュアートもそんな目にあってるの。彼には伝えたい理想がある。彼ってほんとに創造力があるのよ、アリス。たいがいの人はそう――ま、いわば凡庸で……閃きがないのね。ただの土くれよ……彼らにはものが見えない。ものがどう改善され、どう美しくなるかがわからない。スチュアートって、ほんとに素晴らしい美的センスがあるの。石材や木材みたいな素材、それに花を上手にあしらって――プラスチックや織物だって、彼はお手のものよ。本物の色彩感覚があるんだわ」うっとりと夢中になって、エレンは一気呵成にまくしたてた。「スチュアートは本物の芸術家よ、アリス。手先が素晴らしく繊細なの……」

「わかってるわ」アリスは同情した。「でも、言う機会があったら、もっと肩の力を抜きなさいって言ってあげて。相手が滔々としゃべりだすと、ジムがどれだけ疑り深くなるか、わかってるでしょ。どうせ何かを売りこむ魂胆にちがいない、と思いこむたちだから」

「でも、理解してあげなくちゃ！」エレンは悩ましそうに叫んだ。「つまり、スチュアートはあのお店にすごく貢献できるってこと――ほんとよ、アリス。お店を一変させられるわ。同じお店とは思えないくらい」

「そこがあたしの心配の種なのよ」アリスは厳しい口調になった。「せいぜい口を慎んで、と彼には言ってあげて」

最後の皿を水切り台に置くと、ガスレンジのポットやフライパンを取りにいった。エレンは布巾を手にしたまま、なすすべもなく立っていた。ちらちらと目を居間に走らせ、聞き耳を立てて、何を話しているのか探ろうとしていた。

「ときには、あまりせっつかないほうがいい、ってこともあるのよ」とアリスが穏やかに言った。「すこしリラックスして、のんびりとやるのよ。あたしたちも、ちょっと座りましょ……お店の戦略なんて話題は、避けたほうがいいわ」そして付け加えた。「とりわけメイバーグのセールスマンとどう付き合うか、なんて話題は禁物よ」

ポットとフライパンを拭き終え、サイドボードと流しをきれいに拭くと、エプロンを外してふたりは緊張した面持ちで居間に入った。

「何を考えてらっしゃるの？」エレンが恐る恐る夫に尋ねた。彼の椅子の肘かけに腰をおろし、やわらかな腕を彼の首にまわした。

アリスはソファーに座って言った。「ふたりとも、口角泡を飛ばすのはもう終わり？それともまだ続けるの？」

「口角泡を飛ばしてるわけじゃない」とファーガスンが弁解した。「商売の話をしていたんだ」

「もう終わったの？」アリスが重ねて訊いた。

ファーガスンのムラっ気が炸裂した。「そりゃどういう意味だ？　もちろん終わっとらんさ。どうして終えられる？　おれに何をさせたい？　寝そべって惰眠を貪ったあげく、がらがらと店が倒壊してもいいってのか？　おれはいったい、どんな商売人なんだ。いつまでおれたちは勘定が払えると思ってるんだ？　あのしょうもない、ひらひらのドレスや、靴や帽子やら何やらを買う余裕が、おまえにいつまであると……」気が抜けたように、声が途絶えた。「くたびれたわい。今夜は早く寝なくちゃならん」

エレンは蒼ざめた。夫の首にまわした腕が、怯えて縮んだ。ハドリーはやさしく妻の手を振りほどく。「たしかに」と彼も大声で言った。「それと、あのフィルコの製品、扉を通して店に入れておきましたから。地下室は掃除しなくちゃならなかったけど」

「段ボール箱を床に直置きしていないかどうか、確認しておけよ」ファーガスンが暗い声で警告した。「いまはいいが、二カ月も経てば、奥の地下室全体がびしょびしょだ。よく目を凝らして、セメントから製品を離しておくんだ」

「あの泥地を迂回するよう、市に下水の配管をやり直させればいいんです」とハドリーが言った。「地中で水漏れしてるんですよ。だから早々と湿気が出てくる。雨水じゃないんです。

丘が押し流されるかも」

「ばかばかしい」ファーガスンが反論した。「あの下水管は密閉されとるんだ。いいか、上に店舗が五十軒あって、住宅が千戸も建ってるんだ——町全体だぞ！　漏水してるというんなら——」

「ねえ、ちょっと」呆れてアリスが口を挿んだ。「市の下水本管ごときで、ああでもないこうでもないと怒鳴りあいしなくてもいいでしょ」

しばらく誰も口をきかなかった。とうとうファーガスンが妻に切りだした。「ハドリーに聞いてもいいか？　あの水漏れキャビネットのことだが、西岸水道局に電話はかけたのかい」

「電話しました」とハドリーがこたえた。「検査員を派遣して調べなければいけない、って言ってました」

ファーガスンもうなずいた。「結構」

「うまくやってくれると思います」とハドリーが言った。「もちろん、段ボール箱も大丈夫でした。ぽとぽと雫が落ちてたら、検査員の目にとまりますから」

「あーあ」エレンが哀れっぽい声をあげた。「今夜はまるでクリスマスみたい。覚えてる？　あたしたちみんな、クリスマスでいっしょだったわ」

溢れだす追憶に、アリスは身を委ねた。あのクリスマスの日、底冷えのする雨夜だった。窓には霙《みぞれ》が吹きつけ、凍てつく風に吹かれて、道沿いの高い杉木立ちが波打っていた。大きなこの屋敷がお客でいっぱいになった。ジャック・V・ホワイトと妻のペギーと子供が二人。スチュアートとエレン。ジョー・タンピーニとそのガールフレンド。オルセンとその妻、それからひと握りの隣人たち。親戚や古い友人たちもいたわ。二つのテーブルを囲んで、七面鳥の大ディナーが催された。全員が居間に座って、雨音に耳を澄ましながら、泡立つエッグノッグ[8]の小さなマグを啜ったものだ。FM放送はバッハのクリスマス・カンタータ[9]あたりだったろうか、ひっそりとクリスマス音楽を奏でていた。誰もが、何もかもが、静謐で平和だったあの日。

「おれも覚えてるぞ」とファーガスンが言った。アリスにほほ笑みかける。「あの連中、誰だったかな？　どうせ、おまえのお友だちか」

「今夜もクリスマスみたいだわ」エレンが繰り返した。「ただ、あの日の雨と違って暑いし、あんなに大勢のお客もいないけど」

「こういう小人数のほうがいい」とハドリーが言った。起ちあがってうろうろ歩きだす。部屋の隅に重いラジオ付き蓄音器が置いてあった。やがてスイッチを入れ、チューニングのつまみを回しはじめた。ありきたりのジャズだけ。彼はまたスイッチを切った。

「ラジオって、ちょっと耳障りだわ」エレンは歯に衣着せなかった。「一日中、聴かされるのは――ソープオペラかコマーシャルばかり。歌うコマーシャル[10]は、もう飽き飽きよ。頭が変になる」

「ラジオなんて、そんなもんさ」ファーガスンが言った。

「そんなもんだとしたら、虫が好かないわ」とエレンがこたえた。「ああいうものを考えつく人って、どんな人たちなのかしら？　いい音楽を流すべきよ……ラジオって、無趣味で安っぽいんですもの。もちろん、ありきたりの凡人は、ああいうのが好きだとは思うけど……番組が狙わなくちゃならないのは、できるだけ多く聴取率を稼ぐことなのね」

「とどのつまり、おツムの弱い連中を釣るってこと」ハドリーが付け加えた。

ファーガスンは、下唇を噛んで訊きかえした。「おまえは誰か会ったことがあるのか？　歌うコマーシャルが好きだなんてやつに？　この郡で世論調査してみればいい、歌うコマーシャルが好きだなんて阿呆は、どこにもみつからんぞ」

「じゃあ、どうして歌うコマーシャルを流すの？」とエレンが訊いた。

「商品を売らんがためさ」とファーガスンがこたえた。「人を苛立たせるだろ――耳に胼胝《たこ》ができるほど反復してな。みんな、うんざりする。だが、スポンサーの名は覚えちまう。こいつは効くんだ。それがああいうコマーシャルを量産しつづける理由さ」

「そんなら」とハドリーが言いだした。「こういうアイデアはどうです？　いっそラジオ番組か、テレビ番組をうちのお抱えにすべきだとは思いませんか。新聞じゃ、十分な数の人の目に届かない。要するに」と彼は早口になった。「番組のスポンサーにならなくたっていいんです。スポット広告[1]にカネを出す、それだけでいい。たぶん、夕方の時間帯、午後六時か七時ころ。KNBCみたいな、サンフランシスコの大手放送局から流せばいい。湾岸一帯《ベイエリア》、サンフランシスコ半島から、どっと客が押し寄せますよ」熱に浮かされたように締めくくった。「ＫＮＢＣはよく聞こえます——ベイカースフィールド〔12〕あたりまで電波が届くんです」

　アリスはその顔を見つめた。せめて一度でいいから、アイデアを次々並べたてるのを控えればいいのに。見ればすぐわかるじゃないの。ジムの顔には不信の色が浮かんでいる。彼は新機軸を疑ってかかるたちなのよ。とりわけ、手金を出す話には、びくっとすくむひとだから。


　さっと起ちあがって、彼女はキッチンへ歩きだした。「すぐ戻ってくるわ」と肩越しに言い残した。冷蔵庫を開けて、冷やしたフランス製のアプリコット・ブランデーのボトルを取りだす。ちいさなワイングラスを四つ、すぐ見つけだした。なみなみと四つのグラスに注いで、トレーに載せると、迷わず居間にとって返した。

　ファーガスンは嬉しそうに、ブランデーに目礼した。「いいね」とつぶやきながら相好を崩し、身を起こしてグラスに手を伸ばした。はしゃいで冗談を飛ばし、そして尋ねた。「おれは何杯いただけるのかな？　二杯か、三杯か」

「一杯だけよ」アリスはぴしゃりと撥ねつけた。夫からトレーをひったくって、スチュアート・ハドリーにまわした。

「どうも」とハドリーが言った。ブランデーを受け取りながら、彼は口をつけなかった。椅子の肘かけにグラスを置いたまま、一心不乱に前方を見つめ、物思いに沈んで青い瞳を曇らせていた。何か言いだそうとして口を開けた。が、アリスが機先を制した。

「たぶん、あなたは控えといたほうがいいかしら？」とエレンに言った。「それとも、もう大丈夫なの？」

「大丈夫よ」エレンは恥ずかしそうに言って、グラスに手を伸ばした。「ほんとにありがとう、アリス。おいしそうですもの……」グラスを啜った。「とってもいいお味よ」

アリスは内心ほっとした。残ったブランデーのグラスを手に取って、自分の席に就く。

「察するところ、ジョー・タンピーニのやつ、結婚しそうだが」とファーガスンが言いだした。「例の娘っこか？」

「同じ子です」とハドリーが言った。「キュートな赤髪の子ですよ」

「あいつ、昇給を望むだろうな」怖気《おぞけ》をふるって、ファーガスンが呻いた。「結婚したときのおまえみたいにな」

「彼女、美人だわ」エレンが口を挿んだ。「ああいう赤い髪の女性って、あたし、いつも羨ましくて」

「赤髪ってのは、ぞくっとするほど美形か、どうしようもない醜女《しこめ》だからな」とファーガスンが相槌を打った。ハドリーのほうを向いて言った。「店にいつも顔を出していた例の娘《こ》を覚えているか。ジュークボックスのレコードを山ほど買ってったろ。緑の瞳、赤い髪……あの娘はトランペットのレコードが好きだったな」

「覚えてますよ」とハドリーも合わせた。「彼女の名前は――ジョーンなんとかだった。一度、ビックス・バイダーベッケ[13]のレコードの注文票を口実に、名前を聞きだそうとしたんです」

「十八歳足らずだった」

「ぜったい十八歳でしたよ。高校生の娘《こ》でした」

ファーガスンは考えこんだ。「モダンTVには女の子が必要だと、かねがね考えてきたんだがな……この稼業をもっと魅力的にみせるためさ。戦時中はこれでよかったんだ――やってることは、ラジオの修理だけだ。壁にデカパイの女の子のカレンダーが貼ってあっても、誰も文句ひとつ言いやせん。商売相手はたいがい男だったからな。ところが、いまはカップル客が増えてきてな。女の子を店に入れて、たぶん経理係か、客の受付嬢にすれば……真空管をチェックしたり、値札をこしらえたり、電話の受け応えもできるだろうし」

「受付嬢ですね」とハドリーが言った。

「その娘にせっせと働いてもらうほど、たっぷり仕事があるかな？　客に尻をくねらすような小娘なら、一銭だって払う気はないぞ。掃除に精を出して、店を清潔にしてもらわんとな。女向きだと思うがな。磨いたり、塵を払ったりは、女の仕事だ」

「ええ、そのとおりですね」ハドリーは快く同意した。「やれる仕事はたくさんあるでしょう。おっしゃったように、請求書をつくること。書類の整理といった事務処理一切を――」

「だが、帳場に釘付けにしたくはないんだ」とファーガスンが指摘した。「客の目にとまるよう、店頭に下りてきてほしい」

「そこがポイントですね」とハドリーは言った。「そいつは面白い。僕もその線に沿って考えたことがあるからなんですよ。先日、ふと思いついたんだ。手前味噌だけど、あなたにお教えしますよ。たぶん、あなたにはその利が見えない。でも、ここでレコード部門に手を広げるべきだと思うんです。理由を申しあげましょう——お客がどっと増える。そいつをテレビとラジオ付き蓄音器の販売に結びつけることができるんです。一石二鳥の策ですよ。店の奥の壁をぶち抜いて、製品倉庫を試聴室に転用すればいい——衝立《ついたて》で仕切れば、ブースがたくさんできますよ」

　ファーガスンはかぶりを振った。「そいつは論外だ」語気を強めた。「モダンTVは、本格的なレコード商売にはぜったい手を出さん」天井を振り仰いで、じっと見つめている。「オニールの店のほうがいい。あっちのほうが陳列スペースがあるからな。レコードってのは、やたらとカウンターや棚が要るんだ」不機嫌になって決めつけた。「それにレコードは始終割れるだろ」

「新しいLPはちがいますよ」ハドリーは念を押した。

「この傷痕だって」しっかと組んだ両手を、ファーガスンは睨みつけた。「もちろん、おまえにオニールの店を委ねる気はない……あれはおれのだ。おまえはモダンTVに残しておく」

「わかってます」とハドリーが言った。

「一丁前のレコード部門を新設するんなら、バークレーからおカマ〔14〕か誰かを連れてきて店番にするさ……バークレー界隈のレコード屋で見かけるようなやつだよ。ああいう連中は、リリー・ポンス〔15〕だとか、トスカニーニ〔16〕だとか、ありとあらゆるクラシックのレコードを知ってやがる。おれはそんなもんと係わりあいはご免だ」

「なるほど」ハドリーもみとめた。「モチはモチ屋ですか」

「だからな、レコード部門のことなんか忘れろ。だが、女の子を入れることは考えよう。高校出の小娘に、店が切り盛りできると思うかい？」

「簿記学校《ビジネスカレッジ》出の女性のほうがいいでしょう」とハドリーは言った。「その手の学校なら、モダンＴＶの筋むかいの階上にありますよ。彼女たちのほうが年上だし、経験もあります。僕が言う連中、ご存じでしょ。ハイヒールにセーター——ランチタイムにウールワース[17]の店でご覧になってる女たちですよ」

「彼女たちは秘書かと思っていたが」

「いや、簿記学校に通ってるんです。喉から手が出るほど、仕事を欲しがってますよ」

「そりゃいい」とファーガスンもうなずいた。「いつか向こうに行って、どんな人材が集められるか見てやろう」

「そのアイデアって、あたしの気に入るかどうか、わからないけど」アリスが辛辣に言った。

「ふたりとも、バカみたいにのめりこんでるわね」

「どっちの話もわからないわ」エレンは冗談が半分、純粋な心配が半分の板挟みになって、甲高い声をあげた。「モダンＴＶは万事うまくいってると思うけど」

二人の女の言葉に耳を貸さず、ファーガスンは続けた。「考えなおしてみたんだが、たぶん、あの店はおまえに任せることになると思う。おまえが最善と思うことをやってみろ。あの店には月二百ドルの費用をかけにゃならん――一年で二千四百ドルだ……週五日営業でな」

「ええ」とハドリーはみとめた。「州法がありますから」

「店構えの一新に、大枚二千ドルをはたいたほうがいい、と本気で思ってるのか？　たぶん、そうすりゃ、もっとピカピカにできるからと……新しい照明器具に、おまえが言ってるようなガラスか」手を振った。「すべて夢のまた夢だ」

部屋に突然、沈黙が落ちてきた。誰もが凍りついて、ハドリーを見つめていた。

「改装費を見積もってからでないと」ようやくハドリーが口を開いた。椅子の肘かけをつかんで声をくぐもらせた。「人件費の項目が大きい。すべて労組次第ですから」

「ふむ、そいつは考慮すべきだな。何も慌てることはない」ファーガスンは頭を動かし、斜《はす》かいから横目で金髪の青年の様子をうかがった。「しかし、おまえがあの店を切り盛りするのなら、割り切りってことを学ばなくちゃならん」

「はい」ハドリーの声は嗄れていた。

ファーガスンは座って葉巻を噛んだ。部屋の空気がぴんと張りつめる。誰もびくりとも動かない。息を凝らしたままだ。家の外では、散策の人々が笑いさざめきながら、暗い鋪道を歩き去っていく。音が絶えて静まりかえった。ファーガスンが手で備え付けたエアコン装置が、ぶうんと微かに唸る音しか聞こえなかった。

「ハドリー」とファーガスンが言った。「息子が生まれて、やっとおまえも落ち着くかと思ったが、どうやら外れだな。おれの目に、おまえはまだヨチヨチ歩きとしか映っとらん」

何か言うことを探そうとする表情が、ハドリーの顔に浮かんだ。が、一語も発しない。

「おまえはいまや妻子持ちだ」ファーガスンが続けた。「以前はなかったような責任を背負ったんだ。本気で頑張って、やり抜いていれば、いまごろは前途洋々だったはずだ」

「ええ」ハドリーも、ほとんど聞こえない声でみとめた。

「むろん」ファーガスンは容赦なくしゃべり通した。「おまえも生活費がかかるようになった。このごろじゃ、子供ひとり育てるのにもカネがかかる。やれ薬だの、やれ服だの、やれ食事だのと――何でも特別あつらえだ」

アリスは軽くほほ笑んだ。「それが親心ってものよ」とやさしく言った。声は荒げないが、夫に聞こえよがしだった。彼の機嫌を損ねたら元も子もないのだ。

「わかってます」とハドリーが言った。ぽんと財布をたたいて「すでに節約を始めています」

「おまえの稼ぎは、いま固定給二百五十ドル」とファーガスンが言う。「それに加算する歩合給《コミッション》が五パーセントだった。モダンTVの店長になると、これまでみたいにフロアに立てなくなる。上の階に引っこんだり、お客の家に出かけたりが多くなるからな……たぶん、おまえ個人でみると、実質の売上高が減っちまうだろう」

「でしょうね」ハドリーはどうにか合わせた。

ファーガスンは自分の手を眺めて考えこんだ。「三百ドル以上はおれも出せん。おまえの売った分から五パーセントを支給する歩合給はやめるが、その代わり、店の総収入から一律一パーセントをおまえにくれてやろう。こいつは、売れた全品が歩合収入になるってことだ……真空管とレコード針と修理代を除いてだがな」

「わかりました」素早くハドリーはこたえた。

「つまり、もうホワイトやタンピーニと競《せ》りあわなくていいんだ。おまえは天井が落ちないよう、店全体に目配りする役だから、客の口説き落としはあいつらに任せとけばいい。こいつはいい稼ぎになるぞ……長い目で見れば稼ぎは大きい。でも、せっせと働かなくちゃならん。女の子が雇えたら、高校出の小娘でもかまわんが……床を掃いたり、塵を払ってくれる娘を、うちに採用せんとな。そうすりゃ、雑用に煩わされずにすむ」

「はい」ハドリーはうなずいた。「わかりました」

「そんなところでどうだ？」ファーガスンは挑むように質した。「三百ドルくらいじゃ豪勢な給与とは言えんが、そいつは百も承知だ。だがな、クリスマスあたりになると、総売り上げの一パーセントで、しこたま稼げるはずだ」

「よさそうです」とハドリーが言った。

「よかったわ」アリスはほっとした。安堵の息を洩らして起ちあがった。「やっと終わって、ほんとにうれしいわ」

「何の話だ？」ファーガスンが憮然として吠えた。「まったく女どもときたら、魔女の群れみたいに車座になって――さては、これぜんぶ、おまえら図ったな！」

家に帰るスチュアート・ハドリーと妻は、熱気のこもった暗い街路をゆっくり歩いていた。頭上に瞬くのは、瓊沙《きらら》のような星屑の雲。かすかな夜風が吹いて、ハイ・ストリート沿いの東洋風のプラムの並木がそよいだ。家並の列は闇に静まりかえり、玄関を大きく開け放って、新鮮な空気を通わせようとしていた。エレンはローブの襁褓《むつき》にピートをくるみ、哺乳壜一式とともに、腕でしっかり抱きかかえている。

「ねえ?」とエレンが声をかけた。「あなたが胸にしまっておけないことってある?」

「どうやら、仕事にありついたらしい」

「どんな——気分なの?」心配そうに夫の胴を押し、腕にしがみついた。「どう感じてるのか教えて、スチュアート。うれしい? あなたが望んでいたことはこれなの? それともちがうの?」

スチュアート・ハドリーは、心の奥を覗いて答えを手探りした。モダンTVセールス&サーヴィスの店長になったわが身を思い描いてみた。絵空ごとじゃない。れっきとした現実だ。あすの朝、店長として店を開けるのだ。ジャック・ホワイトも、ジョー・タンピーニも、オルセンも、全員が彼直属の配下になる。女の子を一人雇い入れるなら、その彼女も含めてだ。責任、地位、人を頤使《いし》する力……お店というものは、納得が行くまで粘土を捏《こ》ね、塑像に仕上げていく一つのオブジェなのだ。つくっては壊し、またやり直す可塑性《プラスチック》のオブジェだ。

彼は店の外に茫洋と広がる世界を考えた。うつろいゆく形象の無限のカオス……外にはどこも寄る辺がなかった。ただ冷えきった影と、遠すぎて手の届かない、おぼろな星明かりしかない。お店は居心地のいい小宇宙だ。確固とした秩序ある矩形の空間。そのまわりを意味のない非宇宙が漂い、渦を巻いている。

突然、ぞっとした。お店の外に出るなんて、とても耐えられない。いまだって、こうして妻子を連れて、暗くひっそりした街路を歩いているが——あまりに危険だ。リスクが大きすぎる。外の世界は手に負えない。何もすがるものがない……どこを歩いても、足もとの大地がぐらりと傾いて、闇に呑みこまれそうだ。

彼の心に生き生きとしたイメージが浮かんだ。燦々と明るい夏の朝、お店を開ける光景だ。すがすがしい湿った大気は、夜露の香りがして、車や鋪道にきらきらと光を散らしている。小走りの秘書たち、日よけを巻きおろす商店主。ゴミ屑を暗渠に押しやる黒人。人々の市声《ざわめき》と物音。町が息づいて、あわただしい日常が始まる。ヘルス・フードストアのコーヒー……電話がりんと鳴って……オルセンがその日の修理品を携えて、不機嫌な顔でトラックに乗りこむ。

「そうなんだ」と彼は破れかぶれになって言った。足を速めた。暗闇が怖い。マーシャと遠出した晩を思い出した。あの荒れはてた道。駐めた車。蟋蟀《こおろぎ》の音色。あからさまに索漠とした孤独と荒廃。「家に帰って寝よう——あしたは早起きしなくちゃ」

「寒いわ」とエレンが言った。彼に肩を寄せて、からだを震わせ、遅れまいと急ぎ足になった。「ねえ、ちょっとピートを抱いてくれる？」

ハドリーは息子をひったくるように受け取った。赤ん坊はびくっと動いたが、目を覚まさなかった。頭上の寒々とした星辰《ほしぞら》が、刻一刻、遠ざかっていくようだ。広大無辺の宇宙。一箇の人間が取っ組みあうには、巨《おお》きすぎる。いったいどうして危険を冒して、そこに飛びこみたいなんて思えたんだろう。不毛にして猖獗《しょうけつ》を極める宇宙。無限の涯《はて》まで延々と続いて、人の煩悩にはまるっきり無関心だ。いまでも彼の憧れは、心温まるあの店にあった。人手で建ててあって、行き届いている。そしてあれこそ、彼に開かれた唯一の世界だった。あそこに浸かって、すっぽり身を沈めていたい。どれだけありがたいことか。

「うれしいわ」エレンが息もつかずにしゃべっていた。「何もかもうまくいくなんて……素晴らしいことよ」

ハドリーは聴いていなかった。恐怖が迫《せ》りあがってくる。自分への恐怖だった。自分が何をするか分からないという恐怖。彼は自らを破壊しかねなかった。突然、やみくもに暴発し、安全なこの小宇宙《ミクロコスモス》を叩き壊してしまうかもしれない。太古の怒りに駆られて、自分が生存しうるただ一つの世界を破砕し、解体し、崩落させかねない。

彼の心は、その破壊力を宿らせていた。彼の内奥に潜んでいるのは、自分を無化し、ささやかな彼の宇宙を灰燼に帰せしめる可能性とエネルギーだった。以前もそうだ。彼の人生はずっとそうなのだ。新しい力ではなかった。いつもそこにあった。一瞬にして、彼は自我を木っ端微塵に吹っとばすことができた。それは恐怖だった。この宇宙を凄惨で不吉なものにしたのは、そのせいなのだ。

ふたたび彼は、果てしない猖獗《しょうけつ》の領野に盲進しようと、のたうちまわるのかもしれない。しゃにむに何かを見つけようとして。漠としておぼろに霞んだもの、彼にはどうしても見つからないもの、手探りしても届かないものをつかもうとして。

「あなたの足、速すぎるわ」置き去りにされまいと、小走りに追ってきたエレンが、息を切らして音《ね》をあげた。ふと耳を澄ます。夫の声を懸命に聞き分け、どう感じているかを探っていた。「あたし、とってもうれしいの」と告げた。夫についていこうと、血相を変えて走りだした。「あなたにも、幸せになってほしい。あなたに必要なもの、手に入れてほしいの。素晴らしいことじゃない？　これらすべてが……とうとう夢がかなったんだから」

　ハドリーはこたえなかった。

「ねえ」妻が喘いだ。声はか細くなって、嘆願するようだ。「あたしの人生、これほど幸せなことってないわ。どう思う？　素晴らしくない？」

　何の反応もなかった。ハドリーは眠る息子を抱いて、大股でのし歩いていた。その背後に妻が追いすがる。無人の暗夜行路をどこまでも。

　毎週木曜になると、神の掟と商売の慣例に真っ向から逆らって、浮世離れした労組が規制したおかげで、看護婦たちは一斉休業を余儀なくされる。ホーラス・ウェイクフィールドが勤める花屋も、シダー・グローヴス看護協会傘下にあるので、彼も丸一日休みになった。この特別な朝に、彼はふだんの七時でなく、八時に目が覚めた。八月も半ば過ぎの暑い一日。

朝食もコーンフレークではなく、煮つめたプルーンとクリームにした。

　彼のちっぽけな部屋は、清潔で整頓が行き届いていた。生体解剖反対を唱える雑誌は全巻そろっていて、部屋の隅と壁沿いにきちんと並べられている。彼は窓を開け放った。吹きこむ新鮮な空気。八月を満喫した。日が長く、からっとして暑い季節が、彼は好きだった。街路に陽光が躍り、舗道が玲瓏《れいろう》と輝いている。のろのろと通りかかった郵便配達人は、肩からずしりと重い郵袋《ゆうたい》を下げて、額に汗の雫をしたたらせていた。むこうの街角に洗濯屋のトラックが停まった。運転手が重たそうな白い包みを抱えて、ひと続きのコンクリート階段をとんとんと駆けあがり、アパートに入っていく。

　ウェイクフィールドは、浴槽《バスタブ》の蛇口からバケツ一杯に水を満たして、それを持ってサンデッキに出た。植木鉢や木箱にも、大輪の薔薇や菊が咲き誇っていた。彼は丁寧に水を撒き、しばらく佇んだまま、黒い土や堆肥から馥郁《ふくいく》とたちのぼる湿った匂いに酔いしれた。眼下に八方世界が広がっている。気宇壮大な気分になった。巨人さながらだ。何マイルもの高みから睥睨《へいげい》し、太陽と雲ひとつない蒼穹《そら》を振り仰ぎ、天地を睨みつけて胸いっぱい大気を吸いこんだ。

　きょうは丸一日、気ままにできるんだ。しなければならない用事を心の中で数えあげる。まず新聞社宛の投稿が三通、こいつは書きあげて投函しなくちゃ。洗濯屋のトラックを見て思い出した。パイオニア・ロンダリーでシャツを引き取らないと。宝飾店に腕時計を持ちこんで、掃除を頼むこともだ。ベッドのシーツも取っ替えておこう。大家のカミさんが喜んで替えてくれるけれど、ウェイクフィールドは自分でやりたいのだ。

それから、本当のひと仕事が待っていた。

ウェイクフィールドは部屋にとって返した。帽子を頭にのせ、コートをはおり、薄暗く長い階段を下りていく。精巧な樫の手すりとレールをつたって、玄関の小広間に出た。そこに古鏡と帽子掛けが待っていて、毎朝、彼に挨拶を返してくれる。彼は薄くなりかけた黒髪をなでつけ、メガネを掛けなおし、ちんと洟《はな》をかんでから、分厚い正面扉を押しあけると、目がくらっとする日向《ひなた》に踏みだした。

あんまりいい天気だったので、ウェイクフィールドはイエスの番人協会ホールまで、ずっと歩き通すことにした。バスの混雑は苦手だった。とりわけバスが吐きだす有毒な排ガスの黒雲や、エンジンが発する轟音と騒音が大嫌いなのだ。歩きながら、彼は胸いっぱい深呼吸を続けた。こんな美しい日に、こんな美しい世界に、生きてることが嬉しくてならない。

ホールが近づくにつれ、しだいにざわめきを感じだした。大気が雑鬧《ざっとう》にびりびり顫《ふる》えていた。ホールが巨大な切迫感を放射している。ことが起きかけていた。ものが生じかけていた。ウェイクフィールドは、ほとんど駆けだしている自分に気づいた。ホールに着くころは息を切らし、昂奮のあまり喘いでいた。見逃すまいという一心で、急な階段を二段跳びで駆けあがり、メインホールの上階の部屋に飛びこんだ。協会が渉外事務所にした一室だ。そこは組織活動と勧誘センターに衣替えしていた。ここで会費が集められ処理され、活動が割り振られるのだ。

ふたたび彼は意を強くした。宗教運動とは、信仰で結束した一団の人々というより、それを遥かに凌駕《りょうが》したもの、一箇の機能性マシンなのだ。この世界では、ただ信ずるだけでは足りない……信じる者は、他人も信じさせようとお膳立てを整える。このホールは協会の機構を網羅しているが、似たようなホールが世界の津々浦々に散らばっていた。ひたむきな中年の女たちが、せっせとパイを焼き、古着を集め、抽選会を催している……でも、それだけではない。実際、それだけで済むはずがなかった。小冊子を印刷し、記念写真を焼き付け、ラジオの台本を書き、募金を集める仕事があった。善意のお婆さんたちの縁の下に隠れて、宗教を常勤の仕事とし、生きる糧とする人々がいる。抜け目ない裏方《ディレクター》たちのハードコアがあるのだ。それはひとつの世界であって、単なる活動ではない。

この倦むことなき信者たちの光景に目を丸くして、ホーラス・ウェイクフィールドは入口で根が生えたように立ちすくんだ。惚れ惚れするけれど、背筋が冷たくなってきた。その光景を見ていると、彼は幼年期に連れもどされてしまう。父が一家を小さな縦型フォードに乗せ、延々と広がる桃と杏《あんず》の果樹園を縫い、長い泥道をひた走って信仰復興集会《リヴァイヴァル》〔18〕に彼を連れていったことがある。汚れた茶色のキャンヴァス地、あのだだっ広い野営幕の下で、老若男女の信者が立錐の余地なくひしめきあっている集会だった。絶叫する男が跳びはね、腕を振りまわし、口から泡を吹く。それをうつろな顔で一心に傾聴する人々。ウェイクフィールドをぞっとさせたのは、信仰復興論を叫ぶ弁士ではない。名状し難い信者たちの豹変ぶりだった。変哲もない燻《くす》んだ褐色の髪の女も、痩せこけた田舎の壮佼《わかもの》も、おそらくはニキビ面の娘までもが――日曜の田舎町で買物をするような庶民や、夕暮に農家のまわりで車座となり、べたつくタフィー菓子[19]の端きれをつまんでいるような連中まで――実際、誰もかれもが、だしぬけに跳びはね、目を血走らせ、誓約してみせようと、壇上に突進するのだ。

その誓言ほど、彼を怯えさせたものはない。人を踊り狂わせて死をもたらす（と言われる）毒蜘蛛のタランチュラに咬まれたみたいに、一種の狂疾に罹《かか》ったと思えたからだ。幼かった彼は、父の前で身を縮めていた。その狂気に自分も憑かれるのを恐れて、ぎりぎり唇を嚙み、拳を固く握りしめ、からだを硬直させていた。いまにも跳びあがり、蹌踉《よろ》けては、びくっと飛び退き、やがて彼も側廊を倒《こ》けつ転《まろ》びつ、演壇にたどり着くと、友人や隣人たちの眼前で耳をつん裂くばかりに絶叫し、衣服などをびりびり破りだしかねなかった。咆哮《ほうこう》し、歔欷《きょき》し、ついには、古き魂が新たによみがえるという盥《たらい》の水を、がぶ飲みしそうな気がした。

はっと我に返った。ウェイクフィールドの思考は現在に立ちかえった。メアリー・クラフトが巨大な壁掛け図の前に仁王立ちしていた。小太りの女たちの一団に、身ぶり手ぶりで説明している。あちゃっ、あの女にみつかったぞ。ウェイクフィールドは肩を落とした。彼女はこくりと頷くと、有無を言わさず彼を手招きした。彼はのろのろした足どりで、渋々部屋に入っていく……誰がいやだといって、メアリー・クラフトほど疳《かん》に障る女はいない。女たちの一団に彼が加わるころには、せっかくの上機嫌も萎んでいた。彼は張りを失い、しょげ返ってしまう。

「おはよう」とつぶやいた。

鼻息も荒く、ミセス・クラフトが彼の腕をつかんだ。くるりと向きなおらせて、壁掛け図に面と向かわせる。「さあ」と叫んだ。「どうお思いになって？」

壁掛け図を一瞥しても、ウェイクフィールドはさっぱり要領を得なかった。あちこちに小さなカラーピンを刺した合衆国の地図が掲げてある。腕をふりほどき、もったいぶってこたえた。「もちろん、はなはだ結構に思えますな。とてもきれいに整頓されているようで」

「どこもなのよ！」ミセス・クラフトが、彼の耳もとで口角泡を飛ばした。「ご覧になって？　北部のどの州からも寄付金が送られてくるの。わたくしたちのメッセージが国中に届いてる——とうとう火がついたんだわ！」

ウェイクフィールドは、たじろいで後じさりしかけた。「とても結構なことですな」と口ごもった。「なかなか目覚ましいことで」女たちの輪が切れてやっと逃げ径《みち》が見つかり、彼は騒然としたホールの中央に退散した。そこで棒立ちになって、さて、どうすべきかを考えた。飛びこみでお手伝いはしたいけれど、どこにいても姦《かしま》しく口出しする、あの残忍そうな顎のしゃくれた女たちに、巻きこまれるってのはまっぴらご免だな。

「こちらよ」横柄な声が聞こえた。大柄な褐色の肌の女が近づいてくる。「ぼやぼやしてるんなら、やることはたんとあるのよ。こちらにいらっしゃい。働かせてあげるわ」

「は、はい」ウェイクフィールドは、後ろめたそうに返事して、生気を取りもどした。褐色の女にせかせかと歩み寄って「あのう、もちろん、さっき来たばかりで。そんで、私に何をしてもらいたいと？」

褐色の女はテーブルのあいだを縫って、ホールの隅へ大股で歩いていった。ウェイクフィールドは小走りに追いすがった。何か大事なこと、何か特別の役割にでも抜擢してくれるのかと期待して。彼女は長テーブルの前で立ちどまった。折り畳んだ書類が山と積まれ、スタンプを捺《お》した封筒の箱が置いてあった。「これを封筒に入れるか、謄写版を刷るかよ。どっちか、じぶんで選んで」

顔が火照《ほて》るほどがっかりして、ウェイクフィールドは吃《ども》った。「そ、そ、そうですな。封筒入れのほうがいいかな」憐れみを乞うようにためらって「まだほかに何かありませんかね」

「何をなさりたいと言うの？」彼女は権高に問い詰めた。「まさか、あなたが説教をして、ミスタ・ベックハイムに封筒入れをさせるつもり？」黙してテーブルのそばに立ちすくむウェイクフィールドを尻目に、彼女は立ち去った。

惨めになって座りこむと、彼は謄写版で刷ったチラシを封筒に入れはじめた。チラシが一枚はらりと開いた。ぼんやりそれを見つめる。ベックハイムはサンフランシスコを引き払って、ロサンジェルスまで往路を逆にたどる長旅《ツアー》に出たらしい。チラシは大きな素人っぽい書体でこう告げていた。ベックハイムは途上、シダー・グローヴスに立ち寄り、またお諭しの会を催します、と。ウェイクフィールドは紙を折りなおし、仏頂面で封筒に滑りこませた。

モダンTVセールス&サーヴィスの入口に立って、スチュアート・ハドリーは八月の通りをうかがっていた。陽光まばゆい午後。灼熱の鋪道をぐったりして泳ぐように歩く通行人を、油照りの日が照りつけていた。若い女が二人、ショーツとホルターネック姿で通りかかった。汗を光らせたその脚に魅せられ、角を曲がって消えるまで、ハドリーは目で追っていた。

彼の背後にある店は、ひんやりして暗かった。

地下から、オルセンの修理作業台《ベンチ》の音がトンカンと洩れてくる。奥の展示ルームでは、ジャック・ホワイトが四人連れの家族に、大型のRCAコンボを見せていた。焦《じ》れたハドリーは、朦朧《もうろう》としてけだるい街路から目をそらした。ジョー・タンピーニもそのうち、ランチから戻ってくるだろう。そうしたらすぐ、ハドリーが午後いちばんのコーヒーに出かける時間だ。

バーグ宝飾店のバーグ老人が、皺だらけの狡《ずる》そうな小さな瞳を光らせて、ふらりと立ち寄った。鉤爪《かぎづめ》のような手でハドリーの肩をつかみ、ぜいぜい息を切らしながら、彼の耳にささやいた。「よ、坊や、今度はあんたが、大将《トップドッグ》だそうじゃな」

「そうなんです」とハドリーはこたえ、うつろな笑顔を浮かべた。

老人の強靭な指が、ハドリーの肩に食いこんだ。老人は濁声《だみごえ》を絞りだし、彼の顔に口臭と玉葱《たまねぎ》の息を吹きつけた。「ほう、さよか、さよか。坊やにとっちゃ、申し分ないことじゃろ、そうじゃないか？　あんた、仕事が一番だってな、スチュアート、出世頭ってわけか。きょうび、テレビの商売はどうじゃな。この夏の売れ具合は？　ちっとは夏枯れかな」

「文句は言えません」とハドリーはあたり障りのない返事をした。

老人はかっかっと笑って、ハドリーのコートに唾を散らした。「あんたはいい子じゃよ、スチュアート。働きぶりを見たがな。あんたにゃ素質があるわい。いずれ頭角をあらわすと、かねがね思っとったよ」骨ばった指で、ハドリーの胸を小突いた。ぎゅっと腕をつかみ、身を乗りだし、荒い息で耳打ちした。「こいつは覚えておけ。そうすりゃ粗相せんですむ。黒《ク》んぼ《ーン》を信じるんじゃないぞ。やつらを信用するな。代金は、ゲンナマで払わせろ——いいか？」

「ええ」とハドリーは同意した。

老人はぽんとハドリーの肩をたたいた。「よしよし、坊や。自重するんだぞ。あんたにゃ、素質があるんだ。いつもわしが言っとったろうが」彼は鋪道を小走りで去った。キングサイズ専用の洋装店の前で、婆さん二人をつかまえると、内輪のひそひそ話をはじめた。

店の内部で電話が鳴りだした。ハドリーは振りむいた。残念そうに、戸口から足を引っこめて、暗がりに引きかえした。真空管キャビネットのむかいの隅に、箒が立てかけてあった。彼はまだ掃除を済ませていない。勘定台のむこうには、明るい色のボール紙が散らばっていた。ゼニスの精巧な展示見本《ディスプレー》を組み立て中だったのだ。埃をかぶって、蝿のシミで汚れた陳列品のラジオやテレビセットは、すでにショーウィンドウから外されていた。こんど飾りつけるのは、ゼニス製のずんぐりしたテレビ・コンボで、すでに地下倉庫から持ち運んである。擬似硬材と家電器具の堅牢な箱が、勘定台の後ろの入口を塞いでいた。

「モダンTVです」と言って、彼は電話を取った。電池の展示見本に背をもたせかけ、片手を分厚い黄色の修理依頼帳に置いて、ハドリーはくつろいだ姿勢をとる。彼が立っている場所から、はちきれそうなゴミ箱が勘定台の下に見えた。あれを空にしとかなくちゃ、と胸中のメモに書きとめた。切れた電池、くしゃくしゃと丸めて茶色の玉になった包装紙、紐の切れ端、壊れたラジオの真空管などが、ゴミ箱周辺の床に散らばっている。拭き雑巾、古い値札、誰かの弁当の黴《かび》だらけの残骸、空っぽのコーヒーカップは数知れない……。

「ハロー」電話の声が耳に届いた。男のどら声だ。「先週、うちのラジオを修理に出したんだけど、もうできたかと思って」

「お客さまのレシート番号、お教えいただけますか」とハドリーが言った。「それと、どんな種類のラジオかも」

　階下の修理部に下りてみた。地下は寒々として冷気に包まれている。オルセンは丈の高い丸椅子で背を屈め、両脚で梯子の横木をはさんでいた。裏返しにして作業台に載せたフィルコの小型ラジオをつっつきながら、一心不乱に目を凝らし、顔を顰《しか》めていた。

「こんちくしょう！」オルセンが叫んだ。ラジオをオシロスコープに投げつけ、丸椅子から飛び降りた。「こんな面倒な糞ったれは、もううんざりだ！　ここから出ていくぞ！　けったくそ悪い！」作業台の上のフックからコートをつかむと、階段を駆けあがりかけた。「何か用か、ハドリー？　阿呆たれめ、どうしたんだい？」

「ラジオを探しているんだ」ハドリーはそう言って、セメントの床に積み重ねた修理品の山にしゃがみこんだ。オルセンに受付番号と仕様を告げる。「修理済みかい？」

オルセンの憤慨は底なしだった。「まったく、あのろくでなしときたら、持ってきたばかりじゃねえか！」怒りに顔が赤黒くなって、問題のラジオをさっと拾いあげ、乱暴に受付札をあらためた。「客に言っとけ、てめえの尻の穴にブチこんでやる、とな。修理なんざ、来年まわしだ。ちぇっ、おれが言ってやろうか」オルセンは憤懣やるかたなく、階段に突進しようとした。「客はどこだ？ 上の階か？」

「電話だよ」とハドリーは言って、笑顔を浮かべた。「いいから外で飯を食べてこいよ。お客は僕に任せろ。あすなら間に合うだろ？」

癇癪《かんしゃく》を起こして地団駄を踏み、オルセンの声が上ずった。「勝手にさらせ！ あんた、ここら界隈じゃ、えらく大物あつかいだからな――あんたなら折紙付きだよ。何かそれで仕事をしたほうがいいぜ」階段を三段ずつ跳びあがって姿をくらました。あとから大声が降ってきた。「客には、あす遅くだと言っとけ。あとは野となれ山となれ――どうせおれは戻らん。軍に入隊するんだ！」

ハドリーも階段を上がり、店内を通りぬけて電話に出た。男に告げる。ラジオはただいま、作業台の上に置いてあって修理中ですが、ちゃんと作動するかどうか、あすまでつけっ放しにして確認したい、と修理係は申しております。

「オーライ」と男は言った。「あす店に立ち寄ろう」

ハドリーが電話を切ると、ジョー・タンピーニが店に帰ってきた。「ごめん、すっかり遅くなっちゃって」と言った。ぱりっとしたシングルのスーツを着て、茶の革靴、絹のタイに、カールした黒髪を丁寧にオイルで撫でつけている。タンピーニのお洒落は人目につく。「何かあったかい……誰か、なんかを買ってった？」

「きみがアドミラル製の卓上モデルを見せてやったお客さん、出直してきたぜ」ハドリーはそう言って、勘定台のレジから値札を出してみせた。「きみのかわりに僕がケリをつけといたよ――きょうの午後配送することになってる」

タンピーニは嬉しそうに頬を紅潮させた。「ほんとかい？」歩合が加算されたからだ。

「うほほ、十二ドルいただき！」

「あの品、チェックしたほうがいいぞ」とハドリーが言った。「垂直ロックがオフになってると思うんだ。ちょっとだけオンにしといた。画像が寸詰まりになってたからさ」

「あいよ」とタンピーニが請けあった。勘定台の後ろでネジまわしを探していた。「鏡はどこだい？　たぶん、トラックの中だろうな。あんた、まだ店でうろうろしてるのかい？　それとも外出かい？　こいつのセットアップ、あんたのお得意芸だろ」

ハドリーはしばらく残って、タンピーニのためにアドミラルのセットアップを手伝ってやった。ゼニスの展示見本は未完成のまま、勘定台の片隅に押しやり、箒を取りあげて奥の棚にしまった。それから、ぎらぎらした陽炎《かげろう》の鋪道に抜けだした。

一日の日課がこなれてきて、徐々に固まりつつある。これまでと同じってことだ。最初はずっと店長だったような気がした。でも、本当は何も変わっていない。おなじ店、おなじ勘定台と展示見本、おなじテレビセット、冷え冷えとした地下、汚れた便所、散らかりっ放しの二階オフィス、しょっちゅう鳴る電話……すべてがおなじだった。これが零細小売店の永遠の現実なのだ。

タバコに火をつけようと、暗渠のそばで立ちどまった。手のひらを丸めてマッチの火を囲い、眠たそうな目で、通りすがりの人々を眺めやった。派手なドレスの女たち。白シャツを着たせわしげなビジネスマンたちは、糊のきいた袖をまくりあげている。自転車にまたがる子供たち。車。彼はマッチを振って火を消し、暗渠に放りこむと、鋪道をよぎってヘルス・フードストアに入った。

干しプルーンと全麦粉《グラハム》の袋の濃密な香りが、低い丸椅子やガラスの陳列ケース、拭きたてのリノリウムの床、無数の缶や壜や箱の上を漂っていた。彼はマジパン菓子の展示見本のそばのカウンター席に座った。食事の客はほかに二人しかいない。一人は洋梨とカッテージチーズのサラダを頬ばっている肥った女、もう一人は細長いグラスからミルクを吸っている鉄縁メガネの小男だ。

「スチュアート！」ホーラス・ウェイクフィールドが嬉々として叫んだ。肥った女とサラダ越しに、ハドリーのカウンターに手を振った。起ちあがってミルクのグラスを運び、ハドリーの隣の空いた席に腰をおろした。「ご機嫌いかが？」

「元気です」ハドリーはそっけなく言った。

調理場からカーテンをくぐって、ベティーが疲れた顔をみせた。「こんにちは、スチュアート」と喘ぎながら言った。どんよりと浮腫《むく》んだ顔は、汗みずくだった。蝿を追い払う。

「ふん、もうすぐ冬だってのに」ぶよぶよに弛《たる》んだ腕《かいな》をカウンターにのせて、彼に注文を訊いた。「何になさる？　おいしいアイスティー？　それともベティー[20]のブラウンケーキに、ハードソース[21]をかけるってのはどう？」

「コーヒーだけでいい」とハドリーは言い、ズボンのポケットから十セント硬貨を出して、カウンターに転がした。

ベティーはカウンターの後ろの棚から、白いカップとソーサーを取りだした。湯気のたつコーヒーを注ぎながら言った。「ねえ、スチュアート、おたくの店の人って、うちのカップをほとんどぜんぶ、むこうに持ってったきりよ。返してほしいんだけど」

「かならず返すよ」ハドリーはこたえた。「仰せのとおりだ」

サイレックスのポットを保温台にもどしてから、ベティーがウェイクフィールドに言った。「男子、三日会わざれば、刮目《かつもく》して見よ、とは言うけどね。スチュアートがいまじゃ、モダンＴＶの店長だもん。知ってた？」

ウェイクフィールドの昂奮ぶりは見ものだった。彼のちいさな顔が、驚きのあまり輝きだした。なかば丸椅子から腰を浮かし、目を見ひらいて口をあんぐり開けた。「スチュアート！」彼が叫んだ。「そうなのかい？　きみは店長なんだ？」

ハドリーが笑った。「そうだよ、いけないかい？」

「でも――」ウェイクフィールドは戸惑って、しどろもどろになった。「そ、そいつはすごいや！　で、ミスタ・ファーガスンはどこにいるんだ？　引退したのかい？」

「ジムは別のお店を買ったのよ」ベティーが説明した。ハドリーの硬貨を拾って、チャリンと鳴らした。「お店の名は知らないけど、ハイウエイ沿いのどこかだって」

「オニールの店さ」ハドリーが言った。

ウェイクフィールドはまだまごついていた。「もって瞑すべしだな。何てこったい、素晴らしいことだな」

「おまけに彼、かわいい赤ちゃんが生まれたのよ。ピートって名の男の子なの」しゃべりつづけながら、ベティーは疲れた笑顔を浮かべ、きらりと金歯をのぞかせた。「素敵じゃない？」

ウェイクフィールドは、口をぱくぱく喁《あぎと》うことしかできなかった。

「彼の奥さん、いまじゃとってもキュートなの。産後の肥立ちがよくて、元にもどって」とベティーが言った。「彼女、美人よね、スチュアート。さあ、考えて。何に感謝すべきか。ほんとに感謝すべきよ……だって、あんなかわいらしい奥さんがいて、すくすく育ってる赤ちゃんがいて、しかも、いまじゃお店の店長なんだから」あきらめたように頭を振った。「新しいお店で、ジムはどうしてるのかしらね？」

「大丈夫だよ」とハドリーはこたえた。「あの店はやるべきことがたくさんある。彼は一日十三時間、働きづめだよ。でも、それが好きだから」

ベティーが立ち去ったあとも、ウェイクフィールドは話を続けた。「もって瞑すべしだな。ファーガスンさんは、よっぽどきみを信頼してるにちがいない、スチュアート。僕の記憶してるかぎり、あの店は彼の全人生だった。二十年間はね、すくなくとも……きみが入るよりずっと以前からだ。そう、きみはほんの数年しか、あそこで働いていない。ファーガスンさんの目がまだ黒いうちに、あの店を他人に任せるとは思わなかったよ」

「まあ、彼は新天地を手に入れたから」ハドリーは上の空だった。電話の音に耳を澄ましていたのだ。彼が座っている場所からも、微かに鳴っているのが聞こえた。このコーヒーブレイク、さっさと切り上げて、店に引きかえすべきだろうか……店長の特権がいったいどんなものか、どうもよくわからない。誰も背中越しに、彼を見守ってくれる人がいないのだ。

「ところで」ウェイクフィールドが、恐る恐る切りだした。「きみのコーヒー、僕におごらせてくれるだろ？　お祝いのしるしに」

　ハドリーが笑った。「もう払っちゃったよ」

「じゃあ、大豆バーガーのサンドイッチをおごるよ」ウェイクフィールドは頑強に言い張った。「なあ、たしかに僕も胸のすく思いがする。若いみそらで、青年が何かをやり遂げるのを見ればね。きみも自分を大切にしてくれ。ベティーが言うように、きみは感謝すべきことがたくさんあるんだ。ほんとにきみがうらやましい……とりわけきみの家族がね。むろん、僕にはすることがあって……」声がふらつき、つっかえて、一瞬、翳りを帯びた。「すくなくとも、意味のあることとなんだけどね。花屋じゃないよ。僕が言いたいのは、あのホールの聖業《みわざ》のほうさ」

　コーヒーを啜りながら、ハドリーは緊張をつのらせた。「この先どうなるって？」彼の問いはそっけなかった。カップを手もとに引き寄せ、腰を浮かしかける。ホールの話なんか聞きたくもない。

「順調にいってるよ」とウェイクフィールドは断言した。「知らないのかい？　数日もしたら、ミスタ・ベックハイムが、こちらに戻ってくるって」

「いや」とハドリーのそっけない返事。身構えているのだ。「知らなかった」

「僕らは次のお諭しの会の準備をしてるんだ。きみは前回、会場にいたんじゃなかったかい？」

「そう、いたよ」とハドリーは言った。凍りつくような恐怖の痺《しび》れが忍びよってきた。彼は丸椅子に座りなおした。「僕はあそこにいた。それはあんたもよくご存じだ」

声の棘々しさに、ウェイクフィールドは目をしばたたかせた。「どうしたんだい、スチュアート。失望したわけじゃないんだろ？　僕の、いや、僕が思うに、あのときの彼は、えらく壮絶だったが」

「もう店に帰らなくちゃ」邪険になった。ハドリーは痺れを克服しようとしていた。「クソ電話が鳴ってるんだ」今度こそ彼はすっと起ちあがった。「またあとで会おう。そちらこそ、ご自分を大切に」

だが、ウェイクフィールドは、彼を行かせようとしなかった。「スチュアート、きみは新たにいろいろ責任を負ったもんだから、お諭しの会に出たくないんだろ。来てくれたらいいのに、と僕は思ってる。実際、来るべきなのは、きみらのような若い連中なんだ。僕ら年配者は、どうせ先が長くないからね、わかるだろ」

「僕らは誰だって先が長くないんだろ」ハドリーはつれなく言った。「末世澆季《このよのおわり》が来るんじゃなかったかい？」

「むろんそうだが」ウェイクフィールドは、もったいぶった言い方になった。「いますぐってわけじゃない――しばらくは来ない。なあ、スチュアート、きみはミスタ・ベックハイムのお諭しを聴きにいってから、すっかり健康になったと思うんだが。たぶん、お諭しを聴きに出かけたことと、きみが満喫している健康とは、関係があると僕はにらんでる。きみはいつも胃弱に悩んでるようにみえたよ。ずっと胃弱に悩んでいなかったかい？」

「たしかに」とハドリーはみとめた。「それに、いまでも胃弱だけど」

ウェイクフィールドは肩を落とした。「治ったと思ったんだがな。いいかい、スチュアート、健康は僕ら人間の手ではつくれない。神が直に恵んでくれるものだ。主は授け給い、また奪い給う。クリスチャン・サイエンス派[22]の連中はいつも、純然たる思索を論じてるんだが、でも僕からみると――」言葉が途切れた。「来てほしいんだよ、スチュアート」哀願した。「婆さんばかりになっちまう。僕は婆さんたちが苦手でね。こういうことには、もっと男が加わってほしいんだ」

「僕は出席しただろ」ハドリーはぶっきらぼうに言った。「入会もした。青カードをもらったんだ」

ウェイクフィールドの顔に疑念の色が兆した。「まさか」とみとめなかった。「入会してすぐ青カードなんてありえない。青カードを授けられる人は、ミスタ・ベックハイムだけなんだ」彼は財布を取りだして、自分の会員証をハドリーに見せた。それは真っ白だった。「入会したら、もらえるのはこのカードだよ。たぶん、もっと後になって、きみが何年も何年も協会に精勤して、ミスタ・ベックハイムの覚えがめでたければ、青カードがいただけるんだ。お手本となる奉仕を表彰して、彼が個人的に授けるものなんだよ」物欲しそうに付け加えた。「授与されたのは、まだ数十人ぽっきりだと思うけど」

ハドリーはゆっくりと丸椅子に腰をおろした。「そいつは知らなかった」とつぶやいた。灼《や》けるような悔恨の塊が、胸の気管に痞《つか》えて消えない。「ただの会員証かと思っていたんだ」

「いまそこに持ってるのかい」ウェイクフィールドは好奇心に駆られて、身を乗りだした。

「見てもいいかい？　僕に見せてごらんよ」

「破って捨てたんだ」

ウェイクフィールドがくっくっと笑った。「僕をおちょくってるんだな」

「聞いてくれ」とハドリーが鋭く切りかえした。「その青カードって、公平なのかい？」

「もちろんだ。でも、ベックハイムご自身が、きみに授けたものでなくちゃならない。ほかの誰かが授けたんだったら、そいつは本物じゃ――」

「彼が授けたんだ。じぶんで書いて僕に手渡した。一ドル五十セントで」

それは一瞬、ウェイクフィールドの理解を超えていた。そのもの分かりの悪さが、ハドリーには腹立たしかった。千々の思いが胸に渦巻いて、この小男にいちいち説明していられない。「僕はサンフランシスコで、ベックハイムに会ったんだ」とあっさり告げた。「それがそんなご大層なことかい？　彼は神か何かなのかい？　僕はただ歩いてって彼に会った。それだけだ。言葉を交わした。彼はカードを書いた。あとで僕が破り捨てた」

　ウェイクフィールドは唇を舐め、嗄れ声になった。「僕には想像もつかん。どうして破り捨てたんだ？　スチュアート」見るからに胸を傷めていた。「どうして僕に打ち明けてくれなかったんだ？　僕は彼に一対一では対面したことがない。彼と話したこともない。そんな恐ろしい非礼を犯すなんて……」声が途切れた。「後生だ」怒りに身を震わせた。「なぜ破り捨てたんだ？　僕に語るだけの礼儀さえ、きみはわきまえていないのか」

　これまで、小男ホーラス・ウェイクフィールドが激怒するのを、ハドリーは見たことがなかった。メガネの奥で、男はかっと目を見ひらいている。突然、ポケットのハンカチを引っ張りだし、思いきり下品に洟《はな》をかんだ。ハンカチをしまいこむと、憤然とハドリーを睨みつけた。説明を待ち構えている。

　気まずくなってハドリーが言った。「悪かった、ホーラス。こういうことに、僕は巻きこまれたくない。わからないかな？」彼は気長に、カウンターの上にこぼれた水の跡をなぞりだした。「僕はふつうの暮らしがしたい――下賤《げす》な暮らしはいやだ。こんなことを言って、あんたが傷つくんなら、あやまるよ。でも、あんたが問いつめたんだ」

「続けてくれ」ウェイクフィールドがささやいた。

この小男の感情を害したくないばかりに、ハドリーの言葉はしどろもどろになった。「僕はふつうの暮らしがしたい。妻と子供がいて、住む場所があって、それでこの仕事――これでパーフェクトなんだ」そう言いながらも、言葉が虚ろに響いた。結局、僕はそんなことが言いたかったのか。いや、違う。あの仕事はパーフェクトなんかじゃない。「いいかい」と彼は声を荒げた。「僕はいろんなことがしたかった。ずいぶんと長い道のりだった。今度のなんか、たいしたことじゃない。僕がしようと思っていたことに比べれば、テレビ店の切り盛りなんてごく矮小な話さ。僕がまだしたいことに比べても――僕にはまだたくさんのプランやアイデアがある。この店をひとかどに仕立てたい。ファーガスンはずっと尻ごみしていた。僕はそれを解き放つつもりなんだ。このシケた店でも様変わりするだろう。僕には、どデカいアイデアがあった。きっとうまくいくとわかってる。とにかく、それを試みるつもりだ」

「でも、それなら何も――」とウェイクフィールドが言いかけた。

「だからこそ、あんたのエセ協会とは無縁でいたいんだ！」と彼は撥ねつけた。「この世に僕がしたいことはたんとある。素晴らしい人々は大勢いるし、素晴らしい場所はいくらでもある――それをすべて清算する覚悟を決める前に、僕は見てまわりたい。もうすこし、ここにいたいんだ。あきらめる心境にはなれない。まだなれないんだ。末世澆季《このよのおわり》の心構えは、僕にはできていない」全身全霊をこめて、彼は締めくくった。「僕はまっとうな、意味のある暮らしがしたい。僕の人生、何かに寄与させたい。たぶん、それはここで見つけられる。いや、たぶん、見つからないかもしれない。どっちにしろ、僕はあんたら瘋癲《フーテン》どもには近寄らない」

ウェイクフィールドが怯んだ。震える指でネクタイをぐいと引き、コートの皺を伸ばした。ぴょんと直立すると、ハドリーと顔と顔を突きあわせる。「きみにできるもんか」と嗄《しゃが》れ声で言った。「きみが生きてるのは、狂った世界なんだ、スチュアート。小洒落たパターンだけ切りとろうとしても無理だ。この世は戦争と狂人の世界だぞ。好むと好まざるとにかかわらず、きみはそこに幽閉されている」ハドリーにむかって顔をぐいと突きだし、憎々しげに罵った。「狂った世界じゃ、瘋癲こそが、何が起きてるかを知ってるんだ。きみだって百も承知だろ。僕らのほうが正しいんだ。きみもわかってるはずだ。きみのこの店、この仕事、何もかもワヤな冗談だ！　原爆が頭の上に落ちてこようってご時世に、のんびりテレビを売りますだなんて！」

「それが僕の仕事だ」ハドリーは挑むように言った。「僕が望んだことなんだ。僕はそこにとどまる」

「どうせきみはくたばっちまうさ」ウェイクフィールドがささやいた。

ハドリーが起ちあがった。激しく身を震わせる。「あんたに言っただろ。瘋癲カルトはうんざりだって。末世澆季《このよのおわり》か――」荒々しくコーヒーカップをつかむと、扉にむかって突き進んだ。「狂信家の邪宗門さ。あんたらは狂ってる――大痴者《おおたわけ》だろ！」

後ろ手にばたんと網戸を閉めた。あの小さな人影が、カウンターで凍りついているのが見えた。ホーラス・ウェイクフィールドは、上の空でミルクのグラスに手を伸ばし、いつもの日課に立ちかえろうとしていた。一伍一什《いちぶしじゅう》を聞いていた肥った女の客が、好奇の目もあらわに、ハドリーの後ろ姿を追っていた。

ハドリーはモダンTVの店に入った。コーヒーカップがかたかた揺れて、手先と手首に雫が飛び散った。コーヒーはもう生ぬるくなっていた。ついかっとなって、勘定台の下にカップを突っこみ、ほかの空カップに重ねた。そこで向きなおると、数人の客の列がレジの前で、かしずかれるのを待っていた。

アリス・ファーガスンは、階上のオフィスに黙って端坐していた。指にタバコを挟み、ちらかった机にハンドバッグが置いてあった。はじめ、ハドリーはアリスがいるのに気づかなかった。お相手する客がいて、レジの巻紙を入れ替えようと、奥のクロゼットに探しにいったら、そこでふと彼女のけはいを感じたのだ。彼が階段を上がって面と向かうまで、アリスはひとことも発しなかった。

「おや」彼の声に苛立ちが混じった。「どれくらい、ここにいらっしゃったんです？」

「一時間かそこらね」アリスがこたえた。厳めしく、もの思わしげに、上目づかいで、彼の顔をうかがっていた。周囲にたなびく紫烟。彼女は脚を組み、明るいプリント柄のスカートと白いシャツを着て、彼が出入りするのを無言で眺めていたのだ。誰にも知られず、何が起きているかを俯瞰《ふかん》していたとは。

ハドリーも下の階が見おろせるよう、手すりに腰をおろして言った。「すいません。ちょっとびっくりしたもんで。あの小男が気に障ってね」短く刈った金髪を、ごしごし手で掻いた。「ホーラス・ウェイクフィールド。あなたもご存じでしょう?」

「花屋で見かけたことがあるわ」とアリスがこたえた。すこし疲れているようにみえた……ショッピングしてきたからだろう。

「あいつはあのカルト、例の番人協会に係わってるんです。最初のお諭しに、僕を連れていった。今度もまた、誘おうとしてるんですが」ハドリーはそこで口を閉ざし、唐突に話の腰を折った。

しばらくしてから、アリスが訊いた。「あなた、以前行ったのね?」

「行きました。お諭しを聴いたんです」居直ってハドリーが言った。「でも、二度と係わりあう気はありません。一度で十分です。何を語らっているのか、知りたかったんだ。べつに支障はないでしょう?」

アリスはまじまじと彼を見つめた。「それって大事なことなの?」

「ええ」ハドリーはぶっきらぼうにこたえた。「かなり深入りしてみたんです。ずっと奥まで掘り下げたんだ」ある意味で彼は誇張していた。実はさほど深入りはしていない……お諭しの会が一度きり、それとベックハイムとの短い面会が一度。でも、もっと深入りできれば、深入りしていただろう。なろうことなら、喜んでまっしぐらに、身を投じていたはずだ。しかたなく、彼はアリスに訴えた。「そんなにバカげたことですか? 毎日毎日、この店の立ち番で、ほとほと退屈していたもんだから――」不毛な話と気づいて、口をつぐんだ。「囈《たわ》語《ごと》はつつしみましょう」

「言ってほしいの――ざっくばらんに。言いたいことがあるんなら」

しばらく彼は得失を秤《はかり》にかけていた。アリスは結局、ボスの女房じゃないか。

「もうしゃべりすぎです」彼は陰鬱な声で言った。

「どうしてあなたは、そう心がふらついちゃうの？」ほほ笑みを浮かべて言った。「ちょっと手遅れね」

「自分がしたことに戸惑うんです。僕はかつがれた。そこに魅せられるものがあったからです……いまでもある。話を聴いてると、僕は奇妙な感覚に襲われる。ベックハイムが語っていたとき、僕は一種の安らぎを感じたんです。背もたれに身を沈め、目を閉じていられた。何も思い煩わなくていい。目が覚めたり、気がつくこともない」――彼は言葉を探した。「もうちょっとで世界が崩壊するなんて、気がつかないんだ。彼のまわりで、万物が凝集する感じがした。頑丈な一つの囲いになって」

「じゃあ」とアリスが言った。「あなたは感じるのね――万物がばらばらになりそうだって、いつもそう感じてるのね」

彼はうなずいた。

「いまも感じるの？」

「ある意味では、そうです。ここじゃない。この店内じゃない。店の外です――ここ以外のすべて。全世界です……結果的には、この店も含まれるけど。この店は僕にとって十分頑丈だ。だけど――」彼は身悶えした。「わからない。この店はどこかちがう。十分頑丈だし、十分堅牢でもある……だけど、世界じゃない。そうでしょ？　世界にしては大きさが足りない。お店では暮らせないもの。暮らすなら、このオフィスで食事を摂《と》らなくちゃならない？　トイレでお風呂？　ここで髭を剃って服を着替える？――ここで寝るんですか？　いや、僕はここで暮らせない。ここでは家族を養えない。外に出なくちゃいけないんだ」当惑して声を張りあげた。「僕はこんなところで、人生を使い果たしたくない！　ここは、あまりにもちっぽけすぎる！」

「そうよ」とアリスが口を挿んだ。「あなたはいつだって、壮大なプランを胸に温めてたわね……心にもっと大きな野望を秘めていた」

「そうです、僕はいつもいろんなことがしたかった。世界は広大無辺だ。僕にはいつもそう思えた。一人の人間にできることは、山のようにあったんだ。チャンス……もう僕はそれを感じない。万事が畢《おわ》ってしまった。世界は荒寥とした場所だ。チャンスのかわりに、殺伐とした丘と、錆びたビール缶しかない」

アリスは不安そうに訊いた。「それってどういう意味なの？」

「何もかもうつろいゆく、ってことです。何かに手が届くと、ふっと消えてしまう。チャンス――そいつはまやかしだ。ポピュラーソングみたいに、人を舞いあがらせる嘘の氾濫。無意味な言葉だ」

「でも、あなただって、この世界で生きていかなくちゃ」

「されど生きよ、なんですね、たぶん。もうそれしか、僕の望みは残ってない。僕はそれで満足するでしょう」

「あなたとエレンがうちに来た日、ジムがお店をあなたに任せた日よ……あの晩、あなたは昂奮していたわ。いつものように、ぱっと顔を輝かせていた」アリスがさびしげに笑った。「実際には輝かせすぎだったけど。むかしの計画やら腹案やらを、また蒸しかえしてたもの」

「そうするしか、ほかにどうしようもなかったんです」ハドリーは率直にこたえた。「ほかに何があったんです？　僕はどこに行けたんですか？」

「じゃあ」とアリスが言った。「ほんとはどうでもいいのね。実はこの仕事、あなたは気が進まなかったんだわ。ほかに道がないから、引き受けたのね」

「僕が口にしたこと、出まかせじゃありません」とハドリーはこたえた。「舞いあがるよう、じぶんを鼓舞したんだ。僕は舞いあがりたかった。舞いあがるべきだった。でも、続けられないんです」

「あなた、自分が回心するかもしれないと思うの？　この——協会とやらに？」

　ハドリーは胸のうちを探った。「いや」ついに断言した。

「ほんと？　きっとね？」

「協会には戻れません。それに、あれを信じられないし」考えこんでから、辛そうに言った。

「この仕事よりもあれは無意味なんだ。すくなくとも、僕はこの仕事を理解している……お店に長く勤めたから、知るべきことは何でも承知している。こいつは僕の人生の一部だ。これが僕の人生なんだ」

「すると、あの協会は――」

「僕にはよそごとです。僕は望んだ。惹かれた。多くの人々が信じてる。足の先から頭のてっぺんまで、信じるよう躾《しつ》けられていたら、たぶん僕だって信じられたでしょう。ウェイクフィールドは信じている。彼は生涯ずっと、聖書と神を教えこまれてきた。僕はちがいます。神なんて存在しない、と教えられた。もう、後の祭だ。たとえ信じたくても、僕は信じられない。信じたかったんだ！　死に物狂いで信じようとした」

「わかるわ」とアリスが言った。

「そう言われたって無意味だ――出がらしの言葉なんだ。無意味でからっぽ。あそこでベックハイムが立って語りだしたとき、そこに何かあると僕は感じた。彼にとっての何か、ほかの万人にとっての何か。でも、彼らは僕とちがう。僕は古い言葉がまるで解《げ》せない。どれも意味をなさないからだ。神、国、旗、人々が信じている古いものはみんな、僕がどう耳を澄ましても、ぼんやりと響く音にすぎない。ちがいますか？」

「あなたには、どうにもならないことよ」とアリスが言った。

「たぶん、僕はそれを聞くのが遅すぎた。いま、僕は考えようとしている。かわりにいったい、何を聞いてきたんだろう。思いつかない。ないんです――僕の人生には何もなかった。

たぶん、アイデアだけ。僕はリアルな事物のかわりに、大風呂敷のアイデアで育ってきた」

「そう」アリスがみとめた。「あなたはいつも、アイデアに魅せられていた」

「僕はアイデアを信じすぎた。いまになって、それがリアルでないことがわかった。言葉、口舌《くぜつ》……僕の人生はかつてそうだった。不毛なんです」

「すべてがそうとは限らないわ」

　ハドリーは満面笑みを浮かべた。「ですかね？　あの晩、あなたがどう感じたか、思い出してごらんなさい。僕がご主人と議論してたときですよ。くだらん妄言、と感じませんでしたか」

「かもね。その気になれば、トーンを落とせたはずよ……」

「僕はもういちど、信じようとしてたんです。ラストチャンスにしようと」

「で、うまくいかなかった？」

「うーん」ハドリーが言う。「僕は仕事にありついた。ここにいて、いまや店長です」

「どれくらい――ここで耐えられると思う？」

「わかりません。やってみないと」

「しばらくは、と思う？」とアリスがたたみかけた。「スチュアート、たぶん、期待以上のものが得られるわ。人は家族を持つと、ずいぶん満たされる。あなたもいまは息子がいる。そこに大きな意味があるわ。たぶん、いまのすべてが大事になる。あなたはもう、自分ひとりのために働いてるんじゃない。大学生のころ、デートやビールや車の代金のために、小遣いかせぎしていたのとはちがう。あなたはピートとエレンのために働いてるのよ」

「こんな世の中で、家族なんか養えませんよ」

アリスは辛そうな顔で言った。「ジムとあたしはね、もし息子を授かるんだったら、この世の一切を差しだすわ。ピートみたいな、かわいい坊やなら」

「ちがう」とハドリーは言った。「こんな世界で子供を生んだって、骨折り損なんだ。世界は崩壊しかけてる。頭上から原爆が降ってくる日も、僕はテレビを売ってるんだ……愚かな家畜みたいに、せっせと無意味な日常業務をこなして」もの思いに沈んでつぶやいた。「僕はその下から抜けだせない……たぶん、ピートなら抜けだせる。いや、わからない。おそらく、誰かが生き残るんだろう」

「そうよ」アリスが素早く引きとった。「誰かはね。誰かがつねに生き残るのよ」

彼は拳を握りしめた。「でも、たぶん、それでいいんだ。因果応報……僕らの自業自得さ。僕ら自身のせいだもの。自分たちがやったことの贖《あがな》いをさせられる。一切がっさい、引きずりおろすべきなんだ。腐敗と疫病。こいつは悪性だよ。一掃すべきだ。かつては淼々《びょうびょう》たる海、いまや火焰の湖《うみ》だ」声が細くなった。憎悪と反撥で語尾が重くなり、憂憤に疲れた男の声になった。「森羅万象を焼き祓《はら》う浄めの火。燃え殻と灰しか残らない。たぶん、そのあとで、何か善きものが到来するんだ」

ふたりとも押し黙った。

「あたしが助けてあげられたらね」とアリスが言った。「あたしのせいだと感じるわ」

「どうして？」

「ぜんぶ、あたしたちのせいよ。あたしとジムの——とりわけ彼のせいだわ」苦悩の色を浮かべて言った。「これまでずっと、あなたと働いてきたのに、あなたが何を感じてるか、彼はちっともわかってないのよ。何もしなかった」

「お店では、何もかも彼が仕上げている」とハドリーが言った。「別の店を買うことも、商売を繁盛させることも」

アリスは憤然とタバコの吸いさしを揉み消した。「いまいましい。とってもちっぽけで、猪突猛進なだけ。彼はすごく零細よ」

「彼を責めちゃいけない。ああするしかないんだ。僕がこうするほかない以上にね。僕の問題を、あなたがたに遡らせるとしましょう。あなたがたの問題を、そこからさらに遡らせましょう。で、どこに行きつくんです？　永遠に遡るだけだ」ハドリーは手すりから身を滑らせた。客が店に入ってきて、勘定台の前でもじもじ立っていたからだ。「僕ら、もっと前に話しあっとけばよかった……もうゲームは手遅れになってる」

「遅すぎた？」アリスが寂しそうに尋ねた。

「わからない。手遅れでしょうね。ことはすでに、あらかた起きてしまった。あとは大して残っていない。僕はここにいて、いま店長だ。ピートとエレンがいる。協会にはもう戻らない」

彼は階段へ歩きだしかけた。アリスが突然呼びとめる。「スチュアート、たぶんあなた、辞めるべきよ！　この店を去るべきなんだわ！」

「ダメです」と彼は言った。

「まちがいだわ――ここはあなたにとって卑小すぎる。あなたはここで朽ち果てたくないのよ。これ以上の人生が欲しいんだわ。ジムはこれでいいの。あなたはそうじゃない。彼については……あなた、彼のちっぽけな世界の、後継ぎになりたくないでしょ！」

「ほかにどこに行けるところがあります？」とハドリーは訊いた。

「出ていきなさい！」

「どこに出ていくんです？　外は何もない。ここを去ったら、僕はおしまいだ。ここしか、僕は知らない……身寄り先は、ここしかないんです。いったんは去ったけど、舞いもどってきた。あの協会に行けないことくらい、僕だってわかってます。僕には門が閉ざされている。ほかの連中は行けるけど……ベックハイムは、彼らを大勢救うことができます。でも、僕は救えない。この店を去ったら、僕は野垂れ死にです」

「あなたはここを去りたいのよ！」

「そのとおりです」彼は言った。「もちろん、そうです」彼は二階のオフィスから階段を下りかけた。

「待って」アリスが息を切らし、彼に追いすがった。「下りていかないで、ここにいて、話しあいましょうよ」

しばしハドリーは、吹き抜けの階段に背をもたせた。「下においでのご老人はどうするんです？」と言った。「お待ちかねだ」

「どうして？」アリスは荒々しく、にじりよった。「彼がそんなに大事？」

「小脇にラジオを抱えていますよ。修理してほしいんだ」

「彼のラジオなんか、忘れちゃえば」

「できません」とハドリーは言った。声に皮肉がまじった。「お客さんが下に突っ立って、面倒をみてもらおうと、僕を待ってるんだ。きっと真空管がイカれただけ、と思ってる。ほんとは真空管じゃない。電源変圧器《トランスフォーマー》の故障なんだ。こいつは十二ドル五十セントもかかる」

　アリスは黙っていた。

「ラジオそのものは」ハドリーは続けた。「値段が十ドルにもならない。半時間もやりとりして、彼と僕は折り合いをつける。で、僕はラジオを階下の修理部門に持っていくんです。それから二週間して、彼はまた来店する。やっぱり鳴らないと言ってね」

「どうして？」彼がもう一段降りかけると、弱々しい声でアリスが尋ねた。

「そりゃ、オルセンが上下さかさまに電源変圧器を接続するからですよ」

「なぜ――そんなことを？」

「そりゃ、あのモデル用として、フィルコが送ってきた配線図を、さっさと捨てちゃったからです」

　身を固くしてアリスが訊いた。「どうして捨てたの？」

「そりゃ、おバカなメーカーが、修理の方法を教えてくれないからです」

アリスがハンドバッグを手でつかんだ。「それだけ？」ハドリーが説明を続けようとしないので、駄目押しした。

「ええ」とハドリーが言った。「それだけです」

「あなた、どうするつもり？」

「できるだけ長く、ここに居座ります。我慢できるかぎりは」

「何か――手を貸せることは？」

「ありません」とハドリーは言った。「誰にもできません。ベックハイムなら、できると思いました。でも、彼にもできないとわかった。僕の確信です……ウェイクフィールドを見て、彼の言葉を聞いて、腑に落ちたんです。これっきりだとね」吹き抜けの階段をもう一段下りた。

「聞いて」とアリスは必死で言った。「あなたともっと話したいの。いま、話せないの？　下のお爺さんは待たせとけばいいわ」

「彼はいろいろと用事がある。ひどく急いでますよ」

「用事なんか、明日でもいいじゃない」

「立ちんぼじゃ、足が棒になります」

「テレビに腰かけさせとけばいいわ」アリスが彼を追ってきた。「あたしと話したくないのね！　あなたは肚を決めた――ここで立ち話しているうちに、肚を決めたんだわ」

「ちがいます」ハドリーは言った。「僕は肚を決めてない。何もしようとしてない」

「でも、確信してるわ。決心してないわけじゃない」

「わかってる。僕はウェイクフィールドみたいにはなれない。あんなふうには生きていけない。もしあれしか生き延びる道がないとしたら、僕はお呼びじゃない。十字架と旗、健康食品と信仰復興集会、お祈りと鉢植え。彼もわかってるんだ。それに怯えてるんだ……だけど、彼は矮小です。ちっぽけだ。取るに足りない。彼は続ける。僕はできない。僕は捨て石です。背いたんだ。用済みです。ウェイクフィールド、すなわち意気地なし、ってことなんです。僕は意気地なしじゃない――いろんなことがしたい。やりたいことが多すぎる。僕自身にとっても、家族にとっても。誰にとってもだ。億千万の人のために、億千万のことをしたい。壮大な夢。でっかいアイデア。どうせ囈語《たわごと》だけど」

「あなた、もう何も信じられないのね？」

「実在するものは何ひとつね。僕が信じてるのは囈語です」

「じゃあ、何が実在してるの？」

「度し難いものです。僕が係わりあいたくないもの。うんざりしてるものだ。どうせ僕はろくに眠れない。たぶん、それなんです」彼は苦笑を浮かべて、アリスを見上げた。「ほとんど信じかけたんです。ゆっくり休養して、新鮮な空気をたっぷり吸って、日曜の朝には、教会でありがたいお説教を聞いて……」

アリスはぞくっと寒気がした。「ごめんなさい……あたしに何か、できることがあればいいんだけど。ねえ、何かないの？」

「ありません、いまは」

「ずっと？」

「たぶん、ずっとです。ありがとう」彼は手を振った。「大丈夫です――ご心配なく。あなたが宇宙を創《つく》ったわけじゃない。たぶん、創った人なんかいなかったんです。すべてが偶然の所産だ。意味はない。だから、ご心配なく」

彼は吹き抜けの階段に足を踏みだすと、ゆっくりオフィスから店頭へ下りていった。老人はまだ勘定台で待っていた。持ってきたラジオを下に置いて、レジにずしりとよりかかり、顰《しか》めっ面が怒りに燃えていた。

「いらっしゃいませ」ハドリーは老人に明るく声をかけた。「ご用は何でしょう？」


その晩、ハドリーが家に歩いて帰るころ、まだ外は明るかった。ジャケットを腕にひっかけ、宵の街路をとぼとぼ歩いていく。胸いっぱい、すがすがしくて温かい空気を吸いこみ、住人や宅地を貪るように見つめた。芝生に水撒きする男たち、組んずほぐれつ戯れる子供。家の正面ポーチで黙って座っている老人たち。

彼は足をひきずっていた。できるだけゆっくりと歩く。目についたものを賞翫《しょうがん》し、飽きるほど長く香りをかぎながら、自分のアパートの扉の前まで歩き通した。途中でしばらく立ちどまって、わずかに傾斜した丘のむこう、商店街のほうを振り返る。七時すこし過ぎだった。家々から洩れてくるラジオの音、その音にまじりあう夕餉《ゆうげ》の匂い。筋向かいでは老女が撓《たわ》んだ如雨露《じょうろ》で、せっせと花壇に水を注いでいた。薄汚れた灰色の牡猫が、彼女のあとについてまわり、濡れた葉や茎をくんくん嗅いでは、ひょいと伸びあがると、水のしたたる花びらに鼻先を突っこんだ。

　ハドリーにとって、このありきたりの夕べの情景は、生き生きとして美しい景色に思えた。心ゆくまでここに立って眺めていたい。彼は切実にそう感じた。こうして見つめていても、やがて景色はうつろい、昏《くら》くなり、変貌してしまう。老女は水撒きを終えて、如雨露《じょうろ》を片づけてしまった。ぶらぶらしていた灰色の牡猫が、羊歯《しだ》に小便をひっかけて立ち去った。一人また一人と、子供たちも遊びをやめて、家に駆けこんでしまう。

　暗くなった。夏の大気が冷気に沈んでいく。夜が訪れた。それとともに、小蟲《ユスリカ》が乱舞する白濁《オパーク》色の蚊柱が湧いてきた。暗夜の蜉蝣《かげろう》の舞い。あちこちで街灯がともった。肌寒くなって、窓が閉ざされると、人々のざわめきが薄れ、遠ざかっていった。

　ハドリーは背を向けて、アパートの建物に入った。足音を忍ばせ、人けのないカーペットの廊下をわたって、自宅の扉にたどり着いた。室内に入ると、居間が煌々と明るいのに気づいた。毛布にくるまれたピートが、ソファーに寝かされて、むずかっている。部屋の隅の本棚の上で、扇風機がからから回っていた。しんしんと宵が冷えこんできたのに、エレンは扇風機を切り忘れていた。彼はコートを放り投げ、キッチンに向かった。エレンがいそいそと調理しているのが目に入る。パチパチとフライを揚げる音、ふつふつ滾《たぎ》る湯沸かしの音が、彼を出迎えた。扉の前でしばらく立ちどまった。台所の情景に見入ったまま、できるだけ長く目を離すまいとする。

じきにエレンが振りかえった。「あら」と言った。「おかえり！」

「やあ」とハドリーがこたえた。この情景、この幻影が、指のあいだからこぼれて消えていった。「ただいま」

「疲れた？」

彼はうなずいた。「正直、くたくただ」

エレンが近寄ってきて、じっと彼を見つめた。爪先で背のびして、すばやく夫の唇にキスをした。「お夕飯の支度、もうすぐよ」

「わかってる」ありがたそうにテーブルについた。「おいしそうだ。何か手伝おうか」

「座ってて」エレンはコーンのクリーム煮をレンジにのせた。「もうお料理は、ほとんどできあがってるの」目にうるさくふりかかる茶の髪をかきあげると、立ちどまってブラのストラップを肩から外した。「きょうは暑すぎるわね。ほんとの小春日和《インディアン・サマー》だわ」

キッチンは調理の熱気でまだ蒸れていた。若妻の顔に汗が流れ、上気している。裸の上腕に汗の光の粒がしたたっていた。ちらっとハドリーにほほ笑んでから、水切台の皿を手に取る。ハドリーも妻に笑みを返した。

「きょうはどうだった？」彼女が訊いた。

「べつに」

エレンが居間に消えた。食卓を整えている。戻ってきたとき、大きな四角い包みを腕で抱えていた。茶色の紙にくるまれて、太い紐でゆわえてある。「ほら」と彼女は言った。「これが返ってきたわ」

ハドリーの心臓の鼓動が止まった。「返ってきた？」

「あなたの絵よ。どこかの女性が置いてってたの。ゴールド夫婦のお知り合いだとか」夫の膝にその包みを置くと、エレンは調理を続けた。「あなたが置き忘れたのよ、覚えてた？」

「ああ」ハドリーはゆっくりこたえた。妻には言ってあったのだ。「そうだった」不可解な眼差しで包みを見つめた。「彼女はいつ来たんだい？」

「一時間くらい前。置いてっただけよ——見覚えのない女《ひと》だった。背が高くて、痩せていて、年上の女《ひと》——三十歳くらいかしら。大きな犬を連れてたわ」

「彼女——ひとりで来た？」

「そう思うわ。外に車が駐まってたもの。車が走り去るのが聞こえた。包みの中、覗いてみて。あなた宛のメモが入ってると思うわ」

ハドリーはぎごちなく手を伸ばし、あいた切口から中身を探った。指が封筒を探りあて、彼はそれを抽《ぬ》きだした。皺くちゃでシミのついた封筒だ。裏返すと、封を閉じていなかった。蓋を内側に繰りこんで、封筒ごと折ってある。彼はびりっと破って、罫線入りのノート紙を取りだした。鉛筆書きの短いメモだ。几帳面で正確な書体。女の手慣れた筆跡である。

スチュアート——テッドとわたしは完全に別れました。協会にはうんざり。わたしには不要です。
あなたに会ったら、いきさつを残らずお話しします。明日はいかが。お店に寄ります。
わたしはサンマテオの友人の家に身を寄せてるの。あなたの絵、ずっとおあずかりして
て、ごめんなさい――あなたとあの絵のことを語りたい――とっても素敵よ。

マーシャ

鉛筆書きのメモを手にしたまま、彼は長いあいだ茫然と座っていた。エレンが彼を呼びにきて、やっとメモを置いて起ちあがった。

「お食事の時間よ」と妻が言っていた。「どうしたの？　うたた寝しちゃだめよ、もうしばらくはね――さ、席についてお食事をはじめましょ」

むらむらと怒りがこみあげ、頭が真っ白になって椅子を手探りした。

「おなかが空いたの？」エレンが案じて尋ねた。

「腹ペコだ」猛々しい唸り声をあげた。

「また羊肉の切身でいいかしら」

ハドリーは返事をしなかった。席に座り、身をこわばらせて、ナプキンを開いた。

ポルカとバラード、そしてスパニッシュ・ギター。彼女は瞼《まぶた》を閉じた。アコーディオンとヴァイオリンの伴奏で、荒々しく踊る人々。手拍子を打ち、ビールをあおり、長いスカート

の裾が渦を巻き、笑いと温もりに包まれて……屈託なく楽しんでいる素朴な人々のささやかな喧噪《ざわめき》……マーシャ・フレイジャーは、気が済むまで聴いていた。それから、ラジオを切って目を開けた。

暗い街路のむこうで、モダンTVセールス&サーヴィスが光を放っていた。腕時計を覗くと、およそ九時になる。そろそろ彼が出てくるころだ。待ちきれずに手を伸ばし、かちっと車のイグニッション・キーを入れた。エンジンがくぐもった音をたてた。曲り角から車をバックで出し、ゆるやかに流れる宵の車道に滑りこんだ。じっと待機して様子をうかがっていたから、気が荒くなっていた。ぐいっとアクセルを踏み、ちいさなスチュードベーカーが跳びはねた。

二度、同じブロックをぐるりと旋回した。のろのろと匍《は》い進む車の列に挟まって、徐行運転になってしまう。どの交差点でも、歩行者の塊に車の流れが遮られた。赤や緑、点滅する白。店舗のネオンサインが、商店街沿いに光の列をなしていた。ものみな門口を開け放って、商いにいそしむ金曜の夜。近くのサンフランシスコ湾から濛々たる塵埃と湿気が吹きよせ、八月の靄が眠たそうに広がって、この町に畳《たた》なわる。ドライヴインやカフェに群がる極彩色のティーンエージャーたち。アイスクリームを舐め、コークをがぶ飲みし、脂ぎったハンバーガーを頬ばっていた。若くて健康で、街をのし歩いては、笑いころげたり、顎をぬぐったりだ。余分な装備を外したストリップダウン車に散らばって、ドラッグストアにたむろし、タバコをふかし、殴りあって暇をつぶしている。

　ふたたびテレビ店の前にさしかかると、彼女はほとんど停車寸前までスピードを落とした。様子をうかがう。頭上に大きなネオンサインがあって、その光輪を手びさしで遮ってみたが、ぎらついてよく見えない。彼女は眉を顰《ひそ》め、すこし車を前進させて、まばゆい店のエントランスの中を覗きこんだ。ゆらめく人影。男や女たち。あちこちに大きなテレビのぼんやりした輪郭。左手に勘定台があった。一瞬、光とオブジェの渾沌から、一人の男の姿が浮かんだ。スチュアート・ハドリーだった。若いカップルに語りかけながら、テレビ・コンボを見せている。扉枠《かまち》に彼の影法師。すらりと背が高く、若々しい体型だ。白シャツにネクタイ、きれいにプレスしたスラックス。ハドリーは身振りしながら、テレビのつまみに半身を屈めた。それから店の奥に退いて人影がぼやけた。

　もう一度マーシャは、ゆっくりブロックを周回した。またぐるっと回って、モダンＴＶにさしかかると、今度は正面の扉が閉まっていた。照明はまだ灯《とも》っていたが、シェードが下りている。軒を接する商店街は、一つまた一つとネオンサインが消えていった。店主たちが店を閉じ、鍵をかけているのだ。あてもなくそぞろ歩きする人々が現れて、所在なげに立っていたが、やがて駐車してある車や家へ散っていった。マーシャは駐車区画にスチュードベーカーを入れて、エンジンを切った。もう長くはかかるまい。バンク・オブ・アメリカのうす暗い時計盤は、九時十分と読めた。彼女がじっと眺めていると、男と女がモダンＴＶの扉に近づいてきて、把っ手を回そうとした。扉はロックしてあった。男女はしばらく立っていたが、やがてあきらめた。彼らが歩き去ってマーシャはほっとした……もう客は来ないだろう。

まだ店内に残っている客の用が済めば、それでおしまいだわ。

一人ずつ客が店を出ていった。そのたびにスチュアートは扉枠に立って、開けた扉をしばらく押さえていた。おやすみなさい、と会釈し、宵闇に笑顔を浮かべ、手を振っている。笑い声だ。夏の宵のビジネスの気楽な冗談。マーシャは歯軋りした。きりがないわ。もう待ちくたびれた。やっと最後の客が去ったのは、九時三十分過ぎだった。とうとう扉に鍵がかけられた。

やっとのことで、ハドリーがテレビや照明を切りはじめた。テレビからテレビへ検分してまわり、つまみを操作してプラグを確認するのを、彼女は目で追っていた。扉のシェードが巻きもどされる。頭上の蛍光灯が暗くなり、店内が闇のプールと化した。ぼんやりと背の高い影が、あちこちで揺らめいた。レジの現金を空にしてから、紙テープを交換し、金庫の上の常夜灯のプラグを差しこむと、彼の影が暗闇に消えた――おそらく、ジャケットを取りにいったのだろう。ほんの数分が何時間にも思えた……ハドリーが電話をかけようと、立ちどまっている。彼女はあやうく叫びそうになった。またもや、果てしない長話。彼は真空管検査器にもたれ、耳に受話器をあて、見るともなく宵闇に目を泳がせていた。顎を弛《ゆる》ませ、腕にジャケットをひっかけ、ときどき足の爪先で蹴っているのは、まだ開梱もせず眼前の床に置きっぱなしの茶色の梱包だった。

とにかく彼女は辛抱しつづけた。やっとハドリーが笑って受話器を置き、ポケットの鍵をまさぐって、扉に近づいた。ちょっと立ちどまって、店の屋外の照明をオフにした。それからぴんと背筋を伸ばし、後ろ手に扉を閉め、かちっと鍵をかけた。軽く把っ手を回し、鍵がかかっているのを確かめてから、肩にジャケットをかけ、店から歩きだした。

口もとを締めると、マーシャは車のエンジンをスタートさせ、さっと車列に割りこんだ。警笛を鳴らすバスを無視して、中央の車線に入ろうとハンドルを切る。次の交差点でタイヤを軋らせ、左折して脇道に突っこんだ。急ブレーキ。交差点の信号のすぐ先で車を停めた。スチュードベーカーの尻が、白ペンキの横断歩道をまたいでいる。

舗道を歩いてきたハドリーが、邪魔だとばかりジャケットを振り、音なしで口笛を吹くふりをした。彼が舗道から横断歩道に踏みだすのを待って、彼女は車のドアを開け放った。どうやら彼はちょっと近視らしい。声をかけられるまで、彼女の車と気づいていなかった。

「飛び乗って」彼女はエンジンを全開にした。「急いで」

横断歩道上で彼女と車に対《むか》いあい、一瞬、彼は棒立ちになった。顔面に暗く醜い緞帳《どんちょう》が下りてくる。その自閉の硬い殻に、彼女はにわかに不安を覚えた。彼の瞳に翳がさし、遠ざかって、自我のない被膜に覆われてしまう。個人の意識下から忍びよる盲目の内面。まるでスチュアート・ハドリーが消尽し、何かおぞましいものが憑依《のりうつ》ってきて、彼の眼窩《がんか》を通して仮面の裏から、じっと彼女を窃視《のぞきみ》しているかのようだ。慄然として彼女は身を引いた。

別の車が後ろから左折しようとして、憤然とブレーキをかけ、速度を落とした。セカンドにギアチェンジする。

「さあってば」じれったそうに彼女が繰り返した。落ち着きを失っている。「ここから抜けださないと」

ハドリーはゆっくりとスチュードベーカーの横にまわって、助手席に乗りこんだ。彼女は男のからだ越しに手を伸ばし、ばたんとドアを閉めると、車を急発進させた。すばやくギアを換え、かたわらに座った男の顔も見ずに、エンジンを吹かすと、一気に交差点から飛びだした。後ろの車は気が済んだのか、そのまま後についてきた。思いも寄らぬ偶然の産物だったが、その車がことを決したのだ。

マーシャはシートに身を沈め、車と光の列に意識を集中させようとした。


かなり長いあいだ、いや、できるだけ長く、ハドリーは無言のままでいた。こざっぱりしたスチュードベーカーの小型クーペだが、この慣れ親しんだ内装がかえって彼には鬱陶しい。清潔でシンプルなダッシュボード、ラジオのスピーカーグリル、フロントガラスの彼方の低い流線型のボンネット、丸みを帯びた着脱式の灰皿が、彼は嫌いなのだ。その隅々まで知っていた。クロームのあらゆる彎曲、あらゆる溝を記憶してしまうほど、彼は長いあいだ見つめていたことがある。ある意味で、マーシャを憎む以上に、彼はこの車を憎んでいた。

「大人げない人ね」ついにマーシャが口を開いた。

ハドリーは呻り声をあげると、どさりと背を沈めた。この女とは話したくない。顔も見たくなかった。かわりに彼は、右手に見えてきたパン工場の輪郭を目で追った。塔のような赤煉瓦の建物に、トラックが行列して貨物の積載を待っていた。開け放った車の窓から、温かな焼いたパンの匂いが流れこんでくる。シンプルで新鮮な香りだ。彼は心を閉ざし、横にいる女を無視しようとした。が、それとて、彼女に辛辣に叱りとばされるまでだった。

「まったくもう、わたしをちゃんと見てよ！　拗ねた坊やみたいに、そっくり返ってなくてもいいでしょう。ちゃんと座って、大人らしく振舞ってちょうだい！」

「いったい、きみは何が望みなんだ？」ハドリーはぶっきらぼうに言いかえした。「あれっきりで、もう会う機会はない、と思ってたのに」

女の顔の滑らかな硬質の肌から、血の気がひいて蒼白になった。磨いた骨片のように、街灯を映した彼女の頬が、冷たく空しい光を放っていた。「わたしにそんな言い方をしないで」凍りついたような細い声で彼女が言った。だしぬけに急ブレーキをかける。車は悲鳴をあげ、噎《むせ》んでしゃっくりして停止した。「ここで降りて。さっさと——降りてよ！」

彼は動こうとしなかった。膝に腕をのせ、両手をぶらりと下げたまま座っていた。それでも彼女には目を向けなかった。出ていく理由がない。車に乗りこもうと決心したのだ。それだけのこと。もう決めてしまった。変えるつもりはない。

「ねえ」とマーシャが喉を詰まらせ、ざらつく声で言った。「そんなふうに駄々をこねたって、何にもならないのよ。ちがう？　わたしを仇《かたき》みたいに毛嫌いしなくてもいいでしょ……わたしはあなたの敵じゃないのよ」懇願するようにつぶやいた。「わたしのメモは見てくれた？」

「ああ」ハドリーはわずかに身じろぎして、窓枠に腕をあずけた。「きみはまっすぐアパートに入ってきて、僕の妻にメモを手渡した。見過ごしようがないだろ?」

車は街路のまんなかに停まっていた。工場地区の真っ暗な無人の一角だ。数ブロック先に鉄道の線路が走っていて、貨物用のプラットホームと、駅舎の仄白い影が見えた。人影のない車が、あちこちに駐まっている。何ひとつ微動だにしない。

「ここから出よう」ハドリーが陰気な声で言った。「こういう町外れは嫌いなんだ」

マーシャはギアをローに切り換えて、車をスタートさせた。のろのろと車を走らせながら、手が見るからに震えていた。彼女は唇を嚙み、身をわななかせながら、前を見つめていた。ごくりと唾をのんで彼女が訊いた。「あなた、驚いた?」

「何が?」

「わたしが——テッドと別れたこと」

彼は考えこんだ。「いや」ついにこたえた。「しかたないって気がする。彼だってはじめてじゃないし」

「そのとおりよ」うちひしがれたマーシャの声が細くなった。「長い紆余曲折のひとつよ。でも、彼は初めての——」その一語が言えなかった。「あなたが言ったとおりよ。彼はわたしが寝たたったひとりの黒人《ニグロ》よ。ほかは誰もいない。それをあなたに言いたかったの」

「たいしたことじゃない」

「あなたが言いだしたのよ。彼のこと——あの晩に。あなたが言ってたこと、わたしもわかるわ。あなたもそうでしょ」

「そのことは謝る」ハドリーの言葉が、遠くで響いていた。「とにかくどうでもいいことさ。もう忘れよう」彼は窓のむこうに見える農民商業信託ビルの赤い照明を指さした。「あっちに向かえば、僕の家の前を通る道になる。どこで僕を降ろしたっていいよ」

やがて、車を走らせながら、マーシャが小声でささやいた。「あなたの絵、好きよ」

「メモにそう書いてあった」

「本当なのよ」昂奮して目を見ひらき、彼に訴えかけた。「わたしの言うこと信じてくれないの？　それがあなたの望んでたことじゃないの？　あなたにとって、もう大切じゃないの？」

「いくぶんかは」とハドリーはあやふやな言い方をした。「うれしいさ。きみがそう思ってくれていると知ったから」

ハンドルをかたく握りしめて、マーシャが言った。「多少のお金を手にしたら、石版印刷《リトグラフ》か何かにしてみましょうよ。リトグラフってしたことある？」

「ない」

「じゃあ——興味ある？」

ハドリーは溜息をついた。「ないな」本当になかったのだ。疲れを覚えた。長くしんどい一日だった。脚も腕もくたびれて痛い。大腿骨に疼痛を感じた。十三時間も立ちずくめだったのだ。それに便通があってから、もうだいぶ経っていた。日中にがぶ飲みした十数杯のコーヒーのせいで、胃にざらざらした金屎《かなくそ》のような残滓の壁ができていた。むしょうに欲しいのは果物のジュースを一杯。オレンジジュースだな。それもたっぷり。冷たくて、爽やかで、すっきりと。それと、たぶん、レタスとチーズのサンドイッチ。

車は彼のアパートのある方角へ、バンクロフトへむかってそろそろ進んでいた。本当は自宅に帰る気にはなれない。帰宅するつもりなどなかった。僕はいまここにいる。自分の自由意思でここに来た。とうに肚は決まっていて、それを覆す気はない。前夜の沈黙の時間にじっくり想を練り、胸の中で反芻《はんすう》して、とことん周到に組み立ててあった。しかし、この女をいたぶるのは楽しい。この女が顔をひき攣《つ》らせ、険しい相を浮かべると、心の傷が透けて見える。彼は車の背もたれに身を沈めながら、このドライヴに残忍な悦びを感じていた。

「あそこだ」アパートの建物を指して言った。「ちょっと寄りたいかい？　僕の家族に会ってもいいよ……エレンにはもう会ったんだっけね。ピートを見せてあげようか」嬲《なぶ》るかのように執拗だった。「僕らと夕飯はどうだい？　うちはまだ食べてないんだ……僕は家で食事することにしてるんだけど」

思っていたより、女には度胸があった。でなければ、彼のほうが相手の感情を見損なっていたのだ。「遠慮するわ」彼女は冷たく言い放った。「たぶん、いつか別の機会にね。今夜は気分がよくないの。何も食べたくないし、誰とも会いたくない」

彼が車を降りようとしている事実を、どうやら彼女は受け入れたらしい。生気を取りもどした。眼に寒々とした色をたたえながら、スティックにつんと顎をそらしていた。この負けん気は称賛するほかなかった。間違いなく、ここは切りぬけられるだろう。ずたずたに切り裂かれても、しぶとく耐えられる。彼女も肚を決めているのだ。

「そうね」と彼女は細い声で言った。「あなたとまた、お話しできたら楽しいわ」ちらと彼を見上げた。「あなた、顔色がいいわね」

「そのはずさ。いまじゃ、店長なんだから」

「あら？」彼女がうなずいた。「おめでとう。お給料も増えたの？」

「かなりね。権力もあるんだ……上司の役をつとめなくちゃならない」それから付け加えた。「あらゆることはすべて、僕が責任を負っている。発注から購買まで、決断を下すこともね。ちいさな僕の王国なんだ」

マーシャは彼のアパートのむかいに車を停めた。彼は気がついた。先日の夜、彼を置き去りにしたのとほとんど同じ場所だ。エンジンとライトを切ると、マーシャは上体をねじって彼と向かいあった。挑むように蒼ざめた顔で言った。「わかってるわ。あの晩のしっぺ返しのつもりなのね。いいわよ、懲らしめたいならどうぞ。でも、なぜ？　わたしはどうすればよかったの？」

「忘れてくれ」ハドリーはそう言って、手をドアの把っ手にかけた。

彼女の灰色の瞳が動いて、瞬《またた》いた。喘ぐような早口になる。「そう、あなたに言っておくべきだった……でも、どっちにしろ、あなただって、人に言えることじゃない。そうでしょ。わたしは思いとどまった。待ちすぎたのね。あなたには興味をもったけど、あなたにそれを打ち明けるのが怖かった。そうよ、わたしは自分の殻に閉じこもって……あなたと寝られなかった。そうじゃない？　テッドと同棲してるあいだは無理だったの。フェアじゃない。そんなこと、わたしにできっこないわ。あなただって、そんなことしてほしくなかったでしょ？」

「ああ」面倒くさそうに言った。

「先月ずっと、あなたに会いたかった。ここに来たかったの。あなたと会って、お話したかった。手紙を書きはじめたわ。何通も書きだしたけど、封筒に入れて――破り捨てたのよ。ずっと、あなたのことを考えてた。何もかも木っ端みじんに砕けて……」からだを背け、拳を握りしめて胴ぶるいした。喉をつまらせ、声を押し殺した嗚咽《おえつ》。口をかっとひらき、硬直した顎のあいだから、歔欷《すすりなき》が洩れてきた。シートの布張りに彼女は顔を埋めた。しばらくふたりとも何も言わなかった。

「演技はやめろ」ハドリーは邪険に言い捨てた。

「わたし――」彼女が咳払いした。声は弱々しかった。ほとんど聞こえない。「演技なんかしてないわ。わたし、あなたを愛してるの」

　ハドリーは愕然とした。ゆっくりと、灼けるような痛覚が、頬に迫《せ》りあがってきた。憤怒と困惑のあまり、何か凶々《まがまが》しいことが起きたみたいに、ねじるように彼女から身を引いた。まるで彼女がケダモノに身を任せ、口に出せないような触穢《しょくえ》を犯した、と認めたかのように。あんなこと、彼女に言わせるんじゃなかった。あそこまで追いつめるんじゃなかった。彼は烈しく悔いた。これは予想外のことだ。むかっ腹をたて、狼狽のあまり、ばあんと車のドアを開け放ち、鋪道に半歩踏みだした。

「出ていくつもり?」とマーシャが言った。声にヒステリーが忍びこみ、壊れる寸前だった。

「おやすみ、スチュアート・ハドリー。たぶん、またいつかね」

「落ち着け」彼は言った。

「落ち着いてるわ」

「じゃあ、声を落とせ」ドアを閉めて、座りなおした。「僕は疲れてるんだ。金切り声は耐えられない。十三時間も店で働いてたから、今日の空騒ぎはもう打ち止めだ」

懸命に怺《こら》えて、彼女はなんとか自分を抑えた。「まだ行かないで、っておねがいできる?」たどたどしく訊いた。「せめて、ほんの数分でも」

「数分なら、いい」

腫れ物に触るように、マーシャが言った。「わたしに胸のうちを白状させたから、それで自分を責めてるのね。でも、何も変わらない。わたし、まだ本気よ。まだそう感じてるわ」

「それを二度と口にするな」ハドリーが荒々しく言った。不安そうに姿勢を変え、なんとか寛ごうとするが、うまくいかなかった。「何の意味もない。空っぽだ。価値がない」

「わたしにとってはちがうわ」マーシャが抗った。

「じゃ、きみの胸に収めておけ!」暗い声で続けた。「直立不動で、国に忠誠の誓い[23]を宣するようなもんだ。あんなもの、誰が真《ま》に受ける? 誰が信じるんだ? 誰かが信じなくちゃならない。だから、人はきみにそう言わせる。毎朝、きみを起立させて、胸に手をあてさせるんだ。きみはずっとそうやって、学校で育っていく。だけど、あれを信じてる人に出会えるなんて、きみだって思っちゃいない……ポピュラー・ソングの歌詞みたいなもんさ。あんなふうに愛を口にできる人に、実生活でめぐりあえるなんて、きみは思っちゃいない」

「そんなふうに聞こえたの？」そっけなくマーシャが言った。

「僕にとっては、そうさ。ほかの連中なら、ちがって聞こえたろう。たぶん、ああいうことを真に受けるやつは大勢いるんだ。あれを聞くに堪えないと思うのは、たぶん僕ぐらいなんだろう」気が滅入って額をこすった。「わからない。きみがあんなことを言うのを聞いて、僕は消え入りたいほど、きみに恥ずかしさを感じた……目をそむけて、何も起きなかったふりをしたかった。誰かが下卑た音をたてて、いたたまれなくなるみたいにね。そこに異なる層が出現する。ケダモノの層がね」

マーシャが笑った。からからと乾いた、ユーモアのない、壊れかけた音。「あなたってブルジョワなのね——愛と聞くと、セックスを思い出すんだわ。何か肉体的なものに誘導されるのが怖いのよ」

「バカ言うな」ハドリーは向きなおって、じっと彼女を睨《ね》めつけた。あまりまじまじと見つめるものだから、マーシャは自分を意識して不安になり、肩をすくめると、所在なくブラウスとスカートに目をやった。「違うんだ」とハドリーが言った。「そうじゃない。僕は現実に怯えているわけじゃない。現にあるものを避けてるんじゃない。きみはどうなんだ？」

マーシャは何か言いかけて、気が変わった。

「きみこそ、そうさ」とハドリーが言う。「きみこそ恐れてる。だから、きみはそんな口をきく……そういうでまかせを口にするんだ。ほんとは愛なんか感じてやしない――僕とおんなじことを感じてる。でも、きみはそう言えない。そのことを語れないんだ。みんなと変わらないのさ。ほんとのことを語るのが怖いから、みんなそういう口をきく」

「ほんとのことって何？　何が言いたいの？」あかあかと両頬が紅潮していた。「わたしが言ったこと、本気だって信じてないのね？」

焦れったそうに手を振って、ハドリーはその言葉を無視した。「僕らのあいだに、ほんとは何が横たわってるか、きみだってわかってるんだ。こんなふうに肩を並べて座ってる男女、どんな男と女のあいだにも、おんなじものが横たわってる。この一対一が唯一の関係なんだ。ほかのことはぜんぶ妄想さ。僕らのあいだには――」彼女のほうを向く。「そいつは何だ？何がある？」

しおらしく彼女は次の言葉を待った。

「きみはそれを好きなだけ精神論で飾りたてるがいい。だけど、とどのつまり、単純な生理的現実があるだけだ」手を伸ばすと、彼女のツイードのスカートを鷲づかみにした。「僕が欲しいものは、この下にあるあれなのさ。そこに入りこみたい。そのために僕はここにいる。そのために、きみだってここにいる。だからこそ、僕らはこの地上に生きてるんだ……だからこそ僕は、きみのスカートをまくりあげ、のしかかって、突っこめるんだ」

「そうなの」マーシャが白けて言った。「そんなふうに――あなたはいつも感じてたの？」

一瞬、間をおいてハドリーは相槌を打った。「いや。僕は妄想ばかりだった。ピンクの雲に浮かぶ幻ばかり。みんなとおなじさ。だけど、現実に即して考えるようになったんだ」

マーシャは、タバコを見つけて口にくわえた。火を点じて、無意識に袖のボタンを掻く。ようやく訊きかえした。「どうしてわたしがテッドと別れたか、話してほしい？」

「きみが吹聴したいなら」

マーシャがたじろいだ。「わたし——耐えられるかどうか、わからないわ」

「いますぐ僕に出てってほしいのかい？」

彼女は考えこんだ。「いいえ」顔が明るくなった。「そうね、振り出しにもどりましょ。それを話せたら、気が楽になるわ。あなたの顔の表情、とても本気だとは思えない。わたしの話、聞いてくれると思うけど。ちがう？」

「聞くよ」

やっと彼女は気持ちを奮いたたせて先を続けた。「わたし、テッドと別れたばかりなの……数日間、ちょっと家に帰ったけど。散々だった——以前の同棲よりずっとひどかった。彼は何も言わなかったわ。ただ黙々と仕事を続けてるの」すぼめた鼻孔から、ふうっと烟を吹いて、マーシャが言った。「彼はこの世で最高の男だと思うわ。善良で非の打ちどころがない。ほかの善人連中とはわけがちがう。善人は善人でも同じじゃないの。彼はね、ただ人を害《そこ》なう能力を欠いている……善良は彼の骨肉の一部なのよ。五臓六腑がそうなの」

「きみが彼と同棲をはじめたのは、それが理由かい？」

しばらく、彼女は黙っていた。「彼に魅せられたの。はじめて彼に会って、話すのを聞いたとき……ユニークな人とわかった。彼にはパワーがある。重力場みたいな磁力なのよ。彼は人々を惹きつける。あなたも惹かれた……でしょ？　彼はただ手を差しのべて、誰でもひっぱりこむ。そこにわたしもいた。ほかのみんなとおなじように。彼に近づきたかった。彼に触れて彼の一部になりたかった。そこで起きたことは、なりゆきだったのよ……仕組んだことじゃない。陰謀のたぐいじゃないの。自発的なの」悩ましそうな重苦しい眼差しを、ハドリーの彼方に投げた。「でも、わかるでしょ。彼と暮らしていても、彼と寝ていても、わたしは彼に近づけなかった。彼はずっと遠くにいる。わたしの耳には聞こえないものを聴いている。わたしの目には見えないものを睹《み》ている。彼の心は――」肩をすくめた。「わかるでしょ。あなたも彼に手を差しのべた。でも、たどりつけない。わたしたちの誰も、彼には手が届かないのよ」

「そのとおり」とハドリーは言った。「僕も失格だ」

「わたしたちがいっしょに暮らしたのは、ほんの一ヵ月かそこらよ。ほとんど誰も知らないの。もちろん、ゴールド夫婦も知らないわ。それほど彼に密着してたわけじゃないし……わたしはアパートにいた。そこに彼がやって来るのよ。泊まる場所になっていた。彼に家を開けてあげたら、自然に来るようになった……わたしが身を開いたら、彼が来たのとおなじ。彼はただ入ってきて取っていく……与えるように取っていくのよ。子供みたいに。すっかり信じて、手を伸ばすの。受け入れられたら、立ち去ってしまう。でも――」くくっと笑いを漏らした。「ねえ、彼が食べるところを見なかった？　彼は食事なんか眼中にないの。ただ食べ物を、歯と歯のあいだに押しこむだけ。機械みたいに手が行き来する。彼にとっては、何かの生理とおんなじなのよ……口に入れて、舌にのせて、喉を嚥下《えんげ》して、それでおしまい。でも、ほんとうは彼と何の係わりもない。実は彼に触れもせず、彼の体内にも入ってないの」

「性的な関係は拒まないのか」ハドリーが質した。

「わたしたち、ほんのちょっとしか性交してないの」彼女はあけすけに、ほとんど事務的に語ろうとしていた。彼はそこに食い下がって彼女を傷つけたのだ。あきらかに彼女はこれ以上先に進めず、これ以上失うものもなかった。いや、そう思っているらしい。「はじめて逢ったとき」と彼女が言った。「あれをしたわ。そのあと、もう少し。時々したわ。何度かは忘れた。彼がアパートに来て、風呂に入り、服を着替えて、机の上に仕事の書類を広げ、そうして働く。それからわたしのところにやって来たの。ベッドに入って、それだけよ。彼は眠ってしまう。わたしは気がぼんやりして……」つまらなそうに首をふった。「彼は思ってたんだわ。どうせ、わたしの感じてることは彼とおんなじで、それがあたりまえだろうって。彼とおなじく、わたしにとって、あれはたいしたことじゃないと思っていたのよ。でも、わたしはもっと意味あることにしたかった」

「女はつねにあれを、ご大層なことと考えるんだ」とハドリーが言った。

「彼のほうが正しかったのよ、たぶん」顔をこわばらせたまま、ハドリーを無視してマーシャは続けた。「おなじ感情を持とうとしてみた。非は自分にあると、わかってたんだもの。みんなみたいに思いきり昇華させた。どっちにしろ、あなたみたいに逃げられない。もうわたしの骨肉の一部だもの。わたしはここで生まれた。ここはわたしを鍛えてくれた世界だわ。わたしは彼に従いたかった。彼が見るようにものを見たかった。でも、できないの」真顔で言った。「彼はあまりにも善良なのよ、スチュアート。わたしは怺《こら》えるだけ怺えた。で、ぷつんと切れた。彼はとてもやさしいから、どうにもならなかった。ただわたしに出ていかせただけ。何も要求しなかった。癪に障ることだけど」ちらと目を上げる。「あなたもよ。これはあなたのせいでもあったんだから」

「僕を責めるな」

「あら、そう。あの晩、あなたがあれを口にした晩よ。彼を黒んぼ《ニガー》と呼んだわね。わたしは耐えられなかった。だって、ほんとだもの。彼はニガーなのよ。それが忘れられない。あなただって、忘れられっこない」

「ごめん、と謝っただろ！」ハドリーが怒って言った。

「もう遅すぎる。それをわたしは言いたいの……わたしたち、ふたりとも善良じゃない。どちらも彼にふさわしくない。わたしたち、彼の域に達してないんだわ。ちがう？　あなたがあの言葉を口にして、わたしがびくっと反応したとき、わかったのよ。わたしたちって、ふさわしくないの。彼のそばに仕えるのに値しないんだわ」

ハドリーはしぶしぶうなずいた。「もういいよ」

「ほんと？」彼女が念を押した。

「ああ」

マーシャは続けた。「だからわたしたち、おなじ穴のムジナなのよ、スチュアート・ハドリー。あの日、わたしは車でサンフランシスコに舞いもどった。テッドとわたしはもうおしまいだって悟ったからよ。彼といると、じぶんが恥ずかしくなる。と同時に、いたたまれなくて満たされない。わたしが欲する人生って、どこか醜悪なんだわ……彼とは共有できそうにない。いえ、正確に言うと、醜悪じゃないわ。何と呼べばいいかわからない。あなたと遭ったとき、わたしの同類だってわかったの。あなたのことは理解できるし、あなたの生きかたもわかると思った。それに——あなたはとてもハンサムだし。わたしはいつも凛々《りり》しい北欧人の金髪タイプに熱を上げるの。最初から、あなたの肉体に魅せられていたのよ」震え声で笑った。「だから、ね、わたしたちが別れたのは、あなたのせいよ。あなたにも責任があるの……あなたの人生をかき乱した責任が、わたしにあるのとおなじように」

「どっちにしろ、いずれきみは彼と別れただろうさ」とハドリーが言った。

「もちろんよ。でも、もう少しあとよ、こんなにすぐじゃないわ」

「きみはそれ以前、何人の男と同棲したんだ？」

「わたしはいま三十二歳なの」とマーシャが言った。「わたしの子供二人は見たでしょ。オレゴンにも娘が一人いる。私立の寄宿校《プライヴェート・スクール》に入れてるの。その子は十四歳よ。それを聞いてショックかしら？　産んだのは高校を出たてのころ。わたしは十八歳で、デンバーに住んでいた。中西部の田舎娘だったわ。新聞の特集記者になるつもりだった。シャーロット――わたしの最初の娘が生まれたのは一九三六年よ」

「おやおや」とハドリーが言った。「僕はまだ十歳だ」

「父親はとても素敵な男で、若いエンジニアだった。ドン・フレイジャーといって、第二次大戦で戦死したの。あなたの関心事でしょうけど、彼と結婚したのは娘を産んでからずっとあとのこと。一九四〇年、戦争の直前よ。戦時中はそんな例が山のようにあった。戸籍は紛失したわ。わたしはしばらくイングランドで暮らしたの。所属したのは戦争情報省[24]所属の――陸軍婦人補助部隊[25]よ。イングランドにいたころ、サー・オズワルド・モズレー[26]に出会った。わたしの政治的な意見は、ほとんどそのころ形成されたの。戦争には幻滅した……戦禍を見すぎたから」

　好奇心からハドリーが尋ねた。「いま現在、法律上は誰かの妻なのかい？　きみは再婚しているのか？」

「お察しのとおりよ。イングランド駐屯時代に、ある陸軍少佐と結婚したの。ティミーとパットは彼の子よ」

「きみはまだ彼と結婚してるのか？」

「ええ」

　ハドリーは考えこんだ。「きみの言ってること、信ずべきかどうか、わからないな」

「ほんとうよ」彼女は冷ややかに、紫烟の雲を彼に吹きつけた。「でも、そんなの、どうでもいいことだわ。彼がいまどこにいるのか、わたしは知らないもの。たぶん、ニューヨークで誰かと暮らしているんでしょ。最後に遭ったときの彼は、社交界のお金持ちの女性と同棲してたから――彼、何とかやってるわ。わたし、前向きに考えてるの」

彼女はそれ以上、話を続けなかった。ハドリーも話の継ぎ穂が途切れた。しばらくして彼は後ろ手を伸ばし、もういちど車のドアを開けた。

「どこへ行くの?」マーシャがすぐ訊いた。

「家さ、もちろん。腹が減ってね。夕飯が食べたい」

灰色の瞳で彼を見据えたまま、マーシャが言った。「あなた、ほんとにわたしを許さない気なの? あの晩、あなたと寝なかったから、わたしにツラ当てのつもりなのね」

彼はこたえなくてもよかった。自明だからだ。でも、それで話が尽きたわけではない。

「きみの言ったことは信じるよ」彼は声を張りあげた。「できなかった、というきみの言葉をね。やりたかったけれど、踏み切れなかったという、きみの言葉を信じるよ」

「じゃあ、なぜわたしを苦しめるの?」

「だって」ハドリーがぼそりと言った。「僕も苦しんでる。そして、きみと分かちあいたいんだ」

「行かないで」切羽つまった声でマーシャが言った。手を伸ばして、彼の肘に触れた。「わたしといっしょにいて。あなたの望むことなら、何でもするから。無条件だわ、何も見返りなしよ。わたしは独身だわ。まったく自由の身なの。きのう、テッドに会ったのが最後よ。

前とおなじじゃない。いまはまるっきりちがう身よ」

「なるほど」考えこんでハドリーが言った。「言い換えりゃ、寝ようって決心したんだ」

彼女の顔が萎《しお》れた。くたくたと頽《くず》れて、こわばった塊になり、灰色の目が泳いだ。

「そうだろ？」ハドリーが詰め寄った。「そうなのか？　ちがうのか？」

何も言わず、彼女は黙ってうなずいた。

「僕にこたえろ！」彼は有無を言わさなかった。

「そうよ」

ハドリーは考えこんだ。「腹が減った。まず何か食べたい」

身悶えしながら、彼女は言葉を探そうとしていた。「ドライヴインに立ち寄ればいいわ」

弱々しい動作でイグニッション・キーを探すと、エンジンをスタートさせ、ヘッドライトをつけた。「おねがい、ドアを閉めてくれる？　開けっぱなしじゃ走れないわ」

「ああ」とハドリーは軽く言って、ドアを引いて閉めた。

彼女の頬を涙がつたっていた。マーシャはハンドブレーキを緩め、暗く静まりかえった道の上をゆっくりと車を進めた。


ドライヴインで、ミルクセーキとサンドイッチを買った。店の娘にくるんでもらい、ハドリーが代金を払った。店の娘が金属の小さなトレーを持ち去ると、ぽつんと包みだけ残った。建物をぐるりとかこむ環状の駐車場に、ちらほら車が駐まっていた。ほとんどが高校生のガキか若いカップルだった。ダンス音楽の金属音が、闇を渡ってハドリーの耳に流れてきた。膝の上にミルクセーキとサンドイッチの紙袋をのせたまま、彼はしばらく耳を澄ました。

「連れもどされた気がするな」彼はマーシャに言った。

　一瞬、彼女がどぎまぎした。「どこに？」

「僕は大学以来、車を持ったことがないんだ。こんなふうに座ってると、エレンとデートした往時《むかし》を思い出す。それ以前のことも。あの連中みたいに、高校のガキだったころを思い出すんだ」

　白シャツの袖をまくりあげた高校生の少年が、ひとり歩いてきた。産毛《うぶげ》のはえた小麦色の腕、濃い紺のジーンズをはき、靴音たかく踵《かかと》を鳴らし、脂《あぶら》でかためた長髪をなびかせて、揉み上げを顎までのばしている。スチュードベーカーの前を過ぎて、自分の改造車《ホットロッド》まですたすたと歩き去った。

「あなたも、ああだったの？」マーシャが小声で訊いた。いくらか気をとり直しはじめて「信じられないわ……あなたは、きれいな金髪なのに」

「あんなふうな扮装《なり》だった。デイヴ・ゴールドと僕は、ああいう恰好をしてたんだ。ほかにデイヴは、コートもひっかけてたよ。汚らしい茶のツイードのコートをね」

「まだゴールド夫婦と会ってるの？」

　ハドリーが鼻白んだ。「いや。サンフランシスコのあの日以来、会ってないよ。僕の義兄《あに》が夫婦を置き去りにしたろ。乗る車がなくて、きみのところに駆けこんだ日さ」

「あのふたり、きっと――懲らしめられたのね」とマーシャが言った。「わたし、何が起きたのかわからなかった。ふたりとも、もじもじするだけなんだもの」

「僕が見捨てたんだ」ハドリーがふさいだ声で言った。「僕はあそこに座っていた。義兄《あに》があの夫婦を連れ去るのを見送ってた。あのろくでなしの悪党め……僕は指いっぽん動かさなかった。実際は、僕も加担してたんだ」彼は車から外に出た。後ろをまわって車の反対側に立ち、ドアを開けて言った。「どけよ」

　マーシャは怪訝《けげん》そうに、ハンドルの前から身をずらした。「どうして？」

「僕が運転する。この車がどれだけ走るか、試してみたいんだ」ハドリーはハンドルの後ろに身を滑りこませ、ばたんとドアを閉めた。「行っていいかい？」

「ええ」そわそわしながらマーシャが言った。「たぶん」

　ハドリーは車をスタートさせ、バックして駐車場から路上に出た。ギアをハイに切り換え、加速するのを、横で彼女が不安そうに見つめていた。

「上手ね」と彼女が言った。

「いけないかい？　ガキのころから運転してるんだ」信号で速度を緩めながら言った。「こいつは悪くない小型車だ。とりつくシマもなくて……あつかいにくい――でも、スムーズだ」

「あんまりガソリンを食わないわ」とマーシャが言った。「走っても安あがりよ」彼女の包みとハドリーの包みと、二つを取りあげた。「どこへ――行くの？」

タイヤを軋らせ、ハドリーは車をターンさせ、市街からフリーウェイの誘導路に入った。まばゆい光の飛片が押しよせてきた。サンフランシスコからサンノゼにむかって、高速で飛ばす車の奔流。黄信号になったが、彼は構わず走りぬけた。第一車線から第二車線へ。あっというまに、中央車線に滑りこむ。彼は険しい顔でアクセルを踏み、このちいさなクーペをじりじり加速させた。もうじき時速七十マイルだ。

「むりしないで」マーシャがささやくように声をかけた。すぐ左手、中央分離帯のむこう、ぞっとするほど近くを、眉を焦がさんばかりに、びゅんと対向車のヘッドライトが飛びすさる。彼女は目を細めて、ドアの陰に身を縮めた。「こっちの車線は好きじゃない……反対車線に近すぎるわ。対向車がどんどん飛ばしてくるもの」

ハドリーはそれを無視して手を伸ばし、増速駆動《オーヴァードライヴ》にギアをぶちこんだ。足もとで急にエンジン音がやむ。ハイウェイの路面を遊泳する感覚。風が翩々《へんぺん》と鳴っていて、あとはしんと静まりかえった。呻り声をあげて、左側をすれちがうヘッドライトの帯以外、何も見えない。

「こいつは封印してたのかい？」ハドリーが彼女に訊いた。

「市中の運転ではね……元にもどすのを、すっかり忘れてたわ」力なく口ごもった。「あんまりハイウェイには乗らないの。ふだんは、サンフランシスコ界隈を走るだけだから」

車は町と町のはざまを走っていた。ハイウェイの両側に漆黒の野が広がり、ときおり高架線が浮かびあがった。空はどんより雲が垂れこめていた。車のキャビンにはためく風が冷たい。つんと鼻孔を刺すサンフランシスコ湾の潮風だった。

「スピード違反の切符を切られるのは怖くないの？」マーシャが恐る恐る尋ねた。

「自殺車線ならへっちゃらだね。この車線を走ってる車は、ほとんど停車なんて不可能なんだ」一瞬、間をおいて付け加えた。「どうせ、そう遠くまで行かない」

車のスピードを緩めて、右に車線を変えた。ほぼ六十マイルにスピードが落ちた。さらに五十マイルまで下げると、いちばん右端の車線に車を寄せた。左側を車列が轟然と走り去っていき、彼方の闇に吸いこまれていった。

マーシャがからだを震わせた。「ちょっと車酔いしたわ。あんなに飛ばすから。いつも思うんだけど、タイヤがパンクしたら、わたしたち、どうなるのかしら」

「スイス風のトマトステーキになってるだろ」ハドリーは四十マイル、さらに三十五マイルまで速度を落とした。前方がちょっとした行き止まりだ。鋪装した細い脇道へ折れると、その先にネオンの輝く建物が一塊あって、ガソリンスタンドや数軒の沿道のバー、家屋が何軒か、それに工場が一軒、肩を寄せあっていた。三十マイル強で徐行しながら、彼は車をターンさせてフリーウエイを離れた。

「わたしたち、どこにいるの？」マーシャが訊いた。

「着いたも同然だよ。もうすぐ、ミルクセーキが飲める」荒々しくハンドルを切って、建物群の裏にまわりこんだ。脇道の坂にさしかかると、ギアをセカンドに入れ、薄暗い丘を登りだした。木立ちや建物の峡《かい》を抜けると、周囲がゆっくり迫《せ》りあがってきて、沿道のこぢんまりした町に入った。

「こんなとこ、前に来たことがないわ」とマーシャが、あからさまに顔を歪めていた。

「ここはサン・セバスチャン・ハイツ――団地さ」丘のてっぺんに達した。車を停めて、ハドリーが指さした。先の地面がぶっつり切れて、息をのむように高い断崖《きりぎし》になっていた。広大な渓谷が展《ひら》け、きれいに整列する光を点綴させた野が一望できた。ふたりが俯瞰《みおろ》していたのは、だだっ広い住宅開発地、夜の靄に天涯がかすむ分譲地だった。

「どの家もそっくりおんなじだ」ハドリーはそう言いながら、坂道を下りはじめた。「カリフォルニア風ランチスタイル。そう呼ばれてるのさ」

丘の袂《たもと》で右折して、煌々と明るい建物の前を通過した。分譲地の管理事務所だ。そのむこうで道幅が広くなり、ショッピング・センターに入っていく。店舗のほとんどが閉まっていた。ドラッグストアとバーしか開いていない。巨大なスーパーマーケットはもう閉店だったし、洋服屋もダイムショップも靴屋も、どこも暗くて人影がない。ハドリーの車は、ぼんやり照明の灯ったシェルのガソリンスタンドと、洗濯屋の鼻先をかすめていった。

「ここだよ」彼が言った。

前方にモーテルのぎらつく赤いネオンが光っていた。ギアをセカンドに入れて、私道の傾斜を駆けあがる。最初のコテージの一隅を過ぎた。黒い矩形の芝生の前を横切り、「オフィス」と書いてあるキャビンにたどり着いた。空室ありの表示が消えていた。ハドリーは車を停めて、ハンドブレーキを引く。

「いつもガラ空きなんだ」余裕を見せて説明した。「ここはハイウェイから遠すぎてね。あの団地が売りに出されて、サンフランシスコから下見の客がやって来たところ、それをあてこんで建てたんだけどね。いまじゃ、そんな余禄は一滴たりともこぼれてこない」

モーテルのオフィスから、分厚いオーヴァーコートをひっかけた人影が、よたよたと歩いてきた。何か呟きながら様子をうかがい、車に近づくと、懐中電灯で車内を照らした。「こんばんは」疑り深そうに会釈して、ふたりの顔を眺めた。「一室あいてるよ。お客さん、ついてたねえ」

ハドリーは満面の笑みを浮かべ、財布に手を伸ばした。「そりゃ、僕らには好都合だ。いくらだい？」

「四ドル五十セント」男が唸った。でっぷりした赤ら顔で、きらりと目が光り、視線をそらした。「あんた、州内居住者かい？」

「そうだよ」とハドリーはうなずき、五ドル札を出した。「どのコテージだい？」

「ふん、どれでも」と言いかけて、口をつぐんだ。「子連れじゃないだろうね」オーヴァーコートのポケットをまさぐって、領収書の帳面を探していた。「ええと、前払いって決まりなんで」と言って、紙幣を受けとった。「あっしが起きだすより前に、お発ちになるお客さんもいるんでね」

ちびた鉛筆で領収書を書きだし、ハドリーの財布に挟んだ身分証明書から、名前を写しとった。

「オーケー。ハドリーご夫妻ですな」そう言って領収書をびりっと一枚破ると、彼らに手渡した。「右側の三番目のコテージだ」鍵を渡すと、真顔に返って、オフィスにのそのそ戻っていった。「そんじゃ、いい夢を」そう言って、室内に姿を消した。

ハドリーはすぐ車をスタートさせた。「中に入ってしまえば」と説明した。「ここはもっと人目につかなくなる」

やがて暗いちっぽけなコテージの前で車を駐めた。ハドリーは車のキーをポケットにしまい、ライトを消して、砂利道にするりと降り立った。コテージのステップを上っていくと、マーシャが軽食の包みを持って、ゆっくり後からついてきた。扉を開け放って、ふたりで入った。ハドリーは一歩先に立って、ライトのスイッチを手探りした。

修道院の僧房のような、ちいさな部屋が浮かびあがった。がらんとして殺風景で、何ひとつ装飾がない。白熱灯がしらじらと室内を照らしていた。ハドリーは忍び足で歩きまわり、バスルームを覗きこんだ。突きあたりがシャワーだった。一点のシミもなく清潔で、禁欲的なほど質素な場所。こいつは面白い。記憶どおりだ。何年も前、女の子をこのモーテルに連れこんだっけ……その一人がエレンだった。椅子にジャケットを放り投げ、扉を閉めようと戸口にとって返した。

「ここは罪を犯すのに向いた場所じゃなさそうだ」と言って、彼はシェードをおろした。

「そうね、たしかにきれいに整頓してあるわ」マーシャも相槌を打った。ぶるっと身をふるわせ、苛々しながら歩きまわる。「寒いわ。ヒーター、つけてくれない？」

ハドリーは小型のガス・ヒーターにマッチで火を点じた。しばらくすると、部屋が温もりでしっとりしてきた。フロアライトをつけて、頭上の裸電球を消した。やわらかな光に包まれて、彼女の服の色が彼の目を惹いた。はじめて気がついた。きょうはスラックスのかわりに、明るい色のプリント柄のブラウスと、ツイードのスカートをはいている。

彼は愉しげにそれを眺めた。「その服じゃ、ほとんどきみとは気づかないよ」

自分を意識して、マーシャは乳房に手をやった。「どうして、そんなこと言うの？」

「婀娜《あだ》っぽく見えるからさ。似合ってるよ——その取り合わせ、なかなかいい」背もたれの硬い一枚板の椅子に身を投げ、彼は軽食の紙包み二つを受けとった。その包みと白い厚紙の容器を広げながら言った。「賭けてもいい。モーテルの客は僕らだけだ。ほかの車は見えなかった。たぶん、よそは全室があきだよ」

「そんなこと言わないで」マーシャが怯えた。「背筋が寒くなるわ。ちらほらと明かりが見えたと思うけど」

「幽霊だよ」ハドリーが断言した。

「やめて！」緊張したマーシャが、長いしなやかな脚で、部屋を歩きまわった。「タバコ、持ってきた？　わたしのは車に置いてきたの」

ハドリーがタバコの箱を投げた。彼はそろそろと厚紙の容器の蓋をとる。氷で冷やしたグレープフルーツ・ジュースだ。それしか、ドライヴインに見あたらなかった。ありがたそうに、彼はごくりと飲み干した。やがてマーシャも座って、しとやかな手つきでチキンサラダのサンドイッチを開いた。

「何か温かいものがあれば」と彼女がつぶやいた。「わたしも元気がでるのに」暗い目を大きく見ひらいて言った。「わたし、寂しいわ。あなたはただ座って――その安っぽいジュースを飲んでるだけ」哀しそうに続けた。「すこしは、わたしに気を配ってくれてもいいのに」

「配ってるよ」ハドリーは冷たく言い放った。

彼はジュースを飲み終えてから、ミルクセーキの蓋を開けた。それを啜りながら、ハムとチーズのサンドイッチを平然と頬ばった。マーシャは白けた顔で、ドライヴインの娘が掬《すく》ってくれたポテトチップスをかじっていた。

「モーテルのオフィスに、公衆電話があるかな」とハドリーが言った。

「誰に電話したいの？」

「女房」

「まあ」マーシャがそう言って、頬を染めた。「そうね。たぶん、そうしたほうが……」意を決したように目を上げた。「何を彼女に話す気なの？」

「今夜は金曜の夜だ。僕はふだん、金曜の夜はお出かけでね。週末はいつもガブ飲みさ」

「彼女は気にしないの？」

「気にしてるよ」とハドリーは言った。「でも、仰天するってことはない」起ちあがって、窓辺に寄った。シェードを巻きあげ、がらんとした外闇を覗きこんだ。家に帰る気が失せて、もう現実的とは思えない。すでに妻のイメージが遠のきはじめていた。彼女といっしょでないと、いつもイメージが霞んでしまう。ときどき、妻がどんな顔をしていたか、思い出すのも難渋するくらいで……新婚早々の数カ月、彼の心中は穏やかでなかった。いつか街頭で妻と顔を合わせても、誰だったか思い出せないんじゃなかろうか。

「たとえ、僕が結婚してたって」彼は大声でマーシャに言った。「きみと寝たろう――たとえ、息子がいたって、僕はきみと寝たよ。でも、きみは僕と寝なかった」

「ええ」と身を固くして彼女が言った。「できなかったの」

「九分九厘してたさ」苦笑を浮かべた。「僕が靴を脱いでたら、きみはしてたんだ」

マーシャはほっそりした指先で、チキンサラダのサンドイッチをちぎった。「たぶんね。いまはもうわからない。わたし、したかったわ」

「率直になろう」とハドリーが言った。「僕らは同類なんだ……ふたりとも節操なんか持ちあわせちゃいない。きみはベックハイムを裏切った。僕は妻を裏切った。そしていまも、裏切ろうとしている」

「テッドを裏切ってるとは思わないわ。彼とは別れたのよ。ふたりの仲はおしまいだって、彼も知ってるし」

「あの日、うちの店にきみがはじめて現れたとき、きみはすでに彼を裏切っていたんだ。僕はずっと以前にエレンを裏切った。たぶん、それが僕らのダメなところさ……なぜ、どこにも根っこを見つけられないのか。たぶんそれが理由なんだ。節操を失って、僕らは根なし草になってる。きみはいったい誰に操《みさお》を立ててるんだ？　そんな人がいるのかい？」

マーシャは返事をしなかった。

「僕は誰に対しても節操を守らない」とハドリーが言い放った。「ひとりの人間に操を立て尽くすなんて考えたこともない——抽象的な理念に忠実ではあってもね。僕は上司にも女房にも貞節じゃない。友だちも裏切った——こいつは最低だな。誰に対しても……僕の国や、僕が生まれた社会に対しても背を向けた。それなら、なぜ僕は信ずるに足るものが見つからないんだ？　なぜ僕は、誰も信頼できないんだろう。信ずるに足る人を僕は探してきた……でも、僕には節操ってものがない。節操が何を意味してるのか、それすらわかっていない。そう、どこかがまちがってる……そいつは僕のせいなんだ」

マーシャが言った。「でも、わたしたちは反逆者なのよ、スチュアート。いままでとちがう世界を迎え入れようとしてるのよ」

「僕らは反逆者なんかじゃない——僕らは裏切り者なんだ」

沈黙が舞い下りた。

「おまけに」とハドリーが締めくくり、シェードを降ろした。「僕ら同士だって節操があるわけじゃない。きみは僕を信じてるかい？　僕は金輪際、きみのことなんか信じてないよ。百も承知なんだ。きみの気まぐれの虫が騒いで、ベックハイムをポイと捨てちまったのとおなじように、いずれ僕も見捨てられるだろう。僕らはふたりとも、ことの核心には無縁の衆生なのさ」

「そんなこと言わないで」マーシャは抗《あらが》った。ぎごちなく彼に手をさしのべて「ねえ、チキンサラダのサンドイッチをすこしいかが。食べきれないわ」

ハドリーがからからと笑った。「オーライ」と言う。「たぶん、それでものごとは一変するんだろう。自分の正体がわかって、僕も祝杯をあげることにしよう。何か飲み物があれば、ほんとうの祝杯になるんだが」

彼にサンドイッチを分けると、マーシャが言った。「車まで行ってくる。すぐに戻るわ」扉を開けて、さっと外の闇に出ていった。砂利道をざくざくと走る跫音《あしおと》。車の中を探す音が聞こえた。

しばらくすると、ヘイグ・アンド・ヘイグの五分の一ガロン壜を手にして戻ってきた。後ろ手に扉を閉めると、息を切らしてボトルを掲げてみせた。頬を火照らせ、喘ぐようにハアハアと息している。「いい?」と喘ぎ声で訊いた。

「オーケー」と言って、ハドリーは彼女からボトルを受けとった。女の手が氷のように冷たい。ボトル自体も夜露に濡れていた。「きみはむこうのヒーターの前に立って、からだを温めたほうがいい」と彼女に言った。「ぼくが注《つ》ぐよ」

彼はバスルームの洗面台でミルクセーキの残りを流すと、厚紙の容器を水洗いして、そこにウイスキーを注いだ。彼が部屋に戻ると、マーシャはソファーのクッションの小山に埋もれていた。目を見ひらき、両手を固く握りしめ、うなだれて悲痛な顔をしている。

「どうした?」と彼が訊いた。

「わたし――まさかこうなるとは思わなかったの」唇を歪めて、寒々とした笑みを彼に投げた。「わたし、あなたのもとに戻ってきたのよ。すべてがうまくいくかと思って。わたしたちふたり……わかるでしょ」紙コップを受けとった。「ありがと」

「毎度、そんなふうに感じなかったのかい？」ハドリーは容赦しなかった。「新しい恋人をひっかけたら、いつだってきみは、こんどこそと思わないのかい？」

マーシャは身を縮めた。惨めそうに床に目を落とすと、無言で首を振った。

「ふん、僕だって、いつもそうなのさ」ハドリーは執拗に責めたてた。ウイスキーを啜りながら、彼女から目をそらさない。心の中では、ほとんどこの女に欲情を感じなかった。すこし突き放しながら、いたぶっているほうが楽しい。「耄碌《もうろく》して望みを失うまで、僕は懲りないんだろうな」

　女はみじろぎもしなかった。

「ウイスキーを飲めよ」ハドリーが言った。

捨て子みたいに従順に、彼女はコップを一口飲んだ。

「よろしい」ハドリーは満足げにつぶやいた。自分ももう一口あおった。ウイスキーが臓腑にずんと沁みた。胃に着地して、硬い塊が胸を焦がす。嘔吐と焦燥。どうやら泥酔で終わりそうだ。彼も逃げ場がなかった。杯を重ねるにつれ、脳はいよいよ冴えわたり、思考も冷酷に尖《とが》ってきた。部屋が金属的《メタリック》な光沢を帯びてくる。腕と額に軽い痺れを感じた。四囲が遠のいて、遊離した感覚しか残らない。まるで自分も、ソファーに座る彼女も、現実を遊離しているかのようだ。部屋そのものが、模造か書割と化したみたいだ。

「飲め」ふたたび、彼が怒声を発した。

彼女は一瞬凍りついた。かさばる厚紙のコップを握りしめる。それからがっくり崩れ、痙《けい》攣《れん》しながらコップに指をめりこませた。ぐしゃっと撓《たわ》む厚紙。ウイスキーの暗色の雫《しずく》が、指のあいだから、カーペットに滴りおちた。動物が洩《も》らした尿《ゆばり》のように、彼女の足もとに水たまりができる。彼女は頭を投げだし、乱雑なクッションの山に、力なくうち伏した。

ハドリーは自分の紙コップを置いて、彼女のそばにひざまずいた。「ごめん」と言った。が、それでも彼は無感覚のままだった。彼の内部は鉄塊のように冷え冷えとしていた。手を伸ばして、彼女の濃い鳶《とび》色の髪を目から払いのけた。「そんなつもりじゃない。僕は疲れてるんだ」

彼女がうなずいた。

「このしょうもない酒のせいだ」彼は起ちあがって、ウイスキーのコップをつかみ、扉まで持っていって外に投げた。からころとコップがステップにはねた。ばたんと扉を閉めて、マーシャのほうに向きなおる。

「大丈夫よ」と彼女が言った。「ハンドバッグとってくれる？　化粧台の上に置いてあるわ」

彼はハンドバッグを見つけて、彼女に手渡した。マーシャが目をぬぐい、洟《はな》をかみ、ハンカチを握りしめて座っている。

「帰りたいのかい？」ハドリーが彼女に訊いた。

「あなたは？」

いい質問だった。でも、彼はとっくにその答えを考えてあった。店を出る前から、自分の気持ちは分かっていたのだ。「いや」と彼は言った。「僕は帰らない。こいつをやり通すつもりだ」

「わたしもよ」彼女がささやいた。よろよろと起ちあがって、バスルームに向かった。「ごめんなさい。ちょっと失礼するわ。おねがい」

そのまま、彼女に行かせた。扉が閉まって彼女が消えた。

出てきたとき、彼女は笑みを浮かべていた。顔を洗って薄化粧したのだ。でも、目は赤く腫れていた。彼に身を寄せると、その唇が震えた。「あんまり見栄えがよくないでしょ」痛々しい口ぶりだった。

「十分きれいだよ」ハドリーの答えは煮えきらなかった。彼女が髪を梳くと、香りが鼻をくすぐった。たぶん、オーデコロンだろう。それとも、香料の入った消臭剤《デオドラント》かな。彼はさほど気にとめなかった。彼にとって、この女は空ろで人格のない影絵であり、とりたてて魅力のある女ではなかったからだ。彼が意識していたのは、おのが憤怒の鬱血した芯だった。思い出すかぎり、幼時からずっと胸の底でわだかまってきた。その彼方にさしたるものはない。だが、その憤り自体は、彼もよく理解できず、抑えようもない……ほんとうは、彼ひとりのものではないような気がした。

切なそうに、マーシャが言った。「わたしのために、何かしてくれる？　ちょっとしたプレゼントを」

「何を？」

「最初にキスしてほしいの」

　ハドリーはほほ笑んだ。「お先にどうぞ。弁当箱の始末はじぶんで」

「どういう意味？」

「軍隊用語でね。つまり――」彼女の細い肩に手を置いた。「曰《いわ》く言い難いな。この場合は、きみは僕にちょっと照れを感じさせる、って意味かな」

　マーシャが、顔をつんと上向かせた。彼は口にそっとキスした。唇は冷たくしっとりしていた。かすかに唾液が糸をひく。たちまち、彼の首に彼女が腕をまわし、むしゃぶりつくように彼を抱きよせた。冷笑する姿勢が消えた。最初に遭遇したときのような、お高くとまって、もったいぶった態度を彼女はかなぐり捨てた。この女はひ弱で華奢《きゃしゃ》なのだ。もはや、かつての畏《おそ》れを彼は感じなかった。しばし彼女のなすがままに任せる。彼女の手が夢中になって、彼の髪と頭をくしゃくしゃにかきまわした。彼は身を振りほどき、くるりと背を向けた。

「ソファーじゃ駄目だ」彼は決めていた。「引き出し式の小さな簡易ベッドがある。そのほうが心地いい」

「いいわ」彼女はやむなく従った。

　ソファーに内蔵してあるベッドを、ふたりでひっぱり出した。マーシャが化粧台からシーツと毛布を見つけだし、入念にきっちりベッドをしつらえた。さらっとして糊がきいたシーツは、真っ白だった。

支度が済むと、ハドリーが明かりを消した。部屋は闇に閉ざされた。なかば開きかけの扉のむこう、バスルームから漏れてくる一条の備灯の光が残った。「玄関の扉も、ロックしておくかい？」彼が訊いた。

「あなた——そのほうがいいと思う？」

「思うね」と言って、彼が錠を差しにいった。「せめてものこと、いまは」

向きなおると、マーシャがベッドの端に腰かけていた。彼を瞶《みつ》めて、手を握りしめている。男を待ち望みながら、そばにくると腰を浮かしかけた。

ハドリーがタイピンを外して、ネクタイを緩めだした。「やろう」と言った。「服を脱げ」

どうしようもなくなって、彼女の指がスカートのジッパーを引いた。「わたし——」と言いかけて後が途切れた。

見向きもせず、ハドリーはタイをほどくと、シャツを脱ぎだした。椅子の肘かけにかけ、靴を脱ごうと腰をおろした。ベッドの横に立って、マーシャはゆっくりと、ブラウスから頭を抜いた。身をゆすって脱ぎすてると、化粧台にはらりと落とし、スカートに手をかけた。一枚一枚、ふたりは服を脱いでいく。どちらも無言だった。たがいに相手を見ない。ハドリーが脱ぎ終えたころ、ベッドのそばに哀れな身をさらして、裸の女が立っていた。部屋の暗がりを透かして、細い裸身がほの白く光っている。

「おねがい――最初にタバコを吸っていいかしら」彼女が懇願した。

「だめだ」彼は女をつかんで、ベッドに引きずり倒した。彼女はよろめいて沈みこんだ。何かにすがろうともがく。「さあ、もうグズグズするのはやめだ」

マーシャは毛布をはいで、からだを滑りこませた。むこう側、壁ぎわに横滑りした。横に彼が入ってくる。しばらく、彼は無表情で女を見おろしていた。冷酷な視線に、女は怖くなって身を縮めた。両脚をかたく閉ざし、肩を丸め、胸甲のように腕をかたく組んだ。彼が何も言わないので、とうとう彼女が声を発した。「スチュアート、おねがいだから、やめましょうよ。わたしに手を出さないで！」

彼は手を伸ばして、女を几帳面に愛撫した。彼の手のひらが触れると、からだに漣《さざなみ》がたち、顫《ふる》えが走った。下腹や臀部に立つ鳥肌。かすかに漏らす唸り声。彼女は身をすくめて逃れ、壁ぎわにからだを押しこんだ。彼がそれをとらえ、羽交い締めにしてひき戻した。

「いまさら後にひけない」と彼が言った。「きみがベッドの支度をしたんだ。さあ、仰向けになって」

彼が女の脚をこじ開け、入ってくると、彼女はひっと悲鳴をあげた。彼の背中に震えながら爪を立てる。彼は猛々しく膝を割りこませ、女の臀《しり》を持ちあげ、肢体を弓のように反らした。女が恐怖にあえぐほど、太腿を高くあげ、臀部をぎりぎり圧搾する。彼の真下に拉《ひし》がれて、彼女の顔が歪み、打ちつけられた。固く目を閉じ、むきだしの歯齦《はぐき》が血の気を失うほど、唇をひき攣《つ》らせて。息をつまらせ、鞴《ふいご》のように喘ぎ、彼女は右に左にのたうちまわった。首筋にしたたる汗が、大きな冷たい雫となって飛び散った。ハドリーは思いきり高く、彼女の上に胸をそびやかした。彼ははるか高みから冷厳に見おろしながら、セックスの複雑な筋肉の痙攣を、びくりびくりと何度も反復させた。ついに彼の背中に女の指が深く食いこみ、彼が身を離さざるをえなくなるまで。

彼はしばらく息を整えた。タバコを吸いながら、じっと見つめていた。マーシャは臥せって、深々と息をしていた。瞼はまだ閉じたまま、シーツをひっぱって、からだを覆っている。疲れと怯えから、彼女はぐるりと転がって、膝を胸に抱えこみ、気になる胎児の姿勢をとった。座っていた彼は、それを見てあれこれ考えた。しばらく経ってから、彼は二本目のタバコに火をつけて、彼女に手渡した。痺《しび》れた指で受けとった彼女は、どうにか口にくわえようとした。やがて彼女も上体を起こした。気が萎えて干涸びたように、黙って彼を見つめている。小さく尖った乳房をシーツにくるんだ無残なすがただった。

彼は自分の吸いさしを揉み消し、彼女の吸いさしも取りあげて、揉み消してしまった。わけが分からず、彼女は凝然と彼を見つめた。彼はふたたび彼女を抱きよせ、シーツを押しのけた。ようやく彼女は悟った。まだ始まったばかりなのだ。屈辱と憤怒に、彼女は必死で抗った。彼の胸を打ち、顔をひっ掻き、噛みつき、叫び、呪い、泣き喚《わめ》き、彼を蹴り飛ばそうと暴れたが、力尽きた。ハドリーは何の感情も持っていなかった。彼の心は遊離《あくが》れて、遠くにあった。女の両脚をふたつに裂き、抵抗し絶望した肢体にもう一度、その巨大な自我をぶちこんだ。そのわななく空洞に、ありったけの憎悪、ありったけの憂悶、じめじめと彼の心の奥深くに澱む、泥沼のような鬱憤のすべてをほとばしらせた。

終わると、彼はベッドから起ちあがり、彼女をシーツと毛布でくるんでやった。凍えるような夜寒《よざむ》だ。そろそろ一時半だった。マーシャは震えながら、呆然自失で横たわり、口から荒い息をついていた。汗みずくの四肢がぐったりとして、よじれた腕は両脇に投げだされたままだ。彼が顔から髪を払ってやると、かすかに身を震わせた。全身を悪寒が走りぬけ、口の端に生唾が泡を吹いていた。

ものも言わず、明かりもつけず、ハドリーは服を着た。化粧台の前でネクタイを締め、カフスのボタンをとめる。そのとき、女が声をかけた。

「スチュアート？」ささやき声だった。

つかのま、彼がそばに立ちよった。「何をしてほしい？」

「あなた、出ていこうとしているの？」

「そうだよ」

「車で？」

ハドリーは靴を履こうと腰をおろした。「きみにカネを置いておく。町に出られる額はある。化粧台に置いた」

しばらくして、彼女はやっと呟いた。「ありがとう」

ハドリーはコートをはおり、バスルームの鏡に自分を映してみた。

顔が荒《すさ》んで表情がない。狷介《けんかい》で、むごたらしい形相だった。記憶にある顔より、ずっと老けていた。首まわりのふわっとした柔らかな肉が、消えてしまったらしい。暗い翳りを帯びた碧い瞳が、わびしく琅玕《ろうかん》のように色褪せ、そこに一片の情も見えなかった。

鏡に背を向けて居間に戻り、立ちどまって、うつぶせの女の上に屈みこんだ。マーシャはベッドで軽く身を起こし、彼を理解しようとつとめていた。おずおずと手を伸ばして、語りだした。彼に触れたいのだ。

「スチュアート?」と彼女が言った。

「何だい?」

しばらく彼女は黙って休んでいた。壁にもたれて、じっと彼を見つめ、語りかけようとしている。何か言おうと煩悶していた。その胸中が、ありありと顔にうかがえた。彼は冷然と待ち構えていた。彼女が口にせざるをえないことは、何でも聞こうと肚を据えて。

「じぶんを――大事にして」弱々しい彼女の声だった。

「するよ」と彼は言った。それから、これみよがしに腕を振りあげた。はっとして、彼女は動物みたいに、転がってかわした。かすかな呻き声をあげ、片方に這っていって、ベッドからもがき出ようとした。カヴァーがひっかかって振りきれない。彼は眼前で交叉する彼女との間合いを、じっと測っていた。一瞬のからだの動きを追い、彼女のパニックの行く手を見さだめた。そして頬骨のすぐ下、微かに輝く歯を狙いすまして殴りつけた。

彼女がどうなったかはよく見えなかった。暗闇の中でベッドに沈み、音もなく顔から突っ伏した。彼女はからだを反転させ、身をよじってベッドから這って逃れようとする。彼は背を屈め、彼女の頭を押さえつけて、機械のように平手でめった打ちにした。憎悪と苦痛で、馬みたいに嘶《いなな》きながら、彼女は歯をむいて呻き、しゃにむに爪で男をひっ掻く。

「気ちがい！」彼女が唾と血を吐いた。「あなた、狂ったケダモノよ！」手を撥ねあげ、身を振りきった。声が上ずっていた。恐怖とごちゃまぜだ。「ケダモノ……」彼は彼女を追いかけた。

気が済むと、彼は扉を開け放った。凍りついた夜の静寂《しじま》に一歩踏みだす。ベッドに伏せった女は動かない。うつぶせになって、嘔《むせ》びながら、ベッドカヴァーをつかんでいた。彼が後ろ手に扉を閉めると、その光景は遮断された。

冷えきっていたスチュードベーカーのエンジンは、温めるのに五分かかった。彼はギアをローに叩きこみ、車を反転させて、轟然とゲートに走りだした。暗くなった受付オフィスの前を横切り、そのむこうの道路に出た。見わたすかぎり、一点の灯も一台の車も見えない。何ひとつ動くものがなかった。彼はギアをハイに切り換え、アクセルを踏みこんだ。ごうっと音をたてて車は丘を登り、反対側の下り坂に突っこんでいく。ハンドルをぐいと回して左折し、暗い建物群を通りすぎ、フリーウエイに飛び乗った。

シダー・グローヴスに着くと、フリーウエイを離れて市中に入った。市街は暗闇に包まれて寝静まっていた。無事に自分のアパートの前にたどりつくと、エンジンを切らずに車を置いたまま、階段を駆けあがり、廊下を走りぬけた。

部屋に入ると、エレンが眠っていた。忍び足で寝室をよぎって、ピートのベビーベッドに近づいた。ごそごそと襁褓《むつき》をかき集めて、赤ん坊を毛布で包む。おくるみを抱えて後ずさりしながら、居間を通って廊下に出た。

しばらくして、彼はスチュードベーカーに乗りこんだ。ウールの毛布でそっとピートをくるんでから、後ろの席に置いた。赤ん坊がむずかって身をよじった。濡れた唇から、泡《あぶく》とともにかすかに嫌がる泣き声がもれた。ハドリーはドアをばたんと閉めて、車を発進させた。角を回って、ダウンタウン地区に向かった。

最初のバーで車を停めた。店じまいした八百屋の裏の荷台のそば、人けのない舗道に駐車した。注意深く手まわしで窓を上げ、ドアをロックしてから、車を出て舗道を歩きだした。陰気な夜の静寂《しじま》に、高らかに響く靴音。レタスの葉や箱の紙屑、きれぎれの菜っぱが舗道に散らばっている。角を曲がって、バーに飛びこんだ。

カウンターで背を丸めて財布を取りだし、中身をあらためた。マーシャのために十ドルを化粧台に置いてきた……そこにこめた故意の皮肉、彼女にわかるだろうか。財布にはわずか十三ドルしかない。月末が近かった。給料小切手はもう目前だが。

「何にしましょう?」とバーテンダーが尋ねた。無精髭を生やした人間ゴリラだ。ほかの常連客は、図体の大きな二人の黒人労働者と、黒い革ジャケットを着た、おとなしい痘痕《あばた》ヅラの青年だけだった。青年はビール壜を前にして、楊枝を口にくわえている。

「スコッチの水割り」とハドリーは言って、一ドル札を前に押しやった。「氷は要らない」

懐に十三ドルじゃ、そう長持ちしない。せいぜい今晩までか、たぶん。それから先は無理だろう。だけどおそらく、今夜はあの計画を実行に移せない。土曜の晩まで待たなくちゃならない。

遅かれ早かれ、店には立ち寄らなくちゃならないんだ。彼は給料小切手がどうしても必要だった……そう思うと、胸に痞《つか》えて消えなくなる。彼は飲み物を受けとると、喉で転がして機械のように嚥《の》みくだした。第一歩か。


ジャック・ホワイトから電話でその知らせを聞いたとき、オニールの店でジム・ファーガスンは掃除に余念がなかった。土曜の朝十時である。八月の日中だが、まだ暑くなる時間帯ではなかった。清冽な湿った陽射しが、ハイウエイや駐車の列、買物客にふり注《そそ》がれていた。

「家に電話しろ」ファーガスンが怒声を発した。ぞくっと不吉な悪寒が背筋に沁みて、そのまま居座ってしまう。「たぶん、寝すごしたんだろ。昨夜は九時まで働いとったから」

ホワイトの落ち着いた、ほとんど朗らかな声が、彼の耳に返ってきた。「あっしが家に電話してみたんですがね。いないんです。昨夜、店を閉めてから、帰宅してねえんで。女房が泡食ってましてね。何を言ってるのか、本人もわけがわかんねえくらいで。ガキがいなくなって、どうやらこうやら。ハドリーのやつ、昨晩遅くに家に忍びこんできて、ヘベレケで赤んぼをかっさらって、連れだしたみたいで」

ファーガスンは電話を切って、ハドリーの家にダイヤルした。じきエレンにつながった。

「あいつはどこにいる?」ファーガスンがせっついた。「出勤しとらんぞ。きょうは土曜だってのに」

「うちにいないんです」エレンが心細そうにこたえた。彼女の声はふらつき、かすれたかと思うと、またもとにもどる。抑制されているが、上の空だった。「ピートを連れてった以外は、彼、帰宅していないんです。あたしは寝ていました。真夜中だったにちがいないわ。目を覚ましたら、赤ちゃんが消えてたから」

「連れてったのがスチュアートだと、どうしてわかるんだ？」ファーガスンが疑わしそうに問い詰めた。

「彼の鍵がまだ扉に差しこんであって……開けっぱなしと気づいたんです」彼女の声にしばし力がよみがえった。「あたしに分別があれば、彼をほうっておくでしょうけど、とてもそんな気になれない。これは彼のせいじゃない。あなたのせいだわ。ほかのみんなのせいなんだわ。彼はただ生きようとしてただけ。自分の人生がほしいだけなのよ」

「きょうの何時かまでに、あいつがあらわれなけりゃ」とファーガスンは言った。「おしまいだぞ。あいつに店でクダを巻かせてなるもんか。旦那にそう言っとけ」

彼女はかっとして破れかぶれになった。「あなたとあの店なんか、クソ食らえよ。どうして彼がああなのか、あなたは怪しんでるのね。彼はあなたにとって人じゃない——あなたは彼なんか目じゃないのよ。たぶん、彼はもう死んでるわ。どうせ親子ふたりとも、死んじゃってるのよ」

受話器を握りしめて、ファーガスンは言った。「あいつ、どっかのブタ箱に寝てて、酔い覚ましでもしてるんだろ。どうせそんなところさ。店長にしてやったが、ちょっと荷が重かったな。猶予は正午まで。それきりだ」受話器を叩きつけると、怒りに身を震わせながら、つかつかと歩き去った。

　給料日はそう先じゃない。あとほんの数日だ。あともう一日、酒びたりになるのをハドリーが控えてりゃ……ぶるっと震えて、葉巻に火をつけた。オニール・アプライアンスの店の入口に立って、見るともなくハイウェイにむかって流れていく車の列に目をやった。黒雲のように、やり場のない怒りが低く垂れこめてきた。あとほんの数日だってのに。電話に手を伸ばすと、モダンTVのジャック・ホワイトを呼びだした。

「やつがあらわれたら、おれに電話してこい」とファーガスンは命じた。「いや、いっそのこと、あいつにじぶんで電話させろ」

「オーライ」とホワイトが返事した。困惑したような声だ。電話の彼方で、背後の人声やテレビのざわめきが聞こえた。

「おまえとタンピーニだけで客をさばけるか？」

「なんとか」

「今夜、おまえといっしょだな」ファーガスンが言った。「トランプの会の予定じゃなかったかい？」

「たしかに」とホワイトが言う。「何でも仰せのままに」

「今夜のトランプ、中止にはせんぞ」ファーガスンが険しい声で言った。「あのトンチキが何をしでかそうとな。夕飯のあと、いつもの時間に落ちあおう。こっちにポーカーチップがあってな。あれは使える」

「こっちの店でやるんで？」とホワイトが訊いた。

「いつもそうじゃないか。今度だけどうして変えるんだ？」

「じゃあ、展示の大部屋、掃除しときますよ」とホワイトが言った。「そういや、タンピーニもやりたがってました」

「ようし」とファーガスンが言った。「あいつがどんなやつか、見てやろうじゃないか。ポーカーの手つきを見りゃ、たいがい性根がわかるからな」電話を切って仕事にもどった。

正午になっても、ハドリーは現れなかった。午後二時、ジャック・ホワイトが配達の途上、店のトラックでオニールの店に立ち寄った。彼とファーガスンは鋪道に出て、二言三言言葉を交わした。

「たぶん、あのろくでなし、死んでますよ」ホワイトは平然と言い放った。「女房が十五分ごとに電話してきます。警察にも、ブタ箱にも、病院にも、思いつくかぎりのところに、電話をかけまくってら。友人やら、親戚やら、バーやら――虱《しらみ》つぶしで」

「あいつが寄った形跡は？」

「まるきりなし」

ファーガスンは鋪道のゴミを蹴飛ばし、暗渠に放りこんだ。「おしまいだな。あいつがノコノコあらわれたら、こっちによこせ。おれがクビにしてやる。あいつとはもう、一切がっさい、係わるもんか」

「そいつはちょっと乱暴では」とホワイトが諫めた。

「余計なお世話だ。こんなことをしでかす男に、店長がつとまると思うか？」

どうでもいいやと言わんばかりに、ホワイトが肩をすくめた。「彼、いろいろ悩みを抱えていたから。この仕事全体でね。突然、責任が重くなって――」口をつぐんで、トラックをスタートさせた。「でも、お好きなように。あんたがボスなんだし」

四時になっても、ハドリーは姿を見せなかった。彼がこれから出勤すると考える理由はもうなかった。ファーガスンの緊張が、いよいよ高まってきた。五時半、頭に血がのぼって仕事が手につかない。客をほったらかしにして、モダンTVに電話をかけ、ジョー・タンピーニをつかまえた。ホワイトは忙しくて、電話に出られない。

「あいつの音沙汰は？」ファーガスンが質した。

「不明です」タンピーニは律儀にこたえた。

「あいつの女房はまだ電話してくるか」

「ええ、旦那。しょっちゅうで」

「オーライ」とファーガスンが言い、観念して石のようになった。「あいつはもう店には来んだろう。手遅れだ」

彼は電話を切って、二度とかけなかった。かけたって何の役にもたたない。やむをえないことが起きたのだ。

　その晩、彼はあわてて夕飯をかっこみ、青い綾織の上着をつかむと、つまらなそうな顔の妻にそれじゃと言い残して、暗くなりかけた街路をモダンTVセールス&サーヴィスまで車を飛ばした。どこからともなく、街に人の群れが湧いてきた。彼は目もくれず、駐車に専念した。車から重いカードテーブルと、トランプを四組、ポーカーチップの大きな箱を二つ、どうにか運びだした。膝で釣合いをとりながら、正面の扉を開けて店内に消える。

　七時三十分。店じまいしてからもう一時間半経っていた。店内は暗く静まりかえっていた。彼は気ぜわしく階下の倉庫に下りていく。テレビの大きなボール紙の箱が、ぜんぶそこに注意深く積み重ねてあった。カードテーブルの支度をはじめると、がたがたと上の扉を開けようとする最初の音が聞こえた。彼は急いで階上にとって返さなければならなかった。

「よう」エド・ジョンソンが息を切らしていた。「誰か来てるかい？」

「おれだけだ。いまんとこな。先に入って、ひと休みしててくれ」

「椅子を動かすの、手伝おうか」

　ファーガスンはジョンソンからビール箱を受けとり、床に置いた。「ここで番をしてくれるか。連中がきたら、下に送りこんでくれ。鍵はロックしてある」

「ここら一帯にうじゃうじゃ湧いてるあの孑孑《ぼうふら》ども、ありゃいったい何だ？」とジョンソンが言った。「街に溢れかえってるぜ」

「どっかの瘋癲《フーテン》カルトさ」店内に入ってきたルイス・ガーフィンケルが言った。「ロサンジェルス式のやつだよ。説教か何かが始まるんだ」

「ニガーどもめ」そう言いながらヘンリー・R・ポーターが現れ、ジョンソンが店に導き入れた。「ニガーの信仰復興カルトさ。ポスターを見たぞ。教祖はどっかのニガーの大男なんだ」

「いったいどうしたってんだ？」扉のあたりに三々五々集まると、ガーフィンケルが訊いた。

「これも陽気のせいかね」

「おれの説はだな」とジョンソンが言いだした。「スモッグがいけねえってことだ。工場が吐きだすスモッグさ。人災だぞ。金属の塵灰だらけだ。鼻に吸いこまれて、脳が金属の埃で目づまりを起こす。だから、やつらはひどい瘋癲になっちまうんだ」

「おれに言わせりゃ」とガーフィンケルが異を唱えた。「やつら、ケツの穴まで、スモッグの煤《すす》で糞《ふん》詰まったのさ」

ジャック・ホワイトが、食べかけの口をぬぐってやって来た。ゴールデンベア・カフェテリアで、カウンター越しに給仕された食事を、あたふたと胃に放りこんできたのだ。その数分後、ジョー・タンピーニもおずおずと現れた。この月例のポーカー遊びに、彼が顔出しを許されたのは、これがはじめてだった。

階段のてっぺんで、ファーガスンがホワイトに軽く耳打ちした。「あいつの行方は？」ファーガスンが声を落として尋ねた。

「おれも訊こうとしてたところで」とホワイトが言った。「音沙汰なしです」

「あのドアホ」とファーガスンは顔を歪めてつぶやいた。「この世の望みのすべてがかなったってのに、放りだしやがった」

全員の顔ぶれがそろった。正面の扉に施錠し、待ち遠しそうな顔で、ぞろぞろと地下に下りていった。ファーガスンはせかせかと立ち働いた。準備万端怠りない。手を揉みあわせ、眉根に皺をよせ、動きまわって客全員を席につかせた。自分もテーブルの端にどっかと腰をおろして、カードを一組手にとった。トランプをふたつに分け、シャッフルしてから、ぐるりと一巡でカットさせ、忘れずにちゃんと親決めをした。

「今度はおまえが親だ」彼がジャック・ホワイトに告げた。薄いシミだらけの点数帳を手渡されたホワイトは、あれこれ名前を書き入れだした。チップが配られた。男たちはベルトをゆるめ、ビールの最初の一杯を受けとり、しあわせそうにゲップをもらした。手や手首をこすりあわせ、たがいに悪態をつき、にやりと笑っていたが、最初の手が配られると、たちまち猛禽の顔に化けた。

「当然ながら」とファーガスンが緊張してつぶやいた。「これが手札さ。大当たり《ジャックポット》か、オープンしたほうがいいか。さあ、ショバ代《アンティ》を出せ。ようし、ホワイト。あんたから一枚だ」

「どえらい手かな？」とジョンソンが訊いた。すでに自分の手札に没頭していた。

「今度はお門ちがいさ」

「おれは三枚」とガーフィンケルが言った。

「まず賭け《ベット》だ、糞ったれ。ションベンちびんなよ」

「勝手にしやがれ」

「屁のカッパさ。ビッドしろってば」ポーターが唸った。

半時間ほど、ゲームはいつもの駆け引きとなった。テレビ店の地下、街路の地面より下で、硬い鉄筋コンクリートの壁に囲まれ、六人の男が顔をひき攣《つ》らせて、丁々発止と戦っている。そろそろ八時十五分。小休止に入った。ひとりずつ隣室にはいり、汚れてシミだらけのトイレで膀胱《ぼうこう》をゆるめた。

ジョンソンは新しい葉巻に火をつけ、椅子にもたれて寛いでいた。「いい勝負だな」とファーガスンに声をかけた。相手は陰気な顔をしていて、減る一方の自分のチップの山を眺めていた。「そうだろ?」

「今夜はえらく負けが込んでるんだ」

「ふん、月曜には取りもどしてるぜ。テレビをもう一台売りゃいいのさ」

ファーガスンは起ちあがって背のびした。ネクタイを抜きとり、まるめてポケットにつっこむ。しばらくしてベストをぬぎ、シャツの上ボタンを外した。

座り心地をよくしようと、椅子の周辺をうろついていると、遠くから殷々と万雷の音が轟いた。部屋がびりびり振動する。一瞬ののち、またどよめき……もっと大きい。

「な、何だ?」ホワイトがズボンのチャックを開けたまま、トイレから飛びだしてきた。

「あの痴人《うつけ》どもの行進さ——協会ホールに、続々とお集まりだ。説教がお目あての戯《たわ》けヅラご一行さまだ」ガーフィンケルは腰をおろして、カードをかき集めた。「うへっ、今夜はついてるぞ! この山を見ろよ」彼は積みあげたチップの山ふたつを指さした。「マリリン・

モンロー〔27〕のオッパイよりでっかいぜ」

「便所のあの写真、どこで手に入れたんだ？」ポーターがファーガスンに訊いた。「ちぇっ、おれもあの阿魔《あま》と一発やりてえな」

「映画で見たことあるかい？　演技はからっきし、箸にも棒にもかからん」

「演技なんざ、糞くらえだ。ベッドのどっち側でしっぽり濡れるか、ありゃ床上手の巧者《てだれ》なんだぜ。あの女陰《おそそ》でどうやって梯子のてっぺんにのぼりつめたか、察しはつくぜ」

「わお、蜜たっぷりのご神体だぞ、お待ちかねのご開帳だ！」

わいわいと猥談の応酬が続いた。ファーガスンは聞いていなかった。別のものに耳を澄ましていた。頭上で足を踏み鳴らす噪々《そうそう》たる万竅怒号《ばんきょうどごう》の音。あたりを圧する鼓鼙《こへい》の轟き。

「疳《かん》に障るな」と彼はつぶやきながら、とうとうカードを取りあげ、機械的にシャッフルを済ませた。「くそっ、地上《うえ》が気になって、トランプなんかやってられんぞ！」

「ホールに入っていくところだ」とジョンソンが指摘した。「そろそろ集会が始まるぜ」

「どうしておまえにわかる？」ファーガスンが難癖をつけた。

ジョンソンが顔を赤くした。「実はね、うちの女房も聴きにいってんのさ」

チップの山を黙って数えていたジャック・V・ホワイトが言った。「あのトンチキがあそこにまじっていたって、おれは驚かないな。前回の集会に出てるからな。おれ、知ってんだ」

ファーガスンは、ほとんど手からカードを落とすところだった。気をとり直し、ゆっくり怒りをこめて、カードを切りはじめた。「そのとおりだ。思い出したぞ。エレンが打ち明けたんだ」

「そうさ」とホワイトがあっさり言った。「トンチキは信者の一人だ。あいつを追いかけて、どっかのご婦人が店に来てたっけ。協会の追っかけ姐ちゃんの一人だ」

「黒人《クーン》か？」とファーガスンが叫んだ。

「のっぽで骨と皮の娘さ。あいつに、何かチラシを置いてった」

ファーガスンの記憶がよみがえってきた。「雑誌だ……おれは見たぞ」かぶりを振った。目がどろんとして落ち着かない。「気味が悪いな。信じられん。しかし、おれは知っとくべきだったな……おぞましいもんをこの目で見たんだから。あいつ、そこに突っ立って読んでやがった。勤務時間中にだぞ」反射的に、無言で内気なジョー・タンピーニの前に、カードを叩きつけた。「札を配れ！」嗄《しゃが》れ声で叫んだ。「もういいから、始めよう！」

暗い車の下闇に身を潜め、膝に毛布とベビー服の塊を抱えて、スチュアート・ハドリーは座りこんでいた。横でピートが泣いてむずかっている。小さな手を振って、空しく何かをもとめて喘いでいた。駐車場から車に吹きこむ冷たい外気に、手は空を切るばかりだ。

やがてハドリーの心に浮かんできた。そうだ、赤ん坊のオムツを替えていたんだ。じくじく濡れた襁褓《むつき》の山を掻きわける。少なくとも一度は汚れたものばかりだった。彼は困惑して布地をのばし、ほかにきれいなもの、まだ使えるものはないかと、ふたたび手探りしはじめた。横のシートでピートは身を震わせ、いっかな泣きやまなかった。

結局、ハドリーは車のトランクを開けて、中をひっかきまわした。油が滲みてヨレヨレの車の汚れ拭きを見つけると、眼前にひっぱりだした。たやすく引き裂けたから、すぐボロ帛《ぎれ》の塊をこしらえた。清潔ではないが、これならどうにかオムツに使える。端布《はぎれ》の一角にピートをくるみ、大きな安全ピンでとめ、毛布を巻きつけた。つんと尿の異臭が鼻をつく。ピートは不快と空腹と無力に身悶えして、恨めしそうに彼を見上げた。

ハドリーは車を出て、暗い駐車場を横切り、安手のカフェの屑入れまで、大股で歩いていった。汚れたオムツの塊をゴミの缶に投げこむと、ざくざく土を踏んで帰ってきた。優柔不断のまま、しばらく佇《たたず》んだ。赤ん坊は微睡《まどろ》んでいた。口で息をしながら、ぎゅっと眉根を寄せ、丸顔を歪めている。どうやら、哺乳しなくちゃならない。それもいますぐ。

車内に微風が通うのを確かめてから、ハドリーは窓を手まわしで上げると、ドアをロックした。駐車場を立ち去り、人影の絶えた鋪道に出ていく。夕闇が迫っていた。日が暮れていく。ポケットに手を突っこんで、とぼとぼ歩きだした。

がらんとした倉庫と工場に挟まれた、ちっぽけな公園の一画にさしかかると、そこで彼は立ちどまり、ベンチにへたりこんだ。足をやすめて考えよう。

彼の計画は、しっかりして一点の曇りもなく、最後の決め手になるものだった。フリーウエイをマーシャと車を走らせていて脳裏に浮かんだのだが、胸中でみるみる形をなしてきて、以前からつねにあったみたいに目鼻が整ってきた。これしか解はない。あとは実行あるのみだ。

もう彼は十分に善人と言えなかったから、ベックハイムのもとには帰れない。彼にとっては手遅れだった。どうせ自分はろくでなしだ。救いようがない。だけど、息子は手遅れじゃない。その理屈とおなじく計画は単純だった。ベックハイムにピートを抱きあげて、高く掲げてもらう。それでピートは救われる。父のハドリーがなれなかったものになれるのだ。ハドリーが果たせなかったことを果たし、なれなかったもののすべてになり、手の届かなかったものに到達できる。ハドリーはもう何もかも終わりだが、息子にとって世界は始まったばかりだ。

いつ果てるともなく、彼は落日を見つめていた。靄のたなびくサンフランシスコ湾の水平線に、夕日が低く低く沈んでいく。街灯に明かりが入り、冷たい風にズボンがはためくのを待たず、彼はすっかり硬直《こわば》った身を起こして、また歩きだした。

車の中で一晩明かしたせいで、服は皺だらけで薄汚れていた。髭も剃らなくてはならない。病人みたいに、青黒い無精髭に顎が覆われていた。足を運ぶうちに片足を引きずっているのに気づいた。骨がずきずき痛み、視野も暗かった。

ドラッグストアにさしかかると、ふらりと入った。正面の棚から棒飴《キャンディーバー》を選んだ。コートのポケットを探ると十セント硬貨があった……有り金はポケットの釣銭しかない。

ハーシーズのキャンディバーを囓《かじ》りながら、スチュアート・ハドリーは街をさまよった。土曜の夜にそぞろ歩きする人の群れなど、彼の目に入らなかった。が、しだいに気づきはじめた。いままでと違う顔ぶれが周囲に集まっている。彼が街の中央に達するころには、イエスの番人協会の人々、協会ホールをめざす信者の人波に呑みこまれた。彼もただひたむきに歩調を合わせた。

人の流れに身を任せていたら、やがて懐かしいあの箱型の建物と向かいあっていた。きらきらした燭光に浮かぶホール。あたりいちめん、旒々《りゅうりゅう》とはためく幟《のぼり》。彼は一瞬尻ごみしたが、ざわめく男女の奔流に押し流され、段を上がって殺風景なロビーに雪崩れこんだ。群衆は幾列かに分けられ、ホール内の会場へ送りこまれていく。

内扉の前で、彼は制止された。派手な黒スーツに腕章をはめた、聳えるように背の高い黒《ニグ》人《ロ》が「カードをお見せください」と手を差し出して復唱した。「会員カードをお見せください。この会は、イエスの番人協会の会員限定です」

「なんだと？」ハドリーは呆気にとられた。

がっしりした手が、彼の腕をとんと叩いた。行く手をふさいで、頑として動かない。「これは公開のお諭しじゃありません」黒人《ニグロ》は強情に譲らず、執拗に繰り返した。ハドリーの後続の列が、待ちかねたようにぐいぐい押してきた。さっさと内扉を抜けて空席を探したいのだ。残席は多くない。「カードをお持ちですか。白か青のカードをお持ちでないと、入場できません」

うろたえたハドリーは、くるりと向きなおるや、外に出ようと人波を押しわけた。ステップを下りて、鋪道に立つ。彼のまわりにいた群衆が、階段からホールに吸いこまれていくにつれて、ざわめく人声も遠のいた。追いかえされた人々も、三々五々散っていった。ほどなくハドリーはひとりになった。

ボックス型の鉄製のゴミ箱に腰をおろして待つことにした。ちらっと心を横切ったのは、車に引きかえそうか、という考えだ。二十四時間駐車場に車を駐めておいたから、数時間もすれば誰かが巡回しはじめるかもしれない。彼はぼんやりと思い出した。そろそろまた、ピートのミルクの時間だっけ。彼は時間感覚を完全に失っていた。僕はミルクを飲ませようとしていたのか？　それとも、もうミルクは飲ませたのか？　ポケットを探って、釣銭二十三セントを手のひらにのせた。ミルクなら一クォートは買える。でも、それじゃ済まない。清潔な紙オムツも買ってやらなくちゃ。シリアルと紙オムツ、それに別の毛布……ハドリーの心は晦冥《かいめい》に沈み、渾沌の渦に呑まれていった。とうとう思考を放棄した。かわりに彼は、ただ漫然と待つことにした。

ふと我に返ると、お諭しは終わっていた。どこもここも人で溢れかえっている。彼は群衆に囲まれていた。夜気の寒さが募ってくる。もうかなりの夜ふけだ。彼は恐る恐る腰を上げ、人波を掻きわけて歩きだした。ホールに潜りこまなくちゃ。それしか眼中になかった。扉をくぐって、セオドア・ベックハイムのもとに馳せ参じよう。その執念だけだった。彼は知っていた。ベックハイムにたどり着けば、あの巨体の黒人はピートを受け入れてくれる。ハドリーはそれを確信していた。ベックハイムに接しさえすれば、万事うまく行くんだ。ホールはむろん空っぽだった。聴衆はすでに席を立っていた。彼の前を人がぞろぞろ通りすぎていくのをやり過ごして、会場の中を覗きこんだ。ついさっきまで、ベックハイムが立っていた無人の舞台と演壇に、目が吸いよせられた。

「ベックハイムはどこ？」彼が声をかけたのは、ひと抱えのパンフレットを手に通りかかった大柄な中年女だった。

彼女はかぶりを振った。「ほんとに知らないのよ」

ハドリーはあわててステップを駆けおりた。突然、悟ったのだ。ベックハイムは、とっくに立ち去っている。鋪道に出て、四方に目をやった。眼前に犇《ひし》めく群衆など目もくれず、彼は右へ左へ駆け寄って、懸命に後ろ姿を探した。

鋪道の先の縁石の端に、オイスター・イエローの長い車体が停まっていた。クライスラーの四ドア型セダンだ。一目でベックハイムの車と分かった。昂奮が背筋を走りぬけ、彼は駆けだした。一足先に白人と黒人の人影が数人、車をめざして歩いていた。ドアの一つが開いて、重い毛皮のコートをはおった老女が乗りこむ。

そのあとにベックハイムが続いた。

ハドリーの周囲はまだ雑踏で揉みあっていた。彼はそれに気づきもしない。背を丸めたまま、人の輪をぐいと押しわけて、縁石の端に割り込み、縦長の黄のクライスラーに追いつこうとした。愕然とする。エンジンがかかって、車が動きだしたのだ。ハンドルを握る白人の運転手が、けたたましくクラクションを鳴らして、前方の街路から人を追い払った。目も眩むようなヘッドライトの光の箭《や》が走る。ハドリーは身をよじり、首をすくめ、肩肘を張って、突進した。

目の前の人影が、どうしてもどかない。手が伸びてきて、彼をつかんだ。耳もとで何か叫んで、金切り声で喚《わめ》いている。その手を払いのけた。身を振りほどいて、その影に体あたりを食わす。が、梃《てこ》でも動かない。

「スチュアート！」影が叫んだ。ローラ・ゴールドだった。恐ろしい形相、乱れた蓬髪《ほうはつ》。前に立ちはだかり、両腕を広げ、ぶよぶよの身体で彼を阻んでいた。「スチュアート、ここで何してるの？　エレンは四方八方探しまわってるわ――わたしたちにはわかってた。ここなら見つかるって！」

ローラの背後から、デイヴ・ゴールドがひょいと現れた。ハドリーのコートをつかんで、縁石の端からひっぱりだす。建物のほうへ押しもどし、クライスラーを囲む人の輪から離れた。「いったい、どこにいたんだ？」と語りかけてきた。「ハドリー、正気の沙汰じゃないぞ――どうしたんだ？　赤ん坊はどこだ――子供は大丈夫か？　いったい何してたんだ？」

ハドリーは身を振りはなした。「ほっといてくれ」濁声《だみごえ》で言った。

デイヴ・ゴールドはたまらず彼をぐいと引き寄せた。まわりの人々は、てんでに怒鳴りあい、気ぜわしく押しあっては、怒りにまかせてからだをぶつけ合っていた。あちこちで一斉に車のエンジンがスタートしはじめる。街路を埋めた人ごみを押しのけようと、嚠喨《りゅうりょう》と鳴りわたるクラクション。ヘッドライトの光鋩《こうぼう》が闇に烈しく交叉した。人のざわめきや喊声《かんせい》を押しのけて、エンジンの轟音やタイヤの軋む音が鳴り響いた。

「どうしちまったんだ！」デイヴ・ゴールドがハドリーを叱咤した。「このドアホめが——こんな真似はもうやめろ！」

ローラは不安に駆られて、からだを震わせていた。「ほっときましょうよ」ガラス玉のようなどろんとした目で、声をひそめた。「気をつけて、デイヴ。彼に何か起きかけてるわ」

「黙ってろ」デイヴが彼女をどやしつけた。「何をクヨクヨしてるんだ、ハドリー？　おれたちといっしょに来るか、どうだ？」ハドリーの袖をひっぱった。「一息つけるとこへ行こうぜ。おまえと話がしたいんだ」

「ユダ公《カイク》、その汚い手をどけろ」ハドリーが吠えた。本人とは思えない怒声だった。

ゴールドの顔がぐしゃっと頽《くず》れ、それからゆっくり元にもどった。「あの外道《げどう》の呪いに、たぶらかされちまったのか？」と言った。

やにわにハドリーは彼を殴った。ゴールドのメガネが吹っとび、ローラが悲鳴をあげた。ゴールドは、後ろによろめきながら、連枷《からさお》のように腕を振りまわした。「ここを出ましょ、デイヴ！」ローラが叫んだ。

ゴールドは崩れおちた。転げまわると、もがいて起ちあがった。牡牛のように首をすくめ、ハドリーにまっすぐ頭突きを食わせる。針金みたいな細身で、彼をつっ転ばした。一瞬、ふたりは揉みあった。ゴールドが吐く熱いよだれまじりの息。はあはあ息を切らし、ハドリーの顔に吹きつけて、手あたり次第、狂ったように殴りつけた。怒りに燃えて暴れるからだに組み敷かれて、ハドリーは窒息しかけた。やおら蹴り飛ばし、もんどり打って、やけくそで暴れまわった。何も見えない。ただ重畳する形姿ばかり。彼を包囲する、おびただしい影また影……息も絶えだえ、喉も肺もいがらっぽかった。

　手がひっぱっていた。どこか遠くでサイレンが鳴っている。ハドリーはのけぞり、濡れた鋪道に引きずり倒された。ガツンと何かに頭をぶつける。金床《かなとこ》みたいに目に火花が散った。があんと痺れるような音。頭の空洞をこだまが呼びかわす。果てしない時が経ち、暗闇がおりてきた。遠くの輪郭やおぼろな感覚を、ぼんやり意識するだけ。足に蹴りつけられ、腕に顔面を打ち据えられて。彼は手でそれをつかまえ、なかば持ちあげようとした。目は曇り、頬に血がしたたり、手は切り傷と挫創だらけ。よろめいて何かに突きあたった。すると、形姿の輪をするりと突き抜けてしまう。

　あとは走ったり、立ちどまって、息を喘がせたり、耳を澄ましたりと、茫漠とした時が流れた。周囲にもう人影は見えない。暗澹たる街と、頭上に燦めく星空。森閑と寝静まった家々と商店街。数台の車。縁石の角に座りこみ、ハンカチを出して、折れた鼻梁からぼとぼとと落ちる血をぬぐった。

　彼はボロ雑巾と化していた。頭はまだがんがん鳴っている。右の脇腹に走る激痛。たぶん、肋骨が折れたんだろう。

　給油所にたどり着くと、男性用のトイレに身を潜めた。コートをぬいで、ぴかぴかの洗面台で顔を洗った。紙タオルで手と腕をふき、それからトイレに腰をおろす。ほっとひと息つき、気を落ち着けようとした。

ふたたび精気を蓄えると、顔を乾かし、濡れた髪をかきあげた。汚れてボロ同然のコートの袖に手を通し、できるだけシャツの皺をのばして、男性用のトイレを立ち去った。

フリーモント・アヴェニュー沿いを歩いていくと、冷たい夜の大気が膚を刺した。十分後、モダンTVセールス＆サーヴィスの正面扉の鍵を開けると、地下室の階段を下りていった。

だしぬけに現れたハドリーを見て、ポーカーに興じていた男六人が、ぎょっとして顔を見合わせた。カードを持っていた手をおろして、ファーガスンが起ちあがる。「いったい、どこをほっつき歩いてたんだ？」そう責めかけて、ハドリーの無残な顔と服が目に入った。

ハドリーは扉枠《かまち》の側柱を、しっかと握りしめていた。「僕のカネがほしい」

ファーガスンは、濛々と烟《けむ》る部屋をよぎって、ハドリーの前に立ちはだかった。「おまえ、酔ってるのか？」ハドリーのつぶれた鼻から、顎や襟に血が点々と散っているのをみて蒼くなった。「やれやれ、何が起きたんだ？」

「きっと、誰かにぶちのめされたにちがいない」ジャック・ホワイトが庇った。全員が起ちあがり、黙って近づいてきた。

「カネをくれ」ハドリーはそう繰り返した。階上に引き返しかける。「僕が稼いだんだ。僕のカネだろ」

「給料小切手のことらしい」とジャック・ホワイトが言った。

ファーガスンは、階上までハドリーについていった。「いいか、ハドリー——そのザマじゃ、おまえは禁足令だ。店を出て、家に帰れ。分別があるなら、さっさと酔いを覚ませ。トラブルに巻きこまれるな。きょうの無断欠勤で、おまえを解雇すべきところだが、何が起きたかをみれば、おれはおまえに——」

「うるさい。くだくだ抜かすな」と言ってレジに突進した。「こいつを開けろ」

ファーガスンは目をしばたたかせた。一瞬、激情が顔に押し寄せた。落胆と苦痛の潮が決壊し、いまにもベソをかきそうになった。それから顔を硬くして、不機嫌と非情の閘門《こうもん》を閉ざしてしまう。無感動、無表情の壁。「のんだくれのバカもんが」と彼は言った。「この店から出ていくチャンスを、もう一度やろうと思ったが——」

「クソったれ」ハドリーはレジをこじあけようと、がんがん叩きつけた。ついにぎいっと悲鳴をあげてレジの口があいた。彼は紙幣を鷲づかみした。

ファーガスンは、カレンダーを手にとって日数を算《かぞ》えた。指でお札を繰って、百ドルを抜きだすと、レジの引き出しを勢いよく閉めた。ハドリーを突きとばし、勘定台に紙幣を叩きつける。「ようし、ハドリー。これがおまえのカネだ。二週間分ある。おまえはクビだ。あのセロリ抽出液のボトルは、おまえの家に郵送しといてやる」

ハドリーはカネを手にすると、コートのポケットに突っこんだ。「クソったれ、ファーガスン」そう繰り返しながら、正面の扉を開けて鋪道に飛びだした。「あんたのダチ公も、親戚連中も、あんたの店も、テレビも何もかも、ポーカーゲームも、みんなひっくるめて、クソっくらえだ」扉をばたんと閉めて、姿を消した。

その数瞬後、彼は角を曲がって、ネオンのぎらつくバーに飛びこんだ。丸椅子にどさりとからだを投げだす。「水割りスコッチ」と注文した。骰子《ダイス》を振っていたバーテンが向きなおり、ゆっくり近寄ってきた。「氷は要らない」

「あいよ、スチュ」とバーテンが言った。不安そうにハドリーを見つめながら、ドリンクをしつらえだした。「おい、どうした？　ほんとに大丈夫なのか？」

「ああ」とハドリーが言う。

「ちょいと見た目は、ボコボコにされたみたいだぜ」バーテンはドリンクを置くと、気難しいハドリーの指から、二十ドル札を一枚もぎとった。「ほんとにへっちゃらなんだな？　ひでえ鼻血だぜ」

「へっちゃらさ」

　バーテンはレジを鳴らして釣銭を出し、それを手にゆっくり戻ってきた。常連が二人、怖いものみたさの目でハドリーを見つめていた。「あんた、ほんとは袋叩きにあったんだろ」とバーテンダーが繰り返す。「相手の野郎はどうなった？」

　ハドリーは、酒をぐいと飲み干して、返事をしなかった。バーテンが立ち去ると、残ったカネをひっぱりだして、一心不乱になって等分に分けた。顕微鏡のスケールに縮小してしまったが、頓挫したプランの破片《かけら》を掻きあつめようとして。

　幽《くら》かった。でも、まっ暗ではない。周りで乱舞する物音と動作。彼は蠕動《ぜんどう》していた。ぬっと頭上に大きな物影。まばゆい煥球《ひのたま》が彼に穿入した。首をすくめる。物影が近づいて、ふっと横にそれた。次々と押し寄せる悪臭《おしゅう》の波濤。窒息しかけた。彼はあがき、悶えて、唾を吐く。

　別の獣がぬっと現れた。瞬きしない黄色い邪視。じろじろ彼を睨みつけた。おお、とうなるや、ひと声咆吼し、眼前で身を翻した。その大きな背の後ろから、むうっと腥《なまぐさ》い臭気が漂って、彼はまた噎《む》せかえり、息が詰まった。

　手が彼をとらえた。振りはらう。デイヴ・ゴールドが、彼をつかまえようとしていた。また手がのびてきた。人声。すぐ耳もとの大きな喚声。顱頂《ろちょう》で光が明滅する。暗闇に等間隔で並んだ黄の輝点の環。靄が晴れた。だが、新たな物影が、前の物影と入れかわった。

「度し難いろくでなしだ」声が言っていた。男の声。すぐ間近だ。言った相手が誰なのか、目を凝らそうとした。できなかった。暗がりを探る。まわりで揺らめき、ちらつく物影。巧みに彼をかわしてすり抜けていった。信じられないほど、身ごなしがはやく狡《ずる》い。彼は数歩踏みだし、蹴つまずいて、倒れかけた。

「みて、あの人」女の声。

「きみが男だったら、ああなるかい？」

「まさか」

　ハドリーは目を細めた。横目で睨んだ。頭上に等間隔で穿《うが》たれた光の環……とうとう星が整列したのか。パターンとデザイン。あたりは闇だ。漆黒で濃密。うっすらとぼやけた影が、近づくたびに逃げていった。彼を避けているのだ。冷気が服をかすめた。がたがた震えた。

「さあ来い」彼は吠えた。影をとらえようと、手を伸ばした。が、影はひょいとしりぞく。子供の遊びみたいだ。輪の中に入って、目隠しされて、誰かをつかまえようとする鬼。誰でもいい。鬼が入れ替わる。それで目隠しを外せるのだ。もう、うんざりだった。いますぐ来い。もう一瞬たりとも、目隠しは我慢できない。

「さあ来い！」彼は叫んだ。声が殷々と響きわたり、こだまの影に消えていった。彼をとり巻いて、顫動し躍り狂う、鈍《にび》色の金属の真珠。その持続する狂奔に、彼はたじろいだ。歯を食いしばり、身を硬くした。だが、狂奔は鳴りやまない。まだ物影は遠巻きにしていた。

「みて、あの人、あの服」

「ああいう手合い、よくみかけるだろ」

「ときどきね。とくに土曜の晩は」

「彼に何が起きたんだろう」

「わかんないわ」

「きみは思ってるんだ。たぶん、誰かが――」

「いえ、彼は大丈夫よ」

「ここから出てったほうがいいぞ」新しい声がした。強硬で険悪だ。ハドリーははたと動きをとめ、身構えた。顫《ふる》えが全身を走り過ぎる。ぎごちなく振りかえり、闇をよろめき歩いた。

光の環が、頭上をすごすごと飛び去った。

「みて。あの人が行くわ」

「度し難いろくでなしだ」

「たぶん助けたほうが――」

「いや。放っとこう。自業自得だ。あの服を見ろ。あの風体をごらんよ。さあ」

声が遠のいた。ハドリーは手を広げて、やみくもに走った。突然、何か硬いものに激しくぶつかった。がらんと鳴る磬声《いしおと》。まばゆい光が波頭を崩して、燁々《ようよう》と押し寄せた。がくっと膝をつく。硬く冷たいものに、したたか顎を打った。歯が折れ、口腔に熱い血が溢れた。つっ伏して喘いでいると、下顎を血がつたった。弱々しくもがく。すべてが渦巻いていた。デイヴ・ゴールドが彼を殴ったのだ。彼も起ちあがって、殴りかえさざるをえなかった。いや、あれはファーガスンだっけ？　ファーガスンが彼を殴ったのだ。ふたたび物影が、彼をとり囲んだ。たぶん、これで勢ぞろいだ。全員が一斉に、彼を袋叩きにした。ぐるりと輪になって、彼は籠の鳥だった。

「ぶっ倒れたぞ」

「あの棒にぶつかって」

「たぶん、助けてあげたほうが――」

「いや、大丈夫さ。ほっとけ。こいつはへっちゃらだよ。自業自得だ」

うう、とハドリーは呻った。なんとか座りなおした。やっとの思いで首を振り、目から髪を払いのけた。手に怪我。全身がきりきり痛む。口から血が流れていた。ぺっと吐く。歯の根が折れた、唾と血。闇がしだいに晴れてきた。ぐるぐる旋回していた光点が収斂する。手に切り傷と擦過傷。膚には黒々と刻印された醜い青痣。いつ打ち身をこしらえたんだろう？最近か、ずっと以前か……あれかこれか。服も破れてボロ雑巾になっていた。

　彼は胴震いしながら深呼吸し、心を一点に集中させた。闇の緞帳《どんちょう》があがり、退いて、やにわに消え去った。彼はバスの発着ステーションにいた。グレイハウンドのバス停。深夜だった。彼は屋外に立っていた。乗り場のプラットホームだ。バスが数台、闃《げき》として人影もなく、手前のバス停に駐まっている。むこうのバス停にも、さらに数台待機していた。ちらほらと男女数人ずつの人影が散らばり、荒寥としたプラットホーム。ほとんど無人だ。冷たい夜風が吹きつけた。上方には鉄とコンクリートの梁《うつばり》に、殺伐とした黄色の照明灯。裸の蛍光が照らしていた。

　近くに立つ一握りの通勤客たちが、しらけた目で彼を見つめていた。年かさの男が、色の褪めた青い背広を着て、丸めた新聞を手にしていた。ずんぐりした別の男が、ベストに絹のタイをしめて盛装している。分厚いコートをはおった若い女。水夫が二人。黒んぼ《ニグロ》の労働者。ハドリーが辛そうに起ちあがっても、誰もうごかない。彼はからだを支えようと、直立した柱によりすがった。目を閉じ、胸いっぱい息を吸い、ようやく血を嚥みこんだ。

　頭痛がして、顳顬《こめかみ》がずきずきする。饐《す》えた異臭。泥だらけの汚れた破れ着。嘔吐の発作。眩暈《めまい》。すこしよろめいて、舗道にげえっと吐く。靴もズボンの折返しも、反吐にまみれた。

　バスが一台、乗客を乗せて、ぎしぎしと音をたてて入ってくる。大きな光り輝く物体。豺《さい》虎《こ》の蛮声をあげ、万雷がどよめき、ヘッドライトの巨眼が邪光を放った。無意識に彼はこの怪物を避け、後ずさりして、闇にからだを隠した。ふと目に入った。バスのフロントガラスの上に、くっきりと行先表示が浮かんだ。

サンフランシスコ行

ぎょっとした。痺れるようなパニックの波が押しよせ、糸で操られた人形のように彼の五体が痙攣《けいれん》した。僕はサンフランシスコ市内にいるんだ。一切が没してしまうまで、恐慌の吃水が上がってくる。渺茫《びょうぼう》と果てしない怖れの海に、投げだされた一片の芥《あくた》。恐怖の波濤が打ち寄せ、逆巻く渦紋に、彼は喉を詰まらせ、息を切らし、七転八倒して、喘ぐ胸を掻きむしった。ようやく追い払った。恐怖を投げかえし、闇から浮かびあがる。海岸沿いの道をつたって、彼はサンフランシスコまで北上してきたのだ。ひとりぼっち。シダー・グローヴスに車は駐めたままだ。ピートは置き去りにしてきた。時間が経っていた。どれだけ経過したのか、さだかに知れない。夜ふけ——おそらく夜中過ぎだ。

乗り場のプラットホームを横切って、待合室に入った。ほとんど人けがない。ぎらつく電灯が、陰惨なベンチやスーツケースのロッカー、ガムやタバコの自動販売機、水飲み場やちらかった雑誌類を上から照らしていた。切符売場の窓口を見つけて、そちらに歩いていった。

途中で立ちどまり、財布をひっぱりだす。

五十ドル残っていた。二十ドル札二枚と十ドル札一枚。ポケットを隈なく探してみた。海岸バスの上り線切符。血だらけのハンカチ。シダー・グローヴス界隈のバーのマッチが五つか六つ。片方のポケットが硬貨で膨らんでいた。ぱらぱらと五十セント玉、十セント玉、五セント玉。痺れた指先で必死に数えた。有り金は計五十三ドル二十二セント。百ドルあったのに、残りはそれっぽっちか。あとは失くしたか——使ってしまったんだ。

切符売場に近づいた。「シダー・グローヴスに帰る次のバスだけど、発車は何時？」

「三十五分」

切符を買って、うなだれてふらりと窓口を離れた。待合室は冷えきっていた。大きな壁時計が目に入って、それを眺めた。一時十五分。

もちろん、自分がなぜ、サンフランシスコに来たのか、理由は分かっていた。まだセオドア・ベックハイムを追っているのだ。過去の足どりを追いかけ、以前見つけた道をたどって、あの巨体の黒人を見つけようとしていたのだ。だが、ベックハイムはもう、ヘイズ区のアパートにはいない。彼はマーシャと別れた。あの家にはいないだろう。

それでもやみ難い不条理な渇望が、胸の底にわだかまっていた。

もう一度ポケットをまさぐった。動きまわるその手を、魅せられたように眺めていて思った。僕は何を探しているんだろう。しばらく経ってようやく腑に落ちた。はっと手を止める。凝然と凍りつき、一歩も動けない。絶望と空虚の波が襲いかかってきた。

そういえば、僕はマーシャの住所を知らないんだ。

電話帳を繰ってみたが、ムダだった。もちろん、マーシャ・フレイジャーの名では記載がない。本名じゃなかったんだろう。フレイジャーの姓を名乗っていただけ。法律上の実名じゃない。本名は神のみぞ知るだ。彼はあきらめた。肩を落として電話ボックスを出た。

そのあとも、とぼとぼと待合室をうろつきまわった。座っていられなかった。何かに駆りたてられて足を運んだ。手足が綿のように疲れているのに、内なる苦痛に追い立てられている。何かしたい——でも、何を？　何か残っているのか。

　とうとう道路を渡って終夜営業のカフェに入り、コーヒーを頼んだ。カウンターで背を丸め、火傷しそうなコーヒーを啜り、切れた唇を揉みほぐした。心が怏々《おうおう》と晴れない。いまは何の考えも浮かばなかった。折れた歯、潰れた鼻梁、破れた衣服しか、意識をかすめない。打ちのめされるような悪寒と疲弊と屈辱。それしか感じなかった。

　バスの運転手が二人、店に入ってきて彼の数席隣に座った。大柄な若い男たちで、顔だちも立派だった。もの珍しそうにちらと彼に目をやり、眉をひそめ、蔑みの色を浮かべた。

「喧嘩でもしたのかい、あんた？」一人が訊いた。

　ハドリーはかぶりを振った。「いや」

「どんちゃん騒ぎかい？」

　ハドリーは背をむけてこたえない。二人は笑って、ホットケーキとハムを注文した。カフェは温かく、煌々と明るかった。コーヒーと揚げハムの香りが芳しい。片隅のジュークボックスが鳴りだした。運転手の一人が、五セント玉を放りこんだのだ。グレン・ミラー[28]の「金《アン》床《ヴィル》コーラス[29]」。楽団の音が鳴りわたり、バスの運転手やウエイトレスが交わす穏やかな人声と混じりあった。ウエイトレスは奥で腕を組みながら、ハムを油で揚げているコックとしゃべっている。

ジャックのステーキハウスとあのキッチンみたいだ。何もかもごたまぜ。だしぬけにハドリーは立って店を出た。ポケットに手を突っこみ、急ぎ足で鋪道を歩いた。冷たいサンフランシスコの夜風が吹きつける。背を屈め、なかば瞼を閉じ、面伏《おもぶ》せのまま歩いた。ミッションを渡って、マーケット・ストリートをめざしたが、心は空っぽで、ただ機械のようにあがくばかりだった。

やがてマーケット・ストリートに達した。ほんの数台の車しか走っていなかった。あちこちにときおりバスの影。夜気が澄んでいた。数マイル先まで大通りがのびて、先はぎらつくネオンや街灯の光暈に没していた。まわりは劇場だらけだ。巨大なネオンが瞬き、ちかちか明滅し、ぶうんと鈍い音をたてていた。男たちも女たちも、彼を追い越して消えていく。どの劇場の前も、まばゆい白の矩形が口を開けていた。カフェ、駐めてある車、閉店の札を下げた書店。衣料品店も、広大なドラッグストアも、すべて夜間は閉ざされていた。劇場しか開いていないのだ。彼は光彩陸離としたネオンを逃れ、マーケット・ストリートの反対側に渡って、横道の闇に飛びこんだ。

いつ果てるともない彷徨。あてもなく、寂莫とした無人の街を、彼はさまよった。巨大なオフィスビルの前。一灯も照明がない。暗闇だけだ。彼はひたすら歩いた。ときどきガソリンスタンドの光の島。やがて背後に霞んでいった。静寂《しじま》に鳴りわたる踵《かかと》の音。とうとうキアニー〔30〕に着いた。迷ったが、左手に折れる。

出会いがしら、最初のバーに入った。なかば閉店しかけた手狭な店だった。

ザ・ブラス・レール〔31〕

扉の端《はな》にたむろして、笑いさざめく若者の群れを掻きわけ、奥のバーにたどり着いた。古い木製のバーカウンターだ。散らばる木のテーブル。床に鋸屑《おがくず》。片隅に旧式の縦型ピアノが置いてあった。黒い板張りの壁に、現代風の複製画と肉筆の絵が数点掛かっている。ほの暗く燻《くす》んだ場所だ。彼は丸椅子に腰をおろし、無意識に硬貨を取りだした。

「何にしましょう？」とバーテンが訊いた。金髪を短く刈りあげ、底意地の悪そうな小男だった。耳障りな絹のような声である。

ハドリーは、古色蒼然とした黒い板張りを眺め、額をごしごしこすって呟いた。「バーボンの水割り」

バーテンが一杯をしつらえにいった。カウンターは右も左も、身なりのいい若者たちだ。大半がセーターにスラックスを穿いていた。ジーンズに黒いタートルネックの子も数人。笑い声をあげ、おしゃべりに夢中だ。あたりの昂奮した歓声が高くなり、そろってハイピッチになった。蜜蜂たちがぶんぶん唸っている壮大な雲霞。ヘルス・フードストアと五十歩百歩だった。彼は聞くまいとして、一心不乱にバーボン代の小銭を数えはじめた。

右側の青年が、興味津々の目で彼を眺めていた。すらりとした美丈夫で、スポーツコートをはおり、セーターに絹のタイという服装だ。グレーのスラックス。ツートン・カラーの靴。濛々たるタバコの烟を透かして、茶色の眼睛《がんせい》が光っているのに、ハドリーも気づいた。青年はじっと彼から目を離さない。うっすらと笑みを浮かべていた。

「ごじぶんで傷つけたのかしら」上品に青年が訊いてきた。軽快なテノールだ。

ハドリーは曖昧にうなずいた。

「何か、お薬でもつけないと」青年の手がひらりと頬をかすめた。「おやおや、出血してらっしゃるのね！」

「どうなさったの？」さらに三、四人の仲間があらわれて、心配そうにハドリーを囲んだ。

「怪我してるの？」

「躓《つまず》いたのかしら？」

「じぶんで傷つけたの？」

全員がハドリーのまわりに寄ってきた。彼の顔や首のあたりを、もの問いたげな声と手が、蛾のように飛びまわった。「わーお、かわいそう！」

「彼をご覧なさいよ」

「おや、まあ！」

「誰かかが彼を叩きのめしたのよ。服を見て！　誰かのひどい仕業よ」

ぼそぼそささやく声。人肌の温もり。心配そうなおぼろに霞んだ手が、雲のように幾重にも重なり、彼を撫でまわした。ハドリーは睡《ねむ》たくなる。戸惑って押しのけた。「さっさと失せろ」と呟く。「クソったれのオカマども」それでも、ひらひらと手が舞いつづけた。

人影は去らない。彼はもう一度、弱々しく押しのけようとしたが、どうにもならず、へなへなとカウンターに突っ伏した。視覚も聴覚もすべてが霞んで、潮のように満ち欠けしている。

彼は瞼を閉じ、ほっとして頭を休めた。この場所の暖かさに、とろんとして眠気を誘われる。

「死なないで！」危ぶむ声が口々にささやいていた。

「みて。彼、死にかけてるわ！」

「いいえ、眠ってるだけよ。かわいそうな子。くたびれきってるのよ」

「あたしたちで、彼をいたわってあげなくちゃ」

「彼、行く場所あるのかしら？」

ほんのりと芳しい息が、彼の耳をくすぐった。歌うような声で「あんた、どこ住んでるのよ？」

ハドリーがうめいた。

「財布をちょっと拝見」上着を探る手。するりと財布を抜きとり、中をあらためていた。彼らが声を荒げたり、潜めたりするのが聞こえた。

「住まいはここからずっと遠くよ」

「道に迷ったのよ」

「かわいそうな坊や。彼は迷い子なのよ。ほら、バスの切符もあるわ」

「でも、もう遅刻だわ。もう帰れない――遠すぎるもん。ここに泊まらなくちゃ」

長々と続く真剣な談合。ハドリーはうつらうつらしていた。飛び交う議論、拗ねた言葉。突然、唾を吐いたり、平手で叩いたり。彼は睡《ねむ》りつづけた。遥か遠方から舞い下りてくる声。とうとう決着がついた。

「あたいが彼を連れてくわ」

「このアバズレ、あんたはいつだって、いいとこ取りなんだから」

やさしくまとわりつく手が、ハドリーの頸《くび》に触れた。「さあ、坊や。行く時間よ。ザ・ブラス・レールは店仕舞いだから」

別の手が、彼を助け起こした。「その子といっしょに行きなさいな。世話してくれるわよ」

「ついてらっしゃい、坊やってば」

ハドリーは目を開けた。小さな茶髪の佼童《わかもの》がすぐそばに立って、上気した顔で待ち構えていた。瞳がきらきら輝き、貪るように口をすぼめている。「いらっしゃいな、坊や。あたいが世話してあげる」

「それと、手ほどきもね」相槌を打つ声がした。

ハドリーはふらつきながら、丸椅子から滑りおりた。手が彼を導く。小背の茶髪の佼童が、しっかり彼の腕をつかまえていた。彼はカウンターから連れだされて、身なりのいい傅粉《ふふん》の郎の一団に囲まれた。扉の前で突然、彼は足を止めた。

「いやだ」と拒んだ。

昂奮と失望が反転して「どうしたの？」

「怖がらなくてもいいのよ」すばやく別の声が口添えした。「トミーがあなたの世話をしてくれるわ。お食事をあげて、気持ちよくしてくれるのよ」

「そうよ、彼がしてくれるわ」

「あんたをベッドに寝かせて、世話してくれるのよ」

「あんたをベッドに寝かせて、キャンディーをしゃぶらせて、よく睡らせて、肥らせてあげるの。あんたはもう何もしなくていいのよ」

「いやだ」とハドリーが繰り返した。「このくそったれユダ公《カイク》、汚い手をどけろ」

「彼、何て言ったの？」

「坊や、何て言ってるの？」

　ハドリーは空ろな目をして、地面に佇んでいた。ちゃんと聞こえたのだろうか。ほんとうに耳に聞こえるとおり、あいつらは言ってるのか。ハドリーは首を振った。頭が晴れない。何もかも霧に包まれ、おぼろだった。ほっそりした愛らしい人影が、ちらちらゆれ動いていた。顔また顔、バーの壁が、すべて遠のいて霞んでいく。おずおずと引き潮のように。彼はそれを堅固な檻に閉じこめようとした。が、腹だたしいほど、手ごたえがなかった。足もとの床でさえ、水母《くらげ》のように柔らかだ。ずるっと流れて、溶けてしまう。

「出ていけ」彼は呻り声をあげ、身を躍らせ、腕を振りちぎった。「僕をほっといてくれ！」

　その狂暴な身ぶりに、佼童たちは息をのんだ。きゃっと蜘蛛の子を散らす。数歩離れて、安全圏から遠巻きにした。目を光らせ、用心深く身構えている。ひそひそ声がした。生白い手がひらりと舞い、動きやまなかった。

「彼を放っといちゃいけないわ」声が言った。トミーという名の佼童が突きだされた。「あんた、手放しちゃだめよ。彼、かわいいもん。顔立ちをごらん。金髪を見てみなさいな。愛らしい口。碧い瞳。トミー、逃げちゃうわよ！　あんたの恋人が、トンズラしちゃうってば！」

「彼はちっとも美男じゃない」別の声が異を唱えた。「浮腫《むく》んでるじゃないか。眼をごらんよ。血走ってるぞ。牝鶏《めんどり》みたいだ」

「でも、おいしそうな、ちょっと肥えた牝鶏《めんどり》だこと」

「肥りすぎだ。ぶよぶよし過ぎてる」

「パン生地みたい。ぽちゃぽちゃしてるのよ」

　怒ったように、声のピッチが上がった。「ちがうってば！」抗議していた。「そんなこと言うな！　ほんとじゃないって！」

「彼って女っぽすぎるな。アバズレのスベタ、それ以外じゃないのに」

「やつはモノグサだね」と別の声が割りこんできた。「うすのろで、自堕落だ」

「おまけに、奥さんまで捨てちゃったし」

「そう、娼婦と出奔したんだ。仕事も失い、妻も捨てて、親友を殴った。しかも、かわいそうな赤ん坊を、車に閉じこめたままで」

「彼の人生、これで一巻の終わりだわ。あのえらく矮小な売り子の仕事ですら、つとまらなかったんだから」

何かの声が抗弁していた。「彼は自ら辞めたんだ！」

「ふん、あんなシミったれた汚れ仕事ですら、維持できなかったんでしょ。力量が足りなかったんだわ」

「力量がありすぎたんだ。ああいう仕事は、彼の天職じゃない。彼の手を見てくれ。芸術家の手だ。顔を見てみろ。凡人じゃない。彼は崇高なんだ。高貴な顔と手の持ち主だ。彼は偉業のために生まれてきたんだ」

「ろくすっぽ稼げず、妻も食べさせられない男が？」

「あの腹のふくれた蝦《が》蟇《ま》女！　あんな女を誰が養いたがるもんか？」

「あれは彼の首に架せられた軛《くびき》なのよ。彼が身を立てるのは、もっとましなことのためだわ。雑用向きじゃないのよ」

「じゃあ、彼は何が天職なんだ？」

「トミー、彼の天職を見つけてごらん。もっとましなのがあるか、そうでなくても、せめて天職がみつかるかどうか」

「死ぬまでに」

「死が彼を分かつまでに〔32〕」

ハドリーは扉を見つけると、どんと体あたりを食わせた。一陣の冷たい夜風が顔をはたく。彼は喘いだ。風が吠え、囂々《ごうごう》と渦巻いた。彼は扉を突破すると、鈍《にび》色の無音の鋪道を駆けだした。

彼を追って、わらわらと人が飛びだしてきた。ほの白く輝く、明るい人影。青白い蠟人形さながら、彼のまわりを漂って、突いたり、触れたり、吹き飛ばされたり。蕭々《しょうしょう》と散る葉《は》叢《むら》、燐光を放つ夜半《よわ》の落ち葉のように。

「のがしちゃだめ！」消え入りそうな叫び。

「戻ってきて！」哀しげな噎《むせ》び声。

「あたしたちといっしょにいて！」

「せっかく馴染んだのに！」

「……馴染んで……」

光の渣《おり》が踊っていた。夜風に吹き払われた。凍える闇に魔法の杖。彼が角を曲がり、がむしゃらに走りだすと、後方は彼を見失った。もう生きた存在は彼しかいない。がらんとした無人の街路。巨大な廃墟の建物。頭上に虚空の天蓋。遠い星空。ぽっかり口をあけ、なかば眼を閉じたまま、肩で息を吸って、ひた走りに走ると、彼を烈しく風が打った。

狂ったような疾駆。別の角を曲がると、街のまんなかだった。どんどん足が速くなった。背後でどよめく巨大な鬧声《まちのおと》。ぎょっとするほど突然、轟音が鳴りわたった。ビルの側面に浮かびあがる暗い影。

途方に暮れて、彼は足をとめた。耳を打つ残響。どよもす百雷が、糸を引く嗚咽《おえつ》の忍び音《ね》と縺れあっていた。そして閃光。目が眩んだ。彼は手で瞼《まぶた》を覆い、朦朧と半円を描き……。

何かに衝突した。ふわりと軽く、音もなく夜空を舞った。彼はひとひらの灰と化し、闇夜を漂い、風に颺《あ》げられて。何も感じない。無音、無重力、無感覚。

ぶつかった衝撃を、何も感じなかった。ただぼんやりと、自分はもう動けない、と意識しただけだ。そして闇が、彼の残滓を溶かした。あとは虚ろな真空しか残らない。果てしない無形の暗がり。彼はそこにいた。


ゆるやかに目覚めた。すべてに見覚えがなかった。彼は一瞬、パニックに襲われ、自問自答が胸に鬩《せめ》ぎあった。おれは誰だ？　ここは……。

目の焦点を合わせようとした。彼は小さな寝室にいた。見も知らぬ、覚えのない部屋だ。日中だった。窓を透かして、わびしい灰色の朝の光が差していた。雲の垂れこめる空。淋雨《しぐれ》が降っていた。雨粒の滴る木の塀や、錆びたビール缶が転がり、雑草のはびこる裏庭に、湿った霧の冷気が流れる。部屋自体は古臭い。信じられないほど高い天井。黄色のペンキ。もつれた黒い鋼索の端に、旧式の鉄製シャンデリアがぶら下がっている。縁の欠けた白塗りの木製の化粧台が、厳めしく立っていた。扉には丸い陶製の把っ手。床は色の褪せた、ヒビだらけのリノリウムだ。ベッドも鉄製で、床から高く幅も広かった。小窓がひとつ。荒廃の影が差している。埃まみれのレースのカーテンは破れ、とうに鬆《しょう》が入って垂れていた。一列に並んだ古い革張りの書籍。部屋の一隅は、天井まで届く本棚が占めていた。ベッドのそばに、籐の椅子。そして彼の衣服。

ぼんやり自分の服を眺めた。やがて気がつく。男と女の目が部屋を覗きこんで、彼を見つめていた。

小柄な爺やと婆やのカップルだった。干涸びた骨細のふたりが肩を寄せあい、黒い数珠玉《ビーズ》のような瞳で、固唾《かたず》をのんで見守っていた。婆やのほうは木綿のレースのショールをかぶり、しどけない服を着こんで、部屋着の残骸をボロ隠しにしていた。爺やは茶のシャツに、赤いサスペンダーを掛け、だぶだぶの黒っぽいズボンに、スリッパらしきものをつっかけていた。ふたりとも薄くなった灰色の髪で、カサカサの蜘蛛の巣みたいな名残を、皺だらけの頭蓋にへばりつかせていた。紙のように薄い頭皮だ。風化して老いさらばえて……。

婆やがまず口をひらいた。重々しい嗄れ声だった。ひどい訛り。ふたりはドイツ系だった。顔は渋皮色で、大きな赤っ鼻、唇がやけに目につく。熊手にドカ足のドイツの農民だ。

「Bitte〔おやまあ〕」と婆やが呟いた。「es tut uns fruchtbar leid, aber... 〔さんざん、気を揉ませてくれたわ……〕」言いよどんで、ごほんと咳をした。夫にちらと目をやって続けた。「ご気分はいかが？　旦那はん。具合はどうでおざるがや？」

「大丈夫です」ハドリーが言った。

爺やも咳ばらいして、手の甲で口を拭った。ぶっきらぼうに言い放った。「あんたは、わしらのトラックにぶつかってな。路上に立ってたもんじゃから」

「わかってます」とハドリーが言った。

すばやく婆やが言い添えた。「うちらのせいじゃのうてなあ、あんた、あんなとこに突っ立っとるもんじゃから。Selbstmord〔自殺よ〕」上目づかいに夫を見た。「Er wollte selbst vielleicht〔たぶん、彼は自分からわざと〕——」

「あんた、幸運じゃった」と爺やが声を落とした。「骨折はしとらん。わしら、田舎から帰るとこでな。ポイント・レイズ・ステーション[33]から来たんじゃ。弟があちらで八百屋を開いておってな」心もとない笑みが、亡霊のように揺らめく。後ろめたそうなしたり顔の微かな痕跡。分厚い唇をひん曲げた。「ああ、あんた、酔っぱらっとったんじゃ。nicht wahr? Gedrunken, mein lieber junge Mann〔そうじゃろ？　へベレケじゃったろ。お若いアンちゃん〕」

「そのとおりです」うつけた顔でハドリーが言った。無感覚。ぼんやりした空虚だけだ。

爺やは昂奮して、深々と息を吸いこんだ。女房を振りかえって、何やら指呼する。ドイツ語の奔流。ふたりとも同時に身ぶり手ぶりでしゃべりまくっていた。皺くちゃのふたつの老人の顔が、晴れ晴れと輝きだした。肩の荷が下りたのだ。

「酔っぱらっとったんじゃ」爺やは胸を張って復唱した。「わかるか？　あんたは酔ってたんじゃぞ」ハドリーを指さして意味ありげに叫んだ。「あんたのせいだったんじゃ！」

「ええ」とハドリーは力なくこたえた。「僕のせいです」

緊張がほぐれた。老夫婦は素直に歓喜を溢れさせた。部屋に飛びこんできて、嬉しそうにベッドを囲んだ。あかあかと照りかがやく顔。「な、わかったろうが」と爺やが女房に説明していた。「言ったとおりじゃろ。土曜になるとな、junge Leute freuen sich — Ich erinne mich ganz〔若いもんは羽目を外すんじゃ——わしも思い出すわい〕」ハドリーに片目をつぶった。

「あんたは幸運じゃった、ミスタ」と繰り返した。「この次は、そこまでラッキーとは限らんぞ。そうじゃ、わしらはあんたを拾って、ここまで連れてきた。看病して手当てをしてやったんじゃ」

ハドリーも察しがついた。ふたりは彼が警察を呼ぶのを恐れていたのだ。はね飛ばした彼を抱きあげ、車に押しこんで、家まで連れこむ以外に、面倒に巻きこまれたくなかったのだろう。でも、彼は何も言わなかった。どうでもいいことだ……ふたりの杞憂も、眼前の上機嫌も、彼には知ったことではなかった。彼の心にひっかかっていたのは、スチュードベーカーの後部席に残してきたピートのことだ。あれから十二時間は経っている。

「さあて、そこでじゃ」爺やは彼に諄々と説いていた。「あんたはな、わしらとトラブルは起こせんのじゃ。あんたは泥酔状態でな、逮捕されてもおかしくなかったわい。Verstehen Sie? Ha〔おわかりか、え？〕」ぶつぶつ呟いていた。さかしら顔でうなずく。永遠の農夫の小狡さ。「わしら、とてもよくあんたの面倒を見てあげたわい。ここに連れてきて手当てしたからな。看病したんじゃ……顔をごらん——わしらが絆創膏を貼ってやった。そうなんじゃ。わしの女房は、熟練の看護婦だったでな。わしら、しっかりあんたを看病したんじゃて」

ふたりともじっと彼を見つめて、何か言いだすのを待っていた。もう恐れることは何もない、と確信して。

ハドリーはこわごわ、手で顔を探ってみた。切れた唇に塗ってあるのは、軟膏かなんかだろう。手のひらもそうだった。全身、青痣だらけ。からだの節々がぎしぎし痛んで、わが身とは思えない。ベッドのかたわらの椅子の座面には、彼の服が重ねてあって、見なれないボロの山と化していた。ほんとうに、こいつは僕の服なのか。突然、鏡で自分の顔を覗いてみたくなった。婆やに鏡を頼もうとした。が、口を動かすのが容易でないと知った。やってみて断念した。かわりにベッド頭部の鉄柵に背をあずけて、折れた鼻梁をそっと指で撫でてみた。洗滌されていて、一部は鼻骨を補正されていた。が、顳顬《こめかみ》まで激痛が走った。彼はそっとしておくことにした。

「何か欲しいものは？」と爺やが尋ねた。「何が欲しい？」

「何か食べたい」とハドリーはこたえた。

老夫婦ふたりは、目をかわして相談していた。「何が食べたいのかな？」と爺やが探りを入れてきた。「手もとにあんまり材料がなくてな。きょうは日曜じゃ。わかるじゃろ」

ハドリーは逡巡して、長らく考えこんでいた。「ピーナツバターとジャムのサンドイッチが食べたい」彼はようやく意を決して、厳かに断固たる口調で言い渡した。

ふたりは愕《おどろ》いて目を丸くした。「何じゃと？」

「おねがいします」と続けて言いかけたが、あとに何を言うべきか、浮かんでこなかった。彼は黙ったまま、胸をふくらまして返事を待った。

「熱いチキンスープをボウル一杯がいいんじゃないかえ？」婆やが訊いた。

彼はかぶりを振った。

ふたたび老夫婦が相談している。「オーライ」と婆やが渋々答えた。ふたりはゆっくり扉のほうへ歩きだした。「おわかりじゃろうが、あんた、ここに長くは泊まれんでな」と婆やが釘を刺した。「あんたを養生させてあげるほど、うちに余裕はないんじゃ。うちらみたいな家は、どうにも懐が不如意での」

「分かってます」とハドリーが言った。

爺やが腫れぼったい唇を舐めた。椒《はじかみ》のような眼を光らせて「うちに泊まるんなら、宿代をいただかにゃ」かすれ声になった。

「それで結構」ハドリーはうなずいた。

ふたりそろって、老夫婦は廊下に出ていった。「あんた、家族は？」婆やがそっけなく訊いた。「Eine Frau, und — entschuldigen, bitte — wir haben das Bild deinem Sohn in dem —〔女性一人と――申し訳ないけど――あなたの息子の写真を見つけたのよ、財布から――〕」弁解するように喉をごろつかせた。「とってもかわいい坊や。ist deiner?〔あなたのお子さん？〕」

「ええ」とハドリーはこたえた。この部屋から出てってくれるなら、何とでも返事する。

「ええ、僕の息子です」

「あんた、チェスは指すのかい？」婆やが廊下に出て階段に姿を消すと、爺やがこっそり尋ねた。女房の鋭い叱声が飛んでくる。爺やは首を縮めた。「あとでな」とハドリーに約束した。大声で妻に叫びかえす。「Ich komme!〔いま行くわい！〕」

ハドリーは臥せったまま、耳を澄ましていた。ふたりが階下に下りていくのが聞こえた。くぐもった跫音《あしおと》が遠のき、やがて絶えた。それからほどなく、遥か遠くのほうで、開け立てする音。皿の音。銀食器の音。何やら言い争うひそひそ声。

　にわかにハドリーは上体を起こすと、ベッドカヴァーをはね飛ばした。激痛をこらえながら、ベッドから脚を投げ、床にそっと降ろす。鉄のようにこわばった四肢。服をつまみあげようとして、危うく悲鳴をあげかけた。腕も手も灼《や》けるように痛い。指がかじかんで、ほとんど動かなかった。

　できるだけ手早く、服を身につけた。靴はまだ履かない。コートのポケットに靴を突っこんで、窓ににじり寄った。錠が差してあった。精巧だが、錆びついた錠があっけなく外れ、腐食した金属の把っ手を引いた。開《あ》きそうにない。赤錆びてペンキがこびりついていた。把っ手に全身の力をこめる。たちまち窓が軋み、みしっと音がして、ずり上がってきた。彼は巧みに前腕を滑りこませ、ひざまずいて両手を組み、えいっと押しあげた。半分ほど上がった。これで十分だ。

　彼は這いつくばって、狭い鉄製のバルコニーに出た。冷たく膚を刺すような、じめじめした霧が、上から彼を包みこんだ。つんと鼻をつく酸性の雨が、毛布のように静かに舞い降りてきた。ゴミ処理場の庭のむこうに、木の塀とガレージの廃屋があった。彼は手すりを攀《よ》じのぼって、バルコニーから地面へ身を躍らせた。

　裸足で思いきり踏んばったが、柔らかな草地に落ち損ね、コンクリートの地面に落下した。ずきんと目もくらむような激痛が、挫《くじ》いた脚につたわった。彼はうずくまるように倒れ、身をよじらせ、喉に詰まった声を押し殺そうとした。長いあいだ、そこに倒れ伏し、押し寄せる失神感と闘った。足に多少の感覚が戻るのを待っていたのだ。頭上の窓で物音が聞こえた。あわてふためくけはい。ぬっと顔がのぞいて、すぐ引っこむ。つん裂くような悲鳴。駆けだす足音。

急がなくては。彼は痛みを怺《こら》えて、どうにか起ちあがり、数歩よろめき歩いた。家の壁をつたって、やっと鋳鉄の門扉にたどり着く。

ハドリーの冷えて痺れた指が、門扉を引いて開けようとした。やっと開け放つと、脚を引きずって外に出る。そそり立つ二軒の古い木造アパートの建物のはざまに、コンクリートの細道があった。その先の表通りをめがけて、彼はよたよたと歩きだした。濡れた路面を数台の車が通りすぎていく。彼方にもっとたくさんの家が見えてきた。コンクリートの階段。渦巻く霧の雲塊に聳える広大なアパート群の丘。コンクリートの細道をつたう千鳥足は、永遠に続くかと思えた。靴の片方がポケットからこぼれ落ち、それを拾いに戻らなければならない。

しゃがんで靴に足を滑りこませた。指がこわばって靴紐がうまく結べない。紐を垂らしたまま、片足をひきひき歩いた。表の街路は、もどかしいほど緩慢にしか近づいてこない。もう目と鼻の先だ。が、突きでた出窓の角をよけるため、身を屈めなければならなかった。もう一歩。そしてまた一歩、また一歩……。

大きな人影がゆらりと起ちあがって、彼の行く手を塞いだ。シャツの下着と汚れたズボン、無精髭を生やした馬面で、だぶだぶと赤らんだ太鼓腹だった。歯は虫歯だらけ、小豆《あずき》のような目の縁を充血させ、だらりと開けた口は表情がない。後方からあの小柄なドイツ人、農家の老夫婦が追いすがって、その男に金切り声をあげて命じた。

「Anfang ihn an!〔そいつを捕まえろ！〕」男にむかって声を張りあげている。

大きな毛むくじゃらの手のひらが、ぬっとハドリーに伸びてきた。ハドリーは背を向けて、ぎごちなく踏みかわした。手が空を切る。荒々しくゆっくりと振りまわした。ハドリーはとっさに身をくねらせ、それをやり過ごした。ほとんど体を二つに折って、二番目の出窓の下をすり抜けてしまう。大きな人影は無言で向きなおり、追いかけてきた。出窓にさしかかると、男はすこし身を屈めて、ハドリーにぐいと手を伸ばした。木の支え梁《ばり》の角が、大男の顳《こめ》顬《かみ》のすぐ上に、ごつんとあたった。

「うぐっ」男の声が漏れた。驚愕した表情が、その顔に舞い降りた。男はゆっくりと出窓を振りかえった。腕をあげて、まず彼を捕まえようとする。ハドリーは逃れた。鋪道に出ると、街路を駆け下った。

一台のバスがやって来た。濡れて滑りやすくなった丘の路面を、そろそろと緩行していた。ハドリーは息を切らして追いかけた。霧雨で膚がぐしょ濡れだ。手を振ってバスに叫ぶ。一酸化炭素ガスの刺激臭を吐きながら、バスは速度を落としはじめた。褐色の顔をした中年の運転手が、あそこで乗れとばかりに厳めしい表情で指さしたのは、ブロックのむこう端の停留所だった。それからギアを換えてわずかに加速した。

ハドリーは、バスを追って駆けつづけた。乗客たちが見ている。目を丸くする人たちもいれば、仰天している人たちもいた。愉快そうに見物している人も数人いた。バスは速度を落として停留所で停まった。ドアが開いて少女が三人跳び降りた。ハドリーはステップを駆けのぼり、ぜいぜい言いながら、運転手の前を通って手近な空席を探した。

「十セントだよ、お客さん」運転手が辛抱強い声で言った。

ハドリーは狼狽した。座席に身を投げて、ポケットを探った。十セント玉がない。くしゃくしゃの五ドル札が一枚きり。不細工に跳びあがって、後ろのドアに駆けよったが……バスはすでに走りだしていた。あっけにとられて、降車口で立ち尽くす。どうすればいいのか、見当もつかない。分かるのは、運転手に求められても、小銭が手もとにないことだけだ。

「どこで降りたいんだい？　お客さん」運転手は、行儀よくもどかしさをこらえて問いかけた。「ここなのかい？　お客さん」

ハドリーは返答できなかった。ポールをつかんでぎゅっと握りしめる。そぼふる時雨に飛びすさっていく家や車。乗客たちは首をのばし、おっかなびっくり、彼のほうをうかがっていた。この人、どうする気なんだろう？　窮鼠、猫を嚙むつもりか？　と気を揉んで。

次の停留所でバスが停まり、自動的にスライド式のドアが開いた。ハドリーは鋪道に降り立った。すぐバスが発車し、轟音をあげて急勾配の丘を走り去った。もう影も見えない。排気の匂いが消え、音が絶えた。

ハドリーは胴震いしながら、胸いっぱい息を吸って歩きだした。右手にダウンタウンの商店街。マーケット・ストリート沿いに、店をたたんだ仕舞屋《しもたや》が並んでいる。そのむこうのどこか先のほうで、ミッションとスラム街、テンダーロイン地区の破家《あばらや》と露店につきあたる。そこにグレイハウンドのバス乗り場もあった。

　彼はそちらに足を向けた。


　午後二時だった。シダー・グローヴスの停留所で、彼はグレイハウンドのバスから降りた。つれない沈黙の雨が霏々《ひひ》として、街路や店舗に降りしきっている。彼は背を丸めて、ふたたび歩きだした。

　工場地区はすぐ先だ。バス停とは踵《くびす》を接する位置にある。見覚えのある倉庫を見つけた。その背後に、寂莫として人影のない駐車場があった。その駐車場のむこう端に、しっとりと雨に打たれて、グレーのスチュードベーカーが、彼が置き去りにしたままうずくまっていた。

　いや、どこか違う。窓を閉めておいたのに……開《あ》いていた。雨に濡れた路面に、何かがきらっと光った。ガラスの破片だ。はっとした。窓が破られ、車をこじ開けたんだ。誰かがピートに気づいたんだろう。

　四方をうかがいながら、彼は駐車場を通りすぎた。安手のカフェに入り、コーヒーを一杯注文する。ジュークボックスが騒然と鳴っていて、彼はその横のカウンターに腰をおろすと、ちびちびコーヒーを啜りながら、息を殺して駐車場を見張った。しばらく経った。三十分以上は過ぎたろうか、とうとう予想したとおりのことが起きた。黒っぽい軍用レインコートを着た警官が、反対側の出入口から姿をみせ、道路を渡って駐車場へすたすたと歩いていったのだ。物陰から別の警官が現れた。二言三言言葉を交わし、二手に分かれた。それぞれの持ち場に戻って、燻《くす》んだ風景にまた溶けこんでしまう。

ハドリーはコーヒーカップを押しやって起ちあがった。ピートはもう失くしてしまった。警察は僕の行方を追っている。どんと扉を押し開けて、黄の暖色のカフェから、がらんとした雨の街路に出た。右手のほうへ足早に歩き去る。振りかえりもしない。誰も追ってこなかった。

ポケットにあるのは一ドル札が三枚。グレイハウンド・バスの釣銭だ。入念にまさぐると、五十セント玉、二十五セント玉、それに十セント玉が二つ出てきた。ほど遠からぬところに、陰鬱な建物の輪郭がぼうっと浮かんでいた。素泊りの木賃宿だ。彼はそちらに足を向けた。

「いくらだい？」蠅のシミで汚れたカウンターに、受付係がもたれていて、彼は声をかけた。「シングル、風呂なしで」

返答する前に、受付係は彼をうさん臭そうに値踏みしていた。のっぽの青年だが、肌は土気色でニキビだらけ、脂の浮いた黒髪の房を、もじゃもじゃと耳のあたりに垂らしている。[34]汚れた水色のシャツと、食べこぼしだらけのスラックスを穿いていた。「あんたの身に何か起きたようにみえるけどね」けだるそうに言った。

ハドリーは返事をしなかった。

「三ドル」受付係が言った。「荷物なしかい？」

「ない」とハドリーが言った。

「前払いだ」

思いのほか値が高い。が、宿帳にサインして宿代を払った。受付係は大げさな身ぶりで部屋のキーを手渡した。赤いプラスチックの重い札がぶら下がっていて、宿屋の名称と住所、それにルームナンバーが刻印してある。受付係は小馬鹿にしたようにからだをひねって、だだっ広い木の階段の上がり口を指さした。ハドリーがロビーをあとにして、二階に姿をみせるまで、受付係は目でじっと彼の後ろ姿を追っていた。

部屋は広々としていたが、煤ぼけて汚れていた。すぐ窓を開け放って、湿った午後の空気を通わせる。灰色のごわごわの窓カーテンが、みじめに揺れていた。宿屋の外の濡れた路面を、数台のトラックが走りすぎた。タイヤの軋る悲鳴。昼なのに暗かった。鉛のような灰色だ。外を出歩く人はまばらにしか見えない。重いレインコートに傘。首をすくめて歩いていた。湿った冷気に、ハドリーの顎がしくしく痛みだした。歯が一本折れ、歯茎がしだいに腫れてきて、化膿しているのだ。

こんな部屋にはいたたまれない。

ハドリーは起ちあがって、急いで廊下に出た。後ろ手にばたんと扉を閉めると、ロビーまで駆けおりた。目に入ったのは受付係だけだ。頭上の棚に黄色のプラスチック製ラジオが置いてあって、スチールギターがウエスタンをがなりたてていた。受付係はカウンターに広げてあったポケットブックをぴしゃっとはたいた。ハドリーはあてもなく、しゃにむに、ぐるぐるうろつきまわった。それから、ロビーの窓際に備えつけのくたびれた柳細工の椅子に、どさりと身を投げだした。

彼は思い悩んだ。僕は何をしようとしてるんだ。どこに行って、どうするつもりなのか。考えあぐねた。彼が考えたプランなど跡形もなかった。いまは鼻血も出やしない。

彼はしばらく、ロビーの隅にあるタバコの自動販売機を睨んでいた。釣銭をひっぱり出してみたが、またしまいこんだ。有り金はぜんぶ、夕飯代にあてなければならない。すでに空腹のあまり腹がよじれそうで、腹がぐうぐう鳴りだした。だけど、たった七十五セントで何が買えるっていうのか。

雨がロビーのガラス窓を叩いていた。飛沫《しぶき》をあげて道を往き来する人々の跫音《あしおと》が、開けっぱなしの扉をくぐってこだました。ハドリーは惨めに背を屈め、間断なく胸を苛《さいな》む恐怖の動悸を感じはじめた。

彼が座って思いに耽っていると、男が一人やって来て、向かいの撓《たわ》んだソファーに腰をおろした。頭の禿げた中年男で、黒い口髭を密生させ、しわくちゃの茶のコートに、灰色のスエットシャツ、コール天のズボンに黒革のドレスシューズを履いていた。

男がこくりと会釈した。「こんちは」

「こちらこそ」ハドリーも呟いた。

「よう、兄貴。あんた、顎に怪我してるね」男が真顔で言った。

「ええ」とハドリーがこたえた。

男がシガレット・ケースを取りだした。折畳式の模造金製品《イミテーションゴールド》だ。コルク・フィルター付きのタバコを、ケースから一本抜いて、ハドリーに差しだした。

「ありがとう」と礼を言って、ハドリーは受けとった。

「ほら」と男が発した声に、かすかな訛りがあった。男が身を乗りだすと、ケースの脇からぽっと炎が出て、ハドリーのタバコに火を点じた。ライター付きのコンビネーション・ケースだ。満面の笑みがこぼれて、にっと歯をみせると、ふんぞり返って、自分のタバコにも火をつけた。「ちょいとシャレてると思わんかい？」

「はあ」ハドリーは気の抜けた返事をした。

男はロビーを見渡した。大きな目玉をかっと見張った。感に堪えかねたように、あんぐり口をあけて「ちょいとみすぼらしい宿屋だな」と畏《かしこ》まった声で言った。

ハドリーもうなずいた。

男はがっくりした。顔を顰《しか》めてにやりと笑い、肩をすくめた。「ここのオーナー、実はおれなんだ」大きな柔らかい手を差しだす。プレオヴォロスだ。金の指輪が二つ、指の肉にめりこんでいた。「おれの名、聞いたことあるかい？　プレオヴォロスだ。ジョン・プレオヴォロスってんだ」頭をそびやかした。「あっちのほうでもタバコ屋と中古家具の店を持ってる」また頭をぐいと突きだして「そっちにはレストランもあって……宿屋に出前してくれるんだ。なかなかじゃないか？」

「はあ」とハドリーが応じた。この肥ったギリシャ人が、ちょっと愉快になってきた。

「いいかね」プレオヴォロスが思いつめた声を出した。前屈みになって、顔をハドリーに近づけた。「ここら一帯はすさんでる、ちがうか？　意見を聞かせてくれ」

「そうですね」ハドリーは相槌を打った。

プレオヴォロスが溜息をついた。「おれもそう思ってるんだ」哲人のように淡々と受け入れた。しばし間をおいてから、未練たらしく訊きかえしてきた。「部屋もそうかい？　言うなれば、宿屋とおなじすさみようってことかね？」

「残念ながらそうですね」とハドリーが言った。「たぶん、もっとひどい」

プレオヴォロスがうなだれた。「だろうな。戸口に立った途端、じぶんに言い聞かせたんだ。部屋のほうがもっとひどい、ってな」胸に期するところがあるかのように、ちらっとハドリーに目をやった。「あんた、良家の出みたいだな。言うなれば、そうなんだろ？」

「ええ」とハドリーがうなずいた。「良家の出ですよ。ニューヨークに住んで、かなりの金持ちでした」

「親父さんは実業家かい」

「医者でした」とハドリーが言った。

「専門職だな」プレオヴォロスがうなずいて、嬉しそうな顔を見せた。「あんたをひと目見たときから、そう思っていたよ。『この若者の生家は、実業家か、医学か法律の専門職にちがいない』ってな。そこでだ」プレオヴォロスが真剣になった。「あんたに教えて進ぜよう。この宿屋なんか、屁でもないんだ」怒ったように眉をひそめながら、手を振って払いのけた。

「この朝いっぱい、わしが考えていたことを、あんたに教えてやろう。この街は死んだも同然。おしまいだ。これから実際に大化けしそうなところって、どこか知ってるかい？」

「どこです？〔35〕」ハドリーが訊いた。

「ミルピタスさ」

「ミルピタスで何が起きてるんです？」とハドリーは尋ねた。心ならずも笑みを浮かべた。

プレオヴォロスがぱっと燃えあがった。「いいか」ごくりと唾をのみこんで「ミルピタスじゃ、大企業が——その名は教えてやらんが——地上げのまっ最中なんだ。何千エーカーもだぞ、何もないとこでな。大企業は気がふれたか？　そいつは万が一にもありえない〔36〕。この企業はな——その名は教えてやらんが——ここ数カ月内に事業を始めるんだ。ミルピタスの街はでっかくなる。ミルピタスは成長するぞ」

「で、あなたも一枚嚙もうって算段ですか？」とハドリーが訊いた。「この宿屋をあちらに移すとか？」

　満足そうに頬を膨らませて、プレオヴォロスはしかつめらしく言い放った。「この宿屋なんか屁でもないんだ。新しい宿屋を建てる土地は、とっくに手当てしてある。そっちを開業したら、こっちは店仕舞いだ。売り飛ばすつもりはない。解体して焼き払うんだ。廃材は払い下げてやる。屁でもないんだ。こんなとこ、二度と見たくない」顔に有頂天の表情があらわれた。失神しそうな神がかりの法悦だった。「われらがミルピタスの宿屋よ」ささやき声を発して瞼を閉じた。「何て素敵なところだ。あれを建てた暁には……」だしぬけに跳びあがって、ハドリーの膝をぽんと叩いた。「あんたに会えて冥利につきるよ」快活に声を弾ませた。「また会おう。サーヴィスに何か不調法があったら、何でも言ってくれ。気分よく泊まってもらいたいから、できることがあったら何でもさせてもらうぞ」

風を巻くように立ち去り、事務室に消えた。ロビーは空っぽになった。柳細工の椅子に腰かけたハドリーと、カウンターの背後でミッキー・スピレーン[37]のポケットブックを読み耽っている受付係しかいない。

しばらくしてハドリーは起ちあがり、ふらふらとロビーを出て、陰鬱な雨の降る鋪道を歩きだした。ジョン・プレオヴォロスのおかげで、少しは気が楽になり、生気が戻ってきた。プレオヴォロスが言っていたカフェにさしかかる。宿屋とおなじだ。無残に荒んでいた。ギリシャ人の所有物って、おそらくどれもこうなんだ。ミルピタスってどこなんだろう。不思議に思えた。あのギリシャ人は、どうしてそこを幻の夢の国にしたのか……さほど、わくわくするような土地とは思えないが。

スタンダード・オイルのガソリンスタンドに立ち寄って、彼は声をかけた。「地図のたぐい、何かありますか。見せてほしいんだ」

不愉快そうにスタンドの助手が彼を見つめ、壁際の棚を指さした。「じぶんで探しな」

ハドリーはしばらく、地図をぱらぱらと繰ってみた。サンフランシスコ湾岸地区《ベイエリア》の地図、サンマテオ郡の地図、シダー・グローヴスの市街図を見つけた。「これだけ？」と彼は尋ねた。

「何が見たいんだ？」仏頂面で助手が訊きかえした。「海賊の地図かい？」

「見たいのは」とハドリーが言った。「州の地図だ。メキシコかカナダの地図は？」

「カリフォルニアの州地図だって、うちにはありゃしねえよ」助手はそう言って起ちあがった。車が一台入ってきて、ガソリンの給油ポンプに横づけしたからだ。

ハドリーはスタンドを去って、あたりをほっつき歩いた。ハイストリートで右に折れた。すこし先に、空色と白の車体で、大型四ドアのビュイックが駐まっている。窓は巻きおろしてあった。出っ張った部分に地図の束が置いてある。ハドリーは散策を続けながら、路上の車を一台一台覗きこんでいった。メリーランド州のナンバープレートを付けた車の前で立ちどまって、ドアの把っ手を引いてみた。[38] ドアが開いたので、素早く滑りこむ。少なくとも十二年は経った年代物のオールズモビルだ。小物入れのボックスに手を突っこみ、くたびれて油染みだらけの州地図を探りあてた。

彼は車のドアを閉めると、地図を小脇に抱えて、来た道を急いで引きかえした。宿屋の階段を二段ずつ駆けあがり、部屋に飛びこんで、ばたんと扉を閉めた。すぐさまベッドに地図を広げた。

眺めているうちに、痛いほど胸が高鳴ってきた。コロラド、ユタ、テキサス……彼が見たこともない州だ。この戦前版のオールズモビルが到達し、横断した土地だろう。

かあっと熱くなって我慢できない。瘧《おこり》のようにからだが震えだし、起って部屋を歩きまわった。せかせかと輪を描いて落ち着かない。衣裳棚の鏡に顔を映してみた。傷ついた顎に青黒い隈取り。この無精髭は剃らなくちゃ。ざんばら髪で櫛も入ってない。服の状態ときたら、手の施しようがなかった。スーツは八つ裂きだし、シャツも雑巾のように汚れっぱなし。唇はまだ腫れあがって、頬にも切り傷があった。だが、どうしようもない。どっちにしろ、まだ身づくろい程度ならできるはずだ。

小銭をかき集めて、急いで階下に降り、鋪道に飛びだした。角のドラッグストアで、安い安全剃刀と十セントの替刃の箱を買った。あといくら残ってるのか？　十九セントか……香料入り石鹸を一つ買物に加えて、ドラッグストアを立ち去った。

彼は宿屋の部屋から廊下に出て、共用浴室に入り、心ゆくまで長風呂に浸かった。冷たい雨が窓に打ちつけ、窓枠から雫が滲んでいた。彼はなかば微睡《まどろ》みながら、やけに大きな鉄製の浴槽に身を横たえ、濛々と湯気をたてる熱い湯に、顎までとっぷり沈めていた。頭上の天井が見上げるように高い。遥か遠くの隅に蜘蛛の巣が垂れていた。備品は古いが仰々しい。棚にぶら下がる黄ばんだタオルは、使い古しで擦りきれていた。彼が脱ぎ捨てた服は、シングルの椅子に積み重ねてあった。

湯浴みが終わるころ、浴室は湯気で烟《けむ》っていた。ハドリーは風呂の栓を抜くと、浴槽を匍《は》いだして、痛覚が過敏になったからだをこわごわ拭きはじめた。濃密な暖気に抱擁され、石鹸の芳香が匂いたつ。つんとした森の香りに、からだがぐったりして眠気がさした。彼は裸で立ったまま、洗面台に屈みこんで、湯気と汗に濡れた体毛を剃った。そして、できるだけ顎を傷めないよう、そっと冷たい水を顔にはね散らせた。櫛で髪を撫でつけ、服を着こむ。痛めた肋骨をよけながら、服の皺をぎゅっと伸ばした。タオルで鏡を拭いて眺めてみると、まあどうにか、さほど怪しくない風体になっていた。

フロントのデスクの前を通った。受付係が怪訝《けげん》そうに睨んでいた。ハドリーは昂然と笑顔を返した。そのままロビーを横切って、時雨のそぼふる往来へ出ていった。雨はもう小やみだ。ほの暗い鋪道や、駐車の列の彼方に、ちらほら微かな霧が漂うだけ。彼は大股で道をのし歩いた。鉄道の線路のほう、整列した建物の彼方へと。


最初に遭遇した車の売り場は閉まっていた。弛《たわ》んだチェーンがポールとポールのあいだで揺れているだけだ。スタッコ塗りの平屋のオフィスは、がっちり錠が差してあった。霧がたなびいて、車の列は静まりかえり、鈍く輝いていた。週末に売れ残った金属製の獣たち。ハドリーはぶらぶらしながら、赤とクリーム色のキャディラックの巨大な雄姿を目で検分した。それから、道路の反対側へ渡って、二つめの車売り場に向かった。

こちらの車売り場は、チェーンが地面に下げてあった。展示中の車列のあいだを、男女が恐る恐る歩いている。車に触ったり、何やら熱くなって言いあっていた。男がタイヤを蹴っていた。走行距離計を覗きこみ、しゃがんでフェンダーやバンパーの裏に手を滑らせた。女は腕を組み、ふてくされて、男のあとからついてくる。数歩離れて、ワイシャツ一枚の赤毛の男が立っていた。どうせ他人事、という陽気な表情で、男女を見つめていた。顔は日焼けして、卵の殻をむいたようだ。セールスマンだった。

ハドリーは売り場に足を踏み入れた。最初に目を惹いた車、淡い水色のマーキュリーに近づいた。車のサイズに目を見張る。ぐるりと見てまわり、ピカピカのボンネットに触ってみた。サイドミラーの雫をぬぐい、内装を覗きこんで、ダイヤルやらノブやらレヴァーやらがびっしり並んだダッシュボードに唖然とした。

値段はいくらなんだろう。想像しようとした。フロントガラスに大書したポスターには、こう書き殴ってある。

ドリームカー特売!!

ドアの把っ手にはロックがかかっていなかった。これほど多数の輝くような大型車を、一つの売り場に勢ぞろいさせるなんて、彼にはありえないことに思えた。しかも、ドアをロックしていない……差しっぱなしのキーが見えた。車はすぐにも動かせる。こいつは素晴らしい。

車列に沿ってそぞろ歩きしながら、何台もの車を眺めた。ビュイック、フォード、さらにビュイックが二台、オールズモビル、緑のデソト[39]、最後にずんぐりした戦車みたいなハドソン[40]。ぎらりと光る暗灰色《ガンメタル》のハドソンだった。サイドが滴るばかりに照り映えて、どこかの河にぬっと頭を擡《もた》げた海の怪獣のようで、鋼鉄とクロームとガラスの蛟《みずち》さながらだった。びくびくしながらドアを開けて、ダッシュボードとハンドル、きらめくダイヤルやスイッチボタンを見つめた。これほど多くのスイッチは今まで見たことがなかった。

身を屈めてハドソンを覗いていると、赤毛の男がふらりと寄ってきた。数歩距離をおいて立っている。

ハドリーはバツが悪くなって、ハドソンから身を離した。「たしかに素敵な車だね」当惑したように言った。

男は鷹揚に同意するみたいに頷いた。「そうなんです」クライスラーのコンヴァーチブルのフェンダーにもたれて男は腕を組み、シャツが霧に湿っていた。うつろだが愛想のいい顔。ハドリーの尾羽打ち枯らした外見にも臆した様子がなかった。男女のカップルは、ふたりで相談しようと往来に出ていった。客はハドリーひとりだ。

「いくらだい？」緊張した声でハドリーが訊いた。

その場で暗算するみたいに、男は親指で顎をこすった。返事のかわりに、車のまわりを歩きだす。「タイヤは、彼がちゃんと手入れしてましたから」と言った。

「彼って誰のこと？」ハドリーは訝《いぶか》しそうに訊いた。

「前の所有者ですよ。その先にあるバンク・オブ・アメリカの副店長でね。田舎に出かけるのに、ときどきこの車を走らせていたんです。でも、銀行がシヴォレーの社用車を支給してくれて、費用も会社持ちになりまして」男は赤みを帯びた毛むくじゃらの腕を、ハドソンのキャビンに挿し入れてボタンを押した。ぽんとボンネットが開く。かちりと固定するまで押しあげた。「もちろん、このハドソンを買ったころは、まさか社用車を支給してくれるとは、彼も思ってなかったんですよ。一年かそこら、この車を保有してたんですが、やむなくうちに譲り渡したんです。そこのオイル・フィルターをご覧ください」

ハドリーは見た。

「おわかりですか？」内燃機関の錯綜した迷宮を指さして、男が言った。「それと燃料ポンプ。完璧にきれいでしょ」呆れた顔をしてみせて「想像してごらんなさい。こんな車を持っていながら、ガレージにほったらかしなんて。こいつは罪ですぜ」

車のあちこちを説明してまわる男に、ハドリーはしおらしくついていった。

「もちろん、ハイドラマチック〔41〕仕様ですよ」クラッチを外しながら男が言った。「安全密閉式タイヤチューブに、ラジオやヒーターも完備してるんです。せっかく装備しても、彼みたいな連中には違いがわからない」平手で車体をぽんと叩いた。「下塗りもしてあります。街なかを走らせるおつもりで？」

「いや」ハドリーは煮え切らなかった。「どっちかといえば、ハイウエイのドライヴ用かな」

男はひとことも挿まずに聞き流した。「こいつは拾いもんですよ。火を踏んだ猫みたいに……ぱっと発進するんです」とりたてて抑揚をつけずに口上を続けた。「ちょっと飛び乗って、どうぞひと回りを。さあ、キーは差してありますから」

ハドリーは脱力感に襲われた。ドアを開けてハンドルの後ろに座り、輝くコントロール・パネルと対面した。「どうもね」と嗄れ声になった。「とにかく、ありがとう。今どき――こういう車はいくらかかるんだい？」

男は気合いを籠めた。天を仰ぐ。眉をひそめて、やっと唇を動かした。ハドリーは緊張して耳を澄ましたが、金額が聞きとれなかった。「いくらだって？」と訊きなおした。

「ええ、まあ、四百ドルの割引でございまして。月賦で四十五ドルほどですが」男は総額を口にしようとしなかった。返事を待つだけだ。

ハドリーははぐらかして、パネルをつついた。「たしかに素敵な車だね」最後に付け加えた。「すごく素敵だ」

「行きたいところに行けますよ」穏やかな口調で男が合わせてきた。その厚かましいほど控え目な口上にふたりして笑った。

寂しそうに微笑して、ハドリーは車から降りた。「オーケー」と言った。「おかげで何が欲しいのか、イメージが湧いてきた。よく考えてみなくちゃ。また来るよ」

瞬きもせずに男が言った。「またご来店されても、この車はございませんよ」

「ない？」なぜなのかと、ハドリーが訝《いぶか》しそうな顔になった。

「ええ、ございません」と男は言った。「この車はございません。きょうの午後何時かに、この車を買いに、カップルがまたお見えでして」まるでいまにも彼らがやって来るみたいに、あたりを見まわした。「こいつは引っぱりだこなんです」

「僕ものるかそるか、賭けてみなくちゃ」とハドリーは言った。客を釣ろうとして、自分も何度おなじ台詞を口走ったか。この男のささやかな口上だって、その一語一語、声の抑揚にいたるまで、マニュアル丸写しなのだ。ハドリーがここ何年間も、週六日間さんざんやってきたことだ。でも、彼はこの車が欲しかった。たまらないほど欲しかった。腫れた唇を舐めながら、未練がましく売り場の端まで歩いていった。

「また来るよ」語尾に力をこめて約束した。

男がうなずいた。軽蔑の色をおくびにも出さず、手を振ってくるりと背を向けた。売り場の奥に引き揚げようと、ハドリーから遠ざかっていく。

ハドリーは鋪道を足早に歩いた。買ったらまず、どこに行こうか？　ネヴァダか、オレゴンか、たぶんまっしぐらにカナダか。世界はひらけているんだ。ああいう車ならどこでも行ける。際限なんてない。だけど、あのハドソンを買うカネを、どう工面したらいいんだろう、まるであてがなかった。彼は足を緩めた。期待がみるみる凋《しぼ》んだ。四百ドルの割引ってことは……たぶん総額で千八百ドル見当かな。

何にしたって、どれだけカネを持ってるか次第なんだ。

ファーガスンの稼ぎ高を思い出そうとした……すくなくとも土曜のレシートは、週明けまで家に置いてあったっけ。どんなに少なめに見積もっても、四百ドルか五百ドルは店の金庫に眠っている。

街角で財布を取りだして、中を覗いてみた。マーシャの車のキーの横に店の鍵もあった。ちいさな真鍮《しんちゅう》製の鍵だ。それをつまみ出し、拳でぎゅっと握りしめて歩いていった。店が近づくにつれて、気分が軽くなってきた。シダー・ストリートの角を曲がるころ、彼はほとんど駆け足になっていた。息で鼻を鳴らし、心臓を弾ませて。

街路に人影はなかった。一瞬立ち止まって、あたりを見まわす。誰も彼を見ていない。とにかく、人目があっても構うこっちゃない。彼が店に出入りする光景など、近所はいつも見慣れているからだ。彼はちらっと懐かしい旧式の店構えを見上げた。ショーウィンドウと、暗くなったネオンサイン。

モダンTVセールス&サーヴィス

金庫の番号の組合わせは、しっかり脳裏に刻まれていた。はじめて肩越しにファーガスンが現金を取りだすのを見てから、何年も目にしてきたのだ。

窓の板ガラスを透かして店内が見えた。はっきりしない物影が茫洋と広がっている。店の奥まで、無音のテレビがずらりと並んでいた。常夜灯が人魂《ひとだま》のように青く瞬いている。スチュアート・ハドリーは身を屈め、鍵を巧みに鍵穴に滑りこませた。

回らない。錠前《ロック》と嚙みあわなかった。彼はしばらく立ち尽くしていた。かっと見張った眸《まなこ》。わけが分からなかった。信じられないことだが、やっと理解した……呆然自失から一転、むくむくと不信が膨らんで激昂に変じた。

ファーガスンめ、錠前《ロック》を変えたんだ。木枠は疵ひとつなく、真新しい。錠前パネルの周辺に、ごく最近嵌めこんだ跡が見えた。錠前自体もピカピカの金属製で、新たに装着したものだ。ファーガスンは土曜の夜、ポーカー・ゲームのあと、帰宅する前にこの錠前をつけ替えたに違いない。

これじゃ、中に入れない。彼は閉めだされたのだ。あてが外れて頭がかっとした。彼は向きなおると、暗渠にむかって鍵を思いきり叩きつけた。カチンと弾んで、ちょろちょろと下水溝へ流れる暗い水のあたり、塵芥と雑草のあいだに紛れこんでしまった。

四肢をこわばらせ、ハドリーは扉から離れた。店に背を向けて、うつろな顔でふらふらと街路に迷い出たが、そのときさらっと目が光った。身を翻すや、窓の前に立ちはだかり、ばあんと片手で突いた。上階のオフィスに座っていたのは、ジム・ファーガスンだった。手もとで値札の山を広げていたが、凍りついたように顔をこわばらせ、無表情で上からハドリーを見おろした。何も言わない。何もしない。やおら起ちあがり、勘定書と帳簿を抱えて棒立ちになったまま、ハドリーを見つめていた。

ハドリーは怒髪天を衝き、途方に暮れ、憤怒に狂い、盲滅法に、ガラス窓をがんがん叩きだした。「入れろ！」と絶叫する。吹き抜けの区画に体あたりして、扉を殴りつけた。「さっさと——あけろ！　入れてくれ！」

ファーガスンは身じろぎもしなかった。

ジム・ファーガスンがモダンTVセールス&サーヴィスにやってきたのは、その日曜の正午をすこし回ったころだ。正面の扉の鍵を開けて店に入ると、粛然たる沈黙に気押された。尻尾を巻いて帰りたくなったほどだ。

彼は殷々と響きわたる靴音が嫌いだった。常夜灯も怖かった。身を屈めてプラグを挿しこむと、ワルコ製レコード針のきらびやかな展示見本《ディスプレー》を点灯させた。それから伸びをしたが、節々が軋んで痛い。おれもだいぶ老けたな。ちいさな卓上ラジオのスイッチを入れた。一瞬にして、けたたましい野球の放送が流れてきた。

彼は小脇に抱えた段ボール箱から、新品のイエール製〔42〕の錠前《ロック》を取り出した。勘定台の下に放りこんであったハンマーとねじ回しを探しだすと、さっそく扉に取りかかる。古い錠前を外し、新しい錠前に替えるのに、わずか十五分しかかからなかった。内鍵と外鍵の両方の具合をためしてみた。すっかり満足して後ろ手に扉を閉め、勘定台の下の屑籠に古い錠前を投げ捨てると、ゆっくり二階に上がっていった。

オフィスは散らかって汚れていた。どこもここも、うっすらと綿埃が層をなしている。カップやグラス、汚れた皿、くしゃくしゃと丸めたワックスペーパーで、紙屑の籠は溢れかえり、まわりにゴミが散らばっていた。デスクは鉛筆の削りかすだらけ、灰皿は吸殻がこんもりと山をなしていた。商業雑誌や勘定書、電話の下に寝そべるメモ用紙、名刺と書類と書籍、そして殴り書きした電話番号。

そのガラクタをぜんぶ隅に押しやると、彼は受取勘定の引き出しをひっぱりだした。

外は氷雨が降っていた。店内の空気もじめじめして肌寒い。この店って、ほんとうに薄暗くて、からっとしないな。古い建物だしな。明かり取りに天窓がたった一つ、あとはショーウィンドウと正面の扉しかない。ファーガスンの喉がひりつき、熱いブラック・コーヒーが一杯欲しくなった。

部屋の隅、タイプライターのテーブルの下に、ハドリーが買ってきたセロリ抽出液の壜と、ソーダのボトルが転がっていた。両方とも埃だらけで、蜘蛛の巣がかかっていた。ハドリーが最初に持ちこんだときから、ずっとそこに置きっぱなしのままだ。店にはハドリーの私物がほかにもあった。直近の痕跡は消せない。彼の売上台帳はどこかの引き出しに入っているし、彼が売りさばいた値札の束はデスクの上にあった。クロゼットには、ゴム靴一足と、置き去りのネクタイ。地下の便所の薬棚には、消臭芳香剤アリッドの壜や点鼻薬、そして鎮痛解熱剤のアナシン[43]が少々、さらに昼食後に口を漱《すす》ぐ歯磨きチューブが置いてあった。そしてハドリーが胸に温めていた、無数のささやかなプラン。ちょっとした修繕。絶え間なく、永遠に終わることなく、やりかけた一つまみの電線やらボルトやら。いじって、調べて、直して。

どこにも名残があった。ハドリーは何年間も彼のために働いてきたのだ。そのあいだ、ささやかな小売店の隅々に、一人の男の形見が刻印されてきた。ファーガスンは埃だらけの壜を二本つかんで、紙屑の籠に押しこもうとした。でも、籠はいっぱいだ。やむなく籠を手に持ち、壜を小脇に抱えたまま、地下に丸ごと捨てようと運んでいった。

地下は冷え冷えとして、不気味に静まりかえっていた。修理部門は真っ暗闇に包まれている。ぽつんとひとつ、頭上に灯った黄の電球が、ちらつかす弱々しい光。ファーガスンは屑籠を空にして手を洗い、階上に引きかえそうとした。暗闇と腐敗と沈黙。彼が営々と創造してきたものに、そっと太初の渾沌が忍びよってくる。どこも汚穢《けがれ》とゴミばかりだ。修理作業台を囲むように、古ラジオの電池、電線、廃品の真空管の山。倉庫には空の木箱、木毛《エクセルシア》、板材、ひん曲がった釘、艶出し剤のボトル、古ぼけた使用書、ハンマーやねじ回しが、山と積んであった。誰も掃除する暇がなかったのだ。本来、店はきちんと整頓しておくべきなのに、誰も本気でそうする時間を持てずじまいだった。

　ファーガスンは階上に箒とチリトリを持ちこむと、せっせと展示の大部屋を掃除しはじめた。テレビも埃で白くなっていた。高校生のガキども、あちこちに自分の名前や卑猥な言葉を落書きしてやがる。大きなＲＣＡ製コンボには、ぽってりと女の乳房が二つ。太初の塵を乱したのは、できそこないの創造であって、おれが創造したわけじゃない。彼は指の痕を猛然と消した。こんなもの、のさばらせてたまるか。油の染みた雑巾を見つけると、がむしゃらにテレビを拭きだした。

　二階のデスクのどこか、散らかった書類やメモや値札に、ＲＣＡがときどき派遣してくるテレビ・セールスマンの名が紛れこんでいた。のっぽで痩せっぽち、間抜け面の男で、永遠に風邪をひいているようにみえた。だらしなく間のびした口調で、ぎごちない笑顔をこびりつかせ、喉仏をごくりと鳴らす。いかにもＲＣＡが派遣しそうなやつだった。愚かしい諂《へつら》い笑いを浮かべ、這いずりまわる蝸牛《かたつむり》、あるいは泥亀。何の見どころもない凡人。立ち回りは小賢しく、貶《けな》されても鉄面皮、忍耐の底が知れなかった。完璧にいまどきのセールスマンだ。スチュアート・ハドリーの後釜はあいつか。

　おっと、ジョー・タンピーニもいた。だが、タンピーニは小才《こさい》がきかなかった。生来、セールスマン向きじゃない。引っこみ思案の度が過ぎて、人前では恥ずかしがるばかり。押しもきかなかった。あいつは人を圧倒して、折伏することができない。大風呂敷を広げたり、客の身も心も自在に操ってみせる能力がなかった。タンピーニでは、獲物を誑《たら》かす魔の呪文が唱えられない。どうせ値札台帳と鉛筆の域を出ないから、客が勝手に決心するのを待つだけだ。

　スチュアート・ハドリーは、心の底のどこかに何かが宿っていた。それは才覚だったかもしれない。ファーガスンがもっと早く彼を知っていたら……彼流に鍛えることができ、一から立ちあげて、ほんとうにきちんと育てることができていたら……でも、四年や五年ではとても足りない。人生まるごと必要だったろう。

　ファーガスンは考えた。そうだな、もし十五歳でハドリーを知ることができてたら、どうなっていただろう。高校生の彼、ジーンズと白シャツの彼なら。いや、もっと若く――たとえば十歳。小学生の彼、まだ、ただの少年だったら。成長に合わせて、教育のすべてを監督してやったのに。彼を正しい道に導けたはずだ。いまどきのガキが染まる青臭い考えに影響されないよう、監視してやれたのに。

　ハドリーはいま二十五歳だ。一九二七年生まれ。フランクリン・ディラーノ・ローズベルトの就任以前……「ニューディール」時代より前に、彼をつかまえてりゃな。星よ菫《すみれ》よ、のリベラリズムが全盛だったあの狂った時代、赤かぶれ《ピンク》がこの国を支配したあの時代が、ずっと続いてきたからな。あいつらはまだこの国を支配してやがる。シドニー・ヒルマン〔44〕はロシア系のユダヤ人だろ。モーゲンソーだって別種のユダヤ人だ。そして、最悪なのは――ハリー・ホプキンス〔45〕さ。

　ファーガスンと、彼がせっせと磨く大型のフィルコ製テレビの前に、亡きハリー・ホプキンスの記憶がわらわらとよみがえってきた。あの猫背の痩せこけた図体。ねじくれた笑み。こけた頬に、熱を帯びて潤んだ眸《まなこ》。「半人」の痛々しい跛行[46]。どこかしら、ＲＣＡが送りこんできたテレビのセールスマンに似ていた。やつらは次から次と、ああして群がりでてくるんだ。のっぽで、目の虚ろなやつら。愚かしい善良そうな笑いを浮かべ、ローズベルトの鋳型から打ちだされてきた金太郎アメども。かわりに消えちまったのは、昔ながらの抜け目がなく、扱いにくい小柄なタフガイたちさ。先にこの地に上陸して建国した草創期の人々は、いまや跡形もなくなった。濛々と葉巻をくゆらす男たち。短軀でこわもて、実利にたけた彼らこそ、あの目の虚ろな夢想家どもの父親だったのに。

　おれに息子がいたら、こんな結果になったろうか？　ファーガスンは腹立たしくなって掃除の手を急がせた。いや、おれの息子なら、こんなことになるもんか。きっと別の結果になったろう。おれに息子がいたら、ちゃんとケリがついたはずだ。

　テレビの拭き掃除を終えると、ファーガスンは油の染みた雑巾を勘定台の下に放りこんで、二階のオフィスにあがった。計算機からカヴァーを外し、売上記録のテープを装着しはじめた。デスクの前に腰かけて、テープをチェックしていると、かすかにカチャカチャと音がした。森閑とした店内に、金属の鋭い音がこだまする。

　誰かが入口の扉の前に立っている。テープの上に鉛筆を置いて、ファーガスンは目を上げた。入口に立ちはだかる人影。暗くてぼんやりしていた。誰なんだろう、察するのにしばらくかかった。最初のうちは、ラジオを修理してほしいとか、真空管を調べてくれとか言って、どこかの血迷った客が飛びこんできたのかと思った。が、はっとした。肺腑を刺すような痛み。あれはスチュアート・ハドリーだ。

一瞬、ファーガスンは起ちあがった。空しく鍵を開けようとしているハドリーを見おろした。彼が血相を変えて、暗渠に鍵を投げつけるのを目で追った。じっと見守っていると、ハドリーは扉から去りかけ、だしぬけに身を翻した。戻ってきて窓に手と顔を押しつけた。

ハドリーの怒声が届く。厚い防犯ガラスを震わす、くぐもった鈍い声。「入れてくれ！」亡霊の吶喊《おらび》。ファーガスンは耳を澄まし、その数語を聞くと、計算機のテープを外して、デスクの上に置き、……するすると解《ほど》きはじめた。ハドリーを思考の外に追いやろうとする。外の街路で叫んだり叩いたりする暴漢なんか、どこにもいないふりをしようとした。だが、ハドリーの拳が、ガラスをがんがん執拗に叩いていた。店にこだまする鉛の連打。凶々しい雷鼓の轟きに、彼は何も手がつかなかった。これじゃ、いつもの仕事ができない。

叩く音がやんだ。ハドリーはぽかんとして店の中を覗いていた。腑抜けたように、手の施しようがなかった。その光景にファーガスンは、いたたまれなくなった。あの阿呆、店に入れんことが分からないのか。こじ開けようと、まだジタバタしてやがる。でも、手の施しようがなかった。錠を閉ざした扉の外で、灰色の鋪道や駐車の列を遮ったまま、暗い人影が立ち去らない。

「入れてくれ！」ハドリーが絶叫した。

ファーガスンはびくっと腰を浮かし、手からテープが滑り落ちた。座りこんだまま動けなかった。頭を垂れて、次の衝撃音を待つだけだ。分かっていた。いずれ来る。彼はそれを覚悟して、身を固くした。

ハドリーの内奥に、こんな敵意が潜んでいたとは思わなかった。ハドリーがどれほど逆上しているかは、彼の理解を絶していた。いまや、その全部が表に噴きだしたのだ。ファーガスンは愕然として、背筋が冷たくなった。もういちど仕事に専心しようとしてみたが、とてもできない。店の外でいま起きかけていることに、耳を塞ぐことなどできなかった。むこうで起きていることなど非現実だと思いこもうとしても、とても無理だった。

があんという振動。残響が店に鳴り響いた。ハドリーが全身の体重をかけて、ガラスに体当たりしたのだ。ぎょっとして、思わずファーガスンは天を仰いだ。ハドリーの顔に浮かぶ暗澹たる醜悪な形相。虚を衝かれたケダモノの錯乱。眼は半白に曇り、頬は浮腫《むく》んで、血の気がなかった。扉にへばりついて、血走った眼で覗きこみ、何か生きものはいないかと、目をぎらつかせていた。

彼は立ち去らなかった。

ぞくっとファーガスンに戦慄が走った。そして恥ずかしさを覚えた。自分の恥ではない。ハドリーの恥だ。その背後に、ぱらぱらと野次馬が集まってきた。物音を聞きつけた通行人だ。面白そうにたがいに目配せしていた……ファーガスンは顔を背けた。なんたる屈辱。これから起ころうとしていることに、おれは耐えられるだろうかと考えた。こんなことが許されるなんて、いったい何の意味、何の意義があるのか。

「入れてくれ!」ハドリーの悲鳴。

駄目だ、と言ったところで何にもならない。言うだけ野暮だった。自明のことだ。ファーガスンは、目を上げようともせず、デスクの端に置いてあったガラスの文鎮を、穴のあくほど見つめていた。文鎮は空洞の球体だった。なかにミニチュアの風景が仕込んであって、ちっぽけな家と木と砂利道が鎮座している。家の屋根に積もった白い雪ひらが、球を転がすと、充填した液体にふわりと舞う仕掛けだった[47]。

しんとした。

ファーガスンは恐る恐る目を上げた。ハドリーは消えていた。あいつ、立ち去ったのか。やっとあきらめたのか。ついに、もはや店に復帰する道は断たれた、と悟ったのか。おのれの素行不良、自業自得で、店に入る権利を没収されたことを思い知ったか。

ファーガスンがほっとして、安堵の息をついたころ、ハドリーがふたたび現れた。手に何か持っていた。煉瓦だ。

ファーガスンは、思わず起ちあがった。とっさに電話を取ってダイヤルし、「警官を頼む」と市役所の交換手に告げた。

「了解」男の交換手が静かに応じた。「住所は?」

住所を教えると、ファーガスンは受話器を叩きつけた。階下へ駆け下りる途上、ほとんど一階にたどり着く直前、煉瓦がガラス戸を叩き壊す音が響きわたった。その瞬間を見たわけではないが、耳には届いた。扉が開け放たれたように、がしゃんと炸裂するガラス。店の正面に出ると、彼の目に惨状が飛びこんできた。ハドリーが成功したのは、窓ガラスにバスケットボール大の穴をあけることだった。穴を透かして、ハドリーの顔が店内をうかがっていた。憤怒に顔が歪み、割れたガラスの先から、細く数条の血が垂れていた。

ファーガスンが見ている前で、ハドリーは穴に手を突っこんだ。内側の扉の把っ手を探っていたが、内側も外側と変わらず、錠前が替えられていた。鍵はファーガスンのポケットにある。ハドリーは扉の内側をまさぐって、手の邪魔になる槎牙《ギザギザ》のガラスの破片を、突いたり引いたりした。が、焦れて、いきなり肩を穴にこじ入れると、ぐいと押しこんだ。

ガラスの破片が砕け散り、音をたてて床に落ちた。ガラス全体がめりこんで、陥没してしまう。圧しひろげられた穴は、縦二フィート、横一フィートの、斜《はす》かいにぱっくりあいた洞《ほら》と化した。ハドリーのコートはずたずたに裂けて、腕や肩にボロが垂れ下がっていた。背後の野次馬の群れは、かなりの数に膨れあがっている。誰ひとり動かない。この妄執の物狂いを遠巻きにしていた。誰もが蒼白の顔で、魅せられたようにこわごわ見守っている。ハドリーは扉から一歩退くと、ガニ股になって立ちはだかり、息を喘がせながら頰の血をぬぐった。

「入れてくれ！」懇願だった。あたりをつん裂く奇声。生々しい苦悶の咆哮。およそ人声ではない。それでも、ファーガスンは身じろぎもしなかった。見る影もない残骸となった扉を開けてやろうとしなかった。からだを硬直させ、緊張して耳を澄ましながら、彼は思っていた。警察はどこだ、なぜ来てくれないんだ。

ハドリーが何をしでかそうとしているのか、動きだす前にファーガスンは読めた。一瞬、足の拇指《ぼし》球に体重をのせ、ハドリーは身構える。後ろに半身を反らして釣り合いをとった。それから頭を下げ、肩をそびやかし、乱杭のガラス穴に、まっしぐらに跳びこんだ。渾身の力をこめた体あたり。いちめん、ガラスの瀑布だった。ファーガスンに降りそそぐ飛沫の雨。床やテレビや勘定台に飛沫《しぶき》が散った。外では野次馬が、恐怖に固唾《かたず》をのんでいた。

ハドリーは穴に打ちこまれた楔《くさび》だった。切り裂かれたグロテスクな血だるまが、喪神してもがいている。四肢が勝手にばたつき、反射神経と筋肉がやみくもに絡みあい、脳中枢の知性とは無縁の肉塊と化した。折れた指がなぞるガラスの残骸。胴震いに襲われ、それから徐々に体内に微風が吹きわたった。背や腕に刺さるガラスの破片は、荊棘《けいきょく》を埋めこんだ肉の鎧だ。血に濡れて、はっとするほど白い頬骨が光った。左の眼球が一筋残して、頬にぶらりと垂れる。下顎の一部がもぎとられていた。

店内に頭を突っこんだまま、ぴくりぴくりと手足をのたうたせ、身を震わせているうちに、陰鬱なサイレンの音を鳴らして、警察の救急車が街角に近づいてきた。警察の登場だ。野次馬たちはさっと二手に分かれた。警官たちがすぐ戸口にやって来る。

ファーガスンが一歩進みでて扉を開けてやった。彼は吐き気を催さないうちに、どうにか修羅場を片づけようとしたが、ひどい吐き気がこみ上げ、勘定台の端の片隅にすごすごと退散した。人魂《ひとだま》のようなわびしい常夜灯が、そこに青く灯っていた。救急チームが店内に乱れ入って、ハドリーのまわりに群がる。しばらく長い間があって、チームは彼を担架台《ストレッチャー》に乗せ、鋪道を突っ切って、救急車まで運び去った。ほどなくまた救急車はサイレンを鳴らし、車の流れに呑みこまれていった。

「あんたが電話したのかね？」警官がファーガスンに声をかけた。「この店の持ち主かい？」

「ええ」やっとの思いでファーガスンは返事した。窓枠の縁にまだへたりこんでいた。ボール紙の展示見本と雑巾のあいだ、ステープルガンのそばで訊きかえした。「彼の傷はどうかね？　一命はとりとめそうかい？」

「大丈夫さ」と警官が請けあった。「縫合してくれるからな。どっちにしろ、大ざっぱな縫合だけどね」手帳と鉛筆を取りだした。別の警官が、怖いもの見たさの野次馬を追い払っていた。「あの人物とは知り合いなのかい？」

「ああ」とファーガスンは言った。「彼を知ってる。知り合いなんだ」

「刑事責任を問いたいかね？　それとも、釈放してほしいかね？」警官は手帳をぺろりとめくった。「たぶん、釈放してやったほうがいいだろうな」

「釈放してやってくれ」とファーガスンは言った。「どんな告発にせよ、おれは望んでいないから」

「あんた、保険には入ってるかね？」ガラス戸の残骸を指さしながら、警官が訊いた。別の警官の一人が、扉を扉枠《かまち》に収めようと手こずっていた。

「ああ」とファーガスンはこたえた。「この二十年来、ずっと保険はかけてきた」

割れて咢《あぎと》を開いた扉の穴を、町のざわめきがすり抜けていった。轟々《ごうごう》たる車の音、人のひそひそ声。人声と機械音がまじりあい、街頭から参差《ふぞろい》な賤《しず》の声々が、夜風に運ばれてきた。

「あいつの女房に電話しとこう」と言って、ファーガスンはよろよろと起ちあがった。

「警察のほうから電話してもいいですよ」と警官が言った。

「おれのせいなんだ」とファーガスンはこたえた。電話の前に踏みだして、むずと受話器を取った。「だから、このおれが電話する」

第四部　夜

ヒルマン・ミンクス[1]の運転席で、デイヴ・ゴールドはハンドルを握りしめ、しかつめらしく前方の街路をうかがった。用心深く運転しているのは、ドライバーの責任を感じていたからだ。路面の穴や轍《わだち》を避けて、この小型の英国車を走らせた。滔々たる車の流れに乗って、鉄道の踏切を渡ると、工場地区や場末の露店をかすめ、古びて朽ちかけた殺風景な街角にそそり立つ板屋の軒端を通りすぎた。

「肋骨は折れてるの？」気を揉んだローラが、前の座席で振りかえり、スチュアート・ハドリーの顔を覗きこんだ。

「大丈夫」とハドリーはこたえた。

彼の横にいたエレンが、手をぎゅっと握った。「もうすぐ着くわ。あんまりがっかりしないといいんだけど——これまで住んでいたところとは、似ても似つかないから。ちょっと——」落ち着かない仕草をみせた。「つまり、すっかり荒れ放題の家なのよ、ダーリン。でも、きれいに掃除すればいいの。とっても素敵になるわよ」

ローラ・ゴールドはまだ、スチュアート・ハドリーの顔をうかがってじろじろ見ていた。

「顎はどんな具合？」

「大丈夫」と彼はこたえた。かすかに笑みを浮かべた。「申し分ないよ」

安堵してローラはシートに背を沈め、眼差しを路上に転じた。「暑いわねえ」と言った。

「デイヴ、エアコンをつけてよ。わたし、茹《う》だっちゃうわ」

「エアコンって、どうすりゃいいのか、わからんのだ」とデイヴがこたえた。「ダッシュボードの小物入れを探してみてくれ。どっかにマニュアルがあるからさ」

「じぶんで操作できないんなら、なんでこの車を買ったのよ」とローラが焦れた。くすくす笑いながら、スチュアートとエレンに顔を向けて「彼、まんまと余禄にありついたのよ。有頂天になっちゃってさ。このお調子もん！」

「車は持ってないとな」デイヴは強情に言い張った。「あちこち、車で行かなくちゃならんだろ」

「彼ったら、わたしに運転させてくれないの」とローラが言った。「車が上等すぎて、わたしの運転じゃ無理なんだって。これは彼の車で、わたしのじゃないし」エレンに下卑たウインクを送った。「ライオンは我を張るもんだってさ」ハドリーにも片眼をつぶってみせた。

「どっかのライオンはね」

最初、彼はその家が見えなかった。家は街の左側にあって、つぶれた片眼の死角に入っていたからだ。エレンがピートをしっかり抱きしめ、心配そうに見守るなかを、ハドリーは歯を食いしばって車から這いだし、鋪道に降り立った。九月半ば過ぎの耐え難い陽光が、かっと照りつけた。彼は目をしばたたかせ、立ちくらみが収まるのを待った。それから手を差しのべてピートを受けとり、あとからエレンが出てきた。

「あの家、どう思う？」彼女はすぐ訊いた。探るような目を輝かせて。

ハドリーがその破家《あばらや》を観察していると、ヒルマン・ミンクスはごほごほ咳きこみながら、そそくさと走り去っていった。さよなら、と勢いよく手を振るデイヴとローラ。小型の車は、たちまち車の流れに没した。スチュアートとエレンは、ぽつんと舗道にとり残された。

「どうして行っちゃったんだい？」ハドリーが軽い好奇心に促されて訊いた。

「あとで戻ってくるわ」エレンはそっと彼の腕を取った。「家に入ってみたい？　もういいかしら」

「いいよ」とハドリーは言った。ゴールド夫婦のことは忘れて、ぎごちなく家へ歩きだした。

古めかしい板張りの家だ。むかしは人も羨む堂々たる屋敷だったのだろう。この一角が新しい町だったころ、この家はブロック一帯を睥睨《へいげい》していたのだ。凝った櫓《やぐら》から察するに、世紀の変わり目には絶頂期だったはずだ。側壁がいまや、茶の蓬髪みたいな暗色の柿葺《こけらぶ》きになってしまった。煤ぼけて亀裂の入ったでこぼこの柿板《こけらいた》が、屋根まで波打っていた。三階建ての家屋。大きな敷地を囲む錆の浮いた鉄柵。片隅にうずくまる汚らしい椰子《やし》の大樹。そのかたわらに、かつてガレージだった空舎があった。階上の窓には、敝衣さながらの襤褸《ぼろ》カーテンが垂れていた。アスファルトの屋根は、腐食した冴えない赤に変じている。ひび割れた灰色のコンクリート通路のまわりに、しなびたゼラニウムが繁っていた。どっしりした正面のポーチは、縁が欠けて撓《たわ》んだ板張りで、色の褪せた青い増築部分には、籐椅子と鉢植えが置いてあった。隅っこに黴《かび》の浮いた古新聞の山が積んであった。

「ペンキをひと塗りすれば」と、エレンが一縷の望みを託して言った。「きっときれいになるわ」夫の手をひき、セメントのステップを三段上がって、重い門扉へ導いた。彼が律儀に留金を外そうと手こずるあいだ、立って待っていた。「ちょっと門が古いかもね」

「僕らの部屋はどっちだ？」妻に門扉を開けてやり、あとから閉めた。おぼつかぬ足どりでポーチへよろよろと歩きだした。エレンがそれを制して、やさしく家の脇のほうに誘導した。

「そっちじゃないの。別の入口があるのよ」歩きながら手短に説明した。「家主はミセス・ネヴィンといって、最上階に住んでるの。ところ狭しと家具で埋まってるわ。広告に応募した日、あたしもちらっと会ったの。彼女の話だと、二階の住人は、ロサンジェルスから来たあばずれの若者カップルだそうよ。男はコピーライターでね、女は彼が留守だと間男を連れこむんだって。一階の住人はとてもひっそりしてるの。長らく暮らしているけど、パーティーを開いたのは一度きり。そんなに夜遅くまで騒がないのは、ミセス・ネヴィンがかつて階下に下りていって、おねがいだから静かにしてくれって頼んだからよ」

「で、僕らは？」とハドリーが訊いた。

「いちばん下の階なの。半地下なのよ」エレンは身を屈めて、地面より低い扉の把っ手を回してみた。「鍵がかかってるわ」鍵を取りだして、かちりと開けた。「とにかく、これがあたしたちの家よ。ここに入居するの。ミスタ土龍《もぐら》とミセス土龍《もぐら》みたいに。それで構わない？」
　彼はどうでも構わなかった。ふたりして、暗い湿った室内に入った。エレンが埃まみれのカーテンを払うと、さっと陽が射しこんだ。天井には蜘蛛の巣や煤だらけの炉のパイプや、金属製の通風口が突兀《とつこつ》と突きだしていた。壁には水道管やガス管がのたくっている。ウナギの寝床のようで、暗くて天井も低く、しんとしていた。家具がひとつもない。壁二面には窓もなかった。三番目の壁のむこうを、亭々とした椰子の古樹がふさいでいる。部屋の端の扉が開け放たれ、奥の部屋が見えた。ハドリーは妻にピートをあずけて、そっちに歩いていった。

　細長く、天井の低い居間の彼方に、小さな狭苦しいキッチンがあった。ばかでかいアイスボックスが、片隅に押しこまれていた。流しと壊れた黒いガスレンジは、この部屋にお似合いと言えた。「食器棚はないのかい？」ハドリーが訊いた。朗らかな顔だ。

「次の部屋にあるわ」後ろからついてきたエレンが言った。キッチンのむこうはいくつもの小部屋に分かれていた。迷路のような廊下の先に、お茶の間《ダイネット》と寝室二部屋、浴室、シャワーの一角があり、最後は洗濯室で終わっていた。もとの穴蔵とは別に、建て増した部屋があり、床に濡れた泥が盛ってあった。汚れて黄ばんだ石膏ボードの壁。アパート全体に、湿気と黴《かび》の匂いがぷんと漂っている。壁のどこかでかさこそ走る鼠の音。その奥は音ひとつしない。椰子のおかげで、街路の騒音も遮断されていた。頭上の天井も厚く、物音はつたわってこない。世捨人の苫屋《とまや》のように、ここは孤立していた。

「たぶん」とエレンが憂《うれ》わしげに言った。「ちょっと牢獄みたいな感じかな」

「素敵なところだよ」とハドリーが言った。「牢獄なんて言うのはやめよう」

気が咎《とが》めて、エレンは頬を染めた。「ごめんなさい。つまり、あなたもそんなふうには考えないってこと？　ほんとはそれほど辛気くさいわけじゃない。お掃除すればいいのよ」

「そうだね」とハドリーは呟いた。ポケットに手を入れてうろつき、ひと部屋ひと部屋覗いてみた。クロゼットで突然、自分みずからと鉢合わせした。靴箱に置いてあった割れた鏡の破片に、切れ切れになって歪んだ彼のむごたらしい鏡像が映ったのだ。ぎょっとした。扉を閉め、忍び足で部屋を出て、食料の貯蔵庫に移った。

「ひとつだけ確かなことがある」彼は顔をしかめて言った。「僕はもう二度と、勘定台の後ろに立ってるハンサムな青年には帰れない。終わったのさ、済んだことだ」

「そうなの？」エレンは意味もわからず生返事した。「いいわ。あたしもうれしい」

ハドリーは、左の眼球を失って、ぽっかり穴のあいた眼窩《がんか》を指さした。「このことだよ」絆創膏でとめてあるが、ざっくり抉《えぐ》れた顎にも触った。「それにこっちも」

エレンは流しで忙しげに立ち働いていた。「これぜんぶ、掃除しなくちゃね。やれやれ、とんだ汚れだわ」新聞紙を破いて壁にあてた。「ここは残らず、タワシで洗わなくちゃ。ぜんぶよ」

「じゃあ、さっそくとりかかろうか」とハドリーが言った。

「だめ！」エレンが静かに向きなおった。心配そうな顔で訴える。「あなたは何もしちゃだめ。せめてあと二カ月は休んでいなくちゃ。あなた、肋骨が――」肩に手を置いて、真剣に彼の顔を覗きこんだ。「おねがい」

ハドリーは扉のほうへ歩いていった。扉を開けたままにしようと身を屈めた。割れたセメントの塊を蹴って、扉のストッパーにする。妻に背を向けてしばらく敷居の上に立っていた。部屋の隅で寝ていたピートが泣きはじめた。いきんだ顔が赤黒く膨れ、手を激しく振りまわしていた。

「どうしたんだい？」振りむいてハドリーが訊いた。

「手を挟んだの」エレンが赤ん坊から何かを取りあげた。「これよ。いったい、何かしら。食器棚の蝶番《ちょうつがい》かしら、たぶんね」ジャケットを脱ぐと、窓の外に蝶番を投げ捨てた。この先に控える大掃除に備えて、彼女は色褪せた古ジーンズに穿きかえ、ペンキ跡の散ったキャンヴァス地のシャツをかぶった。靴を蹴りとばし、今週早々ここに持ちこんだ道具を拾いあつめた。

「さ、始めましょ」と宣言した。ブリキのバケツをキッチンに運び、粉石鹸を投じた。石鹸のあとから熱い湯をそそぎながら、廃品のシーツを裂いて木綿の端布《はぎれ》にすると、バンダナのように髪に巻いた。「あなたは座っててちょうだい」とハドリーに命じた。「外に出てもいいわ。まず壁から手をつけようかな」

重いデッキブラシを泡立てて、足場になるものを探した。「天井まで届かないわ」と悲しそうに言った。「あなた……何か考えつかない？」

ガレージの廃屋でハドリーは、脚立《きゃたつ》がわりになりそうな木枠を見つけた。エレンは嬉しそうにのぼって、天井をごしごし洗いはじめた。むきだしの腕から捲《まく》りあげた袖に、汚水が流れこみ、顔にも点々としたたり落ちた。彼女は彼を見おろして、楽しげにほほ笑みを浮かべた。目を見ひらき、胸を弾ませて。

「あたしって、役に立ってるかしら？」と彼女は訊いた。

「大活躍だよ」とハドリーが励ました。「でも、そろそろ中休みして、ビールでも飲む時間じゃないかい」

「氷を買ってこなくちゃね」とエレンが言った。「アイスボックスに必要だし……まず、あれをきれいに洗うべきだわ」鼻に皺を寄せた。「変てこな臭いがするから」

恐る恐るハドリーは扉枠《かまち》に腰をおろし、膝を開いて、両手を組み合わせた。暖かな秋の陽射しを顔いっぱいに浴びる。目を細め、頭をのけぞらせた。微風が椰子の樹をそよがせ、殷々と重い葉擦れの音を響かせていた。さながら眠る老鳥がそっと身を寄せる羽音のように。

日なたぼっこは気持ちがいい。彼は満喫した。手足をリラックスさせると、からだの節々から、いくらか疼痛が薄れていった。彼は満身創痍といってよかった。持続的な痛みが彼の背後で根をおろし、意識レヴェルの裏にはりついて、ゆるやかに水脈《みお》をひく遠い痛覚を形成していた。脳の片側にぽっかりあいた視野の闇……それが最悪だった。街路の反対側に駐まっている車のあいだをすり抜ける一匹の猫に、彼はわざと目を凝らした。が、一つ目でもよく見えた。彼はまだ障害物を避《よ》けて歩くことができた。肋骨もいずれ治るだろう。

傷の大半はやがて癒える。このままずっと日なたに座っていれば、窄《すぼ》んだ目玉だってもとに復すかもしれない。最初は眼窩にぽつんと芽生えが生じ、だんだん大きくなって、最後は元どおりの目玉になるかも。いや、ほんとうは、そんな奇蹟なんてありえなかった。考えれば考えるほど、そんなことが起きるなんて、疑わしく思えた。夢はたちまち凋《しぼ》む。残念だけれど、甘受するしかなかった。この身に起きたことは、未来永劫消えない烙印を残したのだ。よきにつけ悪しきにつけ、彼はもう同じスチュアート・ハドリーではなかった。

実際、いろいろな意味で彼は、もとのスチュアート・ハドリーとは似ても似つかなかった。かつて彼が思い悩んだのは、スチュアート・ハドリーとはいったい誰であり、何者なのかだった。いまはもうどうでもいい。過去のスチュアート・ハドリーとは、すでに遠く離れた関係でしかなかった。その名を聞いても、そよとも心が動かない。財布に収めた証明書では同じ外見でも、内面はほとんどさざ波も立たない残響でしかなかった。それでも、呼応するものはあった。ある程度まで、彼はそれに鷹揚でいられた。

眠たそうに、タバコとマッチを取りだした。彼は火を点じて、そろそろと脚をのばす。鉄製のフェンスのむこうを、自転車を押しながら、子供が数人通りかかった。ちらっと彼に目をやる。すさまじい癋《べしみ》見の悪相に、はっと彼らの声がやんだ。彼は無言のままだった。やがて彼らは通りすぎたが、さっきと違って声を潜めていた。

これからずっと、こういう目に逢うんだろう。彼は烙印を捺《お》された。隠しようもない烙印だった。婆さんたちはもう二度と、修理してほしいとラジオを抱えて彼のもとにはやってこないだろう。ウールワースのソーダ屋で働くあの黒髪の女の子にも、冗談ひとつ言えなくなるんだ。そう思っても腹は立たない。暖かな陽ざしに彼は寛ぎ、心は平和だった。

「あたしにもタバコを一本くれる？」エレンが息を切らし、木枠から降りて、目もとの髪を払いのけた。彼のそばに来て、しゃがみこんだが、顔や腕に汚水の痕がついていた。彼が吸いさしを渡すと、彼女は上体を伸ばして項《うなじ》にキスした。

「僕もじき手伝えるようになるよ」と彼は言った。「引っ越すころまでには」

「引っ越しはあさってよ」エレンはほとんど無理と言わんばかりだった。「当面、何とか暮らせるよう、あたしがざっと片づけとくから、あなたはあとで、きちんと整理すればいいわ」

「きみの実家から、どれくらい家具を持ちこむ気なんだい？」

「ベッドだけよ。それと衣類。食器も——私物を少しばかりよ」背筋を伸ばした。「二日ほどあっちに泊まるけど、構わないかしら？」

「ああ」と彼はこたえた。いまは何でも耐えられた。

「あたしたち、ゴールド夫妻の家に泊まってもいいのよ」

「そんなこと、どうでもいいよ。応接セットはとっておくのかい？　支払い済みだけど」

「ええ」とエレンは言った。「応接セットとベッド、それにあの大きなランプと敷物、銀食器はね。小物はぜんぶ取っておくわ。冷蔵庫とガスレンジとテレビを除いてね。あとはあたしが返品しておく……月賦を完済するほど、使い手のあるものじゃないから」

「つまり、選択の余地がないんだね」

「あなた——残してほしいの？」

「いや」とハドリーは言った。「アイスボックスを使えばいいから」郡立病院の監禁棟に五週間も入院していたから、彼はわずかな身の回り品で暮らせるようになっていた。

　エレンはバケツと雑巾の仕事に戻った。「まだ電気トースターとコーヒーメーカーがあるし、ワーリングのミキサーもあるわ。台所の小物類もぜんぶ……」声が侘しそうに尻すぼみになった。「あきらめきれなかったの……とにかく、売り払っても一つ数ドルにしかならないし」

「いいさ」やさしくハドリーは言った。

「でも、多少は費《つい》えの足しになったわ」

「大丈夫だよ」とハドリーは言った。中庭にむかって紫烟を吹かすと、ゼラニウムとイベリ《キャンデイタ》ス《フト》〔2〕のあいだを流れていった。彼はぼんやり考えた。男ひとりぼっち、生い繁った椰子の樹を見おろす暮らしなんて、ありうるんだろうか、と。

　彼は翌月いっぱい、からだを休め、回復につとめながら、半地下のアパートでぶらぶらしていた。からだはゆっくり癒えていき、だんだん体力がもどってきた。彼は重傷を負っていた。失ったものを取り戻すには、長い時間がかかる。すべてを旧に復せるわけではなかった。ついに、時を待つのをやめた。これ以上はよくならない、と悟ったのだ。彼に残されたものは、これからの可能性、残りの人生だけだった。

アパートを塗りなおす前に、彼は鉄製のブラシでこすって、壁の汚れを落とした。木張りの板から古ペンキをこそぎおとし、シミ抜きの手立てを講じた。安手の白いエナメル塗料の下から、立派な古い胡桃材《ウオルナツト》が現れた。なかなか手こずったが、ゆっくりと本来の木目と色合いが見えてきた。彼は辛抱強く作業した……手間のかかる仕事だった。

彼が削《そ》いだり、拭いたり、洗ったりしているあいだ、エレンは勤めに出て忙しそうに行き来していた。回復途上のハドリーを家に残し、ダウンタウンの会社事務所に働きにいって、タイピストや速記者として働いた。ピートの世話やアパートの留守番は、ハドリーの役目だった。長い人生ではじめて、彼は無為な長い朝を過ごすことになった。彼は考えに耽り、自分と狎《な》れ親しんだ。平日の家は森閑と静まりかえり、聞こえるのはソープオペラを流す遠くのラジオの音と、街路を走る牛乳屋やパン屋のトラックが軋ませるブレーキの音だけだ。

肋骨が治ったので、ペンキ塗りができるようになった。土曜はひねもす、塗料屋に居座って、さまざまな色や品質のペンキを見てまわった。高光沢、エナメル、薄塗り、油性、水溶性、新ゴム系、ブラシとローラー、スプレーガン、テレピン油、紙やすり《サンドペーパー》など、家の塗装関連の道具なら何でもそろっていた。買う段になると、彼は黙って厳粛に選びぬいた。家に持ち帰った段ボール箱には、単純な色彩の塗料と、組み立て式の基礎的な道具が入っていた。

用心しながら一歩一歩、彼は生活を立てなおしていった。緩慢な骨の折れる道のりだ。朝から晩まで丸椅子の上に立ち、やすりをかけたり、洗ったり、詰め物をしたりして過ごした。

積年の埃や垢を払い落とし、汚れを剝いで下地をむきだしにして、塗りこめてある素材を露出させた。硬い表面がそげ落ちていくにつれ、質素な飾りけのない色調が見えてきた。彼は一度に一フィート四方ずつ作業を進めた。いま手がけていることと完全に一体となり、渾身をそこにあずけたのである。

清掃と塗装の次は、新しい備品だった。彼は卸売ハウスでシンプルな天井用蛍光灯を注文した。一日かけて照明具一式を組み立て、スイッチに電線を張った。古い朽ちかけた電線を剝ぎとり、堅牢なアルミ製BXケーブルに入れ換えた。夜になると、アパートは塗料やガスレンジの暗香に包まれた。開け放った窓から漂ってきたのは、野原や庭で末枯《すが》れかけた秋の草の匂いだった。エレンはベッドに腰をかけて、虫食いのベッドカヴァーを繕い、そのあいだにハドリーはトイレの吸引装置を直そうと、辛抱強く働いていた。

彼はもっとましな暖房装置を備え付けたかった。でも、まだ待てる。冬の到来はしばらく先だ。彼は慎重にひとつひとつ作業を進めた。すべてをもう一度、基礎から学びなおした。ひ弱な男がそうすべきであるように、九死に一生を得た重病人らしく、手探りでそろそろとことを運んだ。どれほど病んでいたかは承知のうえだ。復帰に彼は時間をかけた。

破れて汚れた古ズボンに、テニスシューズを穿き、スエットシャツを着て、日焼けした首筋、腕に汗を滴らせながら、彼は庭にしゃがみこんだ。新しいコンクリートのステップをこしらえようと、枠を組み立てようとした。だが、ステップづくりとなると、何も知らなかった。失敗した彼は、しばらくその仕事はうち捨てた。すぐにはものにならない……彼はアパートに戻り、配管を調べなおした。

　ある日の午後、ガスレンジの排気筒と格闘していると、オルセンとジョー・タンピーニが家に立ち寄ってくれた。

「なかなか心地よさそうにみえますね」タンピーニがきまり悪そうにアパートをぐるりと見てまわった。外に駐《と》めた店のトラックが、ハドリーの目に入った。彼は妙な感覚に襲われた。何食わぬ顔で、二人にビールを注いだ。

「ご近所は、しょぼくれた場末だけどな」と呟きながら、オルセンはビールを受けて「ありがとよ」わざとソファーにどうと座ると、身をのりだし、上体を屈めてそわそわしていた。

「ずいぶんとご無沙汰だが」とうとう口にした。「具合はどうだい？」

「元気だよ」とハドリーが言った。

「たしかに、とんだ大怪我だった」オルセンはちらと目をやって、じっと眺めた。「このおれが身代わりを務める羽目になったが」

　ハドリーは何もこたえず、ただうなずいた。

「ご老体、ファーガスンは、あんたのおかげで、すっかり滅入っちまったぜ」髭の生えた上唇から、ビールの泡をぬぐってオルセンはしゃべりつづけた。「いまじゃ、糞でもチビりかねない有様さ……もう以前のあいつじゃねえ。あんた、ほんとにあいつを打ちのめしたんだ」

　タンピーニも相槌を打った。「ちょっとしょげてますねえ。いまじゃ、誰かれ構わず怒鳴りちらすってことも、影を潜めちゃって」

「そうか」とハドリーは曖昧にこたえた。店の噂を聞いても、胸はざわめかない。心を繋ぎとめておくのさえ難しかった。「商売の具合は？」

「ひでえもんよ」オルセンが語尾に力を籠めた。「ファーガスンはジャック・ホワイトをクビにしやがったんだ。代わりを雇ったんだが、こいつがメイバーグんとこから来た、しょうもなく半端な野郎でな」

「僕は店頭でセールスマンをしてます」とタンピーニが言った。「きょうはゼニスのコンボを売ったよ。僕たち、その配達で店を出てきたのさ」

「よかったな」とハドリーは言ってほほ笑んだ。「ガールフレンドはどうした？」

「結婚した〔3〕んです」タンピーニは恥じらいをどうにか押さえこんで、もじもじしながら答えた。アロー製のシャツの下で誇らしそうに胸をそびやかす。「ね、いつかうちに寄ってよ。一緒に食事をしましょうよ。ヴァージニアの料理は抜群ですから」

「お相伴にあずかるよ」とハドリーは約束した。

ふたりはぐずぐずと長居した。「また会えたらいいな、トンチキ」だしぬけにオルセンが言いだした。「あの店は、もう昔と同じじゃねえんだ」面と向かって、ハドリーの顔を見ようともしなかった。「あんたが辞めちまって残念でならねえ。あの糞ったれファーガスンを、よくもあそこまで罵倒してくれたもんだぜ。いつか、おれのためにも加勢してくれよな」

ハドリーは無言だった。

「おれはいつも思ってたんだ。モダンTVみたいなしみったれた店に、あんたはまるで向いてなかったのさ」オルセンは続けた。「おれだってさ、すぐ糞をチビるような根性なしでなけりゃ、大見栄切ってたろうよ。後ろ脚でぱっと砂をかけて、こんな店なんか出てってやるって、ほざいたさ。でも、おれは言えねえんだよ。キンタマが小さすぎてな」

「僕はそんな風に考えたこともないよ」とハドリーが言った。

「ふうん」オルセンは呻いてゲップを吐いた。「たぶん、言うにも値しねえってことなんだろ」ハドリーの顔を指さす仕草をみせた。「そのすぼんだ目玉《めんたま》のせいで、あんた、とんだ化けものヅラだぜ。どうして、ガラスの義眼にしないんだ。おれの知りあいのダチ公なんて、戦争で隻眼《ひとつめ》になっちまってから、義眼を入れてるぞ。とにかく、あんたもそうしたらいいと思うがな。どう考えたって、ずっとまともな顔になる。すっかり治ったようにみえるぜ」

しばらく考えこんでから、ハドリーはこたえた。「気分はいいんだ。ちょっと疲れてるけど」

男ふたりが起ちあがった。「そろそろ行かなくちゃ」ジョー・タンピーニが真顔で言った。

「いつかまた寄りますよ」

「食事に立ち寄ってもいいかな」ぶっきらぼうにオルセンが尋ねた。「ちょいと息抜きに、女の手料理にでもありつけたらいいな。まずい定食屋ばかりじゃ、臓腑《はらわた》が腐っちまうぜ」

「どうぞ」とハドリーは言って、笑顔をうかべた。「いつでもいいよ。電話番号を教えとくから」ふたりが扉のほうへ退《すさ》っていくと、彼が付け加えた。「きみらがここに来たこと、フアーガスンが気にすると思うかい？」

「あいつなんか、糞っくらえだ」オルセンがコンクリートのステップを下りながら、大声をあげた。背を丸めて、大蟹のように頭《こうべ》をめぐらせる。

「彼だって後悔してると思うんだ」顔を紅潮させながらタンピーニが言った。「つまり、自分のせいだと感じてるでしょうね。彼もわかってるけど――」困惑したように、そこで言いよどんだ。「僕の知ったこっちゃないや。彼は責任を感じてると思うけどね」

ハドリーがうなずいた。

「彼、二軒のお店を切り盛りする人材を見つけるのに、四苦八苦してるんです」タンピーニは急いで言い添えた。「僕が思うに――」

「来いったら！」トラックからオルセンが、甲高い声をあげた。「長っ尻もいい加減にしろ――おれたちゃ、この糞ったれの荷を配達して、店に戻らなくちゃいけないんだぞ」

轟音を立てて、トラックは走り去った。ハドリーはアパートに舞いもどって、さっきの仕事に取りかかった。しばらくファーガスンと店のことが念頭を去りやらない。が、イメージは薄れていった。軛《くびき》を逃れて、彼はほっとしていた。はたと思念の乱れ舞いがやむ。それから彼は、壊れたガスレンジに一心に目を凝らした。

メッセージそのものはアリスから届いた。ハドリーと妻が、キッチンでアスファルトのタイルを敷きつめていると、エレンが言いだしたのだ。「打ち明けたいことがあるの。あなたがなんて言うかわからないけど。でも、たぶん、あたしが四の五の言うべきことじゃないわ」

　ハドリーは糊のポットを置いて、キッチンテーブルに座りなおした。もう夜ふけで、ほとんど真夜中にちかい。重い夜気に、窓は大きく開け放ってあった。街の左右を見わたしても、暗闇に沈んで、動くものがない。玉蟲が数匹、羽をブンブン鳴らして、頭上の電灯とじゃれていた。

「何の話か、察しはついてるよ」とハドリーが言った。「仕事帰りにタンピーニが寄って、何やら言ってたから」

　タイルを貼り続けながら、エレンが言った。「きょう、アリスがオフィスに来たのよ。うちの母から、あたしの勤務先を聞きだしてね。彼女、二時間ほどいたわ」気遣わしげに夫を見上げた。「その話をしても構わない？」

「構わないよ」

「あたしたちがどんな暮らしぶりか、聞きたがっていたわ。ピートはどうって。もちろん、あなたもどうかって。彼女が病院にお見舞いに来た日のこと、覚えてる？」

「ぼんやりとね」ハドリーは言った。警察の病院に収容されていた全期間、判事の審尋、弁護士の活動、司法手続きは、どれも心底で霞んで揺らめく陽炎《かげろう》となっていた。「彼女のほうはどうなの？」

「元気よ。彼女は――」エレンは躊躇した。「そうね、こう言うのよ。ファーガスンが言ってるんだそうよ。あなたが望むなら、店に帰ってきてもいいって」

「なるほど」一瞬、間をおいてからハドリーが言った。「僕もそれをとことん考え抜いた」

「あなたがどう感じるか、彼女は読めていなかった……あたしもわからなかった。だって、そんなこと、考えもしなかったんですもの。あたしはただ——もう閉じた本だと思っていたの。あたしの言う意味、わかるでしょう?」

「ああ」ハドリーはみとめた。「きみが言いたいことはわかる」

「あたし、すっかり動顚したのよ……あなたに話してみるって、彼女には言ったわ」エレンは数枚のタイルをつかんで、一心不乱に作業を進めていた。「それが彼女の言った話なのよ。ほんとうに言葉少なで……もちろん、彼女はそれを言いにきたんでしょうけど。詳しいお話じゃなくて……そっくり再現しても、さっきと変わらないと思うわ」

「そんなふうに復職を持ちだしてくるだろう、と思ってたよ」ハドリーが言った。「彼女、返事を待ってるのかい?」

「あたしがお返事の電話をすることになってるの」

「彼女に言ってくれ。ファーガスンに、ありがとう、とお礼をひとこと頼む。それから、僕はもう戻らないって伝えてくれ」

　エレンはふうっと肩で息をした。「よかった」

「まだしばらく、きみが働きに出なきゃいけないってことだけどね。僕の下準備が整うまでは」

「あなたはまだ働くべきじゃないわ！」エレンが異を唱えた。

「もう十分だよ」ハドリーはきっぱりと言った。「何か仕事探しでも始めよう」

すぐに小声でエレンが尋ねた。「どんなこと？　ダーリン。何かしようとしてるの？」寂しげに言った。「あたしも思ってたわ……あなた、何か新しいことをしたいんでしょ。たぶん。心機一転、違うことを」

「そうだね」とハドリーが言った。「僕もあれこれ考えてたんだ。ほとんど決心しかけたこともあった……でも、時間をかけたいんだ」彼は起ちあがって、作業を続けるために、妻のそばに腰をおろした。「焦って飛びつきたくないのさ」

　彼が選んだのは、人目に立たない地味な仕事だった。地元の鋼管工場で、細長い倉庫のベンチに毎日陣取って、夜中から朝まで夜勤の工員に工具を手渡す仕事である。実入りはいい。彼は組合に加入し、工場の行き来はバスを利用した。小脇に弁当箱を抱え、キャンヴァス地のズボンとスエットシャツ姿で通勤した。数カ月経ってから、クリスマス少し過ぎに仕事を辞めた。慎重に考えて、次は市内の仕事を選んだ。七、八カ所のミニ公園を保守管理する建機の操縦要員である。

　この二つの仕事のあいだに、彼は大型機械のことを多少学んだ。機械操作の根本的な仕組みを知り、その修理にも習熟した。工具はきれいに磨いてオイルを差し、もとの棚にもどしておくことも学んだ。道具を保守管理する規律が身についたのだ。早春になると、市の仕事を辞めて、地元のスケートリンクに職を得た。冷却装置の番を任され、操作したり修理したりして、機能を維持する役目だった。

機械を扱うのは面白かった。自宅のアパートに、ウエスチングハウス製の中古のベルト駆動式冷蔵庫を買い込んで、あちこち修理しはじめた。しばらくして、いっそ冷蔵庫の資格でも取ろうかと思いついた。が、それはあきらめた。ひとつは現実の機械いじりのほうが勉強になるからで、もうひとつはどうやらそんな資格など存在しなかったからだ。

思ったとおり、冷蔵庫の修理は本から学んだり、頭で考えてできるものではなかった。やがて彼が発見したのは、口づたえでも無理だということだ。彼は身のまわりに冷蔵庫の部品を並べ、あちらを調べたりこちらを覗いたり、組み立てたりバラしたりして、何日も過ごした。おかげで冷蔵庫にかけては、ひとかどの通になった。

あの辞めてしまった仕事、市の仕事が妙に心にひっかかっていた。それがもやもやと胸にわだかまっていた五月、彼はアパートの床を剝がして、放射放熱式の床暖房装置を敷設したのである。温水ポンプと配管を、自分と――オルセンの手も借りて備え付けた。オルセンが助っ人にやって来て、現場監督をしてくれたのだ。

「片目の翳人《めっかち》にしちゃ」とオルセンが評した。「腕はいいな」気難しい顔で付け加えた。「だが、もうひとつ目玉を落っことしたら、にっちもさっちもいかなくなるぜ」

ふたりで床を張りかえ、ポンプの温度調節器《サーモスタット》を点検した。温水が床下の細管のリングに流れこむと、ポンプがぶうんと唸り、からからと鳴った。曲がりなりにも装置は機能していた。

「たぶん、この家は丸焼けになっちまうぞ」その晩、エレンとスチュアートのむかいに座って、夕食の席についたオルセンは、照れくさそうに羊のシチューとビスケットを匙ですくいながら、そう言いだした。「こんな古くて逃げようのない巣穴だぞ。どっかの阿呆が失火したら、たちまちドンド焼きみたいに焼け落ちるぜ」

ハドリーとエレンはたがいに微笑を交わした。エレンが手を伸ばして夫の手に触った。

「いいかい」ここぞとオルセンが攻め立てた。「たぶん、あんたら、モダンTVの店に戻りたいんだろ？　ファーガスンは何がなんでも、あんたに戻ってほしいんだ」それから言い添えた。「あのクソ爺ときたら、オニールの店を売り飛ばす気だぜ。お店二軒は彼も切り盛りできんのさ。めっきり老けこんで気落ちしてたら」

「そんな話を聞くと、気の毒になるけど」ハドリーが急にうろたえて言った。

「だろ？」オルセンが叫んだ。テーブル越しに、食べかけの唾が飛んでくる。「じゃあ、どうして帰ってこないんだ？」

「僕は帰りたくないんだ」ハドリーがゆっくりと言った。「だめだよ、帰るつもりはない。オニールの店なんて、あんまりだ……」しばらく眉を顰《ひそ》め、皿をにらんで座っていた。ひとことも言わない。顔に皺が刻まれて重苦しくなった。

「そんなら、何をしたいと思ってるんだ？」コーヒーをごくっと嚥《の》みくだし、顎の先を拭きながら、オルセンが訊いた。「まさか、あのスケートリンクに、居つづけようって気じゃあるまいな」

「それはない」とハドリーもみとめた。

「それでも、モダンTVには帰らないっていうんだな。そりゃ、実際はどういう意味だ」

「僕はずっと考えてたんだ」とハドリーが言った。「公園でしていたあの仕事……僕はあんなふうに野外で働くのが好きなんだ」

「あんた、いったい何になるんだい」オルセンが食ってかかった。「極楽トンボのお馬さんか？」

夕食のあと、三人で居間に腰を落ち着けた。ピートは寝室ですやすや眠っていた。空き部屋では、温水ポンプが途切れ途切れに回転していた。「僕が考えていたのはこんなことなんだ」とハドリーが切りだした。「このごろは、大勢の人が日曜大工に励んでいるだろ。以前は工賃を払って人頼みだったのに、いまは自力でやっている。自分の家に手ずからペンキを塗り、床張りもやって、水道の配管も自力、電気の配線も自力さ。いまどき、人を雇って床を磨く連中なんているかい？　床磨き機が手に入れば……じぶんで床を磨くだろ」

「庶民はいつだって、自前でやってきたぜ」オルセンは肯んじなかった。「ガレージの木のベンチにでんと腰を据えて、ベニヤ板でちゃちな小鳥の巣箱をこしらえようと、ごしごし糸ノコを引いてたんだ」

「そういう意味じゃない」とハドリーが言った。「例のポピュラー・メカニクス誌[4]に載ってるみたいなやつさ。土曜午後のホビーになってる、家まわりの小工事だよ。つまり、生コンを流しこむみたいな……土木と保守管理の土台となるサーヴィスなんだ。二年前は誰ひとり、じぶんで生コンを流しこまなかった……いまじゃ、誰もがやってるだろ」

「セメントミキサーが手に入ればね」エレンが素早く補った。

両手をかたく握りしめて、ハドリーが続けた。「ああいうことって、いろいろ道具が要るんだよ。五十ドルの仕事をこなすには、二千ドル相当の電動工具が必要になる。そういう工具が手もとにあれば、人はほとんど何でもできる……車を修理したり、屋根にアスファルトを流したり、コンクリートを張ったり、床を磨いたりできる——あきれたことに、家だって建てられるし、家には何だって揃えられる。実際、自分の服だって織れるんだ」

「そっちなら女性にもできるわ」とエレンが口を挿んだ。「食事用のボウルだって捏ねられる。必要なのは、回転盤とたっぷりの粘土だけよ」

「オーケー」とハドリー。「じゃあ、きみは粘土を捏ねて、鉢をこしらえたいってわけだ。必要なのは陶工の轆轤《ろくろ》だ——さて、そいつはどこで買える？」

「知らないわ」とエレンが言った。「買おうとしたことないもの」

「そんな店はどこにもないのさ」ハドリーは妻に告げた。「その手の道具はぜんぶ、請負業者が買い占めている。じぶんとこの工員が使うからだ。セメントミキサーや床磨き機、強力塗装の噴霧器でも借りようとしてごらん。笑われるよ。彼らだって一笑に付さずにはいられないんだ——そういう道具を貸してしまったら、プロはおマンマの食いあげだもの。道具さえ手に入れば、人が自力でやれることは果てしがない」

「あんたがお持ちのしょうもないテレビも、じぶんで修理できる日が来るってことだな」オルセンが苦々しげに言った。

「怪しげなテレビをもう一台買うくらいなら」ハドリーが穏やかに言いかえした。「じぶんで組み立てるよ。必要なのは、二ドルのハンダごてとペンチ一丁さ」

ふっつりとオルセンは口をつぐみ、陰気に押し黙ってしまった。「で、このおれはどうなるんだ？」

ハドリーは彼のほうに身を乗りだした。「まさにそれが、僕のしたいことなんだ。人々がそういう工具を借りられる場所を開きたいんだ。僕はあの鋼管工場で一日座って、労働者に工具を手渡していた……市の仕事をしていたころは、電気芝刈機と堆肥粉砕機を動かしてたよ。電動の生垣剪定機や噴霧器もさ——ありとあらゆる小道具を操縦していた。スケートリンクでは、ポンプやコイルや滑車だらけの建物全体の面倒をみていたんだ」

「だから？」とオルセンが言った。

「これから何をしようとしているか、僕にはわかってるってことだよ。町の中心街近くでささやかな場所があればいい。たぶん、人が車を駐めて、カートで運ぶ品物を積む区画のある何かのお店さ。僕は何でも貸し出すつもりだ。一品もお買い上げいただかなくたっていいのさ。ネジ回しから、気圧式ドリルまで、何でも貸すよ。吹付け機、おろしガネ、電動カンナ、粉砕機——そういう工具だ。やりたい仕事が何であれ、貸す道具をそろえておく。人々が何を望もうと、その時間、その日まで貸すんだよ」

「道具についてえらく博識にならなきゃな」オルセンが疑わしそうに言った。「そいつをぜんぶ、修理しなくちゃならないんだぜ。頭痛がしてくる」

「できると思う」ハドリーは言いきった。ちらと見上げて「できると思わないかい？」

「だめだ。あんたはまだ経験が浅い」つっけんどんにオルセンが言い放った。「破綻するぞ。そういう電動工具を入手するにはたっぷりカネがかかる。いやというほど金食い虫になるぜ」

「アイデアそのものはどう思う？」

「そりゃあ凄いさ」とオルセンは言った。「とどのつまり、もちろん、おれだってお払い箱だろ。そういうことがやれるようになったら、誰もテレビの修理工なんて雇わなくなる」

「じゃあ、どうして僕と組まないんだ？」とハドリーが訊いた。「きみには経験がある……じぶんが何をしているか、わかってるよね。戦時中もずっと、きみはタレット旋盤〔5〕を回していた——僕が大学でむざむざ時間を浪費していたあいだも」

　オルセンの顔が苦痛で歪んだ。「ちくしょうめ、それができたらいいんだが。うまくいきそうに聞こえるもんな」惨めな目でエレンを見た。「できたらいいのに。でも、できねえや」

「どうして？」ハドリーが訊いた。「きみはカネを用意しなくていいんだよ。僕が東部に手紙を書けば、母がカネを送ってくれる」

「じゃあ、そのあとは何を？」

「きみの経験と常識だけでいい」

オルセンは考えこんだ。「だめだ」きっぱり断った。

「なぜだめなんだ。きみに何のリスクがある?」

「おれは腑抜けなのさ」オルセンがあっさり言う。「モダンTVに長居しすぎたんだよ……この町からそろそろ立ち去らなきゃ。わかるだろ。おれは一ヵ所に住み着けない……しばらくは、あんたとやっていけても、おれはやっぱり足抜けするだろう。そいつはよくねえことだ。あんたにカバンを持たせたまま、先にトンズラしちまうってのはな」

「この事業できみの夢が満たされるとは思わないかい?」

「おれは風来坊だ。いつでもそうだった。これからもつねにそうさ」オルセンが起ちあがって、辛そうに部屋の中をうろつきまわった。顎に青々と無精髭を生やし、髪はもじゃもじゃで雑草の葎《むぐら》と化している猫背の大男だ。「ほんとにごめんな。おれは頼りにならねえ男さ。ただじっとしてることができねえ」

ハドリーはもの思いに沈んだ。「僕だってそうさ」

「そりゃちがうぜ。あんたは何かを求めている。三下のセールスマン稼業よりか、もっとましなことをしたがってるんだ。あれはあんた向きじゃねえ……あんたは格上なんだよ。でも、おれはちがう。おれには何にもありゃしねえ。おれにはあんたの半分の才覚があればな」肩をすくめた。「でも、おれにはないのさ」

エレンが起ちあがって、コーヒーを淹《い》れにいそいそとキッチンに向かった。

ジョー・タンピーニの手を借りて、どうにか修理した古いシヴォレーに乗り、ハドリーとエレンは田舎のドライヴに出た。ハンドルを握るのはエレンだった。干からびた褐色の平原と山塊を、ハドリーは窓から眺めていた。七月も後半だ。大気は蒸し暑く、そよとも風が吹かない。ちらほらと走る数台の車。びくとも動かぬ青い靄が、海岸線にたなびいていた。野原では古い樫の木立ちの下で、牝牛の群れが微睡《まどろ》んでいる。

「ここらあたりまで出かけると長閑《のどか》ね」エレンがつぶやいた。

　ながながと延びた丘に沿って、道が上り坂になった。そのむこうに、渓谷がひらけた。茶と灰青色の市松模様。そのひとつひとつが、農地と牧草地と果樹園をなしていた。車の前方に、ちいさな田舎町が、道沿いに這いつくばっている。廃屋同然の大きな納屋群が、町の大半を占めていた。右手にそそり立つ穀類と食品の店。左手には乱杭歯のように荒れ果てた宿屋、床屋、それに万屋《よろずや》が並んでいた。町のむこう端には、モダンなショッピング・センターが建っていた。店を構えているのは、スーパーマーケットにドラッグストア、ソーダ屋だ。さらにその先に、シェルのガソリンスタンドと、朽ちかけたガレージがあった。店舗を俯瞰する丘の上には、灰色や白の住宅が点々と散らばっている。

　エレンが車を停めた。彼女とハドリーとピートの三人は車を出て、あたりをぶらついた。狭い砂利道をざくざくと踏み鳴らす。彼らの頭上にも、だだっ広い褐色の平原にも、容赦なく炎暑の太陽が照りつけていた。

「暑いわね」とエレンが言った。

「市街《まち》からずいぶん遠くまで来たな」ハドリーは、古めかしい黄色の鉄道車庫の標識を見つけた。何台もの貨車が、待避線に停まったまま動かない。

ウッドヴァレー駅

「そう呼ばれてるんだわ」地図を調べながらエレンが言った。「ウッドヴァレー駅。海抜十二フィート。至近の大きな町はペタルマ[6]だって」

動く翳《かげ》ひとつなかった。町はひっそりと微動だにせず、真昼の夏の炎熱に微睡《まどろ》んでいた。砂利道の右手に白と緑のちいさなバンガローが建っていた。両脇に薮が茂り、裏庭には節くれだった杏《あんず》の樹が生えていた。正面のポーチに揺り椅子が置いてあった。大柄な老婆が座りこんでいて、彼らが通りすぎるのを穏やかに眺めていた。

「故郷に帰ったみたい」とエレンが言った。「正面のポーチに座ってるお婆さんって、どこでも見かける光景よ」

「あっちのほうは、どこでも見かける光景とは言えないよ」とハドリーが裏庭を指さして言った。山羊が果樹に繋がれていた。むくっと頭をあげ、彼らが去るまで目を怒らせていた。それから半信半疑で、また草を反芻《はんすう》しだした。

「ここで暮らすようになったら、山羊を飼えるかもしれない」ハドリーはタバコの火をつけようと、ピートを腕からちょっと降ろした。紅白の夏のベビー服を着たピートは、垣根に後じさりして、山羊がいる庭に入りかけた。「ピートは山羊が好きなんだよ。毎日、山羊を連れて森に遊びにいって、粗朶《そだ》をしょわせることになるかもね」

「それがあたしたちの暮らし?」エレンはそう訊きかえしながら、ほほ笑んでいた。「ちょっと問題があるわね。ここらにはスケートリンクが多くなさそうだし」

一瞬、間をおいてハドリーが言った。「何にもないさ。八百屋と農機具の店のほかは、ろくな店ひとつありゃしない」

「床屋とガソリンスタンドはあるけど」

「ものが壊れたら、何が起きるんだろう? ラジオの真空管が切れたら、どうするのかな?」

「たぶん、ラジオなんか持ってないのよ」とエレンが言った。

「農家ってのはみんな、ラジオを持ってるものさ」

「じゃあ、たぶん、あそこのガレージあたりで修理してるんだわ」

ドラッグストアの隣に、ちいさな不動産屋の事務所が店を開けていた。ハドリーと妻子は中に入って、古めかしい樫の木の机の前に腰をおろした。

「お目あてはどんな地所でいらっしゃいます?」痩せて枯れ木みたいな老体の不動産屋がそう尋ねた。メガネをずらして客を値踏みしている。万年筆のキャップを回して外すと、机の書類を脇に押しのけた。「ご承知でしょうが、ここらはリゾート地じゃないんです。ロシア川[7]のあたりなら小高くなってて、川のほとりに素敵な小屋がありますよ。都会の方々はあそこらがお好きでしてね。あたりいちめん、セコイア《レッドウッド》の樹ですから」

「そっちは興味がない」とハドリーは言った。「ここらの農村部でどこか買いたい」

更地をひとつ買うだけなら、銀行にあるおカネで足りた。手付金を払った領収書を手に、彼らは不動産屋の事務所を出た。畏《おそ》れとばかばかしさを感じながら。

「あの土地をどうするの？」エレンが尋ねた。「ただの空地よ――雑草と古い樫の木が一本こっきりで、あとは何もない。あそこじゃ暮らせないわよね？」切なそうに夫の腕にすがったので、彼はピートを反対側に抱きかえた。「家を建てられるかしら？　あなたひとりじゃ、家は建てられないし」

「きみが手伝ってくれればできるよ」ハドリーがこたえた。

「いつ？」ハドリーが車に大股で戻りかけ、エレンは置き去りにされまいと、慌てて足を急がせた。「いますぐなの？」

「しばらく先だ」ハドリーがこたえた。「そう急がなくてもいい。ここらあたりにどんなサーヴィスが欠けてるか、見極めたいんだ……この町に必要なもので、欠落しているものが何か、そいつを見つけたいな」立ち止まってあたりをうかがった。「製氷所の看板を見たかい？」

「製氷所ですって！」

「ただそう思っただけだ」ハドリーは車のドアを開けながら言った。「靴を修理したいとき、ここの住民はどこに行くと思う？」彼はその無残に抉れた顔に、ひどく真剣な表情を浮かべた。

「ここらじゃ靴は直せないわ」エレンがやさしく言った。

「決めるのは僕じゃない。住民が何を望んでるかによるのさ」

「あなたが何を望んでるか――それによるんじゃないの？　そっちも大事なことだと思うけど」それから言い添えた。「あたしにとってもね」

「住民が必要なものが何か、僕は見極めるべきなんだ」彼は確信をもって繰り返した。「ときどきはここに戻ってこよう……急がなくてもいい。住民と話をして、それを見つけだそう。気長にやるさ」

　エレンがエンジンをかけた。座席で耳を澄まし、滑らかな回転音になるのを待った。彼女の横でスチュアートは膝にピートを抱き、赤ん坊の胴を手で押さえて座っていた。真剣な表情の名残が、まだ消えない。これからもたぶん消えないだろう。スチュアート・ハドリーは癋見《べしみ》の相の一部、つぶれた骨と切り裂かれた皮膚の一部に変じたのだ。

　彼女はそっと手を伸ばし、彼の金髪を撫でて耳から払った。暖かな田舎の微風《そよかぜ》が吹いて、はらりと乱れる。毎朝、念入りに辛抱づよく梳《くしけず》ってきた髪がほぐれた。彼女の指の圧迫に、スチュアートは笑みを浮かべた。

「ありがとう」と彼は言った。

「キスしていい？」と彼女が嬉しそうに訊いた。

「いいよ」赤ん坊を抱いたまま、彼は軽く身を屈めた。彼女は彼のほうにすっと背を伸ばし、片手で身を支えながら、彼に顔を寄せた。つかのま、唇が触れあう。彼女の吻《くちさき》を感じても、彼はよけなかった。彼の口もとは静かだ。でも、ほとんどそこには情が通っていなかった。

不安になって、彼女は席に身を沈めた。「あなた、あんまり――そうね、とっても遠くにいるみたい」

「いや」と彼は言った。「僕はここにいる」

ふと彼女は思い出した。けさ、そこに何を見たかを。目覚めた瞬間、彼女は彼のほうに身を屈めた。恐怖が湧きあがった。彼女がキスをすると、びくっとかすかな怯《おび》えが、彼の口もとを走った。その懼《おそ》れはいま消えている。

「あなた、もう怖がってないのね」不思議そうに彼女は言った。「あたし、気づかなかった」

「消えたんだ」と彼がみとめた。「ついにね」

「あなた――」と言いかけて口をつぐんだ。言いだすのが難しい。返事が怖かった。「あなた、ここでほんとに幸せになれると思うの？　都会から遠く離れて」

躊躇《ちゅうちょ》することなく、恐ろしい返事が返ってきた。「なれる」と彼は言った。

烈しく彼女は逆らった。「たいしてやることないわ！　ここには何もない……皆無だわ。ただの退屈で、ちっぽけな田舎町よ」恐怖に駆られて、彼の醜怪な顔を覗きこみ、彼女は言い張った。「もっと欲は出ないの？　あなたの才覚なら――」

「それはちがう」とハドリーは言った。「ここには、やることがいっぱいある」

が、それで彼女も察することができた。どうやら彼は知りもしないし、理解もしていないらしい。それはぞっとする部分、彼女には耐えられない部分だった。かつての彼は生き残っていないのだ。どうやら本人はそれを自覚していない。あの数々の夢も、この世の摧破《さいは》できぬガラスの壁に逆上し、理不尽に彼を突っこませたあの凄絶な怒りも、一片たりと残っていないのだ。彼はその壁に身を躍らせ散華した。世界はびくともせず残っている。彼はそれすら、もう分かっていないのだ。

「ここにあるの？」激して彼女は問いつめた。「あなたにとって、ほんとにここに何かあるっていうの？　あなたは満足なの？」

　彼は彼女の手を取った。生身の手を包む彼の指は、しっかりして堅牢だった。彼女の手をくるんでも、何の悪意もない。とことん確信に溢れているだけ。彼にはもう怨念がない。誰も責めない。自分も彼女も誰も何も責めていない。彼は満ち足りていた。

「誰かのせいじゃないんだ」と彼は言った。「こんなことって――」と破顔微笑《みしょう》して「自然のなりゆきなのさ。ストーヴの上に手を置けば、火傷するだろ。暗闇で扉にぶつかれば、目に青痣をこしらえる」

　やみくもに、エレンはサイドブレーキを緩めた。車が走りだした。

　ハドリーは窓の外を眺めながら、朽ちかけたガレージが眼前をよぎるのを、凝然と見つめていた。「この世の泡沫《うたかた》は何もかも」と呟いた。何かに憑かれ、うつろな顔で習い覚えたまま歌うように、彼の心の最深部に宿る母胎に刻まれたものを繰り返していた。「何もかも畢《おわ》ったんだ」

訳注

第一部　朝

〔1〕一九三〇年代はＲＣＡ、ゼニスとともに三大ラジオメーカーの一角。戦後は五〇年代半ばまでテレビ大衆化に貢献。

〔2〕シカゴのアマチュア無線技士のコード「９ＺＮ」に始まる商標で、一九二三年に会社を設立、世界最初のポータブル・ラジオを発売、ＡＭやＦＭ、テレビでもつねにパイオニアだったが、日本製品に押され、九〇年代に韓国のＬＧ傘下に入った。

〔3〕ファイアーキング製の耐熱ガラスを使ったサファイア色のドリッパー。パイレックス製のケメックスとともに、戦後はガラス製コーヒーメーカーの代名詞となる。

〔4〕テレビとラジオの兼用機。テレビ・コンボともいう。

〔5〕一般には *Harlequin's Family with an Ape*『道化師の家族と猿』とのタイトルで呼ばれる一九〇五年のピカソの作品で、ヨーテボリ美術館蔵。親友パブロ・カサゲマスとともにパリに出てきたピカソは、この親友の死を嘆いて「青の時代」に入る。道化師とその妻の踊り子と赤ん坊を見上げる猿を描いたこの絵に、ピカソはロシア・バレエ団の踊り子オルガとのあいだに生ま

れたパウロを描きこんだが、ディックはむしろこの猿を、聖家族になれない自分、またはハドリーに仮託して見ていたのだろう。

〔6〕一九〇八―五七年。非米活動委員会を舞台に「赤狩り」を主導した米共和党上院議員。五四年に国防総省を攻撃したことから、その反撃を受けて正体が暴かれて没落した。

〔7〕一八八八―一九六五年。F・D・ローズベルトのもとで副大統領や商務長官を歴任、トルーマン大統領の対ソ強硬策に反対し、一九四八年の大統領選では第三党の進歩党候補として出馬、惨敗を喫した。ディックは一九五六年に書いた『ミルトン・ラムキーの商圏』（未訳）でも、ウォレスの選挙運動に参加した女性教師を登場させているが、妻クレオがモデル。

〔8〕ゴールデンステートとは十九世紀に金鉱ブームに沸いたカリフォルニア州を指す。

〔9〕一八六五年創刊の名門高級紙サンフランシスコ・クロニクル。

〔10〕一八七四年にボストンで創業したバイク・アスレティックのスポーツ用サポーター。

〔11〕第一次大戦中の一九一七年、アメリカ陸軍が描かせた募兵ポスター。アンクル・サムがこちらを指さし、I WANT YOU FOR U.S. ARMY と呼びかけるイラストで第二次大戦でも使われた。もとは英国のキッチナー陸相が BRITONS WANTS YOU と呼びかけたポスターの模倣である。

〔12〕『人と超人』『ピグマリオン』（ミュージカル『マイ・フェア・レディ』の原作）などで知られるショウは、菜食主義者で劇作に『医者のジレンマ』もあり、その序文でワクチン接種は疫病を蔓延させて医師を儲けさせるばかりと主張した。

〔13〕アカネ目の常緑低木で、園芸用に栽培される。六、七月に白い花をつけ、その香りから学名は***Gardenia jasminoides***。赤黄色の実は山梔子《くちなし》と呼ばれて生薬にもなる。黒人ジャズ歌手のビリー・ホリデーはこのガーデニアの白い花を髪に飾って歌っている。

〔14〕肉食獣および雑食獣に寄生するが、ヒトが経口で摂取すると、小腸内で有性生殖を行い、幼虫が横紋筋の筋線維内で被嚢を形成する。これにより顔面の浮腫、筋肉痛というトリヒナ症を引き起こす。ドストエフスキー『罪と罰』のエピローグでは、流刑になったシベリアの地でラスコーリニコフが人類を滅亡に導く旋毛虫の悪夢を見る。

〔15〕一九二〇―三〇年代半ばのラジオメーカーの創業者とその社名。

〔16〕一九三〇年創業。腋の下に塗る発汗抑制・体臭防止剤のブランド。

〔17〕一九〇四―八四年。上院議員、四八年大統領選でウォレスと組んで副大統領候補になった。

〔18〕妻クレアの政治活動のせいで赤狩り時代にディック夫妻はＦＢＩにマークされ、自宅に係官二人が現れてそれとなくインフォマント（スパイ）になれと言われて断った。

〔19〕アメリカ労働総同盟（ＡＦＬ）に対抗した世界産業労働者組合（ＩＷＷ）の組合員。第一次大戦中に反戦を主張して弾圧され、少数派にとどまった。

〔20〕一九二七―四〇年に生産されたゼネラル・モーターズ（ＧＭ）のシリーズ。

〔21〕米国時間で真珠湾攻撃の日（日付変更線を超えた日本は一九四一年十二月八日）。その日の情景は『ジャック・イジドアの告白』の冒頭でも描かれた。

〔22〕一九一二―五一年。ドミニカ生まれの映画女優。四二年の『千夜一夜物語』などＢ級映画

の女王。

〔23〕日本の高校二年生にあたる。

〔24〕礼拝中、熱狂して全身を揺するため、「聖なる狐憑き（ホリーローラー）」と呼ばれた。
「説教師も会衆も、私のなじんだバプテストよりは高く跳びあがり、もっと大きな声で叫ぶのだった。みんなあらん限りの声をはりあげて歌い、前後に体をゆらし、泣き、うめき、タンバリンを鳴らし、声をそろえて歌った」（濱本武雄訳）とマルコムXも自伝で書いている。

〔25〕東欧系ユダヤ人の言語。ドイツ語にヘブライ語とスラヴ語が交じっている。

〔26〕旧約聖書「ヨナ記」。アッシリアに行ってニネヴェが滅亡すると警告せよ、とエホバに命じられたヨナが大任に耐えかねて海に逃れると、大魚にのみこまれ三日後に無傷で吐き出され、ヨナは悔い改めた。

〔27〕一八九八―一九七六年。プリンストン生まれの黒人で、学業優秀のためラトガーズ大学に入学、フットボールなどスポーツ万能で、のち歌手兼俳優となった。ミュージカル『ショウボート』は彼のために書かれ、映画化もされた。内戦中のスペインを旅して国際旅団のために歌い、ソ連もたびたび訪問してスターリン平和賞を受賞した。早くから公民権運動に熱心で、四八年大統領選挙ではウォレスを応援したが、赤狩りの標的になって芸能界から追放された。

〔28〕一九〇三―三一年。二〇年代ジャズのコルネット奏者で作曲家。

〔29〕一八九九―一九七二年。ジャズのサキソフォンやクラリネットの奏者。

〔30〕Succubus 睡眠中の聖職者を誘惑する夢精の魔。語源はラテン語で辞書の説明は本文262

ページ参照。ホッブスの『リヴァイアサン』第十二章「宗教について」には、夢精を「睡眠中の婦女を犯す悪魔」（インクビ）とか「睡眠中の男と情交する魔女」（スックバエ）と書いているが、なぜか水田洋訳にはなく、永井道雄・上田邦義訳で注記されている。

〔31〕一八九七年に創業、ベストセラー「アンダーウッドNo.5」を生んだが、オリベッティに買収された。ディックはこのタイプライターの速打ちにこだわった。

〔32〕一八六五年創刊のリベラリズム系の老舗総合誌。

〔33〕十七世紀の英国でジョージ・フォックスが創始した宗派で、俗称は信者がトランス状態になって身を震わせることから「クエーカー教徒」と呼ばれた。

〔34〕スペイン内戦で国際旅団に義勇兵として加わったドイツ人歌手エルンスト・ブッシュが歌った「お袋さん」Mamita Mia。イタリアの作曲家ルイージ・ノーノが一九五四年に作曲した『ゲルニカの勝利』でこの曲が使われた。

〔35〕一八八五―一九七二年。アメリカのモダニズム詩人。ムッソリーニを熱烈に支持、大戦中はイタリアで反連合軍のラジオ放送に出演、戦後は精神病院に収容された。

〔36〕ヴィンセント・ベンディクスが一九一四年、シカゴで創業した機械メーカー。ゼネラル・モーターズ（GM）の下請けになるが、三六年に家電部門を分社、洗濯機やカーラジオを生産した。現在はハネウェルのブランド名として残っている。

〔37〕サンフランシスコ湾西岸を走る国道一〇一号線。サンフランシスコとサンノゼを結ぶ。

〔38〕老舗百貨店。現在はニューヨーク本店のほか、世界三十三カ国に四百三十店舗ある。

〔39〕一九〇一—八六年。三〇年代のラジオで一世を風靡した白人ポピュラー歌手。ビング・クロスビーやフランク・シナトラ、ペリー・コモらのようにゆっくりしたバラードをささやくように歌う「クルーナー」の先駆け。バンド指揮者や俳優も務めた。

〔40〕一八九一—一九六〇年。バリトンのオペラ歌手だが、大恐慌時代はラジオで人気を博した。

〔41〕一九〇一—六七年。三〇—四〇年代のミュージカルや映画で活躍したオペラ出身の歌手。

〔42〕一九五〇年代に流行したトランプのゲーム。canasta はスペイン語で「籠」という意味で、ラミーやセブンブリッジに似ている。

〔43〕一九三五年にニューディール政策の一環として創設された雇用対策局の略称。

〔44〕一九一三—九六年。米国の指揮者兼作曲家で、イージーリスニングの音楽を得意とした。三〇—四〇年代にラジオで全米を魅了した。

〔45〕一九〇一年創業の北米の電球メーカー。現在はシーメンス傘下でオスラム・シルヴァニア。

〔46〕車載用ライトのメーカー。一九二〇年代以降はRCAと並ぶ高級真空管で知られる。

〔47〕ドイツでポリドールを経営していたヘルベルト・ボルハルトが一九四一年に亡命、米国で経営したレコード針メーカー。

〔48〕一八九〇年創業。セントルイスの電機メーカー。テレビ部門は船井電機の傘下に入った。

〔49〕一九三一—四五年にイリノイ州で製造されたラジオ。

〔50〕一九二〇年創業の廉価版ラジオ蓄音器メーカー。

〔51〕一九二一年創業のシカゴのラジオ・テレビメーカー。

〔52〕coonは黒人への侮蔑語。「夏、夜ふけてからわれわれ〔黒人の〕子供たちがやったいろんなことのなかに、〔中略〕スイカを〝盗み〟〔クーン〕に行くのだ。いろんな黒人の呼び名があるが、白人は黒人とスイカを結びつけて『クーン』と呼ぶことがよくあった。スイカを盗むことを〝クーン〟するというようになったのは、そこから来ている」（『マルコムX自伝』）

〔53〕一九四六年創業のロサンジェルスのラジオメーカー。

〔54〕高周波と中間周波の二つを使って信号を増幅、復調する信号方式。

〔55〕周波数の単位一ヘルツの古い呼称、今なら十五キロヘルツ。

〔56〕一八九三―一九七一年。トルーマン政権の国務長官。冷戦下の外交戦略、トルーマン・ドクトリンとマーシャル・プランの立案に貢献したが、マッカーシー上院議員は対ソ宥和主義者とみなして標的にした。

〔57〕ニューヨーク生まれのデクスター・フェリーが一八五六年に始めた園芸用の種のパッケージの商標。

〔58〕生アーモンドと砂糖を挽いて練り合わせたペースト状の菓子で、装飾用に使う。

〔59〕一九五〇年代初頭からディックはジェームズ・ジョイスに傾倒、『フィネガンズ・ウェイク』は注釈なしで読む愛読書だった。おそらく彼自身もアイリッシュ系だったからか。ここは短篇集『ダブリン市民』の巻頭「姉妹」の「毎夜、ぼくは窓を見上げながら、パラリシスという言葉をそっとつぶやいてみた」の文章を念頭に置いていたとみられる。

〔60〕旧約聖書「ダニエル書」。バビロン王ベルシャツァルが大酒宴を開き、父ネブカドネザル王

がエルサレム神殿から略奪した宝物を運び入れると、宮殿の壁に不思議な手が現れて文字を書いた。預言者ダニエルが呼ばれて、その文字を「メネ、メネ、テケル、ウパルシン」と読み、意味は「数えたり、数えたり、計られたり、分かたれたり」で、神が王の治世を数えてそれを終わりに至らせ、国は分割されると預言したとこたえた。王はその夜のうちに殺された。

〔61〕一八〇四―八一年。ユダヤ系の保守党政治家。二度首相を務め、自由党のグラッドストーンと渡りあった。ヴィクトリア女王の寵臣だが、むろん愛人ではない。

〔62〕『ヴェニスの商人』の暗示だろうが、ユダヤ人が英国で居住権を得たのは一六五〇年代。スピノザの師でオランダのラビ、ベン・イスラエルがロンドンに渡航して交渉、ユダヤ人の新大陸ビジネスと組みたいオリヴァー・クロムウェルの同意を得た。

〔63〕「創世記」第七章。「ノアの齢の六百歳の二月、大淵の源みな潰れ、天の戸開けて、雨四十日四十夜地に注げり」

〔64〕一九一四年にロンドンでイスラム神秘主義に基づくスーフィー団体を発足させた父の跡を継ぎ、第一次大戦後に「国際スーフィー運動」に発展させた音楽家ヒダヤット・イナヤット・カーンの「平和の祈り」の章句。「汝の安らぎを送れ、主よ。完璧で永遠の安らぎ。我らが魂は安らぎぞ輝ける」と唱えて欧州、ロシア、さらにアメリカやカナダに広がった。

〔65〕Alka-Seltzer 胃腸の制酸兼鎮痛剤。

〔66〕Alminium sulfate はアルミニウム硫酸塩を含む鉱水。用途は美肌、眼病、消炎など。

〔67〕サンフランシスコを一望できるマーク・ホプキンス・ホテル十九階にある高級バー。本書

第二部注〔61〕のほか、ディックの他の作品にも出てくる。

〔68〕一九〇二年にナイアガラの滝に近いバッファローで創業したワイルドルート・ヘアトニック社の男性用ヘアクリーム。コミック『ディック・トレーシー』のパロディ版『怖いもの知らずのフォシディック』のラジオ・コマーシャルで知られた。

〔69〕ミズーリ州セントルイスにあったバートン社の靴磨きクリームの商標。

〔70〕テレビ宣教師ビリー・グラハムらが一九四四年に創立した福音派の若者向け伝道団体。

〔71〕「王の道」という意味で、シリコンヴァレーを縦断する道路。

〔72〕一九〇六年四月十八日のマグニチュード七・八の大地震で被災者は二十二万人。

〔73〕一九一七年にニューヨークのブロードウェイに誕生した映画館。最新のＴＯＤＤ‐ＡＯ方式で知られた。

〔74〕シカゴ北部のグレイズ・レイク近くに実在する。ノース・バロン・ブールバードの東側の袋小路。変哲もない住宅街だが、ディックの母、ドロシーはシカゴで彼と妹のジェーンの双子を出産、妹が生後ほどなく死んだことから、この地名に何らかのこだわりがあったのだろう。

〔75〕「周易」の象徴で、太極から始まる宇宙生成の「太極図」または「陰陽魚」

〔76〕西暦一世紀末にヤムニアの地でユダヤ教正典が決められ、モーセ五書（トーラー）と諸書（ケスービーム）のあいだに「預言書」が定められたが、誤って「預言者」（ネビーイーム）と称したことを指す。

〔77〕「後預言者」（ネビーイーム・アハローニーム）のうち三大預言者イザヤ、エレミア、エゼ

キエルの後には、小預言者（トレアーハロム）と呼ばれるホセア、ヨナ、ゼカリアら十二人の預言者が出て、それぞれの名を冠した十二預言書が書かれた。時代区分を合わせるため、預言者を長寿とするなど無理が生じたという。

〔78〕現在、ビッグバンは百三十七億年前とされている。

〔79〕第一次大戦のドイツ参謀次長ルーデンドルフ将軍が考案、一九三五年に『国家総力戦』という著書にまとめた。

〔80〕新約聖書「マタイ伝」第七章十六の「山上の垂訓」より。「茨より葡萄を、薊より無花果をとる者あらんや。かくすべて善き樹は善き果を結び、悪しき樹は悪しき果をむすぶ」と続く。

〔81〕堕天使ルシファー。

〔82〕「ヨハネ黙示録」第二十、二十一章。

第二部　昼

〔1〕サンフランシスコ半島。北端にサンフランシスコ市があり、西の太平洋と東のサンフランシスコ湾に挟まれた丘陵地帯の半島。シリコンヴァレーのあるサンタクララ郡を含む。

〔2〕マルコ、マタイ、ルカ福音書でイエスは荒野で悪魔の誘惑を受け、この世の国々のすべてをやるからひざまずけと言われて断る。

〔3〕「長老」の原語はギリシャ語のプレスビュテロスで使徒行伝に由来する。十六世紀のスイスの宗教改革で、チューリヒのツヴィングリ派とジュネーヴのカルヴァン派が合同、教会制度

ではカルヴァンの長老制が採用された。一七〇六年に新大陸に上陸した最初の長老派を「ファースト・プレスビテリアン」と呼び、アメリカ社会では正統派プロテスタントを意味する。

〔4〕聴罪師 Father Confessor はカトリック固有の制度。

〔5〕原語の minister は主に長老派の聖職者。

〔6〕マーケット・ストリートはサンフランシスコの目抜き通りで、フォーシーズンズ・ホテルの近くで三番街と交差する。

〔7〕シスコ北東岸の海岸通りで「波止場」という意味。

〔8〕魚市場やシーフード・レストラン、ショッピングセンターのあるシスコ北岸の観光地。

〔9〕マーケット・ストリートの北側に並行している通り。

〔10〕サンフランシスコと対岸のオークランドを結ぶ州間高速道八〇号線の吊り橋。中央支間長七百四メートル。

〔11〕ゴールデンゲート橋を渡った対岸の郡で、太平洋岸に面しているが、この当時は道路事情が悪く、通勤圏には遠過ぎた。

〔12〕ウィスコンシンの自動車メーカー。一九四九年に車体デザインを流線型にした「エアフライト」がヒット、五四年にアメリカン・モーターズに統合された。

〔13〕ノースビーチから一キロメートルほど南、ブロードウエイとコロンブス・アヴェニューの南の一角にあり、北米では最大の中華街。

〔14〕チャイナタウンを東西に横切る通り。ディックがクレオと知り合った一九四九年当時、彼

のお気に入りだった中華レストランは「イエージュン」。創業は一八八五年、住所はワシントン・ストリート八三四番地である。

〔15〕サンフランシスコ北方、ワイン産地のナパ渓谷を北上した奥にある町で景勝地。

〔16〕ノースビーチから南へチャイナタウンまで続く大通り。ワシントン・ストリートと直交する。

〔17〕チャイナタウンを南北に貫く通りで、グラント・アヴェニューの西側にある。

〔18〕アンクレット。インドやエジプトの女奴隷を連想させるので、娼婦が身につける装飾品とされてきたが、一九五〇年代から同棲の証として男が贈るプレゼントになり流行する。

〔19〕ディック行きつけの「イエージュン」の中国人給仕はウォルターという名で、料理を食べきれないとお持ち帰りにしてくれたという。

〔20〕ベイ・ブリッジにつながる州間道路八〇号線の南で、三番街とタウンズエンド・ストリートの交差点にある駅。

〔21〕1Aから5Aまで二十八分類あり、4Fは「軍務に受け入れ不可」として徴兵猶予。

〔22〕隠語の「ピーター」にはペニスの意味もある。

〔23〕「アユは後世のアイノカゼも同様に、海岸に向かってまともに吹いてくる風、すなわち数々の渡海の船を安らかに港入りさせ、またはくさぐさの珍らかなる物を、渚に向かって吹き寄せる風のことであった」（柳田国男『海上の道』）

〔24〕穴のあいた金属板をナットやボルトで組み立てる玩具。一九一一年に米国のコネチカット

で誕生。のちメッカノに吸収され、現在は日本のニッコーグループ（旧日硬陶業）傘下にある。

〔25〕一九四七年にナット・キング・コールがヒットさせた。原曲はヒッピーの元祖のようなユダヤ人、エデン・アーベが作曲、放浪の人生を反映させた。

〔26〕一八五七年にロンドンで創業したW&A・ギルビー社のドライ・ジン。

〔27〕一九三七年に発売されたミキサー。五四年に百万台も売れたヒット商品。

〔28〕サンフランシスコ湾の南部にあって、半島のサンマテオと東岸のヘイワードを結んで湾を横断する全長十一キロメートルの橋。

〔29〕サンフランシスコ湾東岸ヘイワードにある町の名。十九世紀のゴールドラッシュ時代に開けたが、サンマテオ橋の開通でさびれた。

〔30〕サンフランシスコの北方、マリン郡とナパ渓谷に挟まれた風光明媚でワイナリーも多い。郡の中心はサンタローザ。

〔31〕メキシコ人の乱暴者のこと。

〔32〕一九一三—六六年に生産された米国車。第二次大戦中は軍用トラックなどを生産したが、戦後はレイモンド・ローウィが設計したフルワイズ・ボディーの乗用車が人気を博した。その設計は「どっちが前か後ろか」と言われるほど、前後が対称をなしていた。

〔33〕サンフランシスコ都心にあって、エンバーカデロ通りから約三キロメートル離れている。

〔34〕ベンジャミン・フランクリンが創刊したペンシルヴェニア・ガゼット紙をルーツとする総合誌。一九三〇年代には三百万部に達したが、テレビに押されて六九年に休刊。七一年に再刊。

〔35〕一八七三—一九四七年。ネブラスカで育った女流作家。『われらの一人』で三一年にピュリッツァー賞を受賞。

〔36〕人類に火を伝えたことでゼウスの怒りを招き、鎖につながれて生きながら禿鷹に肝臓をついばまれる罰を受けたが、ヘラクレスに解放されるギリシャ神話のティターン族のひとり。アイスキュロスの劇をもとに英国の詩人パーシー・シェリーが描いた同名の戯曲がある。

〔37〕ミシシッピー州との州境に近い町。二〇一〇年現在の人口はわずか百九十二人だが、約二百キロメートル西にニューオリンズがある。

〔38〕黒人イスラム運動のこと。一九一三年にティモシー・ドリューが起こしたMoorish Science Templeが嚆矢。二五年に本部をニューアークからシカゴに移したが、内部分裂とドリューの死で衰退。三四年以降はイライジャ・ムハンマドの「ネーション・オブ・イスラム」が衣鉢を継ぎ、戦後はマルコムXやモハメド・アリが帰依することになる。

〔39〕十九世紀半ばにシーア派異端のバーブ教から派生した。イランのガージャール朝の官僚の子、ミルザー・アリー・ホセインが啓示を受けて「バハーウッラー」（神の栄光）を名乗り、教祖となる。イスラム否定の異端宗派としてシーア、スンニ両派から激しい弾圧を受けた。

〔40〕信仰告白のできない新生児の洗礼（浸礼）を否定するプロテスタント保守派。英国国教会分離派を源とし、南北戦争では黒人奴隷を認めるか否かで分裂した。

〔41〕一八九〇—一九五八年。ニューヨーク・タイムズの報道記者やCBSラジオのレポーターを務めた。第二次大戦中は戦時情報省の部長、五〇年代にはマッカーシズムを批判した。

〔42〕一九〇四—九九年。名門出版社サイモン&シュスターで編集者を務めたのち、ニューヨーカー誌の書評子のほか、ラジオのクイズショーで有名。

〔43〕一八八二—一九六四年。Ｆ・Ｄ・ローズベルトの外交を軍国主義と批判したジャーナリスト。マッカーシーを支持した。

〔44〕一八九八—一九七八年。英国生まれで共産党員となり、ロシア人経済学者と結婚したが、夫が粛清で逮捕されて英国に脱出。一九三九年に渡米して、反共活動家となる。大戦前のベストセラー『日本の粘土の足』は誤謬だらけと批判された。

〔45〕一八六七—一九五九年。米国の建築家。日本の旧帝国ホテルも設計した。

〔46〕一九二三年のビアホール一揆で逮捕されたヒトラーは獄中で新ベルリン設計図を描き、のち首相になってからシュペーア建築総監に渡して実現を命じた。

〔47〕一八八二—一九七四年。ハリウッドの映画プロデューサー。ポーランド生まれのユダヤ人だが、ＭＧＭの前身となる映画会社を創設した。

〔48〕一八八七—一九七一年。貧しいユダヤ人の八百屋の家に生まれたが、のちパラマウント映画の社長を二十八年間務めた。

〔49〕一八七〇—一九六五年。ユダヤ系の富豪。ウッドロウ・ウィルソンやＦ・Ｄ・ローズベルトら民主党大統領の助言者になる。

〔50〕一八九一—一九六七年。ニューヨークの裕福なユダヤ人家庭に生まれ、外交官だった同名の父を持つ。Ｆ・Ｄ・ローズベルトと親しく、三四年に財務長官に任命される。ケインズ経済

学の有効需要政策には賛成しなかったが、戦時国債の円滑消化で米国の戦時経済を支えた。

〔51〕十九世紀末ロシアで秘密警察オフラーナが捏造したとされるユダヤ陰謀史観の偽書。ナチスが本物と信じ、現在も陰謀史観論者はこれの影響から逃れられない。

〔52〕ユダヤ教神秘主義カバラーの『ゾーハルの書』『ベン・シラの字母』には、人類の始祖アダムの最初の妻リリトの伝承（バビロニア渡来）が記されている。アダムの肋骨からイヴが創られる前に、アダムと同じく土くれから最初の女リリトが創られた。アダムの補完物にすぎないイヴと違い従順ではなく、妻となってもアダム上位で交わることを拒み、エデンの園を去った。魔界に入ったリリトは蛇に化身し、アダムの後妻イヴを唆して禁断の木の実を食べさせたという。リリトはまた、紅海で堕天使ルシファーら大勢の悪魔と交わって多数の子リリンを産んだ。サキュバスやインキュバスもこのリリンの一種だったとされている。アダムは神にリリトを取り戻したいと祈り、神はミカエルら大天使を遣わしてリリンを殺すと脅すが、リリトは屈しない。アダムの二人の妻リリトもイヴも、神自らの手になったものであり「最初の女」という意味では同じだ。バルザックにも短篇『妖魔伝（サキュバス）』があるが、日本ではアニメの『新世紀エヴァンゲリオン』がこのアダムとリリトの伝承を下敷きにしている。

〔53〕一八六五年創刊、サンフランシスコ最大の高級紙。サンフランシスコ・エグザミナーのライヴァル。

〔54〕『ニーベルンゲンの指環』で、ラインの黄金を盗んだ妖精アルベリヒにこき使われる弟の小人。

〔55〕ジークフリートを育てるミーメが、指環を守る大蛇ファーフナーを殺すために、鍛冶してジークフリートに与えた無敵の剣。

〔56〕ブルグント族の興亡を描いた十三世紀の叙事詩。豪力無双の英雄ジークフリートが殺される復讐譚がヴァグナーの『指環』の下敷きになった。

〔57〕ユングはリヒャルト・ヴィルヘルムと共同で、道教の内丹修練の書『太乙金華宗旨』を翻訳した（『黄金の華の秘密』）が、その訳書がディックの蔵書には含まれていた。

〔58〕ナチスが政権をとった一九三三年刊行。同年、ドイツ精神療法学会が会長クレッチマーとともにつぶされ、新たに組織された国際精神療法学会の会長にユングが就任する。

〔59〕ユングは『心理学と錬金術』『結合の神秘』などの著作で錬金術を研究している。

〔60〕十三世紀の叙事詩『パルジファル』をもとにヴァグナーが書いた最後の祝祭劇の主人公。無垢な愚者の若者だが、不治の傷に病むアンフォルタス王を救う。

〔61〕ノブ・ヒルに建つ豪華ホテル。セントラル・パシフィック鉄道の創業者が一八七八年に建てた城館がのちホテルに衣替えした。

〔62〕一八一九―九一年。実家が破産した後、水夫となり南海を航海。作家となって『白鯨』などを書くが、生活に追われてニューヨーク税関の検査官となる。ディックは、詩人チャールズ・オルソンのメルヴィル論『我が名はイシュメール』を読んでいたとみられる。

〔63〕ロシアの作曲家。名はアレクサンデル・ポルフィーリエヴィチ。一八三三―八七年。グルジアの皇太子の非嫡出子として生まれ、ペテルブルクの医科大学で有機化学の教授となった。

〔64〕実際には銀行ではなく、ボヘミア王国の労災保険局に勤務していた。

〔65〕実際は語学教師。一九〇四年に妻ノーラを連れてチューリヒに出奔、同地とトリエステ、さらに現クロアチア領のプーラで、ベルリッツの英語教師として糊口をしのいだ。ディックは一九五八年にジョイスの短篇集『ダブリン市民』の中の「アラビー」が好きだとも語っている。

〔66〕一九四六年に出版した『実存主義とは何か』だろう。

〔67〕一八九六―一九七〇年。ユダヤ系アメリカ人ジャーナリスト。戦前はソ連を擁護したが、一九四九年にスターリニズム批判の評論集『失敗した神』にジイドらとともに寄稿した。

〔68〕北サンフランシスコの金門橋のたもとにある緑地帯。サンフランシスコ湾を扼するこの地に一七七六年、スペインが砦を築いたことから「プレシディオ」と呼ばれる。一九九四年まで陸軍基地があった。

〔69〕旧約聖書「イザヤ書」第五十三章に現れる「苦難の僕《しもべ》」にはこう書かれている。「わたしたちの罪をすべて、主は彼に負わせられた。苦役を課せられて、かがみ込み、彼は口を開かなかった。ほふり場に引かれる小羊のように、毛を切る者の前に物を言わない羊のように、彼は口を開かなかった」この描写は、のちにイエス像の形成に寄与する。

〔70〕サンフランシスコ市中央の市民センターからアラモ広場までのヘイズ街周辺地区。現在はブティック街だが、一九二四年にエーリッヒ・フォン・シュトロハイムが撮った映画『グリード』で見るように、かつてはフリーウエイが貫く荒れた黒人街だった。

〔71〕正式にはヘイズヴァレー。この地を開墾したトーマス・ヘイズの名に由来するが、マーシ

ャは「ヘイシードの穴」を連想している。

〔72〕二台のシングルベッドを離さずに並べるツインベッドのこと。ベックハイムとマーシャが同衾していることを暗示したもの。

〔73〕グレイハウンドに似ているが、体長が八十センチメートルを超える例もある大型犬。狼より足が速いが、アイリッシュ・ウルフハウンドは性格も穏やかで、家畜を守る犬として農民に珍重された。

〔74〕紀元二世紀にカルタゴに生まれたラテン教父クイントゥス・セプティミウス・フロレンス・テルトゥリアヌスの英語読み。はじめ三位一体説を唱えたが、のち正統信仰から離反し異端モンタノス派に帰依したため列聖されていない。有名な「不合理ゆえに吾信ず」Credo quia absurdum の箴言の主とされる。

〔75〕レコード初期の素材。酸化アルミや硫酸バリウムの粉末を天然樹脂シェラックで固めたもの。一九五〇年代はEPやLPへの移行期で、樹脂盤はSPと呼ばれるようになった。

〔76〕シューベルトの未完の交響曲はD七五九の「未完成交響曲」を含め六曲ある。これはピアノスケッチの四楽章で完成に近かったホ長調D七二九。死後に補筆された。

〔77〕十六世紀末にメソジスト派やバプテスト派とともに英国教会から分離したプロテスタント宗派で、信徒個々人が契約に基づき教会を形成、個別の教会以上の組織を認めない。ピルグリム・ファーザーズとともに渡米、東部で広がる。ハーヴァード、イェール大学などを創立、日本では新島襄の同志社大学が会衆派である。オランダでは正統派カルヴァン派に抗して、自由

な聖書解釈を語りあったレインスブルフ派が会衆派（コレギアント派）と呼ばれ、ユダヤ教から破門され孤立したスピノザがこの派の本拠レインスブルフに身を寄せたことがある。

〔78〕Come to the donkey roast. Get yourself a piece of ass. 意味不明だが、一九五〇年代にバークレーのサン・パブロ・アヴェニュー九七九番地通りにあった食肉店（?）M&Lは「M & L/OLD-FASHIONED/DONKEY ROAST/price $2.00/EVERYONE GETS A PIECE OF ASS」という広告を出していた。ディックも当時それを見て、ジョークにしたのかもしれない。ドンキーは阿呆の代名詞で、assにもロバと尻という意味がある。

〔79〕永楽通宝や康熙同宝など、中国の銅銭の多くは棒に通す四角い穴があいている。

〔80〕一九二八年にジョン・F・マレーが創立した奨学金基金。

〔81〕一九一九年創業のフォトスタット社の写真複写。後に安価なゼロックスに駆逐された。

〔82〕一七八〇年にダブリンで創業したアイリッシュ・ウイスキーのブランド。

〔83〕マーケット・ストリートとユニオン・スクエアに挟まれた三角地帯の一角で、ホームレスが多い。

〔84〕サンフランシスコの南に隣接する地域。車は帰路もベイショア・フリーウエイを走っているのだろう。

〔85〕三人の姉妹コーラスで、一九三七年にドイツ語で歌う*Bei Mir Bist Du Schön*（寄り添うきみは素敵な女）が大ヒットした。ディックのお気に入りの曲で、『ブラッドマネー博士』でも人工衛星に閉じこめられたディスクジョッキーにその曲を流させている。

〔86〕神に救われる人と滅びる人とは予め定められているというカルヴィニズムの根本教義。本書巻頭のエピグラフとなっているC・ライト・ミルズが私淑するマックス・ウェーバーは、その召命＝職業を信ずることによって近代資本主義が生まれたと分析した。

第三部　宵

〔1〕金属シーケンス電線のこと。タイプAC、外装電線とも呼ばれる。二十世紀前半にアメリカの住宅地や商業地で使われた初期の電線で、被覆したコードを金属の鞘で包んでいる。

〔2〕卵黄、エシャロット、バターとエストラゴンと酢でつくるフランスのステーキソース。

〔3〕セーヌ川支流のマルヌ川で行われた会戦。第一次は開戦の一九一四年九月、ドイツ軍の破竹の進撃が連合国軍に食い止められ、第二次は終戦の一九一八年七―八月にドイツ最後の攻勢がやはり食い止められた戦い。ここはディックの実父の体験が語られている。

〔4〕パリの東、マルヌ河畔のシャトー・チエリーとのあいだにある森。マルヌ第二会戦には米兵八万五千人が参加、この森でフランス第六軍とともに、ドイツ第七軍を迎え撃った。ディックの父エドガーも第一次大戦の欧州出征兵で、海兵隊第五連隊とともにベローの森、アルゴンヌの森などを転戦し、「二百人の部隊で二十四人しか生き残れなかった」過酷な戦場の生存者だった。幼い息子フィリップにガスマスクをかぶってみせて、ひどく怖がらせたという。

〔5〕シェイクスピア『ハムレット』第二幕第二場の台詞。

〔6〕一九三一年にアレン・B・デュモンが創業したテレビメーカー。

〔7〕サンフランシスコ西部、州立大学そばのショッピング街。

〔8〕鶏卵に牛乳と砂糖をまぜて、ブランデーなどを入れる食後のドリンク。

〔9〕バッハのクリスマス・カンタータは第六三番「キリスト者よ、この日を刻みこめ」、第六四番「見よ、どれほどの愛を」、第一二一番「キリストをいざ誉めたたえよう」、第一三三番「私はあなたにあって喜びます」などが代表作。

〔10〕サンフランシスコの小さなラジオ局を舞台にしたディックの未訳作品『シスビー・ホルトの破れた風船玉』（一九五六年）は、冒頭で歌うコマーシャルのパロディーを試みている。それが後に『ユービック』の各章に現れる預言めいたCMになった。

〔11〕当初はサンフランシスコのラジオ局。現在は統合されてNBCグループ傘下でカリフォルニアをカヴァーする「チャネル4」。Kはコールサイン。

〔12〕サンフランシスコ南東へ五百キロメートル近く下った九九号線沿いの町。ロサンジェルスに近い。

〔13〕ゴールド夫婦の家にもレコードがあったトランペット奏者。一九二〇―三〇年代、「リヴァーボート・シャッフル」「シンギング・ザ・ブルース」「ジョージア・オン・マイ・マインド」などを録音した。

〔14〕ディック自身が、モダンTVのモデルであるユニヴァーシティ・ラジオで働いていたころは、クラシック音楽のオタク店員だった。彼は当時、ゲイの集まる「ブラック・キャット」に出入りしていたが、彼自身はゲイに染まらなかった。

〔15〕一八九八―一九七六年。フランス生まれのコロラトゥーラ・ソプラノ歌手。三〇年代以降、ニューヨークのメトロポリタン歌劇場で歌う。

〔16〕一八六七―一九五七年。イタリアの指揮者。ムッソリーニを嫌い、一九三八年に米国に亡命、彼のために編成されたNBC交響楽団でタクトを振る。

〔17〕日本の百円ショップの原型である「ダイムストア」の草分け。一八七八年にニューヨーク州ユーティカでフランクリン・W・ウールワースが始めた五セントストアが第一号店で、ウールワース兄弟はスーパーマーケットなど小売チェーンを世界に広めた。一九八〇年代以降は競争激化で業績不振となり、九七年にスポーツウエア部門の「フットロッカー」に縮小したが、ウールワースの商号はドイツ、オーストリア、メキシコなどに残っている。

〔18〕十八世紀から英米の歴史で四度の大覚醒のたびに繰り返された信仰復興運動で、米国では十九世紀半ばからの第三次大覚醒で多くの新興宗派が生まれた。現在の福音派原理主義の源流。

〔19〕バターと砂糖、重曹などを溶かし鍋で煮詰めて固める。ピーナッツなどを入れることが多い。

〔20〕大手小麦粉メーカー、ゼネラル・ミルズが販売するケーキミックスのブランドで、開発したウィリアム・クロッカーの名をとって正式には「ベティー・クロッカー」と呼ばれる。

〔21〕プディングやデザートに添えるクリームソース。バターと砂糖にバニラやラムを加える。

〔22〕一八七九年、ボストンで病弱の女性メリー・ベーカー・エディーが霊感を受けて興した新興宗派。すべての病は心的なものであり、癒しは神の霊的理解によるとする。

〔23〕米国民が国旗の前で斉唱する誓約。

〔24〕一九四二年六月から四五年九月まで、戦果の発表や士気高揚の宣伝活動、戦線の後方でスパイ活動や破壊工作をする敵の「第五列」への警戒呼びかけなどを行った臨時機関。

〔25〕一九四二年創設。のち陸軍婦人部隊となり、十五万人が看護や航空管制などの任務に就いた。マッカーサーがその精勤ぶりを「わが最上の兵士」と称えた。

〔26〕一八九六―一九八〇年。英国のファシスト。保守党、労働党議員を経て大恐慌後に離党、英国ファシスト同盟（BUF）を創設。貴族のミットフォード姉妹の一人、美貌のダイアナを妻としたが、結婚式をベルリンで行い、ヒトラーが参列した。一九四〇年五月、ナチスとの密通を恐れるチャーチル首相によって投獄され、四三年に釈放されたあとも監視下に置かれた。

〔27〕本作が書かれた当時のマリリン・モンローは、下積みだったころにトム・ケリーらが撮ったカレンダーのヌードで有名だった。映画女優としては『アスファルト・ジャングル』や『イヴの総て』でようやく脇役を務めるようになった新人で、一九五二年は『ノックは無用』でリチャード・ウィドマークの相手役をつかんでいる。五三年には『ナイアガラ』で悪女役を演じ、モンロー・ウォークでスターになった。

〔28〕一九〇四―四四年。ビッグバンドを率いた米国のジャズマン。第二次大戦で空軍に参加、英仏海峡で乗機が行方不明となる。

〔29〕ヴェルディのオペラ『イル・トロヴァトーレ』第二幕で、金床を叩きながら歌われるジプシーの歌をジャズに編曲したもの。

〔30〕シスコ東部都心を南北に走るオフィス街で、マーケット・ストリートと交差する。

〔31〕バーのカウンターの足もとにある真鍮メッキの金属棒で、客が足を掛ける。後年はナイトクラブでストリッパーやダンサーが真鍮のレールに絡む踊りを見せるようになり、ブラス・レールの名を冠したナイトクラブも誕生した。ここは明らかにゲイバーで、その走りか。

〔32〕「死が二人を分かつまで」はキリスト教の結婚式の誓いの言葉。

〔33〕コリン郡の太平洋岸にある町の名で、「大王岬駅」の意味で廃駅になっていた。ディックとクレオは一九五八年にバークレーから移住、『ジャック・イジドアの告白』や『ドクター・ブラッドマネー』の舞台になった。

〔34〕正統派のユダヤ教徒の扮装。律法で顔に剃刀をあてることを禁じられ、カールしたもみあげを垂らしている。

〔35〕サンフランシスコ湾の南端のサンタクララ郡にあり、サンノゼとフレモントに隣接した町で、現在はシリコンヴァレーの一角。一九二〇年代には「ファットボーイ」や「コージーキッチン」などファストフード店が誕生した。現在は中国系が多く住む。

〔36〕That will be the frosty Friday.「そんなことが起きたら金曜に霜が降る」（ありえない）という慣用句。

〔37〕一九一八―二〇〇六年。『裁くのは俺だ』など煽情的なハードボイルド物のマイク・ハマー・シリーズで知られるミステリー作家。

〔38〕一八九七年、ミシガン州ランシングで誕生した自動車メーカーのブランド。ＧＭのブランドとなり、二〇〇四年に廃止。

〔39〕クライスラーが一九二八―六一年まで販売したブランド。スペインの探検家エルナンド・デ・ソトから名を取った。スチュードベーカーなどのライヴァル車。

〔40〕一九〇九年にミシガンで創業した自動車メーカーのブランド。ビッグ・スリーに押されて、五四年に合併でアメリカン・モーターズになるが、五七年に車種は消滅した。

〔41〕一九五〇年代のGMが大半の車種で採用した自動変速装置のブランド名。

〔42〕一八四〇年代にドアのシリンダー錠を発明した米国人ライナス・イエール二世の名にちなむブランド。

〔43〕主成分はアスピリンで、一九二〇年代にホワイトホール・ロビンス社が開発した。

〔44〕一八八七―一九四六年。リトアニア出身で一九〇五年に亡命、米国で親ソ派労働運動の指導者となり、ローズベルト政権を支持、全国復興庁や戦時生産委員会に協力する。

〔45〕一八九〇―一九四六年。ローズベルト側近の政治顧問。ニューディール、とりわけ公共事業促進局の設計者。大戦中は外交顧問となり、武器貸与法でソ連など連合国を支援した。戦後はソ連のスパイ疑惑が噂された。

〔46〕ホプキンスはヘビースモーカーで、長く胃癌で苦しんだ。

〔47〕スノードーム。一九四一年にオーソン・ウェルズが監督・主演した映画『市民ケーン』で、主人公が「薔薇の蕾」とささやいて死に、その手から転がり落ちる場面のイメージか。

〔1〕英国のルーツ・グループが一九三二—七〇年に生産した中型のファミリーカー。おそらく一一八五ccのマークⅢだろう。日本ではいすゞ自動車が五六年からライセンス生産した。

〔2〕アブラナ科の一年草。夏にかけて白または赤、ピンク、紫などの花を咲かせる。和名は常盤ナズナ。

〔3〕一八二五年、襟を取り外しできるシャツが誕生して以来のシャツの老舗ブランド。一八八五年にクルーエット・ピーボディー社が世界的なブランドに仕立て、一九三〇年代にはソフトカラーのシャツを流行させた。現在はフィリップス・ヴァン・ヒューゼン傘下。

〔4〕一九〇二年にヘンリー・ウィンザーが創刊した素人向けの機械の雑誌。〇九年には二十万部を数え、のちに広告事情から日曜大工など家庭用機械のカタログ的な雑誌にシフトする。

〔5〕複数の工具を放射状に刃物台につけ、旋回割出しを行う旋盤。

〔6〕サンフランシスコ北方、ソノマ郡にある町。『ジャック・イジドアの告白』の舞台、ポイント・レイズ・ステーションから北東へ約三十キロメートル。

〔7〕ペタルマから北西約四十キロメートル。レッドウッド・ハイウエイ沿いのウィンザーから太平洋岸のジェンナーまで流れている。ロシアがアラスカを譲渡する以前、この一帯にロシアの植民地があったことから名付けられた。

「贋メシア」の聖体拝領　訳者解説に代えて

阿部重夫

どんな作家でも、ひっそりと胸に妄想を温めている。邪悪であれ、可憐であれ、作家はその蛹《さなぎ》をはぐくんで生身を削り、妄想の繭《まゆ》から綺想の蝶を羽ばたかせる。

フィリップ・Ｋ・ディックは、どこで妄想の繭を紡ぎはじめたのか。とりわけ彼のオブセッションとも言うべき「アンドロイド」はどこに根があるのか。一九五二年に彼が弱冠二十三歳で書いた『市《まち》に虎声《こせい》あらん』こそ、その謎を解く鍵だろう。

ＳＦ界への短篇デビューとほぼ同じころに書かれた本作は、彼の作品系列では普通小説（メインストリーム）の系譜に属し、『汝ら集まれ』*Gather Yourselves Together*（一九五〇年、未訳）が習作だとすれば、それに続く事実上の長篇処女作である。無名に近い彼にとって出版の壁は厚く、生涯篋底《きょうてい》にとどまった。出版にこぎつけたのは二〇〇七年と、没後二十五年も経ってからである。神話的なロングセラー作家となった彼のおびただしい作品群の、これは最後から二番目（二〇一一年の『釈義』*The Exegesis* が最後）を飾ることになった。若書きとはいえ、この幻の傑作（と私は思う）の上梓はなぜかくも遅れたのか。

そこに、普通小説ではついに芽の出なかったディックの不幸が凝縮されている。のちに彼がSFで書いた廃墟やアンドロイドやガジェット、落ちこぼれや教祖や悪女など、その原像はすべてここにある。だが、舞台は何十光年も離れた宇宙基地でもなければ、核戦争後の地底シェルターでもない。サンフランシスコ郊外の変哲もないテレビ屋で、悶々として妄想に駆られた彼の分身が、突然狂戦士《バーサーカー》のごとく破滅する物語なのだ。

「不合理ゆえに吾信ず」Credo quia absurdum ――カルタゴのラテン教父、テルトゥリアヌスのこの箴言《しんげん》を、ディックも（埴谷雄高のように）早くから信奉していた。本作でも、タートゥリアンという名（テルトゥリアヌスの英語読み）のウルフハウンド犬が、のっそり現れてキッチンで溜息をつく場面があるが、これは三位一体論をもっとも早く唱えながら列聖されなかったこの教父のカメオ出演と言っていい。

＊

母が早くに離婚し、母子家庭で育ったディックは早熟だった。本作の三年前、一九四九年十二月十六日の誕生日に、手紙でこんな自画像を書いている。

> 僕は女の子にキスしたことがなかった。髭も剃らなかった。娯楽に「アスタウンディング・ストーリーズ」〔SF誌〕を読んでいた。二十一歳で結婚して離婚した。毎日、髭を剃るようになり、ジェームズ・ジョイスとヘロドトスの『ペルシャ戦争』〔原題

『歴史』」、それにクセノポンの『アナバシス』を娯楽として読んだ。……十五歳で僕は思った。人生から何が欲しいか、もう分かったと。今となっては、それが分からない。十五歳で僕は大きな心理的破綻をきたした。今でもそうだ。でも、症状は異なる。

（私訳）

母一人子一人だった彼は、思春期に一種の登校拒否症と思われる眩暈《めまい》や広場恐怖症に見舞われた。それを救ったのが「代父」となった家電販売店主、ハーブ・ホリスで、本作のファーガスンのモデルである。親分肌のホリスはレコードショップを兼営し、ＦＭラジオの番組スポンサーになるなど、店はカリフォルニア大学のキャンパスがあるバークレーの町で、音楽好きやオーディオ好きの若者のたまり場になっていた。十五歳からパートで店員になったディックは、この代父のもとで「王の宮廷でおどける道化」を演じ、店に出入りするインテリの卵たちから耳学問でクラシック音楽や文学の素養を蓄えた。

たまさか彼が育った地域は、一九五〇年代の「サンフランシスコ・ルネサンス」発祥の地と重なっていた。大学近くのマッキンレー・ストリートにあるロフトの借間に彼は住んでいたが、そこは詩人の卵たちの梁山泊だった。ロフトの最初の借家人だったのが高校以来の友人で左翼運動に傾斜するジェラルド・アッカーマンである。この梁山泊に立ち寄った詩人のロバート・ダンカンも、やがて上階に移り住んだ。二人ともゲイである。

ダンカンは中世文学やルネサンス文学を研究し、エズラ・パウンドの『ピサ詩篇』に親炙《しんしゃ》していたモダニストである。パウンドは戦時中にムッソリーニに共鳴して、ラジオ放送でファシズムを鼓舞し、戦後は対敵協力者としてピサの収容所に拘禁されて（そこで『ピサ詩篇』を書く）、米国送還ののち裁判にかけられ、聖エリザベス病院に幽閉されていた。ダンカンはその病棟をたびたび見舞っており、その行動は本作のマーシャに反映している。

　アッカーマンは、のちに美術史家として一家をなした。一九五六～五八年にミュンヘン留学後、プリンストン大学で美術史の博士号を取り、図像解釈学（イコノロジー）を興したアーウィン・パノフスキーのもとで、十六世紀ミラノのマニエリスムを研究、のち、ロサンジェルス郊外にあるポモナ大学の教授となった。その美術史研究の白眉は、十九世紀フランスの画家兼彫刻家、ジャン＝レオン・ジェロームの再発見だろう。

　ローマの闘技場や近東の奴隷市場を舞台にしたジェロームのエキゾチックな絵画は、ナポレオン三世の植民地主義を体現したブルジョワジーの悪趣味の権化として、印象派に排斥された。かくて「孤独で退屈で狭量な無視の数十年間」に忘れられかけたが、アッカーマンは『ジャン＝レオン・ジェローム　評伝と作品』を書いて救ったのである。

　彼が「擬古のモダニスト」だったからだろう。あぶな絵のようなジェロームの好色な視線に、精緻に計算された裸身のリアリズムを見いだしていたが、ミラノのロマッツォといい、このジェロームといい、明らかにその好みはホモセクシュアルならではのフェティシズムであり、反世間のさかしらが透けて見える。

　ディックの目から見た若きアッカーマンは、愛人ダンカンとのべつ喧嘩していた旧友に過ぎない。その二人をディックは、本作でディヴとローラ夫妻に仕立ててグロテスクに戯画化した。が、左翼崩れのインテリ像の描写には露骨な悪意が籠っている。つまり産土《うぶすな》を同じくしながら、ディックは「シスコ・ルネサンス」に背を向けた異端児だったのだ。

ダンカンはやはりロフトの住人である神智学かぶれのロビン・ブレイザーや、ロサンジェルス出身で神智学にはまっていたジャック・スパイサーらと新しい詩の潮流を起こした。彼らが詩人ケネス・レクスロス（日本の俳句をアメリカに紹介、東京で白石かずこと朗読会を開いた）の取り巻きや、映像詩人ジェームズ・ブロートンやその伴侶らと一緒になって盛りあげたのが「シスコ・ルネサンス」である。そのピークとなった五五年、シックス・ギャラリーの朗読会に加わったフィリップ・ラマンティアもこの梁山泊の出身で、ニューヨークで超現実派と接触し、四六年に『エロティック・ポエムズ』を出版している。

ディックより二歳年少の詩人ゲーリー・スナイダーもこの朗読会に出ていた。北西部先住民、クワキウトル族などの神である好色なコヨーテや木苺《ベリー》を食べる熊の詩「木苺祭り」を朗読、「やっちまえ《ファックユー》、とコヨーテはうそぶき走り去る」に聴衆は狂喜したという。オレゴンの大森林で林業に従事した父親を持ち、ギターを弾きながら先住民の歌や労働歌を歌うスナイダーは、鈴木大拙の『禅仏教論文集』第一集を読んで仏教に目覚めている。

スナイダーの名を世に高からしめ、この朗読会で「吼えろ」を朗読したのが、詩人アレン・ギンズバーグだった。ニューヨークのグリニッジ・ヴィレッジで、空虚な中産階級の文化に反逆する「ビートニク」運動の先駆けとなった。ジャズのビートのような生命力溢れた詩をもたらそうと太平洋岸に引っ越して、バークレー校に近いミルヴァ・ストリートで薔薇の木立ちに囲まれた小屋に住みついた。そこは、ディックと二番目の妻クレオが同棲していた家（本作の主人公ハドリーとエレンが引っ越した破屋《はおく》）からそう遠くない。

五五年九月、薔薇の小屋に居候したのが、ニューヨーク以来の親友、ジャック・ケルアックである。ケルアックも当時は自称仏教徒だった。般若経典のひとつ、金剛般若経《ダイヤモンドスートラ》（金剛般若波羅蜜経）を手に放浪しながら大陸を横断してきて、スナイダーと出会った。

> ジェフィ〔スナイダー〕と私は同じ仏を崇めていた。即ち十一の顔を持つアヴァロキテスヴァラ、日本語でいえば、クワンノンさまである。ジェフィはチベット、中国、大乗、小乗、日本、果てはビルマに至るまであらゆる種類の仏教に精通していた。だが、私は彼に向って、
> 「おれは、仏教の系列だとか、各国さまざまの名称の違いだとか、ニュアンスの差なんてことには全く興味がないんだ」
> と言い渡しておいた。
>
> （ケルアック『ザ・ダルマ・バムズ』中井義幸訳）

「達磨バムズ」とは「仏法を探究する浮浪者」というほどの意味で、『路上』に続くこの第二作でケルアックは当時のスナイダーを活写している。スナイダーは五六年に日本へ旅立ち、京都の相国寺、大徳寺で臨済禅を学ぶ留学生となった。彼の日本在住は二度、足かけ十年余

に及び、詩「燃える島」に詠《うた》われた九州南方の島、諏訪之瀬島で上原雅子と結婚するに至る。その詩には世阿弥や芭蕉が歌いこまれ、宮澤賢治の詩の英訳まであるが、帰国して『亀の島』でピュリッツァー賞を受けてからは、地域の環境保護運動に身を挺した。

ディックはこういう「環世界」Umwelt から浮かびあがってきたのだ。

だが、彼は精神疾患と軍事教練への反発から、ごく短期間で大学を中退、純文学に耽溺する余裕などなかった。にもかかわらず東洋嗜好や哲学から心理学、社会学まで乱読することができたのは、和英辞典をつかって禅問答の会話を楽しむダンカンらのスノビズムのお相伴に与《あずか》っていたからだろう。「家庭内で起きることは些事であっても、宇宙の秩序との照応として理解する」神智学は、このロフトでディックに埋め込まれたと思える。

しかし、オーディオとグレゴリオ聖歌に凝るこの内気な青年は、すでにプロのSF作家の道を歩き始めていた。自分には手の届かない純文学への屈託も手伝ってか、本作でも彼ら詩人を標榜する風来坊たちへの反感をむきだしにする。三番目の妻アンの回想録では、ディックは「バークレーのビートニク」と彼女に呼ばれて、褒め言葉と思っていたと証言している。だが、そう無邪気には受け取れない。新妻がスナイダーの知人だったとしても、それがどうしたと憮然としている顔が浮かんでくる。

アンによれば、ディックの書棚には『易経』のほか、道教の内丹修練の書『太乙金華宗旨』（ユングの翻訳『黄金の華の秘密』）、チベット密教の『チベットの死者の書』や、ヒンドゥー教の聖典『バガヴァッド・ギーター』、そして禅の入門書、ヘルマン・ヘッセの『シッダールタ』が雑然と並んでいたそうだが、それでもビートニクの仏教熱には染まらなかった。ディックには彼らの尻尾が見えていたのだ。そもそもケルアックが手放しで称えたスナイダーの博識にしても、岡倉天心の『茶の本』あたりがネタもとでは心もとない。天心が歎息したとおり、西洋がオリエンタリズムの檻から脱するのは容易でないのだ。

*

ディックにはもっと重荷があった。過干渉の母ドロシーである。二番目の妻クレオも、三番目の妻アンも、写真で見るとドロシーに似ている。本作では、ハドリーに口出しする妖艶にして俗物の姉サリーは、明らかにドロシーが祖型だろう。妊婦エレンとの凄まじい口喧嘩や、マーシャへの凌辱シーンも、母への根深い愛憎が底にあると思える。

彼にとって「アンドロイド」とは、まず母だったのではないか。

成長期の精神疾患と母の抑圧は、ディックの心に深い傷を残した。四七年秋に家を出る時も、母から「警察を呼ぶ」と脅され、「出てったら、おまえはホモになる。だって、おまえは弱虫だもの。ヨワムシ、ヨワムシ、ヨワムシ」と罵られた、と回顧している。彼は後年、この「オイディプス的状況を克服した」と豪語する。

だが、いかにして？

それがテルトゥリアヌスの箴言から迫り上がってくるカルトの世界である。『電気羊』のマーサー教や『ジャック・イジドアの告白』の空飛ぶ円盤カルトのように、ディックの作品には執拗なくらい、いや必須と言えるくらいカルトが現れる。それらはどれも、メシアがもう一度世に降臨する終末の日は目前に来たれり、と預言する再臨派に近い。

アメリカの土壌が産んだこのメシアニズムは、新大陸の原罪を贖《あがな》うというのが彼の原イメージらしい。それが反近代、反知性と結びついてしまうことは、本作第一部の末尾で教祖ベックハイムが預言者然として説教する「お諭し」が雄弁に物語っている。肉食に怖気をふるう臆病なウェイクフィールドら屈折した大衆の造型といい、かつてアレクシ・ド・トクヴィルも瞥見《べっけん》したような神憑《がか》りが泣き叫ぶ信仰復興集会の描写といい、ディックの「不合理ゆえに吾信ず」の迫真はとても想像しただけとは思えない。現実にどこかの再臨派もしくは聖霊派集会で片隅に座っていたのではないか。晩年に書きためた膨大な疑似神学メモの集積である『釈義』と同じく、彼は本気でイカれたことがあるのだ。

ほんとうはテルトゥリアヌスの著作のどこにも「不合理ゆえに吾信ず」の字句はない。これは出所不明の箴言なのだ。それに近い内容とされるのが左の文章である。

et mortuus est dei filius: prorsus credibile est, quia ineptum est. et sepultus resurrexit: certum est, quia impossibile.

そして神の子は死せり。無意味であるがゆえに、これはひたすら信じねばならぬことだ。
そして葬《ほふ》られ甦《よみがえ》りたり。これも確かなことだ。不可能であるがゆえに。

（テルトゥリアヌス『キリストの肉について』私訳）

実はコリント前書第十五章を要約したにすぎない。ディックが生涯これに拘泥したと知れるのは、『聖なる侵入』の主人公ハーブがハドリーのなれの果ての引き籠もりとして登場し、オタクのように憧れの歌手（リンダ・ロンシュタットがモデル）と同衾《どうきん》する夢に浸りつつ、それを現実と自らに言い聞かせるためにこの逆説を呟くからだ。

それでも、テルトゥリアヌスの幻の箴言が、信仰の根源の闇を射ていたと思えるのは、この教父が晩年、小アジアのフリュギアに現れた「再臨派」ともいうべき新宗派に血迷ったからだ。マニ教から改宗して正統派の王道を歩んだ聖アウグスティヌス（彼もカルタゴ出身）のちょうど逆コースを歩んだのだ。

この異端の祖モンタノスは、聖霊が自らに宿ったと神憑りの異言《グロッソラリア》（γλωσσολαλιά）を発し、キリストが近く再臨して、西フリュギアのペプザが新エルサレムになると預言した。エウセビオスの『教会史』によると、彼に唆されてプリスカとマクシミラという女預言者二人が加わると、信者がローマ、アフリカからガリアに広がった。カルタゴにも女預言者が現れ、老テルトゥリアヌスは、マーシャに飼われたウルフハウンド犬のようにひれ伏した。

わたしの後に預言者はもはや存在せず、終末《シンテレイア》(συντέλεια)がくる。
（ピエール・ド・ラブリオレ『モンタノスの危機』の「託宣」より、個人ホームページBarbaroi! 訳）

サラミスのエピファニオスが集めた異端語録集にはそんなマクシミラの異言が記録されている。コンスタンティヌス大帝の焚書でそのロギアはほとんど抹消されたが、モンタノス派はもしかすると、教父の教会に代わる女教祖の教団なのかもしれない。

本作では、マクシミラにあたるマーシャの異言が、レイシスト雑誌『夢魔《サキュバス》』である。このラテン語は注に記したように「夜、女に化けて夢のなかで男と媾《まぐわ》う男性の悪魔」という意味で、要は夢精の妖魔である。聞き齧りとはいえ、ディックはどこでこの単語を知ったのか。ヒントはマーシャを「エズラ・パウンドの徒輩《やから》」と形容していることにある。

聖エリザベス病院を訪れたのは、ダンカンだけではない。やはりモダニズムの詩人、チャールズ・オルソンも病棟を見舞い、パウンドの支援で『我が名はイシュメール』を出版することができた。これはメルヴィルの『白鯨』をテーマに、ドキュメンタリーとフィクションを組み合わせた斬新な論考で、二十歳前のディックもいち早く読んだ一人だろう。だが、モダニズムの行きつく果てに陥った迷妄を断じて恥じないパウンドの老耄《ろうもう》と硬直に、早くからオルソンは失望を覚えていたらしい。一九七〇年に死去した彼の遺稿から「パウンド事件」という表題のある紙束がみつかったが、そのなかに「断片」と題された短文がある。

彼「パウンド」をファシストと呼ぶだけでは十分ではない。

彼はファシストだ、最悪のたぐいの。知的ファシスト。権力者に奉仕する、この汚らわしい言い訳屋、スローガンの拡声器。このことばの男、この夢魔《サキュバス》が、おのが声を民衆の敵に売ったとき、それは作家たち全員の恥だった。

（チャールズ・オルソン「断片」私訳、キャサリン・シーライ編『チャールズ・オルソンとエズラ・パウンドの聖エリザベス病院での邂逅』より）

エウレカ！　パウンドを夢魔《サキュバス》と呼んだのはオルソンなのだ。ディックはダンカンかアッカーマンから口づてにそれを聞いて、マーシャに重ねあわせたのではないか。『我が名はイシュメール』を出版した一九四七年、サンフランシスコでオルソンは旧知のダンカンらと接している。四七年はまた、オルソンが終生住み着くことになるマサチューセッツ州グロスターを舞台とした長大な連作詩『マクシマス詩篇』の構想が閃いた年でもある。注釈家ジョージ・バタリック作成のオルソン生涯年表から、はっきりとその点と線が浮かびあがる。

春、ワシントン在。三月、エズラ・パウンドとカレス・クロスビー〔女性パトロン、オルソンの処女詩集を出版した〕の支援を得て『我が名はイシュメール』を出版（パウンドは本を〔T・S・〕エリオットに送ったが、「あまりにアメリカ的」と放置された）。六月、グロスターを訪問。ケープ岬歴史協会ディレクターのアルフレッド・マンスフィールド・ブルックスと昼食を摂る。『マクシマス詩篇』の着想を得た。七月二日、

> 太平洋岸へ出発。八月八日、シアトルのワシントン大学太平洋北西部作家会議で詩について講義。そこからサッター／マーシャル〔ゴールドラッシュ時代に金鉱を掘りあてた採掘業者〕やドナー隊〔十九世紀半ばに遭難した開拓団〕の材料を探しに、サクラメント〔カリフォルニア州北部の州都〕とバークレー〔カリフォルニア大学〕のバンクロフト図書館に立ち寄った。ロバート・ダンカンやカール・サウアー〔ドイツの景観論をアメリカに輸入した文化地理学者〕と会う。
>
> （私訳）

ディック晩年の『ヴァリス』第三章では、「ここでは時間が空間に変わる」が何度もリフレーンされるが、もとをただせばオルソンが『我が名はイシュメール』で唱えた時空の置き換えではないか。歴史のないアメリカは時間を遡れず、空間（宇宙）に血路を拓くほかないというのだ。ダンカン経由にせよ、ディックがその驥尾《きび》に付したとしてもおかしくない。

＊

だが、彼らモダニストたちと、ディックはどこかで袂を分かった。

夜の陋巷《ろうこう》を傷だらけで彷徨するハドリーが、バーでゲイの佼童《わかもの》たちの稚児にされかけ、振りちぎるように逃げだす場面がその象徴だろう。マーシャに対するハドリーのほとんど本能的な反感と報復の根にも、この「環世界」Umwelt への訣別がある。

理想化された自然も、偶像化された仏教も、スナイダーと違って彼はあきたらない。ハドリーが聞き惚れるベックハイムのお諭し、または異言は、再臨派や『新世紀エヴァンゲリオン』とおなじように、終末（συντέλεια）のイメージを旧約聖書とヨハネ黙示録とカバラーに負っている。ハドリーは碇シンジと同じなのだ。彼が嬰児ピートをベックハイムに捧げようとするのは、イサクを神への生贄にしようとしたアブラハムの祖述としか考えられない。

シャビーな「末世澆季《ぎょうき》」への憧憬抑えがたく、「イエスの番人」というカルトに吸い寄せられていくのは、母やアメリカ社会にビルトインされた精神的去勢を脱するために、代償を再臨派または聖霊派の救生《くしょう》観に求めざるをえないからだろう。対幻想を共同幻想で帳消しにすること。ディックが生涯憑かれていた妄想とは、母の束縛から逃れるために「反キリスト」と「贋ハルマゲドン」を仮構する迷彩ではなかったか。

彼は「代父」ファーガスン＝ホリスのような、マッチョで素朴な父性に引き返せない。十九世紀資本主義で培われた零細店主の古風な刻苦勉励、独立不羈《ふき》は、アプレゲールの世代のルーツたりえないのだ。「あなたが宇宙を創《つく》ったわけじゃない。たぶん、創った人なんかいなかったんです。すべてが偶然の所産だ。意味はない。だから、ご心配なく」と言い放つや、ハドリーを絶対零度の孤立が待っていた。

本作の争論は常にディックの失意を自問自答している。彼はベックハイムのような、造作もなく未来を幻視できる「見者」にはなれない。ハドリーもアメリカの宿痾《しゅくあ》を一身に背負った「贋メシア」になろうとして、「できそこないの黙示録」になってしまう。ディックのＳＦは、どれもこれも雲間が割れて光が差し込むだけのチープな「来迎図」である。

晩年の『ティモシー・アーチャーの転生』まで、彼のメシアはどこまでも贋であって、ついに救いは訪れない。マーシャも女教祖になれない。彼女と黒人教祖の性愛を「人間に非ざるものとの接触」としか意識できず、レイシストの地金を現すハドリーは、自らをアンドロイド化させ、癋見《べしみ》の面をかぶった「贋メシア」となって対抗するしかない。かくて知の娼婦マーシャを殴りつけて報復し、善人ファーガスンの恩を仇で返す「破戒」へと走りだす。「贋メシア」は聖体拝領（ευχαριστία, communion）によって、自らを供犠《くぎ》に捧げなければならない。ハドリーが扉に体当たりして、割れたガラスで二目と見られぬ癋見《べしみ》となったとき、彼の耳を領していたのは、ガラスの穴から流れこむ「巷《ちまた》の声」、町のざわめきだった。

　軋々《ごうごう》たる車の音、人のひそひそ声。人声と機械音がまじりあい、街頭から参差《ふぞろい》な賤《しず》の声々が、夜風に運ばれてきた。

　ほかでもない、この「賤の声々」こそ本作の原題（Voices from the Street）である。「贋メシア」はシャブタイ・ツヴィあるいは反キリストのように、自らを否定することによってしか、メシアと認められない。出口のないハドリーの咆哮は、親鸞の『教行信証』に引用された伝最澄の偽撰『末法燈明記』に通じている。そこでは迷彩が反転する。「たとひ末法のなかに持戒あらば、すでにこれ怪異なり。市に虎あらんがごとし、これたれか信ずべきや」。末世には理が覆って非理が来臨する。逆説家テルトゥリアヌスもそう呟いたろうか。

ディックがいまも人を魅了してやまないのは、妄想が破れていく悲痛なイストリア（物語）にある。妄想は再話されなければならない。フロイトと同じく、ディックも妄想を一箇のイストリアに紡ぐ稀有な資質に恵まれていた。そして本作ほど、ディックの妄想の繭——彼がなぜＳＦで再話しなければならなかったかを、あらわにみせたものはない。

二〇二〇年

本書単行本版を編集した平凡社の故松井純氏の霊に捧ぐ

ディックの原石──推薦の辞

評論家
山形浩生

SF作家としてのディックを愛する人々──たとえばぼく──にとって、彼の初期の普通小説と、晩年の変な宗教小説は、必ずしも居心地のいいものではない。

ディック自身は、普通小説作家になりたくて、SFの相当部分は単に糊口をしのぐための書き散らしだったともいわれる。しかしそのディックがそれなりに自信を持っていたとおぼしき普通小説は、現代アメリカでガラクタまみれの世界に生きる、疎外された小市民のちょっとしたハプニングを描いた、単調というか退屈なものばかり。彼のエージェントですら「見込みなし」と全部彼に送り返してきたほどのものばかり。邦訳もいくつかあるが、あのディックの作品という興味がなければ、作品自体の力で人に勧められるものではなかったように思う。

そしてその後SF一本でやっていこうと決意して、一九六〇年代から『火星のタイム・スリップ』『パーマー・エルドリッチの三つの聖痕』『アンドロイドは電気羊の夢を見るか?』『ユービック』『暗闇のスキャナー』などの傑作を次々に発表した。それぞれの小説の構造は、似たようなものかもしれない。やはりガラクタに囲まれて疎外された失意の日々を送る（未来の）小市民が、なんらかのきっかけ（ドラッグ、宇宙旅行、新技術、あるいはそのすべて）から現実の歪曲に巻き込まれ、そして何か超自然的な介入によりこの現実に戻ってくる……かのように思えるが、この現実自体と自分自身の変容に直面する、というのがどの作品にも共通する大まかな筋書きだ。だが、その現実歪曲の導入アイデアの奇抜さとその迫力、そしてその中で戸惑うか弱い人間たちへの共感には絶妙なものがあった。

　が、七〇年代の抜歯麻酔に伴う神秘体験を機に、ディックは支離滅裂な切り貼り我流神学を作り上げ、それをもとにした奇妙でバランスの悪い物欲しげな救済小説をいくつか書く。人によっては、それ故にこの晩年の諸作を駄作と考えるし、少数の人はその我流神学と小説的なバランスの悪さ故にかえってそれをありがたがるが、いずれにしてもディックのその神様への異様な傾倒ぶりは、この神秘体験に端を発するものだと思えたし、それまでの小説では超自然的な力が出てきても（たとえばマーサー教や導製神やパーマー・エルドリッチ）、それは小説を進めるためのお手軽な小道具でしかなかったような印象があった。

　しかし、実質処女作たる本書は、ヘタをするとこの見方を大幅にひっくり返しかねない。この小説を読んで、ぼくは驚愕した。ディックはしょっぱなからディックだった。処女作にはその作家のすべてが、という陳腐なことは言いたくないが、でも本書に限ってはまさにそれがあてはまる。平凡で疎外された人生と不満、宗教を通じた現実の変容と、己自身の異形化＝聖化を通じた帰還——その後のディックに見られる要素がすべて詰まっている。特に、この異形の神——後のパーマー・エルドリッチであり、またヴァリスなどの姿でもある——というシンボリズムをこの時点でディックが明確に抱いており、そしてここまで重要な意味づけをこの時点で行っていたことは、ディックの小説発展史の解釈にもなにがしかの変更を迫るものかもしれない。転機とされる彼の神秘体験は、実はディック晩年の宗教的な志向において、むしろ副次的な要素でしかなかったのかもしれない。むしろ当初から持っていた志向を噴出させただけだったのでは？

さらに本書で驚かされるのは、全篇にみなぎるパワーだ。彼の普通小説（いやSFでも）の多くで、主人公は大したことはしない。流され、世界とその変容に翻弄されて涙を流すくらい。だからこそ、ディックの普通小説は平板なものにとどまり、SF的な小道具の華やかさがないと救われない。だが本書の主人公は、状況から離脱すべく己で行動し、そして己で世界と全存在をかけ、己自身を犠牲にした対決を行う。その不満と怒りの動機が必ずしも明確ではないのは、この小説の弱さであると同時に、エネルギーの源にもなっている。主人公の行動がもたらす救済の姿とそのために主人公が支払う代償——それは晩年の諸作の（偽の）救済のような甘いものではないし、また一部の諸作のような、主体的決意による単純なものでもない。だが、それがこの小説に、他のディック作品にはあまり見られない厳しさを与えている。ちなみに本書の、時に異様なまでに凝った訳文は、処女作ならではの力コブの入れ方にうまく呼応しているようにも思う。

そしてこのタイトル『市《まち》に虎声《こせい》あらん』は、ある意味でそれがある特殊な一人に起きた出来事ではないというディックの考えを示すものでもある。多くの人、いやひょっとしてあらゆる人（というのはもちろん、中流アメリカ人という意味だが）がやはり同じような絶望、疎外との戦いを経るのだ、とディックは確信している。本書はディック自身にとって、ある種の普遍小説となっている。だが、いつかぼくたちすべてが、このような犠牲を払わねば救済を得られないのか——本書の時点では、ディックはその答えがイエスだと考えていた。その後に彼は、その犠牲をすっとばした他力本願の救済をあれこれ考えはじめるのだが。

　だが本書にはそうした他力本願の甘さはない。よく考えられた構成、テーマの重厚さ、その書きぶり、あらゆる点で本書は、その後の習作じみた普通小説やまだ書き慣れない印象のＳＦ（たとえば『時は乱れて』）を超える完成度となっている。その意味で本書の完成度が実力なのか、あるいはビギナーズ・ラックだったのかはわからない。が、この小説が売れなかったというのは不思議なことだ。訳者が書くような、人種問題もあったのかもしれない。が、ちょっとしたきっかけがあれば、本書は主流文学として十分に当時も通用したはずだ。そしてそうなっていたら——ディックはあこがれの普通小説家としての道を歩んでいたはずだ。

　それが望ましいことだったかどうかは、わからない。そうなっていたら、ディックの傑作ＳＦ群は生まれなかっただろうから。生まれたとしても別の形になっていただろうから。そしてもしそうなっていたら、ディックは今ほどの人気を博さなかっただろう……いやどうだろうか。本書は、ディックの原石とも言うべき作品だ。材料、想い、テーマ、思想、それらがすべて詰め込まれている。あり得たかもしれない、普通作家としてのディックはどんなものだったのか――そしてそのディックは、彼の永遠のテーマたる救済をどのような形で発展させたか――本書はその作品自体の重みとともに、そうした別のディックをも想わせる驚くべき作品となっている。

本作品には、人種、身体的特徴、セクシュアリティ、思想、宗教に関して、今日《こんにち》では差別的とされる表現が見られます。しかし、作者の意図はそれら差別を助長することにはなく、むしろその忌避を明るみに出すことにあるのは明確です。この点に鑑《かんが》み、本書においても、婉曲的な表現は用いず、原語に忠実な訳語を採用しています。ご了承下さい。

（編集部）

本書は二〇一三年八月に平凡社より単行本として刊行された作品を文庫化したものです。

訳者略歴　1948年生，東京大学文学部社会学科卒，翻訳家・記者・オピニオン誌〈ストイカ〉責任編集　訳書『ジャック・イジドアの告白』ディック（早川書房刊），『フェデラーの一瞬』ウォレス，著書『イラク建国』他多数

HM=Hayakawa Mystery
SF=Science Fiction
JA=Japanese Author
NV=Novel
NF=Nonfiction
FT=Fantasy

市《まち》に虎声《こせい》あらん

〈SF2283〉

二〇二〇年六月　十　日　印刷
二〇二〇年六月十五日　発行

（定価はカバーに表示してあります）

著　者　フィリップ・K・ディック
訳　者　阿《あ》部《べ》重《しげ》夫《お》
発行者　早川　浩
発行所　株式会社　早川書房

郵便番号　一〇一 - 〇〇四六
東京都千代田区神田多町二ノ二
電話　〇三 - 三二五二 - 三一一一
振替　〇〇一六〇 - 三 - 四七七九九
https://www.hayakawa-online.co.jp

乱丁・落丁本は小社制作部宛お送り下さい。
送料小社負担にてお取りかえいたします。

印刷・星野精版印刷株式会社　製本・株式会社川島製本所
Printed and bound in Japan
ISBN978-4-15-012283-6 C0197

本書は活字が大きく読みやすい〈トールサイズ〉です。